安徽文学史

ANHUI WENXUESHI

第二卷（元至近代）

主编◎唐先田 陈友冰

本卷编著◎陈友冰 刘良政

时代出版传媒股份有限公司
安徽文艺出版社

图书在版编目（CIP）数据

安徽文学史.第二卷（元至近代）/唐先田,陈友冰主编.—合肥：安徽文艺出版社,2013.12（2019.5重印）
　　ISBN 978-7-5396-4749-4

Ⅰ.①安… Ⅱ.①唐… ②陈… Ⅲ.①地方文学史－安徽省－元～近代 Ⅳ.①I209.954

中国版本图书馆CIP数据核字(2013)第255626号

出 版 人：朱寒冬	扉页题签：唐先田
责任编辑：宋潇婧　秦　雯	装帧设计：许含章　徐　睿

出版发行：时代出版传媒股份有限公司　www.press-mart.com
　　　　　安徽文艺出版社　　　www.awpub.com
地　　址：合肥市翡翠路1118号　邮政编码：230071
营 销 部：(0551)63533889
印　　制：安徽新华印刷股份有限公司　(0551)65859551

开本：700×1000　1/16　印张：23　字数：340千字
版次：2013年11月第1版　2019年5月第2版
　　　2019年5月第2次印刷
定价：60.00元（精装）

（如发现印装质量问题，影响阅读，请与出版社联系调换）
版权所有，侵权必究

内容简介

《安徽文学史》是第一部安徽地域文学史，首次系统地评述皖籍暨在皖人士的文学思想与创作成就，总结从先秦到当代安徽文学的地域文化特征、历史演变以及与大中华文化的传承关系和邻近的吴楚文学、齐鲁文学的相互影响，探究安徽文学的发生发展及创新规律，并揭示出安徽文学在中国文学中的地位、作用及对中国文学的独特贡献。全书分三卷，共一百多万字，资料完备，史论结合，代表着安徽文学史研究的最新成果。

主编简介

唐先田，安徽宿松人，安徽省文学学会会长，中国作家协会会员，编审，1993年起享受国务院特殊津贴。曾任安徽省社会科学院副院长。著有《寻找生活的主旋律》《红豆集》《文论长短录》《追求和谐》《随意集》《中国散文小说简论》等。

陈友冰，安徽省社会科学院研究员，台湾大学、安徽大学客座教授。著有《海峡两岸唐代文学研究史》（上下卷，国家社会科学基金项目）、《新时期中国古典文学研究述论》（第二、三卷，教育部文科重点研究基地安徽师范大学中国诗学研究中心重点课题）、《考槃在涧：中国古典诗歌的结构与表达》《唐代文学研究论著集成》（八卷十册、台湾"中华文化发展基金"项目），并在《中国社会科学》《文学评论》《文学遗产》《国际中国学研究》（日本）、《中语中文学》（韩国）等国内外杂志上发表论文多篇。

目 录

第四编　元明时代的安徽文学 / 001

第一章　元代安徽的杂剧散曲作家 / 008
　第一节　孟汉卿　舒頔 / 008
　第二节　卢挚 / 013

第二章　元代安徽的诗文创作 / 021
　第一节　元代前中期的安徽诗文创作 / 021
　第二节　元代后期的安徽诗文 / 036

第三章　明朝初年的安徽诗文 / 048
　第一节　朱升　朱同 / 048
　第二节　唐桂芳　陶安　郭奎　程通　郑潜 / 053

第四章　明代中后期的诗文创作 / 063
　第一节　程敏政 / 063
　第二节　汪道昆与家乡文学社团 / 070
　第三节　梅鼎祚（附　梅守德） / 080
　第四节　明代中后期安徽其他诗文作家 / 087

第五章　晚明时期的安徽诗文 / 097
　第一节　程嘉燧　朱载堉　吴兆 / 097
　第二节　吴应箕 / 105

第三节　阮大铖 / 112

第六章　明代安徽的戏曲文学 / 126
第一节　朱权（附　朱奠培）/ 126
第二节　朱有燉 / 130
第三节　郑之珍　潘之恒　汪廷讷 / 139

第七章　明代安徽小说 / 146
第一节　梅鼎祚的《青泥莲花记》和《才鬼记》/ 146
第二节　潘之恒的《亘史》/ 148
第三节　吴从先的《小窗清纪》和《小窗别纪》/ 149
第四节　明代安徽其他小说作家 / 150

第五编　清代及近代的安徽文学 / 153

第一章　清代前期的安徽文学 / 162
第一节　明末遗民作家 / 162
第二节　龚鼎孳 / 181
第三节　施闰章与宣城派 / 192
第四节　清代前期其他作家 / 206

第二章　清代中叶的安徽文学 / 237
第一节　包世臣 / 237
第二节　黄钺 / 249
第三节　清代中叶安徽其他作家 / 252

第三章　桐城派 / 260
第一节　桐城派的流变及其对后世的影响 / 260
第二节　方苞 / 267

第三节　刘大櫆／271

第四节　姚鼐／275

第五节　桐城派其他重要作家／281

第四章　近代的安徽文学／291

第一节　李鸿章　刘铭传／291

第二节　姚莹／297

第三节　吴汝纶　许承尧／304

第五章　吴敬梓与清代安徽小说／312

第一节　吴敬梓／312

第二节　清代安徽其他小说作家／321

第六章　清代安徽诗评／336

第一节　黄生与他的诗评／336

第二节　方东树《昭昧詹言》／339

第三节　张燮承、方廷楷、李家孚的诗话／341

第四节　捻军歌谣／345

第四编　元明时代的安徽文学

元明时代的安徽,在中国的政治格局中起着破与立的关键作用。元代幅员辽阔,元世祖忽必烈在统一中原后,其行政区划在宋代道路制的基础上又加了"行省"。今日安徽的淮北和江淮之间当时属于河南江北行省的安丰路、淮安路、庐州路、扬州路、安庆路、归德府,江南当时属于江浙行省的太平路、宁国路、池州路、广德路、徽州路。元世祖至元十一年(1274)六月,丞相伯颜分兵两路由襄樊伐宋,曾是宋元边界的两淮地区成了元军灭宋的首攻之地,沿江的太平、和州、无为等地也成了抗击元兵的主要战场。直到至元十四年(1277),淮人张德兴等还在起兵反元,势力从两淮延及湖北等地。元朝将统治区内的各族分为四等,沿淮和淮河以南的人均为最后一等"南人",所以安徽地区在元代主要是被掠夺和压榨的对象。元顺帝即位,一次就增拨庐州(今合肥)和饶州(今属江西)一百顷土地给让王作为牧地。元蒙贵族镇南王在寿州芍陂设屯垦区,无偿侵占大量民田。这种现象一直持续到元末,正如刘福通在讨元檄文中所揭露的,元代社会是"贫极江南,富夸塞北"。这里说的"江南",实际上是指包括安徽在内的沿淮和淮河以南"南人"生活地区。所以反元大旗首先在安徽大地树起:界首人刘福通、砀山人韩山童和定远人郭子兴率领的红巾军,给了元蒙贵族致命的一击,继起的凤阳人朱元璋终于在元顺帝至正二十八年(1368)攻陷大都,推翻了元朝统治,建立了大明王朝。"楚虽三户,亡秦必楚",这是安徽人反暴政的传统在亡秦一千五百年后又一次总爆发。

公元1368年,朱元璋在元末大动乱中统一了全国,建立了明帝国,这是中国历史上思想禁锢最严酷、君权空前加大的时代。出身贫苦的朱元璋深知政权得来不易,他鉴于历代统治的经验教训,在采取"安养生息"方针、发展经济生产的同时,大力加强以皇帝独裁为特征的封建专制主义;朱元璋为了加强对地方的控制,在行政区划上将元代的行省、路、府(州)和县四级简化为省(直隶州)、府、县(州)三级,将今日安徽的全境都划为直隶,成为明初政治的腹心地区。朱元璋并将故乡凤阳定为中都,在此设立留守司,驻兵数量仅次于首都南京。在行政上废除宰相制,六部直接对皇帝负责,皇权高于一切,内阁大学士只是承旨办事的高级秘书;治安上设立特务机构锦衣卫,用以刺探、控制臣民的言行;文化上实行专制主义,将程朱理学定为官方哲学,并将八股取士作为推行渠道和官方界定标准,形成一个更加僵固的人才选拔体系。思想文化上控制也更为严格:孟子因说过"民贵君轻"而被逐出文庙,不再供奉;明初的统治者甚至直接干预文学艺术,力图控制文艺创作。朱元璋就盛赞提倡"有贞有烈""全忠全孝"的杂剧《琵琶记》,要求士绅之家案头必备;在《大明律》中又规定"乐人搬做杂剧戏文,不许装扮帝王后妃、忠臣节烈、先圣先贤神像,违者杖一百";成祖永乐年间又诏令"但有亵渎帝王圣贤的词曲、杂剧"都要烧毁干净,"敢有收藏的,全家杀了"。朱元璋因其出身、经历养成了忌刻多疑的个性,对文学作品往往刻意挑剔、疑神疑鬼,不时酿成文字狱祸,著名文人高启、戴良、张孟兼皆因诗文招忌而被杀。浙江府学教授林元亮的《谢增俸表》、怀庆府学训导吕睿的《谢赐马表》、尉氏县教谕许元的《万寿贺表》等皆是著名的文字狱冤案。上述一系列的高压和桎梏,使士大夫的心理产生微妙的变化:一方面,明初从洪武到宣德近七十年间,由于采取"安养生息"方针,社会经济由恢复、发展很快进入繁荣安定的所谓"太平盛世",身处此间的文化人只要效忠于明王朝,不触犯忌讳和律令,获取功名富贵并不难,"由布衣而登大僚者不可胜数";另一方面,上述种种控制文艺创作的律令以及维护和保证思想律令推行的特务统治和文字狱祸,又使这些文人望而却步,产生极不安全感,为安身立命计,必然在忧患意识和生存危机中作一选择和均衡。于是,"穷天理、窒人欲"的程朱理学由官方的推行变成自然的接受,雍容典雅、工整平稳、和谐匀称的美学追求也逐渐成为时代主潮。这必然造成明前期杂剧的贵族化和颂圣意识,南曲传奇的八股化,诗文创作中的"台阁体"盛行。从洪武到宣德近七十年间,思想文化方面从元明之际的高潮跌落下来,呈现一种极端贫困和僵化的状态。这个时段安徽的经济文化,与全国大势并无不同:安徽人民的揭竿而起只是成了封建王朝改朝换代的工具,皖东的民生并没有因此得到改善,相反,由于战乱和新王朝的百废待兴更加贫困化。正如一首凤阳花鼓所叹息的:"说凤阳,道凤阳,凤阳本是好地方,自从出了个朱皇帝,十年倒有九年荒。大户人家卖骡马,小户人家卖儿郎……"

元代的文学主潮是元曲,但元代的安徽文学并不以杂剧和散曲知名,杂剧仅有孟汉卿的《魔合罗》,另有朱有燉的《诚斋乐府》共三十一种,大都是歌功颂德、点缀升平、宣扬封建伦理之作,这些剧作的共同特点就是场面的繁盛,雍容华贵,富丽堂皇。倒是其中那些以妓女生活为题材的作品,比较真实地反映了被侮辱与被损害的下层妇女的悲惨命运和她们的可贵品格。明初安徽文化中较有价值的是朱权的戏曲理论著作《太和正音谱》,它在中国古代戏剧理论形态的演进中占有重要地位,但其理论基调仍是为明王朝统治者歌功颂德。这种局面,直到明中叶以后才有所改变。散曲创作上,绩溪人舒岫在诗词之外也有少量的散曲作品。相比之下,游宦并终老于宣城的卢挚在散曲创作上的成就颇高,这在中国文学史上早有定论,不必细表。作为中国古代文学正宗的诗文创作,元代的安徽并不繁荣,并未产生大家,这可能与元代整个诗文创作的成就都不高有关。唯有文学思想倒有值得瞩目之处,其中以方回的《瀛奎律髓》为代表。方回的诗论反对诗学晚唐,反对四灵派,反对绮丽诗风,同时也反对诗歌讲求学问,刻意雕刻。《瀛奎律髓》中的《送罗寿可诗序》,评述了宋初三体以及宋诗发展历程,这些在中国诗学批评史上都有相当高的地位。在诗文创作上,朱升是位朱元璋颇为敬重的理学大师,在诗文理论方面并无创建,主要是实践儒家诗教尤其是宋代理学的义理主张,其诗文作品亦具有明显的理学色彩。其子朱同秉承家学,其诗歌理论亦表现出以封建伦理道德为中心的价值取向。陶安、程通、郑潜等人的诗文作品亦类此。比较有价值的是卢挚、贡奎、贡性之的山川行旅之作,舒頔、贡师泰的长篇歌行,余阙的描景送别之作等,均是个中翘楚。相比之下,皖人元代的词作似乎更具特色:卢挚词多为咏吟山水风物或赠答留别之作,多言情而绝少咏志、议论,似乎又回归"词乃艳科"的本色;曹伯启的诗歌成就不高,词作倒颇有特色,像《水龙吟·用杨修甫学士登岳阳楼韵》等词作,俯仰古今,纵横捭阖,时空反复跳跃,场面阔大,其中又蕴一股江山易代、英雄已逝的悲凉之气。其又多和词、步韵之作,在这方面,安徽词人中大概只有清代的龚鼎孳可与之比肩。

明中叶以后各种社会矛盾的激化,使得统治者的钳制能力减弱,也促使了士大夫忧国忧民意识的上升。自万历初开始,以商品经济萌发为特点的社会经济形态的变化也带动了意识形态的变化:陆、王心学的兴起对程朱理学的统治地位是一个挑战,李贽的"童心说"更是一个理论上的反叛。意识形态上的变化最终影响到文学创作,使得包括诗歌、小说、散文、戏剧在内的明代中后期文学尤其是晚明文学,呈现出一种与明代前期文学乃至整个中国传统文学有别的新面目。在这方面,汤显祖等剧作家倡导的"真情说"、三袁等公安派倡导的"性灵说",其核心都是针对程朱理学的"窒人欲",冲破前期"雍容典雅、工整平稳"的官方美学标准。到了晚明,倡导个性解放,要求摆脱礼教束缚,重视表现真实情感,肯定人性人欲成为文学创作的主导倾向。而在这场思想和文学大变革中,安徽作家大放异彩,体现了皖人传统的批判精神和创新意识,以及在社会动乱之际敢为中流砥柱的人文传统:明代中叶的休宁人程敏政就对朱熹"道问学"提出过质疑,并为陆学辩护,他主张诗歌抒写自然,认为抒写时并非一定要追求诗的工拙,而在于表达自己的心情、感受。他的诗文以直写耳闻目见、直抒情性为主要特征,诗中不作粉饰语,不刻意求工,感情真挚、自然,语言风格质朴、醇厚。同期的宣城人梅鼎祚受好友汤显祖等人的影响,中年时开始转向戏剧创作,其杂剧《玉合记》《昆仑奴》,围绕"情、侠"二字,对"情"作自觉的颂扬。梅鼎祚的这两部作品早于《牡丹亭》十多年,尽管他对"情"的认识没有汤显祖那样深刻,对"情"的表现还不具汤显祖那样的力度,但对"情"的肯定态度与汤显祖是一致的,在很大程度上,他的创作是万历剧坛写"情"高潮到来的先声。万历年间的歙县人程嘉燧,不满明初台阁体那种雍容华贵的绮靡之作,自称对这类诗"读未终篇辄掩卷弃去",提倡诗歌抒写心灵,指切时事。他的一千两百多首诗作,有相当一部分是抒发自己"伤春复伤别"等人生感慨,并和伤战乱、感时事等多种情思交织在一起,呼应着同时代"公安三袁"的性灵文字,也成为"乾隆三大家"之一袁枚"性灵说"的先声。汪道昆的诗文创作在明代与后七子领袖王世贞齐名,并称"南北两司马",为"后五子"之一,其作品影响很大,甚至流传海外,连朝鲜童子皆能诵读。他为商人作的寿序,在题材和思想内容上均有较高的成就,表现了作者强调"四民平等""不讳言利"等许多新的商业道德观和义利观,可视作商人传记文学的先声。以他为首的家乡文学社团丰干社、白榆社在当时也颇有影响。凤阳人朱载堉是在中国传统文化土壤中诞生出的一位百科全书式的学者,被中外学者尊崇为"东方文艺复兴式的圣人"。他一生越祖规、破故习,注重实践和实验,共完成《律学新说》《算学新说》《乐律全书》等二十多部学术著作。特别是他创建的十二平均律,这是音乐学和音乐物理学的一大革命,也是世界科学史上的一大发明。他也是明代中叶后著名的散曲作家,他的散曲摆脱了皇族的偏见,具有平民化的倾向和强烈的批判色彩。贵池人吴应箕作为明末复社的重要领袖人物,他对实政的深入思考、对不合理的体制的强烈批判精神,使他不但超越了前人,也超越了他的同时代人,被同为"明末四公子"之一的侯方域赞为"明三百年,独养此士"。他的诗歌坚实质朴,激昂豪放,抒写自我感怀和反映民生疾苦真实感人,体现了作者关心现实、忠于道义、同情生民、忧国忧民的现实主义精神。在明末激荡的政治风云中,阮大铖是个独特的个案:其人"奸诈贼猾",政治上先是"阿附权相、芟锄正士",打击东林党人,后又降清,为志士遗民所不齿。但在明代文坛上,其创作实绩无论是数量还是质量,均堪称一流。尤其是他的杂剧创作理论和创作成就,都使他成为明代戏曲中文词派(又称骈绮派)后期名实相符的代表人物。阮本人对自己的戏剧创作成就极为期许,他甚至认为在度曲和搬演上要胜过明代的剧坛领袖汤显祖。这有点自视过高。

第一章　元代安徽的杂剧散曲作家

我们所说的"元曲",实际上包括元杂剧和散曲两大类别。元杂剧是元代产生的一种新兴戏剧样式,究竟从什么时候开始形成,已难确考,一般的看法是产生于金末元初,是在金院本和诸宫调的基础上发展形成的。其体制一般为一本四折外加一个楔子,表演则由唱(唱辞)、说(宾白)和做(科介)三部分构成。散曲在体裁上分为小令和套数两大类。小令是单支曲子,在散曲中形成最早,是由民间小调发展而来,也有不少是从唐宋词、大曲和诸宫调演化而来。它的体制与唐宋词最为接近,但也有自己的特色,吸取了俚曲及戏曲的不少养分,尤其是套数,更明显地带有戏剧和说唱文学的诸多特征。元曲是元代文学的代表,它在元代十分繁荣,取得了与唐诗、宋词并称的文学地位。至于繁荣的原因,与元蒙贵族对歌舞戏剧的爱好、城市经济的发展所带来的演出社会化和普及程度,以及汉族知识分子在元代地位的下降,造成他们更多地从事或参与戏剧创作和表演皆不无关系。元曲的创作中心,大德之前在大都(今北京),大德以后在杭州。安徽并不是元杂剧的流行地区,作家队伍并不壮大,杂剧仅有孟汉卿的《魔合罗》,散曲创作则以游宦并终老于宣城的卢挚为代表,另外,绩溪人舒岫在诗词之外也有少量的散曲作品。

第一节　孟汉卿　舒頔

一、孟汉卿

孟汉卿,生卒年不详,亳州人,著有杂剧《魔合罗》(全称《张孔目智勘魔合罗》)。这是一出公案剧,故事梗概是商人李德昌外出躲灾病倒在古庙,请一卖魔合罗的老汉高山回家送信。李德昌的堂弟李文道闻讯后先去古庙毒死李德昌,独吞钱物,反诬嫂嫂私通奸夫药杀李德昌。官府受贿,判刘氏死刑。六案都孔目张鼎力陈此案疑点多多,重新查访,从高山送信时留在李家的一个魔合罗找到线索,终于使案情大白。全剧通过一个谋财害命事件,揭露了元代政治黑暗,官府贪婪昏庸。剧中的县令是个贪官,其为官准则是:"我做官人单爱钞,不问原被都只要。若是上司来刷卷,厅上打的鸡儿叫。"他的上司女真人府尹则是只重口供、不看证据的昏官。唯一清廉又有智谋的则是个办事员——六案都孔目张鼎。作者为他设计的道白是:"人命事关天关地,非同小可","掌刑君子当以审求,赏罚国之大柄,喜怒人之常情,勿因喜而增赏,勿以怒而加刑",表达了元代百姓对狱案审理最低限度的要求和渴望,这也有助于人们对元代官场的黑暗、元蒙官员的贪婪和昏聩有所认识和了解。

《魔合罗》在情节处理和曲辞抒写上都有独特的价值。元人杂剧包括其中的公案戏,大都不太重视情节的曲折描叙而重悲欢离合的情感抒发,关汉卿的《窦娥冤》就是典型的代表,但《魔合罗》则特别强调了曲折的作案和破案的过程,情节非常新奇,这对后来的包公戏和公案小说影响很大。它的曲辞也不像《窦娥冤》中[滚绣球]套曲那样具有强烈的抒情性,而比较注意叙事和动作性,如第一折李德昌古庙避雨一段:"[醉扶归]我这里扭我这单布衫裤,晒我这湿衣服,我则怕盖行李的油单有漏处,我与你需索从头觑。奇怪这两三番揩不干我这额颅,可忘了将我这湿漉漉的头巾去。"这段唱词,伴随的是拧裤子上的雨水、晾衣服、检查行李是否被打湿、取下湿头巾等一连串的动作。如换成其他杂剧,可能就是异乡遭难的一连串嗟叹、抒情独白了。即使是抒写内心感受,《魔合罗》中也都是具体直白的叙写,而少主观情感的倾诉,如第二则描写李德昌生病的[出对子]:"似这般无颠无倒,越教人厮窨约。一会家阴阴的腹痛似锥挑,一会家烘烘的发热似火烧,一会家散散的增寒似水浇。"基本上是对情状的描绘,可以配合动作和表情,比较适合舞台表演艺术的要求。

我们虽然对孟汉卿一生及其创作知之甚少,只知道这一出《魔合罗》杂剧,但这个杂剧在当时的影响并不小,元代贾仲明在为孟汉卿所作的"吊词"中写道:"魔合罗,一段提张鼎……喧燕赵,响玉音,广做多行",可见其影响范围之广。这部杂剧在西方汉学界也有一定的影响:法国汉学家安东尼·巴赞(Antoine Bazin,1799—1863)19世纪中叶在巴黎《亚洲杂志》上陆续发表的《元曲选》译介,其中就有孟汉卿的《魔合罗》。20世纪初,另一位法国汉学家吉梅(E. Guimet)在他翻译的《中国戏剧》(1905)中也收录了他摘译的《魔合罗》。1887年,德国的鲁道夫·冯·哥特沙尔(Rudolf von Gottschall,1823—1909)编辑了《中国戏剧》,选译了几部元人杂剧代表之作,如《汉宫秋》《倩女离魂》等,其中亦有孟汉卿的《魔合罗》。至于东方的日本和韩国,近代以来更有多篇研究《魔合罗》及元代公案戏的论文面世。

二、舒頔

舒頔(1304—1377),字道源,绩溪人。为人博学洽文,文思极快,为诗文不属草,善隶书。元顺帝至元三年(1337),江东宪使燕只不花辟为池阳贵池教谕,秩满调丹徒教官。馆于平章秦元之之门。至正十年(1350)转任台州路儒学正,因道梗不赴,归隐山中。明兴,屡召不出。洪武十年(1377)终老于家乡。他在《贞素斋集序》中说自己早岁曾浪游湖海间,作有大量的诗文。在《贞素斋集自传》中说自己性真率,守信不阿。曾三为教官,因遭时抢攘,于是退处教授私塾,并名其所居曰"贞素斋",自号贞素先生。他著有《古澹稿》《华阳集》,可惜已佚,有《贞素斋集》八卷传世。

1. 散曲创作

隋树森的《全元散曲》辑有舒頔的散曲三首,皆为小令。其中[中吕·朝天子]抒写自己的人生取向:

> 学骏,学痴,谁解其中意?子归叫道不如归,劝不醒当朝贵!闲是非,子心无愧,尽教他争甚底?不如他瞌睡,不如他沉醉,都不管天和地。

作者说自己在官场是非之中问心无愧,为了避免是非,只能学骏装痴!与其这样在官场厮混,还不如归去甘守清贫。这种归隐之作,可能作于在秦元之府坐馆之后,至正十年转任台州路儒学正之前。这也是作者晚年的思想归趋。知道这一点,我们也就不难理解舒頔在明初屡召不出的原因所在。做出这样的人生选择,在明初是需要点勇气的,因为名诗人高启就因为屡不赴召,被朱元璋认定"士不为君用"而被腰斩。当然,曲中的"劝不醒当朝贵"也隐含着对宰相秦元之的规劝。结尾的"不如他瞌睡"三句,极带愤世的意味,是"此一是非,彼一是非"道家思想的反映,也是元人愤世曲的一个惯用的表达方式。此曲语言直白俚俗,也是元人散曲的常态。但从"子归叫道不如归"以及结尾处的三个"不如"、一个"不",还是可以看出作者在精心构置,并非随意为之。

舒頔的另外两支小令[双调·折桂令]"寿张德中时三月三"是祝寿曲,为官场应酬,内容上无多价值,但两曲风格清丽,对仗工整,用词雕琢,显示出舒頔散曲的多种风格,如前一首中的"整整杯盘,低低歌舞,澹澹韶光""人醉西池,月上东墙",后一首中的"书幌光含,狂客追欢,歌姬索笑,余子醺酣","且莫说莺儿睍睍,试听他燕子喃喃"等句,或是形象地描绘出宾客、歌姬等众人在寿宴上狂欢醉舞的各种情态,或是将环境人物和谐地捏合到一起,尽美而尽欢。再加上对仗工整,格调婉曲而清丽,确是佳句。

2. 诗文创作

舒頔在当时以诗文闻名,小曲只是余事。舒頔论诗基本上本儒家诗教,反对矜奇尚异,刻意求工,含蓄妥帖、圆活工致:"诗之义有六,比兴赋风雅颂是已。诗之格有四,清奇古怪是已。此举其大略耳。予谓诗之病亦有六,涩晦俗陋浅腐是已;诗之要有二,圆活工致是已"(《群英诗会序》)。他批评当时诗坛以组织为工、以绮丽为美的风气:"世之学诗者以组织为工,以绮丽为美,相矜奇尚异,而诗之意益昧"(《夏守谦诗集序》)。他认为在诗歌创作中,咏物诗的难度较大:"作诗固难,咏物为尤难。意贵乎含蓄,事贵乎檃栝、妥帖,追乎不蹈袭、不尘俗、不堆积,斯为善矣。而又欲为句圆而意新,格高而语壮,如斯数者,可与言诗矣。"(《时贤咏物诗序》)在散文创作上,他倡导两汉、韩柳之古文,强调浩然之气,批评宋明散文缺少这种充沛的气势:"汉之时,司马迁、扬雄、班固、刘向皆擅古文,体制高辞气益充然者也。至唐韩柳文体三变,以去古未远,故其气浑然。追夫宋理学而明文不逮古多矣,此又关乎气数

然也。"(《跋白云文集后》)

舒頔的诗歌创作基本上实践了他的文学主张,喜欢古体,写得苍古而清奇,表达对民生的感怀,如长篇歌行体《为苗民所苦歌》:

> 儿云母疾行,母说疲无力。坐憩长松下,蔽身草不密。又逢恶少来,见骂作强贼。刀枪罗我前,性命在咫尺。母云我两儿,惧怕避横逆。再拜致哀告,恸哭并二倅。衣衫尽剥脱,裸身肉见赤。长绳与弟连,缚手黑如墨。嗔叱行步迟,遽以大刀击。血流未得止,苦痛便走疾。渐围至田中,枪立哨齐吸。拔刀斫弟项,乞免幸弗及。母忧失两儿,儿复忧母泣。艰险万状生,忧危劳苦役。内怀五脏饥,外披一身湿。

此诗写少数民族苗民母子三人在战乱中的遭遇,他们躲避剿苗的官兵不及,被恶少诬作"强贼"告发,像猪狗一样被剥去衣衫,双手被捆绑得发黑,又在驱赶中被大刀击得血流满面,最后被官兵不问青红皂白,先将弟弟砍死。诗人以现实主义的笔触,真实地再现了苗民的遭遇。元代诗作中反映民族苦难的不少,但多是汉族受蒙古贵族的蹂躏,汉族诗人反映并同情少数民族人民的疾苦,这种题材极为少见,在诗歌史,尤其是民族诗史中极有价值。诗风也质朴简古,叙述平直,不以新巧波俏见长,《四库提要》云:"(舒頔)律诗则纵横排宕,不尚纤巧织组之习,七言古体尤为擅长",这首《为苗民所苦歌》可见一斑。舒頔诗作间接或直接地反映了战乱给人民带来的苦难的篇什很多,如《田家》《忆边》《续无家别》《续新婚别》等古体诗,皆是描述战乱给人民带来的苦难,"深惭相见乏治具,所忧辛苦遭乱离"(《田家》),可见其对民生的哀悯情怀。明人唐桂芳评价他的诗说:"公之为诗,盘桓苍古,不贵纤巧织纴之习"(《华阳贞素舒先生墓志铭》),也是指舒頔这类古体。

舒頔的近体诗则呈现另一种风格:在内容上期许陶渊明式的隐逸生活,表达一种闲情逸致,风格上则清新雅致,如:"宦情流水外,野兴夕阳中"(《郊行》)、"羁縻随世俗,陶写任天真"(《写怀》)、"谛观无声诗,写我有声画"(《翠眉》)。

舒頔的散文创作,以纪游文成就最高。这类作品有《大鄣山记》《适安堂记》《小盘谷记》《野航记》《五松亭记》等。其特色是状物准确而形象,并能在写景之中引发联想,用多种比喻来抒发情怀,如《五松亭记》描叙作者等僚吏在为圣人祝寿时坐在五松亭内的感受:

> 凡朔望,邑僚吏祝圣人寿必于是焉。至坐五松之下,绿阴满床,凉飔洒面,心怡神旷,若等瀛洲而跨玄圃。及其清声嚦飒,毛发竦立,若风雨乍至而起乎无涯。俄焉,叠韵接响,冯凌太虚。又若游云霄而听钧天之乐。迨夫雨晴云敛,蛟龙蟠而鳞甲近,郁郁苍苍,可观可爱。或围棋或煮茗,游乎方外而澹乎世味,此乐未易于俗人道也。

作者用多种比喻来描述听松涛时的感受:"清声嚦飒,毛发竦立,若风雨乍至而起乎无涯"是实写,用生活中的实际感受来比附;"若等瀛洲而跨玄圃""若游云霄而听钧天之乐"则是虚拟,用神游之境来夸张比附。至于"蛟龙蟠而鳞甲近,郁郁苍苍"等句,更见状物之形象准确。作者在文章的结尾处,还进一步抒发感慨:"余尝慕老氏教而未探其窍,以观其妙,孰能服松华,咀松苓,乘元气而上升,保精气以延修龄。"这种"乘元气而上升,保精气以延修龄"的道家归趋,实际上也是作者一直向往的陶然自乐生活。亦如他在《贞素斋集自传》中所说的:"所居曰贞素斋,斋之前植花木数本,四时红白相继,环以湘竹,良辰美景,邀亲朋叙谈话,有酒酌数行,不强人,不过饮,蔬肴随所有,陶陶然,油油然,不计家之有无,素性如此。"

第二节 卢挚

卢挚(1242—1314),字处道,一字莘老;号疏斋,又号蒿翁。族望为河北涿郡,籍贯为河南颍川,元世祖至元五年(1268)进士。至元二十五年(1288)任江东道提刑按察副使,驻节宣城。后又历任陕西提刑按察使、河南路总管。成宗元贞二年(1296)入京为翰林学士。约于大德三年(1299)以集贤学士出任岭北、湖南道肃政廉访使,复为翰林学士。后以翰林承旨退休,因爱宣城山水之美,归隐终老于宣城。

卢挚是元初重要的政治家、文学家之一,诗、文、词、曲俱佳:文与姚燧齐名,时人并称"姚卢";诗与刘因比肩,《新元史》称"古今体诗,则以挚与刘因为首"。但卢挚创作成就最高的当数其散曲,现存的作品亦以散曲最多,也是元前期的作家中存曲最多的作家,与白朴、马致远、朱帘秀等散曲名家均有交往。其著作《疏斋集》已佚,现存散曲仅有小令,隋树森《全元散曲》、李修生《卢疏斋集辑存》收其小令一百二十多首。

一、小令创作

卢挚小令的题材范围较为广泛,山水田园、怀古登临、归隐之志、赠友送别以及男女恋情等皆有表现,且风格多样。其中最多的是"怀古",通过山川登临和古代人物的咏歌抒发对兴衰变幻、历史人物的种种感慨,这也是元曲作家普遍感兴趣的题材,如[双调·蟾宫曲·金陵怀古]:

> 记当年六代豪夸,甚江令归来,玉树无花。商女歌声,台城畅望,淮水烟沙。问江左风流故家,但夕阳衰草寒鸦,隐映残霞。寥落归帆,呜咽鸣笳。

这是作者以[双调·蟾宫曲]抒写的十八首登临怀古曲之一,可能写于任江东道提刑按察副使,驻节宣城之时,因为其中就有首[双调·蟾宫曲·宣城怀古]。曲中以江淹赋词、杜牧诗意矜夸六代豪华,然后与"夕阳衰草寒鸦"等眼前衰瑟之景构成鲜明的对照,以此来抒发风流易散、盛事难再的人生感慨。而且这种基调,亦充斥于此时作的十八首怀古组曲之中,如:"算只有韩家画锦,对家山辉映来今,乔木空林。几度西风,感慨登临"(《邺下怀古》)、"汉鼎才分,流延晋宋,弹指萧梁"(《京口怀古》)、"身世虚舟,千载悠悠,一笑休休"(《武昌怀古》)、"空目断苍梧暮云,黯黄陵宝瑟凝尘。世态纷纷"(《长沙怀古》)。在这类曲作中,有时甚至略去对具体历史人物的品评感慨,直接抒发繁华已逝、风流云散、物是人非的人生感慨,如在驻节宣城时咏宁国府的[双调·蟾宫曲·宣城怀古·宁国]:

> 对江山吟断高斋,想甲第名园,棠棣花开。晓梦歌钟,高城草木,废沼荒台。快吹尽陵峰暮霭,等麻姑空翠飞来。渺渺予怀,天淡云闲,万事

浮埃。

曲中并未就宁国具体风物生发感慨，而是总体上泛写山川陵替给人富贵繁华犹如春梦的人生感叹，表现出的是道家情思。老庄的自然无为、人生如寄，在元曲家作品中多有表现，卢挚也不例外。但作者此时正任江东道提刑按察副使，驻节宣城，时当中年，春秋正富，事业正盛，但已有了人生的虚幻感，开始厌倦官宦生涯，这则是我们研究卢挚时应当注意的。

卢挚小令的另一个主题就是对归隐林泉的向往和对田园生活的咏歌，如[双调·蟾宫曲·箕山怀古]：

> 巢由后隐者谁何？试屈指高人，却也无多。渔父严陵，农夫陶令，尽会婆娑。五柳庄瓷瓯瓦钵，七里滩雨笠烟蓑。好处如何？三径秋香，万古烟波。

曲中抒发的是路经箕山时的思古之幽情。箕山在河南登封，由此推测可能是作者任河南路总管时所作。作者由在箕山隐居的巢父、许由联想到不愿为官的严子陵和陶渊明，并以此来表达自己的归隐之思，可见卢挚即使在仕途一帆风顺，高居河南路总管之时仍怀归隐之念，这与那些遭受政治打击后方生归心的士大夫是有所不同的。这也可能是受元初汉族士大夫普遍心态的影响，是时代思潮所致。

如果说《箕山怀古》还是借古抒怀，暗暗流露自己对隐逸生活的向往之情，那么，卢挚的小令中另有相当的篇目直接表达了自己的林泉之志和对田园生活的咏歌，如[双调·蟾宫曲]：

> 奴耕婢织生涯，门前载柳，院后桑麻。有客来，汲清泉，自煮芽茶。稚子谦和礼法，山妻软弱贤达，守着些实善邻家。无是无非，问什么富贵荣华？

曲中描绘自由自在、无是无非的隐居生活，从农耕、桑麻、邻居、妻儿等不同角度进行赞颂，并同富贵荣华的官宦生活做一对比，借以表达自己的归隐之乐。此曲即作于归隐于宣城之后，内中应当是作者实际生活感受。必须指出的是：卢挚散曲中体现出的归隐并不是寄望远离人间烟火的山林隐士，而是像上述的[双调·蟾宫曲]那样淳朴的农家生活,多写自己的劳动体会以及与乡亲们交往的乐趣,这种情感倾向在卢挚的小令中表现得相当充分,如:

平安过,无事居,金紫待何如。低檐屋,粗布裙,黍禾熟,是我平生愿足。——[商调·梧叶儿]

雨过分畦种瓜,旱时引水浇麻。共几个田舍翁,说几句庄家话。瓦盆边浊酒生涯,醉里乾坤大,任他高柳清风睡煞。——[双调·沉醉东风]

学邵平坡前种瓜,学渊明篱下栽花。旋凿开菡萏池,高竖起酴醾架。闷来时石鼎烹茶。无非是快活煞,锁住了心猿意马。——[双调·沉醉东风]

这种对田园生活的自然亲近有别于先秦以来士大夫的山林隐逸的孤高,在很大程度上是以陶渊明的田园生活为楷模的,也正因为如此,他才在《箕山怀古》中把陶渊明视为屈指无多的"高人"。

卢挚的小令中还有一组咏物之作,如以[双调·蟾宫曲]写的咏海棠、白莲、丹桂、红梅、橙杯等,其特点是以物喻人,外形上有动态感,内质上又富美人之姿,很得状物之妙,但寓意不深,无多余味。他的另一组咏古代美人的组曲,如咏张丽华、萧娥、杨妃、西施、绿珠、小卿、巫娥、商女等,也多是就事论事,没有脱贪色误国误身、美人薄命这类老套。卢挚的一些情曲和送别曲,倒是写得情感真挚、浅白通俗,如[双调·寿阳曲·别朱帘秀]:"才欢悦,早间别,痛煞煞好难割舍。画船儿载将春去也,空留下半江明月。"以浅白语言抒离别时的真情实感,无丝毫雕琢之痕迹。最后以春喻人,又化实为虚,尤其是结尾处那空留在江面上的一轮明月,更是暗示人去船空的孤独感和空旷,显出作者化俗为雅的高超手法。它与朱帘秀的答曲[双调·寿阳曲·答卢疏斋]可称元人小令中的赠别双璧。朱帘秀,元代前期著名演员,杂剧"独步一时"。一些文学史只强调她与下层文人关汉卿之间的交往,其实,她与士大夫中高层如卢挚、胡祗遹、冯子振交往也很频繁。卢挚这首[双调·寿阳曲]为我们提供了第一手资料。卢挚的另一些情曲[双调·寿阳曲·夜忆][商调

·梧叶儿·赠歌妓］［商调·梧叶儿·席间戏作四章］等也皆在直白通俗之中又显波俏。

卢挚散曲的风格主调是清丽，文辞略有藻饰，显得明媚而自然。稍后的著名散曲家贯云石称赞说："疏斋妩媚如仙女寻春，自然笑傲"，如［喜春来·和则明韵］：

春云巧似山翁帽，古柳横为独木桥。风微尘软落红飘，沙岸好，草色上罗袍。

曲中五句，分写五种景致：春云、古柳、落红、沙岸、草色，除第四句直抒其情外，皆有一个比喻和描叙，不仅形象地描绘出平沙远渡中典型的暮春美景，也暗中衬托出作者流连大自然的欣喜之情。此曲字句秀丽、对仗工整，意境清新又略见蕴情，与诗词颇近，以清丽蕴藉见长，而不同于元曲常见的通俗浅白的"蛤蜊味"。曲中暗用山涛醉游之典以及王维诗意，这也是卢挚散曲的主要特色。下面这首曲几乎全部化用前人文辞诗意：

挂绝壁松枯倒倚，落残霞孤鹜齐飞。四围不尽山，一望无穷水，散西风满天秋意。夜静云帆月影低，载我在潇湘画里。——［双调·沉醉东风·秋景］

李白的《蜀道难》、王勃的《滕王阁序》、汉乐府的《秋风辞》，这些诗文词句意境，都化成了曲中清新明丽的山水画面。不仅是描摹山水，就是一些言情之作，也能在明晓自然中显露委婉情致，如：

窗间月，檐外铁，这凄凉对谁说？剔银灯欲将心事写，长吁气把灯吹灭。

作者写月，暗寓范仲淹的《渔家傲》词意："明月不谙离恨苦，斜光到晓穿朱户"；"檐外铁"，则是对辛弃疾"听铮铮阵马檐间铁，南共北，正分裂"（《贺新郎》）的化用，都体现了卢挚散曲善于化用前人文辞诗意的特色。至于后两句，则是通过一个偶然事件，突出女主人的心事重重、思念不已，手法更显得波俏。

当然，作为一个散曲大家，卢挚的散曲不止有清丽一种风格，有时也尖新

俚俗,充满"蛤蜊味",显示出"诗词贵雅,曲则尚俗"的元曲特色,如:

> 沙三伴哥来嗏,两腿青泥,只为捞虾。太公庄上,杨柳荫中,磕破西瓜。小二哥昔涎剌塔,碌轴上淹着个琵琶。看荞麦开花,绿豆生芽。无是无非,快活煞庄家。——[双调·蟾宫曲]

作者用最通俗直白的语汇对农家少年的动作、情态、心理作了生动又形象的描绘,既富有农家少年的典型特征:勤于劳作又喜欢促狭、打闹,又有一股浓郁的泥土气息。曲中的三个农村少年又分为两组镜头:一组是沙三和伴哥,另一组是小二哥。两组镜头又互相交叠:沙三和伴哥结伴捞虾又共啃西瓜,小二哥则在局外,横躺在碌碡上凸现一根根肋骨像个琵琶,吃不到西瓜又故作矜持,只是那不争气的口涎却流了出来。作者通过这两组镜头来凸显田园生活的淳朴和美好。其中像"来嗏""磕破西瓜""昔涎剌塔""碌轴上淹着个琵琶""快活煞"等都是典型的口语乃至俚语,表现作者在情理之外努力创作另一种俚俗的风格。

二、诗词创作

卢挚的诗、文、散曲俱佳。元初,中州文献文章推姚燧、卢挚,诗推刘因、卢挚,论曲则以卢挚为首,徐子方、鲜于枢次之。只是由于文集失传,卢挚的诗名、文名遂被散曲所掩。就《元诗选》和《元诗别裁》所保存的诗作来看,卢挚擅长五言,多为山水纪游之作,诗风清简,比起散曲,少了一些藻饰,有宗汉魏古诗倾向,如《青华观西轩》:

> 琳宇夏天晓,官曹今日闲。深松欲无路,疏竹不遮山。静对黄冠语,时看白鸟还。平生林壑趣,聊复此窗间。

诗人写他在一个休假日游历山间青华观的感受,前四句叙事兼描景,后四句点出主旨。其中"静对黄冠语,时看白鸟还"表面上是叙事,实际上是暗抒老庄之趣,并用"白鸟"之典暗抒归隐之志。"平生林壑趣,聊复此窗间"则将此意点破,公开表明自己的志趣。对仗工整,语言朴素明净。类似的还有古风《行农洛西题王居仁山堂春晓》和《寄博士萧征君维斗》。前一首写他任河南路总管时到洛阳西边农村"劝耕"时的体会,其中提到农事和农村的仅四句:"相邀具鸡黍,笑言在农务。我来忝符竹,行田助耕课",与其说是一幅官长课农图,还不如说是名士行乐图。《陈州粜米》《窦娥冤》等现实主义杰作中所揭露的元代农村的真实状况都被诗人有意无意地忽略了。诗中更多的篇幅仍是咏歌林泉之趣,所谓"幽人持所见,旷然捐世故。正有林壑趣,兴居惟自适",仍是表达对林泉的向往和对官宦生活的厌弃。后一首咏歌幽胜之地终南山的烟云松鹤,更是直接袒露上述的生活情趣和理想追求。

卢挚也擅长作词,唐圭章《全金元词》存其词十八首,多为咏吟山水风物或赠答留别之作,多言情而绝少咏志、议论,似乎又回归"词乃艳科"的本色。其中有多篇是咏歌安徽歙县、采石等地山水风物,可能作于江东道提刑按察副使任上和终老宣城之时。如在巡行歙郡(今安徽歙县)时写的两首《清平乐》,分别抒发寒食和清明时的感受:

年时寒食,直到清明日。草草杯盘聊自适,不管家徒四壁。今年寒食无家,东风恨满天涯。早是海棠睡去,莫叫醉了梨花。——《清平乐·行郡歙城寒食日伤逝有作》

海棠痴绝,忙甚都开彻。不是芜菁花上蝶,谁为清明作节。溪山今日无尘,绣衣却待禁春。莫道鸣驺多事,老夫也是游人。——《清平乐·歙郡清明》

从词意来看,似在追悼、思念一位逝去的家室,因为题中提到"伤逝",词中有"无家""恨满"等词,另外"清明"也是祭悼亲人的节日。后一首虽未提"伤逝",但怨海棠早开,尤其是"莫遣鸣驺多事,老夫也是游人",以故作放达来排遣,更显得伤心人别有怀抱。词中的"早是海棠睡去,莫叫醉了梨花"是翻用苏轼《海棠》诗意,可见卢挚词作也同散曲一样,喜化用前人诗句、典故,显得清丽而情致委婉。

卢挚词作,还有豪放慷慨的一面,如泊舟采石(今在安徽马鞍山境内)所写的《黑漆弩》,抒发归隐之志,多用散句,显得磊落不平、音韵铿锵,颇有辛弃疾带湖、瓢泉篇什的气韵。尤其是下面这首《六州歌头》:

诗成雪岭,画里见岷峨。浮锦水,历滟滪,灭坡陀,汇江沱。唤醒高唐残梦,动奇思,闻巴唱,观楚舞,邀宋玉,访巫娥。拟赋招魂九辩,空目断云树烟萝。缈湘灵不见,木落洞庭波。抚卷长,重摩挲。问南楼月,痴老子,兴不减,夜如何?千载后,多少恨,付渔蓑。醉时歌。日暮天门远,愁欲滴,两青娥。曾一舸,奇绝处,半经过。万古金焦伟观,鲸鳌背,尽意婆娑。更乘槎,欲就织女看飞梭,直到银河。

这幅万里江山图气势雄浑、虚实并举、壮浪恣肆:全篇从岷山、峨眉山、长江的源头写起,中经洞庭湖、天门山,一直写到当时长江入海处附近的金山、焦山,把万里江山写得历历在目,如一幅滚动着的长卷,这是实写;呼神女、邀宋玉、访巫娥、思湘灵、骑鲸背等则是虚拟,是浪漫的想象,而且全词在"更乘槎,欲就织女看飞梭,直到银河"的想象中结尾,更给人一种飞动的气势和浪漫的感受。词中又多处暗用《高唐赋》《九辩》《九歌》以及宋词的典故和词意,更给人清空壮浪之感。

第二章 元代安徽的诗文创作

第一节 元代前中期的安徽诗文创作

一、方回

方回(1227—1307),字万里,号虚谷,歙县人。宋景定三年(1262)登进士第,提领池阳茶盐。初以《梅花百咏》献媚权臣贾似道;后见贾势败,见机又上贾似道十可斩之疏,得授严州知府。元兵将至,他高唱以死守土;元兵及至,则望风迎降,得授建德路总管。不久被罢官,往来杭歙间。周密在《癸辛杂识》中说方回的人品卑污,指出其居心巧诈,手段卑鄙。明人都穆在《南濠诗话》中曾为方回辩白。方回在《送俞唯道序》中说:"予今年八十,休官二十六年,为郡破家贫,极不忧,诗余万首,颇以此事知名。"可见其创作数量颇丰。著有《桐江集》八卷、《桐江续集》三十六卷、《文选颜鲍谢诗评》《虚谷闲钞》《瀛奎律髓》等。

1. 方回的诗学批评与理论

方回在诗学主张上,首推江西诗派。他在《送俞唯道序》中说:"律诗当专师老杜、黄、陈简斋,稍宽则梅圣俞,又宽则张文潜,此皆诗之正派也。"事实上,他很早就受江西诗派的影响。"归而友人罗裳相与抄诵少陵、山谷、后山律诗,似未有所得。别看陈简斋诗,始有入门,于是改调,通老杜、黄、陈简斋玩索"(《送俞唯道序》)。五古推崇陶渊明,七古推崇李白、韩愈、苏轼,绝句推崇王安石。他认为这些都是不易之论。他在《汪斗山识悔吟稿序》中说:"古诗以汉魏晋为宗,而祖三百五篇、离骚;律诗以唐人为宗,而宗老杜。其流止乾淳,沂其源止洙泗。律为骨,意为脉,字为眼,此诗家大概也。"他评选唐宋以来律诗,编为《瀛奎律髓》。在古诗评选上,作有《文选颜鲍谢诗评》,体现了他的诗歌创作主张。

他反对作诗学晚唐,反对四灵派,反对绮丽诗风。"近世为诗者七言律宗许浑,五言律宗姚合,自谓足以符水心四灵之好,而饾饤粉绘,率皆死语、哑语"(《滕元秀诗集序》)。"今之诗人专尚晚唐,甚者至不复能为古体"(《婺源黄山中吟卷序》)。他认为晚唐诗人许浑、姚合等人的作品"格卑语陋,恢拓不前"(《送俞唯道序》)。他在《程斗山吟稿序》中说程以南的诗"笔力劲健,无近人绮靡风"。

他反对诗歌讲求学问,刻意雕刻。他在《赵实昉诗集序》中说:"古之人虽闾巷子女风谣之作,亦出于天真之自然,而今之人反是,惟恐夫诗之不深于学问也,则以道德性命仁义礼智之说排比而成诗;惟恐夫诗之不工于言语也,则以风云月露草木禽鱼之状补凑而成诗。……是故,诗也者不可以勇力取,不可以智巧致。学问深浅,言语工拙,皆非所以论诗。"

此外,他评论陶渊明和杜甫的诗歌,精辟独到。如评陶渊明曰:"诗人皆以为平淡,细读之,极天下之豪放,惟朱文公能知之。《咏荆轲》《三良》《桃源》诸篇,其气可见,而托物寄兴于杯酒篱菊之间"(《张泽民诗集序》)。评杜甫曰:"山谷尝论杜诗,必断自夔州以后。试取其庚子至乙巳六年之诗观之,秦陇剑门,行旅跋涉,浣花草堂,居处啸咏,所以然之。故如绣如画。又取其丙午至辛亥六年诗观之,则绣于画之迹俱泯赤甲白盐之间,以至巴峡洞庭湘潭,莫不顿挫悲壮,剥浮落华"(《程斗山吟稿序》)。他在《送罗寿可诗序》中评述了宋初三体以及宋诗发展历程。这些评论在中国诗学批评史上,都是有相当的地位的。

2. 方回的诗文创作

方回诗歌创作古近体均佳,近体多推杜甫、王安石,古体多效陶渊明。在思想内容上,多表达晚年弃官后极力忘怀世事、恬淡闲适的心境,如《秀亭秋怀十五首》(其一):

> 老怀幸无事,何用知秋风。团团乌桕树,一叶垂殷红。为此有所感,长吟敲虚空。城市了在目,心隔云万重。燕席鼓吹急,游骑呵殿雄。亦各适尔适,扰扰尘堁中。焉知天地外,有此颓然翁。

闲居乡里之间,城市虽了然在目,但在诗人的心里,已隔云山万重了,那种宴席上的急管繁弦、回朝路上游骑呵护的威风亦恍如隔世。眼下能让作者心动的是乌桕树叶那一抹殷红。诗人认为,人生在世是各有所适吧,眼前的这种闲适隐居生活就是"我"这颓然老翁的谢幕之求！诗意并不让人感到颓废,倒有种曾经沧海后的平淡。《孚舟亭新成赋十绝》(其一)也意在表达类似的人生追求:"人间踏地有风波,归老山林莫问他。身是我船心是舵,早寻岸泊奈侬何",只是诗中多了一些历经坎坷后的彻悟和厌倦感。另外,像《秋晚杂书三十首》《虚谷志归十首》《次韵志归十首》《虚谷志归后赋十首》《行圃》等均是抒写此等心境。

　　诗作的另一个内容是抒写战乱给人们带来的苦难。与其他诗人不同的是,《悲歌五首》写出战乱前后两种不同的人生处境,在对比中写出晚年的凄楚。其云:"三十年前乐事饶,闲身无事暑初销。携琴岳寺延秋月,吹笛江楼过夜潮。自侬豪狂诗句疾,岂虞离乱鬓毛凋。故人死尽身犹在,交道生涯两寂寥。"他在古体诗《示长儿存心》中说:"父贫至累子,能不心恻然。揣量内无愧,世视差独贤。囊中了无物,积藁诗三千。"这里说出自己穷困却专于诗文,以贤为尚的心境。他模拟杜甫《八哀诗》作《哭肯堂赵公拟老杜八哀体》,拟陶渊明《咏贫士》作《拟咏贫士七首》,还有和陶诗《和陶渊明饮酒二十首》等,这些均看出他诗推杜甫和陶渊明。

　　他弃官后,游走于杭歙间,记述了沿途风景,作有《秀亭记》《觉喜泉记》《在亭记》《万山轩记》《孚舟亭记》《丰山亭记》等游记散文。这些作品记述了山川风景,寄寓了作者情思。作于至元十八年(1281)三月的《秀亭记》堪为代表之作。其云:"桐江之水至清也,山至奇也。山水之间,其林壑至幽而深也。歙浦浐浙涛,上下游泳,镠沙玉石,星燦弈布,蝦须鱼鳍,黛曳锦摇。绀苔之发,翠藻之缕,可俯舷仰视而细数。至其遇迅滩,扼湍濑,雷吼雪喷跳沫。牵者偻,篙者呼,足蹈樯,如飞猱,寸攀尺进,一失手磴撞矶……夹以穹岸,束以峭壁,危峰怪岫,障日瀰雾。"这段文字既写出了一平如镜的江水清澈见底,水中之物可见可数,又写出急流中的江水,那溅起的雪浪,那击水之声,颇为壮观。同时也让舟行其中的人们倍感险阻,也倍加小心。接着写秀亭,其云:

"是邦也,水至清也而激,山至奇也而刻,林壑至幽深也而阒寂。惟斯亭也,挹清、敛奇、擢幽、拔深,无激刻、阒寂之病,而有千幻万化不可名之秀。"写出此亭兼有众美,集群秀于一亭。最后表达了作者的情思。其云:"无位之士,忧乐惟己。忧人之忧、乐人之乐者,太守责也。余日与同志觞咏于斯,其能登邦人于乐,而脱其忧,如斯亭之足以颖脱群秀否乎?"

清儒在《四库提要》中云:"观其集中诸文,学问议论,一尊朱子,崇正辟邪,不遗余力。……其诗专主江西,平生宗者悉见所编《瀛奎律髓》中,虽不免以粗率生硬为老境,而当其合作实出宋末诸人上。"此评当为确论。

二、曹伯启

曹伯启(1255—1333),字士开,安徽砀山人,生于宋理宗宝祐三年(1255)。为人笃于问学,弱冠从东平学者李谦游。元世祖至元中为兰溪主簿,在任不畏豪强,并惩戒徇私下属,迁河南都事台州路治中御史,拜西台御史。仁宗延祐元年(1314)升内台都事迁刑部侍郎,五年(1318)迁司农丞。元文宗天历元年(1328)召为淮东廉访使,二年(1329)转陕西诸道行御史台中丞,遣使催赴任。伯启喟然叹曰:"吾年近八十,尚忘知止之戒乎!"终不赴任,归隐田园,时论高之,砀山人尊曹伯启所居乡里为"曹公里"。文宗至顺三年(1332),长子震亨卒于毗陵,伯启前往吊唁,因过度哀伤,第二年二月卒。享年七十九岁,谥文贞。有《汉泉漫稿》(一名《曹文贞公诗集》)十卷,续集三卷。《元史》卷一七六有传。

史称曹伯启"性庄肃,奉身清约"(《元史》本传)。为人尊道重学,在西台御史任上为倡道学的许衡建祠立学;任侍读学士主持科考时,首取吕思诚、姚绂等一批名士。禀性刚直公正,执法不避权贵亲随,在御史台任上整肃吏治,弹劾罢黜苛刻虐民的四川廉访佥事阔阔木。在刑部侍郎任上,时值权相铁木专擅,曹在处理案件时根据案情秉公执法而不顺从其意旨:宛平尹盗官钱,"铁木迭儿欲并诛守者,伯启执不可,杖遣之";"一日(铁木)召刑曹官属问曰:'西僧讼某之罪,为何久弗治?'众莫敢对。伯启从容言曰:'犯在教前。'"，结果"丞相虽甚怒，莫之夺也"。

曹伯启的诗歌成就不高，其登临之作，创意不多，缺乏深度的历史思考，而且意境也不够浑融涵厚，如这首《陪诸公杖履灯梁王吹台，悠悠悼古之情，不能自已，呈孟子周、子文二友》：

> 天宇寥廓秋已暮，幽人欲作《登高赋》。联镳沽酒上繁台，千古兴亡一回顾。百鸟喧啾塔半摧，荆榛掩映台前路。黄花采采未成欢，目断荒城起烟雾。

秋日与友人联袂登台，由眼前的半摧古塔和掩道荆榛而起兴亡之叹，即使黄花采采的明丽秋景也无法抹去心头的时代伤感，这是一种人生常态和泛泛之论，比起刘禹锡和李商隐等人的《西塞山怀古》和《安定城楼》，缺少一种独特的个性和深沉的忧患意识。但也有少数佳作，如这首《子规》："蜀僧曾为古帝王，千声万血送年芳。贪夫倦听空低首，远客新闻已断肠。锦水春残花似雨，楚天梦觉月如霜。催归催泪谁归得，唯有东郊农事忙。"此诗写于延祐五年为司农丞知在四川巡查农事之际。主题很寻常：思亲怀归。但构思表达和诗句皆好。其中"锦江"二句不但属对精工，而且构思精妙：上句为客地四川，为实写；下句为故乡、为梦幻，又皆用春残、落花、霜月构成凄清冷寂又伤感的氛围，烘托诗人的思乡之情。全诗又就杜鹃的叫声"不如归去"咏吟，来加深诗人思归又不得归的怅惘之情。欧阳玄曾称其诗"思致敏用，襟韵朗夷，临文抒志，造次天成"（《元诗选·曹伯启小传》）。可能即是指这类诗作。

比起诗歌，曹伯启的词作倒颇有特色，例如这首《水龙吟·用杨修甫学士登岳阳楼韵》也是写登览的：

> 岳阳西望荆州，倚楼曾为思刘表。国亡家破，当时豪俊，鱼沉雁渺。王霸纷更，乾坤摇荡，废兴难晓。记观山纵酒，巡檐索句，宿官舫，篷窗小。
>
> 不畏黑风白浪，伴一点、残灯斜照。棹歌明发，天光无际，得舒晴眺。万里驰驱，千年陈迹，数声悲啸。试闲中想象，兴来陶写，付时人笑。

全词俯仰古今，纵横捭阖，时空反复跳跃，场面阔大，其中又蕴一股江山易代、英雄已逝的悲凉之气。书写角度从登岳阳楼、西望荆州、忆刘表当年写起,不再是诗中那种"千古兴亡一回顾"的空泛之叹。上下阕之间有意形成古与今、王霸大业与散淡江湖的鲜明对照,挑明作者的人生取舍。两阕之间用"记观山纵酒,巡檐索句,宿官舫,篷窗小"形成由官到民的过渡。无论在意境上,还是结构上,作者安排都很巧妙,再加上一股雄阔悲凉之气,应当说是一首好词。曹词中类似的山水登临之作还有不少,如在蜀道上所作的《南乡子》二首,在沅江上写的《临江仙》二首、《浣溪沙》二首等。在《临江仙》(其一)中他描绘了在沅江上乘船的感受:

水出五溪成一派,滔滔日夜东流。倦乘鞍马却乘舟,向来危处怯,此去险中愁。

伊轧数声离岸橹,异乡身世悠悠。暂教杯酒放眉头,痴儿公事了,聊作子长游。

此词可能作于他晚年任淮东廉访使之时。词人是安徽砀山人,砀山地处淮北,不习舟船。但这次在五水合流的沅江一带巡查,却不骑马而乘舟,去体验"险中愁"。词人乘船的感受是饮酒舒愁,觉得很惬意。表面是写乘船的感觉,实则在表达自己的人生选择。我们从"倦乘鞍马""向来危处怯""异乡身世悠悠"等句即可感受到词人厌倦官宦生活的弦外之音,而"痴儿公事了"一句更将其点破。这句是化用宋代诗人黄庭坚《登快阁》中的名句"痴儿了却公家事,快阁东西倚晚晴"。曹伯启此时身在舟中,联系到上面所引诸句,题旨是很明确的。下句的"聊作子长游"暗用司马迁漫游天下之典。因此在词风上,由于化用古人诗句典故,使文句在质朴晓畅之外,又显得清丽雅洁。清代诗人曹文埴是江南歙县人,善乘船而畏骑马,他有首《张湾登车偶成》,描述南方人骑马时的感受:"南人爱舟畏乘马,匪惟畏马兼畏车。车轮触石声轧轧,震耳奚啻晴雷驱。不如一叶任掀簸,银涛雪浪冲江湖。繄予北行四千里,今日舣棹登车初。平生经历所未惯,童仆蹙缩吾洒如。物情世态看烂熟,遭际随分足以娱。"与此相映成趣。

《全金元词》存曹词三十四首,除登览外,以咏志、赠别为多。赠答词中《如梦令·赠道夫二首》其一的"学有探奇索妙,命有憎鬼笑。难与老天争,寂寞汉陵周庙",似是对落魄友人的慰藉,但内中的难逃命运安排的感叹,何尝不是自己内心的抒发? 它与其二中的"醉眼眩青红,欲问真源无路",皆咏叹人生的无奈与不公!曹伯启词作的最大特点是词中多和词和步韵,如《水调歌头·攀鳞少年志》是"用崔子由韵",《水调歌头·尝为武林客》是"用和卢仲敬太守",《摸鱼子·怅人生》是"用药庄韵",《水调歌头·山林隐君子》是"次复初韵"。诗作中的和诗、步韵往往是诗人逞才争强之器,词的格律要求比诗更为严格,要和词、步韵自然需要更大的才情。曹伯启现存的三十四首词作中有十七首用的是和词和步韵,在安徽词人中,大概只有清代的龚鼎孳可与此人比肩。而且这些和词次韵,大都写得酣畅淋漓,自然流走,看不到牵强俯就的痕迹,如前面列举的《水龙吟·用杨修甫学士登岳阳楼韵》,这首《满江红》"次元复初韵"亦是如此:

  四十年间,问何似,古人方略。时自笑,致身无策,疗贫无药。世事从来如意少,宦情已比当年薄。更不须,勋业镜中看,今非昨。

  眠矮榻,登高阁,携短杖,斟长勺。放屈伸由己,碧空盘鹗。校短量长无定论,抗尘走俗非真乐。算从前,有铁难铸成,求人错。

  陶渊明在《归园田居》中忏悔自己"误落尘网中,一去三十年",曹伯启此词即是在反复抒发这种诗意,这也是元代诗人普遍存在和反复抒发的道家情思。但此词的可贵之处在于他在次韵中竟然使词句如此对仗,新警而工致,如"校短量长无定论,抗尘走俗非真乐""世事从来如意少,宦情已比当年薄"。而且在对仗之中又长短相间,安排一些短促之句,如"致身无策,疗贫无药""眠矮榻,登高阁,携短杖,斟长勺",显得节奏跌宕不平,极为符合词人的感慨忏悔之情。词人还善于选择典型场景来抒发典型感情,如用"眠矮榻,登高阁,携短杖,斟长勺"来形象表达自己归隐生活的从容快乐。词中的比喻也非常形象且富有气势,如用"放屈伸由己,碧空盘鹗"来形容摆脱官宦生活后的自由和惬意,特别是结句"有铁难铸成,求人错"来表达当年在官场俯仰随人的屈辱,更有种大彻大悟的警世效果。今人在电影《红楼梦》中让贾宝玉唱到:"千钧生铁铸大错,一根赤绳把终身误",好评如潮。看来,也并非前无古人。

三、陈岩

陈岩(？—1299)，字清隐，自号九华山人，安徽青阳人。自幼博览群书，有用世大志。宋末屡举进士不第，入元，遂隐居不仕。时元世祖征求隐逸之士，陈岩则避于江湖之上，及老始归于青阳。他在其所居高阳河旁筑有"溪山第一楼""临清池"和"静观""燕居"二室，日日啸歌其内，出则遍历九华之胜，每到一处，即作一诗以记之。"凡山中草木羽毛之名品、泉石岩洞之灵异、烟霞风月之气象，悉采而模写于中"(方时发《九华诗集序》)。诗集名曰《九华诗集》，这也是安徽诗人以家乡风物作为咏歌对象的第一部诗集，其中收录作者诗作数百篇。据同乡方时发在《九华诗集序》中的记载："诗有旧板，兵毁不全，此二百一十篇，乃余掇拾于散佚之余者也。"这些诗皆七言绝句，主要是咏歌风景名胜，另有咏歌物产者三首。据方时发在《九华诗集传》中所云，陈岩还有《凤髓集》，为杜诗集句，前有方时发、杨少愚的序传，此集今已散佚。

《九华诗集》中的诗作，主要是咏歌九华山一带如望江亭、李白书堂、清隐岩、莲花峰、忘归亭等风景名胜，诗境开阔，有种清拔之气，如《莲花峰》云：

风动云开净客颜，三千丈石锦斓斑。淤泥不是花开处，擢出天河绿水间。

诗歌描绘烟云散尽之际，莲花峰岩石尽裸的峭拔之姿，境界开阔，有气势，"擢出天河绿水间"也有一定的想象力。但比起李白描写天姥山时的想象力，特别是柳宗元、杜甫等人笔下的永州山水和夔州风物状物的生动形象，可看出明显的差距。况且，"擢出天河绿水间"也取自李白描绘九华山名句"天河挂绿水"(《望九华赠青阳韦仲堪》)。他充其量不过是一位二流乃至三流的作家。诗作中在描景状物的同时往往也挟带一些人生感慨，如下面这首《望江亭》：

衮衮长江浸落晖，水流不尽觉云移。登高忽动离骚恨，无奈山川苦要诗。

诗人先是写眼前所见之景：江水、落晖、流云，然后抒发对此的感慨。如果说"水流不尽觉云移"是写诗人的错觉，那么"无奈山川苦要诗"就是一种拟人手法的生动想象了。登高赋诗是诗人创作的一种现象，也是传统，但诗人不说山川之美触发了自己的创作冲动，却说山川苦苦向自己索句。宋人杨万里描摹山川穷形尽相且想象奇特，友人打趣说"处处山川怕见君"。陈岩将"怕见"翻为"喜见"，乃至"索句"，应当说有一定的想象力。另外一些写景之作如《卧云庵》《清隐岩》《忘归亭》等，也具有类似的特征，不仅绘景，同时也是诗人隐逸思想、隐逸生活的反映。如"乱云堆里酣酣梦，人在清泉白石间。膠扰劳生鼎中沸，有官不换此身闲"（《卧云庵》）；"朝暮相依五老仙，鸟啼花落几何年。尘劳不到山深处，窗外日高人尚眠"（《忘归亭》）。清儒在《四库提要》中说陈岩诗"俱潇洒出尘，绝去畦迳，有高人逸士风格"，虽嫌太过，但也不无道理。

另外三首咏物诗《黄粒稻》《金地茶》《五钗松》皆是咏歌九华山的特产，其中《黄粒稻》《金地茶》不但状物准确细腻，有一定的文学价值，如《金地茶》云："瘦茎尖叶带余馨，细嚼能令困自醒。一段山间奇绝事，会须添入品茶经"，短短四句二十八字，交代了金地茶的特征、功效及其来源，更重要的是在经济史和国际交流史上价值更高。众所周知：在中国的佛教四大名山中，唯有九华山供奉的是一位外国和尚——朝鲜半岛三国时代新罗国的太子金乔觉，而"黄粒稻"就是从新罗传来的，它与金乔觉之间究竟有什么"一段山间奇绝事"，值得史家探究。至于金地茶的名称就直接与金乔觉有关，其中的历史渊源在经济史和国际交流史上的价值自不待言。

四、贡奎

贡奎（1269—1329），字仲章，宣城人。名士贡士之第三子。奎年幼时，贡士之甚爱之，曾说："三郎和易端重，颖悟过人，吾世有蕴德发必在是儿也。"（陈𫷷《云林集序》）贡奎读书勤奋，阅览广泛。成年后先任家乡池阳齐山书院山长,后授太常奉礼郎兼检讨,又迁翰林国子院编修官。元成宗大德六年(1302)转应奉翰林文字,预修《成宗实录》。泰定帝泰定三年(1326)拜集贤直学士。平昔所交游者皆当时声名之士。元文宗天历二年(1329)谒告归里第。归途中,梦夜赋诗"竹树潇潇夹泉石,九转丹成生羽翼",自意为不祥,果殁。追封广陵郡侯,谥文靖。贡奎著述丰富,据陈嵸《云林集序》所载,贡奎著有《听雪斋记》《青山漫吟》《倦游集》《豫章稿》《上元新录》《南湖纪行》一百二十多卷,可惜这些作品均已散佚,今存诗集《云林集》六卷,有明弘治三年 1490 刊本,集前有明初大学士宋濂作的序文。

贡奎的诗,后人评价不一。吴澄则称其诗作"温然粹然,得典雅之体";陈嵸认为,"仲章公诗达而能工";清人王士禛在《居易录》里论其"境地未能深造,殆专以神韵求之欤";四库馆臣更是称道贡奎的诗格"在虞、扬、范、揭之间,为元人巨擘"(《四库提要》)。

一般来说,贡奎古近体诗兼善,其抒情诗别有神韵,写景亦古雅清丽,做到情景交融,但缺乏想象力,诗境也较为平庸,也就是王士禛所说的"境地未能深造",或如陈嵸所委婉指称的"达",如五古《梦故人》:

千里万里道,三年二离别。鸿雁去复来,我友音书绝。梦中忽一见,欷语情更切。觉来失处所,残缸半明灭。相思各天涯,长夜寒凛冽。风霜草木变,贫贱不易节。中心谅谁知,素月当空洁。

诗中通过梦中相见、梦后相思来抒写离别之痛,反衬两人的友谊之深重。在取景上选择草木变色之严冬、寒风凛冽之长夜,伴以明灭之残灯,将叙事、写景、抒情融为一体,也做到"达而能工",但无论是自己的相思之痛还是友人的遭遇、操守,除了"素月当空洁"比附之外,皆不得知,显得空泛且贫弱,比起杜甫的《天末怀李白》或白居易的《梦元稹》,才力上的差距还是相当明显的。类似的特色和弱点在其他抒情诗作中亦有显现,如《元日书怀二首》其一云:"我爱陶渊明,梦幻视今古。浊酿亦何味,弃官乃归去。谁言千金躯,终作一抔土。人生贵相逢,不饮岂足取。"诗中的种种人生感慨,显然都在诠释陶渊明的人生理想和行为准则,只是最后两句"人生贵相逢,不饮岂足取"

似是自己的体悟。另一首抒情诗《寄友人》云:"别日苦多会日少,平生知己最伤神。王郎玉树东风外,只对梅花思若人",诗中抒写离别伤情也有类似的空泛之弊,只是最后两句化用典故,精巧之外又增添了抒情色彩。

贡奎的山川行旅之作,写景古雅清丽,情景结合亦富神韵,特别是对家乡景物,更有一种深情,如《朝发宣城》:

> 夜宿宛溪月,朝行姑水云。征帆一叶小,古渡二洲分。索景诗难尽,浇愁酒半醺。吴江天日冷,枫落正纷纷。

李白有首描写宣城景物的诗,曰《秋登宣城谢朓北楼》,其中提到宛溪、姑溪附近美丽的秋色,所谓"两水夹明镜,双桥落彩虹。人烟寒橘柚,秋色老梧桐"。贡奎此诗,虽然并未出李白诗意,但亦写出夜泊宛溪、朝行姑水之上的独特感受,尤其是"征帆一叶小,古渡二洲分""吴江天日冷,枫落正纷纷"等句,全为写景,但暗蕴的离开家乡的孤独感,自有其独到之处。类似的诗作还有《敬亭山》《铜官山》《采石矶》等。《采石矶》诗中写道:"断矶江上碧嶙峋,漠漠芦花转岸濒。舟小风微犹胜马,山高石立宛如人。羡渠钓艇沧波阔,老我征途白发新。寂寞蛾眉在天际,远烟青处晚双鬟。"此诗有实写,有虚拟;有细腻的状物,也有情貌毕现的拟人;有描写,也有抒怀:"羡渠钓艇沧波阔,老我征途白发新"二句,既有对隐逸生活的企羡,也有仕途奔波的疲累。"寂寞"的不仅是远处状若峨眉的天门山,也是诗人心情的暗喻。此外,他的歌行体《淮水流》《卖鸡行》也多在叙事、写景中表达了人生的感怀和体悟,如《卖鸡行》云"好生恶死理乃常,物性人情共悲乐","不似嵇康被杀戮,人间虚名何所沾"。《淮水流》云:"却上淮山望淮水,旭日照见黄金台。古今才俊多年少,顾我衰颜惭再来。"虽有人生感悟,但多为老生常谈,缺少新意和独特的表达方式。

五、贡师泰 (附 贡性之)

贡师泰(1298—1362),字泰甫,号玩斋,宣城人,贡奎之子,泰定四年(1327)进士。除太和州判官,荐充应奉翰林文字,除绍兴路推官。复入为翰林应奉后又迁为宣文阁授经郎,累拜监察御史。元惠宗至正十四年(1354)擢吏部侍郎,改兵部,除浙江都水庸田使,不久拜为礼部尚书,迁平江路总管。历两浙盐运使、江浙参政,至正二十年,除户部尚书,分部闽中。二十二年,召为秘书卿,行至海宁卒。生平事迹见《元史》卷一八七。存有《玩斋集》十卷,《拾遗》一卷,最早有明天顺年间刊本。

贡师泰的学术取向和创作风格深受两个方面的影响:一是家学,一是受当时一些著名学者如吴澄、虞集等人的影响。沈性在《玩斋集序》中说:"先生夙承家学而又尝亲炙诸公,且及游草庐先生之门,故其学渊源深而培植厚,途辙正而条理明。"他从业于吴澄,又与虞集、揭傒斯、余阙等交游,这些人无论在人品还是文学创作上对贡师泰的影响都很大。余阙曾对他与贡师泰之间的关系做过这样的表白:"少游太学,有时名,因自贵重不妄为进取,有所不可交者,亦不妄与交,故吾二人者驭然相得,若鱼之泳于江、兽之走于林也。"(《友予集序》)可见贡师泰为人行为端正,慎于交友。贡师泰的诗文创作,据《四库提要》:"明天顺间,宁国守会稽沈性重加搜辑,得诗文六百五十三首,厘为十卷,又补遗一卷,其年谱之类,别为一卷附之。"今存《玩斋集》共十卷,后有拾遗和附录,是诗文合集。

贡师泰的诗学主张是师从儒学传统,而且主要是《诗经》传统:"诗不读三百篇不足以言诗,然多杂出于里巷男女歌谣之辞,未必皆诗人作也。诗不尽作于诗人,而天下后世舍三百篇则无以为法者,宜必有其故哉。"(《重刊石屏先生诗序》)为此,他批评当时诗坛的宗杜之风,认为这样是知其流而昧其源,是舍正文而事传注:"世之学诗者必曰杜少陵,学诗而不学少陵,犹为方圆而以规矩也。予独以为不然,少陵诗固高出一代,然学之者,句求其似,字拟其工,其不类于习书之模仿、度曲之填腔者几希。诗之原创见于赓歌,删定于三百篇。汉魏以来,虽有作者,不能去此而他求。今近舍汉魏,远弃三百篇,惟杜之宗,是犹读经者舍正文而事传注也。"(《陈君从诗集序》)但他认为对前人诗学传统的继承不能一味地模拟,还应该有自己的体悟:"学诗如学仙,仙不遇不能成仙,诗不悟不足以论诗。"(《羽庭诗集序》)他又强调作诗当"明乎理"和"充乎气"："夫言者,心之声,诗又言之工也。不明乎理,则庞杂而无序;不充乎气,则歉然而无章。理明气充,言虽不期工,将不容于不工矣。"(《鹊华集序》)这实际上是对韩愈、欧阳修等儒家复古主张的再次申说。

贡师泰在诗歌创作上擅长古体,不管是叙事还是抒怀,都写得流畅、质朴,颇有汉魏古风,如《遣怀二首》其一:

> 日入柳风息,月上花露多。东轩颇幽敞,夜静时一过。鸟散庭中树,虫鸣阶下莎。北斗何低昂,疎星没横河。独赏谁晤语,感慨成悲歌。怀哉岩桂台,邈在姑山阿。

全诗将悲情寄寓在疎淡凄清的景物中,语言质朴,内有股贞刚之气,可以看出这位在仕途上一帆风顺的达者也有磊落不平的心声。这类诗还有《杂体八首》等。

贡师泰的古体歌行,往往篇幅较长,抒写颇有气势,句式上也富有变化,可看出诗人的才气。如《河决》,全诗四十一韵,八十二句,四百一十字,分层记述黄河决堤,百姓遭灾,官吏横行,百姓备受苦难。诗中既有诗人对百姓的同情、对官吏不恤民间疾苦的憎恶:"小臣思覆载,百念倍忧煎。踌躅惨莫发,愤结何由宣",也道出作者的创作意图:"作诗备采择,孰敢希陶甄。平城谅有在,更献河清篇",不外是对白居易"新乐府"之类的"唯歌生民病,报与天子知"创作主张的再次申述;《黄河水》的开头就写得极有气势:"黄河水,水阔无边深无底,其来不知几万里";《杨白花》则句式变化大,且细腻中带有闲情:"杨白花,无定止,昨日宫中飞,今朝渡江水。江水茫茫千万里,绵轻雪薄春旖旎。把臂踏歌歌未已,石头城边风乱起,杨花无定止";《过仙霞岭》更是长达八百字。

贡师泰的近体诗题材以题画、送别、感怀为主,多表现诗人恬淡闲适之情,如《野浦舟归图》云:

> 天柱云门依半峰,树木青处见丹枫。扁舟独钓秋江雪,犹似闲身在越中。

此诗咏歌家乡天柱峰和云门峰下的美景,从"丹枫""秋江"等诗中景物来看,似是深秋,至于提到"秋江雪",可能是受柳宗元《江雪》一诗的影响,自然也可看出他的志向与追求。"犹似闲身在越中"可能与诗人未达时游越的经历有关。达时刻意追求未达时的闲散,也并非矫情,可能也是诗人晚年的真实感受。诗风清丽,诗情恬淡。前两句写景,后两句抒情,也是近体绝句的常格。《西湖竹枝词》四首也有类似的特征,其一云:"芙蓉叶底双鸳鸯,飞来飞去在横塘。人生多少不如意,水远山长难见郎。"托物起兴,情兴随至,只是更为通俗,有意追求民歌风味。他的律诗则多抒发对民生的关切、哀愍之情,如《榆林有感》云:"老夫白发已如许,山后驰驱动数年。正为贫民均马政,何嫌富户倍车钱。人生要在心无愧,物论难齐理自然。欲尽微忠报明主,简书深夜手重编。"这也是诗人晚年之作,是对自己一生的回顾、总结。颈联既是人生表白,也是诗人"明乎理"诗学主张的具体体现。这类诗作直接抒发自己的情怀,形象贫弱,情志上也无独特之处,缺少感人的力量。

  贡师泰的散文以游记为主,多以状物工致、叙事条贯见长,这也可能与他一生顺达的仕途经历和恬淡的情怀有关。如应休宁金焕之请而作的《松萝山房记》,描写了松萝山房周边的景物,重点叙写了与山房有关的人物,突出在元末动乱中,家族依靠这座山中房舍得以存身、亲人得以安养的万幸和欣慰,以此折射元末大动乱给民生带来的灾难。其中写松萝山的景物很有技巧:"松萝之山,尤为深秀,遇风行山下,苍翠荡摇,笙籁交作,翛翛然不知复有人间世也。"诗人意在表现松萝山的幽深和静谧(这是兵燹不曾祸及、亲人得以存身的主要原因),却有意用动态和声响来反衬:遇风行山下,苍翠荡摇——这是动作;笙籁交作,翛翛然——这是声响。以动显幽,以声衬静,这是王维在《鹿砦》《鸟鸣涧》等诗作中惯用的手法,看来贡师泰也深得其中之三昧。

  他的诗文,在元末文坛地位很高,《四库提要》称之"其在元末,足以凌厉一时,诗格尤为高雅,虞、杨、范、揭之后,可谓挺然晚秀矣"。杨维桢在《玩斋集序》中对贡师泰的诗文也给予很高的评价,认为贡诗"得于自然,有不待雕琢而大工出焉者"。赵赟在《玩斋集序》中则是从元朝诗歌的缺失,指出了贡师泰诗歌的特色以及在元末诗坛的地位:"国朝大德中,始渐于还古,然终莫能方驾前代者,何哉?大率模拟之迹尚多,而自得之趣恒少也。先生之诗雄浑而峻拔,精致而典则,不屑屑于师古而动中乎轨度,不矫矫于违俗而自远于尘滓,才情周备,声律谐和,斯盖所谓自成一家之言者也。"

附 贡性之

字友初,号南湖先生,宣城人,贡师泰之侄。元末以胄子除簿尉,后补闽省理官,为人刚直。明洪武初,朝廷征贡师泰后,大臣也推荐贡性之,但他不愿沾父辈荫,更名贡悦,避居山阴。其从弟迎其归金陵、宣城,皆不往。躬耕以终其身。门人私谥曰"贞晦先生"。著有《南湖集》七卷,由其四世孙贡钦于明弘治十一年刊行。另有曹倦圃抄校本二卷。

《南湖集》为诗集,其中以题画诗和咏物诗为多。据《四库全书提要》:当时会稽王冕擅画梅,但其画上必须有贡性之的题诗,否则不显贵重。贡性之有两首诗记其事:"王郎胸次亦清奇,尽写孤山雪后枝。老我江南无俗事,为渠日日赋新诗。"又云:"王郎日日写梅花,写遍杭州百万家。向我题诗如索债,诗成赢得世人夸。"但四库馆臣认为这并非因为贡性之的诗写得好,而是人们仰慕贡的人品:"盖人品既高,故得其题词则缣素为之增价,有不全系乎诗者"(《四库提要》)。四库馆臣所说的人品,不仅是其为人不慕富贵,淡泊自守,也包括他在题画诗中显示的操守和内蕴,如《题画马》诗:"记得曾陪仙仗立,五云深处隔花看";《题葡萄》诗:"忆骑官马过涿阳,马乳累累压架香",馆臣皆认为是"盖卷卷不忘故国"。至于他在明初拒绝大臣推荐,不愿入朝为官,也不全是不愿沾族叔贡师泰的荫庇,也有"不事二姓"的操守内含其中,如其《题陶靖节像》云:"解印归来尚黑头,风尘吹满故园秋。一生心事无人识,刚道逢迎愧督邮",四库馆臣即认为"其不事二姓之意犹灼然可见"。抒发类似情感的还有《题墨菊》诗:"柴桑生事日萧然,解印归来只自怜。醉眼不知秋色改,看花浑似隔轻烟。"内中的世事更迭、江山易代的人生感慨,也是很明显的。

贡性之诗作中多构思新巧之作,也有一些叙事委曲、感慨深沉之作。瞿佑的《归田诗话》曾评说贡的两首诗,一是《题画梅》:"十八姑儿浅淡妆,春衣初试柳芽黄。三三五五东风里,去上吴山答愿香。"另一是《送戴伯贞检校还广西》:"桂江烟水接潇湘,逐客南归道路长。卷里漫多新制作,箧中犹是旧衣裳。逢人尽说官如水,老我相看鬓已霜。此去莫教音问断,雁飞今喜过衡阳。"瞿佑认为《南湖集》中类似前者"新嫩奇巧"者较多,唯《送戴伯贞检校还广西》一律,"叙事委曲而感慨系之,出诸作之上"云云。

第二节　元代后期的安徽诗文

一、余阙

余阙(1303—1358),字廷心,一字天心,色目人,元诗文家。世居甘肃武威。父沙剌藏卜在安徽合肥为官,遂为籍贯。余阙倾慕儒家文化,宋濂在《余忠宣公传》中说余阙少时清心寡欲,"惟甘六艺,学若饴蜜",曾游学于临川吴澄的弟子张亨。惠宗元统元年(1333)赐进士及第,授泗州同知。入为翰林应奉,转刑部主事,以不阿附权贵弃官归。寻以修辽、金、宋三史,召为翰林修撰,拜监察御史,改礼部员外郎。出为湖广行省郎中,累迁金浙东廉访司事。丁母忧归庐州。至正十三年(1353),江淮兵起,召任淮西宣慰副使,都元帅府佥事,分兵守安庆。以功累升江淮行省参政,累迁淮南行省右丞。十七年(1357)冬,陈友谅攻安庆,余阙数战失利。次年正月城陷,遂自刎沉水而死。其后,妻妾携儿女亦赴水死。追封由国公,谥忠宣(或作忠憨、文贞)。明太祖嘉其忠,立庙忠节坊,命岁时致祭。余阙留心经术,为文有气魄,畅达所欲言。诗尚汉魏,在元诗坛中别具一格。篆、隶书亦古雅可传。《四库提要》称其"以文学致身,于五经皆有传注,篆、隶亦精致可传"。

著有《青阳山房集》五卷。《元诗选》录其诗四十九首。生平事迹见《元史》卷一四三。

余阙为色目人,但论文却主张师法周公、孔孟道德教化,认为"文者,物之成章也,在天而为三辰,在地而为川岳,其在于人若尧舜之治化,孔孟之道德。……夫言之精莫精于周公、孔子二圣之于言,岂有求其精而然哉。"(《送葛元哲序》)论诗则提倡精纯,创作中还要排除杂念,做到平淡闲适,这样才能写出好诗,指出"学诗如炼丹砂,非有仙风道骨者,不能有所成也"(《题徒颖诗集后》)。

在诗歌创作上,余阙诗在元末诗坛很有特色,主要是富有情感特征,做到融情入景。《四库提要》称"其诗以汉魏为宗,优柔沉涵,于元人中别为一格"。明嘉靖年间,庐州府知府张祥云在《重刻余忠宣青阳山房集序》中说余"诗体尚江左,高视鲍谢"。此说虽较夸张,但也并非全为溢美之词,因为余诗确有南朝诗人描景细腻、善于言情等特征,如五律《送李伯实下第还江西》:

之子不得意,南行无怨辞。官河人杳杳,客路雨丝丝。古木淮阴市,春城孺子祠。悽然千里别,为赋小星诗。

友人落第,失意而归。作者为友人送行,并未像前人那样去鼓励、安慰,说什么"乘风破浪会有时""莫愁前途无知己"之类,而是通过杳杳官河、客路细雨、阴阴古木等凄迷景物来表达幽怨和同情,诗中的景物似乎都在为"不得意"而设。诗中也有胸臆的直接抒发,如"南行无怨辞"就直接赞扬了友人宽阔的心胸,而"为赋小星诗"则借用《诗经》诗意表白自己人在仕途终日奔走的辛劳,从侧面安慰友人的下第,表达手段还是很巧妙的。《送康上人往三城》则记叙了战乱后的安庆城景象,给元末安徽社会状况留下珍贵的史料:昔日是"兹城冠荆扬""芳郊列华屋";今日是"原野何萧条,白骨纷交横"。诗人最后还表达了对和平安宁生活的向往:"耕夫缘南亩,士女各在桑。"《南归偶书二首》(其一)语言浅切,结构平实,先铺叙行程:"帝城南下望江城,此去乡关半月程",然后抒发别情:"同向春风折杨柳,一般离别两般情",表现了作者抒情诗的另一种特色。

诗人的咏物诗大都是托物咏志,别有寄托,而且状物工致,如《大别山柏树》:

奇树如蛟虬,盘虬上虚空。孤生虽异桂,半死反如桐。香带金炉气,色映绮钱中。灵从后皇服,年随天地终。常瞻北枝翠,终古郁葱葱。

诗人从形、色、香气等不同角度来描摹这株大别山上的古柏,不仅状物形象准确,而且极力突出这株柏树的怪异奇特:它的朝南的一半枝干枯死了,朝北的一半却郁郁葱葱,像一条蛟龙在虚空盘旋。诗人咏叹它吸纳大地的灵气,能与天地同存,"常瞻北枝翠"一句更流露出仰慕之情。诗人要学习其不屈之节、昂扬之姿,这是显而易见的。至于"半死反如桐""常瞻北枝翠"等句是否另有寄托,尚费猜测。其他的咏物诗如《祯祥菊》《嘉树轩》《咏井上桃花》等也多类此。

他的记叙文《合肥修城记》《庐州城隍庙记》《化城寺记》等在记述城池、庙宇兴废的同时,强调文治,重视教化,重兴周公、孔孟之道,体现了他的为文主张:为文要而不烦,叙述简而有序。张祥云说余阙"为文有气力,能达其所欲言"(《重刻余忠宣青阳山房集序》),其言不谬。

二、郑玉

郑玉(1298—1358),字子美,歙县人。崇尚程朱之学,曾说自己十数岁时"独闻人诵朱子之言,则疑出于吾口也"(《余力稿序》)。年轻时读书于师山下寺中,后耕于师山之阳,钓于岑山之阴(见郑玉《黄山汤池题名》)。后被召为翰林待制,他"以德凉辞辟,不获"。初入京师时就以文章震动朝野名公:"传数篇于奎章阁下,侍书学士虞公集、授经郎揭公傒斯、艺文少监欧阳公玄惊以相示"。他们认为郑玉的篇制"工于古文,严而有法"(汪克宽《师山先生郑公行状》)。为人"雅好登临,酷嗜山水泉石",晚年与余阙、危素等最相知,相邀遍游各地名胜,特别喜爱安徽境内的覆船山,每年夏天,携书避暑山中。当贼兵至其郡中,他闭门高卧不食七日,犹赋诗为文,从容若平时,并且告诉诸生:"吾初欲慷慨杀身以敦风化,既不获遂志。今将从容就死,以全节义耳。"他于"八月一日,沐浴更衣,北向再拜,入寓馆,自经而死"。明人程敏政于成化十八年(1482)经过郑公钓台,口占七言长诗一首,其中有句云:"师山之节峻且孤,武威(注:指余阙)之字人争模。"明人沈周在排律《仰止亭》中也说:"忠宣(注:指余阙)义死堂堂节,死到师山义亦明。"著有《师山文集》八卷,《师山遗文集》五卷。

郑玉为文重视道义,提倡文道并举,他在《余力稿序》中说:"道外无文,外圣贤之道而为文,非吾所谓文。文外无道,外六经之文而求道,非吾所谓道。吾于朱子折衷焉。"其诗作深受宋代理学诗派的影响,叙事、写景、抒怀多归结为诠释理趣,理学色彩很浓,如七绝《野菊》云:"岩壑无人采落英,西风时为送芳馨。只缘落寞空山里,却是黄花真性情。"其中的"真性情",无非是自甘寂寞,寄身岩壑,不为名利所动。又如《题皆山楼》:"万山最深处,楼亦以山名。山绕郡如障,郡因山作城。开窗排闼入,对坐画屏横。要识楼中趣,山青眼倍明。"苏轼曾说"不识庐山真面目,只缘身在此山中",郑玉反用其意,认为"要识楼中趣",就要身在楼内,"对坐画屏横"。但诗人从中得到的领悟,无非就是群山与郡城的相依相从关系,与苏轼《题西林壁》所领悟的哲理相差大。相较而言,他的一些史论文和游记文写得有特色一些,如《怪松记》中状物就很准确形象。作者先写松树主干的外形,再写枝叶的特异之处:"或一枝夭矫,飞入云汉,如虬龙上腾,云雾四起;或一枝横生,低垂掠地,如飞鹰旋野,狐兔在目,力爪方张;或蟠结如车轮;或曲折如矩尺。"其中近察与远观交相并用:"远视之则青山矗矗,翠色照眼;近视之则张盖当逵,横纵布顶。"然后由物及人,松由于怪异而免遭斧斤之祸,由此联想到人的出处进退:"此松以偃蹇不材为世弃,故得置身寂寞之滨,而免于斧斤之患。同于予之出处,且去吾家不一舍远。"作者由物及人,指出了自己的身世同于怪松。其避害之论显然受庄子《山林》篇的影响。汪克宽对其师郑玉的诗文风格和地位曾做如下评说:"其为文以至大刚直之气,发为雄浑警拔之辞,感慨顿挫,简洁纯粹。然纪事朴实,不为雕镂锻炼跌宕怪神之作,出入于司马迁、班固,而根之以六经之至理,大抵主于明正道,扶世教"(《师山先生郑公行状》)。虽有溢美之嫌,但也不是妄论。

三、汪克宽　赵汸

汪克宽

汪克宽(1304—1372),字德辅,又字德一、仲裕,号环谷,祁门县南乡桃墅(今属塔坊)人,郑玉的门人。汪克宽天资聪颖,六岁时即读书成诵,日记数百言,能作骈偶。其外公康石溪先生曾以对偶试群儿,乃曰:"童子六七人,浴乎沂水。"德辅即应曰:"英雄三百辈,随我瀛洲。"十一岁能自断"四书"句读,曾师从胡炳文、吴仲迁、吴瞰等著名学者。元泰定三年(1326),中江浙乡试。第二年参加进士试,以答策切直见黜,从此放弃应试求仕之念,专心研究经学,并在宣州和徽州一带讲学,投到他门下求学的人很多。其学以朱子为宗,所居处山谷环绕,称曰环谷,学者称之为"环谷先生"。明洪武初年(1368),在朝廷的一再诏请和礼聘下,以六十八岁高龄应聘入都,协助宋濂编修《元史》,书成将授官,以老疾固辞,返归乡里,建"书舟可楼",广藏经史,潜心讲道著述,淡泊自乐。汪克宽治学以严谨恭行著称,重在阐发程朱理学"正心诚意""克己修身"、躬践存省为本的精神。明代著名学者程敏政评为:"六经皆有说,而春秋独盛;平生皆可师,而出处尤正。其道足以觉人,其功足以卫圣。"堪称一代"理学名贤"。洪武五年(1372)卒,年六十九。葬于家乡祁门县东盛村。

汪克宽一生留下的著作较多,今存诗文集《环谷集》八卷,学术著作有《经礼补逸》九卷、《易经程朱传义音考》《诗集传音义会通》《春秋经传附录纂疏》《礼经补逸》《春秋作义要诀》《通鉴纲目凡例考异》《春秋诸传提要》《周礼类要》《六书本义》《左传分纪》等。

汪克宽诗仅存十余首,风格主调近宋代理学诗派,但其中的七古无论立意造语,皆较为清新警拔,《四库提要》称其诗风"虽亦濂洛风雅之派,而其中七言古诗数首,造语新警,乃颇近温庭筠、李贺之格"。如《题道士张湛然弹琴诗卷》,诗人通过通感、比喻等手法,将抽象的不可捉摸的音乐语汇变得具体可感、清晰可辨,而且表现出凄迷、哀怨、宁静、雄壮等不同的乐境,以及激烈、澎湃、轻柔、细密等不同的节奏感。"娥英泣洒湘筠斑,老龙湫底吟寒月""羽人潇洒颜如仙,冯虚来往黄山巅"等句更是出人意表的神游想象,甚至是直接化用"霜娥啼竹素女愁"等《李凭箜篌引》中的诗句,确实是"造语新警",诗格颇近李贺。至于对古琴自身的描绘,诸如其材质的古拙——"峄山白桐千年枝",外观的灿烂——"金星烂烂蛇蚹皮",装饰的华美——"文光七轸蓝田玉",配件的精良——"冰弦细绕吴蚕丝",状物准确而形象,更是在李贺《李凭箜篌引》和韩愈《听颖师弹琴》的描述之外。他的其他一些七古如《题李营丘画骊山老姥赐李密火星剑图》中也都有着类似的特征。这是一首题画诗,画题是一个神话传说故事,这更容易抒写神奇的想象,使全诗更富有浪漫气息。开篇两句"蒲山锐额千牛客,蒲鞯跨犊行无迹",使我们联想起李贺《金铜仙人辞汉歌》的开篇:"茂陵牛郎秋风客,夜闻马嘶晓无迹",皆是神龙见首不见尾。后面的"挂角青编一束书,梦对重瞳意相得"二句既有仙家的飘逸洒脱,更有宝剑有主的欣喜。接着用"昆吾宝剑三尺水,火星炯炯精光起"来描绘宝剑的神奇,用"花冠仙姥授神奇,拜起仓皇惊更喜"来描绘李密得剑的惊喜。最后用两句评说"岂知不学万人敌,雄才空觉乾坤窄"来抒发李密兵败于李渊,失去天下的感慨,特别是用"九卿裂地藏雕弓,稠桑土蚀铜花碧"来描写失去主人、宝剑沉埋的凋丧,更用"岧峣古树苍玉林,丹厓惨淡霾轻阴"等环境气氛进行渲染,留下一个英雄失意、大地苍凉的空旷结尾,把一个神话传说故事写得如此栩栩如生,是需要相当功力的。

  但必须指出的是:汪克宽的七古并非只有清代学者所云的"造语新警",格近温、李这一种风格,还有平实、直白的一面,呈现一种现实主义的风格,表现诗人对民瘼和现状的关怀。如《秋后雨》,描绘的是江淮一带在五月先是旱情后是涝灾所造成的灾难,表达诗人关心民瘼,对风调雨顺的祈求。全诗结构平实,完全按照事态发展的时间顺序展开,最后表达诗人对风调雨顺的祈求。诗境不刻意造奇,诗句也不讲究温庭筠式的华彩,诸如"楚东五月天无云""白发田翁半忧喜,却怜久雨禾生耳"等俱朴实直白。至于结句用重笔点题:"何时木德守三星,五风十雨歌升平",颇似白居易和张籍的新乐府。

汪克宽新体的成就没有古体高,其内容多为唱和、纪游和抒发情怀之类,无论是取景、叙事还是结构技巧,特色并不多,尤其是描景叙事之外常带教化的尾巴,往往情景相隔,如这首《和唐宰山行》:

　　山县千峰迭,间阎杂崄夷。雨香鱼拨刺,风软燕差池。郭外耕夫耦,桑中稚子嬉。弦歌声教远,民俗变浇漓。

诗人描述自己和一位县令在这个千山环绕的县城之外游春的感受,三、四句写春临大地时的物候特征,五、六句写农事和社会风情,应当说还是抓住了村野春日的典型特色,格调也还轻快,与春日郊游的心情相吻合。但最后两句却来个莫名其妙的训诫和感慨,因为从这幅风物画和风俗图中确实得不出"弦歌声教远,民俗变浇漓"的结论,因此对唐令的劝诫也就成了无本之木。另外像《清明思先垄》的结句"遥知兄弟溶溪上,细扫松花酹曲生",显然是套用王维的《九月九日忆山东兄弟》,并无自己的创意。《丁亥四月十四日陪尚书公泽民游祥符寺分得暖字》这类分韵诗,无论是押韵还是对仗、遣词,都显得勉强、吃力。不过这类诗作中也有佳诗或佳句,佳句如《清明思先垄》中的"惊心时序百六日,回首家山十五程"。佳诗如这首《夜》:

　　玄观空山静,秋风晚更清。岚光连雾气,松响乱泉声。竹户流星近,兰阶落叶平。夜寒人不寐,独对一灯明。

诗人写自己在秋夜独处山寺中的感受,无论是气氛的酝酿还是景物的选取,皆有可道之处。

汪克宽的辞赋成就较高,也更能看出他的才华。《四库提要》称"其文皆持论谨严,敷词明达,无支离迁怪之习",主要也是指其辞赋。汪克宽的辞赋可分为三类:一类是颂圣,如《凤凰来仪赋》《皇极赋》和《紫微垣赋》等;一类是述志,如《无逸图赋》;一类是状物抒怀,如《吴山赋》等。颂圣类主要表现一位道学家致君尧舜的道德理想,辞句华彩,多为铺叙,立意却很平庸。《无逸图赋》借周公告诫成王的《无逸》篇来表达自己的治国理想,但在体裁和表达方式上也有特别之处:该赋先是叙事,交代自己从秘阁主人处得览唐人所绘《无逸图》的经过,体裁类宋代的文赋;然后再采用自己与秘阁主人对话这一赋体的传统方式,但对话之中又有对话,让自己的治国理想和为君之道通过唐代名相宋璟之口道出,不仅增强说服力,而且表达方式也新颖别致。最能体现作者才华的、在内容上较有新意的是一些状物描景之类的赋篇,如《吴山赋》。此赋铺叙和描景的方式颇类屈原的《涉江》,如开篇六句,结构甚至语言都很近似:"天沉寥而清旷兮,金风淅淅而萧森。驾言驰骛于西浙兮,继余马于虎林。寓遐瞩于此邦兮,爰陟吴山之高岑。"赋中的描景状物比起《凤凰来仪赋》和《皇极赋》等,少了几分铺排和华瞻,却多了几分准确和形象。全文叙事、抒情、描景、咏志结合得紧凑自然。最后数句逐句以"兮",似乎又回到了赋体的开端骚体赋的时代,体裁上也别具一格。

赵汸

赵汸(1319—1369),字子常,休宁县蓝渡乡龙源村人。元末明初著名经学家,晚年隐居东山,人称"东山先生"。自幼敏悟。一生专攻学问,不慕名利。曾师从黄泽、夏博、黄浯等理学家,通诸经,尤善《春秋》。惠宗至正初,虞集见其书,深加敬异,延致于家,未几归隐著述。尝辅元帅江同起兵保乡井,授为江南行枢密院都事。至正十六年(1356),休宁建商山书院,与朱升同聘为山长,学者尊之。次年,朱元璋来徽州,几次登门拜访,召他出山,皆托病推辞。明洪武二年(1369)应诏去南京修《元史》,仅用半年,完成初稿一百五十九卷。脱稿后遂乞归,返乡后未逾月因疾卒。著有《周易文诠》四卷、《东山存稿》七卷以及《春秋集传》《春秋师说》《春秋左氏传补注》《春秋属辞》等。生平事迹见《东山存稿》附录詹恒《东山赵先生汸行状》《明史》卷二八二。

赵汸是元末明初理学界中最重要的代表人物之一。他针对元儒学术之弊,提出了求"实理"的治经主张,深刻影响了当时乃至清初新安学术的发展。他的学术思想的最大特色是"和会朱陆",他提出的朱、陆"始异而终同"等一系列的观点,成为元末明初"和会朱陆"思潮的重要组成部分。赵汸在学术上的另一项主要成就是系统地提出了《春秋》学说,其中包括求索《春秋》笔削之旨的"属辞比事法""先考鲁史遗法,再求圣人之法"的治学途径以及对《春秋》中一些具体问题的看法等。赵汸的一系列学术成就,对元末明初理学界产生了重大的影响。

元代程朱理学大行其道,并对文学创作产生深刻影响:理学之圣贤气象与诗文之雍和平易、理学之深造自得与诗文之自得之趣、理学之志以御气与诗文之不大声色等。所以明初修《元史》时一反以往史书体例,将儒林传与文苑传合二为一,曰《儒学传》。赵汸本身就是著名理学家,所以诗文的上述气味更浓,成就并不高。其散文以赠序、书序、书信、行状之类为多,其中相当一部分是阐述自己的"致知""实理"等理学主张,体裁主要是书信。在《答上虞学士书》中,作者批评单纯推究朱熹学说"文义"的注疏集注类著作,不过是朱子之学的末流功夫,因为其书"虽有考索之富而扩充变化之无术,虽有辨析之精而持守坚定之未能"。在《答倪仲弘先生书》中,赵汸又批评"近世君子多以辨析义理便是朱子之学,纂述编缀便是有功斯文,故于向上工夫鲜有发明,日用之间无所容力",指出读朱子之书应跳出"推究文义"的末流功夫,代之以探求"实理",从而达到知其所以然的目的。在《与袁诚夫先生论四书目录疑义书》中,指出要做真正的"致知"学问,就不可人云亦云:"若夫向里一关,无所开发,而徒欲守先哲之见以为己见,诵先哲之言以为己言,则小子虽陋亦未忍自画于斯。"这些见解,不仅对治《朱子》、对纠正当时弊风有警醒作用,即使是今天,对如何治学,也还显现出先哲的理性光辉。

赠序、行状类大多为应酬文字,但也有可观者,如《送操公琬先生还鄱阳序》《送高则诚归永嘉序》《书苏奉使本末后》《观舆图有感》《送江浙参政契公赴司农少卿序》《滋溪文稿序》《虞集行状》等。其价值首先在于保存了许多元代文人政要的史料,以补正史之不足。如《东山存稿》卷六的《虞集行状》,提到虞集完成《经世大典》时的盛况以及文宗对此书的重视:"公(虞集)遂专领其事,阅两岁,书始成,为八百册以进。是日,帝宴于兴圣殿,受书,览之大悦,复命礼部尚书巙公子山别制为小方册,以便观省,行幸则以二驼载之驾前。"《元史》中只提到文宗时虞集任奎章阁侍书学士,与赵世延等编纂《经世大典》。《经世大典》今已不存。这段文字不仅使我们对这部丛书及其价值有了进一步了解，也使我们对虞集这位元诗四大家之一的学术、文字功底也有进一步认识。行状中提到的为《经世大典》别制为小方册巙子山，亦是当时一位名流，其人名康里巙，字子山，色目康里部人。官至翰林学士承旨、奎章阁大学士、礼部尚书等，卒谥文忠。与其兄康里回回同为当时名臣，世称"双璧"。其人工书法，善真、行、草书，名重一时，评者以为赵孟頫以后以书名者便是康里子山。这皆可补正史之不足。在《滋溪文稿序》中提到虞集对苏天爵《论帝王统绪之正》的评价："论兹事于前代，先儒具有成言。若夫世变不齐，异论蜂起，自非高见远识公万世以为心者，安能明决如是乎！"虞集曾草诏说顺帝非明宗子，所以顺帝即位后，他就谢病回乡。读了上面这段文字，我们对虞集对帝王统绪的态度，也有了进一步了解。《滋溪文稿》的作者是苏天爵，他是元代后期位列显要的少数北方汉族士大夫之一，也是北方汉族地主的政治代表人物，在当时的学术思想界有很高的地位，思想上也有代表性。苏由国学贡举出仕，历迁翰林修撰、监察御史、肃政廉访使、江浙行省参知政事、集贤侍讲学士、两浙都转运使等二十余职。至正十一年（1351），元廷调苏天爵任江浙行省参知政事，在饶、信一带抗击红巾军，不久，病卒于军中。赵汸与苏天爵交往密切，除为其《滋溪文稿》作序外，《东山存稿》中还有多篇文字提到了苏天爵，如在《治世龟鉴序》中称赞苏天爵："公为御史，知无不言；持宪节，以洗冤泽物为己任；参议政府，屹然不阿；两典大藩，皆勤于庶事。"亦皆可补正史之不足。《送高则诚归永嘉序》中的高则诚即作《琵琶记》的高明，字则诚，序中提及他的乡里、官宦履历以及人品、文学才华等，为我们了解和研究这部明太祖规定为士大夫家必备的案头书的作者，提供了一些细节和资料。

　　书序、赠序、行状之类文风朴厚、典重、平易，多阐发义理，体现了理学对文学的渗透。如评价苏天爵的散文："其文明洁而粹温，谨严而敷畅，若珠璧之为辉，菽粟之为味。"既有议论概括，又有形象比喻，简洁而准确。《四库提要》称《滋溪文稿序》"其文多淳实典确，不为浮声"，即是采用了赵汸之说。

赵汸的山水游记也是典型的学者之文,对山水源流、走向的叙述详尽委备,如《月潭八景记》的开篇:"由屯溪溯流,西南入张公山二百里,尽浙江之源,水皆自高注下,湍流浚急,滩浅者可揭也。当山水奇会处,辄汇为蛟龙窟宅,自浮游至龙深,以潭名且十数,而月潭最奇。"让读者对月潭的地理位置,清楚明晰,很像后来姚鼐的《登泰山记》。文中叙述月潭景色,也扣住四季的不同,可能是模仿欧阳修的《醉翁亭记》:

> 每春夏,溪流大涨,束于石门,涌而复坠,则震荡回湍,声振天地,势摧山岳。水之所入,深若归虚;汩之所出,旋如车轮;使人目眩心掉,不可端视。其水落波平,则浅深一碧,莹澈无瑕,鸟飞鱼跃于溪光山色间,皆悠然自适。夹溪多白沙翠竹,贩舟渔艇,往来其间,如画图然。而雪天尤为清绝,此月潭之大都也。

文章最后抒发感慨,"吾闻之"一段,既有理学家的特色,也受柳宗元《小石潭记》的影响。可见赵汸的山水散文虽未形成自己的风格,但也有自己的一些特色:叙述性文字行文详而不繁,笔锋收发自如;议论类文字正如虞邵庵云:"篇末之论,切时中理"。《四库提要》亦称"其所评论,简约中肯"。他在《商山书院记》中,论徽商"贾而好儒",向有培养子弟业儒的传统:"远山深谷,居民之处,莫不有学有师,有史书之藏",亦有类似特征。

《东山存稿》中的诗作亦是这位理学家的余事,成就不高,汪仲鲁在其诗序中委婉地说,赵汸的诗作,"因感发而形之咏歌,虽不专乎是,然长篇短哦,亦不一字苟为也"(《东山存稿序》)。也就是说不专业,但很认真,如这首《避地黄山过浮溪有感》:

> 剪刀峰下浮溪路,夹岸桃花带雨开。古树根柯盘铁干,清流沙砾见琼瑰。
>
> 林空唯许闲云宿,地辟偏宜野客来。远处旌旗犹满目,结茆无分又须回。

此诗写归于故乡,适逢陈友谅攻徽州,诗人避乱黄山剪刀峰下。诗中看不到乱中的忧虑,等同于一般的归隐之作。语言平易通俗,状物无甚特色,唯

"林空唯许闲云宿,地辟偏宜野客来"二句对仗整饬,语言锤炼,倒是妙句。

《东山存稿》卷一还有两首词,相比之下,比诗要佳:

溪亭春晚共离觞,何许是衡阳。香罗初剪征衫好,东风里、快马轻装。市远擘张闲眴,年丰虎落相羊。苍梧云尽暮天长。山色似吾乡。

莺啼绿树飞红雨,三千里、处处耕桑。说与年年归雁,重来应念潇湘。——《松风慢·代送吴德夫衡阳巡检》

回雁峰前。韬弓下马,春满前川。云尽湘潭,深村无警,白书安眠。

殷勤祖道开筵。应记取、松萝暮烟。一曲离歌,柳梢青浅,花萼红嫣。——《柳梢青》

两首词皆写送别,前一首语言浅白真挚,伤别之中亦暗怀自己人生的伤感和落寞;后一首语言清丽整饬,状物工致而波俏,如"一曲离歌,柳梢青浅,花萼红嫣",景中寓情,余韵袅袅。词乃"艳科",是言情的,一个道学家在诗文中的道学面孔,在词中尽可放下。可见一个作家一旦真情显现,才华才能充分发挥。

第三章　明朝初年的安徽诗文

第一节　朱升　朱同

一、朱升

朱升(1299—1370),字允升,休宁人,后徙居歙县。幼年师从乡贡进士、理学家陈栎,剖击问难,多所发明,陈栎深器之。后又与理学家赵汸往从。元惠宗至正元年(1341)举人,任池州学正。后避乱辞官回乡,僻居于穷山,闭户著述。明朝建立后,于1367年授侍讲学士、知制诰,同修国史。洪武元年(1368),被提升为翰林学士。不久受命采集古代后妃故事,与诸儒编写《女诫》。明王朝的礼乐制度和朱元璋大封功臣的制诰,大多为其撰写。朱元璋对这位理学大师十分器重,早在元至正十七年(1357)明朝大军初下徽州之际,朱元璋就微服拜访了朱升,曾对他说:"朕与卿份则君臣,情同父子"(《朱枫林集》卷九《翼运绩略》)。朱升自幼刻苦学习,至老不倦,"晨兴讲授,以身示法",以致"江南北学者云集"。尤精于经学研究,学者称他为"枫林先生"。程敏政称颂他"自幼为学即以列圣传心为主,践履致用为工,上穷道体,幽探元化"(《新安文献志》卷七六《朱学士升传》)。著有作品集《朱枫林集》十卷、《周易旁注》九卷等。

朱升于诗文理论并无创建,主要是实践儒家诗教尤其是宋代理学的义理主张,认为诗文创作应"以列圣传心为主,践履致用为工"。元末明初,诗文有纤弱柔靡之弊,内容上缺乏理致,他有感于当时学者"循途守辙,不复致思",又加"词华浮靡之习荡其中,科举利禄之心诱其外",以致"圣学明而实晦",于是试图将理学之思注入诗文创作中来,因而他的诗文作品具有明显的理学色彩,这在四言古诗《理斋铭》和五言古诗《题静庵》中特别明显,如《理斋铭》:

元化默运,流行不已。物象肖之,浑然之中,有文有理。理者条达,亘乎终始。有疏有密，有曲有直，而无交贸。物理惟玉，其致无比。……以理言性，有条不紊，惟程朱子。万物之理，皆备于己。……我作铭诗，其直如矢。稽首扁名，洗心圣言，秋月寒水。

《理斋铭》前有段冗长的序文，谈理和文之间的关系，从"理"字构形以及《易经》中对"理"的阐释入手，揭示"理"的内涵。在正文中，沿袭序文从字形释"理"为起点，由"理"及"性"，指出"以理言性，有条不紊，惟程朱子"。接着指出"理"在道德、礼仪中的作用以及在现实生活中的应用。其铭则是对这段序文的诠释，可谓押韵之讲稿。又如《题静庵》：

三圣妙传心，心体存于静。执中又三言，近来惑未省。诗书每谆切，邹鲁尤衍永。德性敬所尊，放心闲弗骋。归根乃春苗，用晦岂灰冷？彼所谓善刀，我所谓尚絜。寥寥越千祀，舂陵一提醒。紫阳书满家，鼻端最机警。南州今孺子，名庵在近境。明当从之游，飞度韩田岭。

此诗目的在于辨析性理，阐发理学观念。整首诗皆是在阐释"静"这一概念。诗人认为，儒家的中庸观、道家的修身养性理论以及佛家的修行之法，均与静有关。诗中大量使用儒释道三家典故，可谓句句用典，晦涩难懂，已无多少文学色彩。读该诗，几同于嚼蜡。这种理学思辨色彩甚至浸淫到一些写景志记的诗文中，如七言律诗《题方山楼》云："易称坤静德能方，楼对方山拱画楼。突兀仙居雄里闬，淋漓华匾照楣梁。青山滚滚开书帙，余庆绵绵列笏床。老子箧中无一事，翠屏松竹共苍苍。"方山楼乃诗人读书之处，诗歌开头就援引《易经》乾坤理论，声称环境幽静才能培养方正之道德，然后渲染读书之乐，至于楼外景色就结尾一句："翠屏松竹共苍苍"。在散文《四友轩记》中，作者认为"嘉植、苍翠、芳香、人"这四友，各有其德："物之，性也，莫不各有其德，惟无欲者能不失之。"像是给物理作注。

朱升的一些纪游诗，尤其是描写家乡山川风景的诗作，倒是写得酣畅淋漓，画面也很壮美，充满想象力，如七律《游齐云岩值雪有作》：

怪石飞云路更斜，长风远水思无涯。金仙直竖兜罗指，玉女细挪蘑葡花。兴到直须斟北斗，壶倾安得唤西家。岩神刚许云衢步，好称先生鬓未华。

"金仙"二句不仅生动地描绘出山花野树的形态,而且充满想象力。结尾两句,在浪漫想象之中,更是有种生活的自信和乐观精神。这类诗文中作者有时也阐发义理物性,但由于与山水融合较好,又贮满情感,因此很有些宋代理学诗的理趣。如《题庐山夏君再判新安诗序》中通过对家乡山水的描摹、概述,阐发山水与歙人情操、秉性之间的关系,就很有启发性:"盖新安为郡,跨番浙两江之源,山峭厉而水香洁;其君子亦竦以义,其小人往往安分无他心。一州五县,休歙为尤良。"

作者还有些咏物小诗,写得清新可喜,富有情趣,如组诗《盆荷》其一云:

闲向窗前凿小池,规模虽窄颇稀奇。澄澜清浅无三尺,嫩芷初开一两枝。日照黄心香馥郁,风翻举盖碧参差。浑如宝鉴涵明月,对此宁无酒共诗?

全诗写盆荷之景,静动结合。荷之嫩美、卓姿、飘动,引起诗人的吟咏和饮酒。结尾两句亦有理性参悟。朱升还有十首闺怨诗,《代人作春闺怨》其一云:"生来最不耐离愁,镇日娇啼依画楼。邻舍女儿竞相笑,奴家半月不梳头。"此是写因离别懒于梳妆,用《诗经·伯兮》中"岂无膏沐,谁适为容"诗意,但由于自白改为邻女取笑,诗句更加活泼通俗。其二云:"昔日红桃花发时,每摖花片比琼肌。如今却被桃花笑,晓揽青铜草样萎。"不仅人笑春闺之女,就连花也嘲笑春闺之女了,更有想象力,诗句更加波俏。

二、朱同

朱同(1336—1385),字大同,号朱陈村民,又号紫阳山樵,休宁人,朱升之子。洪武年间举明经为本郡教授,升吏部员外郎,累官礼部侍郎。后因卷入宫闱事件被赐自杀。关于具体死因,据说是"一日,御沟有浮尸,帝疑之",遂赐死。为人有文才武略,又长于图绘,时称"三绝"。他秉承家学,对儒家经学研究多有创见。著有《覆瓿集》八卷。清儒在《四库提要》中说:"凡诗三卷,多元末之作,爽朗有格。文四卷,一轮纯粹,不愧儒者之言。"

朱同的诗歌理论表现出以封建伦理道德为中心的价值取向,认为文学作品应该羽翼六经,"佐圣朝之至治,以鸣国家之盛"(《送副使丁士温赴召诗序》)。认为"诗之为教与政通","古之圣人以法制禁令不足以止人之邪心也,是以'二南'之诗,'正始'之道,王化之基,用之乡人邦国,使夫人之感发、兴起于歌咏之间,涤荡消融,涵泳洞彻,而不自知其迁善远罪,此上之所以资以为教者也"(《送副使丁士温赴召诗序》)。出于这样的诗歌主张,他创作了大量"佐圣朝之至治,以鸣国家之盛"的粉饰太平之作。这类诗作,气度雍容、思虑纯正,体现的是皇恩民风,一派升平的景象,可视为明初台阁体的先声。他的应制组诗《应制作潇湘八景》就是通过"洞庭秋月""潇湘夜雨""烟寺晚钟""江天暮雪""平沙落雁""远浦归帆""渔村夕照""山市晴岚"这潇湘八景,来极力夸摹所谓盛世之音,如《平沙落雁》云:

秋色澄空碧霄远,蓐收气肃寒云卷。数声嘹唳天外来,低落平沙水清浅。羽毛独尔知随阳,岂为饥肠怀稻粱?衔芦不烦避缯缴,解网今已同商汤。

诗中借雁喻人,除极力铺写秋色澄高、水清沙平、宁静安稳的生活环境外,还强调衣食无虞——"岂为饥肠怀稻粱",而且今日圣主就像当年的商汤,网开一面,刑法十分宽缓。谁都知道,这并不是明初的社会现实和政治现实。此外,像《渔村夕照》中的"红轮留照悬远空,水村泽国俱春融。饭饱不知身外事,欸乃一曲歌淳风",《山市晴岚》中的"鲜鳞可买醪可沽,醉归不倩旁人扶。皇风万里被海隅,渔樵乐土无处无"、《烟寺晚钟》中的"洪音浩荡无远迩,播扬万里资皇风"等,都是在作这类粉饰和颂圣,也是他"佐圣朝之至治,以鸣国家之盛"诗学主张的具体体现。

朱同的诗文中,也有一些表达个人志向和民生关怀的抒怀咏志之作,如七古《耕田歌》云:"林藏宿雨鸠声急,老农扶犁荷蓑笠。田多不知牛力疲,驱牛叱叱嗔牛迟。野鸟随人啄鳅鳝,衔飞鸣噪桑树巅。耕罢平田水如镜,涵空倒浸茅茨影。白鹭双飞不怕人,香雪无尘羽毛净。野老田间自相语,秧少传闻好禾黍。辛勤不敢望赢余,输向官家奉明主。"这首诗题下注曰"和王建体",是首新乐府,其中"田多不知牛力疲,驱牛叱叱嗔牛迟"也许含有朝廷不惜民力的暗示或告诫。一番平实的叙述后,于结尾处卒章显志:"输向官家"是无奈的事实,"辛勤不敢望赢余"则是意在言外;至于是不是"明主",读者从前面的描述中也许得出与诗人不同的结论。又如七律《过永乐田家有感》,其中的颔联和颈联云:"落日园林鸡犬富,秋风平野稻粱肥。农翁但道征徭重,啼鸟那知世事非。"由"鸡犬富""稻粱肥"一转至"征徭重",让我们感受到诗人的忧民情怀。但即使在这些咏志抒怀的诗篇中,也处处不忘颂扬圣明之世,揭露和同情显得空泛和肤浅。诗人还有一些咏志抒怀之作,也无非是经纶时事、报效明时这类圣人之教,平庸而世俗,如《赠王若霖二首》其一云:"方当勤苦日,莫负圣明时";《山居述怀》云:"经纶本是男儿事,莫理雕虫到白头";《送吴彦才之京》云:"男儿有才当大用,何必儒生空读书";《题杜休宁溪行图》云:"何当献斯图,一解苍生忧"等。

朱同还有一些感怀之作,表达了一位行迹在外的游子对亲人的思念,寄寓身世之感,这类诗作倒是较为真切感人,如七律《过吴江思归》云:"岁暮江春忆故园,片云犹隔路三千。长歌作客岂今日,拔剑出门思去年。古歙春归梅似雪,吴江风静水如天。双亲欲望儿归日,无奈南来有障烟。"颈联用客居之处和故乡两地的风景进行对比,家乡之美和眷念故乡之情自在不言中;尾联用代拟之法,设想双亲盼儿归,突显思盼之情的互动,这是所谓"对面傅粉"的中国诗歌传统手法。又如《遣人归寄三首》其一云:"年余始报平安信,万绪千端下笔难。但得双亲常健在,不须流泪依栏杆。"其二云:"甲辰之冬十月望,行客此时应到家。想得双亲淹泪眼,问儿何事在天涯。"其三云:"两字平安报细君,勋名未了百年身。但令贞洁如圆月,不用春闺梦远人。"三首诗之间,环环相连、层层推进,将情感逐步推向高潮。他的《发新城至浙江书怀》一诗,写得清新爽朗,意味醇厚,有深长之思,堪称代表之作。诗云:"夜发新城望浙城,好风吹送片帆轻。一丸皓月天心小,万里沧江镜面平。白浪总催前后事,青山不尽古今情。重来十载登临地,何处故人同眼明。"全诗写阔别十年后重来杭州的喜悦和感慨之情,情景交融。

朱同还创作了十八首《竹枝词》，这组《竹枝词》中的男主人公是阿郎，女主人公是阿侬。诗中多写相思之情，颇有南朝乐府中《子夜歌》的风味，如"十八嫁郎眉未开，郎轻离别重求财。扁舟一逐江潮去，日日潮来郎未来""十五十六月正圆，楼头买卜问青天。月如照到吴江水，郎在吴江第几船"。在表达浓情蜜意，倾吐对负心郎的哀怨时，多用比喻，十分贴切，极富形象感，如"郎心恰似江上篷，昨日南风今北风。妾心恰似七宝塔，南高峰对北高峰""阿侬随郎上钓舟，郎作钓丝侬作钩。钓丝无钩随风飘，钓钩无丝随水流""湖草青青湖水深，画船撑出断桥阴。画船无舵是郎性，断桥有柱是侬心"等。

朱同的游记文，对家乡风景的描写，颇有韵味。如《容膝山房记》云："海阳为徽之属邑，山水率多，奇峭秀拔，圆整清丽。衍为平川，融为村墟，层峦叠嶂，鸾鹄停峙，骏马交驰，与云烟竹树掩映迤迆。虽居万山间而颇有江湖之思。"这里向我们呈现了休宁山川的独特风景，令人神往驰思。他的一篇《悼女赋》，写五岁的女儿夭折，父母日夜思念，回忆女儿生时的音容笑貌，回忆昔日教女儿读书的场景，回忆昔日辛勤抚育的生活场面。这些通过细节、片断"捕影追风空劳想"的文字，让人读后悲伤流泪，开启了归有光《寒花葬志》这类追忆散文的先河。咏物赋《云赋》采用主客问答的骚体赋形式，语词华彩，显示了作者的才华。

第二节　唐桂芳　陶安　郭奎　程通　郑潜

一、唐桂芳

唐桂芳（1308—1371），字仲实，号白云，又号三峰，歙县人。幼受庭训，从乡里洪焱祖、陈栎、胡云峰学。弱冠为明道书院司训，并游吴，师从钱水村。当时龚敬、郑玉等均折节与之交往。二十八岁时侨居金陵，诗歌创作成就初显。元惠宗至正年间，授建宁路崇安县教谕，再任南雄路学正，后以丁忧归。明太祖定徽州，召对称旨，命之仕。可他以瞽废辞，后为紫阳书院山长。卒年七十三。著有诗文集《白云集》七卷。据陈浩《白云集序》所说,唐桂芳的作品,因"干戈扰动散失,所存十百余一二"。可见今存《白云集》仅为其作品数量的一小部分。《白云集》中有古体、近体诗二百九十首,辞赋六篇,词八首,文近百篇。

唐桂芳早期"攻举子声律之学,而未暇慕于古文也";后期专治古文,且其创作极富旨趣,"理融事夐,洗濯锻炼"(陈浩《白云集序》)。他对诗文创作中"言"与"文"关系的认识是:"言之精者为文,文之精者为诗"(《白云集自序》),反对"波辞、淫辞、邪辞、遁辞"。他在给门生黄季伦诗集作的序跋中,评述了黄季伦诗歌的特点,这些评述可视为他的诗学理论主张:"其思致深远,词语简丽,蔼然古人之风者。至于或美或刺或悲或喜,皆足以增伦纪之重,备论录之遗。用心之苦,寥寥千载,必有知吾季伦者。"他认为今人之诗远不及古,唯有黄季伦诗迫近古人。清儒在《四库提要》中说:"故所作容与逶迤,绝无聱牙晦涩之习,诗亦清谐婉丽,颇合雅音,尝自称酒狂先生。"

唐桂芳诗歌的主要特征是清新、婉丽,这在他的赠别、怀友、题画、行旅等各种题材的诗中均有体现。如五律《晓行》云:"旅泊三千里,思亲十二时。冲云寻路险,带月出山迟。鸟语频摅臆,花看自美姿。无人知此意,小立为题诗。"全诗清简中略带淡淡的愁思。又如七绝《遣怀》其一云:"繁昌县前白杨树,随处柴门逐水开。可是夜深风露冷,流萤一箇渡江来。"诗的前两句写江边柴门、杨树,一任自然,无雕饰。后两句写风露、流萤,凄冷、孤独的情境,正是行役在外的诗人的真实写照。题画诗《题村田乐图》疏散自然,平铺直叙,写出村民的闲适自乐,最后表达了对田园生活的向往:"呜呼!仕途岂似归田好,骨肉睽离不相保。半生爵爵利名愁,一夜白发惊霜草。宦游安得比两翁。山肴村酿肩相从,手持鼓声咚咚,何异击让歌尧风。"

唐桂芳的散文亦如行云流水,无刻意雕饰之处,如游记散文《溪山一览亭记》《游钓石记》《稼友轩记》等皆是如此。这些作品往往在叙述游览经过、描写景色之美后,表达一些理性思考,如《游钓石记》云:"其高十数丈,其阔如之二,其色黝黑,其制甚方,如印。然而不刓如台,然而不陂不倚。呜呼!天造地设钟英于是久矣。"文中对钓石外在行状的形成表达看法,认为这是天地造化之工,内中表达的是"不敬不倾"的中庸之道。他的《黄山图经诗集序》中,对黄山周边景物的描写,可谓十分全面:"江南诸山之大者,有天台天目。天目高一万八千丈,而黄山仅一千一百七十丈,反企于黄山,何也?以地势推之,钱塘迤逦,溯流而上,尾蟠颈转为滩,三百六十石,廉利剑戟状,黄山雄拔最高处,浙东西宣、歙、池饶江。信列郡之山,蜿蜒联属,殆若培塿。汤泉闳灵孕秀,清泚香滑,支分派别,东南导于歙北,达于宣南,潴于钱塘,又南会于睦,过大鳙,入于衢,自衢之西,浮于饶,至举根。西北逾于贵池,是其余波也。识者以为小昆仑焉。"文章从地理、地势出发,推断出黄山为何独名扬于江南诸山中的原因。黄山周边的山山水水,均可看做是黄山美景的延伸。反过来,这些延伸到山山水水,又衬托着黄山的超众之美。因此,全文叙事与说理融为一体。

唐桂芳还有少量的祭文、墓志铭、书、表、颂、赞等体裁的作品。

二、陶安

陶安(1315—1371),字主敬,安徽当涂人。少敏悟,博涉经史,尤长于《易经》。《明史》记载他与朱元璋有多次问答,朱元璋亟称善。1367年,陶安被召为大学士。洪武元年(1368)任知制诰兼修国史。陶安工诗,善画墨梅。著有《陶学士集》二十卷。《四库提要》对其诗文的评价是:"安文章虽不及宋濂之俊伟,而其词类皆平正典实,有先正之遗风一代。开国之初,其气象固不侔耳。"陶安的诗,无论古体还是近体,均朴实平正,这与明初主流文体馆阁文臣的台阁体相比,要素淡朴实得多,也更显得难能可贵,如五古《述寓》云:"夙志慕前矩,琴趣愧难续。弃米曾赋归,云何效奔逐。慈亲日向老,无以报鞠育。明经不取士,奉养心未足。携家客秦淮,苍苔蔽荒屋。年丰公廪虚,半载不沾禄。妻子乐从俭,朝夕共食粥。母心爱两孙,每食分鼎肉。自怜头上巾,兴到无酒漉。怡然坐窗下,一笑对秋菊。"这首诗叙事平实,其中对双亲日老,自己无法报答鞠育之恩的羞愧,由于"半载不沾禄",只好与妻子"朝夕共食粥"的歉疚,对自己无法让子女温饱,反让老母分食给两孙的心痛,一一如实道出,反复申说自己的愧疚之情:上愧于老母,中愧于贤妻,下愧于膝下之子,感情真挚而毫不做作。

陶安一生奔波不息,仆仆于风尘道上,因而写下了许多行旅诗和送别诗。其中有的送别诗多达四十韵(如《送朱仲长》)、五十韵(如《送輓乐天王处士》)的排律,显示了诗人的创作才华。行旅诗中多以自己的道上见闻,抒发悯生情怀,如五律《次安庆》:"年余罢争战,地美类承平。茅屋添新户,江流绕旧城。关津遮道问,将帅出郊迎。天晚烟波阔,催行月未明。"经年的战乱终于止息,人民的生产生活得以恢复,残破的旧城也渐有生机。诗人的喜悦之情,在"地美类承平""茅屋添新户"等描叙中得以展露。诗人虽是匆匆经过,但表达的不仅是"天晚烟波阔,催行月未明"的辛劳,更有对民生的关怀。在陶安记述行旅的诗歌中,虽不乏对沿途景物出色的描写,但类似"天晚烟波阔,催行月未明"行色匆匆的旅途辛劳,几乎贯穿在他的这类诗歌之中,如《采石晚渡》云:"残霞远树水云中,淮甸江乡有路通。沙影分开晴浪白,橹声摇落夕阳红。风前宿鹭投疏苇,岸上征人望短蓬。幸有蛾眉解迎客,无劳更叹暮途穷。"颔联中的白浪与夕阳,在色彩上形成鲜明对比。特别是将船工摇橹与夕阳西下搭配在一起,更有一种苍凉的美感。再加上宿鹭和征人,不仅写出行旅的艰辛,更寄寓了"暮途穷"人生行旅的感叹。善于把握景物的典型特征,并以此展开联想和想象,又以情感或人生感慨灌注其中,这是陶安描景时常用的手法。这种手法不仅在行旅诗中多有表现,在其他题材作品中也是如此,如题画诗《秋江雁影》:

西风不动楚波凉,倒浸征鸿带夕阳。云母屏间筝列柱,水晶宫里字成行。纷如鹊映银河面,孤似鸾窥宝镜光。几见芦汀飞起处,冷涵数点在清湘。

秋风不惊,秋水如镜,长空秋雁倒映在夕照下的秋江上,像是在水晶宫里排成大写的"人"字,这是何等清寥又充满情趣的秋景。诗人并未就此打住,又继续用比喻的手法联想下去:"纷如鹊映银河面,孤似鸾窥宝镜光",暗中点出孤旅和相思。最后再实写芦汀深处的鹜鸟,"冷涵"和"清湘"都是在强调清秋的寥落和空旷,背景飞动阔大和画面中心的"数点"构成强烈的落差,更加凸显清秋的寥落和孤寂。

陶安还有咏史诗十五首,分别吟咏诸葛亮、祖逖、韩信、张良、岳飞、韩世忠等十五位良将贤相,其创作动机是有感于"生民肝脑涂地,弗见援而止息者",于是"思古之豪杰","每赋一绝,以寓思仰之忱,亦望梅止渴之意",如《诸葛亮》云:"扶汉如周夙所期,遗孤委托在艰危。出师二表文犹在,伊傅存心世共知。"他的《杂谣》四首,则显得闲适而富有生活情趣。如其三云:"两个渔舟烟水中,见我相违如燕鸿。生怕军来觅鱼蟹,不知船里载诗翁。"其四云:"来往船儿都起篷,天公那有两家风。上流不及下流速,安得人心喜一同。"语言朴实无华,情趣中又略带理趣。陶安还有首悼亡诗——《悼故妻喻氏》。这首五言古诗,长达三百多字。全诗一韵到底,由喻氏家境写起。她的父兄"富田宅",她的姑妹"丰货钱",可她宁愿做"贫士妻"。继而写她持家节俭、勤于耕织、孝奉父母、善待宾客、教子有方,然而"瞑目在我先"。当噩耗传来,"是时领公务"的陶安,"气息犹悬咽";当奔丧到家时,见到的是"头发如漆黑,容色清娟娟"的妻子遗容,任凭陶安临床叫唤,妻已长眠不醒,读来让人潸然泪下。诗中铺叙了妻子一生的所为,每一句都在写妻子的付出,反映了妻子的美好品德。作者在结尾处写道:"同穴在异时,述此垂曾泫。"平淡叙述中隐含了深沉的愧对情怀和真切的思念之情。

陶安的散文创作亦颇佳。《惜逝文》写得情真意切、凄怆感人,有汉魏哀悼文之特色。另外,《诗盟记》一文值得一提。这是陶安应王达善之求而作的记叙文。文人结社,是明代文人政治活动和文学创作中的一道亮丽风景线。文中记述了该诗盟产生的背景,分析了诗盟能在徽州地区建立的原因,阐述了自己关于诗歌创作的见解,并对诗盟的活动内容发表了看法。文中的"故善诗者一本于心,充积汪洋,遇物发机,吐辞成声,则骨干伟杰,神采焕扬,不假雕组,自中矩矱。若夫求工于绮靡纤巧之余,受窘于拘挛掇拾之际,余窃病",可视作为陶安的诗文理论主张。他反对绮靡雕刻的诗风,主张文由情生,诗风俊朗、质朴。可见该诗盟的建立是有意纠正和对抗明初纤弱的诗风。《陶学士集》中还有五篇赋,其中四篇是论治理之道,一篇是咏歌隐逸。另有词十九首,其中抒情词居多。

三、郭奎

郭奎(?—1365),字子章,巢县人。曾从余阙学治经,余阙亟称善。明太祖朱元璋为吴国公时,郭奎为其幕府。朱文正开大都督府于南昌,命郭奎参其军事。后文正得罪,坐不谏被诛。郭奎工于诗,其诗五古宗汉魏,近体兼宗唐宋。诗格清刚,句无浮响,一洗元人秾弱之习。清儒在《四库提要》中说:"奎当干戈扰攘之际,仗剑从军,备尝险阻,苍凉激楚,一发于诗。五言古体,原本汉魏,颇得遗意;七言古体,时近李白;五言律体,纯为唐调;七言律体,稍杂宋音;绝句则在唐宋之间。元末明初,可云挺出。"由此可见郭奎的诗作在明初诗坛上的地位。他冲洗了秾弱的元诗之弊,代之以风骨质朴之风。

郭奎今存诗集《望云集》五卷,题材多为行役客思,抒发对故乡亲人的思念。宋濂在《望云集序》中说,"望云,志思亲也","其必吐和平之音,以鸣天下之盛"。他的五言古诗诗题多沿袭汉魏,如《杂诗》《从军行》《七哀诗》《从军诗》《赠别》《悼亡》等,但风格并非如宋濂所言,是"鸣天下之盛"的"和平之音",而是多慷慨不平之声,如《七哀诗》就是倾吐自己流窜之中的悲苦和不平:

> 飚风西北起,阴云薄南陲。冉冉岁云暮,恻恻心内悲。辞亲远行迈,已越三年期。昔为连根树,今若游地丝。形影窃自吊,朝东暮西驰。不学齐仲连,翻作楚钟仪。南冠愧流窜,短褐谁相知?性命寄须臾,面色含饥疲。明月在东壁,愿照浊水泥。泥中复何见,沙砾纷参差。下游沉沙珠,上有琼树枝。琼枝良可依,终不埋光辉。

诗由写景开始,渲染着一种悲情,为全诗奠定了感情基调。随后叙事,交代背景,继写远离亲人,行役在外地艰辛,表达对亲人的思念,其中"南冠愧流窜,短褐谁相知?性命寄须臾,面色含饥疲"等句,情词激愤,颇乖离风雅之旨。最后"琼枝"句以喻体表达对贤人的渴求，希望际遇贤人，得以重用。全诗写景、叙事、用典、比喻始终围绕着刻画抒情主人公的情感而进行的。诗风古直苍凉，确有汉魏古风，其中"冉冉岁云暮"即直接化用《古诗十九首》中成句。郭奎五古中一些诗句也颇精美，如"一年今夜尽，千里异乡愁"（《途中除事》）、"乡心悬落日，旅食倦长途。梦断巢湖上，行临建业都"（《金陵道中》）等。他《秋兴三首》中的"十年关塞无家别，杖策犹悲行路难"，则是嵌入李白、杜甫的诗题、诗意，更显出表达技巧的高超。《四库提要》说他"时近李白""纯为唐调"，确为至言。郭奎的抒情诗则一改悲凉古直之调，显得轻快而情趣盎然，如杂咏《铜陵寄刘知府二首》其一云："江上九华翠欲流，池阳太守旧交游。月明良夜召清赏，正似山阴雪后舟"，就是一例。

四、程通

程通（？—1403），生年不详，字彦亨，号贞白，绩溪人。洪武十八年（1385）入太学，洪武二十三年（1390）举应天乡试第一，授辽府纪善，擢左长史。永乐初，因上建文帝《防御北边封事》，被论死。据胡松《贞白遗稿序》所说，程通原有诗文百余卷，适逢战乱，卷帙多毁。今有《贞白遗稿》七卷行世。清儒在《四库提要》中说："其诗文亦俱醇朴有法，虽所存无多，而大节凛然。"明程敏政所撰《长史公传》也说："为诗文不求异而主于理，然辞气超越，专工者反不能及。"程通在文道关系上主张"道为体，文为用"，有道则有文，所谓"有其道者，必有其文也。山川花木，地之文也。礼乐制度，人之文也。盖道为体，文为用"（《岘泉集序》），实际上是欧阳修等宋儒文道观的翻版，因而他的作品多表现对盛世的粉饰、对皇政的歌功颂德，诸如"乾坤淑气正融合，九十韶光一半过"（《春日即景》），"世上有生皆德泽，辽东无处不桑田""真是太平新景象，愿将史笔纪尧年"（《和朱训导韵》），"永为君王符万岁，式同臣子际千龄（《老人星》）"，"君臣道与三阳泰，宇宙回春一气充（《和王典簿韵》）"，"仁风化日均舒畅，品物熙熙霭德辉"（《和胡公韵》）等充斥其诗作之中。

程通的咏物诗亦颇近似宋代的理学诗，重在阐明物理，如《爆竹》云："此生循约束，烈性慎几微。容物非无量，通玄更有机。当场吐霏屑，满眼生光辉。平地一声起，传扬到处知。"虽为咏物，但却主理。特别是颔联，玄理色彩非常明显。

程通的散文亦有类似的倾向，如《寅宾堂记》等即是歌功颂德、粉饰太平之作。但是他抒写亲情的抒情散文却情意哀婉，真挚感人，如《陈情乞祖还乡表》恳请乞归赡养祖父，其中写道："第念臣父已殁，止有祖平见今，年七十有四。洪武初，坐法流陕西，远隔四千里，相别二十春，音问不通，安否？何似茕茕只影，白首畴依。其饿也，谁为之食？寒也，谁为衣？疾病也，谁为之奉汤药？虽有微臣，无由顾盼。停飧忘寐，徒有所思。臣欲养父，父已不逮。臣祖幸存，虽欲致菽水之养，又不可得。"质朴坦陈，言辞感人，直可追李密的《陈情表》。在《祭先祖文》中对不能赡养祖父进行自责："祖孙之情，天伦之重。生而不能致菽水之养，疾而不能供汤药之需，死而不得凭于棺葬，不得临于圹，子孙之道一何有哉？"边议边叙，敞开心扉，自责痛陈。类似的还有《祭先母文》《春晖堂记》等。

他的一些记游、赠别散文，像《仙岩晚翠楼记》和《送黄太守序》等，描叙家乡的山川风物、土俗民情，往往三言两语，形象突现，概括亦颇为精准，如《寅宾堂记》描叙绩溪的地理环境："新安山水名江东，绩溪最善。环县治幅员数十里，群山联络，拱揖周卫，如坐匡郭中"，准确而又形象；文章分析绩溪人铨选之难及其与地理、民风的关系，亦别具只眼："东南巨卿，惟徽为最。国家遴是守也，视他郡特难之。洪武壬申除徽守司铨者，以黄子希范名奏皇上，可之，命下，一时士大夫莫不鼓节，为吾徽得人庆。或谓徽在万山中，山峭厉而水清激，其人好斗，故其俗好讼。"

五、郑潜

郑潜（？—1379），字彦昭，歙县人。元末曾历任太子正字、监察御史、福建行省员外郎、海北道廉访副使、泉州路总管。入明，以故官起除宝应县知簿,升潞州同知。洪武十年(1377)致仕卒。著有《白沙稿》《樗庵集》等。今存《樗庵类稿》二卷,有古体诗五十首,近体诗一百四十六首。

郑潜诗歌抒怀感事,多从现实出发,情感真挚感人。如《感怀二首》其一云:"清明不雨只狂风,竟日尘沙起半空。四海疲民皆白骨,人间无泪洒春红",反映元末战乱之中的民生疾苦;七律《江上漫兴》则是抒写自己为宦的坎坷经历以及对苍生的同情,其颔联云:"宦情岂似诗情好,酒兴何如酣兴浓",尾联云:"云帆万斛输京国,谁念苍生涕泪中",表达自己对官场应酬的厌倦和对民生疾苦的哀悯。他的六首《忆昔》诗,采用今昔对比,表达对自己昔日受恩受宠、今日贫居清寒的感慨,诗中的今昔落差,令人印象颇深。如"攀龙尚想风云会,此日空山伐木歌""生涯自笑惟诗在,旋种芭蕉听雨声",感慨之中自有对官场的深眷。元末大家揭傒斯说郑潜诗作"如幽人雅士,神情散朗",恐是过誉。他的写景之作,俊逸爽朗有格,多有气势,如七言古诗《清泠台》云:"清泠台前风露凉,乌云古桧蟠云苍。中秋明月海天阔,万里一色山河长。天秀岩前望海亭,月华如练照清泠。却从东壁重回首,石磴阑干出翠屏。"广阔的背景和精致的眼前景物交错并出,清凉静谧之中显露苍茫气象,颇有唐人风韵。又如《山行五首》其一云:"深谷人家尽力耕,老翁稚子笑相迎。但愁官府征租赋,不识风尘有甲兵。"前两句叙事,第三句笔锋一转,由笑转为愁,变化极快,却又警醒深刻。后两句让我们想起了王昌龄的"但使龙城飞将在,不教胡马度阴山"。郑潜的诗作不同于同时代的程通,多为抒怀感事而少有歌颂盛世太平的作品,这与他入明后仕途不畅有很大关系。

郑潜诗歌着眼当代社会现实,诗风平实冲淡、俊逸爽朗,这对元末纤秾柔靡的诗风有极大的反拨,在安徽乃至中国诗歌史上有不可取代的地位。程敏政给郑潜作品集作序云:"彦昭诗,森然而武库之兵,浑然而昆山之璞,沛然而春江之涛,金石奏而罍洗陈。何其能言而文欤?盖骎骎乎格高律熟而入于精者矣。"(《序郑彦昭集》)元末诗文大家贡师泰也称赞郑潜的诗作产生于现实生活,是有助于国家的治理的正声:"彦昭之为诗,于行役,于揽辔,随其所得,莫不各极。夫趣之远,体之正,声之和焉。然则彦昭岂苟作者哉?观其诗可以得其心之所存矣。……宜日益超事业,宜日益广他时,播之声诗,以鸣国家之治者,又不止是而已。"清儒在《四库提要》中将郑潜诗歌风格形容为"玉山朗朗",并肯定其在元末诗坛的独特地位:"其诗词轩爽,有玉山朗朗之致,视元末纤秾之格,特为俊逸。"元末大家揭傒斯更用多种比喻来称赞郑潜诗歌的艺术成就:"其诗精炼工致者,如镂金刻玉,光彩灿然;平实冲淡者,如幽人雅士,神情散朗;顿抑浩瀚者,如惊涛骇浪,乍起乍伏,而可观可愕。"由此可知郑潜的诗歌在明代文学史中的地位。

第四章 明代中后期的诗文创作

第一节 程敏政

　　程敏政(1445—1499),字克勤,号篁墩,又号篁墩居士、篁墩老人、留暖道人,休宁人。父亲程信累官至南京兵部尚书兼大理寺卿,一生为官三十余年,以名臣闻于世。程敏政少承家训,自幼聪颖敏悟,读书过目成诵。十余岁以神童召对,试瑞雪诗及经义各一篇。程敏政应对自如,援笔立就。诏读书翰林院,官给廪馔。宪宗成化二年(1466)举一甲二名进士,为同榜三百五十余人中年龄最少者。授翰林编修,历左谕德,直讲东宫。当时翰林中,学问该博称程敏政,文章古雅称李东阳,性行真纯称陈音,各为一时之冠。孝宗嗣位,擢为少詹事兼侍读学士,累官至礼部右侍郎。他自恃才高,常俯视侪偶,颇为人所疾。弘治十二年(1499)与李东阳主会试,因举人徐经、唐寅预作文与试题吻合,给事中华昶劾程敏政鬻题。李东阳与考官复校所录之卷,发现二人卷皆不在所取之中。李东阳澄清此事,让人知晓,但言论仍未止息。于是程敏政、唐寅、徐经等俱下狱。程敏政请与言论者廷辩,华昶等人廷辩时语塞,华昶以言事不实调离。程敏政出狱后,愤恚,发痈而卒。后赠为礼部尚书。编著和刊刻的作品有《皇明文衡》《篁墩文集》《道一编》《新安文献志》《宋遗民录》《唐氏三先生集》《休宁志》等。据统计,其编著、刊刻的作品共计近二十种,多达五百余卷。

一、文学主张

　　程敏政以经学及第,尤喜读朱子,曾摘录朱熹、陆九渊两家书信编为《道一编》,并加按语,认为朱、陆二学始异而终同。但他对朱熹亦非盲目认同,曾对朱熹"道问学"中支离汗漫地注解儒家经典提出过质疑,他认为尊德性和道问学是体用关系,二者不可或缺,应该以尊德性为主,辅以道问学,"尊德性而不以道问学辅之,则空虚之谈;道问学而不以德性主之,则口耳之习。兹二者皆非也"(《送汪承之序》)。我们知道,朱子认为"理"是万物之本原,为学之道应该是"穷天理,去人欲",通过对儒家经典的阐释、注解,去启发心智。而陆九渊认为"心"是万物的本原,心即理也。为学之道应该尊德性,而不必读书穷理。从程敏政的上述阐释看,他是在调和二家之说,当然也表达了一定的倾向性,即为陆学辩护。程敏政所认为的朱、陆二家始异而终同以及对陆学的辩护,对晚明心学的兴起不无影响。王阳明复兴陆学,固然对明代中后期新思潮的兴起居功至伟,而程敏政的筚路蓝缕之功也是不应该被忘却的。

基于上述理学思想,程敏政强调文学创作中"道"的重要性。他在《赠工部主事吴文盛序》中说:"余观两汉之人,乡举里选,虽若无事于学,至诵其著述,皆平实可法,大抵人必深于学,学必本于经。故见诸行亦有所据。"可见,程敏政提倡作文应本于"经",也就是本于"道"。与此同时,他也指出文章的功用,认为"文之用也,大可以华国,次可以饰吏,又次可以贲身,而扬先烈,要之为不可阙者"(《平盈文会录序》),反对当时道学者所谓的"必去而文,然后可以入道"的偏颇之论,指出"文,载道之器也"。他有感于当朝文章创作中"散出不纪,无以成一代之言",于是博采洪武之后、成化以前的文章,编为一部明代文章总集——《皇明文衡》。该总集收录了"清庙之歌咏、著述者之考证"等文章,分为三十八类,有代言、赋、骚、乐章、琴操、表笺、奏议、论、说、解、辨、原、箴、铭、颂、赞、七、策问、问对、书、记、序、题跋、杂著、传、行状、碑、神道碑、墓碣、墓志、墓表、哀诔、祭文、字说等。这些文体大多为应用文体,纯文学色彩不强,体现了程敏政的文道观,在体例上"悉从《玉台新咏》之例,题作者姓名"。

程敏政并无专门的诗学论述,但我们从他的一些序文中,可以窥见他的诗学主张。他主张诗歌抒写自然,"凡耳之所闻、目之所击、口之所咨诹者,一寓于诗"(《西巡纪行诗序》)。他年少时与内兄林文秀随父亲游四川,一路走来,山川古迹,均要以诗抒写,这些经历给他留下了美好的印象,也给他很深的创作体悟。他在《松萝山游诗序》《书琼台吟稿后》《竹窗记》等作品中,就一再强调诗歌应该抒写大自然,抒写时并非一定要追求诗的工拙,而在于表达自己的心情、感受:"时虽未知诗之工拙,然自以为有足乐者"(《送内兄林文秀之官淮阴序》)。程敏政有感于元末明初诗歌创作中的纤弱之风,以及诗歌多歌功颂德、粉饰太平的弊习,他有意识地推崇宣城诗人梅尧臣,认为梅尧臣的诗歌语词古雅,才学丰赡,并"上想三百篇"(《宿宛陵书院》),要求诗歌恢复《诗经》以来的现实主义传统。

二、散文创作

程敏政的散文创作主要包括序文、志铭、书简、游记、传记五类。其中以序文创作为多。这些作品多存于《篁墩文集》前六十卷中。序文主要包括寿序、诗序、赠序三类。赠序《送内兄林文秀之官淮阴序》一文,回忆少时他们二人随家君晴洲先生赴蜀时,禀家君之令,边行走边作诗的情形,特别是文中透露了当时年仅十余岁的"我",窃兄之诗为己作的秘事,再现了年少时的情趣。接着回忆青壮年时,两人相游的趣事。其中既有对亲情的眷恋,更有对世事沧桑、人事变迁的感慨。这样的赠序,实际上是忆旧散文,在明初百年时间里极为少见,也开了归有光怀亲散文的先河。他的诗序《旃溪十景诗序》《平盈文会录序》则从理学家的文道观出发,指出文章高下乃至自然美景与道德、耕织之间的关系。前者叙述张氏所居旃溪,乃作者之乡邑山水形胜之地,作者认为,这些胜景源于"其先世积德累善共之,其子孙绩学砥行承之"。后文指出方氏论著与其"出处之严、家庭之懿、诗礼之承、节义之守"等儒家礼义有很大关系,显示出了程敏政文学主张中重视"道"的一贯思想。

程敏政的游记类散文,更多地展现了大自然的美景,特别是再现家乡徽州的山水美景。这类散文往往是从容舒缓、徐徐道来,很有欧阳修散文之风。不同的是,他在逐一描叙山水美景之后往往以感慨、议论结尾,体现出理学家的偏好,如《游齐云岩记》先是起于平淡处,开头曰:"环休宁县,山皆平远,不足以当大观。"然后缓缓将所见之景一一道来,一景接一景,群景迭至,一景交于一景,游赏者之情亦随之益增。最后以感慨作结:"予独慨兹山之胜沦于穷乡下邑，而不当夫周原广陆之间以名天下，爰志其概以贻好事者，且以系他日故山之思"，颇类柳宗元《钴𬭁潭西小丘记》的结尾。这类作品还有《游九龙池记》《休宁乌龙山汪越公庙田记》《友恭堂记》等。他的《夜度两关记》是一篇出色的纪游散文，记述了作者回乡探亲途中穿过清流关和昭关所发生的故事。文中叙事很有技巧，造成波澜起伏，悬念丛生。

如过清流关前，先用从行者之言："前有清流关，颇险恶，多虎"进行铺垫，然后围绕"颇险恶，多虎"进行描述：

> 山口两峰夹峙，高数百寻，仰视不及。石栈岖崟，悉下马，累肩而上。仍相约，有警即前后呼噪为应。适有大星，光煜煜，自东西流。寒风暴起，束燎皆灭。四山草木，萧飒有声，由是人人自危，相呼噪不已。铜钲哄发，山谷响动。

文中通过"仰视不及""悉下马，累肩而上"的登山动作，将清流关的"颇险恶"形象显出；通过过关前的相约"呼噪为应"、过关途中的"相呼噪不已"和"铜钲哄发"等人物言行，以及四山风起、流星横贯和"束灯皆灭"等描述，将一行人畏虎的心态描述得细腻而又逼真。读了此段，我们已对程敏政散文叙事技巧留下极为深刻的印象，等读过夜度昭关后，方知前者仅是小惊小险，后者方是犹有后怕的更惊更险。但在叙述方式上前者有戒备——有从者之言预警；后者则是毫无戒备，先喜后惊。文势更显波澜起伏，更觉悬念丛生，更见叙事技巧。作者写道：

> 日冉冉过峰后，马入山嘴，峦岫回合，桑田秩秩。凡数村，俨若武陵、仇池，方以为喜。既暮，入益深，山益多，草木塞道，杳不知其所穷，始大骇汗。过野庙，遇老叟，问此为何山。曰："古昭关也。去香林院三十余里，宜急行，前山有火起者，乃烈原以驱虎也。"时铜钲、束燎皆不及备。傍山涉涧，怪石如林，马为之辟面，众以为虎，却顾反走，颠仆枕藉，呼声甚微，虽然之大噪，不能也……
>
> 尽二鼓，抵香林。灯下恍然自失，如更生者。

作者欲显关"险恶"荒凉，先写平坦人稠，故"喜"、故掉以轻心，不备办铜锣和火把,这是一层;再写"人益深,山益多,草木塞道",荒凉又幽深之际,则由"喜"转为"大骇汗",这是二层;过野庙,老叟一段告白颇类过清流关之前"从行者"之言,但已来不及备办铜锣和火把了,这时大概惊恐之中又加上懊丧了吧,这是三层。三层铺垫之后再写马的惊奔,众人误以为遇虎的惶恐,让过关的惊恐达到极致。这当中又有前后对比:过清流关时虽"人人自危",但还可以"相呼噪不已,铜钲哄发",过昭关时则人"颠仆枕籍",吓得喊都喊不出声,以致过关以后,仍然心有余悸,"灯下恍然自失,如更生者"。作者就是这样通过层层铺垫,通过前后对比照应,将文势一层层推向高潮,突显出程敏政善造波澜、曲折层深的行文特色。当然,善于通过人物言行和环境描写来表现内心世界以及状物的工致也是此文重要的特色,从而使此文成为程敏政也是明代散文中代表作之一。

程敏政的纪游散文往往还记述了当地的民风、民俗和民性,如《友恭堂记》曰:"我休宁之人,多勤生而务本,无浪宕武断之习,故率以行义闻东南邑中。"《翁乐堂记》曰:"东南之南,虽大家巨室以析产为故常。然亦有析产而相睦者,要以为难也。析产之余,相斗讼至于老而不相能者,亦往往有之。"

他的传记类散文,有较多的关于节妇、贞妇的作品,如《郑氏四节堂记》是有感于歙县郑氏的"四节"而作的一篇记文,文中赞扬了徽州女子守节的一些节义行为。类似的还有《谢节妇传》《程贞妇传》《汪节妇传》等。他的墓志铭类散文像《华守正妻吕孺人墓碣铭》《程孺人墓表》等,也是记述和赞扬女子的节操。这些作品均传递了一种声音,即女子应该守贞节,讲孝贤。程敏政认为"义与孝,皆人之大节,法宜书而不可湮者"(《李处士景瞻及其配方孺人墓志铭》)。应该说,这些作品带有鲜明的理学家礼义色彩。

在人物传记类作品中,《汤胤勣传》应该是一篇相当有特色的人物传记,在刻画人物性格、反映人物形象的技法上,采用了肖像描写、细节描写、倒叙、铺垫等多种手法,显示了作者娴熟的创作技法。文章突显汤胤勣的豪气,把此作为这篇传记文的重点,也是汤胤勣人物性格中的主要方面。作者分别从爱国豪壮直至捐躯和轩豁倜傥、以气雄人两个角度,再现他的豪雄和霸气。

特别在写他"以其雄人"禀性时又选择了两个典型细节:"曾与夏朗中发生口角,胤勋就座上摔之下,拳之蹴之,众客为之股栗";"又尝过友人家,见道士在坐,与语不合而骂之。道士不知其胤勋也,稍稍有憾色。胤勋捶之几死",使其霸气跃然纸上。

他的书简类散文,可归入尺牍小品文。这些作品多写友情,怀念故友,寄寓身世之慨,十分感人。其中以《简李学士世贤》《与姑苏沈启南书》等为代表。

程敏政不仅创作了大量的文章,还编选了两部选集,一部为《新安文献志》,一部为《皇明文衡》。《皇明文衡》又称《明文衡》,共九十八卷,另外有补阙二卷,总计一百卷,共分为三十八类,博采明初百年间众家之文。《四库全书总目提要》中高度评价了《皇明文衡》在明初文学发展史上的地位:"然敏政本淹通赅博,以文章名一时,故鉴别持择较明代他家选本终为有法。又其时在北地、信阳之前,文格未变,虽尚沿平衍之风,而无七子末流模拟诘屈之伪体。稽明初之文者,固终以是编为渊海矣。"但也指出其编选体例以及所选之文的缺点:"文尤鄙俚,皆不免芜杂之讥。"《新安文献志》是乡邦文献选集,分甲乙两集,共一百卷,所选之文有一千零八十七篇,诗一千零三十四首。所选的年限起于齐梁,止于明永乐年间。第一至六十卷为甲集,皆是本郡先达诗文,按照南宋真德秀《文章正宗》之例,分为辞命、奏书、书信、记、序等二十余类辑录。第六十一至一百卷则为先达行实,他们不尽是本郡之人。所论撰分为神迹、道原、忠孝、风节、世德、文苑、列女、方技等十五目,其中有程敏政的考订。又有《新安先贤事略》上下卷。上卷简要介绍本郡各朝先贤(三百二十六人)的事迹。下卷介绍郡外之士(一百一十四人)在本郡的事迹。程敏政写于弘治十年(1497)的《新安文献志序》中道出了他编选乡邦文献的缘由:"生于其地,而弗究心于一乡之文献,非大缺欤?"《四库全书总目提要》对《新安文献志》的评论是:"征引繁博,条理淹贯,凡徽州一郡之典故荟萃,极为赅备,遗文逸事,咸得藉以考见大凡。故自明以来,推为巨制。"

三、诗歌创作

程敏政的诗歌作品多吟咏情性、抒写自然、反映现实，基本上实践了他的诗学主张。在创作风格上做到情境合一、恬淡隽永，忌雕刻粉饰以及空洞之语。

程敏政的诗歌题材可分为咏史、写景、行旅三大类。他的咏史诗或直接歌咏史上先贤，将史实和史论结合起来，抒发深沉感慨以及对先贤的仰慕之情；或是将述史和史论结合起来，有的咏史诗通过凭吊历史遗迹，品评历史是非或对文学、社会发表某种见解和咏叹。前者如《咏史诗》中的《咏诸葛亮》，突出了诸葛亮的鞠躬尽瘁和对君王的忠诚，最后两句"嗟哉古烈士，万世同一时"则是抒发对忠贞这种品德的慨叹；后者如《李白墓》，诗中的"史中出处犹真伪，地下形骸果是非。采石人家空奠酒，盛唐诗派不传衣"等句，即是对历史人物和文学发展的品评和感叹，结尾"骑鲸浩气今安在，一片江流荡落晖"则将对历史人物的缅怀转到眼前之江流、落日、余晖，增强了诗歌的历史时空感，同时也是化虚为实手法的运用。

他的行旅感怀之作，在写景时，无刻意雕饰，一任自然，情由景生，有时联系自己的为官经历，多有哀身伤世之感，如七律《太平山行》：

江南风土最怡情，临水人家分外清。轻櫂野航如使马，密载高竹似连城。好山隔岸开真画，绝磵流泉奏古笙。北去定应劳梦想，题诗留与白鸥盟。

诗中开头就为江南山水风土景色定下了基调——怡情悦性，然后写沿途之景，山水如画，流泉之声如奏古笙，江南美景既养目也悦耳。但是诗人只是途经此处，身有官宦之务，因而只能题诗与白鸥，表达自己回归自然，过闲适生活的愿望。类似的还有《游西山道中作》，诗中写作者"二十余年薄宦身"后，方可做一游人，尽情欣赏自然美景，过着自适自乐的悠闲生活。行旅诗中的《涿州道中录野人语》属于另一类，诗中写作者途经范阳时与一老农的交谈，通过老叟的泣诉以及自己在寒风中所见，揭露官府恶行，表达了诗人的民生关怀和愧疚之情。这类反映民生疾苦的诗篇,在当时的文学创作中是少见的。

程敏政的诗歌中还有反映徽州民俗的作品。如七古《春社谣》,诗中再现了徽州一带春社活动的场面:"社饭炊香出茅屋,腊酒一倾连数卮。土鼓逢逢过林际,醉插山花共神戏。隔邻鸡犬喜欲狂,接席儿童相笑詈。满爨炉香焚纸钱,大家再拜祈丰年。"春社里有饮酒、击鼓、戏神、"焚纸钱"等诸多活动,也有"醉插山花共神戏""接席儿童相笑詈"等欢乐场面,更有"大家再拜祈丰年"的祝祷和祈求。他的写景小诗,清新自然,极富乡野之趣。《宁国蒋氏山居四景》其一的《绿野腴田》云:"茅屋山头布谷鸣,老人忙起课农耕。不知门外春多少,稻颖青青一望平",再现了徽州地区山乡原生态的村野风情。这类作品还有《西涯十二咏为李宾之太史赋》《涵碧亭八咏》《李源十景》《题小景杂画》等。

程敏政的诗歌以直写耳闻目见、直抒情性为主要特征,诗中不作粉饰语,不刻意求工。由此带来的优长是诗歌感情表达真挚、自然,语言风格质朴、醇厚,但也因此缺乏精巧的结构和精致的诗句。《四库全书总目提要》中云:"集(注:指《篁墩文集》)中诗至数千篇,亦率易居多,颇乏警策。"

第二节 汪道昆与家乡文学社团

一、汪道昆

汪道昆(1525—1593),字伯玉,号太函、南溟、天都外臣等,安徽歙县南乡松人。嘉靖二十六年(1547)中进士,除授浙江义乌县知县,升襄阳知府。嘉靖三十年为南京工部主事。后历任兵部职方司主事、福建按察司按察史。嘉靖四十一年,倭寇侵占福清、宁德等沿海岛屿,福建形势岌岌可危,福建巡抚游振得向朝廷告急。时汪道昆为福建副使,奉命赴浙江求援,浙江总督胡宗宪派总兵戚继光率兵八千往闽增援。汪与戚共理军务,道昆"主画策",继光"主转战","设奇制胜,沿海诸贼垒次第削平,斩敌千六,夺回男女辎重无数"。道昆因平倭有功,升为兵部右侍郎。隆庆六年(1572),巡视蓟辽边防,裁革冒领兵饷,每年为朝廷节银二十万两,并写成《防务方略》奏折,受到朝廷嘉许,遂转任兵部左侍郎。万历三年(1575),因与张居正不和,陈情终养。在乡里组织丰干诗社,万历八年(1580)又与梅鼎祚等结白榆社,相互诗文唱酬。万历十四年与屠隆等在杭州西湖结西泠社。其著作有诗文集《太函集》一百二十卷,其中文有一百零六卷,诗有十四卷。今有安徽学者胡益民、余国庆的点校本,黄山书社出版。另有五种杂剧,今存《高唐梦》《五湖游》《远山戏》《洛水悲》四种。

1. 散文创作

汪道昆的诗文创作在明代与"后七子"领袖王世贞齐名,并称"南北两司马",诗文理论亦宗前后七子,为"后五子"之一,颇受时人见重,影响很大,甚至流传海外,连朝鲜童子皆授读。朝鲜的官吏来到京城,曾留有一诗云:"大海雄文回紫澜,齐盟狎主有新安。平生空抱投鞭愿,怅望南云不可攀。"诗中表达了对两司马的仰慕之情。汪、王两人也互相推奉,但王世贞晚年却表示他"心诽太函之文而口不能言"。

汪道昆的散文主要包括序文、传记文、尺牍等。《太函集》中,各种序文达二百六十多篇,包括赠送序、寿序、诗序等类别,其中寿序多为应他人之请的应酬之作,敷衍成文,缺少激动人心的文学力量。倒是其中那些为商人作的寿序,在题材和思想内容上均有较高的成就,可视作商人传记文学的先声。这些序文表现了作者强调"四民平等""不讳言利"等许多新思想、新意识与崇义态度,主张义利的统一、"贾名而儒行"以及"扬奢而从俭"的新的商业道德观和义利观。如在《赠方处士寿序》中,他赞扬处士方彬的"廉贾归富""轻身而就贾,独以操行致不赀"新的商贾道德观。他主张贾儒并进,但贾者一定要有儒行,所以在《寿草市程次公六十序》中称赞程次公的背俗之行:"里俗左儒右贾,次公顾独喜儒",指出乡邑诸生都争慕程次公,这就说明了程次公是"贾名而儒行者也"。由上可见,以贾为名,以儒为行,是汪道昆心中贾者的最高形象。汪道昆在给商人作传时,多表现他们艰苦创业的行为和事迹以及富裕后的好施行善之举。《赠方处士寿序》写方处士创业初,"独一蒯缑剑尔",几乎是白手起家。可是他重然诺,善解纷,所以日渐殷盛。《蒲江黄公寿序》写黄创业初"易衣而出,数米而炊",可后来是"挟一缗而起巨万",这一转变关键在于他践行了儒行。富裕后,这些商人往往又都能乐善好施。《寿草市程次公六十序》中说程次公"性喜施予,既饶,喜施予益甚。诸枵腹而待次公者,莫不虚而往,实而归"。文中还列举了他的多种义举。从艰苦崇俭戒奢观念出发,他对乡里贾者子弟追求声色犬马的行为表示了担忧,他认为"乐则乐矣,忧亦随之"。这类序文,多选择日常生活为素材,通过人物的行为动作来展现人物性格,在情感表达上则采取主观抒情和客观描述相结合的方法,表现出较强的文学性。

汪道昆的诗序、文序,包括一些赠序,多阐述自己的文学见解。他在《文选序》中说出了自己师法前人的经历,"始吾求之昭明","去而为史迁","去而为左氏","去而为老为庄"。在师法了众多的对象后,他认为"吾故参而伍之,依依乎其不能舍也"。由此可见汪道昆师法的对象是秦汉古文。他在《弇州山人四部稿序》中指出了当时文坛领袖李攀龙、王世贞二人的区别:"于鳞之业专,专则精而独至;元美之才敏,敏则洽而旁通"。前者"语孤高",后者语如"大海回澜"。相较而言,汪道昆推许后者。他在《姜太史文集序》《诗薮序》中均表达了文由心生的观点。"夫文由心生,心以神用。以文役心则神牿,以心役文则神行"(《姜太史文集序》),强调"以心役文"的重要性。"夫诗,心声也。无古今,一也"(《诗薮序》),他十分赞赏胡应麟的为诗文"自尽心始"。《赠黄全之序》表达了他对黄生放弃博士业,而去专攻古文词的赞赏。序文中还阐述了自己的文学见解,认为"作者之雄,无若屈平、左氏、汉司马之属"。他对后世的绮丽之风十分不满,对黄全之能够诵法屈平、左氏、司马,又能够"一禀于六经",大加赞赏。《送吴生序》中高度地称赞了吴生的文学才华,说当时文坛领袖李攀龙、王世贞皆引吴生为布衣交。这些奖掖后学的赠序,一方面阐述了汪道昆的诗文创作主张,另一方面也是对当时文坛创作之风的引领和推动。

汪道昆的传记文有相当一部分是继承柳宗元的传记文学传统,为下层小人物立传,歌颂他们的高贵品格,并通过极富个性化的语言、精心选取的细节来刻画人物,如《庖人传》为"市井鄙细人"吴三五立传。其中的典型情节是吴三五随浦阳令上北京,渡黄河时船被河冰撞翻。众人皆只顾逃命,唯吴三五下水救浦阳令,后来浦阳令活而吴三五死。文中重点抓住了吴三五等遇险,众人皆争脱死这一重要情节,先后写了吴三五下水救浦阳令前的一句话"公死矣,倍公不祥"、在冰中的一句话"臣死且不恨,亟活我公,我公长者也"。在情节设计上,注意众人与吴三五在这场灾难中行为、结果的对比。语言描写上极富个性化,简洁生动也传神。结尾处的评论,更是饱含了作者对庖人的推许情怀。"一旦急令之危,顾倾身为令死,虽烈丈夫何加焉!"这就深化了文章的主题。《查八十传》是通过艺人查八十受人羞辱后、发愤学习琵琶、"以匹夫而拒王公"、不愿收大贾为子弟等一系列典型事件来展现一位负气好胜、傲岸不群、具有强烈自我意识的艺人形象。这些作品的篇末,一般都有作者的评论,这些评论往往能从主客观两个方面出发,表现出持论中肯,又不乏一定的感情倾向的特点。

值得注意的是,这批人物传记文中亦有相当一批是为商人作传,在二百三十五篇传记文中占一百一十二篇,其中涉及徽商的有七十一篇。这批商人传记文,近来得到研究者尤其是徽商研究者的关注。

汪道昆的游记散文中有相当一批是写家乡山川风景,如《崌中记》《池上草堂记》《游黄山记》《参军祠记》《水嬉记》等。《游黄山记》是作者与白榆社社友游览黄山而作的。文中展现了黄山的自然美景,也记叙了社友们在游览过程中的吟咏、酬唱和对话,袒露无遗地再现了他们的游兴。《水嬉记》满贮深情地描绘家乡的山水特色,如对云的描绘:"天风既济,时乘于喁,其粲若霞,其错若绣,其阴若绀,其阳若朱,其流若黄,其凝若紫,五章六采,莫不具陈。"其实,天下之云并无不同,汪道昆之所以将家乡之云写得如此五彩斑斓、与众不同,只不过表现出他对家乡的深情和状物的工致新巧。文中对家乡之水和水上之乐的描绘,亦应作如是观。他的一些记事之文,如《丰干社记》《颖上社记》《肇林社记》《南屏社记》等较为详细地记述了作者主持社盟或参与社盟的事迹。这些记文向我们展现了明代文人结社活动的一些具体情况,对我们研究汪道昆的结社活动及其文学创作均有重要意义,也为我们研究明代文人结社活动提供了个案。

汪道昆的尺牍文相当多,有四百多篇,其中有写给当时文坛名流王世贞、李攀龙、胡应麟、焦竑、屠隆的,内容或为邀游、或论诗文创作、或相互推许。也有与家乡文人的书牍往来,如与许国、王寅、程巨源等,还有与宣城梅鼎祚的尺牍往来,内容上多是推许他们的创作成就。与戚继光之间的书牍往来,多涉及政事、军事,皆可补史之缺失。汪道昆对尺牍文是别有见解的。他在《五岳山人尺牍序》中说:"尺牍之体稍与文殊,犹之竹然,猗猗乎其筠也,与草木殊;犹之鱼然,悠悠乎其泳也,与鸟兽殊。"他认为尺牍文应该"达而信,观者若涉淇澳"。尺牍文语言要辞达而真实,还要有韵味,让人揣味其中,这对后来的清言小品文创作是有深刻启示的。

李维桢在《太函集序》中指出了汪道昆散文作品的特点是:"谈理理晰、叙事事略、抒意意达。丰而洁、约而舒、雄而沈。典则平淡,宏肆而谨严,朴茂而韶令,泆荡而镇重。"沈德符的《万历野获编》卷二五有"汪南溟文"条,则指出了汪道昆散文创作中的缺失:"其往往刻意摹古,时时援引古语,使得文章扦格不畅,亦遭他人之诽。"

2. 诗歌创作

《太函集》中,古体诗歌有百首,律诗有一千多首,还有少量的绝句,可分为赠别、咏怀、写景等类别。

他的赠别、赠答诗多有真情流露,并非应酬之举,而且场面宏阔,富有气势,如《送张虞部谪常州别驾还婺觐省》:

> 谪去应吾道,流言亦世情。圣朝仍得罪,郎署早知名。落日梁溪梓,平芜潋水城。秋风回首地,泪洒逐臣缨。

诗中送别一位遭贬的友人,公开称赞其为人,为其辩诬。诗中称朝廷为"圣朝",但一个听信"流言"、贬斥"早知名"的贤者,还是圣朝吗?在刑法严酷的明代,敢作如此抗言,并声称"谪去应吾道",是需要勇气更需要真情的。至于诗中秋风落日、平芜溪棹则与别情相吻合,情景交融为一。

作者的赠别、赠答诗还有相当高的文学史和历史价值,因为其中记载了当时的许多文学活动和历史资料,如《赠王仲房南归二首》反映了诗人与白榆社社友王寅的友谊;《首春招丁明府入社》《招元瑞入白榆社》记载了当时很活跃的一个诗社白榆社的情况和明代著名学者胡应麟与白榆社的关系;《招长卿入社》则记载了作者诚邀屠隆入社的经过。

他的咏怀诗,或表达对时事的感慨,或是对亲友的思念,也有抒发自己的身世之感,往往场面阔大,气势雄浑深沉。特别是感慨时事之作,更是多用典故,显出很浓的书卷气,如《诸将》:

箧中时忆赐衣存,阃外犹传汉使尊。诸将九边承庙略,单于三世拜朝恩。清宵剑气回南斗,明月笳声静北门。任道蹛林千帐在,请看禁御五云屯。

诗中几乎句句用典,以此来肯定明代设九边以拒外的方略。其中"清宵"二句对仗工整、气势豪雄,是不可多得的佳句。七律《中秋忆弟》写诗人的乡愁和思亲之情。其中"书剑一身俱浪迹,庭闱千里总关愁""凄凉中夜桓伊笛,怅望西风王粲楼"也具有类似的特征,只是感情更觉深沉。这类佳作还有《感时事赠去疾》《雪中遣怀二首》等。

他的写景纪游之作,或是秉承咏怀诗风格,写得大气磅礴、感慨深沉,或是清新自然。前者如《蓟门》:"汉使褰帷按塞过,渔阳老将近如何?千山斥堠材官急,万里亭鄣猛士多。大漠风鸣苍兕甲,层冰夜渡白狼河。江东子弟先锋在,乘月仍听《子夜歌》。"千山、万里、大漠、层冰等自然环境,汉使、猛士、渔阳老将、江东子弟等以古喻今的人物比附,都体现了气势雄浑深沉、多用典故的咏怀诗风格。类似者还有《望北固山》《望九华》《次池州即席上赠冯太守,太守旧佐吾郡》等。写山村的组诗《冬日山村十首》《春日山村十二首》等,向我们再现了乡村原生态风光:"荷锄通暗水,依杖俯晴轩。池近鸥相狎,村深鸟自言。""野客青藜杖,田家白板扉。""抱犊柴荆外,听莺杨柳初。"作者在这些清新自然的组诗中表达了久居乡村的感受。

李维桢在《太函集序》中指出汪道昆的乐府诗、五言古诗,均用《文选》之法,五七律、五七绝均用少陵法,此说为是。他的七律诗《秋吟八首》就是仿少陵的《秋兴八首》,写作笔法上均沿袭老杜。从总体上看,汪道昆尤擅律体,极富才情。他的赠别、赠答诗一写就是好几首。五七言排律,一诗长达八十韵,大多是几十韵。他的七言歌行体作品有的长达百句,足见其才气。

汪道昆的诗歌在明隆庆万历年间是有相当地位的,得到了当时文坛多人的推许。李维桢曾说:"垂二百年,北地、历下、娄江间出,而先生四之。"(《太函集序》)也就是说汪道昆的文学地位可与明早中期文坛领袖李梦阳、王世贞、李攀龙等相并列。

3. 戏剧创作

汪道昆所作杂剧,今知有五种,现存《大雅堂杂剧》四种,即《高唐梦》《五湖游》《远山戏》《洛水悲》。沈德符在《顾曲杂言》中说他还曾看到汪道昆作的《唐明皇七夕长生殿》一剧,但没有其他可资佐证的记载。

《大雅堂杂剧》四种均作于作者守襄阳时,都是一折短剧,均以中国历史上著名的爱情故事为题材:《高唐梦》叙楚襄王梦中会见巫山神女,题材本自宋玉《高唐赋》;《五湖游》述越王勾践平吴之后猜忌功臣,范蠡见机勇退,偕同西施归隐太湖;《远山戏》取汉京兆尹张敞沉溺伉俪之乐,为妻画眉故事;《洛水悲》写甄后之魂化为洛水之神,与曹植了却相思债的奇遇。题材范围狭窄,多写文人风流雅事,代表了士大夫在官场生活之余,假戏曲创作以遣兴娱宾的创作倾向。剧作的文词清丽委婉,特别注重表现人物的情感,但属文人案头戏,戏剧性不强。所以,沈德符批评它们"都非当行"(《顾曲杂言》)。

这四种杂剧均为北杂剧,在艺术体式上有相当价值。北杂剧盛行于金元,关汉卿、王实甫当为其创作顶峰。但到明嘉靖以后,北杂剧已经衰微。当时的杂剧创作多为南杂剧或南北合套,纯北曲体式从总体上看已经终结。唯汪道昆致力于北杂剧,它与徐渭《四声猿》可谓明代北杂剧中的洪钟绝响。在思想内容上,《大雅堂杂剧》继承了汤显祖等人的批判精神,继续发起对宋明理学"窒人欲"的冲击,在表现"情"这一主题上体现出一定的继承性。前代的戏剧批评家多指出这一点,如他的同乡、白榆社友潘之恒认为:"十年思致其情,则临川《杜丽娘还魂记》近之矣。推本所自:《琵琶》之为思也,《拜月》之为错也,《荆钗》之为亡也,《西厢》之为梦也,皆生于情"(《鸾啸小品》)。

二、家乡文学社团

万历三年(1575),时任兵部侍郎的汪道昆因与张居正不和,辞官回乡。第二年在家乡禊中①组织丰干诗社,万历八年又与戏曲家屠隆、梅鼎祚、潘之恒,诗人胡应麟等结白榆社,诗文唱酬。其中丰干社皆为歙县作家,且多为徽商家庭。相比之下,白榆社的范围和影响要大得多。这两个社团的成立尤其是白榆社的创作活动,使徽州成为当时最重要的几个诗歌活动中心之一。这对扩大新安文学社团在全国的影响,确立汪道昆在全国的文坛盟主地位,起了很大的推动作用。钱谦益在《列朝诗集小传》中将汪道昆的禊中派与"后七子"李攀龙、王世贞的娄东派相提并论:"元美、伯玉皆江陵同年进士……厥后名位相当,声名相轧,海内之山人词客望走吱名者,不东之娄水,则西之欲中。又或以其官称之,曰两司马。"汪道昆俨然成了与王世贞相并列的诗坛盟主。屠隆在《方建元传》中甚至把丰干社的七名成员比作建安七子,将汪氏昆仲比作曹丕、曹植兄弟:"议者谓禊中何必减邺下,司马兄弟(注:指汪道昆与其弟汪道贯),如曹子桓东阿丽藻绝代。"②把新安诗人与建安诗人并列,这当然是夸张和文人间的捧场应酬,但汪道昆对新安文学社团的创建、新安诗人的兴起无疑起着关键性的作用。他"虚怀折节,奖引后来",白榆社的诸多名士都是他延致而来。他的创作成就也最高,朱彝尊曾这样描述汪道昆在当时的影响:"晚年林居,乞诗文者填户,编号松牌,以次给发,享名之盛,几

---

① 禊中为汪道昆在歙县的别业,也是新安文学社团的创作活动中心。
② 《方建元集》卷首,《四库全书存目丛书》本。

过于元美"(《静志居诗话》),甚至认为他的文学影响超过了王世贞。

丰干社成立于万历四年(1576),是汪道昆在家乡作为诗坛群体性活动组织者的首次亮相。汪道昆在《丰干社记》中说到结社的缘起和成员情况:"往余家食,窃称诗徽中。二仲雅从余游,独向往当世作者,则以吾兄然蜕矣固当。徽中吾党,犹奉功令,守诸生,必得近地为幸,遂盟七君子,为会丰干。七君子则孝廉陈仲鱼,文学方献成、方羽仲、方君在、方元素、谢少廉、程子虚。会吴虎臣将游江淮,愿以布衣来会。盟既合,虎臣行,适余起家,徽中虚无人矣。诸君子讲业丰干之上,修故业如初。"①从上述介绍可以看出,丰干社是一个地域性很强的诗社,成员都是歙县人,大都是生员,且几乎都是徽商子弟。这对汪道昆在诗文创作中多咏歌下层人士,传记中亦多为商人作传影响很大。

丰干社的成员最初有十人,《丰干社记》提到的七君子是:陈筌(1535—1576),字仲鱼,休宁文昌坊人,曾从汪道昆受古文辞,隆庆四年举人,方宇(1546—1610),亦名尚宇,字羽仲,歙县岩镇人,郡庠生,方简(1542—1584),字君在,歙县岩镇人,邑庠生,方用彬(1542—1608),字元素,号黟江,歙县岩镇人,国学生,方策,字献成,歙县岩镇人,郡庠生,谢陛(1547—1615),字少廉,歙县开皇里人,文史兼才,是万历《歙志》的主要撰修者,程本中(1547—1584),字子虚,歙县托山人,早慧,入南太学,屡试不售,遂放纵声色。"二仲"即汪道昆的弟弟汪道贯(1543—1591),字仲淹,歙县千秋里人,为人狂放好客,交游颇广;从弟汪道会(1544—1613),字仲嘉,歙县千秋里人,五试不第,罢举子业。第十位是慕名而来的吴守准,字虎臣,歙县溪南人,天资绝异,但屡试不售,遂携豪资游四方,交游甚广。

丰干社的成员除汪道昆外,创作成就皆不高。但丰干社的成立,开创了徽州诗歌活动的兴盛局面。

白榆社是晚明时期声名甚著的一个诗社,影响比丰干社要大得多,一般

---

① 汪道昆《太函集》卷七二,《四库全书存目丛书》本。

认为创建于万历八年(1580)。发起者为龙膺,社长为汪道昆,最初参加者有六人:汪道昆、龙膺、郭第、汪道贯、汪道会和潘之恒。陆续加入白榆社的有余翔、丁应泰、陈汝璧、李维桢、朱多炡、沈明臣、章嘉祯、周天球、徐桂、屠隆、俞安期、吕胤昌、吴立登、胡应麟、张一桂等二十多人。其中虽多为歙县乡里,如潘之恒、张一桂、汪道贯、汪道会等人,但与丰干社相比,白榆社参与者的地域范围宽广得多,文学成就、知名度也高得多,如屠隆、胡应麟、郭第等皆是东南地区的社会名流。屠隆(1543—1605),字长卿,鄞县人,万历五年(1577)进士,授颍上县令,量移青浦县令,迁礼部主事。在礼部期间,以放纵诗酒罢官。万历十三年(1585)加入白榆社。龙膺(1560—1622),字君善,武陵人,万历八年进士,历任徽州府推官、温州府学教授、国子博士、南太常寺卿,著有《九芝集》等。梅鼎祚,宣城人,下一节有专门介绍。郭第,字次甫,长洲人,隐于焦山,有向平五岳之愿,自号五游。嘉靖时曾与金子坤、顾孝常等为文酒之会,篇什远播,海内以为美谈。他的诗句"江月不可留,山云坐相失""娇英被银床,藏夔弄澄澈"为何元朗所称道,以为稍稍窥盛唐之室。李维桢(1547—1626),字本宁,京山人,隆庆二年(1568)进士,选翰林庶吉士,除编修,进修撰,出为陕西参议。浮沉外僚几三十年。稍迁南太常,拜南京礼部侍郎,升尚书。万历十二年(1584)入社。胡应麟(1551—1602),字元瑞,兰溪人,万历四年举人,数上公车不第。万历十九年入社,是著名的诗文作家和学者,著有《少室山房文集》《诗薮》等。他们在同一地点频繁地唱和,形成一种很强的声势,使徽州成为当时最重要的几个诗歌活动中心之一。周弘《白榆社草序》曾谈到该社在当时的作用和影响:"夫诸君者博雅名儒,即专制一方,尚足以称雄。矧左提右挈,并力同声,则稷下之谈、邺中之会不足侈也。以故天下骚客词人,咸望白榆之社。往者徐茂吴与余言之梧州,而余亦脉脉焉心动矣。"在白榆社影响逐渐扩大的过程中,汪道昆无疑起着关键性的作用。正是他出色的文学创作活动,特别是他"虚怀折节,奖引后来"的人格魅力,为白榆社延致诸多名士,形成一个几乎可以与娄东诗派抗衡的文学团体。反过来,白榆社成员之间的唱和与标榜,对扩大汪道昆的声名又起着推波助澜的作用。

第三节 梅鼎祚 （附 梅守德）

一、家世及生活道路

梅鼎祚（1549—1615），字禹金，一字彦和，晚年号无求居士、胜乐道人，宣城人，宋代著名诗人梅尧臣的后人。梅氏在宣城为世家望族，嘉靖开始，梅氏科第振兴，共出进士五人，举人十来人。王世贞有言："从夸荆地人人玉，不及梅家树树花。"梅鼎祚自幼体弱多病，然勤奋读书，其父"益怜之，欲焚笔砚"，而梅鼎祚却躲入帐内苦读。少时即负才名，初以诗见长，十六岁廪诸生，为郡守罗汝芳和另一阳明学者王畿赏识。诗文已名扬江南，以至于"每一篇出，流传通都"。在父亲的引领下，开始与文坛领袖王世贞、汪道昆交游，文名更盛，并侧身"弇州四十子"（《四十咏》）之列，同时还与戏曲名家汤显祖、屠隆以及诗人欧大任、朱秉器等保持密切的联系。神宗万历四年（1576）三月，青年才子汤显祖来到宣城，与梅鼎祚一见如故，从此结为终身知己。汤显祖非常钦佩梅鼎祚的才华，称他"秋月齐明，春云等润，全工赋笔，善发谈端"，到晚年还赠诗给梅鼎祚："年来最忆梅真子，浩歌同敲碧玉簪"，怀念与梅鼎祚的壮游互学之情。尽管梅氏文名日盛，科名却屡试不中，直到万历十八年（1590）才熬到一个"岁贡生"的头衔。后一年游学北京时，为内阁大学士申时行等所赏而意欲举荐他，但他却拒绝了这次机会，因为他看透了科举实乃"簸弄英雄之戏具耳"（《奉唐外舅》），所以决意做一个"与蠹为朋，十年之后有以不朽"（《与汤义叔》）的偏人。正是从这年起，他彻底放弃了仕宦，归隐于故乡书带园，建"天逸阁"，致力于文学创作与学术研究，直到生命终止。梅鼎祚一生以古学自任，博览群书，写下大量诗文，所作皆"骨立苍然，气纯而正，声铿以平，思丽而雅"。士大夫皆好之，有"诗文清雅"之誉，并为著名诗人王世贞所称许。

鼎祚著作宏富，亦工曲，著有杂剧《昆仑奴》，传奇《玉合记》《长命缕》各一本。《玉合记》为昆山派的扛鼎之作，在中国戏曲史上具有一定影响。诗文有《鹿裘石室集》六十五卷、《梅禹金集》二十卷；小说有《才鬼记》十六卷、《青泥莲花记》十三卷；又辑有《历代文纪》二百四十八卷、《汉魏八代诗乘》《唐乐苑》三十卷、《古乐苑》五十二卷、《衍录》四卷、《李杜诗钞》《宣乘翼》《女士集》《予宁草》《庚辛草》等。并在其父梅守德编著文集的基础上，编撰汇集了宣城历代诗人的作品集《宛雅初编》八卷。诚如清初诗人施闰章所说："禹金先生取宣城之能诗者，无虑缙绅布衣，自唐迄明正德，汇而存之，命曰《宛雅》。其言以采一方之书，以核诸家之集"，只要是善诗者皆可入选。《宛雅》后又经施闰章等人补充，真正成为一部最全面的宣城诗人作品总集，并被收录于《四库全书》，载入中国文化史册。

一、诗文创作

梅鼎祚诗文合集《鹿裘石室集》，共六十五卷。其中第一至第二十五卷为辞赋、古近体诗，其中古体三百七十四首，近体一千八百七十首。第二十六至第六十五卷为文，包括各种序文、行状、祭文及书牍文等，共八百九十篇。

1. 诗歌创作

梅鼎祚早期与后期诗歌在内容和风格上均有显著的不同，其分界是万历戊寅年（1578）。在此之前他的诗歌"有铿然之节乎，其气飚溢，其志骀荡，其境霏靡，其词以丽胜"。随着科场受挫，父亲去世，诗歌风格明显变化。此后的诗歌"举目有山河之异矣"，多写"居亲丧，历尝诸艰"，摹写情状，隐含其情。其诗歌的总体特色是典雅瑰丽，善用典章，气势雄壮，自成一家。其乐府诗得杜甫神韵，七言歌行效李白之风。友人欧大任说梅的诗歌"五言古出入汉魏六朝，苍然而骨立；七言歌驰骤乐府，时极少陵之致；近体其气完，其声铿以平，其思丽以雅，盖彬彬中宫商也"（《予宁草序》）。梅守箕在《校次庚辛草题词》中，友人刘绍恤在《与玄草序》中也分别指出梅鼎祚诗歌的词微旨远、寓讽于诗的特点。

内容上，梅鼎祚的诗歌多记游、赠答、送别和抒慨之作。

记游诗呈现两种风格。有的记游诗气势雄壮，场面阔大，如《月夜渡采石》:"天豁大江流,乘霄系楫游。涛声喧万马,石影动双虹。迭鼓疏星晓,长歌片月秋。余将问海若,指点一浮沤。"极尽采石矶一带天门夹峙、大江奔腾咆哮的壮丽景观,气势雄阔,极富动态感。类似的还有《春仲侍家大夫游白岳》《南中览古十二首》《黄山眺天都峰》等。有的短篇则新巧别致、清新可喜,如《水乡》:

> 半水半烟著柳,半风半雨催花;半没半浮渔艇,半藏半见人家。

此诗描绘宣州北郊宛溪一带秀美的水乡景色,通过对"烟柳""雨花""渔艇""人家"等典型景色的捕捉,描绘出一幅清丽的郊区水乡图画,但全诗句句不离"半"字,通过这种重复和强调,刻意营造出一种半隐半现、空幻迷离的朦胧美和距离美。

宣州一带是大诗人李白晚年的盘桓之所和终老之处,作为宣州民的梅鼎祚深受李白的影响,他的诗作中有不少触景生情,怀念和仰慕李白之作,对其一生的坎坷遭遇抒发感慨和表达同情,如《吊李供奉》诗:"念君不得意,漂泊在宣州。雄赋千人失,荒祠百代留。西风荐蕴藻,零露湿松楸。今古长游地,寒江日夜流。"有的诗作,不仅是由李白的咏歌而触发,而且直接称引李白的诗句和诗意,如在登宣州东城保丰台时咏叹道:"白也白也今在无?尔其如在归来乎?""忆昔老春悲纪叟,恨不夜台且沽酒,试今而复兹地游,善酿主人一何有""岂徒善酿讪前名,那得汪伦送尔情""彩虹双落镜光开,十月梅花笛里催""抽刀断流流不绝,明日扁舟期散发""众鸟孤云宛如昨,相看不厌敬亭山"等诗作,多处引用《赠汪伦》《哭宣州纪叟》《宣州谢朓楼饯别校书叔云》等李白诗作中的诗句和诗意。梅的记游诗中有的虽未称引李白诗句,但在风格和表现手法上却有意识地模拟,如《黄山眺天都峰》云:"天都一以眺,菡萏半浮空。势拔诸峰秀,名标大地雄。岚光朝夕变,云气古今同。遥把浮丘袂,泠然欲御风。"诗中不仅写出天都峰壮异的美景,也倾吐自己与神仙同游的酣畅,很像李白的古风"西上莲花峰,迢迢见明星"。前人说梅鼎祚的七言歌行效李白之风,其实何止七言歌行!梅鼎祚自己也曾说:"宛陵自谢李诗外,余亦依样画葫芦"(《答潘景升》)。

其赠答、送别之诗，多是表白彼此间的交情，心灵、情感上的沟通，如《山中枉君典寄慰次答》云："荒村含返照，云净燕初征。寒起飞泉色，秋归落木声。瑟闲频依柱，珠泣欲倾城。寂寞劳相问，春风一夜生。"这首五律前三联可谓充满了悲意与凄凉，尾联却有了一些温暖，这主要来自同乡、少时好友沈君典（懋学）的慰问，类似的还有《赠别龙君善博士三首》《早夏送汤义少北上》《三醉龙使君帐中歌》《秋夜过盛仲交》《送顺公还吴》等。特别值得一提的是《早夏送汤义少北上》，这是为送著名戏曲家汤显祖赴京而作，诗中提到汤赴京的时间、目的和志向："西来春水壮，北望夏云新。抱策干明主，题诗送远人"；也写到离别的伤感和两人之间的友谊："断蓬一失所，芳草独伤神。以我尊前泪，洒君车上尘。"这对研究梅鼎祚、汤显祖皆有史料价值。

梅鼎祚的抒慨诗作，主要是写自己在不同处境下的感受，可以视其为人生真实的写照，如《庐居写哀八首》（其一），这是作者万历十九年（1591）后，隐居故乡书带园天逸阁中，绝意功名归乡独处时所作。诗中提到自己当时的处境和心情："块处严寒夜，庐居积雨秋。面如灰更死，形借影相酬。"诗中抒发对科举和官场的感慨："稽颡虽从至，招魂不自由。"归乡后的唯一欣慰——可以侍奉双亲："北堂萱树在，稍稍或忘忧。"《戊申献岁六十诞辰移舟避客浪述十首》（其二）则通过对往日岁月的回顾，集中抒发看透世禄后的归隐之趣："无闻惭五十，十载更逡巡。里俗稀耆旧，吾生耐辱贫。推迁凭世运，烂漫见天真。谢此双溪水，何劳为濯尘。"这类作品还有《酒醒》《杂感六首》《愤歌》《解歌》《轩居夜述》《南都寒夜感怀》等。

有些杂咏诗，表达了自己的诗文主张。《杂感二十八首》其一云："大雅久沦亡，众言纷陆离。时俗苦自媚，顾谓文在兹。"《杂兴八首》其一云："词客翩翩集汉京，于时何李抗前旌。鼎新一代文明运，岳立千秋述作名。处处投珠堪照乘，人人怀璧总连城。尚留河洛精灵在，先后吾曹奉主盟。"诗中可见梅鼎祚对"前七子"的推崇。还有些杂咏是吟咏宣城风土人情的，如《宣城杂咏十首》《宣之风》《圩庄省稼》等。

2. 散文创作

梅鼎祚的散文主要是序文、行状、祭文及书牍文。他的序文包括大量赠送序、寿序以及为自己的诗文、戏剧作品而作的序文。特别是像《才鬼记序》《长命缕记序》《昆仑奴传奇引》等序文,对我们了解梅鼎祚的创作意图有很大帮助。他还写有大量的书牍文,由这些书牍文我们可以看出他与王寅、汤显祖、屠隆、汪廷讷、汤宾尹、沈君典、潘之恒等文坛名流的交往,这对我们了解当时文坛风貌及文坛名流的思想创作状况是很有裨益的。《答汪无如》一文是写给汪廷讷的。文中说:"年来杜门久矣,一旦属倾龙藏而观之,贫儿获宝,喜捧欲狂,诸所结撰,博大精深,靡所不有,一降格而旁及俳谐,谈言微中,亦靡所不可,何赋才之特隆隆耶!"文中不仅显现作者对汪氏作品的喜爱,也指出了汪廷讷戏剧创作风格的变化。

明人对梅鼎祚诗文的评价甚高,李维桢在《梅禹金先生全集序》中说:"嘉隆万历间,古道大振。自顷宿素衰落,而好老婢声,为老妪可解语者。自诡执正印,树赤帜,天下靡然从之,禹金追正,始归大雅。"其友人高维岳认为梅鼎祚的作品"文标司马,诗凌李杜"(《梅禹金全集序》)。吴虎臣认为"禹金负绝尘之技,以承家凤学,屹立海左,一洗陋习,选则纵横汉魏,律则凌驾开元"(《黄白游纪叙》)。这些评价似乎有点过誉,梅鼎祚实际上是李杜诗歌的追攀者和模拟者,他也是前后七子"文必秦汉、诗必盛唐"文学主张的实践者。充其量,也只能说梅的诗文追摹李杜较为成功,间或有自己和时代的特色而已。

二、戏剧创作

梅鼎祚文学创作的主要成就在戏剧和小说方面,尤其是戏剧。或许是受好友王世贞、汪道昆、汤显祖等人的影响,梅鼎祚中年时开始转向戏剧创作,创作有传奇《玉合记》《长命缕记》和杂剧《昆仑奴》。《长命缕记》作于他六十多岁时,属于晚期作品。《玉合记》改编自唐人许尧佐的《柳氏传》,将一篇仅千余字的文言短篇小说,改编成一部长达四十出的传奇,可见梅鼎祚的才华。从第一出《标目》中的"章台咏,风流节侠,千古播词场"几句来看,作者的立意是要表现韩翊、柳姬的风流情事,歌颂许俊的义侠壮举。显然,"风流节侠"四字,是《玉合记》全剧所全力表现的主题。《玉合记》在当时的剧坛获得了极大的声誉:在《玉合记》问世前,有吴鹏《金鱼记》及吴大震《练囊记》,亦敷衍韩、柳事。梅鼎祚在《长命缕记序》中亦云:"凡天下吃井水处,无不唱《章台》传奇者。"此后梅鼎祚的《昆仑奴》《长命缕》等杂剧相继问世,竟使"海内无不知禹金者"。实际上,《玉合记》在题材发掘的广度与深度上,在主题的进一步深化上,较之《柳氏传》并无多少突破与创新。相反,对唐帝室则不遗余力地赞颂,几乎在所有提及帝王的场合,均不吝笔墨,谄词媚语,触目皆是。在作品中,所有的邪恶、造成动乱的根由,全在叛将一方。在对安史之乱这一背景的处理上,《玉合记》所表现出来的思想倾向与观念,不仅落后于唐代白居易的《长恨歌》和陈鸿的《长恨歌传》,及元代白朴的《唐明皇秋夜梧桐雨》,而且远逊于稍后的清初洪昇的《长生殿》。

《昆仑奴》杂剧改编自唐人裴铏的《传奇》,主题亦是"情、侠"二字,即"侠"的题材意义和"情"的自觉颂扬。《玉合记》中突出了许俊和李王孙的侠义,彰显了柳氏与韩翊对爱情的忠贞不渝、坚贞追求。《昆仑奴》则刻画出地位低下的磨勒的大智大勇、富有卓识,歌姬红绡对爱情的忠贞与追求。明代著名杂剧家徐渭毫不掩饰对《昆仑奴》加工删润的兴致,自谓"阅南北本以百计,无处着老僧棒喝。得梅叔此本,欲折磨成菩萨"(《昆仑奴题词》)。祁彪佳"阅梅叔诸曲,便觉有一种妩媚之致。虽此剧经文长删润,十分洒脱,终是女郎之唱晓风残月耳"(《远山堂曲品》)。另外,李贽、梅季豹、张鄂举、孟称舜等人,对该剧也作出不同的赞扬。

梅鼎祚戏剧创作的成就与倾向,与他的戏曲观关系极大。他的戏曲观主要表现在以下三个方面:一是热衷于戏曲的交流与传播,推动了中国戏曲的发展和光大。明初官方对戏曲是以禁为主,士大夫"尊崇儒术,耻留心辞曲"。梅鼎祚却一反陈规,关注包括戏曲在内的通俗文学,而且对戏曲的声腔也较少偏见,当弋阳腔变而为"乐平、徽、青阳"等腔时,多为士大夫所厌听,梅鼎祚则是热情的欣赏者,对其他富于民间特色的戏曲声腔也不排斥。当时南曲大盛,北曲在南方喜之者甚少。北曲曲师顿仁怀才不遇多年,后被何良俊聘为家庭教师,何家家伶所操北曲,皆为顿仁传授。梅鼎祚对顿仁十分尊重,曾赋诗《顿姬坐追谈正德南巡事》:"遮选植楷催凤拍,忽传金弹逐莺声。宝奴老去优仁远,坊曲今谁记姓名?"足见他对北曲的喜好和对戏曲活动的重视。二是寓社会现实于戏曲,掀起戏曲创作的主情风尚。据说梅鼎祚十六岁就师从王学左派中坚罗汝芳,深受王学左派思想的影响,尤其是汤显祖的文艺观对其影响更大,他继承诗论中的"言志抒情"说,在戏曲创作中自觉写"情"颂"情"。《玉合记》《昆仑奴》两剧,可说是颂"情"的自觉取向,写"情"的自觉意味。从万历剧坛的实际考察,对"情"的自觉弘扬在汤显祖的《牡丹亭》中达到高潮。上述梅鼎祚的两部作品早于《牡丹亭》十多年,尽管他对情的认识没有汤显祖那样深刻,对情的表现还不具汤显祖那样的力度,但对情的肯定态度与汤显祖是一致的,在很大程度上,他的创作是万历剧坛写情高潮到来的先声。三是转变"骈绮"风格,开导雅俗共赏之风。梅鼎祚对戏剧语言没有专论,但其在晚年所作《长命缕记序》中,曾说到戏曲曲词应该兼参雅俗,反对"酞盐赤酱、厚肉肥皮"。他在《丹管记题词》中说:"质而不俚,藻而不繁,语不必销魂、动鼻、触籁,则鸣事不必索隐钩深。"这也是强调曲词的雅俗并具。

附　梅守德

梅守德,字纯甫,世称"宛溪先生",梅鼎祚之父。嘉靖二十年(1541)进士,授给事中,出为浙江台州推官,擢户部主事,为人正直敢言。时严嵩"威虐朝士,人莫敢忤",而梅守德却数度上书,申斥权相严嵩,结果被排挤出京,改任绍兴知府,迁山东曹濮道兵备副使,又改督山东学政,后谴云南参政等官。梅守德"勤政爱民,兴学教士,均田赋,核湖税,民心感之",然愤于朝政昏暗,无意仕途,以奉养老母为由辞官回故里,与宁国知府理学家罗汝芳共创志学书院,从学者遍及各地,遗泽后世。梅守德精研理学,是"宣城心学"的奠基人之一。且雅善诗文,与当时名士往来唱和;亦多有歌咏宣州风光的诗作。

主要著作有《理学诠粹》《无文漫草》《景行录》《沧州摘稿》《资省名言》《古今家戒》等。他还潜心整理本郡方志及历代贤达著述行迹,编撰《宁国府志》《徐州志》《宣风集》《宛陵人物传》,对弘扬宣城文化功不可没。

第四节　明代中后期安徽其他诗文作家

一、汤胤勣

汤胤勣,生卒年不详,字公让,明初功臣汤和后裔,凤阳人。少负才气,貌类河朔人,两眸睁然,髭奋起如戟。十五六岁时,入学为生徒,每天能记数万言。景泰年间(1450—1457)曾为指挥佥事,兵中之士多嫉妒胤勣,不得重用,于是时时叹息功名不偶,以诗酒为趣,颇为狂傲。天顺初,曾两次献书于时在南宫内的英宗朱祁镇。英宗复辟后准备起用汤胤勣,是时徐有贞、李文达当国,徐视汤为狂生,"酒疯汉耳",因而作罢。但李见其有大志,且通文墨,亦重之,认为"士不脱颖而出,何见其才?使独当边方一面,必有可观"。成化三年(1467),荐汤为指挥佥事,为延绥东路参将,守北边孤山堡。一日遇胡寇入侵,主将却闭城门不出兵,胤勣以"死国,分也"自励,率百余人与敌战,终因寡不敌众,遂死山下。

汤胤勣素工诗,而且创作速度之快、创作质量之高,为当时名诗人所服。程敏政称他"每就人席上,操觚,立成数十章,有名能诗者,多为其所慑,或不能指措一语,以遁"(《汤胤勣传》)。他与景泰年间的刘溥、蒋主忠、王贞庆、晏铎、苏平、苏正、王淮、沈愚、邹亮等合称为"景泰十才子"。汤胤勣平生著述颇多,据程敏政所说述达千余卷。今存《东谷遗稿》十三卷,《汤将军集》一卷。

史称汤胤勣与人言论多出入经史子集中,往往纵横捭阖,随意所如,所作多豪放洒脱,奔逸奇崛。其诗慷慨豪迈,节促气雄,咏歌之中亦有深深的感慨,如《题钱理竹平深处》:

瘦不胜衣强着冠,肩舆一罄子猷欢。日光碎布金三顷,秋色高攒玉万竿。幸备酒筹催急鼓,忍看新笋簇深盘。九天雨露虽如许,长展无由数就看。

诗人写与友人在竹林深处饮酒时的情形以及由此生发的感慨,无论是"日光碎布金三顷,秋色高攒玉万竿"的景色描绘,还是"肩舆一罄子猷欢"的场面叙写,都显得突兀生动,阔大而富动态感。至于结尾的"忍看新笋簇深盘""九天雨露虽如许"等句明显暗蕴有志难伸、被人摧折的不平之声,很容易使我们想起李商隐《初食笋呈座中》的结句:"皇都陆海应无数,忍剪凌云一片心!"

汤胤勣的诗风,程敏政曾称赞为"豪迈奇崛,如风雨晦冥中,电光翕焱,使人不敢正视;又如雷斧断崖石,下坠不测之渊,观者褫魄"(《汤胤勣传》)。这种豪迈奇崛的诗风,在提倡心气和平、雍容平正的明代诗坛是相当少见的。记载明初中期朝野事迹的笔记小说《寓圃杂记》有"汤胤勣驿壁诗"条,是说汤胤勣战死后,一日魂归驿地并在壁上题诗一首:"手提长剑斩渠魁,一箭那知中两腮。胡马践来头似粉,乌鸦啄处骨如柴。交游有义空挥泪,弟侄无情不举哀。血污游魂归不得,幽冥空筑望乡台。"鬼魂题诗,自然是荒唐之言,但传说的前提自然是汤诗风的慷慨豪迈已获世人认可,以至"生当作人杰,死亦为鬼雄"!

汤胤勣的诗风也并非只有慷慨豪放单一风格,有的诗篇也因题材、体裁所需,显得平实而简洁。如古风《义妇行》,意在表彰一位在战乱中弃其所生而全丈夫前妻之子的义妇顾妙贞,慨叹世风日下并欲以此励世。诗中叙事就颇为简洁,其中从战乱到弃自己子保全丈夫前妻儿仅用数句,诗风也一反近体的慷慨豪迈,显得平实无华:

欢乐未央灾祸来,闾阎满眼飞尘埃。长鲸大豕互吞食,雌凰雄凤难徘徊。强将性命依岩壑,柏叶松肪共咀嚼。草衣木履度晨昏,乃畏强梁横侵掠。丈夫前室有佳儿,哇哇相逐远奔驰。足跰腹桴行不得,锋横矢乱计宁施。妾身有子年尤小,恩义欲兼嗟力少。残生苟幸得完全,孤诚自有神明表。捬膺长恸望天呼,回头已作沟中枯。

诗的最后两句道明自己的创作意图和由此生发的感慨:"节孝贤能世岂无,苍黄谁得展良图。伤哉此道日凋丧,事迹何繇付董狐?"

二、陶辅

陶辅(1441—1523后),字廷弼,号夕川老人,又号海萍道人,或书安理斋,安徽凤阳人。嘉靖二年(1523)仍在世,时年八十三岁,卒年不详。父陶瑾文武双全,最初为扬州卫指挥同知,后来调和阳卫,并两次从征漠北。正统十四年(1449)为都督佥事,曾在于谦指挥的北京保卫战中镇守安定门,立下赫赫战功。英宗复位后又被派去平定浙江叛乱,后又奉敕守备紫荆关。天顺初召还,于后军都督府理事,以疾卒,追认大同伯。子陶辅袭封曾任应天卫指挥,因不苟合于时,大约在六十岁之前就申请退休,隐居郊外,寄情山水,著书立说。关于他的生平与家世,张孟敬在《花影集序》中曾有介绍:"盖公之先人,以大功烈擢大同伯。公以贵游子,薄武艺而不事,专志于经史翰墨间,其蓄之深有自矣。暨袭应天亲卫昭勇之爵,又不苟合于时,即丐恩休致。"陶辅在《晚趣西园记》中自叙其晚年生活状况说:"有夕川翁者,寓都城之西南隅,居后有小园,花卉丛杂,曰西园。……然翁之为人,不学无术而不知己之愚,寿逾六纪而不知己之老,囊无一钱而不知己之贫,处人之下而不知己之贱。"此记写他退居京郊西园时的生活情状。从四个"而不知"的感慨来看,他虽退隐但并不淡泊,内心多不平之声,对时世也有所批判。

陶辅著作很多,现存《花影集》四卷,《桑榆漫志》一卷。未见传本的有《四端通俗诗词》一卷、《夕川咏物诗》一卷、《蚓窍漫志》一卷、《夕川愚忏》二卷。

《花影集》是作者晚年编撰的一部警世文言小说集。《花影集》成书于成化、弘治年间,是作者有感于《剪灯新话》《剪灯余话》《效颦集》三部作品的缺陷而编撰。他于八十三岁时所作的《花影集引》中认为这三部作品或"信笔弃文",或"精巧竞前",或"持正去诞",于是,他"遂较三家得失之端,约繁补略,共为二十篇,题曰《花影集》"。《花影集》每篇前有序、引。首之以《退逸子传》,终之以《晚趣西园记》。间有《刘方节传》《东丘侯传》等实录忠教节义,足为世劝;《邮亭午梦》等奖人臣之忠义;《四块玉传》《心坚金石传》等托词比拟,以此为淫邪和媚俗败德致祸之惩。张孟敬认为是一部"关世教、正人心、扶纲常,斯得理气之正"(《花影集序》)的劝世之作。这些作品整体上说故事性稍弱,说教意味甚浓。但其中有些作品,被后世转载或改编,产生了较大的影响,如《心坚金石传》《节义传》《刘方三义传》就曾被《燕居笔记》《情史》等转载,流传较广,影响甚大。有的还被改编成戏曲,如《心坚金石传》就被改编成戏曲《霞笺记》,而《刘方三义传》则是《醒世恒言》卷十《刘小官雌雄兄弟》的故事本源,因而传播相当广,后世有许多戏曲作品是演刘方三义事迹的,如明代叶宪祖的《三义成姻》、范文若的《雌雄旦》,清代《彩燕诗》等。由此可见《花影集》在中国小说史上是有一定地位和影响的。

《桑榆漫志》又名《桑榆漫笔》,原为一卷,共五十二则。今存十一则,存于《今献汇言》《续说郛》中。前人书目都列在小说类,实为随笔札记。篇幅不多,以发议论为主,并可与《花影集》对读,如论秦桧一条说:"世谓秦桧诬杀岳飞为终古不磨之恨","实乃宋运当否,天假巨告","桧之杀飞,似是全飞也,又何怨乎"!与《花影集》中潦倒子所论完全一致,正可以相互参看。

三、周玺

周玺(1461—1507),字天章,号荆山,合肥人。弘治九年(1496)进士,历任吏科给事中、工科左给事、吏科左给事中、礼科都给事中、顺天府丞,因触怒宦官刘瑾被杖杀。周玺早年丧母,鞠于外家,五岁时不能言语,人们以为痴,然自其长大时,通贯子史,开始治经,曾曰:"丈夫不能垂名纸帛,只与草木同腐耳。"(朱元介《周忠愍公传》)他秉承其父周鑑慷慨、尚义,禀性耿直,为官时多次上疏直陈时弊。当时有人劝说周玺少贬言以避祸,周玺正色道:"此士人见节秋也。倘玺退避若此,奈负朝廷何?"即使被刘瑾加害受杖时,他仍不忘忠义:"吾死不足惜,第念忠义畏懦可惜耳。"其死时,体无完肤。周玺受害而死,上并未知道,多次询问群下:"何久不见周黑汉?"举朝莫敢出一言。当知道周玺被刘瑾所害时,大为悔悟。周玺著有《垂光集》二卷。

《垂光集》上卷有疏文十三篇,其中上疏于弘治朝的有七篇,上疏于正德朝的有六篇。这些疏章言皆痛切,揭露奸宦的恶迹。在该卷后附有家书一封,表达了周玺以身许国,置家中妻儿于度外的忠义报国之心。下卷为勅命、祭文、墓表、碑记及题咏诗歌,但文渊阁《四库全书》未见影印,《四库提要》以为"此集可补史之缺疏"。其中上卷的《论释无辜事》《论贡举疏》两文对弘治年间科场之风以及程敏政鬻题一案为后人提出另一种判断。作者在弘治十二年(1499)五月十二日写的《论释无辜事》中揭发程敏政阴结权贵,文过饰非,言官们反被诬下狱,希望能释放他们。写于弘治十五年(1502)正月初八的《论贡举疏》指出弘治年间科场之风十分混乱,试前投托讲题,试后割换卷面、代替改作等作弊之风盛行。他力陈以种种措施禁之。这似乎也为程敏政鬻题案在提供背景和佐证。

周玺与宋代的包拯、元代的余阙并称为"庐阳三贤"。清人张树声曾刊刻三人的作品,名为《庐阳三贤集》。

四、方弘静

方弘静(1517—1611),一名主静,字定之,学者称采山先生。晚年自号补斋翁、补斋居士、西野氏。出生于歙县岩镇一个世代商贾之家。幼时"嗜为诗",弱冠"以著作登坛"。一生足迹遍及大江南北,与王世贞、吴国伦、汪道昆、汤宾尹、顾起元、潘之恒、王寅等交往。嘉靖二十一年(1542),他与王寅、程诰等十六人在天都峰下结天都诗社。嘉靖二十九年(1550)进士及第,历任四川按察司佥事、江西按察副使、广西按察司提学副使、江西布政司左参政、广东左布政使、湖广按察使,累官至南京户部右侍郎。晚年返归乡里近二十年,年九十五而终。其诗歌创作持续几达八十年,其诗文集《素园存稿》二十卷,存诗近千首,另有杂俎《千一录》二十六卷。

1.诗歌创作

方弘静是活跃于明代嘉靖、万历年间的徽州知名诗人,其诗学理论主要见于《千一录》的《诗释》中,还有少量散见于《素园存稿》。主要包括"复古论""化境论""风韵论""理趣论"几个部分。明嘉靖、万历之际,复古思潮再次高涨,方弘静亦推崇前后七子,诗学上的复古倾向是明显的,其论诗组诗《有述》十四首中的第一、二、七首,即评述当时的诗坛创作现状,肯定前后七子挺立诗坛,提倡"文必秦汉""诗必盛唐"的复古模拟之风,并推举李梦阳,认为"高唱须论北地功"。第三、四首诗则回顾自己早年在诗歌方面效仿唐音,在文章方面效法周汉的创作历程。但必须指出的是,方弘静早年和晚年在效法对象上是有明显不同的:"早效唐音唐太史,晚耽击壤和尧夫。"(《有述》其三)早年推举盛唐之音,晚年则推举宋代理学诗。

方弘静的诗歌创作实践可分为青少年时期、宦旅时期、晚年时期三个阶段,由于其诗学主张前后期变化较大,其诗歌创作无论在内容还是风格上均有明显的不同:青少年时期,歌多抒发建功报国之志,诗风雄劲;宦旅期间,诗歌多反映下层人民的疾苦,讽刺权贵的荒淫无耻以及抒发诗人仕宦生涯的羁旅愁思,诗风深沉委婉;晚年居乡期间,登临山水,游览胜景,诗歌多描绘奇瑰雄伟的徽州山水风光,诗风清新自然。在体裁上,古近体均有。乐府诗《白马篇》既写出了得势人的骄奢,也写出了他们被弃置的凄惨处境:"可怜马上郎,意气骄无比。千骑居上头,行人不敢视。……弃置谁忍闻,西山麋鹿群。"五言古诗《杂兴五首》其一云:"四郊寡行迹,积雪莽原畴。天地方闭塞,岁月难淹留。出门聊顾望,杖策将何求。啾啾田间雀,汎汎水上鸥。感彼情有适,悟此生若浮。萧然遗物累,愿与真人游。"诗的前半部分写景,由景语生情语,最后又生理语。全诗语言质朴,情、景、理在全诗中和谐统一。他的七言古诗多是歌行体,特别是那些赠答诗,多是歌行体长篇,如《赠吴山人》《汪生行》等。

他的近体诗在其诗歌创作数量上占有很大的比重。其中两组组诗《适园杂咏》(一百零七首)、《适园续咏》(四十九首)吟咏自家庭院适园里的各种植物、假山、水池、亭轩、台阁风光,这些诗作既有韵味,又不乏理趣,如《适园杂咏·莹心亭》云:"风行水成纹,风静波如镜。此心本自虚,何物将心莹。"

又如《适园续咏·映山红》诗云："山深花自映,谷静鸟相求。幸无豪客止,时有高人游。"空山静谷,花鸟自闲,适合幽人独处,而与豪客无缘。诗人是在表白自己此时的心态、感受,也在阐发物理。他的一些行旅、登临、赠答之作,也显得别有情味,如《旅夜》云："旅馆萧萧只掩扉,清宵兀坐久忘机。一声何处南征雁,为搅乡心万里飞。"《雨花台作》则重在抒发登临怀古的情愁,诗的颔联、颈联云："六代风流秋草里,三山云影酒樽前。沧江落日愁难尽,古刹荒碑字尚全",给人一种人事代谢、江山日暮的沧桑感和寂寞感。另外,他还写了几十首游仙诗和反游仙诗。

2. 散文创作

方弘静的散文创作包括记、序、书、墓志铭、行状、传等。序文有《赠江大夫守广信序》《赠潘大礼序》等。其中作者为他人诗文集所作的两篇诗序《郑书真集序》《毕孟疾诗序》颇值得一提。《郑书真集序》云："盖自弘德间北地倡追古之体,信阳诸君子和之,海内操觚之士,翕然一变。江以南、大鄣山谷之间,谈艺者蒸蒸起矣。"记述在前七子倡导追古之风的背景下,徽州地区的文学创作繁盛起来,为我们研究徽州地区的文学史及其背景,提供了极其珍贵的第一手资料。《毕孟疾诗序》云："道一而已矣,理学词章非岐为二者也。"更为我们了解嘉靖、万历年间徽州文士的结社、宴集、交游及其活动情况,提供了极其珍贵的第一手资料。这类原始资料还不止于上述两序,还有如《辅仁文会录序》曰："辅仁文会,会非徒以文也。君子以文会友,以友辅仁。仁者士之所以成其身者也。"《尊经会录序》曰："例有会,会有文,文有录,录其善者相观也,所以重讲习也。"以及《崇礼会序》《尊雅会录序》等。

他的人物传记和游记文价值颇高。游记文有《游梨园记》《游桃坞记》《重游桃坞记》《筏游记》《游高岭记》等。这些游记大都是作者游览家乡山水景物时而作的。其中作于万历甲午年(1594)的《筏游记》是一篇写得极为精彩的游记散文。文章开篇写登筏顺流时眼前呈现的新安江景物:"凤台积翠,雁塔凌空,水夹镜而桥落虹。两岸薨飞,千室鳞次,美哉!"接着便是对澄潭景色的具体细描:"潭深而见底,其崖石平处可坐十人。云昔有丈人者,垂钓于此,其钓莫钓,惜未之遇也。石壁缥缈,空青相映,返照入而倒影悬焉。"继后便是众人登至巅峰时所目睹的万千气象:"天都云门之峰,与叠嶂竞秀。百里千仞,去若尺五,可挹而就天之高也。"文章节奏有张有弛,在一番目不暇接的美景描绘后,描述新安江两岸人家,则萧疏而散淡:"蔼蔼郊墟,茂林间之。千家之里,百家之族,栉比绮错,未可遽数。"文章结尾,则由描述转入议论:"吾乡也,百亩之田,一人耕之,食之者乃不啻百人矣,奈何日侈,吾未见以约失之者也。识之哉!"这段对"吾乡"地少人多,乡人奢侈之风又日炽的担忧,体现了作者的忧患意识。看来作者的游记并非单纯纪游之乐,乃是显示其人文情怀。

他的人物传记文《吴处士传》,歌颂商人吴处士不但讲究诚信、童叟无欺,而且还有急人之难的侠义之风。在经营中,他"兀坐肆中,终不以五尺童子入市而饰吾价";他人有急缓者,则怜之、救之。这种把讴歌对象由士大夫、游侠转向市井商人的现象,不但反映了明代中叶以后城市经济的发展,商人市民逐渐成为文学的表现和肯定的对象,也反映了徽州一带商业经济的发达情况,也是继汪道昆之后对商人传记文学的再次发扬。方弘静还为烈女、贞妇作传,作品有《烈妇汪氏传》《烈妇张氏传》《贞媪徐氏传》等。他在《贞烈》一文中说:"大江之南言闺范者,则称吾郡。盖山谷中淳风未漓,人多知耻,不独士也。余所睹记女妇以烈著者不一矣。……故节操者国之维也,不可不张。"作者可以对商人市民另具只眼,但在节烈观和封建伦理上并未跳出士大夫的偏见,这也是程敏政等徽州作家的共同特征。

方弘静的诗文创作,当时评价就很高。袁宏道称赞其诗文"质之在是矣,有长庆之实无其俗,有濂洛之理无其腐。百世而后,岿然独传者,非先生也耶?先生今年九十有四,而精神不衰,其为诗文也益遒。"并且说道:"嘉隆以来,所为名公哲匠者,余皆诵其诗读其书,而未有深好也。古者如赝才者,如莽奇者,如吃模拟之所至,亦各自以为极,而求之质,无有也。"(《行素园存稿引》)毕懋康在《素园存稿序》中,指出了方弘静诗文"不主常声,不作时观"独有的特色,以至于"每见当世才人雅丽之作,津津味之,辄默而掩卷,恐搅余心耳。"

总之,方弘静是活跃于明代嘉靖、万历年间的徽州著名作家。他在诗歌散文创作、诗学理论等多个领域取得了较大的成就,并以集士大夫、地域性诗社领袖于一体的特殊身份,对这一时期徽州文学及文学社团的发展,起到相当大的推动作用。

五、王寅

王寅,字仲房,一字亮卿,歙县人,出生在一个商人家庭,生卒年不详。为人英气勃勃,倜傥有才。早年曾北走大梁,问诗于"前七子"领袖李梦阳。后来补县诸生,独攻古文词,不喜举子业。弃诸生籍,周游吴楚闽越名山,远览冥搜,不遗余力,遍交海内名士大夫,一时缙绅大夫争致仲房。中年喜谈禅,习内典,曾师事古峰和尚。古峰和尚曾云:"吾遍游海内五岳,今将遍历海外五岳,而后出世。"王寅闻其语而悦之,于是自号十岳山人,以古峰和尚后继者自任。北走大梁时习过少林兵杖之术。王寅曾参加过汪道昆主持的白榆社、丰干社。汪道昆《太函集》中有多篇诗文是写给王寅的,并为王寅作传。著有《十岳山人诗集》四卷、《王十岳乐府》一卷。

王寅诗作有古乐府、五七言古诗和近体诗等。古体诗多用汉魏乐府旧题,如《东门行》《短歌行》《有所思》《行路难》《将进酒》等。王寅推崇阮籍的《咏怀诗》,仿此而作《广情诗》二十八首。他在《广情诗序》中说:"阮籍《咏怀诗八十二首》,李献吉(梦阳)谓陈子昂三十五首,李白五十九首,咸祖籍词。叹宋人知宗陈、李而不知宗阮,岂其未见阮作耶?江淹亦有十五首,庾信亦有二十七首,献吉何不言也?予亦相祖阮焉,为《广情诗》。以有远游,仅得二十八首,志再有作于将来续焉。"这组诗多写作者自己的身世经历,多悯生之叹,情感真挚而深沉。他的《隙憾歌》《贤节吟》《节孝吟》《谢烈妇断石吟》等是讴歌烈女、节妇的操守。他的《留竹轩》诗共六首,通过与竹的三问三答,明写竹子的高贵品格,暗中托物言志,抒发自己对操守的自励。他歌咏家乡历史遗迹的《七怀》组诗,分别歌咏了南山、洗脚塘、兴道院、浴丹池、金仙垣、仙姑洞、望仙桥等七处景点。

近体作品中有抒写自然景物的,如组诗《玉潭》十首。玉潭是作者在乡里的别业。作者题咏了黄鹤庵、巢雪楼、修竹垣、问渔亭等十处景点。组诗《游朱俊父上阳》七首,则题咏了遵晦园、问樵阁、洗心处、留印堂、漱石洞、餐霞屿、寻梅径等七处景点,诗句清新而又富有理趣,如《餐霞屿》云:"孤屿临清流,片片落霞赤。餐之可永年,何须煮白石。"又如《洗心处》云:"青山叠云波,览此心可洗。消俗赖幽真,何须泉弥弥。"其他近体诗作还有赠答、送别、咏怀等。

嘉靖四十二年(1563),胡宗宪、方禹绩、王文禄三人分别给《十岳山人诗集》作序。胡宗宪在序中说王寅"平生所向惟李白,故其诗俊逸雅,有太白之风,而理趣更多玄解,汎汎乎追古之大雅矣"。王文禄在序中说王诗"吟咏性情,超于物外,飘然俨神仙语"。由此可见王寅诗歌推许李白,风格上也俊逸、洒脱。其实,王寅不仅效法李白,而且也效法杜甫,也具有深沉雄迈的一面,尤其是近体诗。正如万历十九年(1591)陈文烛在《十岳山人诗集序》中所说的那样:"仲房师供奉而得其逸,师工部而得其雄。如集中所刻近体歌行是也。"

《王十岳乐府》为王寅晚年所刊刻。万历十三年(1585),王寅作《乐府小序》。在序中,他说自己早年遍游中原时,访问乐府名家,领略了一千七百五十余杂剧、八百三十二名家作品的大略;壮年时,他创作了散曲;晚年创作的散曲多有散失,仅存此册。作者认为当时散曲创作中拟制之风盛行,且多南音。于是他"予此册之梓用传中原名家,以希教益耳"。由此可知,他创作《王十岳乐府》多用北曲,反对模拟,是有意纠正当时的拟作之风和明中后期散曲"多南音"的倾向。

第五章　晚明时期的安徽诗文

第一节　程嘉燧　朱载堉　吴兆

一、程嘉燧

程嘉燧(1565—1643),字孟阳,号松圆道人、松圆居士、偈庵等,世称"松圆诗老",明清之际著名诗人、画家、文学批评家。徽州歙县长翰山人。少时从父赴练川,乐其土风之美,因留家焉,与唐时升、娄坚并称为"练川三老"。后来侨居嘉定,又与嘉定宿儒唐时升、李流芳、娄坚并称"嘉定四先生"。他早年应科举不售,学击剑又不成,弱冠时好唐人诗且学之,三十而诗大就。谢三宾在《松圆浪淘集序》中称赞他的为人和才华:"先生无书不读,无不精,片语只字,皆能驱遣如陶士行之,草头木屑都无废弃,发为讴歌,兴雅风流。李长蘅(流芳)常自叹弗若。又少负使气,不治生产,喜赴人急难。"程嘉燧又嗜古书画,善交游,友人娄坚说他:"少而游吴,所交江以南知名之士。"(《书孟阳所刻诗后》)其中有钱谦益、李流芳、唐时升、娄坚、瞿起田,僧人雪浪一雨等。他中年溺于禅老,精于《楞伽经》和《楞严经》,深于老庄、荀、列。其著作有诗集《松圆浪淘集》十八卷;文集《松圆偈庵集》三卷;《耦耕堂集》诗集三卷,文集两卷;辑有《破山兴福寺志》四卷。

1. 诗学主张

程嘉燧并无专门的诗话诗论,他的诗学主张主要反映在他为人所作的一些诗序之中,主要有三点:一是反对李东阳、何景明等前后"七子"的模拟剽窃之风,提倡"尚典刑""有根蒂"的正始诗风。他在《程茂恒诗序》中说:"诗尚典刑,词有根蒂。倾年以来,兹道滥觞,自谓家抱灵珠,人操合璧,靡然之风,而正始之音,殆杳然矣。……盖诗之学自李何而变,务于模拟声调,所谓以矜气作之者也。"这是继李贽"诗何必古选,文何必先秦"和归有光"唐宋派"之后,再一次掀起反对前后"七子"模拟之风。程嘉燧的诗歌创作也实践着他的这一诗歌主张。他初习诗时,也是学前后七子,以唐人为宗,但后来一一改愆,将前人创作技法熔铸成改造,形成自己的独立风格,因而诗作一出,就得到了娄坚、唐时升、李流芳、汪无际等人的极力推许。钱谦益在《程嘉燧传》中也说程"深悟剽贼比拟之缪"。同时,他也不满明代台阁体那种雍容华贵的绮靡之作:"至于词人绮靡之作,读未终篇辄掩卷弃去,盖其意不欲以诗人自名者也。"(《唐叔达咏物诗序》)二是提倡诗歌抒写心灵,指切时事,继承古代感遇讽刺的传统。他称赞子柔的杂怀诗"多指切时事,识深而虑远","其忧天悯人之意老而逾至"并感慨"自古感遇讽刺之作多矣,至以律诗含讽谕、剀切忠厚"。同时,诗歌创作要抒写心灵的真实感受,呼应着"公安三袁"和钟惺、谭元春"竟陵派"的"抒写性灵"之说。唐时升在给程嘉燧诗歌作序时就称赞说:"孟阳之诗,皆言其所欲言,自少至于白首,欢愉惨悴廖沉不平之思,读其诗可尽见也。"(《孟阳诗序》)三是在诗歌风格上,程嘉燧提倡诗歌应该具有风骨、刚健、直率之特征:"至于偶然游戏之作,一何其健而富,率而工也。诗皆放笔而成,语不加点。故风神跌宕,思致飚涌,势不可御。"(《唐叔达咏物诗序》)

2. 诗歌创作

程嘉燧存诗近一千二百首。其诗多叙写个人经历,其一生所历之大事小事、悲事乐事、家事国事,凡能入诗者都枥笔援入。其中亦有不少应酬之作,然多数都真情实感,读之令人如与老友娓娓相语,不给人虚与委蛇之感。

其诗的思想内容,主要有以下四点:

一是反映明末安徽江浙一带的社会风情。程嘉燧生活的明季,外有后金进犯东北边陲,内有中原流民蜂起,明庭内外交困,疲于应对,可谓风雨飘摇。但程嘉燧生活的安徽、江浙一带则相对稳定,这里经济繁荣、文化发达,文人相与酬唱出游,酒色征逐之中并不以国事为念,一派虚假的太平景象,实则为明亡的回光返照。酬唱出游、流连光景,程嘉燧在诗歌中也时有体现,并构成他诗歌的一个重要内容,如《同孙反和重游鹤林招隐》:

江城奋郭是阴阴,并辔看山不厌深。过眼村居浑欲辨,闻香芳草杳难寻。林间问寺山传答,谷里探泉树喃吟。自识戴顺招隐处,闲心长挂白云岑。

诗人笔下是秀丽宁静的江南风物。作者虽然没有刻意彰显当时江南的富庶繁华,但那种盎然生趣或清幽宁静,总觉得游离于时代之外,总感到是一派刻意营造的太平景象。历代论诗者多有称嘉燧诗风格纤碎者,大概就是指这类流连光景之作。当然从中也可看出明末社会风情的另一侧面,部分士大夫在国难当头时的另类精神面貌,甚至可悟出南明王朝迅速崩溃的原因,绝不像前人所论的马士英、阮大铖几个权奸误国那样简单。

二是纪游、咏物诗篇。程嘉燧一生好游,而他生活的嘉定、苏州等地即是风景绝佳之所。作为对山水风物有极其敏锐捕捉能力的诗人,程嘉燧以其细腻的笔触写出了很多模山范水的优秀之作,这首《晚发小类塘作》就是其中之一:

夕阳度娄曲,高陇半原明。林叶翻秋色,江潮落夜声。晨归纤月在,风白细烟生。拙养幽居惯,衡门系别情。

诗人扣住夕阳、林叶、江潮、纤月、风烟在深秋的典型景致,从夕阳西下延续到纤月下的晨归,又让高陇、江潮对举,山水之美与归隐之情暗扣,构思精巧、布局合理,炼字又异常形象精准,"林叶翻秋色,江潮落夜声。晨归纤月在,风白细烟生"等句将夕阳西下直至月生潮落的小类塘写得风姿绰约、情态动人,很容易使人联想到中唐诗人贾岛、刘长卿等人的山水名句。程嘉燧这样的诗篇不在少数。历代诗家也都非常欣赏这类作品。清代王士祯就曾在《渔洋诗话》中列举了上述诗句来称赞程的诗才,沈德潜也说程嘉燧的这些写景诗"娟秀少尘"。(《明诗别裁》)

三是也有不少反映了民间疾苦诗篇。程嘉燧虽然没有亲眼目睹边境和内地人民的痛苦,但作为一个善良的下层文人,他还是比较关心国计民生的,也有不少反映民间疾苦的诗篇,如这首《送李中翰表叔还朝》:

汉家宫阙枕燕关,使者乘槎八月还。吴地潦平犹似海,广陵涛壮正如山。同舟夜醉神仙侣,染翰春随供奉班。问道沧溟今未息,几回沟壑动愁颜。

这首诗记载的是吴地大涝、平地如海的情形。面对如此灾情,官员们竟在舟中痛饮作乐,快活得犹如"神仙",作者的愤愤、嘲讽之情溢于言表。程嘉燧晚年还有三首和苏轼的《岐亭劝戒杀诗》,写得悲天悯人,极富慈悲心肠,如第一首的开头数句:"宰创性命躯,烹唯资登汁。嘴欲逐脸腥,如以水就溪。众生造杀业,果报自招待。人死复为羊,佛戒此甚急。"没有对百姓、对生灵的真诚同情,是写不出这样的诗篇的。

四是多抒发自己"伤春复伤别"等人生感慨,如《山居秋怀八首》(其七):

漂泊西南天一隅,愁来田舍一江湖。亲朋海内多离合,寇盗吴中定有无。别久诗篇虚棣鄂,时危客路日榛芜。哀歌渐懒思涓滴,生事新凭浊酒壶。

诗中伤别离、伤战乱、思亲友、感时事等多种情思交织在一起,显得感慨良多。接下去的《山居秋怀八首》(其八)则专门抒发"游子还乡仍寄食,故人卧病且加餐",贫病之中思乡难归的愁叹。类似的诗作还有《拂水值黄蕴生清明归省感怀》《野性》等。

程嘉燧的古体诗特别是七言歌行体,写得雄豪跌宕、奔放流转,如《梁谿行》写作者舟行水中,一路行来,江中之景,两岸风光,历历呈现;同样写舟行的《清明舟中》则显得跌宕有致,先铺写渡江的艰辛,后突然笔锋一转,眼前是烟花、红桃、春光和一如镜面的江水,峰回路转,别开生面。他的歌行体篇幅都较长,《送莆田宋比玉歌》共两百三十八个字,《赠蒲州杨先生歌》共两百八十个字,《和牧斋题沈石田奚川八景图歌》共三百八十九个字。这些长篇显示了作者的才气,体现出奔放、跌宕、"富而健、率而工"的特征。唐时升在《孟阳诗序》中称赞程诗"雄豪跌宕,沈爵顿挫,足以追配作者,而哀乐所发,长句短章,必合于法度",主要是就七言歌行而言。

他的近体诗简约淡雅、清切深稳。娄坚在《书孟阳所刻诗后》中说:"其为七言近体以清切、深稳为主,盖得之刘随州为多。"钱谦益也认为程:"七言今近约而之随州,七言古诗放而之眉山。"(《程嘉燧传》)王士禛在《新安二布衣诗序》中也作如是观："程七言近体学刘文房、韩君平，清词丽句，神韵独绝；绝句出入于梦得、牧之、义山之间，不名一家，时谐妙境；歌行刻画东坡。"从程的近体尤其是绝句来看，确似刘长卿的简约淡雅风格，如《绝句》云："山雨空楼落木多，月明城下见漳河。江南鸟道清风外，三百高滩飞白波。"另一首《绝句》云："达树春云白，晴洲落日香。江南无限好，画出断君肠。"我们知道，刘长卿善用"白""青"等色彩给人一种清纯、深稳的感受。他的那些题画诗，除淡雅之外，更带有凄清的色彩，如"一段乡愁何处着，伤春无味夕阳中"（《题画》）、"雨作江花荻作声，荒寒如梦旅魂清。村酤未是消愁物，欲共残灯话到明"（《画风雨夜泊沽酒图》），更使人想起多以"寒""白"入诗的刘随州。随着诗人习禅、诵读禅经，他的诗作清幽、凄清色彩更加鲜明，似乎更似中唐诗僧贾岛的清瘦风格，如《坐月金莲池》云："竹根松月白泠泠，暗石荒藤坐小萤。却笑林僧也归去，夜泉何事不同听。"《灵隐绝句四首》（其一）云："欲访高人见古藤，林风山月晓堪乘。偶来不见窗中客，一笑还逢石上僧"，等等，皆是例证。

由于程嘉燧在创作上转益多师、不宗一家，成就了约放自如、通融洒脱的艺术风格，给当时的诗坛带来了一股清新之风，成为晚明文坛引领诗风转向的关键性人物。钱谦益说他"心髓于汗青漫漶丹粉凋残之后，为之抉摘，其所由来发明乎？王李之云雾尽扫，后生之心眼一开，其功于斯道甚大"，就是在肯定他这方面的功绩。

二、朱载堉

朱载堉（1536—1611），字伯勤，号句曲山人，青年时自号狂生、山阳酒狂仙客，系朱元璋九世孙，其父亲朱厚烷封在怀庆府河内县（今河南沁阳）为郑王，能书善文，精通音律乐谱，为人刚直，生活朴素，《明史》本传说他"自少至老，布衣蔬食"。载堉自幼深受其父影响，喜欢音乐、数学，聪明过人。嘉靖二十四年（1545），年仅十岁的载堉就攻读《尚书》等史书，并封为世子，成为郑王的继承人。嘉靖二十九年（1550），朱厚烷因给嘉靖皇帝上书，"以神仙土木为规谏"触怒世宗,被削去爵位,禁锢于安徽凤阳长达十九年。在这十九年中,朱载堉痛父非罪见系,筑土室宫门外,席藁独处。在这期间,朱载堉布衣蔬食,发奋攻读,致力于乐律、历算之学的研究,撰写了大量学术著作。父亲病逝后,他"累疏恳辞",执意让爵,经十五年七疏之后,神宗皇帝才予以允准。让爵之后,他自称道人,迁居怀庆府,潜心著书,过着纯粹学者的生活。

朱载堉一生越祖规、破故习,注重实践和实验,共完成《律学新说》《算学新说》《嘉量算经》《乐律全书》等二十多部学术著作。他对古代文化的最大贡献是创建了十二平均律,这是音乐学和音乐物理学的一大革命,也是世界科学史上的一大发明。他是乐律学家、音乐家、乐器制造家、舞学家,又是算学家、物理学家、天文历法家,在美术、哲学、文学方面也有惊世的建树。总之,他是在中国传统文化土壤中诞生出的一位"百科全书式"的学者,被中外学者尊崇为"东方文艺复兴式的圣人"。

朱载堉也是明代中叶后著名的散曲作家,他的散曲摆脱了皇族的偏见,具有平民化的倾向和强烈的批判色彩。他的散曲集《醒世词》深刻地揭示了明中后期社会中普遍存在的金钱崇拜,如:

> 如今人敬的是有钱,蒯文通无钱也说不过潼关。——[山坡羊·钱是好汉]

> 孔圣人怒气冲,骂钱财狗畜生!朝廷王法被你弄,纲常伦理被你坏,杀人仗你不偿命。有理事儿你反复,无理词讼赢上风。俱是你钱财当车,令吾门弟子受你压伏,忠良贤才没你不用。财帛神当道,任你们胡行,公道事儿你灭净。——[黄莺儿·骂钱]

这很容易使我们想起莎士比亚《雅典泰门》中那段著名的对金钱的诅咒。马克思曾称赞他揭示了资本主义原始积累阶段,金钱起着消灭一切差别的作用。莎士比亚的《雅典泰门》写于十七世纪初,与朱载堉的创作几乎同期,明代中叶也正是资本主义萌芽时期。这种共同的创作倾向并不是简单的巧合。

《醒世词》还包含对社会种种丑陋现象的讽刺以及对世道的规劝,曲词朴实,犹若口语,如讽刺世人嫌贫爱富的《山坡羊·叹人敬富》:"劝人没钱休投亲,若去投亲贱了身。一般都是人情理,主人偏存两样心。年纪不论大与小,衣衫整齐便为尊。恐君不信席前看,酒来先敬有钱人";嘲弄小人得志的《诵子令·驴儿样》:"君子失时不失象,小人得志把肚张;街前驴子学马走,到底还是驴儿样";劝人孝顺的《尊孝歌》:"我养我儿我见亲,指望我儿报我恩。谁想我儿成人大,我儿待我如路人。我儿娶妻生下子,我儿只见他儿亲。谩说我儿难为我,还怕他儿饿断我儿筋。"另外,他的《会清闲》《田野最乐词》等散曲,表达了作者与世无争,希祈过着清贫日子的愿望。其散曲创作皆语言朴实、通俗,针对性强,表达直率,情感外放,反映了明代中后期民间小曲大放异彩的趋势。

三、吴兆

吴兆,字非熊,休宁人。生而警敏,少时好为词曲,尝撰传奇,以寄讽刺。后悔之,专力于学诗。他仿初唐体作七言歌行《秦淮斗草篇》,得名家曹学佺的推赏,尝与曹一起游历白下、西泠、苏台、匡庐、九华等诸名胜。当时诸多名流如李本宁、屠隆、钟伯敬、臧晋叔等均亦折节与之交。吴兆生平贵率真,倜傥负奇气。即使与士大夫、名流交游,也超然自若。在游历中,每作一诗出,竞相传诵。最后于游历中客死于岭南。吴兆死后,其友人吴师利曾裒其遗稿十卷,前有李本宁作的序。王士禛因歙县门人汪洪度之请,撷吴兆、程嘉燧二人诗作中的菁华,各得诗三百余首,定为八卷,名曰《新安二布衣诗》,并在"序"中称:"常论明布衣之诗,予首举吴兆、程嘉燧。"

吴兆好苦吟,同郡吴苑在《吴兆传》中说:"每冷月侵衣,疏灯吊影,闲行独咏,几欲断肠",并指出其诗歌风格的转变:先是藻丽跌宕,类卢照邻、骆宾王;姿态绰约,意致委婉,类张若虚、刘希夷。后是古雅淡远,类陶渊明、王维、韦应物。曹学佺认为他的"古诗学谢灵运,沿及卢、骆;近体类岑嘉州,字句尚觉实"。王士禛在《新安二布衣诗序》中说:"吴五言其源出于谢宣城、何水部,意得处时时近之。"总体上看,吴兆近体诗歌绮丽之作较少,多为淡远、简

约、凄清之作,与王维、韦应物风格近似;七言歌行绮丽、条畅,清词丽句,有初唐宫体诗特征,类张若虚。近体如:

> 柳暗春江急,舟轻晚更操。途长游子倦,风逆榜人劳。树色金陵远,潮声赤岸高。渐知城郭近,烟火隔林皋。——《江行》

> 北国蚕桑早,春山蕨笋肥。谁怜行路客,著尽离家衣。村犬迎舟吠,田鸟绕艒飞。悠然望远岫,却羡暮云归。——《望亭舟中感怀》

前一首写江行中的感受,春江水急,又是逆水行舟,加上天色已晚,这都增加了舟行的焦急和倦怠,而这似乎又是表象,真正当时原因可能与离开金陵有关。好在透过烟火知城郭已近可以安歇,让人在急迫中有些欣慰。后一首亦是写舟行之中临近故乡时的感受,同是舟中,心情却与上首大相径庭,欣慰之中更有一种亲切感。两诗的特色均是主要突出自己的感受,很少客观地描景或景中现情,这与王维还有韦应物有着明显的不同,也是不如王、韦之处。但诗句洗练工整,属对自然,能选择典型景物来表达心情,自有其特色。其绝句《秋思》:"蒹葭露冷雁初还,归梦如云只恋山。一夜潺湲西涧雨,朝来秋气满人间。"这首诗曹学佺称之为"散吟如三峡猿声,令人凄绝"(《吴非熊诗旧序》);《江头早别》云:"江上天明犹未明,半江落月早潮平。片帆摇曳中流去,两岸青山似送行。"亦率情为诗,语出自然又韵味深长。

七言歌行如《秦淮斗草篇》,绮丽、条畅,清词丽句,如开篇"乐游苑内花初开,结绮楼前春早来。春色染山还染水,春光衔柳又衔梅。此时芳草萋萋长,秦淮女儿多闲想"等数句,在怀人抒情之前先作景色铺叙,语言、手法皆颇类张若虚的《春江花月夜》;而"君有麻与枲,妾有葛与藟。君有萧与艾,妾有蘪与芷。君有合欢枝,妾有相思子。君有拔心生,妾有断肠死"等对比、排比手法;"秦淮女儿多闲想,闲想玉闺闲罗衣""相要斗芳草,芳草匝初齐"等粘连手法又取法民歌和南朝乐府。整首诗中五言、七言交错运用:继承之中又有革新,这才是吴兆长篇歌行的真正特色,并非张若虚等唐初宫体的简单再现。

第二节 吴应箕

吴应箕(1594—1645),字次尾,号楼山,贵池大演(今石台大演高田)人,明末文学家和政治家。应箕祖父吴国珍,以文学名于时,父吴思周,布衣任侠,好与贤豪长者交游。应箕自谓"少时小有才,然负盛气,自谓旦暮取卿相不难也"(《罗季先制艺序》)。十六岁参加科举考试,二十岁补为博士弟子学员,后八试不第,直至四十九岁才上副榜。

应箕为人博学雄才、慷慨豪放、好善疾恶,交游遍及海内,与归德侯方域、宜兴陈贞慧、桐城方以智结为挚友,世人称为"明季四公子"。他交结师友,多以政见相同者为前提。此时明王朝已风雨飘摇。应箕砥柱中流,因敢斗奸党、主张抗清而深孚众望,被人们称为"秀才领袖",后来成了爱国社团"复社"的领袖人物之一。崇祯十一年(1638)在明朝留都南京,他执笔撰写了由他和侯朝宗、黄太冲等一百四十名知名人士署名的《留都防乱公揭》,揭露和讨伐了魏忠贤奸党头目阮大铖持权当道、破坏抗清的罪恶勾当。南京被清兵攻破后,应箕于弘光元年(1645)闰六月在家乡起兵抗清,与徽州金声等义兵相呼应,一度收复皖南大部。唐王授以池州推官之职,纪监军事。十月,在贵池县泥湾山口阻击清兵,兵败被俘,就义于池州城外石灰冲,终年五十二岁。其家人百余口和义军全部壮烈捐躯。起兵之时,他在写给族众的信中说:"妻烈投崖,女幼弃路,相随将士,甘心同死,惨动天地。忠义之事,何不可为。此于我心,一无所悔",可见一开始就抱定了殉国的决心。

吴应箕以其学识、才干尤其是慷慨捐躯的牺牲精神,在当时赢得广泛的赞誉,陈子龙说他"慷慨负大略,此岂可以诗人目之"(陈子龙《吴次尾己卯诗序》);侯方域有"明三百年,独养此士"(《祭吴次尾文》)之慨叹;而清人伍崇曜则称其"前无古人,后无来者"(《楼山堂集跋》)。

吴应箕著述甚丰,著有《东林本末》《国朝记事本末》《留都见闻录》《楼山堂集》《楼山堂遗集》《读书止观录》《复社姓氏》等,其中《楼山堂集》《楼山堂遗集》是其诗文合集。

一、实政思想

吴应箕为明末复社的重要领袖,他的实政思想,涉及当时政治、经济、科举、军事等诸多方面。他对实政的思考深入而具体,对与体制有关的问题尤为关注,对不合理的体制敢于批评否定,并提出自己的创见。他的许多思想认识,超越了前人和与他同时代的人,在当时成"一家之言","他人揣摩十数年,淹留而未就者",吴应箕"直以不虑得之"(刘廷銮《楼山堂集序》),并对明清之际启蒙思潮的形成与发展起了重要的先导作用。

首先,他对明代政治体制及其弊端做了不同于前人的评判,并提出相应的改革方法。崇祯九年(1636),吴应箕曾做《拟进策》十篇,欲上疏崇祯帝,在第一篇《持大体》中,对明代高度君主集权体制所造成的低效和腐败做了深刻的批判。指出自古极治之朝,在于君主能"得大体",即"总纪纲,挈要领,一兵刑钱谷,各责之所司,而己不与,故其政即以不相陵侵而愈治,不至于繁碎而难周,此所谓大体得也"。他批评崇祯帝治国"手揽万机,躬亲庶政"会"失体而乱",因为"体失而后务为操切,操切之过,臣下奉行不及,则益工为欺蔽"。其化解之道在于"陛下宏揽大权,但无使主权得以下移,一切细碎之事,皆责之所司而上不问,厚诸臣以事权,即所以养其廉耻,别诸臣以职业,即所以起其废弛"。吴应箕甚至直接批判崇祯帝的多疑和刚愎自用将造成的危害:"主贵明而忌察,察则伤明也,故多恃,恃而莫与抗也,于是下务为蔽匿,则生疑,疑而莫予当也,于是上益务夫操束,则滋扰,卒于法不必信,用违其才,朝出令而夕则成,前见贤而后获罪,奸雄适以藉资,庸下趋质仆负。"这与黄宗羲在《原君》中对君主的批判"凡天下之无地而得安宁者,为君也"几乎一样。但黄宗羲的《明夷待访录》成书于康熙二年(1663),比吴应箕的《持大体》要迟二十四年。

其次,在决策体制上,他批判内阁"票拟"由君主决策的独断方式,提出下廷臣会议议决,有希望建立一种从议政到初步决策的机制。将内阁的辅政职能由带有决策性质的廷臣会议所替代,这种做法自然会对皇权形成压力,迫使君主的决策权力下移,不仅增加了民主议政的成分,而且提高了行政效率,避免因票拟不决造成的"纸墨耗费,文移繁浊",如此可以"议论少而成功多",表现出吴应箕政治上反对独裁的分权意识。

再次,是精简机构,罢"无用之官"和"无用之兵"。他向朝廷提议,将各省巡守监司以下的无用之官次第减除,南直隶所差监察御史可以合并,如此"有无十羊九牧之忧,百姓省供亿罪赎之费"(《拟进策罢无用》)。关于罢无用之士卒,他认为,不罢无用之兵,只能消耗有用之财,而最终不能得一兵之用:"故非尽汰涤而兵不可练,非益简练则用必无功"。黄宗羲在《明夷待访录》"方镇"中也指出,明兵制"是一天下之民养两天下之兵","常竭天下之财,不足供一方之用"。顾炎武在明亡后也批评说"兵一增,制一变,兵再增,制再变,结果一农三兵,国家有兵二百万,最终不得一人之用"(《军制论》)。黄和顾都是明末清初著名的思想家,他们对明亡教训的总结和其中闪烁的思想光辉,历来为人们所敬重。吴氏此论与黄、顾同,其价值可知。

二、文学主张

吴应箕基本上持儒家的诗学观但又有自己的心得,他认为诗歌应成为政教之助,"助流政化者,诗也"(《与沈眉生论诗文书》)。并特别强调其忠君爱国之心和独创性:"生平喜曹子建、陶元亮、杜工部三人之诗,为本忠君爱国之心,而又感发兴起之意,且亦各有不相袭,自成气体,三百篇之后,惟此可歌可咏耳。"(《与沈眉生论诗文书》)因此他对明代诸家的模拟之风、空灵纤纰之质十分不满:"世相率以历下、公安、竟陵为聚讼,仆则皆弃之,而求于古。虽好子建、渊明、子美之集,亦未剿袭其词。盖作诗拟古题者最为无情,学空灵者日趋恶道。"(《与刘舆父论古文诗赋书》)其中对公安三袁的"性灵说"批判最为激烈:"予尝取所为空灵俊秀者之诗而读之,如捕风捉影,无一根抵,于诗人之有所假托,含蓄其言,淡而远,质而真,沈顿而有感叹者,概未有得"(《存朴斋序》)。认为五言诗应该"宁朴无华,宁直质无新奇,虽亦矫枉之言,要不至汩没雅道也"(《道归堂诗集序》)。

关于散文的创作，他推崇韩、柳、欧、苏之文，认为古文创作要"肆力于经史,出入于八大家"，以尽其道。认为本朝各家散文创作均有缺点："本朝以文名者，末盛于弘嘉之际。尝妄论之，如王李所毘陵晋江者，文未尝不畅，然终不能免俗讥之，未为过也。王李亦未尝不整齐，其言于经术甚浅，千篇一律，而生气索然。空同才高气劲，然少优柔之致。自矜于法而豁经不除。维桢娴于礼矣，亦未能畅所能言，故韩、柳、欧、苏之文，求之本朝，实无甚匹也。"（《与刘舆父论古文诗赋书》）他在《八大家文选序》中指出世俗之人亦推举唐宋八大家之文，但他们只是为了场屋之便，袭其词为文。学习八大家之文也应有自己的追求和精髓，不能照搬照套："夫文不得其神明之所寄，徒以法泥之，未尝无法也。舍其所以寄神明者而惟便己之为求天下，岂有文哉！"吴应箕对应举的时文更是给予强烈的批判："今天下之文，其卑陋冗芜甚于六朝五代"，"应举之文，犹然小道也"，"文者，生乎心者也，独制举之文，主于明理，而又束之以法"。

对于赋作，他认为汉代以后的赋，"不但博丽之词不及，即讽喻之体亦亡"，本朝赋家之作大都是"编引古文难字、世人句者"，缺少讽喻，更无创新，不能使人感动。他认为赋的创作应该"凡旨寓讽刺者，欲使人读而有所感动也"（《与刘舆父论古文诗赋书》）。

三、诗歌创作

吴应箕诗歌坚实质朴、激昂豪放，他的古体诗，抒写自我感怀和反映民生疾苦的作品，显得真实感人，体现了作者关心现实，忠于道义，同情生民，忧国忧民的现实主义精神。五古《旅中感怀》云："岂岂世间杰，碌碌空尔为。乞交与借知，志士羞称之。圣人有深戒，含龟而观颐。予亦秉气烈，兹言矢不遗。……贞素非奇节，愿以静自贻。"诗中表达了自己不愿与乌合之众同流，保持自己的气节以及期许建功立业的愿望。在《之子》诗中，批评安徽同乡阮大铖为人盛气骄人、蝇营苟利，表示自己决不与此人为伍："所以鹄与蝇，趋舍不同途。"他在组诗《述怀》十四首中，表达了对人生遭际的感慨，对"举世急干禄"的批判,对当时"为文事靡丽"创作之风的批评,对时代纲纪之失的担忧等。由此组诗,我们不仅可以读出吴应箕心怀家国,还可以读出他甘愿为拯救家国而奋斗、牺牲的心愿。他的古体诗中,《无鸡行》《食土行》《京口行》等篇,反映了战乱及官兵横行给人民带来的灾难。《京口行》则记述目睹官兵畏缩如虎,不能保民、护民,反而扰民、掠民、搜刮民财的亲历:"前岁涉芜江,正值济援师。亲见掠民船,舟人乱受笞……同日劫舟七,六商一官司。杀人至四五,计失千万赀","盗来恃兵捕,兵则避安之";《食土行序并诗》真实记录了徽州百姓在崇祯九年无以为食,以致食土充饥的惨痛事实。其序云"崇祯丙子岁歉徽为甚,予在南都,休宁人言其乡土可食者,贫民恃以生",诗中由此生发感慨:

共言不复泥滋味,食之不饥充稻粱。万物生死皆以土,不信土可实肠腑。纵使大块欲生人,何如五谷不禁取。草根糠秕岂有殊,缓死须臾土敢吐。呜呼!土仓土仓漫歌舞,有土不能输官府。

因为官兵的掠夺无处不在,只要闻鸡声便来抄掠,于是百姓将鸡杀尽,造成无人村的假象来逃避掠夺。《无鸡行》则选择这一奇特的社会现象来揭露官兵的掠夺造成整个社会秩序的反常和混乱:

兵来十室九家播,存鸡立扑不使声。此声不恶能致兵,几州篱落寂停午,几家板扉晨不明。

读了这首古风,我们就会知道,这个政权离崩溃已经不远了。

吴应箕的古风自然与他的明季生活经历和匡救时难的抱负有关,很多诗论家都指出了这一点,苏桓在《后东浮草序》中说:"次尾负用世之略,将日夕有所发摅,与太初之终于游者,不可同日而语,而其忧则深以远者矣。其为诗精于辨体,不袭古人,不趋时尚,真朴澹老,惟自见其志与有益于闻者而止。"其同乡刘城在《丙丁诗序》中说:"天下方多事,次尾目览心筹,悯时病俗,而伤世不已。"陈子龙则认为正因为如此,"故天下之善诗,未有加如次尾者也"(《吴次尾己卯诗序》)。

与古风不同,吴应箕的近体诗多写闺怨、闺情,且有意模仿民歌风格,如

《楼子歌代怨三首》(其一)：

　　楼子复楼子，侬使妾住此。上楼无辘轳，下楼如流水。

此诗无论是语言还是表达方式都颇似南朝乐府。类似的同题材作品还有《无题二首》和《闺辞》等。近体诗中还有一些描绘家乡风物之作，则情景兼具、清新可人。如描写家乡风光的《秋浦》：

　　秋浦常秋色，秋残色更深。为疑烟是雨，不尽水生林。小艇如行镜，天长可挂襟。与谁齐荡漾，迟月几回吟。

秋浦在今石台县境内，是濒临大江的一处风景旖旎之地，当年的李白就曾流连忘返，写下十七首有名的《秋浦歌》。其中一首就是描绘此地的水乡风光："秋浦田舍翁，采鱼水中宿。妻子张白鹇，结罝映深竹。"吴应箕的这首《秋浦》与李白《秋浦歌》选题相同，但却屏去人物，专写水天相连的自然美景：水面烟雨、行船，水中的蓝天、明月，刻意营造空旷朦胧的水乡秋色，而这一切又是通过诗人的主观感受和观察咏叹而出，让情与景交融在一起。

四、文赋创作

吴应箕散文作品包括政论文、史论文、游记文、书牍等。

他写有大量的史论，评论的历史人物有项羽、张良、范增、韩信、贾谊、诸葛亮等。其评论角度既有其独特的历史视野，也蕴有自己的时代感受尤其是身处明季的时代感慨，如《贾谊》篇，认为君臣遇合是很难的，即使贾谊不早死，文帝亦不会用："然则遇合之际，岂不难哉？谊以不用遂忧伤至于死，又何怪焉。谊之蚤死，天也。谊即不死，帝亦率不用。而不用者，非天也。谊不用，吾终为文帝惜"；《诸葛亮》篇则批评诸葛亮不知天下之势，知其不可为而为之："而以十不及之地，百不及之众，竭智匮志，奉区区不绝之名号，欲力征以统一天下，亮亦不自知天下之势有所不可也。"张自烈在《楼山堂原集序》中说他"尤长于策论，策论自立一家，类足以整乱匡治。予读而太息者数矣。盖惜其不施诸行事，徒寓之文辞如此"。

相较而言，他的纪游文尤其是记家乡风景、物产，如《相公墩记》《高田茶记》等,堪称其散文创作中的典范。相公墩在池州东湖中,去城三里。文章先介绍相公墩的概貌并下一结论:"墩之胜遂为我郡独绝。"然后仿范仲淹的《岳阳楼记》,描写不同天气下相公墩的不同美景,并与其他著名景点做一比较:

> 尝试月夕雨晨登阁而望,水烟吞亘,至不见涯际,指示城郭,屋庐苍茫,数点而已。及乎风日开霁,水波不兴,操舟而往,纵意所之,如人在霄汉中,飞行绝迹。至风起水涌,急而登岸,巨涛激于槛前,危帆指于簷隙,坐察声势,意恐身安,而钟磬之音,时相答也。其或水落烟寒,大雨偶作,杳无人迹,而墩如海外孤屿,在若有若无之间。故墩无杭西湖之艳冶,其竦澹过之;无洞庭彭蠡之险奇,有时能极其势;高不及培塿以上,而有云崖石屋之幽。

雨晨月夕的苍茫,风定日霁的纵意,风起水涌时的险恐,水落烟寒中的缥缈,作者意在告诉我们相公墩是无时不美,无处不美。如果说《岳阳楼记》中类似手法是意在否定不同景色下产生的不同情绪,由此得出"吾尝求古仁人之心,或异二者之为:不以物喜,不以己悲"的结论,那么吴文恰恰相反,是要通过不同景色、不同情绪来肯定家乡的美景,这倒颇像欧阳修笔下所描绘的醉翁亭四时之美和朝暮之美。况且,作者至此尚意犹未尽,又用人们熟知的西湖、洞庭之美加以比衬,进一步烘托渲染。由此看来,吴应箕对前人的经典纪游散文既有继承,又有创新。在《高田茶记》中,作者同样采用人们熟知的名茶来烘托比衬:"'虎丘'宜偶尝;'松萝'宜对客及寐起;'六安'宜饭后;天池'龙井'宜寻常应酬,而予里者无不宜,又最宜殿。"并且他还说:"若先以是而前诸茶继之,皆可废矣。"此外,《暂园记》《南岳看月记》《里中藏书记》等文均写得有特色。他的书牍文中,有写给豫章社领袖艾南英、复社领袖张溥等人的文章。在《与万茂先陈士业书》中,吴应箕客观地评论了艾南英、周介生的创作,表达了对豫章社创作之风和选文标准的看法。我们从文中可以看出他有意调和明末两大文人社团豫章社和复社的关系,从中也反映出吴应箕与晚明文人社团之间的联系。

吴应箕的散文创作,刘廷銮曾作这样的评价:"其论古必援经传,未尝有凭臆之言;其叙事以传后信今,未尝有诬诼之说;其策论书牍皆所为审时势、画治安、正风俗,未尝以押阖短长侧其间。"(《楼山堂原集序》)

吴应箕存留的赋作共十篇,如抒情小赋《园居赋》《述归赋》和咏物赋《雪竹赋》《秃笔赋》等。

第三节 阮大铖

阮大铖在明代文坛,若论其创作实绩,无论是数量还是质量均堪称一流,但由于他为人"奸诈贼猾",政治上先是"阿附权相、芟锄正士"、打击东林党人,后又降清,为志士遗民所不齿。以至于除被传统士大夫视为末流的戏剧作品《燕子笺》《春灯谜》外,明清以后的所有正史·艺文志、总集、选本都不选阮大铖的诗文:《明史》"削其诗不登艺文志";清《四库全书》不收其集;钱谦益曾附阿大铖,但在所编的《列朝诗集》中仅录了七首阮大铖的诗作,且不加评骘;朱彝尊编辑《明诗综》时,故意不收阮大铖诗作并公开说明理由,"(阮氏)金壬反复,真同鬼蜮,……虽有《咏怀堂诗》,吾不屑录之"。新中国成立后,由于受"左"的思想干扰,学术界三十年来无人对阮大铖及其作品进行研究。直到二十世纪八十年代以后,研究界开始冲破禁区,出现了少量单篇论文,但大多是针对他的戏曲作品,对于阮大铖诗歌的研究,可以说还处在拓荒阶段。

一、生平及诗学理论

阮大铖(1587—1646),字集之,号圆海,又号石巢,百子山樵,或称"皖髯",安庆人。阮大铖出身于一个累世簪缨的科举世家,祖父阮自仑为嘉靖四十年(1561)举人,叔祖父阮自华为万历二十六年(1598)进士,官庆阳知府,邵武太守。其嗣父阮以鼎亦为万历二十六进士,官河南参政,生父阮以巽为万历廪生。阮大铖早年读书于家乡三祖寺下,勤奋攻书,早有所成。万历三十一年(1603),中乡试举人。万历四十四年(1616),中进士,授行人,专司捧节奉使,考选给事中,曾出使凉州、福建等地,后因嗣父阮以鼎逝世于丁忧居家。天启四年(1624),因吏科都给事缺,其同乡左光斗招之入京,但东林党杨涟、赵南星、高攀龙等拟选用魏大中。阮大铖叛东林走捷径而得其职,因惧怕东林党人攻己,到职不及一个月便请假急归。第二年春,东林六君子被害,阮大铖被再召为太常寺少卿,又再惧流言,仅为官七十日便告归。崇祯即位后,阮大铖草两疏,一专劾崔秀呈、魏忠贤;一攻东林,将东林与魏忠贤并提而论,被起升为光禄卿,旋即又被罢回。崇祯二年(1629)钦定逆案,阮大铖被论徒三年,沦赎为民。在被废斥的十七年间,他郁郁不得志,往来于家乡和金陵间,招贤纳友,唱酬吟咏。崇祯十一年(1638),时在南京的复社名士顾杲、沈士柱、黄宗羲等作《留都防乱揭》,揭露阮大铖身在逆案,却不闭门思过,结海门、中江等诸社以营私。崇祯十七年甲申变后,马士英、阮大铖拥立福王。不久,阮大铖兼右佥都御史,巡阅江防,寻转左侍郎。南明弘光元年(1645),进兵部尚书兼右副都御史,仍阅江防。清兵南下,南明亡,阮大铖溃败乞降,从清兵攻仙霞岭,僵仆石上死,或云撞石自尽。

阮大铖文学创作甚丰。有诗歌总集《咏怀堂集》(包括《咏怀堂诗集》四卷、《咏怀堂诗外集》甲乙两部、《咏怀堂丙子诗》上卷、《咏怀堂戊寅诗》下卷、《咏怀堂辛巳诗》上下卷以及《和萧集》[存目])。传奇有《春灯谜》《牟尼合》《双金榜》《燕子笺》《狮子赚》《老门生》《赐恩环》《井中盟》《忠孝环》《桃花笑》《翠鹏图》十一种。除前四种外俱已亡佚。

阮大铖的诗学主张主要反映在《咏怀堂诗自叙》《咏怀堂诗外集自叙》《咏怀堂丙子诗自序》等诗序以及《与杨朗陵秋夕论诗》《读陶公诗,偶举大意示圣羽、价人、五一、慧玉》《病中邝公露过论诗》等诗作中。在这些诗作和诗序中,作者阐发了诗歌创作主旨,评析了诗歌的发展流变,倡导疏淡、清逸的诗歌风格。

阮大铖从儒家诗教出发,认为诗歌的主要作用就是"传情""志时",至于如何"传情"、如何"志时",他则有自己的独特理解。他在《咏怀堂诗自叙》中说自己通过三十年揣摩《风》《雅》,认为诗歌的主旨即"以情治情"。"夫诗者,教所存以情治情之物也。情亦奚事治？盖身心与物触,诗生焉。于是导以理义,黜正其未有合者,则人之所为诗,圣人教人之所为诗也。人生身世得失,亦何多端,而'群怨'足概之。诚能浣咏中和,善所群怨,斯情治,而人心世道亦罔不善,罔不治"。认为在此基础上,匡以理义,诗歌就能起到治世道人心的功能。他突出了诗歌的教化功能。至于此"情"如何才产生,他认为是才、情、境、兴四者交融而生的,而且是自然的流露、真实的表现,而非假意于此、刻意呻吟:"盖闻才逐情生,情从境感;兴有所会,响亦随之。"(《咏怀堂诗外集自叙》)

诗歌不但要"传情",还要"志时","夫诗而不能志时者,非诗也"(《咏怀堂丙子诗自序》)。诗歌要记述生平经历,再现生命历程,反映时事。这样,"时可知,诗亦可知矣"。所以,阮大铖自崇祯八年(1635)后所作的诗,均称为"咏怀堂某年诗"。

他还对诗歌的发展流变进行评论。他认为最早的"唐虞卿云八百,'康衢'、'历山'之歌,体现了诗歌的"忠孝之则";《国风》《小雅》是高尚的,《离骚》的情辞是值得推许的;汉魏诗歌"浩荡雄丽";阮籍只能够"浮沉致讽";陶渊明的诗歌是"体植斯志,深而兴远",有"中和之脉";齐梁时期的诗歌淫极靡丽;唐初宋之问、沈佺期、陈子昂在诗歌发展史上颇有建树;王维、韦应物、储光羲、高适等可谓是步屈原、陶渊明、阮籍之余韵。然而赵宋时期的诗作,"感遇日促""离忧日长",从而失"人伦之正"。他特别推崇陶渊明,认为"天不生此翁,六义或几息"(《与杨朗陵秋夕论诗》),"靖节诗萧机玄尚,直欲举大风、柏梁、短歌、公宴,汉魏间雄武之气一扫而空之"(《读陶公诗,偶举大意示圣羽、价人、五一、慧玉》)。他对宋诗和明诗则持批评态度,认为宋代诗歌的缺点是丧失风雅之旨,追求时尚:"大雅丧千载,追逐拟何适","时尚何足云,所严在古昔";本朝诗歌更是一味模拟,缺少创新:"胜国兼本朝,一望如积苇。"他认为诗歌创作在内容上要追求风雅之旨,风格上则应疏淡、清逸:"高文矜曙色,清思压松风","有时理清咏,秋兰吐芳泽","澹旨怀蔬善,佳言敌饭香"。而要达到这种境界,就必须静意幽处、忘却机务之心:"静意莹心神,逸响越畴昔","尘机无触处,销尽竹林狂"。可见其主张与其为人相距甚远,可能是作于被废斥的家居十七年中。

二、诗歌创作

现存的阮大铖诗作止于崇祯十四年(1641),有两千余首,崇祯十四年以后至去世前五年多时间的诗作,尚有待发现。《咏怀堂集》收录了阮大铖1619至1641年间的诗作,大体可以1635年为界,分为前后两个时期。前期包括青少年时期、中进士后旅进旅退的崇祯年间官宦生活,特别是长达十七年的乡居生活;后期主要是清兵南下和南明王朝时期,包括寓居南京、交结诗社,任职南明等重要的生活经历。

1. 中进士前后和罢官乡居时期(1619—1635)

阮大铖在中进士前,著有《和萧集》一卷。该集是阮大铖青少年时期创作的诗歌集。该集前有袁道生、魏之琡小引,末有王之朝题词。王之朝对该集中诗歌作品的评价是:"诗自歌行五七言近体,无不清雅奔放,名章俊语。拟诸古则长吉之怪,元稹之洁,李玉之豪,出入同异,各臻妙境;而为人复风流跌宕,鉴朗神澄,苶翩翩西晋间,非后世法中人物也。"这里指出了其《和萧集》中古近体诗作的艺术特色,道出了阮大铖的思想性格。

自崇祯元年(1628)到八年(1635)是阮大铖罢官乡居时期,读书写诗成为其间生活的主要内容,"吾里居八年以来,萧然无一事。惟日读书作诗,以此为生活耳。无刻不诗,无日不诗,如少时习应举文字故态"。他与诗友文人,唱酬应和,分韵作诗。诗作中或是描叙乡土风貌,山水田园风光;或是述怀被钦定逆案后的人生感受。诗歌风格也截然不同于早期诗作。早年曾从游于阮大铖的叶灿,曾道出他读阮这个时段诗作的感受:"不见公久矣。公犹昔人,公诗非昔诗也。"(《咏怀堂诗集序》)总地说来,早年的"风流跌宕,鉴朗神澄"已不复存在,代之以放归后种种的复杂心情的抒怀:或是逃脱网罟的庆幸,不再被受流言的轻松;或是摆脱官场辛劳回归大自然的欣喜;或是远离朝堂、僻居乡里陋巷的寂寞、失意;或是"一枕黄粱酣梦醒""镜花双鬓已蹉跎"

的人生领悟。其中不排除有真情的流露和客观矛盾心理的坦陈,但从其为人来看,更多的可能是言不由衷的虚比浮词、"爱上层楼"的刻意表白,因此诗意也前后矛盾和龃龉,如组诗《还山诗》十四首中,刻意表白居官的辛苦、回归的欣喜,好像诗人并不热衷官场:"十年小草溷风尘,五斗于人太苦辛","自喜臣情逐休浣,白华晨夕咏悠悠"。有的咏歌乡居生活的闲适和涵咏其中的乐趣,仿佛是陶渊明诗歌再现:"山中暇日浑闲事,芳草春深抱犊眠""婆娑小葺藏书阁,欸乃遥听载酒船""故山片石真堪枕,况有松风杂梵声""浮名落照意俱闲,闲眺飞鸿度远天。野酌长依孤屿月,初衣全浣五陵烟"。当然,我们也可以理解为这是诗人不得意的自我排解和自慰;另一方面,仍有官场的眷念和虽乏味却难以割舍的不断表白:"奏赋金门愿每违,年年敝尽黑貂归","京尘冉冉鬓将枯,鸡肋何知味有无"。京畿奔波像鸡肋那样食之无味,但弃之可惜,自己还是想像司马相如那样以赋获取功名,还是想像苏秦那样挂五国相印,只不过时运不济事与愿违,只能像苏秦,"黑貂之裘弊,千金之囊空",失意而归。当然,他不会承认是由于自己叛东林、走捷径,身陷逆案这些不光彩的原因。面对萧条穷巷、潦倒落魄的乡居生活,诗人并非甘之如饴,而是失意愁思,诗人对此倒是不加回避,坦陈"翻愁聊奋赤霄行,令我水云长寂寞"(《还山柬虎仲、幼玉、长秀、豹叔、山甫、大方诸子》)。

  天启四年(1624)至崇祯二年(1629)间,诗人两次返归故里,尤其是最后一次,为崇祯钦定逆案,"论徒三年,沦渎为民",毫无起复之望,做官不成,无奈之中便转向著述,"(公)一与时忤,便留神著述"(叶灿《咏怀堂诗集序》)。亦像他安慰自己所云"古之君子,不得志于时,必有垂于后"。冶游唱酬、山水田园以及闲居述怀,是此时创作的主要内容,另有少量的抒写时事、咏史怀古之作。

  闲居中的阮大铖亦不甘寂寞,他交游结友,与群友结海门社、中江社、群社等社盟。冶游吟咏,相互唱酬,分韵作诗,较量诗艺,写下大量冶游唱酬之作,诸如《九日霁后同李烟客、梁非馨、朱白石、汪遗民、吴栗仲、田卫公、何丕承、方圣羽、王禹开、方尔止密之集李玄素通侯松筠阁,共用远字》《招姚康伯、光含万、周有邰、吴汤日、潘次鲁、家兹园公、长子叔饮俶园》《小春海门社集得中字》《除夕大雷雨同徐庆卿、曹肃应、齐价人、周子久、张损之守岁咏怀堂赋》等，从诗题即可看出，多为分韵、集字等，且多在宴饮中唱酬，文学价值并不高。

代表这个时段诗歌创作成就的是咏歌家乡山水风物之作。诗人乡居，回到了大自然的怀抱之中，人事不再复杂，眼前尽是乡土风情，家乡的鸠领草堂、集园、百子山别业、咏怀堂等皆是其休憩和创作的场所，诗人在落寞幽处之中也得到闲适和惬意。组诗《百子山别业》极力描绘自己居住的百子山别业周围的秀丽景致，抒发自己流连其中的感受：这里是"瀑水当轩落，清音动草堂""门有流云迹，池生积叶香""古藤闲挂月，虚壑静传钟""烟霜寒日气，松栝乱谿声"的景物。在这里能"笑看闲原上，山禽绕犊行"，还能看到"闲田晴范土，野渚静浮纶"。诗人极力突出的是环境的虚静和清幽，还有一个"闲"字："古藤闲挂月""笑看闲原上""闲田晴范土"。与其说是清幽的环境抚慰了诗人的寂寥，还不如说大自然的美景暂时浇灭了诗人的名利之心，也就是郦道元在描绘三峡风光时所说的"鸢飞戾天者，望峰而息心"（《水经注·江水》）。也正因为如此，诗人也渐渐习惯了田园生活，与农民有了接触和交往："晚集山灯下，依依话老农"（《百子山别业》），"偶然适田野，目寓心且欣。树树鸣黄鸟，村村屯白云。牛闲戏陂水，鹭立定波纹。馌妇闻相语，秧深似欲分"（《田间即事》其一），这也是阮大铖诗歌中最平易和清和的部分，至少在外形上，已近似陶渊明的田园诗章。

除咏歌家乡山水风物外，诗人的游记诗也具有同样的特色，如这首《晚坐弘济寺》：

古柳参差掩寺门，荆篱石埠自为村。风严乌桕通菱蒲，日落渔炊就荻根。野月荒荒难辨色，江峰寂寂更何言。灯前无限浮沉思，销在菰香水鹳喧。

弘济寺在南京，大概是诗人与海门诸社同人游历中作。诗中描绘弘济寺周边秋色，极力突出的也是荒疏与寂寥：时间上选择日落到夜晚这个孤寂落寞的时段，景色选取古柳、荆篱、严风、荻根、野月、荒滩和寂寂江峰等孤寂的景物。诗人独处其间更复何言,陷入无限沉思之中,唯有白鹤在水云深处孤寂的长唳。诗人如此行为动作的描绘和白鹤孤寂长唳的暗示,除表白自己幽处的孤独外,恐怕还有自视清高之类的自诩吧。

这个时段诗作除上述两类外,抒情诗作也较多,如《园居诗》《述怀》《秋村》《俶园坐雨偶成》《郊居树下偶成》《园居杂咏》等。这些诗作在模山范水,同时着重抒发自己的人生感受,如《园居诗》前有引文曰:"偶影空园,欣慨交集。感此荣木,冉冉惧老。遂招同好,励意长往矣。念《南郊》斯在,而貕刻自处,殊乖昔贤任运之旨。复赋此诗,标举兴尚,敢告朋筹焉。"诗人指出要秉昔贤之委运任化,畅情述怀。然而现实是:"虫豸亦怀暄,云动狗所欲。"诗人"余方守故情,女萝咏岩曲",并在结尾处再次咏叹:"悠然江上峰,无心入恬目。谁能忍此怀,弗为群贤告。"这里似乎在表明官场的险恶,自己的澄怀淡旨。《述怀》等诗作则重在参透悟生命的真谛,表达人生的期许,如其一云:

  春风荡繁圃,孰物能自持。人居形气中,何得不因之。情逐舞花乱,唸随鸣鸟滋。循此遂百年,我心诚伤悲。希古良有获,元化亦可窥。试策追高霞,濯影清江湄。曳曳空山萝,岂不寒与饥。聊用违所伐,亦自拯其卑。率此孤云心,悦是贞松姿。世人或相笑,余情终不移。

全诗以述情为主,并由景到情的自然生成。诗的结尾更是托物咏志,表白自己有着孤云的情怀、松柏的资质,只是不被世人理解罢了。看来阮大铖"余情终不移"的自身期许与世人对他的认知以及事实之间,有着很大的差距。但这些述怀之作,既遵循自然物理,又能亲密无间地传情,有着较高的艺术成就。这类诗句,在这个时段的述怀诗中还有不少,诸如"卧起春风中,百情咸有触""景气含萧远,遐心念川陆""屏居向田野,异境谁能干""霜中鸿雁飞,江海思弥浩""霁景既浮屿,孤烟亦怀林""孤舟闻吹叶,客感弥以繁""陶然卧山窗,松风开我书""山气生夜凉,萧机革尘侮"等诗句,能将对自然的感触、生命的体悟,上升到哲理层面,获得景、情、理的统一。

2. 不甘寂寞、南明为官时期(1636—1641)

1636年,随着明王朝的风雨飘摇,崇祯御批的逆案已逐渐被人淡忘,乱世之中,不甘寂寞的阮大铖觉得又可以待时而动,诗文创作再也安顿不了他那躁动的心灵,就像他所自述的:"吾辈舍功名富贵外,别无所以安顿,此身乌用鬓眉男子为也!吾终不能混混汩汩,与草木同朽腐矣。"于是,他结束了多年的乡居生活来到当时的政治文化中心南京寓居,攀附权贵,与马士英结交,写下如《雨中同马中丞瑶草、吴元起、宗白、循元登牛首夜集》《山夜有怀马中丞瑶草》、《同瑶草中丞夜赋》、《除夜述怀寄瑶草》、组诗《初度感怀呈萧大行伯玉、黄给谏水帘、马中丞瑶草、葛参军震甫》等诗作,以记述畅游的形式,向马士英等权贵攀附陈情,希图再起,这些宴饮纪游诗作,对我们了解这一时期阮大铖的思想状况是很有帮助的。它一方面反映了阮大铖希图富贵、觍颜攀附苟且的一面,如"一生笑受读书累,万事争如对酒贤",可见读书著述已经不是其追求了,此时即使仍在写作,也只是洗刷穷态如"著言聊为浣穷态";但另一方面也仍有"愿取太平终不改,逐臣何必赋江潭"之类人生志向的表白,尽管这种表白也许是故作姿态。另外,早年的政治打击所造成的人生恐惧感也仍未彻底消除,也还笼罩着"全身未必如蝉蜕,避俗终难恃雀罗"的政治阴影,我们应该看到阮大铖此时的多重心态。

阮大铖此时在南京参加诗社,把白下诸名胜游览殆尽,也留下大量的在艺术上颇为出色的纪游之作。这些诗作在其一生著述中,是不可抹灭的。这些诗作尤其是访寺庙、拜寺僧的问禅之作,反映了阮大铖失意于现实后去佛祖禅宗那儿寻找精神家园,这对研究阮的思想也有一定的帮助。另外,这类诗作,往往空灵脱俗、境界遥深,具有较高的艺术欣赏价值。如:

　　山月满庭树,树静山更凉。良友坐此间,幽意殊相当。澹然共茗粥,清论浮兰香。——《灵谷月下圣羽至》

　　深林麋鹿共忘机,支远遥遥至翠微。石路绕松长觉远,筇声蹈竹即如归。高潭六月鸣寒瀑,弹指孤峰下夕晖。为约长于钟月夜,杖藜访菊啄秋扉。——《酬契玄至灵谷见访》

前首寂静的山林、清亮的山月,与诗人的幽意和谐共生,与良友品茗食粥,更觉淡然,结句"清论浮兰香"再次让物我交融,大自然的兰香与友人的清论都让诗人清新脱俗。后首则是独处山间的感受:友予麋鹿、杖藜访菊,自是高士形象;长松石路、高潭寒瀑、孤峰夕晖,又给人清幽杳然之感。如果我们不了解阮大铖的为人,真以为这是宋代诗僧的禅悟之作。

阮大铖这一时段诗歌创作的另一个重要内容,就是反映了明清易代之际的社会动乱以及自己的切身感受。虽然阮大铖崇祯十四年(1641)后直至去世前的诗作今已不存,这类时事诗作总共有三十多首,不及全部诗作十分之一,我们无法窥见他担任兵部尚书兼右副都御史、巡阅江防等南明要职时的心态和行为,但清兵南下、盗贼蜂起等社会乱象以及阮对民变的态度在此时的诗作中还是有所表现的:崇祯七年(1634)秋,桐城民变,黄文鼎、汪国华等攻破县城,纵火抢劫。而此时张献忠活跃在楚豫之间,兵锋迫皖。为平定这场民变,正隐居家乡的阮大铖毅然捐橐助饷,协官军予以镇压。平定黄文鼎、汪国华作乱,阮大铖为表达敢于担当、抉危定倾的政治抱负,作《石言》十二首以记其事,并每首前均加注说明。其二曰:

> 南箕嗡嗡吠江城,共怼侏儒浪请缨。憎主争为群盗袒,罪言难谢众人情。蚩尤朝避铃门气,妖鸟宵严铎帐声。到底安危冯此仗,杞人何复负平生。

该诗前有注:"春中闻流寇警,予倡乞师,议甚力,里中亡赖谓无病呻,毒詈之。兹潘将军可大捐资募士,至而桐变旋赖以镇,然则予议非与?"叶灿在《咏怀堂诗集序》中记述了阮大铖在这次民变中的表现和对此的态度:"去年秋,里中遭二百七十年所未有之变,公毗裂发竖,义气愤激,欲灭此而后朝食,捐橐助饷,犯冲飚,凌洪涛,重趼奔走,请兵讨贼,有申包胥大哭秦庭七日之风,卒赖其谋歼丑固圉,一时目击其事者,无不艳羡嗟叹,以为非此奇人、奇才、奇识,安能于仓皇倥偬中决大计成大功哉!"

张献忠攻破和州,阮大铖在山中避乱,看到家乡被张献忠烧掠焚毁惨状,痛心疾首,写下纪实诗篇《圣羽避乱至山,尽谈枞川被贼之状》。诗中描绘被烧掠焚毁后的枞阳是"野豕学人立残垒,群鸦啄骨鸣江湍",人烟断绝:"枞川自昔鱼盐地,烽火今日几户存"。在《空城雀》中,又用史笔客观记录了和州被响应李自成起义的流民攻破后的惨状:

  空城何有,白日灰灰。流贼饱而去,流雀饥复来。白骨为丘陵,乱发如青苔。群啄喷喷鸣,不顾乌鸢猜。

  诗中赞扬坚守城池、率妻孥均死于王事的太守马讷斋,暗中也谴责了不派援兵让马太守坐以待毙的昏庸朝廷。诗人还有《哭和州侍御马讷斋》《舟过采石望和州诸山赋》等诗作,亦描述同一事件。前者描述了战乱后的和州:"野哭春江动绿波,历阳白骨正嵯峨。"后首则对朝廷作公开的指责:"自切民生感,谁云庙算非。国殇与山鬼,未敢重歔欷。"这类诗还有《圣羽避乱至山尽谈枞川被贼之状二首》《闻关门警三首》《丘中闻时事》《刘赤存以闻房警诗见寄用韵赋答六首》等。

  从阮大铖的这类诗作中,一是可看出阮大铖所隶属的汉族士大夫对异族入侵、造成山河易主、民生涂炭的愤慨和伤感,表达了一种民族义愤,不能因作者后来降清而否定这个时段诗作价值的历史存在;二是出于本身的阶级归属,对李自成、张献忠等农民起义抱着敌视的态度。但对这类暴力革命所付出的社会成本,当今学术界已在重新审视,不再是二十世纪五十年代后的一边倒赞扬之声,阮大铖这些描绘张献忠、李自成在安徽境内攻城略地的时事诗,不妨为我们提供了另一个观察的窗口!

  阮大铖诗歌的创作成就而言,如撇开其政治操守,后来的诗论家大都是肯定的。刘声木认为:"其诗尤才华富丽,风骨高骞,洵能倾倒一时,实足与钱牧斋、吴梅村、龚芝麓江左三大家相颉颃。"(《苌楚斋随笔·阮大铖咏怀堂集》)叶灿为阮诗集作序,称"其诗有壮丽者,有淡雅者,有旷逸者,有香艳者。至其穷微极渺,灵心慧舌,或古人之所已到,或古人之所未有"(《咏怀堂诗集序》)。邝露的《咏怀堂诗集序》、陈三立的《咏怀堂诗集题辞》、章炳麟的《咏怀堂诗集题记》、胡先骕的《读阮大铖咏怀堂诗集》也都充分肯定阮的才华及其诗歌价值。但也有的评论家认为阮诗矫揉造作,诗格矜涩纤仄,这亦与人品卑劣相表里,钱锺书就作如是观:"余尝病谢客山水诗,每以矜持矫揉之语,道萧散逍遥之致,词气与词意,苦相乖违。圆海每况愈下,听其言则淡泊宁静,得天机而造自然,观其态则挤眉弄眼,龋齿折腰,通身不安详自在","阮圆海欲作山水清音,而其诗格矜涩纤仄,望可知为深心密虑,非真闲适人,寄意于诗者"(《谈艺录》)。从谢灵运到阮大铖的山水诗,皆以"矜持矫揉"目之。

三、戏曲创作

阮大铖创作传奇十一种:《春灯谜》《牟尼合》《双金榜》《燕子笺》《井中盟》《老门生》《忠孝环》《桃花笑》《狮子赚》《翠鹏图》《赐恩环》。今仅存前四种,合称为"石巢传奇四种"。创作时间约在阮避居草野的十七年间。王士祯《池北偶谈》"阮怀宁"篇说此时阮常"挑灯作传奇,达旦不寝以为常"。至于创作动机,同时代的张岱认为是"所编诸剧,骂世十七,解嘲十三,多诋毁东林,辩宥魏党"(《陶庵梦忆·阮圆海戏》)。前人认为阮剧是影射身世的泄愤之作,自有其道理,但如从阮大铖戏剧理论主张来认识其戏剧创作,似乎更能把握其创作价值取向。

阮大铖是明代戏曲创作中文词派(又称骈绮派)后期代表人物之一。他强调戏曲的娱乐功能,注重戏曲的搬演,突出戏曲创作题材的主观臆构。这些戏剧创作理论,阮大铖并无系统的论述,但是我们从其《春灯谜序》《双金榜小序》以及他与好友曹履吉谈论戏曲创作的言论中,可以窥其一斑。

他认为戏曲主要功能是娱乐,但又不仅是娱乐,还有"排疏瀹思"的功能。他在《春灯谜自序》中就坦陈,编创《春灯谜》的主要目的是为了"娱亲",但"岂第娱,其于风雅,亦有决排疏瀹思乎"。关于曲调的本质和功能,阮亦有进一步的阐发。曲是什么?他对好友曹履吉说:"曲者,非指爱物之形也。闻之曲为心曲,名言为曲,实本为心,心直中皆曲。"曲有何功能?"与人合谱",可以象地法天,也能"断国之成败"(曹履吉《牟尼合》序)。

阮大铖在戏曲题材上提倡创新,对当时传奇创作多取前朝史实表示不满，认为这些都是"屋下架梁""寄人篱下"（曹履吉《牟尼合》序），他从士大夫趣味出发，主张取材历代重大事件，反对表现凡人琐事："夫取事板古，吾未见晓风残月之可以大特书也。若评话鼓词，此又识字大伯垆边醒睡底本，根地卑湫，牵苔娙秽，何其尽瓠芦而然也。"（《双金榜小序》）从此出发，他强调戏剧创作不要因循模拟，要发挥想象力："其事臆也，于稗官说无取焉。盖稗官亦臆也，则吾宁吾臆之逾。"《燕子笺》中燕子衔笺、酒鬼出错等浪漫情节，以此来揭露科场弊病，并影射当时的社会现实；《春灯谜》中以两对男女的颠倒姻缘来隐喻自己的官海沉浮以及罢官后对社会人生的思考，可见其戏剧创作是在实践其"排疏瀹思"戏剧主张的。

在戏剧批评上，阮大铖认为近三百年的戏曲创作中，高明的《琵琶记》、王实甫的《西厢记》最值得推许，另外汤显祖的《邯郸梦》《南柯梦》也颇佳。他对沈璟吴江派不注意演出实践表示不满。对当时戏曲表演中，伶人不知牌名合拍、不知宫调等现象进行了批评。阮大铖本人在创作中就很注意关目、筋节等表演上的安排。据同时代的张岱介绍："阮圆海家优，讲关目，讲情理，讲筋节，与他般孟浪不同。然其所打院本，又皆主人自制，笔笔勾勒，苦心尽出，与他般鲁莽者又不同。故所搬演本本出色，脚脚出色，处处出色，句句出色，字字出色。"（《陶庵梦忆·阮圆海戏》）

阮大铖对自己的戏剧创作成就极为期许，他曾把自己与明代剧坛领袖汤显祖做一比较，认为在情辞上，不如玉茗，但是在度曲、搬演上，要胜过玉茗。这一说法差近事实。阮大铖现存的四种传奇，尤其是《燕子笺》和《春灯谜》，在度曲和舞台艺术上确实与《牡丹亭》不相上下，但思想深度即情辞上则与《牡丹亭》相距甚远，而《牡丹亭》正是以一"情"字对抗宋明理学的"窒人欲"，显现它的思想锋芒，从而成为中国戏曲史上的一座丰碑。

《燕子笺》讲述一个阴差阳错的爱情故事：举子霍秀夫为感谢居停主人华云娘，为云娘绘了一幅画像，画上是天然风韵的云娘和十分标致的霍郎。这幅画送到缪酒鬼那里裱褙，同时送去的还有郦尚书千金郦飞云的观音菩萨画。缪酒鬼醉后出错，将云娘与霍郎的春容画送到了郦飞云手中。飞云睹画后,为表示对画中霍郎的爱慕作了一首词,此笺被燕子衔走后又被霍郎拾到。与霍秀夫同时赶考的鲜于佶则是个混混。考场上串通他人,实施割卷,将霍郎所答试卷变成自己所答,同时诬告霍郎以春容画撩拨郦尚书之女郦飞云。结果鲜于佶中了状元;霍秀夫则被迫改名卞无忌,远走他乡,成为节度使贾仲南的幕僚并屡建显功。此时,郦飞云亦因战乱而流落到贾仲南处,并与卞结为伉俪;华云娘则在战乱中被郦尚书老妻收为义女并嫁给了新科状元鲜于佶。其结局自然是真相大白:鲜于佶在复试中不著文笔,最终砸墙破洞而逃;霍秀夫得到提掖,获得勋赏。两位女子在调解下,都得到了封诰。

该剧情节曲折,多埋伏笔,悬念丛生。剧中的鲜于佶是作者嘲骂的对象,并通过他的行为揭露了科场弊病,影射了当时的社会。全剧语言优美、韵律和谐。《曲海总目提要》指出该剧中的霍秀夫是作者自喻,华云娘以比崔呈秀,郦飞云以比东林。

《春灯谜》叙述湖湘乡学使宇文行简两子宇文羲、宇文彦,与西川节度使韦初平两女韦影娘、韦惜惜的颠倒姻缘。作者刻意设置多重误会,制造戏剧冲突,巧设种种关目,让男入女舟,女入男舟;兄娶次女,弟娶长女;以媳为女,以父为岳;以韦女为尹生,以春樱为宇文生;羲改李文义,彦改卢更生;兄豁弟之罪案,师以仇为门生,毋为媒已女等十番误会和冲突,因而该剧又称《十错认》。阮大铖在该剧第三十九出《表错》(清江引)中说:"满盘错事如天样,今来兼古往,功名傀儡场,影弄婴儿像,饶他算清来,到底是个糊涂账。"该剧的主题就是人间多误会,人物错迁,暗示自己也是误上贼船,为自己叛东林、附逆案开脱。正如《曲海总目提要》所言:"其意欲东林持清议者,怜而恕之,言己是误上人船,非有大罪。"这部充满着误会讹错,令人从头笑到尾的喜剧,充分展示了阮大铖文心细密、极善编戏的创作才能。同时也隐喻了作者经历一番宦海沉浮人生错迁,尤其是罢官后对社会人生的冷静思考与看法。《双金榜》又名为《勘蝴蝶双金榜记》,该剧以皇甫敦遭受不白之冤所带来的人生苦难,反映了在官场黑暗的社会环境里,作为落魄书生无法掌握自己命运的苦痛。因此该剧可视为作者政治人生挫折和迷惘的艺术折射。《牟尼合》通过现实的描写和超现实的幻想情节,反映正直善良书生萧思远为打抱不平而无辜受害,以致妻离子散的悲惨命运。全剧对黑暗社会的暴露,对官吏恶行的抨击,以及对人生冷暖、世态炎凉的体验皆有一定的认识价值。

《石巢传奇四种》的艺术特色有以下三点:一是曲折的故事情节与浓郁的喜剧性。阮大铖善于编构曲折的故事情节,采用误会(包括误解、误传、误听、误认)和巧合的手段,使故事情节波澜起伏。二是曲词典雅华美、风流柔媚,富有诗的意境。宾白声口毕肖,能够紧扣人物身份和人物性格。三是联系舞台实际,注重演出效果。阮大铖善于用道具构思关目,将排场安排得很得体。

阮大铖戏曲创作,在明代戏曲史乃至中国戏曲史上,有相当的地位。作为明代戏曲文词派后期代表人物之一的阮大铖,其剧作案头、场上交相并美,充分发展了男女风情剧的情欲情趣化倾向,对清初李渔等人的戏剧创作影响甚巨。王思任在《春灯谜序》中说:"山樵之铸错也,接道人(指汤显祖)之憨梦也,《梦》严出世,《错》宽入世,至梦与错,交行与世,以为世固当然,天下事岂可问哉?"文震亨在《牟尼合题词》中云:"石巢先生《春灯谜》初出,吴中花部及少年场流传演唱,与东嘉、中郎、汉卿、白、马并行,识者推重。谓不特穿插巧凑,离合分明,而谱调谐叶,实得词家嫡宗正派,非拾膏借馥于《玉茗四梦》者比也。"称赞阮大铖的戏曲创作,题材上接近汤显祖,曲词上亦可追步于元曲大家。

第六章　明代安徽的戏曲文学

明代安徽的戏剧创作,除前面提到的梅鼎祚、阮大铖等诗文作家外,以戏剧创作名世的剧作家则有朱权、朱有燉、汪道昆、郑之珍、朱载堉、潘之恒、汪廷讷等诸人。

第一节　朱权　（附　朱奠培）

朱权(1378—1448),号臞仙、涵虚子、丹丘先生、大明奇士,为明太祖第十七子。洪武二十四年(1391)封为宁王,驻大宁(今内蒙古境内),永乐元年(1403)改封南昌。后以巫蛊诽谤事见疑于成祖,乃韬晦于精庐之中。晚年,日与文学之士相往还,托志冲举,热衷于修真养性,信奉道家思想,卒后谥献王,世称宁献王。朱权好古博学,于诸子百家、卜筮修炼、诗词历史等各类书籍都有涉猎,擅长古琴,对戏曲音乐尤为关注,所著《神奇密谱》是我国现存刊印最早的琴曲集。著有杂剧十二种,现存《冲莫子独步大罗天》《卓文君私奔相如》两种。

一、《太和正音谱》及其戏曲理论

朱权是明初戏曲理论家和剧作家,所著的戏曲理论著作有《太和正音谱》《琼林雅韵》《务头集韵》三种,今仅存《太和正音谱》。《太和正音谱》收录了北曲曲牌三百余种,是现存最早的北曲曲谱。全书共八章,分别为《乐府体式》《古今英贤乐府格势》《杂剧十二科》《群英所编杂剧》《善歌之士》《音律宫调》《词林须知》和《乐府》。《乐府体式》是从戏曲作者的艺术创作风格来分类,朱权新定了乐府体式十五家:"予今新定府体一十五家及对式名目:丹丘体,豪放不羁;宗匠体,词林老作之词;黄冠体,神游广漠,寄情太虚,有餐霞服日之思,名曰'道情';……江东体,端谨严密;西江体,文采焕然,风流儒雅;东吴体,清丽华巧,浮而且艳;淮南体,气劲趣高;玉堂体,公平正大;草堂体,志在泉石;楚江体,屈抑不伸,摅衷诉志;香奁体,裙裾脂粉;骚人体,嘲讥戏谑;俳优体,诡喻媱虐。"我们从其分类看,很难找到其分类标准,因而有分类标准不统一、带有个人偏好的缺点。

《古今群英乐府格势》是古代曲论中最早的作家风格论。他用形象的、诗一般的语言对二百零三位元明杂剧作家的艺术风格作了概括。如对马致远的品评是:"马东篱之词,如朝阳鸣凤。其词典雅清丽,可与《灵光》《景福》而相颉颃。有振鬣长鸣,万马皆喑之意。又若神凤飞鸣于九霄,岂可与凡鸟共语哉?宜列群英之上。"用"典雅清丽"概括马致远作品的特点,可谓精当。又如:"白仁甫之词,如鹏抟九霄。风骨磊塊,词源滂沛,若大鹏之起北溟,奋翼凌乎九霄,有一举万里之志,宜冠于首。"用"风骨磊塊,词源滂沛"概括白朴杂剧词作的特点,亦切中肯綮。其中对王实甫的品评,已经成为千秋定评:"王实甫之词,如花间美人。铺叙委婉,深得骚人之趣。极有佳句,若玉环之出浴华清,绿珠之采莲洛浦。"然而对关汉卿的品评则有失公允,他说:"关汉卿之词,如琼筵罪客。观其词语,乃可上可下之才,盖所以取者,初为杂剧之始,故卓以前列。"造成这一评价不够客观的原因在于:朱权认为剧作创作语言上应该华丽且有文饰,内容上应该表现神仙道化。而关汉卿的杂剧多抨击时政,反映现实生活,语言则"本色当行",与朱权的主张大相径庭。在《古今群英乐府格势》中,朱权还成功地开创了"品"之一体,这对后来吕天成的《曲品》,祁彪佳的《远山堂剧品》《远山堂曲品》,高奕的《新传奇品》等影响甚巨。

《杂剧十二科》是专门就作品的题材进行的分类。他将杂剧题材分为十二类:神仙道化、隐居乐道、披袍秉笏、忠臣烈士、孝义廉节、叱奸骂谗、逐臣孤子、铍刀赶棒、风花雪月、悲欢离合、烟花粉黛、神头鬼面。今天看来,这一分类并没有全面涵盖从元代到明初广泛而又丰富的戏剧题材。《善歌之士》是记载在声乐理论和演唱上有所成就的三十六人的事迹。《词林须知》所涉及的内容包括戏曲声乐原理、歌唱方法、古剧角色等方面。如对杂剧的解释是:"唐为传奇,宋为戏文,金为院本、杂剧合而为一。……杂剧者,杂戏也;院本者,行院之本也。"《乐府》专门记载北曲曲谱,涉及十三宫调,共记载曲牌三百三十五支。它是现存最早的杂剧曲谱,对后世产生深刻影响。对演唱风格的研究,朱权并无多少发明之处,基本上是对元代燕南芝庵的《唱论》进一步阐述而已。如在三教所唱这一问题上,朱权只是对《唱论》中所说的"三教所唱,各有所尚:道家唱情,僧家唱性,儒家唱理"进行详细的阐释。

《太和正音谱》在中国古代戏剧理论形态演进中占有重要地位:一是继承《中原音韵》一系的传统,开创了北杂剧的曲谱,近人卢前曾说:"自宁献王朱权《太和正音谱》作,而后言北词始有准绳";二是继承《唱论》,发展了演唱理论;三是继承了钟嗣成对戏剧作家风格评论的风气。《太和正音谱》的不足之处,主要是局限于元代戏剧理论形态音律、文辞、演唱的基本单位之中,并无多少新鲜的东西。在文学思想上,朱权认为明朝开国以来的所有文艺创作活动,都应该是对明王朝的歌颂,他甚至号召剧作家应该"返古感今,以饰太平"。因此,他的戏曲创作的理论基调是为明王朝统治者歌功颂德,这与明初文学创作在内容上粉饰太平、歌功颂德是一致的。

《琼林雅韵》专门探讨曲韵,是在对《中原音韵》修订的基础上,结合当时北曲创作的用韵情况而编著,并无多少发展创新。王骥德在《曲律·论韵》中对其评价道:"涵虚子有《琼林雅韵》一编,又与周韵略似,则亦五十步之走也。"《务头集韵》是朱权对词创作中"务头"的专门研究。《曲律·论务头》云:"涵虚子有《务头集韵》三卷,全摘古人好语辑以成之者。"

二、戏剧和诗歌创作

朱权创作了十二种杂剧,今存有《私奔相如》《独步大罗天》两种。《私奔相如》全称《卓文君私奔相如》,该杂剧题材来自《史记》《西京杂记》中卓文君私奔相如的故事。该故事在宋元时期就已成为戏剧创作的题材,此剧较前人同题材作品有了较大的进步,即使与明人同题材作品相比,也有优长之处。近人王季思评价此剧时说:"有元人之古朴,而无元人粗野之弊;有明人之工丽,而无明人堆砌之病"(《玉轮轩戏曲新论》)。《独步大罗天》全称《冲漠子独步大罗天》,该剧有浓厚的道教色彩,是作者笃信道教的反映。该剧叙述了吕纯阳、张紫阳奉东华帝君命,来到匡阜南彭蠡西,点化冲漠子。他们锁住了冲漠子的心猿意马,去掉了他的酒色财气,弃逐了三尸之虫,最后把丹药给冲漠子服下,让他步入大罗天仙境。

朱权还有《西江诗法》一卷,是根据宋代严羽《沧浪诗话》和当朝黄裳(子肃)的两篇诗学著作《诗法》编选而成的。《西江诗法》分类辑取前人诗论,总归为二十五类。其中"律诗要法""律诗准绳""古诗要法""七言古诗要法""五言古诗要法""绝句诗法""作乐府法"等是从诗歌体裁的角度去归类择选;"讽刺诗法""登临留题诗法""赠行诗法""赞美诗法""赓和诗法""咏物诗法""征行诗法""荣遇诗法"等则是从诗歌题材的角度去归类择选;而"诗体源流""诗法源流""诗学正源"等又是从诗歌流变的角度去归类择选。在编选过程中,他"互相取捨,芟其繁芜,校其优劣"。在编选的标准上,"除文法及诗宗正法不取外,择其可以为法者"。朱权在《西江诗法序》中说:"诗不在古而在今,非今不能以明古之意;法不在诗而在我,非我不足以明诗之法。"他进一步地说出了"诗可学而性情不可学,法可学而兴趣不可学"。正是基于对诗法可学的判断,他主张"法其法",因为"法其法,曲者可以绳其直"。

在诗歌用韵方面,他主张用中原声韵,反对吴越等南音:"作诗当用《大雅诗韵》,为诗家之正韵,乃国朝《洪武正韵》之正音也。押韵忌其南音多,吴越之声,太伤于浮,不取。作乐府北曲用《琼林雅韵》,皆中州北音,与诗韵不同。"

附 朱奠培

朱奠培(1418—1449),号竹林懒仙,安徽凤阳人,朱权嫡长孙,因世子磐烒先卒,故朱权死后,由朱奠培嗣爵,死谥靖王。《明史·诸王传》说他"善文辞,而性卞急,多嫌猜"。为人敏于学,修文辞,造语惊绝。书法矫洁犹劲,必自剏结构,不肯袭古,史载每书成,尽搜古帖,偶一字同,弃去更书。写山水若草草不经意,自然神妙。工诗,著有《仙谣却扫吟》以及诗评《松石轩诗评》,另著有《画史会要》《书史会要》等,其中以《松石轩诗评》较为著名。

《松石轩诗评》共一卷，一百四十五条。品评的诗家自汉魏起，止于金元，共品评诗家近二百人，其中以品评唐代诗人为多，达百余条。被品评的对象既有帝王将相，也有僧衲妇女，包罗较广。在品评时多作一宏观描述，并以譬喻对其诗风诗貌作一概括，很少对作品进行具体剖析，颇似唐人司空图的《二十四诗品》，如评阮籍、左思："阮籍之作，如剡溪雪夜，孤楫沿流，乘兴而来，兴尽而已；左思之作，如丹崖翠巘，金象乳壑，晶莹璀璨，光景可挹。"用自然山水风物来比附阮籍、左思诗作的清俊孤高和晶莹自然的艺术风格。又如评王维诗："王维之作，如上林春晓，芳树微烟，百啭新莺，宫商如奏。黄山紫塞，汉馆秦宫，芊绵伟丽，于氤氲杳渺之间，真所谓声画也。非妙于丹青者，其孰能之？矧乃辞情闲畅，音调雅纫，至今人师之、诵之，为楷式焉。"这段评论言辞华彩，声画俱现，精当肯綮。在品评指导思想上，往往对唐代及唐以前的诗家评价较高，对宋元时期的作品，即使如欧阳修、苏轼、王安石等大家评价也较低，认为他们都是学韩愈，又仅得其一点："欧阳修克循韩愈之轨辙，兼欲追其步骤；王安石仅韩愈之形似，莫能及其神采；苏轼欲效韩愈之驰骋，而无其制度。"他认为："五季而下渐靡，于汴京大坏，于南渡建炎之后，东南士人，肤浅于文而深于启劄，工于乐府而拙于诗。"对宋朝诗歌发展流变、诗人创作之弊做出自己的观察和概括，实开后来前后七子"文必秦汉、诗必盛唐"文学观之先河。但对唐人作品并非一味追捧，也能较为客观地指摘其弊，如评李商隐诗，就指出了其"无题诗"的多义性，"焕其盈目，呻猎无措"，令人难以解读，这一点与后来的前后七子不同。在评述金代作家时，多直接征引其诗，指出其有代表性的作品，而很少作品评。可在品评元代作家时，恰好相反，多作评述，少作征引，体制上较为混乱。

第二节　朱有燉

朱有燉（1379—1439），号诚斋，明太祖之孙，周定王朱橚长子。凤阳人。谥宪，世称周宪王。《明史》说他"博学善书"。他好文辞、能书画、晓音律。他创作有杂剧《曲江池》等三十一种。以《曲江池》《义勇辞金》等较著名。另有散曲集《诚斋乐府》两卷、诗文集《诚斋录》四卷、《诚斋新录》一卷,以及《诚斋牡丹百咏诗》《诚斋梅花百咏诗》《诚斋玉堂春百咏诗》各一卷。

一、杂剧创作

朱有燉所作杂剧成于永乐、宣德、正统年间。其中作于永乐年间的有《张天师明断辰钩月》《甄月娥春风庆朔堂》《惠禅师三度小桃红》《神后山秋狩得驺虞》《李亚仙花酒曲江池》《关云长义勇辞金》《李妙清花里悟真如》等七种;作于宣德年间的有《群仙庆寿蟠桃会》《洛阳风月牡丹仙》《美姻缘风月桃源景》《天香圃牡丹品》《瑶池会八仙庆寿》《孟浩然踏雪寻梅》《宣平巷刘金儿复落娼》《刘盼春守志香囊怨》《赵贞姬身后团圆梦》《紫阳仙三度长椿寿》《黑旋风仗义疏财》《豹子和尚自还俗》《清河县继母大贤》《十美人庆赏牡丹园》《东华仙三度十长生》《吕洞宾花月神仙会》等十六种;作于正统年间的有《南极仙度脱海棠仙》和《河嵩神灵芝庆寿》等两种。此外还有六种杂剧作于宣德前,即《四时花月赛娇容》《兰红叶从良烟花梦》《小天香半夜朝元》《抢搜判官乔断鬼》《文殊菩萨降狮子》《福禄寿仙官庆会》。以上三十一种杂剧从题材上看,多是写神仙歌舞、妓女生活和历史人物。有人认为朱的杂剧"多取材于神仙歌舞,内容不足取,旧作翻新,因循蹈袭,更未足称"(庄一拂《古典戏曲存目汇考》),但也有人认为"虽警拔稍逊古人,而调入弦索,稳协流丽,犹有金元风范"(沈德符《顾曲杂言》)。

朱有燉神仙歌舞题材的作品,多写节令和贺寿,再现了明代宫廷贵族生活。这些剧作的共同特点就是场面繁盛,雍容华贵,富丽堂皇。这类作品包括《四时花月赛娇容》《洛阳风月牡丹仙》《瑶池会八仙庆寿》《群仙庆寿蟠桃会》《福禄寿仙官庆会》等。这类作品价值不高,倒是他的那些反映妓女生活和历史人物的杂剧颇值得一提。以妓女生活为题材的作品,比较真实地反映了被侮辱与被损害的下层妇女的悲惨命运和她们的可贵品格,如《刘盼春守志香囊怨》写汴梁妓女刘盼春与书生周恭相互爱慕,可是盐商陆源贪美色,愿以重赀结欢于盼春,盼春力拒。周恭的父亲阻止他与盼春的往来。刘盼春守志不接客，她在茶馆以弹唱卖艺为生。后来周恭知道此事，写《长相思》词与之。刘盼春高兴地将其缄之于香囊中，贴身不离。可是鸨母强迫她从盐商陆源，盼春自缢而死。焚骨的时候，唯独香囊经火不灭，打开香囊，即往日所赠词赋。同类故事还有《兰红叶从良烟花梦》《美姻缘风月桃源景》两剧。前者写妓女兰红叶坚拒茶商，经过一番曲折斗争后，终于和书生徐翔团圆。后者写风尘妓女臧氏在寻夫路上，被店小二非礼。她殊死反抗，最终实现与丈夫的团圆。《李亚仙花酒曲江池》是从唐传奇、宋话本、元杂剧敷演出来的故事，刻画了一位从良助夫的风尘妓女李亚仙形象。需要指出的是，作者一方面描述妓女生活，歌咏其人格；另一方面也从现实出发，揭示妓女的卑鄙和鲜廉寡耻，如《宣平巷刘金儿复落娼》中的刘金儿，先是与人为妻，接着她又私奔，又因不满私奔后的现实生活，思念妓家生活，于是她诬告夫君，陷其于狱。刘金儿最终被官府押回原籍，再度落娼。另外，他的《惠禅师三度小桃红》《李妙清花里悟真如》则是将妓女题材的作品与佛教超脱联系在一起。

　　历史人物题材的作品涉及关羽、李逵、鲁智深、孟浩然、范仲淹等。《关云长义勇辞金》刻画了关羽重义轻利的形象。该剧中的关羽形象与关汉卿的《关大王单刀会》以及无名氏的《关云长单刀劈四寇》《寿亭侯怒斩关平》《关云长千里独行》四剧所塑造的关云长人物形象有所不同。前两剧重在表现关云长的雄壮威猛；后两剧则重在表现关云长道德人格中的疾恶如仇、执法严明，富贵不能淫、威武不能屈的形象。他的两种"水浒戏"——《豹子和尚自还俗》《黑旋风仗义疏财》，分别以鲁智深、李逵为主角。前者写鲁智深无故杀害平人，受宋江之责，于是怀愤出走，来到清净寺为僧。宋江遣李逵劝其回寨未果，又遣其妻往说，亦无效。于是宋江令小卒扮演成两位行商，殴打其母。鲁智深大怒，开戒打人。此时，宋江、吴用等梁山诸人到场，鲁智深知中计，不得已回山寨。后者叙述赵都巡欲强娶李撇古之女，恰遇梁山好汉李逵、燕青。两人动问此事，并替李撇古纳清官粮。翌日，赵都巡强抢李女，李撇古佯谓须待正式遣嫁。他及时把此事报告给梁山好汉。燕青扮作媒婆，李逵乔装新娘，来到洞房，将赵都巡狠殴后，捆绑起来，并书其罪于壁上。这两出剧中的主人公鲁智深和李逵,皆不同于一般的水浒戏中形象。《豹子和尚自还俗》中的鲁智深的平庸而荒唐,《黑旋风仗义疏财》中的李逵、燕青二人对恶霸赵都巡也仅仅是狠殴和捆缚,这可能与作者的身份和认识水平有关。

《甄月娥春风庆朔堂》《孟浩然踏雪寻梅》是写历史文人的风流逸事。前者写范仲淹在任饶州太守时,与一风尘妓女甄月娥定情。当范仲淹改任润州后,甄月娥拒客守志。后来,范仲淹派人接取她,得以团圆。后者写孟浩然、李白、贾岛、罗隐四人交游而志趣不同。孟浩然志趣高洁,他不赞同李白的疏狂。两人就牡丹和梅花的品格展开了争论。在贾岛的调和下,他们认为各有佳处。作者将他们撮合在一起展开戏剧情节。如此历史穿越也体现出朱有燉剧作的浪漫风格。

此外,《清河县继母大贤》叙述了王姓后妻李氏视前妻之子如同亲生,无丝毫偏心。该剧与《赵贞姬身后团圆梦》《挡搜判官乔断鬼》《神后山秋狩得驺虞》三剧,均是作者敷演时事而成的,因此可视作时事剧。

朱有燉娴于音律,其杂剧创作有意识改变唐宋以来的曲调传统,舍弃清商等南曲,推崇董解元、关汉卿等北曲作家,继承他们开创的北曲传统,指出:"唐末宋初以来,歌曲创作全以词谱为主,今日则呼为南曲者是也。自金元以胡俗行乎中国,乃有女真体之作。又有董解元、关汉卿辈知音之士,休南曲而更以北腔,然后歌曲出自北方,中原盛行之,今呼为北曲者是也。"这在《琵琶记》等南曲盛行的明代曲坛上可谓独树一帜。他的杂剧创作,音调协调,适合表演和演唱,不同于明代沈璟等吴江派的案头文学,而与后来汤显祖的戏剧主张暗合。后七子的代表人物王世贞曾称赞朱有燉的杂剧"音调颇谐,至今中原弦索多用之"(《曲藻》)。在杂剧创作体制上,朱有燉也有不少创新,如《李亚仙花酒曲江池》就是将传统的四折一楔子变为五折两楔子,而且是"一曲两唱,一折两调"(祁彪佳《远山堂剧品》)。

二、《诚斋乐府》

《诚斋乐府》二卷是朱有燉创作的散曲集。卷一为散曲,共二百六十四首;卷二为套数,共三十五首。这些作品多"吟咏情怀,嘲弄风月"(《诚斋乐府引》),基本上可分为吟咏个人情性、劝诫醒世两大类。前者如《清江引·题隐居》三首,主要抒发对闲适、恬淡隐居生活的向往:"些儿利名争甚的,枉了着筋力。清风荷叶杯,明月芦花被。乾坤静中心似水。"(《清江引·题隐居》其一)《快活羊·题渔樵耕牧图乐府》四篇,则通过对四幅图中渔人、樵人、耕人、牧人生活的描写,揭示了他们快乐的生活,表达了作者对村野生活的向往之情。如写渔人云:"小小船儿棹沧波,其实的快活快活。打得鱼来笑呵呵。醉了和衣卧,醒后推篷坐。谁似我。"写樵人生活云:"挑月穿云入烟萝,其实的快活快活。山径归来唱樵歌。困拂苍苔卧,闲对清泉坐。谁似我。"作者的一些描写山水的小令,也是借山水来寄寓对与世无争的归隐生活的憧憬,模山范水倒在其次。如《天净沙·咏山水小景》九首,对山水小景只是白描,毫无精雕细刻,重在抒发作者的归隐情思,如第七首云:"小船新酒活鱼,篷窗汉史秦书,更着围棋数局。恁般高趣,渊明怎不归欤";第五首云:"斜阳数曲渔歌,长江万顷沧波。稚子山妻过活。扁舟一个,生涯雨笠烟蓑";第一首则直接化用了马致远[天净沙·秋思]的语句:"青山一抹残霞,丹枫几树寒鸦。古涧秋风飒飒。夕阳西下,小桥流水人家。"他的[珠履曲·咏雪]分别借"浩然踏雪""袁安卧雪""剡溪棹雪""烹茶扫雪"等历史人物故事来表现自己的人生归趋。

他的醒世劝诫之作,多是从当时富贵子弟吟风弄月、漂荡任性的现实出发,提出劝诫,奉告他们应该戒此行迹。如[南曲柳摇金·戒漂荡]云:"风情休话,风流莫夸,打鼓弄琵琶。意薄似风中絮,情空如眼内花,都是些虚脾烟月,耽搁了好生涯。想汤瓶是纸,如何煮茶。煨他莫再,莫再煨他,再莫煨他。休等叫街时罢。""叫街"即为行乞。曲中揭露深刻,劝告有力。尤其是"煨他"三句,用词语颠来倒去反复强调,既是民歌手法的借用,又与"叫街"一词是通俗口语,很见功力。[折桂令·题情戏漂荡子弟],虽为戏题,其讽劝之意无丝毫之减。特别是他模仿元人张可久、张鸣善、刘庭信等诸人的[咏风月担儿乐府],作[柳营曲·咏风月担儿]二十三篇,亦是旨在惩戒漂荡子弟。

他还仿刘庭信的风流体乐府,作《醉乡词》二十篇,戏题的漂荡之人包括风流老儿、风流秀才、风流县宰、风流小僧、风流道姑等二十类人。这些戏题之作,包括的人物群体之广,反映了当时的社会风气。当然这些戏题背后的警诫之意是显而明之的,表现了这位天潢贵胄的阶级使命感。但《诚斋乐府》中的有些作品,如《醉乡词》《柳营曲》等,过于诙嘲谑浪,有鄙陋、卑微的缺点。

他的套数多用[南吕·一枝花],曲词清新流丽,内容上多为吟咏性情之作。

朱有燉的乐府在其身后广为流传,受到不少著名诗人的咏歌赞颂,如前七子的代表人物李梦阳云:"空中骑吹名王过,散落天声满汴州"(《汴中元夕》),"齐唱宪王春乐府,金梁桥外月如霜"(《汴梁元宵绝句》)。牛左诗云:"唱彻宪王新乐府,不知明月下樊楼。"可见明代宣德、正统、嘉靖百年间,其曲风行之广。清人钱谦益《列朝诗集》云:"所制诚斋乐府、传奇,音律谐美,流传内府,至今中原弦索用之。"可是到清初,《诚斋乐府》的影响仍很广泛。

三、诗歌创作

朱有燉在为其宫人夏云英的《端清阁诗》所作的序中阐述了自己的诗学观点,他认为:"古之作诗者以吟咏情性为主,吟咏情性以清正忠厚为要,清正忠厚系乎家世之隆,禀受之正,非强言也。"显然,朱有燉是从馆阁、皇族的立场出发,提倡抒写雍容典雅、歌颂盛世之象的作品。事实上,他的诗作中有大量作品就是在宫苑中所作的,且多为歌颂性的、粉饰性的。朱有燉晚年修禅、读经,因而又把对禅家境界的修悟渗透到诗歌作品中。他说:"心地清凉识性融,老来惟爱学禅宗。"(《偶成》)正因为此,他的作品往往呈现出清雅、空灵的色彩。他的诗作近千首,总体上看可分为三类,即抒情、咏物和杂诗。

抒情诗主要是歌颂盛世太平,雍容典雅,体现了他的诗作以吟咏情性为主,要清正忠厚的诗学主张,如长达六百五十八字的七言歌行《琵琶吟》云:"岂如盛世升平乐,不怨不哀恒喜乐。嘉音感物至雍熙,六马尚能知仰秣。何况人当太和时,声入心通理固宜。欢情未尽复畅饮,沉醉岂惜挥毛锥。"诗歌中荡漾着嘉音、喜乐、欢情,这是太平之音、盛世之象。他的《和郑长史赓李方伯九日席上诗韵》则表达对家国的忠奉之心,诗的尾联云:"藩维安享升平福,忠孝常存奉国心。"这类作品多写于游苑时,或是写于宫中,但也有通过外地景物来反映盛世的作品。如七律《舟中漫兴》云:"倚遍危阑数客程,淡云残月酒初醒。青山绿水来迎客,白鹭红鸳立满汀。野渡渔人争舴艋,芳洲稚子扑蜻蜓。应知今岁农家乐,麦吊风旗千里青。"全诗色彩交错,青绿白红交织在一起,五彩斑斓。渔人争渡,反映出渡口的繁华热闹;稚子扑蜻蜓,反映出孩子的童年真趣,这些无不是太平景象。更值得一提的是,诗人由眼前的稚子、渔人的活动以及千里麦子青青,想象到农家之乐。可以说是普天之下,莫有不乐。他的《咏田家》开篇:"郊墟一望绿阴连,四月清和景物妍。西舍东邻蚕老日,轻云细雨麦秋天。采桑妇女携篮叹,牧犊童儿依树眠。自是中原丰稔岁,田家欢乐太平年",也是一派盛世景象。但可贵的是,朱有燉身袭王爵,处太平盛世,又居宫苑之中,却没有忘记民生的关怀,对民间疾苦也不时表达他的同情和普济之心。如在上述的《咏田家》中,在铺写一派盛世景象后突然来个转折:本是好收成的年头,可当割麦子的时候,遇上了淫雨天,眼看到手的收成成了一片汪洋,可是官吏仍不恤民情,逼租要债。《偶成》则表达了作者的仁人普济之心,诗前序云:"汴中经冬无雪,予甚忧之。民之苦乐,虽非予之职,然仁人普济之心,不得不有关于念虑也。"诗歌中还表达了诗人的美好愿望,"生民乐业诚吾愿"。七言歌行《扫晴娘子歌》前有段序文,记述了汴中风俗,颇有玩味。其序曰:"甲寅岁仲夏,汴中苦雨。予偶见有以彩纸缚制妇女之状,手持帚,臂系囊。囊贮灰与土,又遗之以米,悬于簷庑之间。予怪而问之。有对者曰:'此民间痴儿姝女,苦阴雨之久,制此形,名之曰扫晴娘。帚者,令扫其云雾;土者,克水之意。亦汴中风俗,从昔有者也。'予闻之大叹,遂作扫晴娘歌。"诗人在诗中,对久雨不晴,民多苦之,表达了一种美好的祈愿。他说:"太平时序知有秋,明旦青天看红日。"

他的赠友抒怀的作品,写出了友情,也揭示了自己忧惧交集的侯门处境。如七律《怀友》云:"久不曾相见,欢游有梦通。发从今夜白,心尚故人同。汴水熏风里,岷山夕照中。相思一万里,南望没征鸿。"诗中表达了对友人的深切思念,也写出自己的孤寂落寞。诗句化用杜甫成句,诗意也有杜诗的沉郁,七律《秋日偶成》云:"寒露凋残一顷荷,南楼时听雁声过。黄花落地西风紧,红叶满山秋雨多。窗外有风敲铁马,案前无水咽铜驼。书从病后闲应久,独做云轩发浩歌。"诗中全是衰败的景象,这与他中年遭病,又遇兄弟诋毁不无关系。

咏物诗在其诗作中,占有相当大的比重,仅《诚斋牡丹百咏诗》《诚斋梅花百咏诗》《诚斋玉堂春百咏诗》就达三百首,《诚斋录》《诚斋新录》中也有不少咏物诗。他的咏物诗多为七律,押同一韵。《诚斋牡丹百咏诗》和《诚斋梅花百咏诗》均作于宣德五年(1430),而《诚斋玉堂春百咏诗》作于宣德六年(1431)。他在这些诗作的序文中说出了吟咏百首的缘由。作"牡丹百咏"在于牡丹的"富丽环异",作"梅花百咏"在于梅花的"端洁贞明之节操"。这三百首诗作,雍容华丽,极富才气,特别是三百首诗作尾联均以"春"为韵脚,首联、颔联、颈联又大多以"人""神""真"三字为韵,确实显示出作者的创作才华。

他的咏物诗自觉地沿袭了"白战体"的禁体物语,这也是他咏物诗最大的特色所在。如《咏雪》其前序曰:"汴中久无雨雪,昨忽滕六降瑞,今早喜而遂成律诗一首,效古人禁体,不用琼瑶、洁白之语。"诗的前两联云:"剪碎香绵撒晚风,无边白战广寒宫。九重楼阁银光里,万里山河玉色中。"又一首《咏雪》诗序曰:"锦窠老人,年老畏寒,晓来慵起,拥衾高卧。侍人来报,天降瑞雪,深喜丰年之有兆,陡觉诗思之在怀,乃命青衣秉烛,红儿捧砚,一挥而成禁体诗一篇,录与本府长史、秀才等赓韵,俱不用皎白、皓素、琼瑶、银玉、盐絮、花粉等字。"在状物之中,禁用常见的修饰用语,一方面是对前人禁体物语的承袭,另一方面也显露了诗人对自己才气的自负。后期的咏物诗还渗透着禅理。如七律《千叶莲》的前两联云:"无情无意更无言,好似盈盈水上仙。清净心香生百亿,光明色相化三千。"以佛教用语入诗,表达禅理。

他的杂诗主要包括《竹枝歌》《柳枝歌》《五杂俎》《挽诗》等。宫人夏云英既有诗书之才,又有宫人之礼,既貌美,又有节操,治家又严整,可惜英年早逝,死时才二十四岁。朱有燉曾给她作过《故宫人夏氏墓志铭》,为她的诗集《端清阁诗》作过序文,也曾于永乐六年(1408)作过《挽诗》九首,在这九首诗中,作者展现了夏云英的德、才和貌美,并为她的早逝而哀惋,这些诗写得凄怆感人。他的《竹枝歌》十篇、《柳枝歌》十篇两组诗前均有序文,分别说明了竹枝歌和柳枝歌的源和流,在创作中也有意识地模仿刘禹锡等人的表现手法和民歌风格,如《竹枝歌》其八:"莲池水涸难成藕,枫树无膏不是香。既在异乡非偶伴,问郎何是不还乡";其九:"山呼鸟啼春水生,闻郎船上棹歌声。两岸桃花逐流水,花无情也水无情"其十:"桃花渡头雨一犁,蜀江岸上竹枝低。竹枝风摆如郎意,桃花雨滴似侬啼"等,皆采用比喻、谐音、拟人等手法,揭示阿侬思郎,郎却负心,阿侬伤心的爱情故事。《柳枝歌》则承袭唐人王建的宫词,抒写出宫中女子不得宠幸的宫怨之情,如:"宛转千条冒晚风,拖烟带雨渭城东。征衫点得轻轻絮,寄入阳关曲调中"(其六);"浅碧轻黄色半匀,随堤风软拂香尘。龙舟一去无音信,牧笛斜阳几度春"(其七)。另外,他的拟古乐府《五杂俎》十章,每首诗六句,共十八个字,前五句多用叙事,结尾一句点出主题。如其五云:"五杂俎,香罗结。往复还,辕门捷。不得已,垓下别。"在体裁和结构上皆独具特色。

  朱有燉的古诗及五七言律诗,多仿效唐人。他的长史郑义曾指出:"其古选及五七言律,能造盛唐著作之奥。"(敬斋《诚斋集序》)前面提及的《竹枝歌》和《柳枝歌》就是有意模仿刘禹锡和王建的题材、风格和表现手法。他的一些诗句也是直接化用唐诗,如《怀友》诗颔联云:"发从今夜白,心尚故人同",即化用了杜甫的诗句"露从今夜白,月是故乡明"。他的七言歌行体作品一泻千里,多有李太白歌行体奔放、倾泻、洒脱之特征。

第三节　郑之珍　潘之恒　汪廷讷

一、郑之珍

郑之珍(1518—1595),字汝席,又字子玉,号高石山人,祁门人。弱冠补邑庠生。自负文武才,喜谈诗。他博览群书,善诗文,工词调。其女婿叶宗泰说他"颖异超凡,孝友兼备,坟典历览,幼游泮水,志在翱翔,数奇而不偶,屡蹶科场,抢道自娱,著作林间"(《墓志铭》)。可见他久困场屋,不能伸其志,其诗文为其林泉间自娱之作。著有戏曲作品《目连救母劝善戏文》三卷,今有皖人朱万曙点校本。

《目连救母劝善戏文》是在《目连救母》变文与杂剧的基础上,对目连故事进行整理、加工、系统创作而成的。该剧写目连为救因不敬佛而下地狱的母亲,辞退婚事,亲往西天请佛祖超度的故事。目连经历种种艰苦到达西天。佛祖嘉其孝行,允许皈依佛门。目连又下地狱寻母,遍历十殿,却百折不回,又感动了天帝,终于能够母子相见,合家升天。

关于这部戏的主题,郑振铎在《插图本中国文学史》中说"出之以宗教的热忱,充满了诚挚的殉教的高贵的精神",是一出"伟大的宗教剧"。这是说该剧宣扬了佛教因果轮回的宗教观念。当代有的学者则认为该剧是宣扬儒家节义孝行,因为《目连救母劝善戏文》的序文就有"感曹娥之洁身,则劝于烈节矣;感罗卜之终慕,则劝于孝思矣"这种儒家的忠孝节烈观,带有鲜明的封建色彩。剧中在平淡铺叙的文本背后,却凸显了一位光辉的母亲形象。剧中"尼姑下山""和尚下山"两出戏中的心理描写也很细腻、精彩。

二、潘之恒

潘之恒(1536—1621),字景升,号山史、鸾啸生、冰华生等,歙县人。潘之恒出生在一个世代经营盐业的徽商家庭,到其父潘君南时,财富的积累简直"兄猗顿而弟陶朱"(汪道昆《太函集·潘汀州传》)。潘之恒早年曾师事汪道昆、王世贞。也曾参加科举考试,但终不遇,于是致力于文学活动。潘之恒颇负才气,云游四方,交友甚广,曾参加汪道昆主持的白榆社,也与丰干社的成员有过从。中年后,寓居南京、苏州、扬州等地,与袁宏道兄弟游,又与戏曲家汤显祖、沈璟、屠隆等过从甚密,多次主持"曲宴"活动。晚年纵酒乞食,落魄而死。潘之恒著述甚丰,其友汤宾尹称其云:"著述之富,倍太函(汪道昆)而埒大泌(李维桢)"(《鸾啸小品题词》)。著作有《鸾啸小品》《亘史钞》《涉江诗选》《漪游草》《金阊诗草》《曲中志》《黄海》《新安山水志》等。

1. 戏曲理论及批评

潘之恒的《鸾啸小品》中有不少谈论戏曲表演艺术和记录当时演员生平的小传。其中《叙曲》《曲派》探讨了昆曲声腔特点,认为声腔上"大都轻清廖亮,曲之本也。调不欲缓,缓令人怠;不欲急,急令人躁;不欲有余,有余则烦;不欲软,软则气弱"。他认为魏良辅对昆曲的改革、加工,使得昆腔的影响扩大:"魏良辅其曲之正宗乎。"在昆腔的流派上他认为有三,即昆山、吴郡、无锡三个流派,"三支共派,不相雌黄"。对戏剧表演者的评论主要见于《与杨超超评剧五则》《艳曲十三首》《郝蕊珠》《朱子青》《李纫之》等篇,特别是在《与杨超超评剧五则》中,对戏曲表演者提出五个方面要求,即"一度""二思""三步""四呼""五叹"。他认为一个优秀戏剧演员应该才、慧、致三者兼备。在表演中,要深入体验剧中人物情感,并恰当地表现出来,达到神似的境界。在舞台动作以及舞台氛围的制造、渲染等方面亦均有要求。《初音》《独音》等则是阐述戏剧表演中音乐艺术,强调了音乐艺术的美化效果:"倘能以唇舌之润及虚,眼指之变赴节,则渐近自然,岂徒在呼吸、声响间寻佳境也。"(《初音》)潘之恒认为戏曲表演的最高境界是神合。其发展经历是:"其少也,以技观","及其壮也,知审音,而后中节合度者,可以观也","今垂老,乃以神遇"。要达到传神的境界,潘之恒认为有两条路可走:"以摹古者远志,以写生者近情"(《神合》)。

另外,在《曲余》中,他强调戏曲一定要余韵悠长。他说:"知声而不知音,不能识曲;知音而不知乐,不能宣情。音既微矣,悲喜之情已具曲中,一擊一笑,自有余韵,故曰'曲余'。"他还解释道:"山无余则云不生,海无余则蜃不结,诗无余则词不艳,词无余则曲不调。"潘之恒对《牡丹亭》突出"情"的主题极力称赞,他在其剧评《情痴》中写道:他曾于十年前见此剧,当时"辄口传之,有情人无不歔欷欲绝,恍然自失";认为"故能痴者,而后能情;能情者,而后能写情。杜之情痴而幻,柳之情痴而荡;一以梦为真,一以生为真"。

总之,潘之恒的戏剧理论是对几代昆剧艺人表演经验的总结,不仅是开创性的,而且自成体系。

2. 诗歌创作

据江盈科的《涉江诗选》序称,潘之恒在游历中留下许多诗作,自汇成《涉江行》。江在序中称赞潘诗"古体能禀于法,而未始不极其才。近体能抒其才而未始不闲于法。要以苍健为骨,秀美为泽。方之古人,鲜有不合。求之近代,罕见其偕",可见潘的古近体诗才、法兼有,苍健、秀美兼具。屠隆亦认为潘之恒的诗歌"取骨汉魏、取景六朝、取韵三唐。其雄以浑者,如七泽兴波,三湘鼓浪;其奇以峭者,如大别临水,祝融刺天"(《涉江诗选序》)。从潘之恒的诗歌创作实践来看,上述赞誉也并非全为应酬之词,如下面两首律绝:

  去岁江头忆故乡,与君为约在三湘。折来寒色侵双鬓,安得思归不断肠。——《李君宴席上咏早梅》

  高阁涵虚秋气清,半江风影夕阳明。决云黄鹤千峰乱,点水青凫一镜平。汉上浮槎游子梦,舟前芳草故人情。归舟处处渔歌起,愁杀谁家吹笛声。——《同张无疆葛更生张永卿登晴川阁》

两诗皆在宴席或登览中咏歌友谊。绝句中的"折来寒色侵双鬓"构思颇为奇绝,既点出"早梅",又暗示心情。唐人绝句高手,如王昌龄、王之涣辈,均能在第三句做足工夫,从而成为绝唱,后人总结为"第三句要响"(刘熙载《艺概·诗概》),看来潘之恒是深得其中三昧。后首律诗中能结合己意,化用唐诗句意,浑然天成。另外像五律《舟上别无念长孺》、组诗《武昌曲》也都堪称佳作。

三、汪廷讷

汪廷讷,生卒年不详,字昌朝,别号无如,休宁县汪村人。汪廷讷在《自传》中称自己"黄山白岳间人也,尝筑隐园居之,因号'坐隐先生'",在《坐隐先生全集自序》中又署名"清痴叟"。汪廷讷自幼警敏特甚,慕古文词且博学多览。师学于邑令黄门祝公。汪廷讷为人孝顺,乐善好施,多救乡族于困厄之中,父死后,他毁己几灭性。他在家乡松萝山旁建一堂曰"环翠堂",汪廷讷著述其中,乐此不疲。后又沿堂凿池百余亩环之,当地称为昌湖。汪廷讷为人喜交友朋,自称"不事逢迎,而户外之辙常满;弗胜杯酌,而尊中之物不空"(《自传》)。交往的名流有汤显祖、陈继儒、焦竑、李贽、方于鲁等。汪廷讷辑撰的作品有《人镜阳秋》二十二卷、《文坛列俎》十卷、《华衮集》《无如子赘言》《环翠堂集》三十卷等。另外著有乐府传奇数十种,今存有传奇《狮吼记》《种玉记》《彩舟记》《投桃记》《三祝记》《义烈记》《天书记》七种,杂剧《广陵月》一种。《四库全书存目丛书》收有《文坛列俎》十卷、《坐隐先生全集》十八卷。

1. 戏曲创作

汪廷讷一生耽情诗赋,兼爱填词,留下大量诗文作品,但主要创作成就却在戏曲方面。汤显祖曾将汪廷讷视为同道,汤在《坐隐乩笔记》一文中说:"先生诗文之外,好为乐府、传奇种种,为余赏鉴,正与余同调者,余亟彰阐扬之。"其实,汪廷讷的戏曲创作严守格律、曲辞本色,似应属于强调格律的吴江派,更确切地说,是吴江派前期的代表戏曲家之一。其传奇创作已知有十六种,即《狮吼记》《种玉记》《彩舟记》《投桃记》《三祝记》《义烈记》《天书记》,以上七种今存,《二阁记》《高士记》《同升记》《长生记》《威凤记》等。所作杂剧有九种,即《太平乐事》《中山救狼》《捐奁嫁婢》《叶孝女报仇归释》《薛季昌石室悟棋》《广陵月重会姻缘》等,今存有《广陵月重会姻缘》。

《投桃记》写潘用中随父来临安住周婆客店,因吹笛引起兵部侍郎黄裳之女黄舜华爱慕之情。后来,两人游西湖时相遇,手帕传情。潘向黄家求婚遭拒,相思成疾,后经周婆牵线搭桥遂成姻缘。但国舅谢国端欲霸占黄舜华,事不成后又中伤黄家。后经皇帝查问后,真相大白,两人缔结姻缘。此剧虽未跳出男女一见钟情,坏人阻扰,皇帝主婚这个才子佳人戏的老套,但强调了男女相悦的真情,这与晚明时期文坛高扬"情"的思潮是一致的。张凤翼在《题汪无如投桃记序》中认为该剧是"借脂粉以抒翰墨,托声歌以从性灵"。另外该剧曲词优美,如第十出《投桃》中的一段唱词云:"征客怀离绪,邻人动真情。朱颜虽借朱帘映,春心翻与春风竞。愁声偏惹愁人听,岂是高阳酩酊。情系心头,却容易糊涂真情。"带有吴江派讲究曲辞文雅、中律等特点。张凤翼认为该剧"曲调擅美""音韵铿锵""情思真切"(《题汪无如投桃记序》)。

《彩舟记》是根据吴大震的同名小说改编而成的,较之《投桃记》强调"情",该剧更强调"欲"。剧中的男女主人公一见倾心后便是私通,较多地展现出对性爱欲望的强烈追求。该剧作者以赞赏的态度描写了男女主人公对"欲"的大胆追求,并为他们安排了一个美好的结局,这说明作者深受当时人性解放思潮的影响。

《狮吼记》是对宋代陈慥"河东狮吼"传说的改变,加了很多搞笑的成分,体现了汪氏传奇另一种创作风格。正如明人曹学佺在《坐隐先生集序》中所说:"其所为传奇种种,引商刻羽,排调诙谐,言言有致。"

2. 诗文词创作

汪廷讷的诗文词创作主要见于《坐隐先生全集》十八卷中。此集卷一至卷三均是文,有《自序》《自传》《坐隐记》《自论》《原奕》《奕品》《奕喻》等篇,也有一些序碑文。其山水游记写景状物清雅而精准,深得明人小品行文之妙,如《隐显妙合记》写家山清夜湖山之美以及与友人相聚之乐,就异常出色:"余家松萝之麓,山容环黛,湖水净襟,每与客奕,竟忘尘世。岁丁未秋,夜色澄清,天地一碧,独登眺蟾台,如坐水壶,莹徹不可名状。月影堕杯,露华月槛。山猿啸夜,候雁叫霜。乃呼酒豪饮,不觉兴发,把青萍之剑,为八风之舞。长歌空应,林木振声。忽清辉荡漾之中,飘飘乎,冉冉乎。"《卧游记》写作者躺卧时神游之状也别有风趣:"余酷有山水之癖,每杜门习静,百念不兴,或驰想间,一丘一壑,宛然在目。历览图籍,触以闻见,则精神勃然赴之,不啻遇以魂梦也。"特别需要指出的是,该集卷十《随录》,其为一事一录,或一感言一录,言简意赅,简洁而精准,有清言小品的特色。如其一则云:"读《战国策》令人多智,以其文翻曲作直;读《南华经》令人多放,以其文出有入无;读《左氏传》令人便捷,以其文简而古;读史迁书令人长见,以其文精于叙事而严于断案;读韩非子、管子令人多怪,以其文峻而立意刻;读《吕氏春秋》令人苍老,以其文辨博而有思致;读《离骚》令人孤愤,以其文峻洁而意端;方惟阅订谱,令人忘世,自非诸家趣味矣。"将历代名家的文学风格与自己的阅读感受结合起来,给人印象深刻。又如写自己在山水间抚琴和读《庄子》时的感受:"霞举云飞,山花野绿,可以养目;飞泉奔壑,清流激滩,可以养耳;读内典观订谱,可以养心;弹绿绮琴,持拂玉麈,可以养手;缓步当车,闲情野适,可以养足;无事静坐,调息冥心,可以养神。"将自己观赏山水的感受同阅读经典、弹奏音乐时的感觉连为一体,形成视觉、听觉、触觉和内心思考混而为一的通体感受,简洁精准又富有新意!

卷四至卷五是古近体诗歌,共有三百余首,多是咏歌家乡湖山,与诸友吟咏酬答,其中也有对田家和民生的关注,如《田家吟》《戊申大水行》《登赭山观大水》等。比起散文的雅洁精致,他的诗歌倒显得通俗流畅,如《吾庐》描述自己居处周遭景色是:"蜿蜒山叠翠,林木护吾庐。市远比邻少,林深径路纡。桑麻暗高垅,杨柳覆前渠。既与丘壑昵,应与尘世疎";也写出自己身居其间的兴致和感受:"落叶随聚散,浮云任卷舒。自爱幽居好,欣欣局戏余"。与《隐显妙合记》《卧游记》等描写家山的同题材散文相比,结构平顺、语言直白,似乎有意模仿陶渊明的《归园田居》,但缺少陶氏内在的醇厚。类似的诗作还有《昌湖吟》《即景》《松萝道中》等诗作。他与诸友酬答吟咏之作也呈现类似的风格,如《酬焦太史文》称赞友人"才高倚马名偏重""千载玄文开草阁";《酬顾太史作传》称赞顾太史为己作传的才华和自己的感激之情:"一赋千人惊白雪,片言多士领青阳。桃花潭水汪郎在,藉得雄文百世芳。"皆直抒其情,直白而平顺。

《坐隐先生全集》中有词五十多首，多是抒怀之作，语言俚俗而近曲，如《沁园春·感悟》下阕云："年华未可蹉跎，叹一局输赢总未多。但尊中有酒，不妨斟酌，天边见月，慢自婆娑。老子挥毫，山童拂纸，旋写新词，旋按歌。况吾庐有粼粼烟水，郁郁松萝。"集中另有散曲十一首、小令十四首。其中小令多为南音。

全集中的《文坛列俎》是作者选录的历代文摘，分为经翼、资治、鉴林、史摘、清尚、掇藻、博趋、别教、赋则、诗概十类。上自周秦，下迄明代，内容广博而冗杂。每一类都有作者"无如子"的序言，从中可以窥见其诗文主张，如《诗概》的序中说："夫诗以言志也。志气与天地万物为一，则天地万物皆吾之圣诗也。诗之义大矣哉！然不可以有心求。"他认为诗歌应该出之自然，推崇汉魏盛唐诗作，认为自宋而下，诗无足论矣。清儒在《四库提要》中说："其《诗概部序》曰：'六朝以上去四言，无四言也。于唐去五言古，无五言古也。'知为依附太仓、历下者矣。"可见汪廷讷是沿袭"后七子"的诗学主张。他在《掇藻序》中认为趋于流华的文风，是人世间的一种伟观，不可尽扫而去之，所以他辑选了屈原的《卜居》、王勃的《滕王阁序》等七十六篇文。《四库提要》中说到汪廷讷受李贽影响颇大："又与李贽赠答，至称其著书皆了义评古、善诛心，旨趣如此，其渐于当时气习者深矣。"主要是指受李贽的童心说影响。

第七章　明代安徽小说

第一节　梅鼎祚的《青泥莲花记》和《才鬼记》

梅鼎祚的生平和诗文创作在第四章已作介绍,这里专论他的小说创作。梅鼎祚的小说有《青泥莲花记》和《才鬼记》。其中《青泥莲花记》专门为妓女作传,汇录了自汉魏至元明间数百名妓女的事迹,除少数作品为梅自撰外,多录自正史、野史、方志、别集、诗话、笔记、传奇、佛经、道书。《青泥莲花记》共十三卷、其中正编八卷、外编五卷。正编分为记禅、记玄、记义、记孝、记节、记从六类。外编分为记藻、记用、记遇、记戒、记豪五类。作者将她们喻为出淤泥而不染的莲花,表现她们对自由、爱情的追求和对其悲惨的人生遭遇的同情。但是,梅鼎祚的创作宗旨并非仅仅是为这些可敬可怜的被侮辱与被损害的下层妇女作传,"录烟花于南部,志狎游于北里"(《青泥莲花记自序》),更有其题外之旨,如咏歌的才女薛涛、不畏强权的营妓严蕊等,更是意在借古讽今,对明代社会上层的奢荡之风进行批判。又如在《李师师》中,谴责最高统治者宋徽宗在大敌当前之际却去寻娼宿妓女,为此专门设立"行幸局"。夜游宿娼还,第二天"则传旨称疮痍不能坐朝"。当宋徽宗做了金人俘虏后,却有娼女挺身而出,在京口抗敌前线擂鼓助阵。最高当局与娼妓道德上的高下孰优孰劣不言自明,作者的褒贬之意是十分明显的。其中不少故事情节生动、人物形象鲜明,特别是作者非常善于叙事,往往三言两语就将场面和人物性格凸现出来。如《高三》,写一位妓女冒死赴刑场为一位忠臣善后的侠义之举,全文仅二百来字,却写得荡气回肠、慷慨淋漓。明正统十四年(1449),英宗复位,杀害于谦后,又驱使鹰犬大肆捕杀于谦同僚。其中昌平侯杨俊是高三的相好,亦在被诛之列。杨俊被绑缚于刑场后,"亲戚故吏,无一往者":

> 俄而一妇人缟素而来,乃娼也。杨顾谓曰:"若来何为?"娼曰:"乃事公死。"因大呼曰:"天乎,忠良死矣!"观者骇然。杨止之曰:"已矣,无益于我,更累若耳。"娼曰:"我已办矣。公先往,妾随至。"杨既丧元,娼

恸哭,吮其颈血,以针线纽结,着于颈,顾杨氏家人曰:"去葬之。"即自取练,经于旁。

忠良被害,唯一赴刑场祭奠、料理后事并与之殉的竟是位娼妓,这自然是对社会良知的强力鞭挞。作者描绘高三的侠肝义胆和视死如归的高风亮节,仅用两句简洁的对话和一个触目惊心的细节,便显得荡气回肠、形象突兀,更显出作者技巧的高超。

梅鼎祚《才鬼记》是在唐代郑贲文言小说集《才鬼记》的基础上增辑而成,是作者纂辑的"三才灵记"之一种(其他两种为《才神记》和《才幻记》,已佚)。郑氏《才鬼记》一卷十三则,梅氏增至十六卷二百零八则,起于春秋时代《吴王女紫玉》,迄于本朝《新安鬼对》。他选辑的标准是:"其间或由好事,或互讹传,若《剪灯》《耳谈》之属,无是乌有,聊亦兼收。正犹苏文忠公要人说鬼,岂必核实。"由此可见,他选录时不以事实与否为标准。《四库全书总目》对该书的评价不高,认为是:"捃拾残剩,以成是编,本无所取义,而体例庞杂又如是,是可谓作为无益矣。"其实,未可作此论断。《才鬼记》确有尊崇佛老的倾向,体例也确有庞杂之弊,但还是有其价值的。首先,它是现在看到的唯一一本谈鬼且是谈"才鬼"的专书,保存了明以前历代才鬼相当完备的资料。这些故事采自近十四种古籍,有正史、笔记别集、诗话词话、传奇等,并且同一故事的不同记载都辑在一起,不少篇目辑者还进行了考证、校勘。无论是搜集范围之广泛、保存资料之完备,还是资料的考证、校勘,均非其他谈鬼书所能比拟。其次,《才鬼记》对鬼的态度,与六朝志怪小说也有很大的区别,它绝不是要"发明神道之不诬",证明鬼神之实有,而是借鬼写人。这些鬼的形象大都很可爱,能文善歌,工于诗词,精明过人。在他们身上,闪现着人类智慧的光华,这开了后来《聊斋志异》《夜雨秋灯录》等狐鬼小说之先河。

另外梅鼎祚还创作了才子佳人小说《双双传》,该作品长达一万八千字,穿插诗词近六十首。故事讲述的是兄弟二人高仲容、高叔达与富家女秦琼美、秦谦谦姊妹的恋情。兄娶其姊,弟娶其妹。两对情人分别交换信物,互许终身,却遭到了流氓恶霸的破坏。最后在秦氏表兄弟仗义相助下,逃往箕山合婚。小说表彰了表兄弟侠义,张扬了高氏兄弟、秦氏姊妹对爱情的追求。据孙楷第《日本东京所见小说》介绍,该部作品现藏于日本。

第二节 潘之恒的《亘史》

潘之恒的生平和戏剧、文学创作在第六章已作介绍。他的小说创作是《亘史》。《亘史》涉及人物传记和小说两种体裁,分为外纪、内纪、外篇、内篇、杂篇五大类,其中外纪、内纪是分门别类纪事,外篇、内篇、杂篇则是分门别类纪言的。从文学的角度看,显然纪事的部分文学色彩要强一些。《亘史》成书于万历四十年(1612),前有署"万历壬子秋日江宁友弟顾起元撰"的序。该序说道:"内纪内篇以内之,而忠孝节义懿行名言之要举;外纪外篇以外之,而豪杰奇伟技术艳异山川名胜之事彰;杂记杂篇以杂之,而草木鸟兽鬼怪琐屑诙谐隐僻之用列。纪以类其事,篇以类其言。内之目十七,外之目三十,杂之目三十二,为目七十九,为卷九百九十有六。"

《亘史》中有大量的人物传记,其中有迻录历史之作或他人之作的,也有作者亲笔为同时代人物作传的。其内容或扬贞孝或颂侠义或咏艳异。《亘史·内纪》中叙述了历来行孝事迹,给予了赞扬和肯定,但多有夸张和不近人情之处,如一篇记述万历年间铜陵县一位孝妇李氏,婆婆病中想吃猪肝,家贫莫能得,于是将自己肝割下给婆婆进食而死,死时天上有"五色云覆屋"以旌表其孝。潘之恒曾在《内纪·同烈》中,对记述的烈女、烈妇题材发表自己的看法,他认为应首先考虑"立义",正人伦,美教化,至于文笔的精研,并非追求的目标。他认为李梦阳的《六烈女传》堪称表率,该作是"有感而作,故其文激烈令人发竖心创,如太史公叙《李陵传》,悲慨自不容已",至于"吾乡汪司马传七烈,吴督学传六烈,皆师其意。然但为烈女发,虽文极精研,亦乏余韵,去之仅远矣。乃知古人之立义必有所托,非苟焉尔也"。

《亘史》人物传记中写得最出色的是艳异类作品。其中多写风尘女子,或记述她们的才艺,或赞颂她们的美德,或咏歌她们追求真正的情感。情节生动,文笔简洁而秀美。如《顾筠卿传》,记述金陵歌妓顾筠卿的才艺和聪

慧,其中写道:

> 金陵之工吴音,自传灵修以登场声扬,而王卿持以惊坐见赏。后来秀出者为筠卿。两擅之,直掩传、王上。一时推许,以比魏之翔风。而筠卿婉顺柔和,殊无矜色。文复条畅,文义几遇古今,辞曲一寓目,即上口,下笔飘瞥,宛有绪致。

短短百字之中,先用工吴音的灵修和美姿容王卿作为陪衬,指出顾筠卿既有灵修的歌喉又有王卿的姿容,然后用简洁之笔,勾勒出一个性格"婉顺柔和",颇通文墨又聪颖异常的歌伎形象。这样,"群聚艳羡,其名骤倾江以南"就是自然之事了。类似者还有《王月传》《夏妹传》《杜韦传》等。《王月传》写歌伎王月擅吴音善度曲,不仅歌喉绝佳,而且能慷慨击节歌诵唐诗千首,令坐客动容;《夏妹传》记述了名妓夏妹性格恬雅、不慕芬华的美德:"众竞炫冶而尚缁素,众嗜膏腴而甘淡薄。家故裕饶,而退若不足。惟焚香啜茗,日持念珠念佛,千声而已";《杜韦传》则是记述了吴中名妓杜韦对真感情的追求。

《亘史》中有些作品小说的成分较浓,主要有两类:一类是可资谈谑的里巷新闻,如《外纪·两滴珠》《外纪·虞山妇》《外纪·南滁妇》等;一类是写侠客形象的,如《外纪·刘东山遇侠事》《外纪·罗龙文传》等。它们中的一部分成为明末凌濛初话本小说《初刻拍案惊奇》和《再刻拍案惊奇》的蓝本之一,在中国小说发展史上有一定的价值。

第三节 吴从先的《小窗清纪》和《小窗别纪》

吴从先,字宁野,生卒年不详,歙县人。焦竑曾称赞他的为人和才华:"新安吴君宁野,妙龄雅志,综览群籍,掇其菁英,酝酿霶洽,时复回事拈出,辄成嘉话。"(《书吴宁野自纪》)吴从先一生游历广泛,上黄山,游金陵,泛西湖,还与何仙郎等人于万历四十一年(1613)在西湖结春江社,并作有《春江社记》一文。其著作有《小窗自纪》四卷、《小窗艳纪》十四卷、《小窗清纪》五卷、《小窗别纪》四卷,合称"小窗四纪"。其中《小窗自纪》为杂著和诗文的合集。其中杂著最多,共五百九十则,为清言小品,其他三卷为诗文,文包括传、记、书论等。诗歌数量很少，只有几十首。《小窗清纪》和《小窗别纪》分别属于记言和志怪类文言小说。

关于"小窗四纪"的创作动机，作者在《小窗自纪》中曾夫子自道："余惟攒眉待之笔，终无娱也。喜笑幽愤在有情与无情之间，生平之怨艾，百情之攻讨交致焉，漫然布之，欲以笔交海内也"（《小窗自纪序》），可见其中的《自纪》最能反映作者的思想及创作状况的。清人《四库提要》似乎对包括《小窗自纪》在内的"小窗四纪"均不看好，认为"《自纪》皆俳谐杂说及游戏诗赋，词多儇薄；《艳纪》采录汉至明集，文分体编录，踳驳殊甚；《清纪》模仿《世说》，分清语、清事、清韵、清享四门；《别纪》兼涉志怪，总明季纤诡之习也"。但焦竑倒是很看重《小窗自纪》，称之为"或事琐而意玄，或语冷而趣远，风旨各殊，皆成兴托。昔称晋宋人语，简约玄澹，尔雅有韵。君之所著，仿佛近之"（《书吴宁野自纪》）。

第四节　明代安徽其他小说作家

一、曹臣

字荩之，生卒年不详，歙县人。著有笔记小说《舌华录》五卷。《四库提要》云："是书取前人问答隽语，分类编辑，凡十八门，《世说新语》之余波也。所录皆取面谈，凡笔札之词不载，故曰'舌华'，取佛经'舌本莲花'之意。"由此可见该书取录的标准之一是"口谈之语"。另外还有一个标准，即"取语不取事"。这十八类问答隽语为：慧语、名语、豪语、狂语、傲语、冷语、谐语、谑语、清语、韵语、俊语、讽语、讥语、愤语、辩语、颖语、浇语、凄语。在每一类语前，作者先释其义，予以阐述，指明此类语的作用。如"名语"中，作者解释说："名者，铭也。所谓不磨之语，以垂则后世。非含仁啖义之口不能道。然垂世之法，宜经不宜权。此可以励常姿，不可以笼上智，是世间一种攻补至药。"然后辑录前人问答隽语，予以条列。辑录的内容上起汉魏，下逮明人。在辑录近时之语时，多有所润饰。他所辑录的隽语，有的可直接视作清言小品文。如"韵语"中有陈眉公(继儒)语,其云:"香令人幽,酒令人远,石令人隽,琴令人寂,茶令人爽,竹令人冷,月令人孤,棋令人闲,杖令人轻,水令人空,雪令人旷,剑令人悲,蒲团令人枯,美人令人怜,僧令人谈,花令人韵,金石彝鼎令人古。"本书由曹臣的好友吴苑所参定。吴苑还于各类语之前,撰有导语。本书前又有万历四十三年(1615)潘之恒、袁小修所作的序言。

二、吴大震

字长孺,自号市隐生、延陵生、东宇山人。生卒年不详,歙县人。他辑录的《广艳异编》三十五卷,是仿王世贞《艳异编》而作的。王世贞将历代故事分为"艳"和"异"两大类,汇辑成《艳异编》。吴大震则"覆以新裁,准其故例",将历史上流传下来的故事,分为二十五个门类,分别辑录,共计有五百九十六篇。这二十五个门类是仙、神、鸿祲、宫掖、幽期、情感、妓女、梦游、义侠、幻术、俶诡、俎异、定数、冥迹、冤报、珍奇、器具、草木、鳞介、禽、昆虫、兽、妖怪、鬼、夜叉。其内容大致可分为三类:第一类是表现婚姻与爱情的作品,如《太曼生传》《双鸳冢志》《彩舟记》《蒋生》等;第二类是有关神仙鬼怪的世界,这类作品所占比重较大,多是写人鬼、人妖、男女神仙之间的恋爱;第三类是表现人生奇遇与珍宝传说,如《奇宝》《宝母》《康氏》等。后两类作品多是曲折影射社会现实,反映了明中叶以后人们的思想状况和人情世态。《广艳异编》对明末凌濛初的"二拍"影响很大,是"二拍"的蓝本之一。胡士莹在《话本小说概论》中也指出《艳异编》和《广艳异编》是拟话本作家参考的要籍。

吴大震还作有《练囊记》和《龙剑记》两部传奇。祁彪佳《远山堂曲品》对《练囊记》的评价是:"传章台柳,插入红线,与《金鱼》若出一手。自《玉合》成而二记无色矣。"对《龙剑记》的评价是:"传哱承恩事。作者未识裁练之法,故喧而未雅,曲白虽工,未足树词坛之帜也。"吕天成《曲品》将吴大震列入"下品",认为"长孺文字之豪,寄牢骚于客舫",并认为其戏剧创作成就不高。

三、程时用

身世不详,休宁人。他以"四方鏖谭丛说以及荐绅父老之传,耳目见闻所习"的故事为题材,辑撰了小说《风世类编》。希望借类编中的故事,达到"令人融融然追趋而逐嗜""令人飒飒然嗡谸而奋击""令人凛凛然惊籧而惕虑",从而可以"风天下暨后世"。《四库提要》认为其题旨"大抵皆警世之意"。此小说的创作目的在于劝勉感化、教育世人,从而改变世风。全书成于万历二十八年(1600),分为十类,每类为一卷。这十类是:祥使、咎征、孝友、臣鉴、交谊、壶懿、分定、梦征、谕冥、物感。

四、潘士藻

字去年,号雪松,徽州人。万历十一年(1583)末进士。曾学于李卓吾,属泰州学派。他曾纂辑了小说《闇然堂类纂》,又叫《闇然堂类纂皇明新故事》。此书所辑录的故事都发生于当朝,共有六类,即训惇、嘉话、谈箴、警喻、溢损、征异。每类为一卷,共六卷。

《闇然堂类纂》在内容上大致可分为三类,即关于商人的故事、关于科举的故事、公案故事和重大事件。

第五编　清代及近代的安徽文学

清代的区域建制基本上沿袭明代的省(直隶州)、府、县(州)三级,为了削弱反清复明意识,顺治二年(1645)六月,经顺治钦定,将南京(南直隶)改为江南省,取消包括安徽凤阳府在内的南京明代作为南都的一切特权。康熙六年(1667)玄烨亲政的当年,宣布建立安徽承宣布政司,将原属江南左承宣布政司管辖的安庆、徽州、宁国、池州、太平、庐州、凤阳七府,广德、滁州、和州3个直隶州53县划归其管辖,省会设在安庆府,仍属江南总督管辖,此是安徽建省之始。

清代的安徽,是一个政治风云激荡、思想领域活跃、文坛群星闪耀的地域,无论是坚守民族气节的遗民,还是改良变革的先驱,也不论天文历算的名家,还是文坛领袖、京剧鼻祖,安徽皆为天下先。明崇祯十七年(1644)五月初二,清摄政王多尔衮率八旗劲旅,在吴三桂的引导下,击败在北京称帝的李自成,进占北京。十月初一,清帝福临在北京即位,建号大清,改元顺治。为了统一全国,清军除了追杀剿灭闯王残部外,兵锋首先南指安徽这一明王朝龙兴之地,与护卫朱元璋皇陵的史可法部在泗州激战。顺治元年(1644)四月十三日攻陷泗州后,又于四月二十五日攻陷扬州,史可法被害;五月十五日攻陷南京后又西击逃往芜湖的弘光帝,守将黄得功兵败自杀,弘光帝被俘。于是,明王朝南京所辖的安徽境内府州很快被清军控制。清军占领南京后又剿抚并用、软硬兼施,授江宁、安庆巡抚以下各官373人各守其职。五月二十九日,清廷宣布江南省平定。但是,皖人的抗清烽火并未因清廷的宣布而停息,相反是皖南、皖北燃成一片:清顺治二年(1645),明左都御史休宁人金声与门人江天一广招义勇,分守徽州、宁国二府冲要,据险抗清;明监纪推官贵池人吴应箕等起兵于池州;流寓泾县的明职方郎中尹民兴、吴汉超则举义兵于泾县。大别山地区也是一片抗清烽火:顺治二年六月南京失陷不久,就有人拥明杜阳王起义于庐江;同月,明蕲水王次子朱常㳟在大别山结寨抗清,太湖人石应璉将其迎入潜山司空寨,一时,英山、霍山、舒城、潜山、太湖各地皆起兵响应。顺治三年(1646)正月,秀才谢琢、义民杨三贵等在句容起兵抗清,皖北义师迅速响应,并合成一支两万多人的队伍,这些皆是皖人坚贞不屈的抗暴精神在民族战争中的体现。

与军民的武装抗清相表里,安徽的士大夫也同样表现出不屈的民族气节,其中的代表人物就有方以智、钱澄之、方孝标等人,他们在明亡之际组织抗清,抗清失败后或削发为僧,或浪迹天涯,在政治上与清廷采取不合作态度;在思想上针对顺治、康熙的"稽古右文、崇儒兴学"的文化羁縻政策,方以智提倡实证和通变,反对朱熹等理学家"离器以言道""离气以言理";钱澄之主张文学创作应"自撼其所独见,不必尽合于古人,亦不顾人之以古人律我也",这在复古空气弥漫的清初,很有些叛逆的意味。方孝标的《滇黔纪行》沿用南明弘光、隆武永历等年号,且"极多悖逆语",直接导致了清朝文字狱的开端——戴名世的"《南山集》案"。他们的文学创作更是像一篇篇诗史,真实地记录了那个天崩地解的时代,以及士大夫身处乱世,想有为而不可为,从进取到自放苦闷彷徨的心路历程。方以智的《方子流寓草》中许多诗篇既为家国破碎而悲戚,也为时光流逝壮志成空而悲凉。钱澄之的田园诗有个不同于传统田园诗的重要特色,即融爱国精神与闲适的田园生活为一体,传递出诗人不肯臣服清廷的民族气节。

清初安徽还有一批作家,他们在文学创作上极富成就,但作为清廷的顺民,其思想和行为呈现极为复杂的状态,人们对他们也是褒贬不一,这批人物以龚鼎孳为代表。龚鼎孳是清初著名文学家,诗文与钱谦益、吴伟业等海内名家齐名,并称为"江左三大家"。前人评其诗作是"其调高以逸,其词婉以丽,其音节响以沉,其托旨也遥深,而其取材也精确"(郑方坤《国朝名家诗钞小传》),其词作成就不仅是由明入清"大臣词人"的首座,更是关涉清初词坛风气的枢纽性人物。但在政治操守上,龚则是先"降闯"、后"降清"的"双料贰臣",连清廷也不屑其行为,乾隆年间削去"端毅"的谥号,著作遭禁,明令入编《贰臣传》。但是,龚鼎孳在当时并未受到"士文化圈"道义上的谴责,这与他的为人处世关系极大:作为一代文坛宗主和清廷大员,他尽其所能地利用其身份、地位和名望,保护、解救一批如傅山、陶汝鼎等抗清的遗民志士,幕中还庇护、供养着如杜浚、纪伯紫等一些遗民。他的诗作中有相当多的篇幅皆是表达对故国的强烈思念,也有少量反映现实苦难的篇章。所有这些,都使他成为一个极为复杂的政治人物,不可偏狭地论之为"民族败类",更不可以人废文,在文学史上应该给以一定的位置。

清代前期的安徽诗文创作还有方拱乾、戴名世、施闰章、梅文鼎、朱卉、吴绮、刘体仁、黄生、姚文燮等代表作家。方拱乾是方孝标之父,清初重要诗人,遭"江南科场案",举家被流放宁古塔。作于流放中的《何陋居集》真实记录了方氏父子流放中的心路历程。戴名世的"《南山集》案"为清初三大文字狱案之一,戴因此被捕下狱被害,著作亦遭焚毁。戴名世论文,强调道、法、辞兼备,精、气、神合一,开了刘大櫆及姚鼐的文论之先河,可以说是桐城派散文理论的奠基者。施闰章是宣城派的主将,其骨干有高咏、梅文鼎、梅庚、沈埏等人。宣城派是清初主要的诗歌流派之一,主张"学古"和"有触而鸣",强调继承儒家"文以载道"传统,反对明末以来"风云月露,铺写满纸"的性灵文字;强调诗歌创作要"悯时事""移人情",反映社会现实,反映现实人生,主张诗歌创作要自出机杼,反对一味模拟,这在当时都有一定的积极意义。宣城派总体特色是"清真雅正"。

清代中叶实际上包括两个阶段,前一阶段为雍正、乾隆时期,这是清王朝的盛世,此时不但政权稳固,经济也到了这个王朝繁荣的顶点,一度受挫的商品经济此时再度抬头。但这毕竟是封建社会的回光返照,封建社会末期的许多痼疾已在这表面繁荣下积累和发作:首先是社会财富高度集中,上层贵族挥霍无度。据统计,乾隆在位六十年,有五十个夏天去避暑山庄打猎,二十四年外出巡游,仅六次南巡,就耗费库银两千多万两,还不包括远超出此数数倍的沿途官府、士绅们的花费,就像《红楼梦》中所云:"银子花得像淌水一样。"其次是贪污腐化严重:"上下相蒙,曲加庇护,恣行不法之事"。乾隆时代权相和珅,二十年间贪污财产不计其数,倒台抄家时,估值白银两亿两千万两,而这仅是其财产的四分之一。在思想文化上,雍正、乾隆皆继承清初高压和笼络并行方略,并有过之而无不及。乾隆时代的文字狱,比康熙、雍正两朝的总和还要多。据《清代文字狱档》:雍、乾两朝文字狱共65起,乾隆一朝便占63起。另一方面,雍、乾时代更加提倡程朱理学,雍正编《大义觉迷录》"以正世道人心";乾隆编《四库全书》虽有大规模整理古代典籍之意,但也是为了查禁反清文献,删毁不利于清廷的内容。这种思想文化上的禁锢和高压,使得一部分知识分子噤若寒蝉,"今之文人,一涉笔唯恐碍于国家天下,人情望风觇景,畏避太甚。见鳝而以为蛇,遇鼠而以为虎,消刚正之气,长柔媚之风,此与世道人心,实有关系"(李祖陶《与杨蓉诸明府书》)。在这样文化思想氛围下,提倡"窒人欲"的程朱理学大行其道,一部分学者干脆钻到故纸堆中考据校勘、专攻文字之学,形成著名的乾嘉学派。

嘉庆至道光前中期为第二阶段,此时国运趋衰,雍正、乾隆时期尤其是乾隆后期积累的社会矛盾陆续爆发,危机四伏。由于社会矛盾的激化,乾隆晚年已无暇顾忌弹压文人,有识之士开始议论朝政,以国医自况,欲挽回世风。以顾炎武《日知录》为代表的清初实学在嘉庆、道光以后得以再盛,以常州今文学派为代表的儒家经世之学,也逐渐取代了康、雍时期空谈心性的理学;安徽此时涌现的诗人如包世臣、夏之璜、李葂等,或以自己的行为,或以自己的文学主张和诗文创作的实践,来批判空谈心性的理学,恢复清初顾炎武等人倡导的经世致用学风。他们的"经世诗"正是特定的社会及文学转型时期的产物,也是同代作家共同追求新的文学风尚的标志。这一时代思潮尤其是颜、李学派的务实学风对中年以后的全椒作家吴敬梓亦产生深刻影响。吴敬梓力行顾炎武等人倡导的经世之学,反对理学空谈,反对空言无益的八股文,主张以礼乐兵农强国富民,这些在他的长篇讽刺小说《儒林外史》中皆有所反映。《儒林外史》是我国文学史上一部现实主义杰作,全书通过对一系列儒林及市民各阶层人物的描绘,揭露和鞭挞了封建科举制度的弊害,嘲讽了醉心功名宝贵的庸人,赞扬了讲究"文行出处"真儒。在暴露和批判封建官僚社会各种败德恶行的同时,也表达了作者的个性解放要求和民主理想。

清代中叶的安徽,还涌现出清代文坛影响最大、延续时间最长的一个散文流派桐城派。其主要代表人物方苞、刘大櫆、姚鼐均系安徽桐城人,故得此名。桐城派的文论,以方苞提出的"义法"为中心,逐步丰富发展成为一个体系桐城派要求文章"言有物""言有序",内容和形式相统一。桐城文派从清中叶一直绵延到清末,时间长达两百余年。其间人才辈出,产生作家一千两百余位,遍及中国内地主要省份,著名的旁支还有阳湖派和湘乡派。其作家之多、流播地域之广、绵延时间之长和影响之大,实为中国文学史所罕见,以至当时学者有"天下文章,其出于桐城"之感叹。桐城弟子管同、梅曾亮、方东树、曾国藩、李鸿章等,或是在哲学、文学思想上,或是在政治、军事、经济上,对中国近代史均产生重大的甚至是决定性的影响。

道光末年、咸丰以后的晚清时期,内政更腐,外辱日盛,清帝国这座三百年大厦已基毁柱欹,行将倾倒,1840年鸦片战争使中国沦入半殖民地半封建的近代社会。此时有识之士纷纷奔走革新。在这支革新图强的先驱者队伍中,就有安徽的包世臣和姚莹;另外刘铭传、吴汝纶、许承尧等安徽士大夫,或在军事上,或在文学创作上,或在教育思想上实践着上述改革主张。刘铭传为第一任台湾巡抚。他是清末洋务运动中比较具有时代眼光、革新思想和实干精神的代表人物。在他任职巡抚的六年(1885—1890)中,对台湾的国防、行政、财政、生产、交通、教育进行了广泛而大胆的改革,全面推进台湾的近代化进程,使台湾的面貌焕然一新。将军余事为诗人,他的文集《刘壮肃公奏议》以台湾军政要务为多,往往直抒己见,无所顾忌,行文浅白率直而少文饰。诗集《大潜山房诗抄》亦往往独辟蹊径,抒其襟抱,诗作有种驰骋纵横、一往无前的气势,尽展这位一代名将的豪情风采。姚莹是中国最早关注和反对西方资本主义入侵的学者之一,也是最早研究边疆地域政治的学者,他的《康輶纪行》是近代史上第一部介绍西藏历史文化民俗的专著。他倡导的"经世之学"也有着桐城前辈所未有的反对帝国主义侵略的内容。文学创作方面,姚莹才华横溢,诗文俱佳。他任过藏差,驻守过台湾,见过许多当时士大夫没有见过的异域风光,况且他又关注域外和边陲并有专门研究,所以他的游记不仅让人耳目一新,而且具有珍贵的史料价值;其赠友诗更能看出作者海涵地负的艺术才华和雄放诗情,这类诗歌往往是鸿篇巨制,多侧面、多手法地加以拓展和表达。吴汝纶思想开放,力主废科举、办学堂、研习西学,并推荐严复译《天演论》《原富》和西方、日本学者多种著作,倡导启蒙。其散文沿袭桐城派正宗,既得其整饬雅洁之长,又不全落其窠臼,其论及时政之作亦颇注意洋务。许承尧与其弟是晚清闻名的"同胞翰林",也是中国历史上最后一代翰林。许一生横跨近、现两代,他的诗歌也体现了巨变时代的变革之风,突破清代的"神韵""格律""肌理""性灵"诸派,自成新体新声,与变革求新的时代相呼应。其诗歌语言引用了许多科学素材、科技术语,其中外来术语与传统文言杂糅,颇似黄遵宪和梁启超的"诗界革命"和"新文体"。

晚清时期,安徽还出现一批文言小说,如潘纶恩的《道听途说》、许奉恩的《兰苕馆外史》和宣鼎的《夜雨秋灯录》等。这批文言小说的作者多是幕僚出身,他们走遍中原和大江南北,有着极其丰富的生活经历,通过其文言小说为我们展现出一幅阔大的晚清社会生活长卷,描绘出一幅幅清末社会的世相百态图。作者的抨击矛头,主要指向官僚阶层。因为在作者们看来,上层社会的道德崩溃,是导致整个社会世风浇薄的主要原因。宣鼎的《夜雨秋灯录》甚至反映了变法图强的社会思潮乃至反清复国的革命倾向。在创作方法上,这几部小说也不同于《聊斋志异》及其后的《夜谈随录》《谐铎》《萤窗异草》《小豆棚》等文言小说,没有那种托狐鬼以讽世的浪漫倾向,而是"多系实事",从自己幕僚生活中选取丰富素材,使小说创作朝着更加生活化和世俗化的方向发展,在《聊斋志异》之外开辟了另一条创作道路。

清代安徽的诗文评以黄生的《唐诗评》《杜诗说》和方东树的《昭昧詹言》为代表。《唐诗评》是一部品评唐诗的文学鉴赏和研究的专著。作者能从时代和文学史的高度,从整体来把握一首诗歌的价值;又能遵循创作规律,从解析结构层次入手,揣摩构思意旨,从而得出独特的新解。因此自清初一问世,就受到诗坛的重视和好评。《杜诗说》是《唐诗评》的姐妹篇。该书选录杜甫各体诗七百余篇,对有特殊体会和感想的作品进行重点诠释。批评中能通贯全集、融汇古今,既博采众长,又不囿于成见,其疏通证明,往往出前贤寻味之外。方东树"中岁为义理学,晚耽禅悦",但他的成就却不在理学和禅学,而在文学理论。其诗歌批评专著《昭昧詹言》借助于桐城派的基本美学主张和古文批评方法,改造了古典诗学长期以来的"诗话"批评范式,注重研究诗歌的表达技巧。使其成为清中叶少见的学者论诗专著,更使作者获得巨大的学术声誉。

第一章　清代前期的安徽文学

第一节　明末遗民作家

一、方以智

1. 方以智的生活道路和诗学理论

方以智（1611—1671），字密之，号曼公，桐城东乡（今安徽枞阳）人。出生于仕宦之家，善诗词歌赋，精琴棋书画。明崇祯十三年（1640）进士，与陈贞慧、吴应箕、侯方域等组织复社，为摇摇欲坠的明王朝救亡图存，时人称为"明季四公子"。李自成攻占北京后方以智被捕，后伺机逃往南京。南明福王登基后，马士英、阮大铖弄权，方又为躲避迫害伪装成道士逃往天台、雁荡山中，以卖药为生。清顺治三年（1646），任南明桂王政权的左中允，充经筵讲官。后随桂王逃至梧州，拜礼部侍郎、东阁大学士，不久被罢官，浪迹湘桂辰州、黎平等地。五年冬返回桂林，携妻小移居广西平乐西山。清兵攻陷平乐后，方削发为僧，法号大智，字无可，别号弘智，浮山愚者，愚者大师，人称"药地和尚"。后离粤北上，养病庐山五老峰。顺治九年，返回故乡浮山。康熙九年（1670），应安徽巡抚张朝珍、桐城县令胡必选之请，住持浮山大华严寺，为第十六代祖师。十年，因粤案牵连被捕，押往岭南，病逝于赣江万安城外的惶恐滩。

方以智一生勤学好问，博览群书，天文、地理、历史、物理、生物、医药、文学、音韵、书画均有涉猎。所著《物理小识》涉及光学、电学、磁学、声学、力学诸多方面，《四库全书总目》称其"考证奥博，明代罕与伦比"。其代表之作有《通雅》《药地炮庄》《易解》《物韵声源》《医学会通》《诸子燔》《几表》《浮山前后集》《浮山前后编》等。

在哲学思想上，"方以智哲学和王船山哲学是同时代的大旗，是中国十七世纪时代精神的重要侧面"（侯外庐《东西均》序），他认为宇宙是物质的，而且空间和时间不能彼此独立存在,反对宋明理学"离器以言道","离气以言理",主张将西洋文化同中国传统文化会通起来,"借泰西为问郯","以证明大禹周公之法",并以西方自然科学成果为其哲学体系建立提供依据,这是哲学史上一个具有时代特色的突出贡献。在其哲学思想发展历程中,早期基本是唯物主义的,而后期则主要是唯心主义。

方以智的史学思想最为突出的是实证精神和通变意识。重客观认知、重知识的积累、重证据、重试验、重怀疑,一改宋明以来空疏务虚的学风,开乾嘉实学之先河;在考证的基础上又寻委溯源,重视变通,其出发点在于经世致用。

在文学理论批评方面,方以智也有一定的建树,写有《文论》《文章薪火》和《诗说》等专论,其中以诗歌理论更富灼见。方以智的诗歌评论,除一些散见的诗文题跋外,主要集中在《诗说》之中,主要内容如下:

第一,提出"中边言诗"之说。所谓"中边言诗",即将诗歌的艺术构造分为三个层面:"中""边"和中边之上。"中"指诗歌的内容;"边"指诗歌的艺术表现形式,如用字、措词、声律、节奏、韵调等;中边之上指诗歌独特的艺术个性品格。在方氏看来,诗歌的表现形式是诗歌最外表层次,处于诗歌的边缘位置;诗歌的情感内容是内部层次,处诗歌的核心部位;中边之上则是诗歌的艺术核心和灵魂,是诗歌最精微的构成层次。中与边的关系是相互依存、不可偏废的。

第二,持发展进化观,反复古倒退论。认为从"诗三百"、《楚辞》、汉魏乐府等古体到近体诗歌,此间虽是诗歌体裁的更迭,实际上是自身发展的直接显现。就是"诗三百"的作者复活,今日也会运用七言长律等近体进行写作。并认为"近体之叶律定格"是诗歌艺术形式日趋完美的结果,可"补前人之未备"。方氏还认为各体诗歌在不同历史时期会有不同的艺术风貌,各家作品也会有各自不同的艺术个性。

第三,批评明代诗坛各派偏执一端、偏狭霸道的诗评风气,认为在诗歌的发展过程中,必然会出现这样那样的偏颇需要矫正。矫正之后,经过一段时间的演变发展,又出现了新的偏颇需待矫正,这就离不开"论亦因时"的诗学批评。要保证诗学批评有益于诗学的发展,就必须有平和诚信的批评作风。"过甚则偏,矫之又偏,神之听之,终和且平。是其人不欺,其志皆许之矣"。将争论的对方看做朋友,相互切磋,心诚以求,扬长避短,纠偏反正,才能促进诗歌健康地发展。

第四,提出一套优秀诗歌的创作方法。他认为在"法、词、怀抱"三个层面上,最重要的是"怀抱"。如果缺乏"高怀",就是"平熟之土偶耳。仿唐斥汉,作相似语,是优孟之衣冠耳"(《诗论·庚寅答客》)。他还给"高怀"界定了具体的内涵:不同于普通人的自然之情,是自然之情与人格气质或精神结构的结合,其特征是"中和";它看似"无情",但"无不近情";它是典雅的,最能"永言喻志";它是"不得已"之情,无须相强,自然而然。

方以智还强调声律在诗歌创作中的重要作用,他曾把声律作为考察历代诗歌质量的标尺,认为声律是心灵的声音,只要"谐"就能达到美好之境。

2. 方以智的诗歌创作

方以智的文学创作以诗歌的成就最高,有诗词一千七百余首。其诗歌的内容、风格随着他的人生遭际、思想变化而变化:早年急于用世,心态浮躁,诗风超迈、豪爽,有凌云之气;中期山河破碎,仕途不顺,心情郁闷,诗风沉郁豪宕,多抑郁感伤之色;晚期思想深邃、心性平和,诗风也呈现为平和冲淡,表现出深厚的意蕴。

早期　诗人二十五岁之前,以《博依集》为代表。此时的方以智才华横溢、风华正茂,他广结英才,积极参与社会活动,广泛接触了社会现实。此时的明王朝已是内外交困,民不聊生,危如累卵,方以智作为一位贵介公子,裘马清狂、笙歌征逐之中也感到了时代的危机,常以外在的诗酒放诞来表现忧国之心和报国之志,如《云间夏彝仲、朱宗远、徐暗公、陈卧子醉后狂歌分赋》云:

微霜昨夜被高林,湖海秋同知己深。壁上剑悲天下事,池中月照故人心。倚楼石动凌云气,击鼓风吹变微音。游侠青冥虽在掌,结交何处散黄金。

霜夜畅饮、击鼓高歌、散金交友,这是贵公子生活的常态,但石动凌云之气,歌带变徵之音,剑悲天下之事,这就带有时代特色和作者的性格特征了。这种格调在他的早期诗作中多有表现,如《己巳元旦诸子分韵》亦是表现他作为一位贵介公子的裘马清狂以及满怀的勋业之志,诗风超迈而豪爽:"湖南风雨前年度,邑北山川晓自斜。少壮几时能起舞,何为空坐食胶牙!"不愿空坐白食,闻鸡起舞之中急盼尽快建功立业,迫切之中亦带有几分清狂。《江上还作》中"丈夫贵功业,日月易蹉跎。二十未成名,少年曾几何"更是直接抒发了诗人欲趁年少建功立业的抱负和急切之感。从整体上看,诗人早期的心态还是明朗乐观的,气概是超迈豪爽的。文震孟说方这个时期的诗歌"直追汉魏,笔陈纵横,亦在唐晋间"(《博依集》序),陈子龙也说《博依集》"大要归于极古。其才情超烈,有过济南(李攀龙)而挟旨同矣"。追慕秦汉古风之中虽然有雕琢模仿的痕迹,但有别于当时流行的公安、竟陵诸体,还是很明显的。

中期 二十五岁经历动乱至四十一岁诗人出家之前,此时的诗集以《方子流寓草》为代表。这是他生活经历中最坎坷,也是其诗歌创作最丰富的一个时期。这一时期的诗歌内容比较深厚,艺术上也比较成熟。此时的方以智大志仍在,狂气未改,多壮怀激烈、激荡恢宏之作,但此时的狂,已不同于少年时代的裘马清狂,是以表面的狂傲掩盖内心的悲凉。他既为家国破碎而悲戚,也为时光流逝壮志成空而悲凉。1635年春,高迎祥农民起义军进入安徽,攻陷凤阳,诗人家乡桐城亦被起义军包围,方以智一夜之间急白了头,从此身陷明末战乱和南明王朝政治旋涡之中,逃亡颠沛,坎坷不遇,《方子流寓草》中的许多诗篇记载了这段时代风雨和作者的心路历程。如《卜寓》就描述了导致方以智人生转折的这次家乡动乱:

作客常一身,出门何所欣。岂意故乡乱,家人尽南渡。泊舟近西城,有屋庇风雨。苟全不暇择,仓促便移住。

动乱之中整个家族南逃,流亡之中不管居所如何残破,只要能避风雨即可,当年那种"羽轮桂殿陈云锦,彩鹢兰樽障绮罗"的声歌征逐恍如隔世。明亡以后,作为定王讲筵官的方以智变换姓名再次流亡,几次被抓又逃脱,《诣候白安石夫子,记其命我之语》一诗对此作了真实又形象的记录。另外,像《腊月闻雷,卜者云当兵旱,时南北火药局并灾,有感记此》《乙亥元旦伺大母、仲姑坐次志感》等再现了诗人此时极端贫困又窘迫的生活状况。

一个伟大诗人的伟大就在于,他不仅书写自己的苦难,还会推己及人,表现时代的苦难和民生的疾苦;还会由小我到大我,存有忧国之心和报国之志,当年的杜甫、陆游是如此,清代的方以智也是如此。他在《田稼荒》中写道:

田稼荒,农夫亡,老幼走者死道傍。走入他乡亦饿死,朝廷加派犹不止。壮者昼伏夜行归,归看鸡犬人家非。贼去尚余一茅屋,官军又来烧不足。

战火逼使许多农民离乡背井,饿死他乡,而朝廷仍在加捐增赋,贼来抢掠之后,官军又来烧杀掠夺,官军连贼都不如:"贼去尚余一茅屋,官军又来烧不足!"《与梅朗三感赋》《听陈昭谈禅赋赠》《闻刘伯宗、沈眉生荐举,时眉生有书至》《丁丑夏,钟山偶集》等篇则重在抒发国难当头之际以身报国的期待和自负:"有诏多时求异士,愿君即日作名臣"(《与梅朗三感赋》),虽然是对朋友的期许,实际道出的却是自己的心声;"尘沙勿向市中行,薄暮匈奴早闭城。……莫道讲经人不信,西来今日亦谈兵"(《听陈昭谈禅赋赠》),面对外敌的入侵,连吃斋念佛的僧人也"谈兵",何况我们这些以报国为己任的士大夫?《闻刘伯宗、沈眉生荐举,时眉生有书至》和《丁丑夏,钟山偶集》则直接抒发以身报国的期待和自负。

清军入关后,诗人又是四处流亡,几次被抓又逃脱,在弘光、永历小朝廷内斗中又不断遭人中伤、诬劾,他深感中兴难期,失望之余选择自放,辞官归隐。此时的诗歌中虽仍以"狂生"自称,但更多带有牢骚和自苦,情调也更加黯然。如:

扶筇数武过天平,一跃云岩顶上行。越女何缘留大迹,吴山原自负虚名。至今风俗能歌舞,到处园林似市城。独有洞庭无限水,苍茫犹可

对狂生。——《登灵岩归,口占示吴人》

刺桐落叶坐山阿,赘得村醪洒薛萝。仰问月知今夜苦,从来秋入楚声多。流人自恤衣冠影,蛮地偏能边塞歌。江左狂生乱中老,那堪搔首短婆娑。——《中秋》

诗中提到"自负虚名",月色下感到的是"今夜苦",要抒发的是秋日楚声,虽自称"江左狂生",但青山已老、绿水无波(尽管诗人此时才三十多岁),狂生习气正在他所说的"衰老"中渐渐消弭。随着心态的老化,诗风也趋向平实自然。诗人的创作开始向后期演进。

后期 顺治八年(1651)四十一岁以后,以出家为僧为标志。诗作以《浮山后集》尤其是其中的二十首和陶《饮酒》诗为代表。此时的方以智思想、学术均趋成熟,思想深邃、心性平和,诗风也呈现为平和冲淡,表现出深厚的意蕴。方以智离开永历政权后被清将俘获,为了保持遗民气节,他选择为僧。在当时的情势下,归禅实际就是一种归隐,当时不少有气节的士大夫如钱澄之、金堡等都选择了这条道路。这一时期的诗歌均富有哲理,多呈"中和"之色而又有超尘脱俗的味道。其代表之作就是《浮山后集》里的二十首《和陶饮酒诗》,如:

残生不能议,乞食今何时?东篱一杯酒,遗风长在兹。赤松言辟谷,其事终然疑。容易一餐饭,此钵原难持。——其一

带索与披裘,素心只如是。被发如佯狂,高冠不妨毁。葛巾漉更着,古人聊复尔。大布苟御寒,自不用罗绮。——其六

慨然一念至,一往无人情。不知地气热,不知天河倾。溪水日夜流,蟋蟀随时鸣。哀乐所不受,乐得浮蝣生。——其七

诗人感到世无知音、落寞独处,独自一人,曳杖徘徊在长松之下,杯酒在手,不想像赤松子那样辟谷长生,只想像陶渊明那样东篱把杯。管它世上的春夏秋冬,一任自然,寄蜉蝣于天地,哀乐不存于心,心中长存的只是"素心"如故。至于"素心"是什么?应是青少年时代就耿耿于怀的忧国之心吧。此时的诗作有种铅华落尽后的自然真淳,并带有淡淡的哀愁和无可奈何的意

味。这种意蕴不仅表现在"和陶诗"中,在方以智后期诗作中亦多有体现,如这首《游山示思皇》:"带病呼筇竹,溪山到眼明。让人谈佛法,除我听泉声。铁壁原难上,芒鞋自可行。白云无远近,风向袖中生。"亦有一种"素心"如旧、欲忘怀世事又不能完全忘怀的矛盾心情。语言及意境达到了平实、自然、真淳的境地。

近年来的有关方以智研究,多集中在哲学、地理学、训诂学、书画、律数乃至数学、医学、天文学等方面,其文学思想和诗文创作一向为学术界所忽略。1997年11月11日至13日,由安庆师范学院、安庆市人民政府、桐城市人民政府、枞阳县人民政府、安徽省社会科学院哲学研究所共同举办的首届全国方以智与明清文化学术研讨会在安庆召开,来自全国各地和日本的学者四十余人出席了会议。在这次研讨会,其文学思想和诗文创作开始受到重视,发表了多篇论文,对方以智的诗学观、文学价值观以及方以智对清代桐城文派的巨大影响,都作了探讨,这是一个好的开端。

二、钱澄之

钱澄之(1612—1693),初名秉镫,字饮光(亦作幼光),自号田间老人,别号西顽。桐城古塘(今安徽枞阳境内)人。幼从父读,聪慧能文,有大志。明崇祯年间秀才,喜谈经世方略。明亡之际曾结识陈子龙、夏允彝等人,组织云龙社,与"复社"相呼应。先后在南明政权出任吉安推官、延平府推官、礼部主事、翰林院庶吉士等职,官至编修、知制诰。明亡后,他曾在吴江起兵抗清,清兵攻陷桂林后,一度削发为僧,名西顽。后返乡,改名澄之,结庐田间,专心著述。一生著述宏富,著有《田间易学》《田间诗学》《田间文集》《藏山阁集》《屈庄合诂》《所知录》《钱饮光遗书》等,内容涉及哲学、文学、史学诸学科,精深邃密,卓有建树,其学术成就堪与黄(宗羲)、方(以智)、王(夫之)、顾(炎武)等大家相颉颃。其诗文创作有"诗文满天下"之美誉,因多当局忌讳之语在乾隆年间曾被禁毁。

1. 文学思想

钱澄之论文,强调创新,出人意表,反对模拟、抄袭。他十分欣赏韩愈的"惟陈言之务去"。在《齐蓉川先生集序》中称赞作者为文能"绝去枝蔓,直摅所欲言;诗有气力精思,往往造语出人意表:大抵皆一路孤行,无所依附"。他批评当时的一些文人只会"依经傍传,不能自出一语,遵大家之矩矱,袭古人之陈言。是其言非己之言,而人之言也"(《匏野集序》),并说自己作诗文虽"过于真率,其意亦欲其自己出也"(《与黎博庵先生书》)。后人评价他的文章也称"意雅不欲附一家,绝去涂饰,单行孤诣"。至于如何反对"陈言",钱澄之提出创作必须有真性情:"要皆本性情以为言,所谓情至而文生也"(《程姜若松州杂著叙》),又说"文也者,载道之器,即达情之言也","惟学道真,故其发乎情者真也"(《重刻青箱堂集序》)。认为只有道出不同于别人的真情感,其意己出,才能实现文学创新。他的创新观点还表现在雅俗之辨上,他认为创作必须"不事修饰,一意孤行,自摅其所独见,不必尽合于古人,亦不顾人之以古人律我也",这样的诗文作品,"虽瑕瑜不掩,吾必谓之雅"(《追雅堂记》)。他对雅俗的判定,在封建复古空气弥漫的清初,很有些叛逆的意味。

钱澄之论文,还强调"读书穷理,而后为文"。"不读书,则词不足以给意;不穷理,则意不足以役词"(《匏野集序》),"理明而气自足,故养气莫如穷理,穷理莫如读书"(《毛会侯文序》)。另外,他还师法杜甫,强调炼字锻句,认为诗文创作"贵苦吟","情事必求其真,词义必期其确,而所争只在一字之间"。但要做到字工句稳,仍是必须"读书穷理":"古人以诗成名,有不由苦吟而得者也。……其工只在一字之间。此一字无他奇,恰好而已","所谓一字者,现成在前。然非读书研理、体物尽变者,求此一字,终不可得。何则?无其本也。贾阆仙有云,'吟安一个字,撚断数茎须';杜少陵亦云,'赋诗新句稳,不觉自长吟'。所谓'安'与'稳'者,岂不在此一字乎?求之甚难,得之乃足快耳"(《诗说赠魏丹石》)。

在诗歌境界上,钱澄之提出一种虚拟之境,并认为这种玄思的虚境,是诗歌的一种至高之境。他举《诗经》中的《泉水》篇为例,指出诗中女主人公所说的宿饮之地"沘""祢""干""言"皆为虚拟。钱澄之甚至认为《载驰》中的"驱马悠悠,言至于漕"也是"心口相语,虚作此想而为之词,非真有此事也"(《田间诗学》)。强调虚构,注重想象,这是文学最基本的特质,钱澄之在清初就能认识到这一点,是难能可贵的。

2. 诗文创作

钱澄之是明末清初杰出的学者、诗人和思想家。他生活在明清之际那个"天崩地解"的时代,亲身参与了当时的一些重大政治活动,与当时政坛很多重要人物都有过交往,且享年八十二岁,在清初知识层尤其是遗民中行辈甚高,影响亦大,其中诗文尤负重名。有田间诗集二十八卷、田间文集三十卷,被誉为"诗歌古文满天下"。

诗歌创作

钱澄之的诗歌创作可以1651年底归家隐居为界,分为前后两期。前期诗歌题材广泛、内容丰富。诗人亲历了南明抗清复明运动,通过诗篇讴歌抗清义举,倾诉自己的黍离故国之悲,塑造官民誓死血战、慷慨就义的英雄群像。诗人在这一时期游历了长江以南半壁江山,所创作的诗篇广泛反映了明末清初的社会动荡,民不聊生的残酷现实,也细述了易代之际颠沛流离、饱尝辛酸的生活经历。与其同时,也用饱蘸情感之笔颂扬了河山的壮美以及各地的风俗民情,因而被称为"诗史"。后期归隐后主要是寄情于山水田园,时而出游咏歌山水、凭吊古迹,时而与昔日战友或同僚相酬唱,以此寄托哀思、表露气节,因而被誉为"田园诗人"。具体说来有以下几个方面:

一是讴歌抗清义举,塑造官民誓死血战、慷慨就义的英雄群像,对丧失民族气节行为进行揭露和谴责。

钱澄之用大量的笔墨刻画了众多在抗清斗争中英勇殉国的英雄群像,其中有官有民、有男有女、有少年有老者,反映了汉民族的群体气节。其中有"所祈民命全,甘靖小臣节"的新城令李翔邵,有"铜马百万哮豺虎,仰公乳哺婴儿童"的伟丈夫何腾蛟,有"上书自请缨,天子不召见"英俊枭勇的美少年,有"血溅长堤留碧草"毁家抗清的诗人钱木秉,还有发生在诗人故乡不屈服清廷淫威公然宣称要嫁未剃发男人的奇女子。在《二忠诗》中,诗人以史论式的笔调歌颂了民族英雄史可法;《虔州行》中,则细述了虔州民众在内无粮草、外无援兵的困境中坚持抗清的悲壮事迹;《永安桥》《留发生》则歌颂了宁可死去也不愿雉发受辱的两位平民。作者在热烈地讴歌的同时,也痛斥了士大夫中丧失民族气节的行为,其中《髯绝篇听司空耿伯良叙述诗以记之》堪称代表之作。这篇诗作谴责了家乡的士大夫阮大铖这位南明重臣的屈节降清行为。

二是细述了易代之际颠沛流离、饱尝辛酸的生活经历,感伤时事,缅怀故国,抒发了西风黍离故国之悲以及不食周粟的遗民气节。诗人在明亡之际每个时段都留有诗篇,几乎是一部晚明士大夫抗清传记和气节篇,如:《又青园夜坐示方奕子》表达了投笔从戎、立志报国的志向;《悲愤诗》叙述他和钱木秉起兵抗清直至失败的经过;《震泽》《漫兴》等诗叙述了他在太湖一带避难隐居的情形;在入闽奔赴隆武朝的道中,创作了《夜渡》《晚涉》《山行》《闽江记事》等诗篇,反复吐露为国奔走的决心;《无题》则谴责了隆武帝不肯亲征,辜负了人民匡复河山的愿望;《初返江村作》五首长达近百句,细叙他在举旗抗清失败后经过一番辗转流亡,最后返回故乡时的人生感受,堪称其中代表之作:逃亡流离之中妻子死了,儿女中也只有一子幸存。当诗人九死一生、心力交瘁回到家门时,面对的不仅是房舍的破败、田园的荒芜,更是丧亲之痛——胞兄溘然长逝,"拊几一长号,塌焉裂肝脾",这不仅是诗人一家的苦难,也是动乱之中整个社会灾难的缩影。这类诗作还有《到家》《杜鹃》《悲愤诗》《孤雁篇》《缚虎行》《江程杂感》《扬州访汪辰初不遇》《鸠兹酬张惕中》等。其中《扬州访汪辰初不遇》是对他乡故知倾吐人生暮年的沧桑感慨,尽管一生泪已流干,对苦难亦已麻木,但举家赴难的抗清往事仍云绕在心头:"苦自言难尽,悲无泪可流","一心识故旧,尽实出危艰";《鸠兹酬张惕中》中"痛入箭创阴雨夜,梦回鼙鼓海潮声"等句,更使我们想起陆游那著名的诗句"僵卧荒村不自哀""铁马冰河入梦来"。

诗人不肯臣服清廷的民族气节,不仅在政治抒情诗中对昔日的战友、故交尽情倾诉,在田园诗作、咏史之中也时有流露。诗人的《田园杂诗》和《咏史》皆是仿陶渊明的同题诗作,其主旨也有相似之处:或是表达对世俗官场的厌弃和与当局的不合作,或是借古喻今,以史为鉴检讨得失,但也带上陶诗所没有的民族气节和时代特色。如《田园杂诗》中的"夙昔慕躬耕,所乐山泽居。忧患驱我远,长恐此志虚。十年一言归,旧宅已焚如"(其一)、"在世多不便,去之甘如饴"(其十)、"天心与人事,何息不周流。我不离世间,而愿与天游"(其十一)就蕴有这类内涵。《咏史》前三首回顾偏于一隅的西蜀和东晋,虽有诸葛亮和王导、谢安这些能臣,也无法保住江山社稷,这既是对前朝苟安的斥责,更是对南明覆灭的历史经验总结。第四首则表露了诗人独特历史观:不能以成败论英雄。那种认为"成者宁必圣,败者讵为昏"的成败观,是史家的偏狭之论——"古来功名际,多为史氏冤"。这绝不是单纯的史论,其中折射出的是诗人对清廷的蔑视和抗清失败的不甘心。在《杜鹃》《画眉》《黄莺》《百舌》等咏物词中亦托物起兴,深蕴其亡国之悲和孤臣之叹,如"山花亦似三更血,国事徒伤万古魂"(《杜鹃》)、"知君自爱声音远,定选阴阴好树栖"(《黄莺》)、"自是耳根难得静,逸言君侧岂吾忧"(《百舌》)等诗句,或是借以抒发诗人亡国遗恨,或是回忆在南明王朝的生活经历,或是含蓄表白遗民不食周粟的民族气节,这与他在编辑《田间文集》时将《伯夷论》放在首篇的意旨是一样的。

三是田园诗作。田园诗是诗人后期诗作的主要内容,在他众多的诗篇中,也以田园诗最富特色,有的文学史干脆就称之为"田园诗人",认为"在清初田园诗中,钱澄之无疑是一位具有代表性的作家"(朱则杰《清诗史》)。在诗人众多的田园诗作中,组诗《田园杂诗》最具代表性,它多角度、多层面地反映诗人的田间生活,以及经历颠沛流离后对待生活、对待劳动在认识上所发生的变化。如其一:

夙昔慕躬耕,所乐山泽居。忧患驱我远,长恐此志虚。十年一言归,旧宅已焚如。嗟我昆与弟,茅茨倚废墟。徘徊靡所栖,还结田中庐。结庐虽不广,床席容有余。床上何所有,一二古人书。荧荧陂上麦,青青畦间蔬。日入开我卷,日出把我锄。

开篇表达诗人的志趣,并交代自己的担忧,朴素、真实而自然。接下来,通过住宅、陈设、读书、务农等日常生活,表白自己的生活理想和淡泊操守。归田务农,亲身参加劳动,也使诗人对劳动的认识有所提高,摆脱了一般儒生"四体不勤,五谷不分"轻视稼穑的陋习,如其九写道:"乃知四体勤,无衣亦自暖。君看狐貉温,转使腰肢肥。"再如其十将"事诗书"的"东家"与"勤稼穑"的"西舍"作比较,得出读书不如种田的结论,因而"从此诫子孙,决志耕不惑"。诗人将亲身的农耕生活体验写入诗篇,读来清新自然,富于生活气息,这也是明末清初部分遗民诗人的共同倾向,亦与陶渊明有类似之处。但钱澄之的田园诗还有不同于传统田园诗的重要特色,即融爱国精神与闲适的田园生活为一体,传递出诗人不肯臣服清朝的民族气节,如前面提到的《田园杂诗》其一、其十、其十一。

四是广泛反映明末清初的社会现实,揭露清初官吏的横暴,劳役、赋税的苛重,而且多是亲历,堪称一代史诗。他早年曾用乐府旧题创作了一些乐府诗,如《官兵行》《有所思》《东门行》《读曲歌》《战城南》等,虽不脱模拟汉乐府的痕迹,但像"犯法杀人,输金得生,何用自爱死道旁"(《东门行》)、"父兄踞要津,男人始作人"(《悲歌》)等描述和感叹,都可以让我们想见明末政治上的黑暗腐败。例如:

水旱频仍父老嗟,飞蝗又见际天遮。耕农去尽田难认,赋税逋多派枉加。窃恐流亡还伏莽,即今盗寇正如麻。朝廷弭乱须蠲免,终是饥寒且恋家。——《过江集·杂感》(其一)

这首诗揭示了农民的悲惨处境:水旱、蝗灾不断,但官府不但不赈灾,反而"赋税逋多",使得许多耕农只得背井离乡,但背井离乡也难找到安身立命之地,因为到处都是哀鸿遍野、盗寇如麻。这样的诗歌在《田间诗集》中还有很多,如《贼去后过里门》写故里经清兵洗劫后,兄嫂双双亡故,仅留弱女存世的悲惨境地,反映了兵荒马乱给无数家庭带来妻离子散、生离死别的悲惨现实。又如《石牛驿》所描述的"已愁宾客多需索,更苦刁阉难逢迎,朝啼卖女昔卖妇,饥肤戕毁复何有",反映明末宦官横行造成民众卖儿卖女的惨状。《水口即事》《三吴兵起事答友人问》《沙边老人行》等则反映清初战乱给人民带来的苦难。类似的篇章还有《苦旱行》《水夫谣》《捕匠行》《催粮行》《获稻词》《捉船行》《捕匠行》等,从各种不同的角度广泛反映明末清初的社会现实。

钱澄之的诗风在前后期有所变化:早年注名复社,与陈子龙等交游,其诗颇受明代七子的影响:其"五言诗远宗汉魏","五言似陶公"(沈德潜《清诗别裁》);七言等"欲出于(唐)初盛之间,间有中晚者,亦断非长庆以下比"。后来投身抗清,败后流亡,颠沛天涯,丰富的生活实践和国破家亡的惨痛经历使他的诗风发生很大的变化:"其间遭遇之坎坷,行役之崎岖,以至山川之胜概,风俗之殊态,天时人事之变移,一览可见。披斯集者,以作予年谱可也,诗史云乎哉?"作者自谦可作年谱,不能称为"史诗",实际上是可以称为清末实录的。此时不再以三唐为旨归,而是融合前代诗风又具自身的特色:"遇境辄吟,感怀托事,遂成篇什。既困顿风尘,不得古人诗时时涵咏,兼以情思溃裂,凤殖荒芜,得句即存,不复辨所为汉、魏、六朝、三唐矣"(《田间诗学》)。但诗人的诗风是"屡变而不穷",朱彝尊总结田间诗风传承是"要其流派,深得香山、剑南之神髓而融汇之"(《明诗综》)。但诗人并不承认这个结论,据纳兰性德《通志堂集·原诗》载:"近时龙眠钱饮光以能诗称,有人誉其诗为剑南,饮光怒,复誉之为香山,饮光愈怒;人知其意不谦,竟沓之为浣花,饮光更大怒曰:'我自为钱饮光之诗耳,何浣花为?'"可见诗人是务在创新,拒绝模仿。具体说来有以下几个特色:

第一,求真尚质。总览田间诗集不难发现,无论是反映时代社会现实,还是抒发自身感受,抑或咏物、吊古伤今、反思历史,种种情事景意无不印有深深的时代烙痕。钱澄之一生诗宗杜甫,最称道杜诗能"体物尽变","千载而下,读之如当其时、如见其事"(《与方尔止论虞山说杜书》)。创作中他也努力效法杜甫,前期诗作以反映时代社会现实为多,以"诗史"的标准来要求自己,写诗作文都"意在庀史",钱谦益赞其是"闽山桂海饱炎霜,诗史酸辛钱饮光"。后期隐居,虽然反映现实之作相对减少,但"求真"仍是其努力方向。朱彝尊云:"昔贤评陶元亮诗云,'心存忠义,地处闲逸,情真景真,事真意真。'《田间》一集,庶几其近之"(《明诗综》)。

第二,淡语苦情。韩菼《田间文集序》评其诗:"冲淡深粹,出于自然",这一风格的显现有赖于诗人采用了"淡语苦情"的表达方式。"淡语"即白描直写,不加雕饰,不求婉转含蓄,这在上面已做分析。"苦情"则与"淡语"紧密关联,它不仅是"淡语"的内容,而且是形成"淡语"的重要因素。钱澄之一生悽悽惶惶,为国为民奔走呼号。前期举旗抗清,辗转流亡;后期归守田园,不忘民族气节的同时仍在关注国计民生。无论是创作环境或是关注对象都沐浴时代风雨、沧桑巨变,很难心平气和、细细研磨,颇类唐代白居易的新乐府,直面现实,呈直白浅显之势,甚至在表现手法上也类似于白诗,亦喜在结尾用重笔,直截指斥,公开袒露诗人的情感,如《催粮行》的结尾:"君不闻,村南大姓吏催粮,夜深公然上妇床";《秋水叹》的结尾:"君不见卖稻老翁泣诉苦,门外催租吏如虎";《打旗船行》的结尾:"君不见江头有盗捕入城,都是昨日打旗船上兵"等皆是如此。朱彝尊在《明诗综》中评价钱诗"深得香山、剑南之神髓",即指此。

第三,钱诗语言直白浅显,却不粗糙低俗,相反却精于练字,讲究造语。钱氏膺服杜甫,特别佩服其讲究练字造语:"杜诗之佳在于格力气韵迥绝诸家,至其体物尽变,造险入神,幽奇屈曲之境,琐屑酸楚之情,一字匠心,生面遥出。"(《与方尔止论虞山说杜书》)他认为一首诗要写得好,关键在于苦吟,而苦吟的重点又在于每个字的推敲。而要想用准每个字,并不在字面的本身,而是要读书穷理:"古人以诗成名,未有不由苦吟而得者也……其工只在一字之间";"所谓一字者,现成在前。然非读书穷理,求此一字,终不可得。盖理不彻,则语不能入情;学不富,则词不能给意。若是乎一字恰好之难也"(《田间诗学》)。如《嘉善寺》:

古寺鑿中好,到来真是禅。松声流夜雨,草色积春烟。钟仆无鸣日,碑残不记年。却因荒寂意,与客更留连。

"松声流夜雨,草色积春烟"二句,用"流"来形容夜晚风雨中的松涛声,不但有声响,还有一种动态感;以"积"来状草色上的岚气,亦更显春色已深。上一句写夜晚、写风雨,下一句写白天、写晴日,不仅构成工整的对仗,而且与下面的仆钟、残碑构成一组深壑山寺的荒寂意象,其中"草色积春烟"更是一种反衬。这样,结句"却因荒寂意,与客更留连"就不仅是诗人的自白,也成为读者的共鸣了。从整首诗的构思,对诗句的对仗造语,到字词的锤炼锻造,皆可见苦吟和推敲的功力。再如《水村即事示诸从子》(其四):

近水山都小,穿湖路尽通。帆低归浦雨,伞敧到家风。门绣苍苔涩,堤号老树空。全家生活计,都在渺茫中。

其中"门绣苍苔涩,堤号老树空"两句中"涩""空"二字是诗人刻意追求的"响",既生动展现出客观情境,又是诗人心情的精准写照,同时还带出"为何而空,为何而涩"的悬念而开启下文,为结句"全家生活计,都在渺茫中"做好铺垫,诗味也因此顿提,变得绵延而深远。

2. 散文创作

《田间文集》(下简称《文集》)共三十卷,作品多为钱澄之归隐田间的后半生所作,可以说比较全面地反映了他的生活经历、交游、政治理想、文学思想、经史观点和遗民气节。

《文集》中有不少篇目是记述其经历和交游,这类文章可与其年谱相互印证,几乎是晚明社会政治以及安徽一带重大事件的实录,如《文学刘臣向墓表》记述当时在江淮的文学社团"中江社",表面上影响颇大,"六皖知名士翕然景附",实际上却是"附裆之流"用来引诱"皖士"的道具。《武塘慈云寺中元荐亡儿哀辞》记载其爱子丧于盗手,晚年的他却无力申冤的惨痛心路历程。在为友人所作的墓表、祭文和诗文序中,也从侧面反映了遗民集团在晚明清初的遭遇,带有鲜明的时代特色。其中有钱澄之所崇尚的先辈左光斗、杨涟,也有他的同志和战友夏允彝、陈子龙等。通过这些人物传记,一代遗民的命运可窥见一斑,如《书瞿张唱和诗后》即是记录清兵南下时拼死抵抗,英勇殉国的桂林留守瞿式耜与侍郎张同敞的生平与友谊;《哭仲驭墓文》则是追悼"倾家措饷,誓众聚兵",明知"事且必败,而志不可回",兵败赴水而死的钱仲驭,皆写得慷慨淋漓、悲愤情深。

《文集》的另一个主要内容是反映其治国方略和施政主张,表现他对国之安危、民之忧乐的深切关注,闪耀着进步理想的光辉。钱澄之生于乱世,却"负气慷慨","思立功名,以济世难",可惜"大厦覆矣,一木岂支"。《文集》中的《卷六》是钱澄之拟给崇祯帝有关取士用人的建议书。在《拟上兴学取士书》中,他大力抨击八股取士,认为"以文取人,本属无用",会使"天下之士皆薄行谊而重文艺,益舍实学而尚浮辞,人才之弊,由此其极也"。钱澄之强调实践的重要性,尤其是基层的州县官员更应选用有经验者,在《拟上保举用人书》中,他说:"州县之职不宜以为初任之官,彼其官小,而于民最亲,民之安危所系,即国家之治乱由之。"《文集》卷三和卷七则主要表现他的政治观点和针对实际问题的改革措施。这类议论往往独具慧眼,发人之所未发,如《大吏论》对大吏的职责作了有别于众人的定位,公然反对大吏事必躬亲,认为这并不有利于治吏:"上好要则百事详,上好详则百事荒","振衣者,必挈其领;张网者,必举其纲。纲举而目自张,固不必一一尽心于其目也"(《田间文集》卷六),只要抓好官员的任用和督察即可。他认为民生之困十之有七是坏于吏,认为"吏之非生而贪污者,由上之资格有以致之使然也",而欲除此弊,"莫如重吏,清其途,而不限其所进"。这都表现出他与众不同的政治眼光。

《文集》中的《所知录》是记南明王朝隆武元年(1645)至永历五年(1651)间的史事。前后时间虽不到七年,却是南明史上极为动荡、极为惨烈、极其重要的一段时间。钱澄之作为亲历者,真实地记录了当时发生的一系列重大事件,为这段历史留下第一手资料,如:隆武朝的建立,李自成余部的归并,何腾蛟的协调众方,郑芝龙的擅权误国,黄道周的慷慨就义,隆武帝的败亡,绍武朝的短促兴亡,永历朝的建立,桂林保卫战和瞿(式耜)焦(琏)的作用,金声桓、李成栋的反正,永历朝臣的内斗,何腾蛟的死难,两广的丧失、瞿(式耜)张(同敞)的殉节等,后来清廷的史臣对此或是回避,或是辗转记录、主观臆断。钱澄之作为亲历者,所怀情感虽极为强烈,而作为史书的载述却平实严谨,比较客观。作者对这部著作也看得极重,乃至终生难忘。他七十多岁时,还与一位友人论及此书:"足下称仆《所知录》,仆何敢当?然此二字,固仆平生自矢。以《所知录》为名,明其不知者多,然犹恐知之未悉也。此事甚大,何时与足下抵掌深论,各出其所知以互相质证乎?仆年过七十,一日尚存,未敢一日忘此志。"(《复陆翼王书》)本书还有个独特之处,即所记史事之下多系以相关诗篇。一些人不理解,认为有违史体,实际上作者是有意为之,别有怀抱。清末著名南明史家傅以礼曾道出作者所不便说出的深意:"恐涉嫌讳,未便据事直书,不得已托诸咏歌,著补纪所未备。观例言所称或无纪但有诗,或纪不能详而诗稿转详等语,即知其苦心所在,乌得以寻常史例绳之。"《所知录》的价值,当时即有很高的评誉,除上面所引的陆元辅(字翼王)赞其"文直事核"外,黄宗羲也曾曰:"桑海之交,纪事之书杂出,或传闻之误,或爱憎之口,多非事实。以余所见,惟《传信录》《所知录》《劫灰录》,庶几与邓光荐之《填海录》,可考信不诬。"连平素论人苛刻的李慈铭对此书亦颇为称道:"田间言是录所记较诸野史为确,洵然。其议论亦多平允,与袁特立、刘客生、金道隐皆为交契,而叙'五虎'事颇无恕辞,可知其持论之公矣"(《越缦堂诗文钞》)。

钱澄之散文风格,为钱文集作序的韩菼曾概括为"冲淡深粹,出于自然"(《田间文集序》)。具体说来,有以下三点:

首先,情真意切。"情真"可以说是《文集》最鲜明的特色之一。钱澄之在给友人诗文所作的序跋中,多次提到"情"的重要性:"诗本性情,无情不可以为诗"(《陈二如意序》),"情至而文生也"(《程姜若松州杂著叙》)。钱澄之本人作文亦是"情真事切至,使人欲悲欲喜,不能自已。"钱氏散文中,最能体现重情特色的,莫过于为家人、友人写的行略、祭文。在《亡儿瀺祖尘卒纪略》中,他回忆儿子从出生到被盗贼丧命的点点滴滴。忽闻儿死讯时,怀疑不信,儿亡后,其身前的细微小事如今都如潮水般浮现在老父面前:因奔窜失学而为己不喜,不会治生而为己詈骂,而儿的聪慧、至性、至孝却被自己忽视了。

而今天人两隔,只能诉说在其殁后,儿"有孙五人","孙女三人,皆儿殁后,予为孙完婚生者"(《田间文集》卷三十),庶几以此告慰亡灵。这样的白发人对黑发人的诉说,其痛心之情摧人心腑。在追祭亡友杨嘉树的祭文中,忆初见时友之神采飞扬,思友之宽厚仁恕,赞友之天生之才,叹友之鲠直与时相忤,痛友之怀才不遇郁郁而亡,为友之命运多舛而鸣不平,不由得发出"痛哉,痛哉"的呼号(《哭杨嘉树文》)。全文情真意切,动己而感人。

其次,自然本色。钱澄之认为文章由自己性情发而为言,词达而已,不必刻意追摹大家,为陈言所锢。这样写出的文字然就清楚明晓,顺乎文字,即使与大家有相重相左之处,观点有瑕瑜互见之处,也是由自己胸臆出,这就是自然、本色。其说是受公安派"性灵说"的影响,袁宏道曰:"独抒性灵,不拘格套,非从自己胸臆流出不肯下笔";钱澄之也谓"大抵以本色为佳。夫本色,固不妨于纯驳互见。……若必求尽去其病,因以丧失其本色"(《容集序》)。钱澄之所作无论是论说文还是记事文,无不遵从自然本色的准则,不滥用典故,文章思路明晰,逻辑性强,叙述清楚,有说服力。世人论三国,喜刘恶曹几成定论,钱澄之却大胆提出新解,并运用实例加以论证:"人斥操挟天子以令诸侯,则驳之操天下以百战取;人斥操欲覆汉室,则驳备岂真欲汉;人斥操奸雄,则驳备取璋之负心,本心可见。"(《三国论》)全文有破有立,条理分明,说理明确,陈言务去。其观点无论是否符合史实,但言之有物,出自己胸臆,可谓自然本色。

再次,理明气畅。他认为文章如人,无气则无神。缺少了"气",文章就会无筋骨,即使文辞情感再好,也立不起来,缺乏一种感染人的精神、气度、风采。有气则情随之曲折起伏,摇曳生姿,更加动人,这样才会畅达,如风行水上,"行乎其所不得不行,止乎其所不得不止"。达到这种境界,文章才能真正自然融通。至于怎样才能"气畅",作者认为必须"理明":"理明而气自足。故养气莫如穷理,穷理莫如读书"(《毛会侯文序》)。钱澄之之文确有股沛然之气贯注其中,其"理明气畅"的特色在论说文中体现的尤为明显,如在《形势论》中,他首先指出攻守在乎天时、地利、人和,并非由"形势"而定。然后以刘邦、项羽为反例,驳由南攻北之不易;再以杨坚、赵匡胤为正例,论由北攻南之易。接着顺势由谈攻守转论人事,由汉、唐末季,乱贼入关如践无人之地,得出唯恃德者方能守国。文章理足而气盛,才气骏发又一气贯注,理明而辞畅。

钱澄之在清初知识层尤其是遗民中行辈甚高,学术上也有自己的根底,所作的《田间诗学》《田间易学》笃实有功力,诗文又富盛名,因此在清初影响颇大。清诗诸选本中,他常被置于醒目的位置:陈维裕的《健衍集》开卷第一人第一首诗便是钱澄之的七古;钱谦益的《吾炙集》选录澄之诗作最多;卓尔堪的《明遗民诗》录诗百首以上者仅杜潜、屈大均、钱澄之三人;雍正、乾隆时,刘大柟选《历代诗约》,清初部分只录钱谦益、吴伟业、王士祯等名家,钱澄之也在其中。很多诗话、诗文评对田间诗文集也多赞誉之辞,如韩菼在《田间文集序》中说:"读先生之诗,冲淡深粹,出入自然,度王、孟及陶也";朱彝尊用昔贤评陶元亮"心存忠义,地处闲逸,情真,景真,事真,意真"来评价钱氏的诗歌;姚文燮在《无异堂集》中论曰:"饮光南渡时,党锢之命,流滞岭峤,归则幡然老头陀矣。好饮酒诙谐,放浪山水间,每酒后谈说平生,声泪俱下。时时吟诗,不拘一格,上有汉魏,下迄中晚,随兴所至即为之。古诗感慨讽喻,婉而多风,直得古《三百篇》之旨"(引自陈田《明诗纪事》辛签卷十);萧穆说:"是集诸诗,皆记出处时事,无意求工,而声调流美,词采焕发,自中绳墨"(《〈藏山阁集〉跋》);徐世昌《晚晴簃诗汇》评曰:"原本忠孝,冲和淡雅中,时有沈至语"(卷十六《诗话》)。钱澄之的白描手法对后世诗人如查慎行就颇有影响。但是,钱氏的诗文创作的成就与目前的研究现状极不相称,不但参研者为数不多,而且学术成果也颇寥落,且多停留在资料整理和述论这一初始阶段。钱澄之诗文的整体研究还有待于进一步推动和深入。好在《钱澄之文集》六卷已有诸伟奇、彭君华等人整理出版,为钱澄之研究的进一步深入做好了准备。

第二节 龚鼎孳

一、生平及诗文主张

龚鼎孳(1615—1673),字孝升,号芝麓,江西临川(今抚州)人,占籍合肥,故有"龚合肥"之称,故居在今合肥西南的稻香楼宾馆内。龚为明崇祯七年(1634)进士,任蕲水县令,官至兵科给事中。崇祯十七年(1644),降李闯大顺政权,授直指使。后又降清,任吏科右给事中,旋升任礼科都给事中。历任太常寺少卿、刑部右侍郎、兵部左侍郎、都察院左都御史、刑部尚书、兵部尚书、礼部尚书等职,以多识时弊、勤于上书言事闻名,死谥端毅。有《定山堂全集》六十四卷传世。

龚鼎孳是清初著名文学家,诗文与钱谦益、吴伟业等海内名家齐名,并称为"江左三大家"。作为一个先降闯、后降清的"双料贰臣",龚氏一直备遭诟病,甚至清廷也不屑其行为,乾隆年间削去"端毅"的谥号,著作遭禁,明令入编《贰臣传》。但是,龚鼎孳并未受到当时士文化圈内的道义谴责,这可能与他的为人处世关系极大:作为一代文坛宗主和清廷大员,他尽其所能地利用其身份、地位和名望,做了许多令士林感动和赞誉之事,诸如保护、解救了傅山、陶汝鼎、阎尔梅等一批抗清的遗民志士,为他们开脱罪责,免遭祸难;幕中还庇护供养着一些遗民,如杜濬、纪伯紫等人,其中纪映钟等在龚府一住就是十年,所谓"长安三布衣,累得合肥几死";他又轻财好施、怜才下士,喜扶植人才,奖掖后进,像朱彝尊、陈维崧等在旅食京华,贫穷无以自给之际,龚皆解衣推食,殷勤接待,所谓"穷交则倾囊橐以恤之,知己则出气力以援之",因此赢得了诸多同人包括抗清志士和遗民的谅解、尊敬,如抗清志士阎古古曾感激地赋诗:"君相从来能造命,此去湖山好容身";龚去世时,遗民杜濬正在常州至江阴的旅途中,听到讣告,"时方对客,不觉大号恸,越一日,谨为位以哭先生"。吴绮《追挽龚端毅宗伯公》感叹龚死之后:"此世何人更爱才?"朱彝尊甚至告诫诸人"寄声缝掖贱,休作帝京游"。另外,龚还利用"历任枢要"

的职权为民请命,缓和满汉间的民族矛盾,一定程度上做了一些有益于百姓之事:在任上林署丞时,上疏请退出屯庄二十二处,仍归民间业主;在左都御史任上,上疏请求宽民力以裕赋税,并曾"疏请招纳流民……毋令失所";顺治十八年(1661)江南奏销一案,龚鼎孳上宽奏销疏,使因此案而黜落的近千人得到复职,清廷还蠲免拖欠积赋三百余万。阎古古为此曾写诗称赞:"海内感平反,多少再生魂。"吴伟业也说:"惟尽心于所事,庶援手乎斯民。"所有这些,都使他成为一个极为复杂的政治人物,不可偏狭地论之为"民族败类",更不可以人废文。

二、诗歌内容及艺术成就

在龚鼎孳的诗作中,故国之思和酬答、和韵之作占绝大部分,也有少量反映现实苦难的篇章,如《挽船行》《岁暮行》《万安夜泊歌》《刺舟行》等,还有一些登临凭吊和写景抒情的诗篇。

1. 失路之悲与故国之思

作为封建社会所谓的"贰臣",尽管和烈士、遗民在政治选择上不同,但他们接受的文化传统却是相同的,其文化认同感并没有随着明王朝的灭亡而断绝或改变,相反却伴随着清王朝的入主而日益加深,也使他们具有比烈士或遗民更为复杂和矛盾的心态:汉文化的优越感与异族君主的文化隔阂使他们更有故国之思;贰臣的身份,又如同日夜抽打灵魂的鞭子,使他们在内心深处多具有耻辱感与负罪感,从而程度不同地有失路之悲。不仅龚鼎孳如此,并称为"江左三大家"、同为降臣的钱谦益、吴伟业也是如此,我们不能简单地将他们的感叹界定为"民族败类"的撇清和自我粉饰。

龚作中有相当多的篇幅是表达对故国的强烈思念,如《如农将返真州以诗见贻和答》:

> 曾排阊阖大名垂,蝇附逢干狱草悲。烽火忽成歧路客,冰霜翻羡贯城时。花迷故国愁难到,日落河梁怨自知。隋苑柳残人又去,旅鸿无策解相思。

姜埰，字如农，当时著名的遗民。与龚同为明臣时因言事被遣戍，龚曾三次上书相救。明亡后龚入仕新朝，姜则坚守气节。此时二人重逢，已是江山易帜，友仇皆散。"花迷故国"的望乡之愁、"日落河梁"的李陵之怨，其中既有对故国深切的爱恋，又有身为贰臣的自惭形秽，甚至内含对己失路行为的深切忏悔。

龚鼎孳的故国之思可说是无处不在，无论是在热闹的歌舞场中、酒宴席前，还是在月下独处、思朋怀友、伤春悲秋之中，都能引起作者浓重的故国之思："穷巷凉风起薜萝，遥怜斗酒共经过。早霜故国清砧远，斜日中原画角多"（《午日李舒章中翰招同朱遂初孙惠可给谏集小轩演吴越传奇得端字》），这是笙歌醉舞之际怀念起早霜秋草中的故国；"樽前客散雀罗空，万事飘零一枕工。故国故人明月路，秋花秋草隔年丛"（《和秋岳八月十六夜诗》），这是酒阑人空之后对故国故人的思念；"乱后江声犹北固，坐中人影半南冠"（《润州》），则是群居之际陡然而起的故国之思。每逢亡国忌日，这种情怀流露得更为充分，如《乙酉三月十九日述怀》：

> 残生犹得见花光，回首啼鹃血万行。龙去苍梧仙驭杳，莺过堤柳暮云黄。寝园麦饭虚寒食，风雨雕弓泣尚方。愁绝茂陵春草碧，罪臣赋已罢长杨。

"乙酉"为顺治二年（1645），三月十九是北京城破崇祯自缢一周年忌日。诗中"残生""鹃血""愁绝""罪臣"等语都饱含感情色彩。尤其是"罪臣"二字，公开袒露自己的负罪意识，这是需要勇气的。还需要指出的是，龚鼎孳的这种故国之思持续时间之长，也让人惊讶。如写于康熙庚戌秋冬之际的《云中古檗二老仲调小集花下叠韵》："四海双蓬鬓已银，艰难身许故笼真。一枰棋局浮云过，依旧南枝过眼新"。此时清朝定鼎已经二十多年，龚鼎孳也已是快六十岁的人，随着时光流逝，恢复之志、故国之情在许多遗民心中都已淡化，著有《南山集》的戴名世以及节义之士朱书也都去应举而中进士，龚鼎孳的南国情结却老而弥坚，并在宴集中公开表现出来。况且这并非一次，如在《十月十二日为栎园志喜》再次表达出来："青灯遮老眼，洒泪已经年。"此外，与故国相关的意象、词语,也多出现在龚诗中,如"热血空怜霜草碧,遗民今见竹林游"(《赠丁野鹤》);"江左衣冠同逝水,旧家亭沼尚平泉"(《暮春集子唯园亭酬赠》其一);"君居白下门长杜,我到青山事已非。旧雨忽逢犹蝶梦,斜阳无语又乌衣"(《和于皇见赠之作》);"台城一片歌钟起,散入南云万点愁"(《初返居巢感怀》)。竹林七贤昔日之游,裴度的平泉庄聚会,"江左衣冠"聚集的乌衣巷,南朝败亡的台城,这种浓厚的南国情结,不是一般地对地理环境的偏爱,在作者心中,"江左衣冠"象征着"汉宫威仪",代表着中原文化,是与白山黑水的北方游牧文化相对立的。所以南国情结也就是故国情绪,是作者终身为之梦绕魂牵的精神家园。龚鼎孳的故国之思,与之交游的遗民们也心知肚明,所以也能谅其心志。遗民方文给龚鼎孳的诗《喜龚孝升都宪至》中,就曾这样描述龚鼎孳的故国情怀:"每涉江淮路,偏多黍稷情"(《嵞山集》)。

与"故国之思"相埒的,便是"失路之悲"。龚作中"失路"这一意象被广泛使用,凡表现内心忏悔、自责、沧桑、羞愧的种种复杂感情,他俱以此意象来表达,如《赠丁野鹤》其三:"失路感恩悲喜集,扁舟载行一心人";《怀方密之》:"怪汝飘零事有诸,白衣冠又过扶胥。渡江功业推王谢,失路文章自庾徐"。庾信是六朝著名诗人,本为梁臣,因出使北周而被拘,从此羁留北方,官虽做得越来越大,内心却越来越痛苦,与龚鼎孳的人生轨迹很为相近。方密之即方以智,与龚同为皖人,但却宁可为僧漂流四方也不肯仕清,龚以"怀方密之"为诗题,其"失路之悲"是应有之意。综观龚诗,失路之悔几乎无处不在,无时不有,更准确地说,龚诗"失路"意象不只表现了悔,更表现为"愧"和"恨"。同为降臣的吴梅村称自己为天地间一大"苦人",龚鼎孳在诗中则屡称自己为"恨人":"江山如此恨人留,痛哭焚书向古丘"(《赠丁野鹤》)、"恨人怀抱本苍茫,愁对秋云万里长"(《和雪堂先生遂初、秋岳舒章秋日书怀诗二首》其一)、"九秋生事拙,六代恨人多"(《秋怀诗二十首和李舒章韵》其六)。从以上诗句中可以看出,此恨非指儿女之恨,而是"江山如此"之恨,更为自己"失路"而惭恨:"白雪新知少,青山恨事多。春来萧瑟意,容易感蹉跎"(《初春试笔和秋岳韵》其三),从中足可以看出他因降清带来的进退失据以及愧悔自伤的心灵煎熬。

2. 酬答、和韵之作

龚鼎孳的诗歌中宴饮酬酢较多,《定山堂诗集》四十三卷中,一半以上都标有"送""赠""答""题""别""集""赠""招""邀""迟""喜""至"等字样。步韵之篇虽少于宴饮酬酢者,也占龚全部诗作的三分之一。这一创作倾向曾为人诟病,沈德潜就说"合肥声望与钱、吴近……唯宴饮酬酢之篇多于登临凭吊,似应稍逊一筹"(《国朝诗别裁集》)。其实,这也不可一概而论,其中相当一部分酬答、和韵之作确是应酬之作,并无多大价值,但也有相当一部分真实而生动地表现了他作为贰臣的愧疚心声,或反映了他轻财好施、怜才惜士、急人之难的品格。

首先,一些赠诗和韵反映内心世界的痛苦挣扎和上面说到的失路之悲,特别是在老友、故人的面前,龚可以说是毫不掩饰自己"失路"的内疚、自责与惭愧。如《赠歌者王郎南归和牧斋宗伯韵》其八:"长恨飘零入洛身,相看憔悴掩罗巾。后庭花落肠应断,也是陈隋失路人。"牧斋即钱谦益,钱原作:"可是湖湘流落身?一声红豆也沾巾。休将天宝凄凉曲,唱与长安筵上人。"两首诗比较,我们不难看出,两人虽身份遭际相同,但抒发的感情是不同的。钱诗所抒发只是故国之思,而没有涉及失节之痛,而龚诗却是充满自责、自愧之意。又如《和栎园送黄济叔出狱南归》:"相望蹉跎才一见,回看岁月暗沾襟。归迟总折春前柳,欢剧凭低醉后参。失路姓名偏借客,扳身霜雪勿惊心。"栎园即周亮工,与龚同为当时名士亦同为贰臣,其诗中所表现失身失意之感结合离情别恨,很是感人,特别是最后两句更为酸楚。

其次,一些酬答诗也真实地记录了诗人怜才下士,扶植人才,"以友朋为性命"的行为和品德,如这首《老友阎古古重逢都下感赋》:

> 城南萧寺忆连床,佛火村鸡五更霜。顾我浮踪惟涕泪,当时沙道久苍凉。壮夫失路非无策,老伴逢春各有乡。安得更呼韩赵辈,短裘浊酒话行藏。

此诗作于康熙四年(1665),阎古古即阎尔梅,乃是龚之旧友,明亡后因抗清而遭当局彻查。阎古古潜入京师求援,约见诗人于野寺中。诗人称其为"老友",并为自己身为贰臣,老友居然前来以性命相托而又惊又喜、又羞又愧。短短百余字中,将自己对老友的悬望,面对老友的愧喜,人世沧桑的感慨,连同古古的心事、情貌,都尽情展现,阎古古也感激地赋诗:"君相从来能造命,此去湖山好容身",可见并非一般应酬赠答诗篇。诗人奖掖后进的事例中最值得一提的是对陈维崧的爱惜和揄扬,两人之间有以词为主的多首唱和,陈维崧曾称颂龚鼎孳行迹中最突出的就是"以友朋为性命",这将在下面论"词"部分再加详论。

第三,有一些酬答之作的内容并不局限于诗题所云,而能将时局变幻、人生感慨尽数打叠其中,如《寿白母长歌一百二十句》讴歌了白梦鼐、白梦鼒之母陈氏的风骨义节,也饱含自己惨遭"国变"的沧海感慨。又如《秦淮社集白孟新有诗纪事和韵四首》之四:"次公礼法醉全宽,岸岐高吟一水寒。乱后江声犹北固,座中人影半南冠。自伤钩党名曾噪,颇怪坑儒策未完。押客冷消三阁烬,却留寄字满琅环。"淡淡牢骚、浅浅喜悦、世道更迭、尘事苍凉均含蕴其中,吴伟业称之为"声调遒紧,有义山之风",确不能因题面为"酬答"而轻视。

第四,龚在宴饮酬酢之间的趁韵、步韵之所以有许多佳作,也与他的特具禀赋、创作习惯和才华有关。邓汉仪对此有生动的记载:"公赋诗有三异,每于同人酒阑刻烛,一夕可得二十余首,篇皆精警,语无咄易,此一异也;当华筵杂杳之会,丝竹满堂,或金鼓震地,而公构思苦吟,寂若面壁,俄顷诗就,美妙绝伦,此二异也;他人次韵每苦棘手,而公运置天然,即逢险韵,愈以偏师胜人,此三异也。"(《诗观初集》)从龚氏的创作实践来看,邓氏此言也并非溢美之词。正因为龚氏有这方面天赋,对他来说,用步韵作诗便不是一件刻意为之的难事,而是兴之所至可随心所欲的乐事。其歌行名作《姑山草堂歌》《岁暮行》《樟树行》等均用杜韵;《弟孝绪到杭州,喜寄三首》亦用杜韵,个中情绪或惨怛痛切,或深挚婉转,皆圆融如意,得心应手毫无受缚的艰难。若题中无

"用少陵韵"字样,甚至看不出是步韵诗。有一个更为典型的例子是一组题为《元夕和空同诸韵》的五律,计九首,第一、二两首是刻画风物,第三首是怀念亲人,第四首是颂圣而兼怀故国,第五、六首是遥寄友朋,第七、八首是送行,第九首则自抒情怀。他把这些天南海北、风马牛不相及之事放在一起用步韵方式表达,而且以意驱使贯成一气,真是匪夷所思,沈德潜说他这部分作品"能以意驱使,绝无趁韵之迹,所以高于众人"(《国朝诗别裁集》,《樟树行》批语),也是肯定龚在步韵诗创作方面的成就。

龚鼎孳诗歌的艺术成就也是早有公论,如前所述,他与钱谦益、吴伟业等海内名家齐名,并称为"江左三大家"。郑方坤在《国朝名家诗钞小传》中说龚诗"其调高以逸,其词婉以丽,其音节响以沉,其托旨也遥深,而其取材也精确";吴伟业的《梅村诗话》里也称赞"孝升于诗最秀颖高丽,声调遒紧,有义山之风"。

世人论龚诗者,多以为近体中七绝的成就最高。清人彭端淑不喜龚诗,唯独称其七绝为"才子语";王赓甚至以为他七绝成就在王渔洋之上(《今传是楼诗话》)。龚氏集中现存最早的七绝为《登楼曲》四首,为崇祯十二年(1639)在金陵初识顾媚时作。龚集中涉及顾媚者以七绝为多,大概因七绝体裁清丽、宜咏风怀之故。如《江南忆》之四:

手剪香兰簇鬓鸦,亭亭春瘦倚阑斜。寄声窗外玲珑玉,好护庭中并蒂花。

顾媚系南京名妓,与龚结识。后来龚任职京师,闻顾在眉楼为伧父所辱,特寄此词慰藉致意。后两句虽借花喻人但并未坠俗套,因为是并蒂花,龚借抚慰暗输嫁娶之意,后来顾媚果成龚的如夫人。"寄声"句借月寄情更显空灵蕴藉,吴伟业说龚诗有李商隐诗"深情绵邈"之风,郑方坤说龚诗"调高以逸""其托旨也遥",皆多指其七绝。康熙二年(1663)顾媚殁去,龚集中悼亡之作更显其深情绵邈、哀感动人,如《中元为善持君忌辰礼忏,六如师以诗见慰和答》:"岁岁香灯忆水滨,慧光应不堕幽磷。独怜爱海何时竭,每到西风涕泪新";"穷尘谁误去来因,妙褐频宽病后身。世相纵空难尽遣,断肠岁月白头人",其中深情,使人联想起元稹的《三遣悲怀》,而且又符顾媚心性。顾生前佞佛,龚诗中多杂禅语,然能以意驱使,并非硬作粘连。必须指出的是,龚诗的哀感顽艳之风,并不同于当时流行的"香艳体",而能哀顽之中出以空灵绮丽之笔,夹以山河易代的感慨。如名作《上巳将过金陵》:

  倚槛春愁玉树飘,空江铁锁野烟消。兴怀何限兰亭感,流水青山送六朝。

空江铁锁、兰亭之泣、六朝流水,这些六朝人物故事和刘禹锡、杜牧诗中的成句,在龚氏笔下运用得如此娴熟,改造得如此自然,诗人对山河易帜的伤感乃至自己的失路之悲皆尽情地流露于其中。诗人的这种创作风格和表达方式还有许多,如《口号四绝赠朱音仙为阮怀宁歌者》:"江左曾传秋水篇,扬州烟月更堪怜。难呼百子山樵客,重听花前燕子笺",还有前面提及的《赠歌者王郎南归和牧斋宗伯韵》,这些诗作,皆将山谷陵替纳于花月儿女之中,寥寥数语,乃有举重若轻,含蕴不尽之妙,徐世昌称其"七绝多杰作,渔洋独举其'流水青山送六朝'为才人语,似未足尽之"(《晚晴簃诗汇》),此论自具只眼。龚氏七绝不仅有哀感顽艳、空灵绮丽的一面,还有其气韵老辣、意致雄放的一面,如《春夕髯孙过饮时将赋归》其八:"织佛谁怜出塞情,英雄垂死欲成名。西堂没羽人如虎,半夜弓刀向客鸣";《九月十三日于皇招同前民、绮季诸子登清凉台》:"万里秋阴入暮烟,盘空石磴断虹前。西风残叶能多少,变尽江山九月天";《偶感》其二:"东市朝衣戏血年,惊看霜鹤奋老拳。到头恩怨知谁是,田窦夷是尽可怜"等诗,皆有横放杰出之风。就像陶渊明,不仅有质朴清醇的《归园田居》,而且还有"刑天舞干戚,猛志固常在"金刚怒目的一面。

七绝之外,龚氏的五律也多有佳作,其成就超过"江左三大家"中的钱谦益和吴伟业。其风格不同于七律哀感顽艳、空灵绮丽的主调,或气势豪雄,或简古省净,情感含量极大,如在明所作《吴郎南征赋别》之二:"功名凭燕领,三十佩吴钩。天地看横角,风尘避短裘。还家如出塞,多难贱封侯。自古摩崖绩,书生据上头。"此篇气魄之雄,"天地"一联可称为名句。再如《丁亥夏秋与野鹤相聚》:"二十年来泪,青灯话断蓬。寒心沾酒后,夺命著书中。歌啸哀难止,家山路转穷。全身非细事,行矣懊伤弓。"其"寒心"一联遣词下字之重、之痛,不是当时一味拟古宗宋学唐者所能企及的。林昌彝有绝句云:"白下才华重合肥,散花天女著株衣。横波捧砚钞诗艳,一卷琅环五字稀。"后面自注:龚"集中以五言律诗为最,余不逮"(《海天琴思续录》)。对龚诗,当然也有批评之声,如朱庭珍就认为"江左三家以牧斋为冠,梅村次之,芝麓非二家匹",又云"龚芝麓宗伯诗,词采有余,骨力不足。好用典,而乏剪裁烹炼之妙;好骋笔,而少酝酿深厚之功。气虽盛,然剽而不留,真而易尽;调虽高,然浮声较多,切响较少。当时幸得才子之称,后世难入名家之列"(《筱园诗话》)。彭端淑亦云:龚诗"多以浓词掩真气,吾无所取焉"(《白鹤堂诗话》);邓之诚在《清诗纪事初编》中也认为:"其诗纯恃才气……实非(钱吴)匹敌"。

龚鼎孳的贰臣行径多遭人诟病,但其诗学成就却不可低估。我国古代诗歌发展到明代,基本处于颓势,诗坛为复古风气所笼罩,所谓"诗必盛唐,文必秦汉"。龚鼎孳等"江左三大家"在明清鼎革社会动乱之际,与学术文化思潮由空疏的心学向经世致用的复古之学相呼应,各以"诗有本"的真情论和忧时伤世的创作,廓清明末七子和公安、竟陵诗风,发扬"缘事而发"、有美刺之功,行"兴、观、群、怨"之用的诗歌传统,为清诗健康发展开辟了一条康庄大道。"江左"诗群的文学业绩,与表现时代强音的遗民诗人相交汇,奏响了清初诗歌的"主旋律",带动文坛风气的转变,是明清诗派消长、风会转移的一大关键,并影响着清代诗歌的走向和进程,为清诗超元越明,取得斐然成绩奠定基石。"燕台七子""海内八家""金台十子"等清初诗界的重要群体皆是在龚氏直接或间接的主持和吹嘘下得以侧足并成气候的。从此意义上说,龚氏对于清诗之影响固不及钱、吴,却也不可忽视不谈。杨际昌说:"虞山、太仓间,非公自难鼎足"(《国朝诗话》),这个定位是较准的。

三、词作分期及其成就

词经元明两代沉寂,于清初再度复兴。龚氏不但是由明入清"大臣词人"中的首座,更是关涉清初词坛风气的枢纽性人物,他的词作有《香严词》《三十六芙蓉斋词》等数种,其中以《秋水轩唱和词》为标志可分为前后两个时期。

前期词作多绮丽悱恻之调,但声情绵邈已不同于当时的香艳体,如[长相思·似多情]、[罗敷媚]四首、[点绛唇·草]、[采桑子·无题]等皆纤秾有远意,堪称其早期代表之作。龚词同他的诗作一样,多宴饮酬酢和步韵之作,也同样有一些力作。如[风流子·社集天庆寺送春和舒章韵]:

> 柔丝牵不住,眉尖小,一蹙又斜阳。问红雨洒愁,几番离别;绿萍漾恨,何代苍茫。规说,麝迷青冢月,珠堕马嵬妆。苔铺锦钱,横抛芳影;燕冲帘蒜,偷觑柔肠。　前欢真如梦,流莺懒风日,枉媚银塘。担阁背花心性,泪不成行。叹楼空杜牧,浓荫乍满;人分结绮,落粉犹香。拈合一春滋味,弹出伊凉。

舒章系李雯的字,亦是降清的"贰臣"。龚氏的和作与原词意趣相仿,皆名为送春,实吊故国,但暗淡心境、愧悔之情掩映于青冢月、马嵬妆后,寄之于柔丝绿萍曲折吞吐之词,确超过原词。又如[蓦山溪·登关山吊伍子胥用秋岳乌江渡韵],秋岳是浙西词派先河曹溶(1613—1685)之号,亦是"贰臣"中的名辈,与龚氏声气相埒。步韵中"雄略烬,老臣狙,一剑西风泪"之慨叹,"吴箫楚墓""倒行鸣怨"的伍子胥复仇,都有山河易主的家国之悲和沦为"贰臣"的失路之叹,尤其是重提伍子胥复仇之事,称许为"人豪""冰霜器",赞佩其"倒行鸣怨"的复仇精神,这在文网严密的清初,是需要点勇气的。相似之作还有[贺新郎·和曹实庵舍人赠柳敬亭韵]。柳敬亭作为抗清义士和有操守的明遗民,在当时士林中有标志性意义,词人步曹溶赠柳敬亭韵,题旨所在是不难知晓的。

在前期词作中,他对陈维崧的爱惜与誉扬,是词坛一段佳话,也是清词史上一段重要史料。康熙七年(1668),一代词宗陈维崧结束了"如皋八年"的寄居生涯辗转抵京,谒见身为父执的龚鼎孳,并带来了他新刻的《乌丝词》。龚氏前后写了《沁园春·读〈乌丝词〉》三首、《沁园春·再和其年韵》三首以及《贺新郎·和其年秋夜旅怀》二首记录与陈的交往,并对这位后生大加誉扬。陈维崧也写了三首词,动情唱出"四十诸生,落魄长安,公乎念之"慷慨之音(《沁园春·赠别芝麓先生》)。康熙十二年(1673),陈在江南闻龚死讯后,大恸不已,写下《采桑子》"哭合肥夫子",说道:"非公人尽嫌余懒,絮酒难从,疏懒谁容?"六年后,陈在参加"鸿博"试后授检讨供职北京,追思往事仍哀肠百结,写下著名的《贺新郎追悼龚氏》。陈维崧的《乌丝词》不但促成了两人友谊,更对龚氏心灵产生了巨大触动,乃至改变了龚氏词风,自此他引吭高唱,大有铁板铜琶之风,靡曼之音反成弱响,从而进入后期词风。

龚词后期词风转为苍润清腴,多劲急意味。时间在康熙十年(1671)左右,以《秋水轩唱和词》为标志。据顾贞观《论词书》,当时京师词坛唱和之风颇盛,龚鼎孳以"一时领袖"雄踞"辇毂诸公"首座。在带有社集性质的群体酬唱活动中,与曹溶一起,首唱开题,形成"秋水轩唱和"盛事。龚词的"变声"即以"秋水轩倡和"为开端,以"剪"字韵二十三首为代表。周亮工称其"韵险而句弥工,和多而调愈稳",其中如他的首倡之作《青藜将南行,招同檗子等集雪客轩和顾庵韵》:

帘微卷。正新秋、一泓秋水,一宵排遣。客舍高城砧杵急,清泪征衫休泫。随旅燕、栖巢如茧。老子逢场游戏久,兴婆娑、肯较南楼浅?眉总斗,遇欢展。　西山半角藏还显。记春星、扪萝孤照,来青残扁。早雁渐回沙柳路,催起臂鹰牵犬。虾菜梦、年年难免。且饮醇醪公瑾坐,问风流、军阵今谁典?花月外,舌须剪。

清初有名的遗民曾灿(1626—1689),字青藜。龚氏虽为降臣,但两人为忘年交,友谊甚深。此词题为送行,实则一句"随旅燕,栖巢如茧",已尽涵了平生际遇和心境,其中有郁愤,有感慨,亦有无可奈何,很耐玩味。末句"花月外,舌须剪",颇有"莫谈国事"的味道。二十三首《贺新郎》中这类"有感"家国类的作品较前明显增多。如第四首《中秋后一夕月食寓怀》中"银河如墨"的天象、"独立凭幽显"的素娥、"变幻总随时与数"的叹息,与词人一生起伏跌宕的官宦生涯有意无意地联系着。题中有"寓怀"二字,亦有深意。龚氏晚年心境,大率类此。

第三节　施闰章与宣城派

安徽宣城一地,自南朝诗人谢朓始,便以清新明丽的风貌在诗坛上自成一家。此后这种诗歌特色在宣城不断得到绵延和发展,并逐渐以流派的形式确立了自己的地位。谢朓之后,对宣城诗风发展贡献最大的当属北宋梅尧臣。作为一代诗风的创造者,梅诗精工雕琢、骋才炫博,注重理趣道气。但其山水却能脱时人窠臼,力求风格平淡,状物鲜明而含意深远。到了清初,以施闰章为代表的一批宣城籍诗人又将谢、梅诗风发扬光大,并在地域文化接受的基础上,又对传统宛陵诗风进行了完善和改造,加入了唐诗的自然圆融,摒弃了谢诗的玄言痕迹,又避免了梅诗写景的枯燥平淡,使其诗境清微淡远,平而不俗,简而不瘦,从而形成名噪一时的"宣城体",又称"宛陵体"。这批诗人也被称为"宣城派",与清初的云间派、娄东派、神韵派、虞山派、西泠十子等流派群体并驾齐驱。

宣城派的主将是施闰章,其骨干有高咏、梅文鼎、梅庚、沈埏等人。该派的诗学主张一是主"学",强调道艺一贯,以诗为"道之余也";二是重"言有物";三是以"醇厚"为则;四是追求"清深"诗境和"朴秀"风貌。其总体特色是"清真雅正",但各家之诗却又各具风貌,显出繁荣多姿之势。宣城体的出现,既是宣城诗歌传统的厚重积淀,又是清初世运变化使然,更是施闰章等人不懈艺术追求的一种结果,某种程度上意味着清初诗人从对唐诗、宋诗乃至明诗的模拟中走出来另辟阵地。尽管宣城派在康熙后叶就逐渐淡出人们的视野,但其可贵的诗歌求索推动了清代诗坛的繁荣,并影响着清诗的演变走向。

一、施闰章

施闰章(1618—1683),字尚白,一字屺云,号愚山,晚又号蠖斋,宣城(今安徽宣州)人。出身清寒的士大夫之家,三岁丧母,九岁丧父,靠祖母和叔父抚养成人,少年时代饱受饥寒漂泊之苦,曾扶着双目失明的祖母逃入深山躲战乱。这段生活施闰章终生难忘。他后来为官、为文能同情民生疾苦,一生清廉俭朴,与这段经历关系极大。施闰章于顺治三年(1646)中举;六年中进士,补授刑部主事,擢员外郎,升山东提学佥事。顺治十八年(1661),调任江西布政司参议,分守湖西道。康熙六年(1667)罢官回乡。十八年(1679),举博学鸿词科,授翰林院侍讲,参与修撰《明史》,前后为宦三十多年。在任时能关心民生疾苦,体恤民艰。他为人正直、为官清廉,关心民生疾苦,"人呼为施佛子"(《清史列传》卷七〇)。他在任上还重视教育,注意开启民智,兴建"景贤""白鹭洲"等书院,并经常亲自前往讲学。在山东提学任上还注意奖掖后进,洪升、蒲松龄、梅文鼎等都受过他的教诲和培养。

施闰章少时即以擅诗文闻名,曾去北京,与宋琬、严沆、西澎、赵锦明等相唱和,号"燕会七才子"。成年后在文坛颇负盛名,与山东宋琬齐名,时号"南施北宋",又与宋琬、王士祯、朱彝尊、赵执信、查慎行合称"清初六大家",为清初文坛宗匠。著有《学余堂文集》《学余堂诗集》五十卷,并有《蠖斋诗话》《矩斋杂记》《施氏家风述略》等,又曾与秦蓁春合辑《宛雅》八卷。另存《西湖竹枝词》六首。其中《学余堂集》是在施去世二十五年后,由曹寅刊刻的,其中收文二十八卷,诗五十卷。这就是后来通行的楝亭刻本。其曾孙施念曾则补刻《蠖斋诗话》和《矩斋杂记》作为别集,又补刻《施氏家风述略》。

1. 文学主张

施闰章的文学主张多见于《蠖斋诗话》和为他人诗文所作的序,其观点主要有二:一是"学古",二是"有触而鸣"。所谓"学古"就是要继承儒家"文以载道"传统,强调为文要"原本道义"(魏禧《施愚山文集序》)。至于如何学古？施闰章认为志与言是统一的,要立言必须先立德,有了充沛的道德修养,诗歌创作才会自然勃发、生机盎然。施氏认为诗坛上雕琢辞藻,模拟剽窃,追随时俗等弊端的产生,皆是由其人品修养决定的,都是"无本"的表现。至于"有触而鸣",则是强调言之有物,实事求是,从"本之有物"出发,反对明末以来的性灵文字,指责那些"风云月露,铺写满纸"的性灵文字不过是"一纸空文"(《蠖斋诗话》);强调诗歌创作要"悯时事""移人情",反映社会现实,反映现实人生(《西江游草序》)。至于如何才能做到"有触而鸣"? 施氏认为一是要积学渐进,重视艺术功力的磨砺培养。要掌握诗歌创作的艺术规律,必须经过长期的刻苦学习和磨炼,绝不可能一蹴而就。二是要取法古人丰富的艺术经验,培养自己无隐不达、言至而情出的表现能力。他分析当今诗学不振的原因说:今人"以不专之业,兼欲速之心,弋不涯之名,怀难割之爱,固宜出古人下也"(《天延阁诗序》)。

施闰章的诗歌理论对清代诗歌的发展有着重要的影响:他的"学古"审美倾向,强调继承儒家"文以载道"传统,反对明末以来"风云月露,铺写满纸"的性灵文字,主张诗歌创作要自出机杼,反对一味模拟,这在当时都有一定的积极意义。特别是强调诗歌创作要"悯时事""移人情",反映社会现实,反映现实人生,这颇类白居易的新乐府主张,这在战乱不已、民生凋敝的清初,更有现实价值。清初诗风趋向平和,适应社会安定和统治阶级的要求,与施闰章的诗学思想不无关系。

2. 散文内容及风格

施闰章诗文兼长,著述宏富,一生为文四百余篇,存诗三千多首。其散文创作体式多样,有赋、铭、志、传、游记、序跋、杂文、书信等,"尤长记、序"(朱庭珍《筱园诗话》)。其中"记"八十二篇,分为记事、记物和游记等类别。记事类主要是记任内兴办学舍和重修名人祠堂的经过,如《重修复真书院记》《登州府修学记》《重修黄山谷先生祠堂记》《重修伏生祠记》等;记物类涉及亭、台、楼阁、桥、碑、寺院、庵堂等诸多种,如《愚楼记》《趵突泉来鹤桥记》《钓台记》《情系庵记》《独树轩记》等。游记主要记录旅途或游历山水时的见闻和感受,如《使广西记》《黄山游记》《游九华记》等。总体风格是"淳雅""清雅"(朱庭珍《筱园诗话》),即内容醇正,文字雅洁。作者喜欢在状物、记事之中生发议论,触事兴感,甚至借题发挥,引出一番修身治国的大道理,这就是所谓内容醇正。如《清白亭记》,记会稽太守施肇元疏浚范仲淹题名的"清白泉",在其上建"清白亭"的经过。作者没有像苏轼的《喜雨亭记》那样细述建亭的经过,也没有像欧阳修的《醉翁亭记》那样大谈亭周围的四时之乐和游人、宾客之乐,而是就"清白"泉的"清白"二字以及建亭太守施肇元治郡政绩大谈居官为政之道:"君子之居是官也,以古人为法,饮其泉如见其人,而范文正公之流风善政犹有存者。今徜徉其侧,搅之不混,挹之愈长,冬温而夏寒,其必有所感也。"所谓文字雅洁,是指为文状物准确形象,记事简练精粹,语言简洁平易。作者在游记中往往善于抓住景物的主要特征,三言两语,赋形写神,简练而形象,如形容宜春县北一块高耸的奇石是:"岩势侧出如覆掌,又如老人俯首举袖,揖客于烟雾间"(《化成岩小记》);形容全州古松的怪伟:"礧砢连卷,如羽骑卫士,执戟比肩;又如婆娑醉翁,联袂颓倚。其怪伟不可仿佛,高盖际天,垂萝复地,云入焉而不得出,风出焉而不得息"(《全州古松记》),很有柳宗元《小石潭西小丘记》状物的神韵。施闰章山水游记还有一个特色,就是在客观地描景叙事之外,往往阐释自己对此的领悟,发掘其中深蕴的哲理。如在《化成岩小记》中提到,有好事者在奇石周边增置台阁,本意是方便游人观赏奇石,但客观上反将奇石遮蔽,失去天然之趣,作者由此生发领悟:"山水之有亭榭,犹人之有高冠长佩也,在补其不足,不得掩其有余。向之人非不激赏之也,爱护之已甚,而失之觌面者也。余非能有所加也,因势损益,相之物外而遇乎其天者也。"欲爱之,实害之;判断得失必须因势损益,这种感悟由化成岩边台阁生发,成为一种人生格言和生活哲理,这一点也颇似柳宗元山水散文的风格。清初散文大家魏禧在《愚山先生文集序》中云:"先生文意朴气静,初读之若未尝有所惊动于人,细寻绎之,则意味深长,详复而不厌。"正道出施闰章散文朴正中见奇崛,平静中显深沉之特色。

散文中的"序"更多,有一百五十多篇,其中志谱序三十篇,书序、诗文序九十篇,赠送序十二篇,其中最有价值的是诗文序和部分赠序。作者的政治取向、人生态度尤其是文学主张,在这类序文中得以大量展露,如《佳山堂诗序》主要称颂作者为人"怀仁辅义,冲然如不及",身为相国却"门无私谒,橐无长物","见者不知其为相国也"。诗序在列举作者许多德行之后笔锋一转,探究德行成就之因:"迹其志行,皆温柔敦厚之意。得之诗教为多。常对客微吟,泉注云奔,不屑争字句工拙","而好奖接羁旅憔悴词赋之客,周其困乏,或借以举火。仁民惠物之事,未尝一日忘于心,此其诗之温柔敦厚之由来也"。这不仅是在谈作者的诗风,也在告诉人们文学对塑造人的灵魂的巨大作用。至于像《诗原序》《程山尊诗序》等诸篇则是借题发挥,借以申说儒家诗歌主张。着眼诗序又不囿于诗序,可以说是施闰章诗文序的一大特色。书序或赠序,大多出于亲友之请,很容易写成一种应酬文字。作为书序,题材单一,如大量书写,又很容易单一雷同。但施闰章的一百五十多篇序文中,似乎没有其弊,这可能与他有意追求侧重点的不同和笔法变化有关,如《遗山堂诗序》重在论其为人而不在评其诗作;《佳山堂诗序》重在分析诗人人品与诗歌创作之间的渊源关系;《王丹麓松溪诗集序》则侧重回忆诗人与作者间的交往和友谊;《诗原序》《程山尊诗序》等则是借题发挥,借以申说儒家诗歌主张。在表达方式上也不拘一格,或侃侃而论;或娓娓而叙;或一问一答,亦庄亦谐;或就其一点,鞭辟入里;或借题发挥,形散神聚;或盘马弯弓,在峰回路转中突现主旨,极尽变化腾挪之妙。

3. 诗歌内容及艺术成就

施闰章的诗歌创作,比散文的成就更高。在清初诗坛,他与山东的宋琬齐名,有"南施北宋"之誉。陈文述甚至认为"国朝人诗,当以施愚山为第一"(《书施闰章诗抄后》)。其诗当时被称为"宣城体",为诗坛风从和膜拜,连与他诗风相悖、主张神韵的王士禛也给予他很高的评价:"予读施愚山侍读五言诗,爱其温柔敦厚,一唱三叹,有风人之旨;其章法之妙,如天衣无缝,如园客独茧"(《池北偶谈》);魏禧也称赞说"先生诗古节雅音,得风人之性情,海内士久服习而论之"(《愚山先生集序》)。

愚山诗的主要内容之一,就是哀悯民生,正视当时的社会现实,大量反映时事的篇章,真实反映了清初的战乱给百姓带来的巨大灾难。如《上留田行》则是通过一个幼儿衔乳、哭喊妈妈的惨烈小镜头,直接指斥清兵滥杀无辜:"里中有啼儿,声声呼阿母。母死血濡衣,犹衔怀中乳。"诗人还以相当的篇幅揭露清初苛重的赋税和征税官吏对民众的残酷盘剥,如《竹源阮》:

  竹源数百家,今余几人存。竹外有源泉,血流泉水浑。群盗故比邻,姻娅如弟昆。反戈相啖食,收骨无儿孙。茕茕数寡妇,零落依空村。凶年嗟半菽,撮土招游魂。人亡亩税在,泪罢还声吞。

  诗人透过一个小山村今日的惨况,来揭露战乱和苛重的赋税给百姓带来的灾难。诗人指出,这个曾有数百户人家的村庄因遭战乱,今日仅存数人,但赋税却仍然依旧:"人亡亩税在"。短短五字,将清初统治的酷烈、统治者的全无心肝暴露无遗。如果说《竹源阮》的惨状还多是作者概括式的印象和主观评论的话,那么《海东谣》则通过东海盐民的自白来具体地抨击赋税的苛重和官吏的横征暴敛:"场丁盐贾无完屋,一握黄粱盐十斛,差官络绎相驱逐。前日路死骨未收,且缓须臾莫鞭扑。"《龙衣船》写一群官吏为了护送皇帝的"一箱衣什"入京,狐假虎威,调动大批船只,居然弄得"连帆蔽日江水黑"。这批差役借此敲诈勒索,胡作非为,搞得民不聊生,使我们很自然地想起白居易《卖炭翁》中那些作威作福的"黄衣使者白衫儿"。尽管此诗的结尾称颂"圣主仁如天",但此弊政如何发端?这些差役为何又敢如此肆无忌惮?矛头所指不言自明!施闰章生活在文字狱大行的顺治、康熙时代,作为一位清廷官员,揭露和抨击本朝的暴政,是需要相当的胆量和忘我精神的。历代评论家都认为施闰章诗作"温柔敦厚""委婉蕴藉",甚至有的学者还批评"施愚山闰章之纯朴,似多腐语"(康发祥《白山诗话》)。从施闰章这类诗作来看,也未尽然。

  除了揭露清初战乱和统治者的暴虐给民众带来的灾难外,诗人现实主义的笔触还涉及清初社会的方方面面:有"荆榛蔽穷巷""破壁复何有"的破产农民;有被洗劫一空的市井细民;有颠沛流离"父子相见不相识"的新安商人;有无钱纳税,被逼卖屋出走的穷书生;有沐风栉雨、被梃促鞭催的江上纤夫;有被逼为娼的长安青楼女;有"朱火肆燎原,禾稗同一萎"的临江旱情,展示出一幅幅清初社会官吏横暴、民生凋敝画图。

愚山诗的另一个主要内容就是描写田园风光,这些描绘农村田园风光的作品犹如一幅幅清新闲雅、韵味悠然的水墨画,散发出一种清悠、质朴、优美的乡土气息,表达他对农村的关心和哀悯情怀,如《春雨即事》:

> 春雨乍阴雾,残花半有无。林莺愁不语,水鸭喜相呼。著槛围庭树,分沙养石蒲。蓑翁相问讯,田舍已江湖。

作品描绘的是一幅烟雨迷蒙、丝飘雨飞的江南春雨图,整个作品洋溢着恬淡、自然、清幽、质朴的乡村气息。连绵的阴雨难掩万物萌动的春意,诗人完全陶醉在淡远宁静的迷蒙烟雨之中。再如《曲水铺》:"一望平芜绿,千岩霁色遥。园茶初吐叶,驿柳未成条。驻马寻山寺,啼莺过野桥。年年流水畔,春色为谁消?"作品描绘的是雨后转晴的自然田园风光,整个画面朗润、清新、朴秀,赏心悦目,淡雅超俗。

施闰章在这类诗作中还表现了对农家的关心和哀悯情怀,如《采麦词》:

> 桁无衣,仓无储,田家儿女啼呱呱,新妇采麦奉老姑。老姑发白齿尽落,有儿服贾母藜藿。前日风吹麦落花,今日雨浸麦生芽。老蚕成蛾又生子,良人何不早还家。

诗人以一个农家新妇的口吻,写出农民生活的艰难:丈夫外出经商,婆婆年老体衰,孩子呱呱在抱,这位新妇无奈而艰辛地尽奉养之责,偏偏又遇到天灾,风吹雨浸,收成无望。此时家中已是衣食全无,幼儿还在啼哭待哺,这样的岁月如何能支撑下去? 类似的还有《新谷篇》《采桑篇》《采松花》《灌园》《过丰城感怀》《采薪》等诗作。

施闰章诗作的第三个主要内容是记述行旅,描摹山水,这类诗作意在表现诗人淡泊的操守、优雅的情怀以及归隐的意趣,传达出愚山诗的另一种格调。如《寻光福寺》:

> 新月已在天,余霞犹隐树。柔橹漾清波,直随塔影去。不闻水际钟,但闻烟中语。借问隔船人,僧庐向何处。

诗人选择一个渡头的傍晚时分，落霞在天，新月初上，柔橹、塔影、钟声、人语构成一幅平沙远渡的黄昏画图，其中深蕴着诗人的落寞和对山寺林泉生活的憧憬。在这幅好像漫不经心的构图中，有远近的搭配、动静的相承及自然风物和社会生活的辉映，实际上是精心构置的，相当精妙。类此的还有《庐山遇雨》《太白祠》。

施闰章诗作以五言为多，亦以五言为工。诗风温厚清婉，颇似唐人尤其是大历年间格调，这方面前人多作肯定，如朱庭珍《筱园诗话》："施愚山诗，长于五言，短于七言。五古温厚清婉，善学魏、晋、六朝，殊近自然。五律则盛唐格调，中唐神韵，兼而有之，造诣不在中山、文房之下"；丁绍仪《听雨声馆词话》："诗最简洁，五言成工，词亦清丽"；查为仁《莲坡诗话》：愚山"作诗直秘追汉唐，尤善五言"等。然而，对施闰章温柔敦厚的五言诗作，当时也存在着不同的评价。如赵翼等人则从气象风骨的角度，认为施闰章的诗歌以"儒雅自命而稍嫌腐气"（《瓯北诗话》）；"施愚山闰章之纯朴，似多腐语"，甚至认为他"五律多板滞"（康发祥《白山诗话》）。具体来说，愚山诗主要有以下几个特征：

第一，诗风简明朴秀，自然洒脱，不事雕琢，如行云流水，仿佛脱手而成却语近旨远、余韵悠长。如上面提及的《寻光福寺》，诗人用简明朴秀的语言构成一幅平沙远渡的黄昏画图，表面上是在客观描景，仿佛脱手而成，实际上却是远近搭配、动静相承，经过精心构置，相当精妙，而且深蕴着诗人的落寞和对山寺林泉生活的憧憬，显得语近旨远、余韵悠长。再如《赠登封叶明府井叔》：

> 吏隐名山窟，高斋云气重。翠屏横少室，明月正中峰。苔绿前朝碣，秋清远寺钟。兴来飞舄得，何处有仙踪？

此诗写景清丽如画，语言洗练雅致，笔触自然流畅，毫无矫揉造作、粉饰雕琢的痕迹。其中"吏隐名山""高斋云气"是暗示，清秋寺钟的神往和仙踪难觅的感慨，都有深深的言外之意、画外之情。全诗疏朗雅致、清丽淡远，绘景如在眼前，知味却在胸间。王士禛评曰："翠屏横少室，明月正中峰"一联，"十字令人揽结不尽"（《渔洋诗话》）。

第二,无论是记事、摹物,或描绘田园风光,总是贮满情感,而且手法多样。施闰章在《楚村诗集序》中说:"诗为性情之物,而近世之询人,虽复缀词韵类古作者,终与画龙刻鹄等耳。"显然作者认为诗歌就是用来抒发性情的。他的诗作中确实贮满情感,或是表达他关注民生、同情疾苦的哀悯情怀;或是品尝田园风光的宁静愉悦;或是袒露徜徉于山水之间淡泊情怀和透露出的归隐之趣。其表现手法又丰富多样,如上面提到的《采麦词》,诗人采用代拟之法,以一个新妇的口吻,书写民生之多艰,表达自己的哀悯情怀。诗人最后用"老蚕成蛾又生子"作喻,发出"良人何不早还家"的呼喊。期盼之中不仅是对"良人"的思念,更有面对儿幼、姑老的艰难处境,以及在接踵而至的灾难等一连串打击下,已经精神崩溃,再也无法苦撑下去,从而产生一种震人心魄的艺术效果。

第三,善用比兴,或寓情于景、融情于物,或借景、事、物抒发自己的情怀,使事、物、情浑然一体。如《舟中立秋》:"垂老畏闻秋,年光逐水流。阴云沉岸草,急雨乱滩舟。时事诗书拙,军储岭海愁。涒饥今有岁,倚棹望西畴。"诗人以流水比喻逝去的年华,"阴云沈岸草,急雨乱滩舟"等句更以景物作兴,描摹自己内心的意绪,抒心中的悲愁。结尾"倚棹望西畴"将己身融入景中,通过人的举动,透露出一种不畏艰险、再接再厉的精神。

二、宣城派

康熙年间,以施闰章、高咏、梅文鼎、梅庚为代表的一批宣州诗人,他们上承梅尧臣和明中叶的后梅鼎祚等的诗学主张和创作风格,主张诗道一贯、言之有物,形成一种醇厚、朴秀,语言简净,具有鲜明地域特征和文学传承的文学流派,被称为"宣城派"。他们的创作风格被称为"宣城体"。同云间派、神韵派、娄东派、梅村体等共同构筑了清初诗歌的繁富局面,并影响清代诗风嬗变的走向。宣城派的主将是施闰章,其代表人物还有高咏、梅文鼎、梅庚等。

高咏(1622—?) 字阮怀,一作字怀远,号遗山,宣城人。诸生,累试不第。年近六十,始贡太学,为徐文元家塾师。康熙十八年(1679)举博学鸿词,授翰林检讨,充明史纂修官,学者评他所撰的史稿"详慎不苟"。六年后乞归,卒于故乡。高咏幼有神童之目,书、画、诗称三绝。《安徽通史·文苑传》称其"与同里施闰章同主盟骚坛三十余年",为宣城派主要作家。著有《若岩堂集》五十卷及《遗山堂诗集》《萧江游草》《萧前集》《东征集》《洪州集》等,均不传,清人王相辑选《遗山诗》四卷,刊入《国初十家诗钞》。

高咏早年诗作多凄怆之音、穷愁之调,也偶有激愤之词。如《感时》:

四方豺虎尽纵横,落魄乾坤一腐生。悲似杜陵难卧蜀,才如王粲耻依荆。持餐饷客嫌粗粝,怀刺投人厌姓名。但使太平身独散,东皋斗酒自为倾。

诗中反复倾吐的是自己有着杜甫一样的遭遇,为无酒饭待客而羞愧,又不愿像王粲那样去荆州依附刘表,因为耻于怀刺投人,只好做一个天底下落魄儒生。高咏说自己像杜甫一样落魄,实际上缺少杜甫穷愁之中的民生关怀,仅是个人的自怜自艾;他说耻于像王粲那样寄人篱下,实际上也缺少王粲能吸引刘表的文学才华。尽管开头一句"四方豺虎尽纵横",批评时势好像胆子很大,但结尾又赶快抹平,最后说但愿天下太平,自己可以借酒浇愁。如果说《感时》抒发的仅是个人不遇的牢骚,那么《悼广陵女子》倒是对清兵的肆虐进行指斥,有点社会批评的味道。

无复黄金赎蔡姬,谁从青冢吊明妃。伤心廿四桥边水,珮环依然月下归。

诗题下有注:这位女子在"金人南下被执,题诗壁间赴水死"。这里所说的"金人"即"清兵"。看来这位被清兵掳掠的扬州女子是位才女,也很节烈。诗人将其比作蔡文姬被匈奴掳掠、王昭君死于北番,是很恰当的。但不直接指斥,又以"金"代"清",说明作者还是存有畏惧之心的。

如果说高咏在穷愁中还有点对清代文字狱的牢骚和社会批评,那么在担任翰林检讨后便一改初衷,不再有埋怨不平之声,而且转换身段,非颂圣即点缀升平。邓之诚在《清诗纪事初编》中说这类诗作是"连篇累牍,读之生厌",并分析其原因是由于"盖惧以文字获咎,不惜宛转随人,既乏性情,复失诗旨。

清初文士往往如此,不独(高)咏也"。

高咏的诗歌风格,虽有时流露愤激凄怆之音,但仍是以"醇厚"为准则。清人王相评高咏的诗是"近体淡远,歌行奇肆""郁以秀""怆以深",与宣城派的总体风格一致,这在致仕回乡后的田园诗作中表现得较为明显,如下面这两首田园诗:

溪涨村荒后,贫交忽枉存。壶觞野艇过,鸡犬竹门喧。乌桕低霜岸,黄芽叠水痕。赏心偏永日,摇落不须论。——《后潭村舍》

青溪独宿处,远火出江波。醒酒思残梦,归渔闻夜歌。月斜人语定,舟晓棹声多。九子烟霄外,劳生只暂过。——《宿青溪》

两首皆写于致仕回乡之后,大概因为没有衣食之虞,又远离社会,再无躁进之心。所以诗思清切、境味清远,显得朴实而醇厚。

梅文鼎(1633—1721) 字定九,号勿庵,宣城人。清代著名的天文学家、数学家。他与日本的关孝和、英国的牛顿被公认为当时的三大数学家。幼时即随父和塾师观察天象,后与两个弟弟共同研究天文和数学。十五岁考中秀才,因父亲早逝,过早挑起家庭重担而无心仕途,以后更淡泊功名,专心历算。康熙南巡时接见梅文鼎并与他接连三天讨论天文历算,赐以"绩学参微"匾额。后又调文鼎长孙梅瑴成供奉内廷,先后赐监生和进士,主持大型数学百科全书《数理精蕴》的编纂。文鼎去世,康熙又命江宁织造曹𫖯为其治理营建墓地,可见这位爱好自然科学的帝王与梅文鼎之间的历算渊源。梅文鼎三十岁开始著书,一生著书八十多种,其中《几何补编》最有创建。梅文鼎是我国一位具有重大影响的历算学家,他穷毕生精力发掘整理古代历学和数学成就,研究阐发西方数学理论,做到中西汇通,被称为"历算第一名家"(江永《翼梅》序)。

文学创作是梅文鼎的"余事",现存有《续学堂诗文抄》十卷,其中文六卷、诗四卷。除少数应酬之作外,大部分诗文从不同层面反映他的学术思想和人生态度。其中文学观念尤值得我们注意。他认为好的诗文应该"皆有关于家国之大事,使读者感奋兴起,而不取备于卷帙,以求观美,炫耀流俗之耳目"(《汤骏公〈离骚经贯〉》)。他的诗文也实践了自己的文学主张。其文章主要反映他关于天体运行、律历演变的辩证思想,如《先后天八卦位次辨》,对《周易》中阴阳八卦之间的关系、位置、秩序作了辩证的分析,并排除了其中的玄学成分;《学历说》则条分缕析、逐层批驳了占卜者利用天象异常预言吉凶的迷信观念,指出天象与某些社会事件相对应只是偶然现象。他的一些记叙文则表彰忠义,宣扬人间至情,《马文毅公〈草书字汇〉跋》记叙清初兵部尚书马文毅一门面对吴三桂叛将以死威胁、慷慨捐躯的事迹,字里行间充满浩然正气;《纪行草序》叙述沈元佩冒锋镝步行万里去云贵寻父,突出了文中几位人物的真诚和人间至情。

梅文鼎的诗歌有两个较为明显的特色:一是受清初钱谦益宋诗派的影响,"以学问为诗"倾向较显,这也与他作为一个历算学家的逻辑思维有关。他半数以上的诗篇,都是间接甚至直接讨论古今历法演变的情况以及数学问题,可以视为一篇诗体学术短论。如《复秉方位伯》就是专门论述数学的发展源流:

象数岂绝学,因人成古今。创始良独难,踵事生其新。测量变西儒,已知无昔人。便欲废筹策,三率归同文。宁知九数里,灼灼二支分。安得以比例,尽遗古法精。

诗中指出:三角测量法中国古已有之,传统数学有独到的优越性,毫不逊色于西方数学理论。诗中还提出这样一种理论:数学可以分为数学与量法两大类别——"勾股测体线,隐杂恃方程",这与西方学者将数学分为代数和几何的分类法相近,至今还闪烁着理性的光辉。

梅文鼎的诗歌另一个特色就是古朴自然、蕴藉深厚。一些赠诗性情率真,出自肺腑,显得气韵酣畅、豪爽洒脱,如《喜半公归自新都秉寄索画》:

病起看山山势好,溪桥醉醒一题诗。相思白岳人归处,正是苍崖雪霁时。路转层云峰出没,冰澌古洞石逶迤。心闲好景供图画,肯寄荒斋慰别离。

这类诗歌还有《雪中家从叔瞿山过饮山居》《山门歌赠楚山人》《南漪湖人家寄宿》等,皆是诗人纯真情性与大自然美景融而为一的佳作。

梅庚(1640—1722) 字耦长,又字耦耕、子长,号雪坪,晚号听山翁。梅鼎祚曾孙,梅文鼎族侄。父梅朗中,字朗三,诸生。少好学,发先祖藏书,旁搜博采。为人温厚谦抑,交游广阔,风流潇洒;善书画诗文,时称三绝,为复社名士。曾辑唐以前之赋为《赋纪》五十卷,编校完毕而卒,年仅三十六岁。著有《书带园集》十六卷。梅庚由母亲抚养成人,康熙二十年(1681)中举,出朱彝尊门下。游京师,公卿咸乐与之交,而性狷介,不妄谒人,人益重之。与王士禛、顾景星、陈维崧、邵长蘅等游,又与查慎行等结诗社,名重一时。官浙江泰顺知县,多惠政。在任时吟诗题笺,不改文人习性:"犹余结习难忘处,偷校陈编日几巡","策杖田居会有时,漫与题笺完夙诺"。五年后以年老辞归。梅庚回到宣州后,修缮先人书带园,莳花种竹,与沈泌、姜安节、汤陟、石涛等文友饮酒赋诗、作书画自娱,漫游江南山川,"为名流领袖数十年"。

梅庚自幼"资禀颖异",力学不殆,博通经史,远承高祖梅守德讲学之风,近得曾祖及父诗文书画之韵。工诗,擅画山水、花卉,兼工白描人物,笔墨脱去凡俗,清新飘逸。自恃清高,非知己者不能得其片纸。深得族叔祖梅清、族叔梅文鼎赞赏,与梅清、石涛、戴本孝等均为黄山画派名家。兼工书法、篆、隶古朴高雅。诗文造诣颇深,尤工于诗,博综汉、魏、三唐,尽驰骋之致,同邑施闰章一见称赏,引为忘年交。著有诗文集《雪坪诗钞》《听山诗钞》《漫兴集》《天逸阁集》《南雅集》《玉笥游草》《知我录》等。生平事迹见《清史稿》卷四八四。

梅庚诗歌题材广泛,抨击现实的作品多缘事而发,斩截明快,不假雕饰。如《拜谒岳坟》:

已毕一生事,何妨七尺捐。人谁能不死,我尚愤当年!

岳飞抗金,恨不能"饥餐胡虏肉""渴饮匈奴血",而清代前期诗人如汪琬、方孝标乃至同为宣城派诗人的高咏在诗中皆称满清为"金人"。梅庚不仅歌颂以死抗金的岳飞,而且愤恨自己当年未能抗清而死——"我尚愤当年",这是需要相当的胆量和勇气的。清初文网严密,离宣城不远的桐城就发生过戴名世的《南山集》案!他任泰顺知县时曾作《修船谣》,直接抨击清廷诏令修造海船之役,给百姓带来的苦难,人们比之唐人元结《春陵行》。比起同为宣城派的高咏任官后便不再有埋怨不平之声,非颂圣即点缀升平,其品格上的差距不啻霄壤。类似的诗作还有《钱荒》《菜荒》等,针砭时弊,同情民生疾苦,亦是缘事而发,不假雕饰。

酬唱、题画、赠答类诗作在梅庚诗集中占很大比重,从中可见其为人交往、诗画见解,对了解当时宣城风貌、文坛情况和社会习俗,也有一定认识作用。这类诗作也是直陈其见,自然流走。如《咏绿雪茶报愚山》:

持将绿雪比灵芽,手制还从座客夸。更著敬亭茶德颂,色澄秋水味兰花。

施闰章号愚山,是梅同邑前辈诗人,很赏识梅庚诗文,称其"披华振秀,清警独胜",并引荐梅庚结识当时文坛宗师朱彝尊、王士禛,并为"朱彝尊所士"。他感念施闰章提携之德,报以敬亭绿雪茶。诗中对宣城名茶"敬亭绿雪"的色泽、芬芳、制作和闻名程度都做了叙述,为《宣州志》和茶史提供了一份可信的资料,从中也可看出梅庚的为人和当时宣城派文人间的交往。在《作敬亭风光图题赠邓明府》中,则对当时的宣州春景、官员清闲之状作了描述,为我们提供一份历史资料:"春色依然小谢城,丹台锦瀑镜中明。讼庭花落浑无事,闲爱白龙潭上行。"类似的还有《次韵宴李阁学》,让我们了解当时宣州官场应酬情况。

梅庚的一些写景抒情等小诗也别有韵味,清新自然流走,内中又夹以奔逸之气。陈允衡说他"除豪气外近乎谢朓"。曹溶称其"博综汉魏三唐,尽驰骋之致",如《深沟道中》写道:"山市人烟少,秋田鸟雀喧。乱流清见石,远树暗藏村",四幅独立的构图将江南山村清秋美景一并托出。其他诸如"倚树共婆娑,微月出山背""人家环积水,鸥鹭占园沙""孤亭收野色,万壑赴斜晖"等这类朴秀隽永、天然真趣的诗句,在梅庚的诗集中到处可见。梅庚也是位

出色的画家,同王维一样,他的写景揽胜之作很注重构图和色彩,做到诗中有画。如《敬亭山云齐阁写生》:

枫林红浅未经霜,暖著单衣到上方。自是名山贪我辈,舞风舞雨过重阳。

不说我辈贪恋名山,风雨无阻访名山,而说"名山贪我辈",以风雨相邀、相留,这比李白描绘此山的名句"相看两不厌,唯有敬亭山",似乎又进了一层。

梅庚诗作文笔清峻、韵致秀逸,受到施闰章、王士祯等名人推重。卢见曾《渔洋感旧集小传》引《国雅集》谓其"诸体皆合古人法度,而才情溢出"。尤以山水风景之作见长,如为王士祯所称赏的《梅溪见落梅》一诗:"背城花坞得春迟,野雀衔残客未知。闻说绿珠堪绝世,我来偏见坠楼时。"以绿珠坠楼来比拟落梅,写出了梅花的无限风神,也展示了诗人出奇的联想能力。再如《次琴溪》:"急涨吞沙阔,飞虹架壑虚。田家桑落酒,风物药粗鱼。真觉仙坛近,何妨人世疏。未能凌绝顶,立马一踟蹰。"似乎不甚着力,却生动地勾画出一个清幽静谧、民风淳朴的世界。他的酬赠唱和之作,如《同愚山少参维饶孝廉即席送位白归皖》《雨过阮怀留同鲁玉小饮拨闷戏成》等同样具有词清调逸的特色。

宣城派鼎盛于康熙年间,康熙以后后继乏人,逐渐沉沦,与娄东二张、王士祯的神韵派、吴伟业的"梅村体"相比,后人的关注和研究状况,相差甚远。这是安徽文学史上一大遗憾。

第四节　清代前期其他作家

一、方孝标　(附　方拱乾)

方孝标(1617—1696),原名玄成,字元锡,因避讳以字行,别号楼冈,桐城人,顺治六年(1649)进士,选庶吉士,历内弘文院侍读学士,充经筵讲官并两次充任会试同考官。顺治十四年(1657),江南科场案发,受牵连流放宁古塔,两年后释放归来。康熙元年(1662)离开北京,客游淮扬闽浙数年。九年(1670)春,应吴三桂之招往游滇黔,旋返。十年春抵金陵,筑依园,奉母而居。康熙十二年(1673)往粤,途逢吴三桂反,削发为僧,遁迹山林,由滇入湘,再入闽,辗转回到故乡。卒后,因受戴名世"《南山集》案"牵连而被开棺锉骨,亲族亦被流放。著有《钝斋文集》《钝斋诗选》《光启堂文集》《易论》《滇黔纪行》等。

《钝斋文集》中最有历史价值的就是《滇黔纪行》。这是康熙九年(1670)春,方孝标应吴三桂之招往游滇黔,回到故乡后追记云贵风光兼及南明时事写成此书。书中沿用南明弘光、隆武、永历等年号,且"极多悖逆语"。戴名世在《南山集》中征引此书,引起清廷震怒,戴被处斩,方氏已死犹遭开棺锉骨。此案牵连戴氏家族及有关人员三百多人,是清朝文字狱的开端,被称为"《南山集》案"。

《钝斋诗选》是方孝标本人所选,将平生所作"删者七八,存者二三"(《钝斋诗选》自序)。其最大价值就是真实记录了明清易代之际的政治和社会现实以及本人遭遇,以补正史之不足,是一份珍贵的历史资料。如五言叙事诗《论事诗与某友作》,通过僧人法乘的亲身经历,叙述了闯王兵败、南奔榆关,杀死南明太子及定王,促使南明覆亡这段史实;《交水驿遇折臂翁》则通过贵州交水的一位折臂翁的亲历,记述了张献忠义子孙可望、李定国由川入滇,始而降明抗清,继而内讧造成战乱的这段历史,诗中详细形象地描绘了内讧的场面:"滇军遝竦踊,秣马砺刀枪。十九夜方半,蓐食鸡未鸣。突出击秦军,阵后声琅琅。谁呼秦军败,崩奔遂莫搪。又闻精锐走,还邀横水塘。新安二十万,两地尽诛坑。"作者在诗后明确表明创作目的是补史料之不足:"留供稗史料,采者助缥缃。"《钝斋诗选》中还有相当篇幅是记述个人的生活经历,尤其是流放宁古塔后的生活感受和思想变化,如《东征杂咏》十首、《出山海关》、《答吴汉槎借读通鉴纲目》、《易病吟》等,实际上反映的是一代汉族知识分子在易代之际的酸楚心声。如《答吴汉槎借读通鉴纲目》二首:

可与言今古,荒边只有君。赋诗能渐朴,观史不徒文。我已中年后,心难强记分。幸将成败理,抉要与同闻。——其一

胡天汉日月,宋代鲁春秋。彤管当年笔,牙签昔日楼。行厨原自富,腹笥更相谋。茅屋清镫意,宁徒慰旅愁。——其二

吴兆骞字汉槎,顺治十四年(1657)举人,以科场案与方孝标一同流放于宁古塔。吴氏与方惺惺相惜,向方借读朱熹的《通鉴纲目》,朱熹在《纲目》中以蜀汉为正统,吴、方二人的题外之意亦彼此相通。方孝标在答诗中所说的"幸将成败理,抉要与同闻""胡天汉日月,宋代鲁春秋"皆包含其意。而"可与言今古,荒边只有君"亦可看出两人在患难中的友谊。

《钝斋诗选》的另一个主要内容反映易代之际的社会矛盾和民族矛盾,如《空村》通过一位老翁的哭诉,揭露明末战乱和统治者的横征暴敛给百姓带来的苦难:战乱频仍,田荒桑折。老翁的孩子或是被抓丁运粮,陷入包围之中;或是被官府抓去杖责,典衣卖当去交军粮。老翁家中颗粒无收,但官府不顾百姓死活,仍横征暴敛,最后老翁愤怒呼喊:"迄今半菽无,悔不为盗贼!"完全是官逼民反。《舟中读书》《横玉山》《茶市谣》也作了类似的揭露和描绘。作为一位正直的诗人,方孝标还直指清朝统治者的文字狱:"客从西湖来,必知西湖事。株连文字狱,杀戮无老稚。妇女裸且髡,连樯如鬼魅"(《有客行》)。如此直指是相当大胆的,像《滇黔纪行》一样,"极多悖逆语"。

《钝斋诗选》中另有一些诗篇描绘山川风物、世俗民情以及自己的田园之趣。这类诗作,色调缤纷,风格各异,或苍劲悲凉、雄奇壮丽,如《东征杂咏》《塔山道中》《武夷七咏》等;或隐逸幽远、清丽隽永,如《江山道中》《雨中重游归宗岩》等。

附　方拱乾

方拱乾(1596—1667),名若策,字肃之,号坦庵,裕斋,又号江东髯史,云麓叟。晚年改号甦庵,或称甦老人。方孝标之父。拱乾有五子,皆才华横溢,长子方孝标为顺治六年(1649)进士,次子方享成为顺治四年(1647)进士,

"工诗文,善书,精于小楷,兼善山水",为清初著名书法家、画家、诗人。三子方育盛、四子方膏茂皆"倜傥英俊,博及群书",少年中举。第五子即丁酉南闱科场案中的新科举人方章铖。方拱乾"弱冠负文誉,为文捉笔立就",并有"以天下为己任之怀抱"。明崇祯元年(1628)进士,官至少詹事,除编修,迁太子中允,晋少詹事。"甲申之变"为李自成所俘,后逃离北京南下,居南京,过了十年隐居生活。顺治六年(1649)经两江总督等推荐受职翰林院侍讲。翌年,奉敕为《顺治大训》《内政辑要》等要典纂修官,后升任少詹事兼翰林院侍讲学士。清顺治十四年(1657),江南科场案发,其目的原是政治对手要打击方拱乾,结果演变成自科举以来空前绝后的一场大狱:正副主考及十六名旁考"骈戮于市",拱乾之子方章铖等八举子连同其"父母兄弟妻子并流徙宁古塔"。这是方氏家族第一次举家流放黑龙江。① 方氏父子三年后赦归故里,拱乾于康熙六年(1667)客死扬州,时年七十二岁。著有文《绝域纪略》,对黑龙江文学史、民俗史、流人史均有特殊之贡献。诗集有《何陋居集》,亦写于流放宁古塔前后。今人李兴盛辑有《方拱乾诗集》。

  方拱乾诗效法杜甫,自称"瘖痹夔州叟,师资往水庄"(《古山咏怀》)。沈归愚说方"寝食杜陵。评点杜诗,分授学者,谓诗必从杜入。方有真性情。修饰藻华,不能登大雅之堂也"。方拱乾对当代诗坛各流派之间互相指斥极为不满,认为一个诗派的产生有其必然性,它们的起落浮沉,也是诗歌发展的必然结果。方孝标在《甦庵集》记其父论诗有这么一段话:"诗当用人,勿为人

---

① 康熙五十年(1711)又发"《南山集》"案:因戴名世在《南山集》中多处引用方孝标的《滇黔纪行》。书中沿用南明弘光、隆武、永历等年号,且"极多悖逆语",引起清廷震怒,方和戴同样治罪。其时方孝标已故,被刨坟破棺,骨扬灰。孝标子登峄、登峄子式济及全家第二次充军黑龙江。式济在流放期间著《龙沙纪略》,收入《四库全书》,是《方舆书》中很有名的一本著作。方氏一族,两次流放绝域,遭遇极其惨烈,但他们在文化教育方面却做出了巨大贡献。章太炎先生云:"宁古塔人知书,由方孝标后裔者开之。"式济子名观承,一年一度,徒步出关省亲,亲历山川险要,饱阅人情世故。即以阅历官直隶总督时,颇着循声,为乾隆朝不由科第、不由军功而官至封疆的极少数汉人之一。

用。今之言诗者有二端焉:曰五子,曰七子,曰钟谭,互为訾謷,互不相容,而不自知其訾为五子、七子、钟谭用也。盖五子、七子之初,人心为宋儒训诂所倾,虽欲矫焉无由。五子、七子起而用之,天下翕然以为诗在是,不在是者非诗也。隆、万以后,人心已厌五子、七子,钟、谭又起而用之。天下又翕然以为诗在是,不在是者非诗也。"

拱乾好写诗,在绝域仍"无一日辍吟咏",《何陋居集》为流放中作,大多写于宁古塔地区。首先它真实记录了方氏父子流放中的心路历程。顺治十六年(1659)闰三月初三,年已六十四的幡然老翁方拱乾携家眷数十口由京师动身出塞,十二日后抵山海关,写下《何陋居集》第一首诗《出塞送春归》:

> 出塞送春归,心伤故国非。花应迷海气,雪尚恋征衣。时序有还复,天心何逆违。攀条对杨柳,不独惜芳菲。

诗中有怨怅,也有希望,但都是淡淡的。在出关后相当长的一段时间内,方拱乾的心境都是如此。"市朝兴废寻常事,迁客何须问故乡"(《中后所城楼》),不愿提及这场冤案,也不愿提及故乡。但绝域异常艰苦的生活条件是难以忍受的:"春风不散穷边雪,阳得长嘘北海源。自痛飞霜寒彻骨,逢泉喜得尚名温"(《温泉》)。"屋不盈笏",一家数十口挤在一起,这姑且不说。没有毛笔,也没有墨,"鸡毛笔杂牛马毛,蘸稗子水当墨渖"(《何陋居集》序),这对一个爱好写诗的诗人更是不堪忍受的。随着流放时日的增添,淡淡的情怀变成浓郁的乡关之思,如《九日》:"郁郁逢朝雪,萧萧九日晴。异乡谁送酒,令节但存名。目断天无极,风高沙自惊。莫嫌人迹远,雁亦罢南征。"不仅思乡之情日浓,冤狱之下对朝廷的怨愤也日增。顺治十八年(1661)冬月初一,方拱乾得到"召还"消息第十三天,他在《何陋居集》序中曾写下这么一段话:"纵观史册,从未有六十六岁之老人,率全家数十口颠连于万里无人之境犹得生还玉门者,咄咄怪事!"这当中不仅是怨愤,面对如此"咄咄怪事",诗人甚至对整个君主制度作出思考和批判,这在《月食歌》中表现得特别充分。诗人在这首杂言诗借题发挥,呵天骂地,激愤颇类蔡琰《悲愤诗》,也像《窦娥冤》中指天骂地的"滚绣球"一段:"尧囚舜僅,朱绝均丧。桀仁纣圣,汤篡武逆",是非善恶,悖反颠倒。于是诗人在发出"亦谁昭明,而谁聋聩"的疑问后,以"我知之矣",将批判的矛头直接指向最高统治者,指出这一切都是家天下、独裁制度造成的:"群天下亿万人并生以奉一人固已,山莫与陵川莫与介。更不奉一天,焉以制其威福,节其理欲?将膏亿万人之肉,不足供恣睢之一块。"这与黄宗羲那篇闪烁着民主主义光辉的《原君》中那段著名的议论:"荼毒天下之肝脑,离散天下之子女,以奉我一人之淫乐……为天下大害者,君而已也",是何其相似乃尔。读了这一段,我们就不难理解清廷对方家为什么如此震怒,其子方孝标在《滇黔纪行》中又为什么"极多悖逆语",有其父必有其子!还需指出的是:此诗写于顺治十七年(1660),比黄宗羲写于康熙二年(1663)的《原君》还早三年。

其次,当时东北边陲文化极其落后,章太炎甚至认为"宁古塔人知书,由方孝标后裔者开之"。《何陋居集》记述了相当多的史实和民俗,也是黑龙江现存的第一部诗集。它起着补史之缺或与其他史籍互相印证的作用,对中国东北边陲史、黑龙江文学史、民俗史、流人史皆有特殊之贡献。如渤海上京龙泉府遗址、明代奴儿干都司永宁寺碑、清初黑龙江军民抗击沙俄斗争等文化遗迹与历史事件,在清代文献中首次得到反映的,就是方氏之诗。方氏写有《古城行》《游东京旧址》《东京叹》等长诗就是有关东京城之作,《宁古塔杂诗》与《说龙江口》《海上凯歌》则是有关永宁寺碑与抗俄斗争之作。此外,《何陋居集》还描述了当地许多民俗,如清初盛行于黑龙江之人殉、上元节满族妇女在河冰上起卧脱晦气等。至于大量有关流人事迹的诗歌,更是生动、具体的第一手史料。

再次,《何陋居集》也记载了明清易代之际的社会矛盾和清军暴行,有的是诗人亲历。如《俘妾行》,叙述明季阁老何吾骝的儿媳陈氏,在战乱中被俘作了兵士之妾,又被大妇见妒,婉转求死而不能得的惨状;《鬼妾叹》记叙一蜀妇,一豫章女被清兵掳去为妾。清兵战死后又被投入黑龙江作"人殉"的经过,并发出"千载光华徒更耻"的民族慨叹!《广宇》讴歌在辽地与清兵激战中的壮烈牺牲明末总兵刘𬘯、杜松:"光熹往事伤心久,刘杜征魂带血还。"

这在文字狱相当酷烈,诗人自身又在流刑之中的境况下,是极为大胆的。另外在《归旗行》中,揭露清军镇压山东于七起义之后,大肆掳掠无辜妇女的罪行;《荒田行》揭露了县吏的横征暴敛、农民被迫卖荒田的残酷现实;《逻卒叹》嘲讽了腐败无能的官兵,遇贼即遁,而贼去之后仅能捕捉两个博徒借以遮丑的丑恶行径;《僧收枯骨》则反映了明清战争结束后,关外"枯骨尚如麻"的悲惨景象。

方氏的诗作中也有一些崇信佛理、道家乐天安命的诗篇,还有一些颂扬吴三桂、马士英、阮大铖等的诗作。

拱乾诗作关心贴近现实,语言质朴无华而意境安适恬淡,很像杜甫和王维之作。

二、戴名世　朱书

(一)戴名世

戴名世(1653—1713),字田有,一字褐夫,号药身,又号忧庵,因家居桐城南山,后世遂称"南山先生",也称为"潜虚先生"。他出身于一个下层知识分子家庭,父亲戴许硕是一个担囊授徒"以束修糊口"的穷秀才。戴名世从二十岁起,三十多年间过的也大多是替笔佣书的困辱生活。他辗转南北各地,教家馆,做幕僚,自谓"以笔代耕,以砚代田""非卖文更无生计"。直到康熙二十六年(1687),方以贡生考补正蓝旗教习,授知县,因愤于"悠悠斯世,无可与语",不就,漫游燕、越、齐、鲁、越之间。他在京师与徐贻孙、王源、方苞等人相聚,以针砭时弊、振兴古文为共同旨趣。康熙四十五年(1076)举应天试;四十八年(1079),中进士第一,殿试中一甲二名(榜眼),授翰林院编修。

康熙四十一年(1702),戴名世的弟子尤云鹗把自己抄录的戴氏古文百余篇,命名为《南山集偶抄》刊刻行世。此书一经问世,即风行江南各省。康熙五十年(1711),左都御史赵申乔,据《南山集》中引述南明抗清事迹,参戴名世"倒置是非,语多狂悖",戴因此被捕下狱被害。史称"《南山集》案",为清初三大文字狱案之一。戴名世的著作虽遭焚毁,但后人对其人品文章都十分景仰,以致其后的一百几十年中,清朝统治者虽上下搜索,几令禁毁,但《南山集》仍不断被人们秘密传抄。道光以后,清廷对文化的控制有所松动,所刻之版本逐渐增多。道光二十一年(1841),同族后人戴衡搜集整理遗文,编成《戴南山先生全集》十四卷,光绪年间张仲沅编《戴南山先生古文全集》等。今人王树民编《戴名世集》(中华书局版),共十五卷,是目前收集最完备的本子。

文学主张　戴名世针对明末清初空疏、食古不化、趋时逢迎的败坏文风,提出了立诚有物,率其自然,道、法、辞合一,精、气、神并重的文学主张。倡导"君子以言有物而行有恒";强调写文章要"率其自然而行其所无事"(《与刘言洁书》),以自然之文表达自然之情,直抒胸臆;提倡古文写作要淡泊、平质。所谓淡泊,也绝不是淡而无味,而是在淡泊中见雄奇壮阔,在淡泊平质中见美见奇(《答张伍两生书》)。戴名世论文,强调道、法、辞兼备,精、气、神合一的观点,实际已是方苞"义法"说和姚鼐"道与艺合""义理、考据、辞章"论的滥觞。戴名世所追求的气、神的审美主张,也开了刘大櫆"行文之道,神为主,气辅之"以及姚鼐"神、理、气、味、格、律、声、色"说的先河。戴名世可以说是桐城派散文理论的奠基者。在创作实践上,桐城文派的开创者方苞的古文是在戴名世的影响和指导下发轫的。戴名世说:"灵皋(方苞字)自与余往复讨论而相质正者且十年。每一篇成,辄举以示余,余为之点定评论。其稍有不惬趁心,灵皋即自毁其稿。而灵皋尤爱余文,时时循环讽诵,尝举予之所谓渺远不测者,仿佛想象其意境。"(戴名世《方灵奉稿序》)可见,被人们称为"桐城派"创始人的方苞古文,亦是经戴名世指点传授的。

戴名世不长于诗,但对诗歌创作也有不少精辟的见解。戴名世诗论,其基本精神与他的文论中强调"有物",崇尚"自然"是一致的。他认为:"志者,诗之本也。"(《刘险干庶常诗序》)强调诗歌应该"倡情冶思","出于心之自然"。他反对为了取名声争坛坫而有意为诗,指出若有意为诗,必然流于无病呻吟,矫揉造作,摹拟剽窃,因此,"有意为诗则诗亡"。

散文创作　戴名世的文学成就主要在于散文创作,以史论、史传、游记、序跋为主。

其思想价值主要表现在以下三个方面：

第一，戴名世散文中给人印象最深，也是对清廷刺激最大而招致杀身之祸的是坚持民族气节，歌颂反清义士的《南山集》。戴名世在书中不用清朝正朔，唯书弘光、隆武、永历等先朝年号，正是他坚持民族气节的表现。他不但在《与余生书》《孑遗录》中这样做了，在其他一些文章中，也是这样做的。如《弘光乙酉扬州城守纪略》，文题亦直署"弘光乙酉"，就是效仿陶潜"唯书义熙甲子"。正是出于这样的民族气节，他热情为明季志节之士如沈寿民、杨维撤、王养正、朱铭德、王学箕、画网巾等立传，盛赞他们守节不屈，义不仕清，慷慨殉国，智勇绝人。在《弘光乙酉扬州城守纪略》一文中，他更是怀着无限景仰之情，记叙了史可法率领扬州军民奋勇抗清、誓死不屈的光辉事迹；并记述了扬州城破，豫王下令屠城血腥事实，揭穿了清廷宣扬"天兵"为仁义之师，征服江南是"救民于水火"的谎言。《吴江两节妇传》记录了吴江人民以不从薙发令而遭杀害，"尸积城下者累累，皆糜烂不可辨识"的惨状。《王学箕传》则为汉族人民以不薙发而遭屠戮的空前惨祸发论。

在《南山集》中，戴名世不仅热情地讴歌抗清斗争，并热情地鼓吹"恢复"。如在《范增论》中，他借古喻今，为恢复大明事业张目。公开表明他所希望的，不但是志节之士以诗文见志，而且能"纷纷而起"，有所行动。在一则读《春秋》的笔记《八月庚申及齐师战于乾时我师败绩》中，更是借古喻今，明确地提出了"复仇"的口号，所以清廷判定的罪名是"倒置是非，语多狂悖"。

第二，对清初社会黑暗的批判。戴名世生活的康熙时代被正统史家誉为"盛世"。但在戴名世眼中，清初社会完全不是什么"盛世"，而是一个衰至极敝至极的"败坏之世"（《与弟书》）。在《南山集》中，戴名世揭露了统治者残民自肥，以致民不聊生的现实。《赠王序纶之任婺源序》一文，就集中揭露吏治的黑暗。《抚道论》中指出"群盗"正是"假手于文武大吏"，这种官吏才是"国家之大盗"。《曹先生传》中则讥刺那些为求富贵而摇身一变、腆颜事清的无耻晚明官僚。对于科举制度的揭露,戴名世也不遗余力,他指出这种制度不过是当权者诱致士人的名利之饵,而士人则以此为沽名钓禄之具,因此"讲章时文,其为祸更烈于秦火"(《赠刘言洁序》)。

第三,戴名世的山水游记及咏物抒怀之文极其有名。在这类文章中,作者常寓情于景,表现身世之感、愤嫉之情。《芝石记》在刻画芝石秀美形态的同时,就灵芝是否为"祥瑞"发论,指出统治者常以灵芝"文天下之太平,然是时天下果有道、四方皆清明乎? 未见其然也"。这无疑是在讥时讽世。《河墅记》以幽深淡远的文笔,描绘作者家乡桐城郊外优美的山水,表现了自己的身世之感和洁身自爱的情怀。

第四,史论和小品,或是见识高远、闪烁理性的光辉,或是言辞犀利,洞察入微。史论如《老子论》,认为老子所言,多"涉历世故之道",愤恨道教徒妄托老子为教主;《范增论》认为"定天下者必明于天下之大势,而后可以决天下之治乱";《史论》认为《史记》《五代史》是良史,皆发人之所未发。小品文《鸟说》用小鸟的遭遇倾诉自己和身处底层的人民的不幸。《邻女语》写西邻女陋而善嫁,东邻女虽美而无聘这种反常现象,来讽刺当时社会黑白颠倒、埋没人才的丑恶现象。《醉乡记》则用一个"天地为之易位,日月为之失明"的大醉乡来讽刺当时社会。在这个醉乡里,少数清醒者却反而被醉客"指以为笑"。与蒲松龄《聊斋志异·罗刹海市》可谓异曲同工。

戴名世散文,具体地体现了他的立诚有物、率其自然的文学主张。戴名世谈到自己的散文创作时说过:"胸中之思,掩遏抑郁无所发泄,则尝见之文辞,虽不求工,颇能自快其志"(《答朱生书》)。读《南山集》,很难见到言之无物、无病呻吟的文章,他的真思想、真性情,随处可见;读《南山集》,也很难见到徒具言语文字、行墨蹊径的"著华烂漫之章"。具体来说,戴名世散文呈现多种艺术风格:其史传作品艺术成就最高,笔法生动洗练、叙事周密翔实、语言自然朴素,很好地继承了司马迁、欧阳修的史传文学传统。方宗诚就认为戴名世的散文"颇得司马子长、欧阳永叔之生气逸韵"(方宗城《桐城文录序》),邓实亦认为"先生为文得司马子长之神归熙甫后一人"(《戴褐夫集跋》);梁启超则称赞他"史才特绝"。如《画网巾先生传》,此文用极其生动的笔调刻画了一个"其姓名爵里皆不得而知"的反清英雄形象,虽实录其事而人物个性鲜明,通篇寓庄于谐,情趣盎然。他的一些游记散文如《游天台山记》《龙鼻泉记》《雁荡记》《游大龙湫记》等,文笔清丽生动、清新健朗、"空灵超妙"(方宗城《桐城文录序》)。史论则言辞犀利,议论透辟,如《老子论》《范增论》《抚盗论》《史论》等,均能在朴素中见文采,平质中见雄奇。杂文小品如《盲者说》《鸟说》《邻女说》《穷鬼传》《醉乡记》《钱神问对》等,则继承我国杂文的优秀传统,"嬉笑怒骂皆成文章",具有很强的战斗性。

(二)朱书

朱书(1654—1707),名世文,字字绿,号恬斋。祖籍鄱阳,明洪武二年(1369)迁入安徽宿松杜溪(今碎石岭朱家大屋)。此处有杜溪蜿蜒流过,遂以"杜溪"为别号,并作为文集名,世人亦尊称他为"杜溪先生"。其父朱光陛亦为士人,颇有气节。值明清易代之际,不愿屈节仕清,遂隐居于天柱山麓,设乡塾课徒为生。顺治十一年(1654),朱书诞生于潜山县敢山冲。朱书从父亲那里接受了良好的儒家教育和气节熏陶,加上自幼聪明,五岁能诵"四书",十岁通晓典文。"稍长,教以古今世变、忠孝诸大节,博习诗、古文辞,顾摒干禄之学,不使进"(朱书《先考仲藻君府君事略》,见《朱书集》,黄山书社1994年6月版)。因家庭贫困,常夜燃枯枝照读。即使负薪舂米也手不释卷。就在这种极其艰苦条件下,他"博览群书,经史子集韵部皆手录,日作蝇头楷二万余,且加丹点"(《宿松县志·朱书传》),表现出惊人的学习毅力,为日后成为古文大家打下了坚实基础。

在父辈熏陶下,朱书早年无意仕进,康熙十三年(1674),朱书新婚不久就效法父亲在家乡杜溪和严恭山下设帐授徒。康熙二十三年(1684),朱书在繁昌县新港遇戴名世,互赠诗文,奉为文章知己;越两年赴安庆应试,与方苞相交莫逆。旋以选贡入太学。当时海内知名人士,云集京师,朱书褐衣布履,乐在其中。第二年即离开北京云游天下:浮大江,出浦口,走淮南,入畿辅,辗转于燕、赵、齐、鲁等地,读万卷书,行万里路,终化作锦绣之文,他的代表作《游历记》和《杜溪文稿》若干卷均写于其间。

朱书晚年，因挚友方苞、戴名世力劝，才认真研习青少年时代摒弃的"干禄之学"八股时文，准备参加科举。四十九岁，复至京师应顺天乡试。五十岁连中甲、乙两科。康熙四十二年（1703），以殿试二甲四十名登进士，授翰林院庶吉士、编修，声誉一时赫然公卿间。五十一岁时，被召入武英殿，纂修《佩文韵府》和《渊鉴类涵》，颇得康熙的器重，获御赐松花岗砚及鹿雉鱼等物。

康熙四十六年（1707）六月十九日，朱书在京师病逝，终年五十四岁，归葬于故乡杜溪，方苞为其撰写墓表。

朱书一生，勤于笔耕、创作颇丰，著有《朱杜溪稿》《杜溪文集》《杜溪诗集》《恬斋日记》《恬斋记闻》《恬斋漫记》《恬斋诗文集》《游历记》《松鳞堂偶钞》《寒潭琐录》《谋野录》《古南岳考》《评点〈东莱博议〉》《朱字绿古文钞》等。编纂有《宿松县志》《仙田诗在》等乡邦文献。

朱书是清初出色的学者和文学家，有人将他和方苞、戴名世并称为"清初桐城文坛三星"。他的文学才华，当时就受到文坛各大家的器重和推崇，方苞为朱书撰写墓表，称赞他"文章雄健"，戴名世称他是"才气横绝一世，文章为百世之人"，甚至认为自己《南山集》由于有朱书作序，"则予之文且赖字绿而传也"。地方志书称他"所著汪洋浩瀚，如江河之东沛"（《宿松县志》）。但是，这位堪与方苞、戴名世比肩的一代才人、"桐城派开山之祖"之一，由于受戴名世"《南山集》案"的牵连，不仅名字从《佩文韵府》编纂者名单中消失，他的著作也遭到禁毁。现存仅清贻馆藏版《朱杜溪先生集》十一卷，荫六山庄藏版《游历记存》一册，且"多磨灭错乱，至不可读"（方东树《朱杜澳先生集序》）。清人论"桐城派"的产生，仅及"桐城三祖垒屋造厦之功，避而不谈朱书、戴名世奠基铺路之绩"，以至于海内外学者，罕知其人；研究论著，寥若晨星。好在自20世纪末，朱书以渐渐引起皖人尤其是安庆一带学者注意：先有蔡昌荣、石钟扬《朱书集》编著问世，继有汪军、石钟扬、徐文博等安庆师范学院的若干学者研究论文发表，徐心寰亦撰有《朱书年谱》。新世纪开始后，宿松县也成立了朱书研究会，2011年4月举办了第一次研究会。这皆预示着朱书的文学史地位和创作成就得到了越来越多的重视和肯定。

1. 思想与文学主张

朱书是位杰出的古文家,也是一位关心国计民生、深谙治国理政之道的务实学者。他颇有志节。年轻时代在父辈熏陶下,无意仕清,在家乡杜溪和严恭山下设帐授徒以保持遗民操守。为寄托反清情绪,朱书同戴名世、方苞一样,曾不遗余力地编修《明史》。为补正史之不足,朱书致力于地方文献的搜集,专门为此发出《告同郡征纂皖江文献书》。因为他认为官修史志人物搜集偏颇,甚至有意忽略一些抗清的有志节人物,他批评官修的《江南通志》,说:"明以来不过数百人,《府志》十八卷,人物仅两卷,人各数语,不但不足概其一生,而卓然可传后世者或复不备。书不敏,窃不胜悼惧,恐先贤沦弃不得以闻也。"其中,那些"卓然可传后世"却被《江南通志》有意忽略的"先贤",自然是指那些明末清初坚持民族气节的志士,他拟在"皖江文献"中将其专列,"别为一书",垂于后世(同上)朱书的一些政治见解也颇有眼光和洞察力,如他批判当时一些贪官污吏不求学知而擅长登龙术,在登上高位后又求名以学者自居,写下前后两篇《仕而优则学》(见《朱书集》),力主"学而优则仕",而反对"仕而优则学",这在今天仍不失战斗的锋芒。又如批判《二十四孝图》中的"郭巨埋儿"违反人的至情至性,是伪孝:"其最谬者,尤莫如郭巨。亲之所爱,虽犬马,没世不敢弃,况吾子乎?君亲一也,易牙杀子食君不得为忠臣,杀子娱母得为孝乎?父之于子,反服礼也。无罪而杀子,可乎?亲之爱吾子甚矣,忘其死……以生母,乌知不益吾母之疾而惨伤以死乎"(《书村塾二十四孝传后》)。说明朱书虽挚信宋明理学,但并没有理学家的迂腐。在《使民以时》中,告诫执政者不要滥用民力,"使之者太烦,而民几顿也";在《百工居肆以成其事》中又告诫执政者必须让百姓安居,这样才能乐业,社会才能安定。这些见解,直到今天仍有其指导意义。

朱书晚年,因挚友力劝,方一改初衷赴京应试,中举后授翰林院庶吉士、编修,颇得康熙的器重,这改变了朱书的人生道路,也使朱书思想起了变化:此时的感受已不是《宿松县志》和有的学者称道的"仍'素性泊如,不竞仕进,仍日事著书'",而是"儒生斗沐天家宠,敢道雕虫薄班马"(《入殿纪事诗三十首其一》),"最喜和衷符圣训,岂惟投份得交情"(圣制有"几班鸠鹭劝和衷"之句,《入殿纪事诗三十首》其二),并在诗序中坦然道出得近天颜,秉承教诲的惊喜和写作颂圣诗缘由:"已在石渠之阁,不殊日近天颜;聿来玉几之书,并得时闻帝训。开械天上,积有见闻;归沐私家,载形歌咏。"也许正因为他的恭顺和颂扬,尽管他是戴名世的好友,又为清初第一大文字狱案《南山集》作序,但并未受到很重的责罚和追究:既未像同为《南山集》作序的方苞那样入狱,更未像死去的方孝标那样被刨坟破棺、锉骨扬灰,全家充军黑龙江。其实,朱书的人生经历和思想转折,与他的好友戴名世非常相近,也是明末大多数士大夫遗民及其后人共同的政治选择。

朱书的学术思想,属清初程朱派理学。他为坚持程伊川的"敬义夹持",曾与陆王学派的李二曲辩论,否定王阳明"四句教"首句"无善无恶心之体"而肯定次句"有善有恶意之动"。对《周易》六十四卦,他强调谦卦,叫人忘却心中实有。他褒赞张载《西铭》"民胞物与"即天人合一的精神化境,认为民风应尽量削减违反和谐社会的诉讼,表现出实用的一面,与理学家的空谈性命有所不同。

朱书的文学主张中,对古文倡导和理论阐述,尤其是桐城派文论和文风的建设,有着不可磨灭之功。从幼时起,朱书在父亲的教导下就"摒干禄之学","博习诗、古文辞",成年后,与方苞、戴名世并称"古文三杰",是"桐城派开山之祖"之一:"杜溪古文,与桐城业为开山之祖"(《宿松文征续编》)。只是由于受"《南山集》案"的牵连,被清儒避而不谈。在桐城文派理论建设上,朱书起着承前启后之作用。朱书与方苞、戴名世为好友,亦是同道。其中戴名世作古文最早,且有创建一个流派的雄心,他曾说:"余尝以为文章者,非一家之私事。"(戴名世《杜溪稿序》)诚如方苞所说:"学成而业于古人者,无有也;其才之可拔以进于古者,仅事数人,而莫先于褐夫(戴名世字)。"(方苞《戴南山集序》)在戴世名的影响下,当时一批人学作古文,然得个中三昧者,莫过朱书、方苞。朱书是在戴名世的直接指导下作古文的。戴名世说:"乃与字绿(朱书字)年相若,余之学古文也,先于字绿。而字绿之为古文,余实劝之。"(戴名世《杜溪稿序》)朱书在接受戴名世作古文的劝谕以后,"志益高,读书益勤,而文章日益工",致使戴名世说:"今得字绿岿然杰起,即余亦可以辍笔","苟有撰者,必就正于字绿而后存"(戴名世《杜溪稿序》)。朱书古文结集刊刻,必戴名世作序,朱书说:"吾之文章,非吾子莫传焉";戴名世古文付梓行世,亦请朱书为之序,戴名世说:"则余文且赖字绿而传也。"(朱书《戴南山集序》)他们这样互相推重,不仅仅出于深厚的友情,更重要的是要用自己的创作实践推动古文运动的兴起和发展。方苞则是在戴名世、朱书的影响下作古文的。方、朱两家堪称世交。朱书是方苞兄的授业师,与方苞父亲为莫逆。据方苞回忆:"先君子每不自适,辄曰'为我召朱生'。字绿体有臭,夏日尤甚,然每与先君子酬嬉,终日解衣盘礴,余兄弟左右其间,不觉其难近也。"(《朱字绿墓表》)朱书与方苞二人自订交之后,来往密切,从未间断,方东树曾说:"先生与吾宗望溪侍郎交最契。"(方东树《朱杜澳先生集序》)方苞自己也说:"余之交未有先于字绿者","生平挚友,相聚之久且密,未有若字绿者"(《朱字绿墓表》)。同戴名世一样,方苞对朱书的古文成就也有很高的评价,据《宿松县志》说:"古文自前明归熙甫后首推方氏灵皋,方尤推服杜溪,尝徒步访之,留数日,语曰:'古文吾不如子,楚军出巨鹿,一战霸矣。'"足见朱书古文的成就和他在桐城派创始人心目中的地位。《宿松文征续编》在介绍朱书的《杜溪集》时说:"杜溪古文,与桐城业为开山之祖,名重海内,二百余年无间然,不待刊而行,不假诸家叙论而尊也。"可见,人们早就将朱书与桐城戴名世、方苞业列,同视为桐城派的宗师。朱书作为一代宗师,对桐城派的发展是有着深远影响的。桐城派自方苞揭"义法"之帜,而后经刘大櫆、姚鼐,至方东树,已历四代。方东树在回顾中国古文产生历程中,曾说朱书"一时交游之士",皆"国初硕学宿儒","先生与之驰骋议论并驾角立,而其文又皆经事析理之言,高峻曲畅,气韵温厚,得法雄深,无一语为时人所能措","国朝诸名家著书如此者实不多见,是故将追古之作者,如孙樵、李翱、苏洵、曾巩辈,并垂不朽于天壤"(方东树《朱杜澳先生集序》)。这里所说的"国朝诸名家"自然包括桐城派主将方苞、姚鼐等人。方东树是将朱书放在唐以后的古文发展史上，来肯定朱书在桐城文派理论和创作成就以及其文学地位的。

具体到他的古文主张，也是桐城文派基本理论方苞"义法"的前驱。朱书古文理论的核心是"义理"，对此他反复强调："予之所以辩驳者，义理也。"从"义理"出发，他极其重"道"，继承古文家韩愈之说，强调"道"对"文"的统帅，视文章为"致道"的手段："盖君予之为文也，不放文乎求之，而必放道乎致之"（《论文之所以载道也》）。但朱书文论的优长之处在于，他同时又重视"文"的讽谏教化作用，甚至也像"道"一样，"文生天地之间"。他在文中，还就文章的内容和形式之间的关系作了一个生动的比喻，指出"文"者为轮为辕，"道"者为车。在朱书看来，轮、辕与车架，既有各司其职的一面，又有合为一体的一面。朱书的这一观点，与戴名世的"道而法"、方苞的"义法"论是一脉相承的。在讨论诗歌的形式与内容关系时，明确地指出"情"是诗的内容，"声"是诗的形式，前者正是借助于后者表现出来的。作诗该当"以声和永，以律和声"，"夫人当患难意困流离转徙中，宜其心愤恚而不平，其发而为声"。在这里，诗的形式的重要性被突显出来了。在《药说》中还借题发挥，把文章比作一帖医治"烦热、躁急、溃乱者"的好药方，这都是在强调文学的社会效果和独特作用。

在对文学传统继承上，朱书也持较为客观清醒的态度，既反对"好逞臆见以翻古人之说"，又反对"不明是非曲徇古人之说"。他在《阎微君百诗先生传》一文中明确地把"破古今之疑""正前贤之误"当作为文的一个目的，天经地义的责任。其理由是："朱子书、书经，后常疑之，然未究其详也"。在朱书看来，大学问家朱熹尚有未究之事，经书也多可疑之处，其他古人、古文的不足也就在所难免了。所以，他在《评点东莱博议序》一文中借魏冰叔之口下了这样的断语："古人之文，自左史以下，各有其病。"这种不鄙薄古人也不迷信古人的态度，至今也可作为我们批判继承文学遗产的箴言。

朱书重视提倡古文，但并不盲目排斥时文。实际上在《朱书集》中，创作数量最多的是时文。他反对的是时文禁锢思想,荼毒人心:"予谓时文本非所以用世,而非借时文则所以用世者无由见。然英雄潦倒其中,亦何悫也。"(《刘大山时文序》)主张时文内秉圣贤正道,外讲水利农桑、得失兴废,言之有物,有用于世,"用以佐天子而仁寿吾民",能够如此,"夫时文未尝不足以得人也"(同上)。朱书所作的时文,大都皆是《使民以时》《百工居肆以成其事》《饭蔬食饮水》之类治国修身、重视农桑的实用之学,比起方苞、姚鼐等桐城派一味排斥时文,显得更为理智和实用。

2. 文学创作

朱书一生著述有十余种之多,惜因他死后不久受戴南山文字狱的株连,大部分文稿已毁没失传,仅存《朱杜溪先生集》《游历记》《评点东莱博议》诸书。

《朱杜溪先生集》原名《朱杜溪稿》,由戴名世于康熙三十九年(1700)刻印并为之作序。因"《南山集》案",朱书孙朱效祖惧祸而毁其版,后仅以抄本辗转存世。道光十一年(1831),方东树受朱书族孙之请,校订其诗文集十卷并写有序文,惜未付梓印行。道光三十年(1850)宿松人石广均(进士、兵部主事)在此基础上编校成《朱杜溪先生集》,这是继戴名世刻本后第一个朱氏诗文集善本,称"清贻馆(石广均居所名)本"。咸丰三年(1853),太平军入宿松,"清贻馆本"复毁于兵燹。光绪十九年(1893),宿松人黄修礽除去清贻馆本中诗赋三卷,增补《游历记存》,变成单一的文集,在广东书局出版,称为荫六山庄本。1994年,蔡昌荣、石钟扬以清贻馆本为底本,以荫六山庄本参校,并补入《游历记存》,成为一个集朱书诗文赋颂,包括时文的最完备的一个辑本《朱书集》,由黄山书社出版。之后潘大椿又从《宿松文徵》中辑得《杜溪杂言四章》《喜惠民祠落成》《曲阜恭读〈幸鲁盛典〉并得与观丁祭谒拜林庙纪事一百韵》《〈仙田诗在〉序》四篇散佚诗文(《古籍研究》卷下)。相信随着朱书研究的深入,朱书大量散佚的作品会被陆续发掘出来。

朱书之文涉及赋颂、碑铭、游记、序跋、记传、杂著以及八股时文诸多方面。最能反映他文学价值和时代贡献的是其古文,其中又以《游历记存》为翘楚。另外朱书文集中时文数量最多,有一百四十多篇。如前所述,朱书所作的时文,多是治国修身、重视农桑的实用之学,不同于只讲形式、敷衍成文的八股,因此也有一定价值。

古文 《朱书集》中的古文包括记、序、书、传、论、跋等几种形式,包括潘大椿的辑佚,共五十一篇。其中最出色的是《游历记存》。康熙二十六年(1687),时年三十四岁在京以选贡入太学的朱书利用行补官学教习机会,先后以八年时间,历游齐、鲁、燕、梁、秦、楚、吴、越等诸地,写出《游历记》和《杜溪文稿》若干卷,于康熙三十九年(1700),由戴名世作序在金陵刊稿成书。创作时间从三十四岁到四十二岁,正是人生阅历渐丰年富力强之际。由于书版被毁,文稿散佚,现在能见到的只是《游历记存》。但就从这现存十一篇来看,也足以窥察其古文的实力和思想的锋芒,如《小孤山记》。小孤山在作者的家乡宿松县境,作者以一个热爱乡土又深谙历史掌故的古文大家和学者身份来描述小孤山的地理环境、山势水文、历史掌故和周边风物,娓娓道来皆曲尽其妙又如数家珍。为了说明其文章功力,可与陆游的《小孤山》做一比较。

陆游《入蜀记·小孤山》记江上远望小孤山体及登山所见是:

自数十里外望之,碧峰巉然孤起,上干云霄,已非它山可拟,愈近愈秀,冬夏晴雨,姿态万变,信造化之尤物也。但祠宇极于荒残,若稍饰以楼观亭榭,与江山相发挥,自当高出金山之上矣。庙在山之西麓,额曰"惠济",神曰"安济夫人"。绍兴初,张魏公自湖湘还,尝加营葺,有碑载其事。……微雨,复以小艇游庙中,南望彭泽、都昌诸山,烟雨空濛,鸥鹭灭没,极登临之胜,徙倚久之而归。方立庙门,有俊鹘抟水禽,掠江东南去,甚可壮也。

朱书《小孤山》中同样是江上远望小孤山体及登山所见:

入江望山下,如银屑喷空。顷入急流,戒勿不测耳。江中急流盘舞,如龙象倒叠泼白沫,时时扑舟头上,亦不入舟。已而过溜,水稍平,溯江上,忽得急流,扬帆一瞬,即抵山麓,急落帆,维舟于山西北之隙。……维舟处,就山磊凿级高十尺,南升入洞门,上为壮缪祠。又西折升石级,南行复向东,上有祠三区,叠为楼,前虚后实,冠山首之腰,迎江西南为海门,铁柱在焉,宁海门第一关也。从上楼降,仍入中楼,北出东南升石罅,罅仅容人。中复北折上,凡数百级,下临大江,失半足即堕不测,而行者须旋转如走螺中。又路蹬摩胸,故称奇险,顷略插以女墙,少救震眩,然下仍须蹑空行,不无危也。罅尽又东升,无级,坎山为径,坎尽径几十许尺,始至巅,为小亭。亭内石上刻文曰:独立物表。东出亭后,有崖中断,如虬龙开口向天,仰啸须悬,度未能往也。山巅望江南,群山北来,及江斩在而止,似为所割截然者。彭泽城在西南山阿中,人烟市井,历然可见。北则苍然远山,皆在百里外地。

相比之下,陆记简约,专肖其山形貌,通过比较,间发感慨;朱记详尽,由山周之江水写到山路之崎岖,登山之感受,再及俯视之所见,文辞突兀而生动,让读者通过作者的客观记叙,更能体察此山之奇特壮美!尤其是对小孤山周围怒涛飞卷、急湍江流的描绘,更能衬托出这座长江绝岛孤拔峭然的风姿,对小孤山的"孤"有更深的体会。再如叙小孤山之得名,陆游引昔人诗(按:实则苏轼诗)"舟中估客莫漫狂,小姑前年嫁彭郎"之句,然后否定其得名之因:"传者因谓小孤庙有彭郎像,澎浪庙有小姑像,实不然也。"但究竟因何得名"小孤",并未道明。朱书《小孤山记》则引《水经注》和历代方志,证明此山以形得名:孤耸江中,亦似"孤芳自赏"。然后同意欧阳修的结论:此山得名与当地小姑嫁彭郎的传说无关,"昔人诗"不过是以讹传讹,讲清了陆游未道明的来由:

  水经注谓庐山下有孤石,介立水中,周回一里,竦立百丈,似孤芳自赏。欧阳修《归田录》亦称,小孤山在水中巍然独立,似屹立于江心久矣。志地诸家,宿松、彭泽每两载之。《同安志》:小孤山在宿松县东南一百二十里,与江州彭泽邻界。是古属宿松,不属彭泽也,志所云岂不诬也……永叔(欧阳修字)讥转孤为姑,谓庙像妇人为俚之讹。

朱书是当地学者,写当地人文,故能稍胜一筹。陆游为南宋散文四大家之一,其《入蜀记》亦是中国散文宝库的经典之作。朱书的《游历记》某些篇目能与之比肩,个别之处甚至稍胜一筹,是相当难能可贵了。

《游历记》语言峻洁,叙述突兀生动,曲折见情,颇得柳宗元游记、苏洵论说的神韵,如《山居记》描叙作者隐居之处就精彩纷呈:"春梨竞华,皤皤如碧琉璃环吾屋。喧者为鸟,为农歌,为渔笛,为樵、车声。震啸者为虎,跳跟者为獐、为兔,文而翔者为野鸡。坞下有洼,……塘浅水清,大鱼弗居,鲜鲨聚族其中,常与人狎。以手承塘水,呼群来嗽。所居背天柱(山名),面匡庐,烟岚昼收,前后在树梢,疑即几席";《泊湖口新设营汛记》记江南上游按察使张抚宁督促安庆一带设立营汛(江上巡防保卫机构)的经过,先从安庆一带水系谈起,继而物产,再及水上运输和盗贼横行现状,最后引出设立营汛之必要,以及张公为保证营汛正常运行的种种措施。娓娓道来,水到渠成,颇有欧阳修"不疾不徐,一咏三叹"之文风。另外像《郡伯刘公监兑漕粮记》,叙述主官哀愍民困所采取的种种利民举措,《游苦县濑乡记》认为"妖由人兴"屈膝祭祀土木形骸反会自受其祸,都表明作者不同一般的见解。方东树称赞朱书文风"高峻曲畅,气韵温厚,得法雄深",认为他能追攀"古之作者,如孙樵、李翱、曾巩辈,并垂不朽于天壤"(《朱杜澳先生集序》),也是指《游历记》中这类古文。

朱书还有一些书序和人物传记也颇有价值。书札主要反映他的政治理想和哲学观点,"序"则多为文序,主要反映其文学观点。书札中的《告同郡征纂皖江文献书》反映了他作为明末遗民的民族气节。他批评官修的《江南通志》有意忽略一些抗清的有志节人物,拟将这类坚持民族气节的志士"别为一书"。文中对地方志的重视和评价也足资借鉴。书信中更多的是与同道探讨理学问题,其中前后三封《答张采舒来札》堪称代表。其中对当时流行的王阳明心学渊源及其得失加以探讨,为中国哲学史尤其是安徽思想史提供了可贵的史料。相对于书札的冷静明晰,其人物传记则更多地带有主观感情的倾注,表达方式也有议论改为记叙和抒情为主,表现了作者不同的文风。其中《先考府君事略》和《亡妻沈长君述略》寄深情于家庭琐事的叙述描摹之中,絮絮叨叨,曲折见情,颇似归有光的《项脊轩志》,也得欧阳修《泷冈阡表》

之神韵。《龚隐君传》《傅处士传》在人物生平操守的侃侃叙述中亦见自己的志向和人生选择。文序在前面"思想与文学主张"中已提及，不另。

时文《朱书集》中八股文最多，有一百四十多篇。现在，学术界对八股文的评价已渐趋公允，不再将其视为"文章毒药"，而是有得有失。其优长是讲究对偶整饬，注重文章结构起承转合，将中文的形式美和声韵美推至极致。其劣败瘢陋在于内容只能阐发圣贤之道，结构也必须是"八股"，因而板滞僵化，不利于思想灵活自由发挥和形式的发展变化，因而受到有识之士的批判，但也出现"泼洗澡水连同婴儿也泼了出去"这种过激现象。朱书则不然，一方面他认为时文也可以内秉圣贤正道，外讲水利农桑、得失兴废，言之有物，有用于世，"用以佐天子而仁寿吾民"(《刘大山时文序》)，不可一概偏废。另一方面在创作实践上又能扬长避短，内容上关注现实、关注民生，写出一批像《使民以时》《百工居肆以成其事》《饭蔬食饮水》之类治国修身、重视农桑的实用之学；同时又结构轻灵，转合自然，骈偶之中给人以节奏和韵律美感，如"是以古人幼而就傅，长而博习，耄而不倦，计一生中无时而不学也；春诵夏弦，秋礼冬诗，计一岁中无时而不学也；朝而受业，昼而讲贯，夕而熟复，计一日中无时而不学也"(《子曰学而时习之》)。从人生——"一生"，从季节——"一年"，从时间——"一日"，落实孔圣人的"学而时习之"之教诲，语言对仗整饬，排比富有气势。《使民以时》的"破题"："今夫国有民，国之本也；民有力，民之命也。重国者必重其本，恤民者必恤民命"，将爱惜民力的重要和治国者的责任讲得清楚明晰，亦属要言不烦。

朱书的诗歌成就不如文，尤其是古文。其中一些寄赠应酬之作思想平庸，艺术上也乏特色。尤其是任翰林院庶吉士、编修后写的《入殿纪事诗三十首》一味颂圣，恭顺承旨，甚至还带有"黄函乍启重询姓，绿字初开喜动颜""儒生斗沐天家宠，敢道雕虫薄班马"之类的自矜和夸饰，与当年志节烈士形象已很遥远了。不过有些纪行、状物小诗写得还清新可喜、活泼动人，如：

> 两山如髻还相随，前者内顾后者追。——《望大、小蜀山》

榴梢吐艳花疑醉,蒲气迎人酒欲香。——《午日途中遇雨》

高临皖口一天雨,俯视江南千叠山。——《大观亭》

石咽泉声苦,霜明木叶多。——《汾上道中》

三、张英

张英(1637—1708),字敦复,又字梦敦,乐圃,桐城人。康熙二年(1663)举人。康熙六年(1667)进士,选庶吉士。康熙十二年(1673)授翰林院编修,充日讲起居注官,累迁侍读学士。康熙十六年(1677)奉命入直南书房。康熙十九年(1680),授翰林院学士,兼礼部侍郎。康熙二十五年(1686)授翰林院掌学士,旋迁兵部右侍郎。康熙二十八年(1689),迁工部尚书,兼翰林院掌院学士。后因事遭贬官,康熙三十一年(1692)复官,相继任国史馆《国史》《大清一统志》《渊监类函》《政治典训》《平定朔漠方略》总裁官。康熙三十八年(1699)十一月,拜文华殿大学士,兼礼部尚书。康熙四十年(1701),张英以衰老和疾病再次请求辞休,得到允准。康熙四十七年(1708)六月卒,葬于桐城市城西北四公里的龙眠乡双溪村"文和园",谥文端。雍正八年(1730),入祀贤良祠。乾隆初年(1736),加赠太傅。著有《笃素堂诗集》《笃素堂文集》《笃素堂杂著》《存诚堂诗集》《南巡扈从纪略》《易经衷论》《书经衷论》《四库著录》及《聪训斋语》《恒产琐言》等。其子张廷玉(1672—1755)为康熙时进士,官至保和殿大学士、军机大臣,乾隆时加太保,为官康、雍、乾三代数十年,参与了平藩、收台湾、征漠北、摊丁入亩、改土归流、编棚入户等一系列大政方针的制定和实行。对稳定当时政局、统一国家、消弭满汉矛盾、强盛国计民生都起到了积极而重要的作用。父子二人皆为官清廉,人品端方,均官至一品大学士,为两千年封建官场之罕见。

张英的诗歌主张见晚年所作的《聪训斋语》。他认为唐宋诗各有其特色,至于学唐或学宋,要根据年龄和身份:"唐诗如缎如锦,质厚而体重,文丽而丝密,温醇尔雅,朝堂之所服也;宋诗如纱如葛,轻疏纤朗,便娟适体,田野之所服也。中年作诗,断当宗唐律;若老年吟咏,适意阑入于宋,势所必至。"

其中五律最见唐宋之别:"参唐宋人气味,当于五律见之。"唐人五律成就最高,又以王维、孟浩然为代表:"(五律)断无胜于唐人者,如王、孟五言两句,便成一幅画;今试作五字,其写难言之景,尽难状之情,高妙自然,起结超远,能如唐人否。"其实,张英最爱的还是宋诗,尤其是苏轼和陆游,他自称"夕则掩关读苏、陆诗。以二鼓为度,烧烛焚香煮茶,延两君子于坐,与之相对,如见其容貌须眉然"。他有首诗云:"架头苏、陆有遗书,特地携来共索居;日与两君同卧起,人间何客得胜渠?"

至于如何写诗,张英认为,"一题入手,先讲求书理极透彻,然后布格遣词,须语语有着落,勿作影响语,勿作艰涩语,勿作累赘语,勿作雷同语。凡文中鲜亮出色之句,谓之调,调有高低;疏密相间,繁简得宜处,谓之格;此等处最宜理会"。

张英的散文有《恒产琐言》和《聪训斋语》,皆是辞官归隐后所作,皆为修身、治家的格言。其中《聪训斋语》是以其官宦仕途、为人处世的切身体会,结合古圣时贤的言行事例,教训子孙如何持家、治国、读书、立身、做人。他以"务本力田,随分知足"告诫子弟,常常用自己生活中所见、所闻、所思、所感的些微小事,透析深刻的人生哲理,言简意赅。如他说的"书卷乃养心第一妙物""为人生颐养第一事"。他认为读书要讲究方法,如《六经》、秦汉之文,词语古奥,须从小读起。"毋贪多,毋贪名,但读一篇,必求可以背诵"。书读过之后,必须全面掌握和运用,若不能举其词,那无异于"画饼充饥";如果能举其词而不能运用,也是"食而不化"。《聪训斋语》不仅使其子孙后人受益匪浅,同时也被世人所看重,清代至民国期间,数次翻刻,流传甚广。特别是曾国藩对《聪训斋语》,垂爱有加,要求子孙后人终生诵读。

张英的诗作主要存于《笃素堂诗集》。其中以应制诗君臣唱和为多,这类诗作多颂圣之词,即使是《纪行》之类诗作,也充斥"我独饱稻粱,毕世惭君恩"的感恩心态。《四库全书提要》说张英"矢音赓唱,篇什最多。其间鼓吹昇平,黼黻廊庙,无不典雅和平。至于言情赋景之作,又多清微淡远,抒写性灵。台阁、山林二体,古难兼擅,英乃兼而有之。其散体诸文称心而出,不事粉饰,虽未能直追古人,而原本经术,词旨温厚"。并分析其原因是由于"遭际昌辰,仰蒙圣祖仁皇帝擢侍讲幄,入直禁廷,簪笔雍容,极儒臣之荣遇"。其实,呈现这种雍容平和诗风倒也并非全因身处台阁,位极人臣,与他信奉程朱理学亦有关系,如"少小日长思隐几,冬烘头脑意难堪。一从失却青青须,始觉人间午睡甜"(《四郊杂诗》其二)、"何缘却向风尘老,白尽髭须减尽狂"(《夏浅》)。一些行旅诗也缺乏深意,仅为故乡之思而已,如《寒食河间道中》二首:"驱车日暮尚裴回,寒食今朝何处。渐喜柳从归路碧,始知春自故乡来";"千村禁火烟空冷,几树临风花渐开。丘垄旧山兄弟在,漫忧阴雨积莓苔"。这类诗作虽无含蕴,但清微淡远、语言平易,抒写性灵,偶有一些诗句流走之中亦见精练剪裁,颇似他喜爱的陆游,如《赠何匡山次梅村韵》中间四句"但有一经杨子宅,曾无千树木奴庄。清琴浊酒莺花日,雨笠烟蓑蟹稻香"即是如此。杨雄喜读书,闭门著《太玄》,李衡喜治家致牟,私植橘树千株,称为"木奴"。诗人将两典对举,并用"但有""曾无"冠之,人生选择自现,写景之中亦咏志。还有一些诗篇,平易之中蕴藏哲理,如这首七绝:

  千里修书只为墙,让他三尺又何妨。长城万里今犹在,不见当年秦始皇。

  据《桐城县志》记载,张英故乡亲族与邻居吴家在宅基地上发生了争执。家人飞书京城,想让张英出面"摆平"吴家。而张英却回了这首诗。家人接信后,遵嘱立即让出三尺土地。吴家得知后深为感动,也效仿让出三尺,于是成了一条"六尺巷"。张英为人"厚重谦和",与人相交,一言一事,考虑"皆须有益于人"。康熙曾对执政大臣说:"张英始终敬慎,有古大臣风。"从这首诗中可见一斑。但这首诗告诉我们的不仅是做人要谦和利人,而且昭示物质与人、让与争的辩证关系,显露出其哲理光辉。

  张英诗作总体风格是典雅和平、清微淡远,但不意味着没有慷慨之音、深沉之叹,如这首《送钱饮光归里门》:

  湖海人归已廿年,卜居犹待卖文钱。欲谐禽向三山约,须觅枞江二顷田。花雨红时携锸往,荷香深处抱书眠。剪灯频话家园好,未遂沧浪意惘然。

"饮光"为清遗民诗人钱澄之的字,与诗人是同乡。明亡后他曾在吴江起兵抗清,失败后结庐田间,坚决不与清廷合作。其诗文因多当局忌讳之语,在乾隆年间曾被禁毁。张英作为身受康熙宠信的大臣,在这首诗中不仅对钱澄之的贫穷深为感慨,而且对他的淡泊好学深表敬意,结句居然是"未遂沧浪意惘然",表示为不能像钱那样归隐田园而感慨万分,可见和平淡雅的深处还是内藏血性的。在《松树行同沈康成作》中,诗人叙述慈仁寺十多株古松从山中移向"车尘"的遭遇:"横遭厮养辱,强索冠盖怜","一夕风雨过,萎黄何忽焉"。结尾虽是"吾子勿复叹,物各全其天",自我安慰、乐天知命。但其中的不平是可以掂量出来的。

四、朱卉

朱卉(1678—1757),康乾时期安徽重要诗人之一,吴敬梓的好友。字草衣,初名灏,字凌江,号织履山人,因有诗"秋草人锄荒草地,夕阳僧打破楼钟"(《谒孝陵》),人称朱破楼。据《芜湖县志》,朱是休宁人,其先侨居芜湖。朱卉童年非常不幸,四岁父亡,母改嫁欲携之往,卉不肯,依舅氏。不多久,舅舅又去世,只得寄吉祥寺僧下。成年后以教书为业,原聘妻家促婚,卉自度贫无以为家,乃书文书退之,直到中年侨居上元时始婚。有一女,晚年依女以终,自营生圹清凉山下。病重时作辞世诗,肩舆遍诣亲旧作别。墓碑为袁枚题写:"清诗人朱草衣之墓"。有《草衣山人集》四卷,另有《暮年诗》一卷,今均不传。北京国家图书馆有一抄本,名《朱草衣遗诗》,上、下两卷。

朱卉性喜吟咏,工近体,《朱草衣遗诗》上、下两卷均是近体诗,共录七律一百四十首,七绝一百九十六首。朱草衣迫于衣食,所历半天下。从他的遗诗来看,他到过扬州、仪征、新安等地,游过湖南、湖北、江西、贵州、广东、山东、河北等省,多有诗记所游历,如《泊蕲州》《访赣州》《次巴陵》《发黔阳》《出黎平》《抵南雄》《过佛山》《过蓟州》等,"冀北天南隔万里,年年只在道途间"(《答胡静远明府》),而且全家跟着漂泊:"又是一年随分过,全家都作信

天翁",其中辛苦凄凉可知。同唐代诗人孟郊一样,诗作多表现自己的贫寒生活,写得真实而哀苦。如《冬日述怀》:

> 断鸿声里沉寥天,双鬓萧萧又一年。四壁朔风衾似铁,半窗寒雨屋如船。女嗟夜缺缝裳火,妇叹朝无籴米钱。乞食诗成频点窜,扣门知向阿谁边?

诗中对自己的贫困生活作了集中的描述,诗人说自己"乞食诗成频点窜",这并非夸张。《朱草衣遗诗》中就有数首谢赠米诗,如《谢杨朗溪太史惠米》:"武陵岁歉米如珠,买遍空城处处无。君念修龄今日饿,特分五斗到荒厨";《谢王澄斋员外赠米》:"深巷蓬门昼不开,孤吟窗下拨寒灰。城南白发王员外,风雪停车送米来";《谢王溯山馈米》:"粮尽荒厨几日来,鱼生釜内腹雷鸣。指囷八斗劳相送,足见君如子建才"。可见朱卉经常要靠友人接济才能度日,风雪之中,无米无柴,粮尽厨荒,挨饿几日,已是生活常态。这些饥寒诗不仅真实地记录了朱卉的生活状况,也是当时社会生活的真实记录,有一定的史料价值,如"武陵岁歉米如珠,买遍空城处处无"。这也是当时下层文人的生活常态,如吴敬梓也接受过王溯山馈米(见吴《丙辰除夕述怀》)。吴敬梓亦是朱的好友,吴集中有赠朱卉的诗《寒夜坐月示草衣二首》以及词《金缕曲》《燕山亭》等。其中《金缕曲·七月初五朱草衣五十初度前半阕》简括了朱草衣五十年来辛酸岁月,可作为当时包括吴敬梓在内的贫苦士人生活的写照和共同的心声:"织履堂中客,闲风尘,如流岁序,行年五十。南越北燕游倦矣,白下凿坏为室,似巢父一枝栖息。昨夜桐风惊短梦,把园林万绿都萧索。秋士感,壮心迫。"

朱卉在贫困中饱尝了世态炎凉,也深深体会到上层统治者所谓尊贤、选材的虚伪:"得意客终无信至,罢官人迭有书来"(《春寒感事》)、"明良世正搜遗逸,雨露恩难到薜萝"(《寄家兄》)。乾隆南巡见贤旷典,他沾不到半点雨露之恩,博学鸿词试也无他的份。但可贵的是,诗人生活虽然窘迫但仍不改初衷,头颅高昂:"作客不随人俯仰,无官一任鬼揶揄"(《春日闲居》)、"萧然书剑老狂夫,游遍诸侯尚故吾"(《真州访刘圣基》)。他有一首《自题小照》:"往事从教付子虚,不僧不道不樵渔。早知未有封侯骨,何必金门两上书。"诗中有对当年应试的自悔,更有与仕途的决绝和自悟,夫子自道,足以见其为人。

《遗诗》中还有相当一部分是对家庭不幸的伤怀和不公命运的控诉,这部分写得哀伤欲绝,更为动情。命运对朱卉似乎格外苛刻:如上所述,朱卉四岁丧父,依舅氏不久舅舅又去世,他在《遗诗》中两赋悼亡;家贫无法娶妻,好不容易熬到中年娶妻生子,面临的又是女夭儿殇,在命运重锤的接连打击下,他椎心泣血、如痴如狂,接连写下《哭槎儿八首》和《哭亡女墓》,长歌当哭:

不听猿啼已断肠,如痴如醉痛儿殇。山窗窗上糊窗纸,尚有涂鸦字两行。——其二

挈榼提壶动四邻,都来抚慰说前因。可怜挈榼提壶者,半是吾儿共学人。——其三

诗人通过糊窗纸上留下亡儿的习字,通过前来吊唁的亡儿同学这些典型的细节来抒写物在人亡之悲。在字句的锻造上,诗人特意选用应该避讳的重复字词,如"山窗窗上糊窗纸",四句之中两次出现"挈榼提壶",来表现欲哭无泪之际无心择句的伤痛,再加上直白的语言直抒其情,都增强了诗歌的感人力量。

《遗诗》中还有一些山水田园之作,其中不乏写景状物或写人的名句,如"人临春水遥呼渡,僧对梅外静掩门"(《过螺墩精舍看梅》)、"当落照前升片月,隔长虹外殷晴雷"(《秦淮水阁分韵》)、"寺藏雪里闻寒磬,塔出林端见夜灯"(《冬日登谢公墩》)、"江春托钵云双足,岭夜担簦月一肩"(《慧心上人相遇广陵》)、"施蓝水面依然冻,染黛山眉总不开"(《春寒感事》)。至于"秋草人锄荒草地,夕阳僧打破楼钟"(《谒孝陵》),诗人因而得一诨名"朱破楼"。朱卉还有首关于安徽芜湖的诗,题为《过芜湖》:

芜湖城近大江边,先世菟裘记最真。重过故乡空一望,白云亲舍已无人。

朱卉幼年在芜湖度过,所以诗中称芜湖为故乡,从诗中所云"先世菟裘"

来看,朱卉祖先还是很显达的。

朱卉以五律见长,程晋芳称赞朱的五律说:"五字清无敌,江南老布衣"(《赠朱草衣》),现存的诗集中并无五言,但从袁枚《随园诗话》所称引的朱氏五言诗来看,确实写得不错,如"乱鸦多在野,深树不藏村"(《郊外》)、"羁身同海国,归梦各家乡"(《与客夜集》)、"长江纬地白,老树隔江青"(《大观亭》)等,皆色彩明丽、状物生动,韵律谐和,可称上品。

五、吴绮

吴绮(1619—1694),字园次,号听翁,又号丰南。歙县人,一说江都(今江苏扬州)人。顺治九年(1652)贡生,顺治甲午荐授秘书院中书舍人,官至湖州知州。为人清廉勤政,人称"三风(风力、风雅、风节)太守",因与上司不合被罢官。工诗词,曾组织"春江花月社"。著有《林蕙堂全集》《六怀词》《红豆记》《选声集附词韵简》《扬州吹鼓词序》和《岭南风物记》等。其诗直白平实,有意识学习乐府诗风。如《采桑篇》:

> 紫陌春风路,柔条压春树。晓起自携筐,盈盈采桑去。非直为蚕饥,畏郎无好衣。银钩正欲采,惊出黄莺飞。莺飞何决绝,踏得桑枝折。宁知桑树中,更有离人别。

诗风学乐府,诗意却很平庸。这种平庸在其他诗歌中也有流露,如《闻其年以博学宏词荐为赋短歌》,写"五年不得意"的陈其年被推荐中了博学鸿词科试,诗中描述陈中试以后的得意之态,不是嘲讽而是夸赞,特别是对当今天子的称颂,与上面提到的朱卉《寄家兄》中的彻悟,与同时代的吴敬梓拒绝应博学鸿词试,其思想境界是不在一个层面上的。但诗人亦有佳作,如《青山下望黄将军墓道》,其中的人物描写具体生动而有气势:

> 将军束发事边疆,浴血榆关四十霜。射雕并挽双飞鞬,回马常持半段枪。曾经搏战乌桓贼,手戮长鲸裹水赤。将军讨逆身先行,讨逆应先李茂贞。一喝逆流万人死,摧枯拉朽无坚营。楼烦出射弓矢堕,锦裘绣帽如雷火。紫电横飞灵宝刀,红冰腻结连环锁。

其中泛写和特写的结合、叙事和描写的交叠、实写和夸张的并用,诗中的豪迈气概和强烈的动态感,都颇似盛唐诗人李颀的《送陈章甫》。

诗人比较得心应手的是近体,而且以五律为佳,题材则以送别和山水诗较为成功。如《重阳后三日再集采友堂》:

> 元卿夜启关,蜡屐集花间。月静群鸦息,天高一雁还。世情逢酒淡,客计向秋闲。更有西山约,枫林叶正斑。

其中"月静"两句写出了清秋月夜的疏朗和静谧,也衬出诗人心境的宁静和淡泊。下面"世情"两句也就自然地化出。结句"更有西山约,枫林叶正斑"再上一层,更衬出"淡""闲"二字,结构精妙,步步紧扣。无论心态还是表达手段,都很出色。类似的心态和表达还有"残春生静夜,明月老空山。幽境能相许,尘心自不闲"(《长椿寺夜坐对月同仲潜作》)、"清兴因官懒,诗名借客留。何时能解绂,终夕对沧州"(《归云庵夜泛同愚山阮怀诸子》)、"吾道存书卷,余生讬酒杯。寄言鸥鸟伴,从此莫相猜"(《泊八里滩》)等。山光水色描摹较为出色的还有"帆开知雨霁,磬响落檐阴"(《赠雨青上人》)、"山烟孤塔回,湖色乱帆来"(《泊八里滩》)、"一钵软烟梧子饭,半锄凉雨菊花泥"(《同云止过石公房》)、"鸟追斜日穿虹去,龙斗惊雷挟浦飞。近海潮声秋隐隐,过江山色晚依依"(《夏日清啸楼晚望》)、"桐阴照槛客窗绿,荷叶满池人语香。江雨欲来鱼竞喜,山风忽动鹤先凉"(《红鹅馆纪事》)等。

六、刘体仁

刘体仁(1624—1684),清代前期的安徽诗人、书画家和文物鉴赏家。字公勇,号蒲庵,颍州(今安徽阜南)人。少时聪颖,过目成诵。顺治十二年(1655)进士,授刑部主事,因家难告归。在家乡研读学问,数年不出,直到康熙六年(1667)出补刑部员外郎,升吏部侍郎。在京期间,与王士祯、汪琬、顾炎武、黄宗羲等文坛领袖相唱和。康熙九年(1670),辞归故里。刘体仁诗文、山水俱佳,亦精于鉴别,长于鼓瑟。著有《七颂堂诗集》《七颂堂文集》《识小录》等。

刘体仁诗多咏物赠答之作,以五言古风为佳,画面意境则萧疏旷远,多抒萧散闲适之情,与诗人的山水画意相埒。如《松村访傅青主先生》:

城外好风日,骑驴投谷口。双塔出深松,历村翻在后。既涉石子溪,乃望岩间牖。柴门过樵牧,试问在家否。野色照须眉,下阶笑执手。生平良内愧,出言犹色忸。泪睫述家门,呼儿具杯酒。泛爱答夙心,所言皆师友。移情纵谈谐,遂忘风尘久。日暮徒依依,中心亦何有。

傅青主是知名画家和诗人,两人爱好相通、志趣相投,诗人通过一些外在形貌和动作的描绘,如"野色照须眉,下阶笑执手""移情纵谈谐,遂忘风尘久。日暮徒依依"等句,将傅青主的豪放性格和两人的友谊表现得十分生动形象。全诗语言质朴,按走访经过和时间顺序平铺直叙,简单得像一则日记,很像孟浩然的《过故人庄》。类似的古风还有《送戴务旃游华山》《赠归元公》等,也都是访友赠别之作。前者亦是按登览华山的路线和时间依次写来,后者亦是通过外在形貌和动作的描绘来生动体现人物的性格特征:

归生声名满天地,词倒峡流腹经笥。看山不计沽酒钱,对客转喉多触忌。口虽生花家屡空,黄金不肯谒王公。萧骚星鬘对尊酒,乌丝挥洒蜡炬红。岁暮一舟浮震泽,第二泉边我蹋屐。相逢大笑把君衣,枫楸丹黄霜烟白。令君好客如临邛,狂谈高咏争为工。深杯如泻三山海,泛君舌上青芙蓉。文采风流有先后,君家太仆如北斗。一时潦倒何足云,星日光芒自不朽。君今潦倒知者谁,真成历落复崟崎。寒波掀柁情无极,清颍藏名理钓丝。

诗中有赞誉,有称羡,也有安慰。从"看山不计沽酒钱""文采风流"和"清颍藏名理钓丝"等句来看,其中亦蕴有作者的人生理想、性格爱好和归趋。

七、姚文燮

姚文燮(1628—1692),字经三,号羹湖,一作耕壶,又号听翁,晚号黄檗山樵,桐城人。顺治十六年(1659)进士,授福建建宁府推官,因擅断狱讼改直隶雄县知县,后升任云南开化府同知,摄曲靖府阿迷州事。在任期间关注民生,修城筑堤,造桥修路,削减粮耗盐引,以抒民困,也能不畏权贵,曾责令旗人退还圈占的百姓良田。在任开化府同知时,适逢吴三桂叛乱,他亲往亲王岳乐军中报告叛军军情,协助平乱。晚年辞官,隐居故乡龙眠山。姚文燮能文会画,也是著名的学者,著有《羹湖诗选》《咏园诗集》《无异堂文集》《薙麓吟》等,主编《雄县志》。他的《昌谷集注》历来为研究李贺的学者所看重,与王琦的《李长吉歌诗详注》同为研究李贺的学术代表作。

姚文燮的诗作无甚特色,唯《阿迷州》等少数几首描叙少数民族地域风光以及摄领边州的感慨的诗作相对好一些。如《阿迷州》:

> 磴曲盘难尽,边州著阿迷。一丸天罅小,连笮瀑痕低。客榻依琴室,斋钟彻鹤栖。松滋旧图画,感触故山蹊。

诗中写出边州"一丸天罅小,连笮瀑痕低"的地域特征,以及"磴曲盘难尽"的险阻之状,也道出自己在异方怀念故园的思念。但"阿迷州"的少数民族风情、独特的民俗一字皆无,更不见"摄阿迷州事"的作者对其州生活、生产的关心注视,因此也算不上佳作。

第二章 清代中叶的安徽文学

　　所谓清代中叶,实际上应分为两个阶段,前一阶段为雍正、乾隆时期,这是清王朝的盛世,后一阶段为嘉庆和道光的前中期,此时国运趋衰,危机四伏。有关时代背景在此编的绪论部分已作述沦。清代中叶的安徽文学在诗文创作方面主要有包世臣、黄钺、夏之璜、马曰琯、李葂、曹文埴等;散文方面则涌现出清代文坛影响最大、延续时间最长的一个散文流派桐城派,此章主要介绍此文派的代表人物方苞、刘大櫆和姚鼐,及其主要传人管同、梅曾亮、方东树、刘开等人。

第一节 包世臣

一、包世臣的生活道路和文学主张

　　包世臣(1775—1855),安徽泾县包村人,乳名嘉禾,字慎伯,号倦翁、小倦游阁外史。泾县古称安吴,故又称包安吴。他不仅是清代著名的书法家,而且还是著名的经济学家和文学家。包生于耕读人家,自幼家境清贫,父亲包郡学"文雄郡邑",但由于性情耿直,"不得于有司",终以教蒙馆为业。包世臣五岁时,父亲就把他抱于膝上,"授以句读",七岁正式跟着父亲读《孟子》《大学》和《中庸》,受到良好的启蒙教育。后随父读书南京,直到十八岁才随患病的父亲回归故里。二十岁时父亲去世,包世臣在家丁忧三年后于嘉庆元年(1796)至嘉庆四年(1799),分别任职于安徽巡抚朱珪、湖北布政使祖之望、川楚左参赞明亮幕府,襄赞军务。由于珍惜名节,坦荡正直,往往不见容于世,在每处作幕时间皆不久。嘉庆五年(1800),二十六岁的包世臣东返江淮开始参加乡试,由于包世臣的文学思想在当时最富有批判精神和革新意识,犯了时忌,所以他应试屡屡不中,直到嘉庆十三年(1808),包世臣在六赴秋试以后才中恩科举人,年已三十四岁。从嘉庆十四年(1809)起参加会试,

先后十三次,又是屡试屡败。在此期间先后受聘于陶澍、裕谦、杨芳等人幕府,逐步历练成为一个备受封疆大吏推重的全才型的幕僚。直到道光十五年(1835)六十一岁的包世臣参与举人大挑,名列一等,方以知县分发江西,但还未赴任又逢母亲去世,丁忧三年,直至道光十九年(1839)才得署理江西新喻县(今新余县)知县,旋即被劾去职,任职仅一年许。这年鸦片战争爆发,包世臣早在二十年前就对英人图谋和鸦片之害就有过深刻的分析,这使他又成为此时朝廷钦差大臣的时政顾问和"外事专家"。林则徐南下禁烟时,将包"召之舟中,委问竟日"。包世臣晚年寓居金陵,无论在原籍还是在寓居之地"皆无寸产",但他安贫若素,淡泊自如。"江省督抚遇大兵、大荒、河、漕、盐诸巨政,无不屈节咨询。世臣亦慷慨言之,虽有用有不用,而其言皆足传于后。"道光二十四年(1844),七十岁的包世臣就任安徽旌德谭氏讲习。在此期间,他将生平著作整理为《管情三义》八卷、《齐民四术》十二卷,并充实旧刻《中衢一勺》(三卷、附录四卷)、《艺舟双楫》(六卷、附录四卷),命名为《安吴四种》,共三十六卷。

包世臣是活跃在清代中期一位杰出人物,不但是杰出的书法大家、文学家,也是一位有着丰富施政经验和杰出才干的经济学家和理政专家。在书法上他先后师从族曾祖包槐、邑人翟金兰、阳湖钱鲁斯、桐城邓石如,"肆力北魏,兼习二王",终成一代大家。在学术思想上,包世臣跳出当时的汉学、宋学之争,他远追荀学,近慕亭林,杂取考据学和今文经学,综合吸收诸家之长,在近代社会转型前夜的士大夫中很有代表性。他在嘉庆、道光年间独树一帜的学术路径,河、盐、漕、兵等实政领域的贡献,以及高风亮节的士人风骨,深刻影响了当时和其后的士林学风和大政改革。他非汉非宋、经世致用的学术道路,使包世臣研讨实政呈现当时罕见的少束缚、尚自由的洒脱之气,博采众长,受多方影响又形成他实事求是、勤勉务实的学术风格。他的周围又都是治学专精的大学者,如钱坫、李兆洛、张惠言、董士锡、周济、凌廷堪、恽敬、沈钦韩等,比包世臣年轻二十多岁的后学龚自珍、魏源等与包亦常有往还,魏源对包世臣继承尤多,这都使包世臣在当时学界达到别人很难企及的地位,受到多方的称誉:《清史·列传》称"世臣少工词章,继而喜兵家言,善经济之学";《清史稿》虽将其列入《文苑传》,却着眼在"有经济大略,喜言兵",是个能就"兵、荒、河、漕、盐诸巨政"慷慨言之"的经世人才;包世臣弟子范麟评价其《安吴四种》时称:"举凡宇宙之治乱、民生之利病、学术之兴丧、风尚之淳漓,补救弥缝,为术具设"(《读安吴四种书后》);今人吴则虞也认为包世臣在学术上是"上承亭林,下开龚、魏,旁及阳湖派诸子的一个重要人物"(《包世臣的学术思想》)。

但是,当前学术界无论是思想史、经济史还是文学史,对这位近代史上的拓荒者的研究却很不够,不但与受其影响的后学龚自珍、魏源相比难望项背,就是与对张惠言、周济、恽敬等文友的研究相比也有很大的差距,更不用说他在河、盐、漕、兵等实政领域贡献的研究了。1993年,黄山书社出版了李星点校《包世臣全集》,应当说为包世臣研究做好了铺垫,但十五年过去,包世臣研究似乎仍旧进展不大,与包的学术地位和实政贡献差距很大,这应当引起国内外学者尤其是安徽学者的关注。

二、包世臣的文学主张

包世臣的文学主张与他的经世致用实政观点是一致的,其要旨可以归结为"黜华言、济时用"。从这一根本原则出发,他论散文主张"言有物""言有序",论诗主张"诗之为教","有美有刺",论词主张"意内言外",论传奇主张"广博易良"。从此主张出发,他对韩愈的"道"论,对当时流行的明代前后七子的摹古主张,对归有光、唐顺之的唐宋派,甚至对当时风头正劲的桐城文论皆进行批判并提出自己的见解。可以说,包世臣的文学思想在当时最富有批判精神和革新意识。

第一,主张文学应反映现实生活,表达自己真实情感,解决实际问题,否定传统的"文以载道"说。他认为"言事之文,必先洞悉所事之条理原委,抉明正义","义"即在事之条理原委之中,不必借经书的话来装点门面。韩愈所言之"道"只不过是一些空话,除了替文章装点门面、虚张声势外,对现实政治、经济生活没有实际意义。因为"道附于事而统于礼",离开了"事"与"礼",也就无所谓"道"。因此"以言道自张"乃"前哲之病",而且给后人带来很坏的影响,就连高明的欧阳修、苏轼文章中的"门面言道"之语也涤除未尽。他甚至认为韩愈之文,真正能做到他自己所说的"提要钩玄"者的也很少:《平淮西碑》"立言既非其直";《毛颖传》"以文为嬉笑,是俳优角觚之末技"(《与杨季子书》)。从文学反映现实生活和自己真实思想出发,他赞扬古文反对时文,认为"古文言皆己意,时文则代人立言",批评"自南宋以来,皆以时文为法,繁芜无骨势,茅坤、归有光之徒程其格式,而方苞系之,自谓真古也,乃与时文弥近"(《再与杨季子书》)。必须指出的是,包世臣反对时文,意在反对时文"门面言道"的空泛文风,并非认为今不如昔,相反却持今胜于昔的发展进化观。他举生产和人文上的一些事例来说明时代在进步:"在物者,鄱阳之瓷,端州之砚,近产则高出前代;其在人,黄、魏、施、范之弈,自昔无比","邵、戴、二钱、王、段之于小学,推原古训,博辨而不枝蔓,为宋氏以来所无"。因此,他希望"后来有志之士,信古今未必不相及,而及时自力",超过前贤。他自己就以"搴芳八家而不受牢笼"自许(《齐物论斋文集序》)。

第二,在诗论上明确提出"诗之为教",强调诗歌的教化功能。认为诗歌的作用就在于"有美有刺",应"发伦类之淳漓,讽政治之得失。闾阎疾苦,由以上闻;云霄膏泽,于焉下究",使得"五声之道通于政,文字之教成其俗",将诗歌当成"劝惩之方,补救之术",做到"无愧政书之训"(《扬州府志艺文类序》)。至于那些应酬之作不能算作是诗,即使写"风云月露",也应该含有寄托,这与他经世致用的实政观是一致的,与白居易的新乐府主张也颇相近。从此出发,他将诗歌分为上、中、下三类:"上以称成功盛德致形容,为后世法守;次乃明迹怀旧,陈盛衰所由,以致讽喻;下亦歌咏疾苦,有以验风尚淳醇,而轻重其政刑。"(《韦君绣诗序》)但无论哪类,都要发挥教化功能。

第三,强调文章要"言有物""言有序"。包世臣与桐城派一样都强调"义法",而且都以"有物""有序"作为"义"和"法"的解释。但包世臣强调,他与桐城派的"义法"并不相同:桐城派是离开"事"与"理"来言"道",并不懂得"经世致用""礼、乐、兵、农",实际上是"无物而貌为有物之言"(《雩都宋月台古文抄序》)。他所说的"有物"则是由于"读书多、涉事久,精心求人情世故得失之原",即是把书本知识与实际经验相结合,深造自得,有自己的真知灼见,所以"有物之言,必其物备于言之先"(同上)。"言有序",则主要是指文章和合乎文理、文法,其中包括"隐显、回互、激射"等各种行文技巧,并易为读者所接受。这与八股文所讲的也根本相异,绝不是什么"搭架势,起腔调"(《复李迈堂书》)。至于如何做到有序,他认为必须"深求古人文法,而以吾身入其中,必使其言为所可言、所当言;又度受吾言者所可受、所当受,而后言之;而言之又循乎程度"(《雩都宋月台古文抄序》)。即既要取法古人,又要有我,还要考虑读者的接受程度。至于文章的骈散,包世臣的认识也不同于桐城派和阳湖派,后两者以散文为正宗,排斥骈文。包世臣则认为各有特长,应该骈散相间,各扬其长:"凝重多出于偶,流美多出于奇。体虽骈,必有奇以振其气;势虽散,必有偶以扶其骨"(《文谱》)。

三、包世臣的诗文创作

包世臣作为书法大家,他的诗文之名为书法之名所掩。其实,他不仅工于诗词古文,赋亦堪称绝学。包世臣"少工词章","诗才敏捷,尝于曾燠席上和百韵诗,同座惊绝"(蒋元卿《皖人书录》)。他的《小倦游阁文稿》共收赋二十三篇,诗一百八十八首,词二十八首。

1. 诗歌

包世臣诗歌的显著特点就是具有强烈的经世倾向,主要内容如下:

第一,以经济学家的眼光来反映民生疾苦,从经世致用的角度思考化解之道。同情民生疾苦,这是中国古典诗人的优秀传统,但以经济学家的眼光来反映,从经世致用的角度来思考化解之道,则是包世臣诗作的独特之处,如《杨家嘴却寄舫斋承宣》,诗的前半段描绘连日淫雨使农田变成一片汪洋,然后写道:

怪非图记地,毋乃苍生病。脾麦十万亩,淫雨遭汜滢。岂惟陇亩失,庭卧電黽靖。去年虽有秋,获穀俱蝗剩。今作神君馆,人鱼地交竞。淮灾两税缓,否则旧欠并。欠课输固当,饿莩不遑更。大臣计盈绌,先在恤民命。怆我乐水怀,不觉涕横迸。

诗人指出,大灾之年,作为封疆大吏首先要考虑的是"恤民命"、救"饿莩",而拯民之道在于缓"两税",免"欠课"。这就不仅仅是同情民生疾苦、斥责官吏横征暴敛的抒情表态,而是在为民病设计化解挽救之道。在《庚辰初春留别大明湖》这首长诗中,诗人更提出一个发人深省的问题:齐鲁大地作为礼仪之邦,为什么现在变成最难治理的地方?"讦讼连岁月,越蒦成侪队。劫掠既时闻,枭匪复相倅。"诗人通过"半年佐行省"的实际考察,得出的结论是"民心实淳朴,官方太芜秽"。接着,诗人便列举了官方赋税苛重、纵容爪牙胡为等种种弊端来证明。更可贵的是,诗人并未停留在谴责这个层面上,而是提出纾解民困、调和官民矛盾的一些举措:为政要收拾民心、宽缓平易,"平易民必归","先务取其心,取财势则顺";要锄豪强、去苛政:"近世民苦瘠,治生各自竞。不必言抚字,但无增苛政。稍为除强梁,良懦便称庆";通过合理征收漕税来纾解民困,让官民各有所获:"取偿在收漕,攘夺过倍称。廉平人所难,赔累矧无竟。吾欲事调和,官民两遂性"。当然,在贫富尖锐对立的封建社会,要调和官民矛盾,这只能是诗人的主观愿望。作为幕宾的诗人不但不能说动大吏,反被周围说成是狂悖:"窃尝持斯言,群议訾狂悖",半年之后只好卷铺盖走人,"雌伏淹半载,深负府主怀"。这是诗人的悲哀,更是时代的悲哀。但诗人欲化解社会矛盾,为纾解民困提出具体措施和动机皆是值得肯定的,这也是同历来的悯农诗不同之所在。在《与张念哉明府祖基论赈缓得失》一诗中,包世臣详细讨论了赈救灾民的必要,"实惠及灾民,得半尚不膏"。赈灾还须堵塞漏洞,采取相应措施阻断中间盘剥,真正体察到民情:"中饱人实繁,闻之必腐齿。是惟造膝时,痛陈疾苦意。"为官者更应"慎勿贪冬羡,民虞视如赘",否则"一致酿事端,收拾弥不易"。在《追题张荻州刺使政绩图》中对如何备荒亦提具体建议:"伐木开塍圳,备歉事贮积。"在《己卯岁朝松江即事》一诗中,作者还为苛重的捐税细算了一笔账:"入夏征银发雷火,田租槖尽税未清。狐裘叔伯尚清静,评上顽风不可竟。只望歉岁无租收,忍饥不受吏诛求。"有的学者指出,它"给我们提供了近代经济史上最好的资料,写出了《清史·食货志》上所不可能写出的社会现实"(吴孟复《略谈包世臣的文学思想与诗文创作》)。

第二,包世臣不仅是一位诗人,也是一位杰出的经济学家和治国干才,对"礼、乐、兵、农"等"经世致用"之学都有过研究,撰写过《筹河当言》《策河四略》《青口税议》《海运十宜》等颇具经济眼光和可操作性的方略。这种经济思想和技术眼光在诗中也有反映,如在《谒宋尚书白老人祠五言二首》和续写的《五言一章寄题白老人祠》三首诗中,对河工、水利等问题就有独特的见解。宋尚书名礼,河南永宁人;白老人名白英,山东东平人。明成祖永乐八年(1410),深通水性的白老人在汶水上筑戴家坝,使汶水改向南流,与泗水、洪泽湖沟通,变水患为水利。永乐十三年(1415),宋礼为了方便漕运,在泗州人金纯侍郎的协助下筑高家坝,开清江浦,使南北漕运沟通一气。在包世臣看来,漕运和农田灌溉排涝同样重要,为政者必须同时考虑:"灌溉与浮送,并行斯两益"。宋礼与金纯,过多考虑漕运,导致农田或是无水灌溉或是"十年五被潦",这是未通盘考虑的结果:"惜哉宋与金,未有明农力。或谓转重空,珍水至涓滴。安能问疾苦,更是距川役? 不思水利兴,水害乃能革。十年五被潦,秉耒民持庤"这是兴修水利的全面深远之见。在《机灌》《奉同百菊溪制府舟勘清口五道引河改陆勘高家堰至蒋家圩制府先成二律依韵和答》等诗中,诗人再次强调了水利问题,显现出对河工水利的关切之情和专门家的独到匠心。在《兵书峡》中对黄石公授张良兵书这一传统说法提出异议,并对如何用兵决胜提出自己的见解:"岂知死民信,百胜唯忠孝","和民能揽贤,饵丰乃利钓","诡道古有作,讵谓误不屑。子房帝者师,岂伊黄石教?"在《阻风登鹊起矶》他认为熟悉地理环境,把握有利地形,也是赢得战事的关键:"形胜在必争,穴借长鲸固。"其他有关政务,包世臣在诗中也多有涉及,如《庚辰初留别大明湖三首录寄吴槐宫保丈苏州胡墨庄给事陈秋舫修撰都下汪均之上舍汉阳以代答书》提醒当事者应重视办学,力避"库序尽坐轾,闾阎悉凋瘵"现象的产生;在《己卯岁朝松江即事》指出"今年又收十分租,摘银折漕骨髓枯",以实例昭示革除漕务潜弊已刻不容缓。凡与国计民生相关者,几乎都能在包诗中见到议论和筹划。

第三,借诗一吐胸中的经世大志以及壮志难遂的悲愤。包世臣一生大都在封疆大吏的身边周旋,参赞谋划军国要务,虽不能独当此任,但扩大了他的眼光和襟怀,也让他壮志满怀、充满自负。包世臣青少年时代就立下报国之志,而且展露了这方面才干,《昔年》一诗细述了他报国之志、治国才干以及遭嫉被逸、长剑归来、壮志成空的悲愤:

> 昔年十三四,慷慨志奇功。弱冠谒太宰,词茫陟朝虹。问我川楚策,指画槾枪空。叹息天下才,谓可轶贾终。游楚策安边,承宣来趋风。相期息燎原,先试固楚封。督师见小利,狐裘嗟蒙茸。参赞闻有误,追寻锁院中。夺势竟漏言,几至祸丛躬。刎闻启沃人,荐辟皆雕虫。使余用世志,日随江水东。长剑遂归来,菽水谋倥偬。

这种报国的热望和忧国的深虑在许多诗中都有流露,如"楼兰如可斩,热血报彤庭"(《拟塞下曲》);"择树集良吏,千椽拱一梁"(《竭大庙》);"苍生仰保障,邻城贼烽存"(《敬和太宰节使赐》);"载舟覆舟自古然,治民莫扰如烹鲜"(《书会宁纪事编》);"坚我守初心,矢不与民敌"(《保绪以诗赠行》)。只可惜他的批判精神和革新意识犯了时忌,为人又耿直有所不为,因此建言屡屡不为有司接纳,甚至"几至祸丛躬"。每次入幕时间都很短暂,"使余用世志,日随江水东"。面对"质卖亦略尽,流亡日已繁"的日益困顿,诗人只能发出"曰余虽孺子,念兹忧如煎"的悲愤浩叹(《乙巳杂诗》)。

第四,包世臣一生足迹遍布大半个中国,山水、登览、赠别也是他诗歌创作的主要内容之一。他的山水诗作,廊庑特大,模山范水之中亦见其襟抱,很少作"风云月露"之辞;他的赠别之作,也时时见其忧国忧民的情怀。如《广福桥》:

> 乱后思名将,当年拔帜回。民新花县治,山旧竹王开。望岁移星使,巡邮认劫灰。一尊供法酒,真自贼中来。

此诗写于嘉庆四年（1799）在川楚左参赞明亮幕府中襄赞军务之时。诗中对广福桥并无描述，而是回忆昔日平息民乱的情形和感慨，可与《昔年》中"问我川楚策，指画欃枪空"对读。类似的人生感慨在游历之作《松江舟中守岁》亦有显现。诗人于除夕之夜漂泊在太湖一叶舟中。诗中慨叹二十年来远离亲人、诗书尽废又事业无成，但对自己的文学主张和诗文成就仍充满自信，诗中同样没有"风云月露"之辞：

  廿载废书史，枯肠索字佐。有如入荒市，客至售无货。赵州锥也无，昆阳敌转大。白战骄袖长，绿沉涩苔卧。少小薄韩苏，出语必惊坐。未宜名占时，所愧命次磨。海气足风涛，篷窗惊岁过。莫使笔挟行，永谢巴人和。

在《发松滋雨次宜都》的结尾，发出"况怀兵革交，终夜心悢悢"，其忧国忧民情怀和结尾发出的沉重叹息，有人比作老杜的出川之作。《拟古寄翰风》的结句"宁嗟蕙草晚，之子忧无裳"也使用了相同手法，抒发了类似情怀。在《奉酬熊介兹枢直》中诗人由己及人，关心民瘼："以予因饥寒，知民足憔悴……忘世非初心，独善愧犹未"，亦颇似杜甫的《自京至奉先具咏怀五百字》。

关于包世臣的诗歌风格，大型清诗总集《晚晴簃诗汇》评曰："诗文持议亦极精到，自谓'取法六朝，顿挫悠扬，手挥目送'。然其所自构，每关家国治乱，言之务尽。纤徐委备之体多，顿挫悠扬之旨少。而敷陈指切，即友朋酬唱，辄以学术经济相砥砺，要为不苟作者。以视风云月露之辞，固不可同日而语也。"（《晚晴簃诗汇·诗话》）如此概括是相当全面和准确的。包诗中确实很少"风云月露"之辞，而且廊庑阔大，宏放之中又带清拔之气。林昌彝认为其诗风颇类鲍照和谢朓："大令诗廉质峻整，五言古直登鲍、谢堂庑"（《射鹰楼诗话》），如这首《题第一塔最上处》：

  九级压层烟，盘梯百栈连。谁携谢朓句，搔首问青天。俯见白门柳，酒楼无谪仙。广陵暮涛起，飞翠画帘前。

诗中直接表达了对谢朓和李白的仰慕。在取材和立意上，也有"托始供奉"的痕迹。王安石有首《登飞来峰》,结句是"不畏浮云遮望眼,只缘身在最高层",评论认为表现了政治家的气魄和革新勇气,包世臣同样立足"最上处",应当说也表现了同样的勇气和精神。另外,在情感和表达上,包世臣也有意师法杜甫,这在上面已作分析。但是由于包世臣经世诗作过于强调贴近生活,又"不取声色"(钱钟书《谈艺录》),因而显得"逼真"有余、"婉曲"不足。梁启超曾批评说:"嘉道间,龚自珍、王昙、舒位,号称新体,则粗犷浅薄"(《清代学术概论》);李慈铭则将包世臣诗说成"枯率搓牙,绝无酝酿"(《越缦堂读书记》),钱钟书对包世臣的诗论亦有微词,说包"好妄言诗"(钱钟书《谈艺录》)。

2. 文赋

包世臣的文赋分别见于《管情三义》《艺舟双楫》《齐民四术》和《中衢一勺》四集,有论议、书信、诗文序、寿文、墓志、传志、杂著数种。其中《齐民四术》是"农、礼、刑、兵"方面的治国方略;《中衢一勺》是关于理政治事的书信和论议;《艺舟双楫》分论诗文和书法;《管情三义》则是诗赋的创作集。经世致用仍是其文、赋的主旨,因此文集以论说文为主,几乎没有记叙和抒情类文章,这点不及诗歌创作。又由于作者长期为幕,要与各色人等打交道,文集中应酬文字颇多,从文学角度来说,其中较有价值的是《管情三义》中的赋,《艺舟双楫》中的文论和诗论。文论和诗论在前面的"包世臣的文学主张"中已作论述,这里集中谈其赋作。

包世臣的赋在赋史中有特定的地位,他对此也很自负,称为"绝业"。自桐城文派成为清中叶以后文学主潮后,在桐城派倡导古文风气影响下,骈赋被边缘化,很少有人习作,更难出现影响较大的作品。如前所述,包世臣在文学思想上不赞成桐城派和阳湖派以散文为正宗,排斥骈文,认为两者各有特长,应该骈散相间,各扬其长。在创作实践上则致力于赋的创作,今存赋22篇,比赋最兴盛时代的两汉辞赋作家司马相如、扬雄、班固、张衡等人的数量还多,也比历史上最有名的抒情小赋作家庾信的作品数量多。在赋体上,有类似西汉的铺张扬厉的大赋,也有类似东汉和六朝的抒情咏物小赋。赋体的发展，从汉初的骚体到西汉的大赋，再到汉末和六朝的抒情咏物小赋，最后是宋代以后的文赋，其讽喻的功能逐渐缩小，状物尤其是吟咏性情、抒写人生感慨的成分却在逐渐加大，到了宋代欧阳修、苏轼的文赋，如《秋声赋》、前后《赤壁赋》，主要用来阐释哲理、抒发感慨，与散文已没有什么区别。包世臣从经世致用观出发，志在恢复赋体的讽喻功能，他的赋作相当大的一部分都是讽喻时事，关心民瘼，如《行宫赋》中描述乾隆南巡时的"奢侈"和"厉民"：

> 今乃辟途千里，役工万数，技艺则征之梓匠，资币则科之商贾，珍宝则输之故家，力役则派之编户。胥吏牟侵，假咸官府，窭乏不敷，鞭挞囹圄。饥弗得食，劳弗得处，贩夫失业，瘠农去土。集数州之睊睊，以供行在这一瞩。是徒乐栋宇之壮，彩饰之丽，而不恤筋骨之疲，膏血之竭也。

赋中铺排了乾隆南巡中的巨大靡费，官府和胥吏借此盘剥和鱼肉百姓，这已超出了"劝百讽一"的赋体传统，变成大胆的揭露和愤怒的控诉了，比起著名的现实主义杰作《红楼梦》中赵嬷嬷说的乾隆游江南的靡费，有过之而无不及。在这篇赋的序中，包世臣亦明确道出其创作目的："或言甲辰南巡之时，百货畅销，自后无此利市；或言从前承办差务，奔走疲惫。世臣谓贾人居奇好利……故仿班、张旧制，设为问答，以折群言而明忠孝，亦庶乎抒下情之遗也。"也就是说他作此赋，就是要继承班固、张衡的传统，来传达"小民唯惜筋力"，"奔走疲惫"的下情。在《司盥项锁赋》中，通过贵人为爱妾订制的名贵珠宝"项圈锁"来痛斥达官显贵的奢靡，而这种巨大财富的积累则来自疯狂掠夺民脂民膏："民脂民膏，取以鞭棰。献之豪右，资其淫骋。"在其序中，作者又感叹："重伶下婢，奢僭至是。他物称之，民何以堪？"在《剧都赋》《绣春园赋》中还揭露这些显贵们为了满足自己骄奢淫逸的生活，除了"民脂民膏，取以鞭棰"疯狂掠夺外，还"不惜诡随，趁填欲壑"，用放高利贷的方法来巧取豪夺，"取偿穷民，任意罗织"。这类深刻的揭露，愤怒的痛斥，确实不同于六朝以后抒情小赋尤其是宋以后吟咏性情的文赋。

更值得一提的是，在这类现实主义赋作中，还有着传统赋家不可能有的题材——揭露达官贵人们在帝国主义入侵者面前的苟且偷安、奴颜婢膝，如描述第二次鸦片战争中,英法联军逼近南京,"舻艎聚于州西,貔貅散于航北"之时,朝廷大员和名流们的丑态:"小人则家出壶浆,君子则筐将玉帛。辐拱之毂犹丹,金粉之门遂白。九顿之泣血何从,三川之被发已迫。岂天醉之数穷,信耻维之道息"(《拟庾子山小园赋》)。诗中的"小人"指包括退休宰相阮元在内的在野士绅,"君子"则指两江总督牛鉴和将军伊里布之流。这些肉食者平日"锥刀之末,皆尽争之",残民以逞,面对列强们的大军压境,他们或是出迎送贿,或是"唯诺唯命"。作者指出,亡国之忧已迫在眼前,这不是什么天醉数穷,而是名流们廉耻丧尽。庾信的《小园赋》是身处敌国怀念故乡的代表之作,包世臣受其爱国之情触发而拟作此赋,无论在情感之义愤,指斥之激烈,还是题材之现实意义,均无逊于原作。

包世臣还让赋增添了另一种题画的功能,类唐以后的题画诗。文集中的《夫椒山馆赋为周伯恬题图》《援桂淹留图赋为杨生挹之作》等均属此类。《夫椒山馆赋为周伯恬题图》不仅咏歌了友人所居夫椒山的美景,从结句的"以终其身,以乐吾志"也透露出作者对游幕生涯的厌倦和对田园生活的向往。《洞庭秋舫赋题陈太初图》更是把图画与现实世界以及自己的人生追求融为一体,写得虚虚实实、亦真亦幻:"我欲乘此,横笛君山。蛟舞珠室,螺没烟鬟。逆起湘灵,为予鼓瑟。缅怀张乐,重增太息",既有浪漫的想象,又有现实的感慨,确是一首好赋。

包世臣的文章,世有定论。桐城派知名文人姚柬之在《书安吴四种书后》指出:"倦翁之文,义本孟、荀,笔得韩、贾,体势则兼汉魏唐宋,而尤近兰台(班固)。少事谨言,老弥健肆,一洗数百年门户依傍之陋习",说他"尤近兰台"主要是指其赋作。范麟在《度安吴四种书后》亦说:"先生之文,雄肆发于谨严,波澜循乎矩矢,蕴藉寓于平实,集秦汉魏晋唐宋之文,无常师而自成体势。"

3. 词

包世臣今存词二十八首,词学主张和创作倾向与常州词派相近,即打破"诗庄词媚""词乃艳科"的传统观念,去表达"贤人君子幽约怨悱不能自言之情"(张惠言《词选》序)。而且这"不能自言之情"主要是"感士不遇"和"忠爱之忱"等忧国爱民之天地正气。如《谱稼轩〈摸鱼儿〉》,反映河工之苦,揭露繁重的徭役给百姓带来的灾难:"读书讵必能治赋,疾苦务通民诉。文易舞,看十万,徭签化尽江陵土。取盈未苦,更缇骑宵来,乡耆绕索,三日断炊处。"《谱稼轩〈永遇乐〉》序中说到曹州太守吴次升,在三年任满面临考察评估之时,急于同作者见面,"面询治要"。诗人在词中就此大发感慨:"当代书生,伊谁无憾? 为得为处。卅载闲情,拼将块垒,付与檀槽去。浇愁不尽,囊锥欲脱,叉手领符权住。"其中既有人才被埋没的悲愤,也有对自己才干的自负和自许。包氏词作同他的诗歌一样间有时代风云,如《谱大江东去》即抒发鸦片战争之中的忧国之情:"休道多宝羊城,酌泉吴隐,愤悲笳清发。阅尽阎浮,弹指间,涌现无生无灭。烽火惊心,江湖满地,种种卢蒲发。"

在表达方式上,包词多有寄托,抒怀咏志之中亦讲究词律,所以其词作多学北宋苏轼、周邦彦。二十八首词作中标以《谱清真》者有六首,《谱东坡》者六首。由于倾向于婉约含蓄,有的词作显得晦涩,如《谱子瞻洞仙歌刘郎莲似以淮平倚之》,描绘一位"小髻横斜黛烟满"的玉人在花丛的烦愁之态,但究竟是何人,为何事,作者皆未点破,从"武陵沿旧渚"等句的含蓄暗示来看,似乎与作者有旧情,事出有因但又查无实据。作者的二十八首词作几乎都有序,点明背景或题旨,唯独这首没有,让人颇费猜测。

第二节 黄钺

黄钺(1750—1841),字左田,一字左军,号左君、井西居士,当涂人。乾隆五十三年(1788)进士,授户部主事。当时和珅主户部,黄钺不愿依附,借故请假回家,出任徽州紫阳书院山长近十年。嘉庆四年(1799)被引荐回京,嘉庆十年(1805)督山西学政,嘉庆十五年(1810)迁侍讲学士,十八年(1813)擢内阁学士,十九年(1814)迁户部侍郎、礼部侍郎。曾任《秘殿珠林》《石渠宝籍续编》总阅,《全唐文》总裁,书成后受到嘉奖。嘉庆二十四年(1819)擢礼部尚书,加太子少保,次年命为军机大臣,寻调任户部尚书。晚年倦于仕宦辞官回家乡芜湖,过着登山临水、诗酒唱还的悠游岁月,但仍关心民瘼,多次捐资赈灾,又兴办义学并亲自授徒。道光二十一年(1841)卒,赠太子太保,谥勤敏。著有《壹斋集》《黄勤敏公年谱》《奏御集》《二十四画品》《昌黎先生诗增注正讹》等。《清史·大臣传续编》有传。

黄钺虽居高位,政治上并无什么建树,但在艺文方面却颇有成就。他诗书画印无所不精,尤善山水,进呈画幅,每邀御赏。他少有诗名,一生诗歌创作从未间断,其诗集《壹斋集》亦是清代一部重要的诗文集,只是因"世人喜其书与画,遂掩诗名"(徐世昌《晚晴簃诗汇》)。黄钺论诗主张抒写性情、真实自然,反对吟风弄月、矫揉造作,所谓"何必今人逊古人,赋诗要见真性情"。他评价自己的诗:"也为私鸣也为官,春余阁阁到秋阑。是中却有由衷语,莫作谈风说露看"(《听侄孙安淳读〈壹斋集〉示之》)。其主张受袁枚"性灵说"影响颇大,亦颇类同辈诗人包世臣的诗歌主张。总体说来,《壹斋集》中虽有大量官场应酬文字,但基本上还是真性情的流露,实践了他文学主张的。由于诗人少年时代孤苦伶仃,成年后又旅食四方颠沛清贫,《壹斋集》中有不少诗篇反映诗人这段生活经历,写得凄苦感人,如在赠给同榜进士洪亮吉的一首诗中写道:"我生才五年,先君即弃世。十龄慈母亡,嫂亦相随逝。寄生于外家,六载若瘤赘"(《题洪编修(亮吉)同年机声镫影图》)。杜甫有首《茅屋为秋风所破歌》,黄钺也有首破屋漏雨诗《七月五日移寓准提庵用田山姜移居韵》:

> 韦郎避漏眠于车,王生屋里频移家。我居墙坏仆几压,举室奔窜如惊麚。有庵巷北旧栖息,踏鼓两度趋朝衙。急移书簏召橘尤,不惮行步为欹斜。眼明阶前两椿树,在昔屋后当梅花。芰荑败叶听好鸟,扫除四壁供涂鸦。诘朝七夕约二客,庵门月好须当拿。仰天一笑席衣瓦,补漏奚必烦皇娲。

诗人虽缺乏杜甫"吾庐独破受冻死亦足"的伟大胸怀,但却有"仰天一笑席衣瓦,补漏奚必烦皇娲"的旷达。另外像《祀灶夜抵雄县》《夜发茌平三十里铺,至铜城驿,大雪失路》写自己在大雪归家路途上的感受,颇像杜甫的

《自京至奉先县咏怀五百字》。《乙未正月十三日夜归自京师》三首写游子归来,仆不认主,儿不识父,亦颇类杜甫的《羌村三首》,可见黄钺有意识地向杜甫学习,也得到性灵派大家袁枚的高度称赏,录于《随园诗话》之中。诗人关心咏歌的不仅是一己之私,也对民生疾苦表现出关切和同情,尤其是在晚年享受高官厚禄之后,仍能关注民瘼,如《吞棉妇》写大灾之年一位妇女在丈夫逃亡,告贷无门的情况下,因饥饿用榆树粉裹败絮充饥的惨状;《道光辛卯夏五,大水发自贵州》描绘湖南、湖北、江西、江南遭受水灾,流尸蔽江、饿殍填街、卖儿卖女求活的惨状。类似的还有《哀饥民》《裕溪关有丐妇以垩画题壁诗》《憎乌叹悼墓木盗伐也》等篇,作者不仅同情叹息,而且还为自己的尸位素餐自责愧疚:"吟诗写字工何益,问舍求田拙不知。虚向太仓分鼠窃,养成八十一衰翁"(《落灯日雨窗遣兴》),这很有点像唐代诗人韦应物"邑有流亡愧俸钱"(《寄李元锡》)式的自责,及后来龚自珍"我亦曾靡太仓粟,夜闻邪许泪滂沱"(《己亥杂诗》)的类似感叹!

黄钺还有许多咏歌山水的诗篇,特别是晚年退居芜湖后,对故乡山水、人文景观、名物特产多有吟咏:《于湖竹枝词》五十首,以联章形式,遍咏芜湖一带的名胜古迹、风土人情和城市变迁;《岁暮十咏》仿效范成大的《四时田园杂兴》写家乡芜湖的风土人情;《和胡城东乡味八咏》则咏歌芜湖独特的风味小吃,今日看来皆是珍贵的文献资料。由于作者是位出色的画家,所以他很讲究诗歌画面的布局、色彩、明暗、疏密的搭配,如这首《蔷薇》:

砌草密如绣,春霞半扉红。高花绮邻树,低叶交池风。云鬟朝葳蕤,兰缸夜冥濛。芳尊隔雨倾,香气遥相通。

诗中把蔷薇花的形态、色泽、高低疏密、朝暮晴晦的不同风韵尽数描出,形同绘画,而且又有绘画所没有的动静相承、芬芳气味。另外像《漫兴》《晓至盘山》《卧佛寺》等皆是诗中有画,充满诗情画意。

黄钺自称"平生爱学昌黎诗","韩苏为奴仆",受韩愈、苏轼影响很大,强调"作文贵学识,为诗先性情"(《以诗代书寄三子》)。他的诗歌亦常常"以文为诗",如《自武昌归》以散文笔法叙述自己中举以前的种种生活遭遇和不幸,像一篇自传;诗中亦多议论,如《观作》通过鸬鹚捕鱼来说明万物之间的相生相克,像一首宋代的哲理诗;《井西书屋》则借扑满和贯索二物展开议论,说明"凡物毁因成,斯器成为毁"的辩证关系。他的诗歌还旁征博引,循名责实,充分体现"以学问为诗"的倾向。

第三节　清代中叶安徽其他作家

一、夏之璜

夏之璜(1698—1781),原名琬,字宝传,晚号考夫。六安人,祖籍湖南。夏之璜幼年丧父,事母纯孝。性好学,家有惜阴书屋,秘藏万卷,批临殆遍。为人倜傥有节义。两淮盐运使卢知见曾知六安州,对夏颇为器中,诸生试,列其文三等,诗一等。卢知见在两淮盐运使任上犯罪,罚往边台效力,此时奴客逃散,无一人陪同赴边。夏时在扬州,闻讯后朗声"我愿往",慨然从行。后来在《军台负籍图序》中自白其原因:"予之志决然于绝域而不移者,盖所以报知己之恩,亦不欲自欺于心耳。"在边塞军台几年,夏完成诗文集《塞外橐中集》。年八十,钦赐举人,享年八十三岁。

《塞外橐中集》是夏之璜现存的唯一诗文集,现藏于北京国家图书馆,共四卷。卷一为《军台负籍图序》和《出塞日记》;卷二、三为诗歌;卷四是"塞外风俗咏""塞外四时咏""塞外杂物咏"等专题。

开卷第一首诗《庚申秋从卢雅雨先生留别同学诸子》:

此身无复系高堂,万里何妨别故乡。岂以激昂思异俗,但令忠信守吾常。眼从大漠舒愈阔,骨从坚冰炼更刚。为逊龙门千载笔,满携巨轴贮故囊。

在诗中,诗人将抛妻别子的离别酸楚场面写得慷慨激昂、意气纵横,完全不同于一般的离别诗,比起"海内存知己,天涯若比邻"的历史名句似乎还多了具体描绘和切身体会。据《六安州志》载:诗人随卢知见赴边,临行之际,亲友饯于郊外,妻子哭于室。夏饮酒三爵,策马而去,不复反顾,可见诗若其人。

《塞外橐中集》真实地记录了他在塞外的生活及感受,他在"自序"中说:"记一时之闻见,而发抒消磨其荒凉奇怪、抑塞磊落之情状,乃于马上庐中寒宵空碛中一为之",这些荒凉奇怪之边塞情状,不仅使读者耳目一新,也为诗歌开拓了新的题材、新的境界,如《抄诗成戏作》:

蹋蹸穹庐曲似弓,膝支为几草匆匆。书成春蚓秋蛇体,诗在柴烟粪火中。

可能是因为穹庐狭小又没有桌椅,也可能因为天寒地冻,诗人以膝作几、佝着头蜷曲着身体在抄书,又冷又舒展不开,这样写出的字体自然是歪歪斜斜如蚯蚓和蛇,周围还弥漫着牛羊粪生火的烟尘。这种情状固然艰苦,但更能反衬出诗人读书的用功和刻苦。虽然穷困,但诗人的心情还是开朗的,诗风也是高亢的,如这首《穹庐读书》:

雨后兼从半典坟,九夷应不坠斯文。吟来险句惊山鬼,歌出渊声响遏云,《易》自幽深方入悟,诗当穷处乃超群。笑他祭酒空投笔,生入灵犹乞颖君。

"九夷应不坠斯文"是诗人品格和学风的自誓,"吟来"二句是写诗歌创作出现新的境界、新的成就,"诗当"二句这是交代成就取得的原因:诗人把环境的艰苦当成天赐,让他领悟《易经》中过去不曾领悟的哲理,也让他的诗歌能新奇超群。何等开阔的胸怀和乐观精神! 诗风也开朗豪宕,有很深的人生体悟,这也是《塞外橐中集》的底色和基调。

夏之璜不仅工于近体,古风中也有佳作,如《山市歌》等均奔放宏阔,气象万千。《渡黄河》不仅描绘出"黄河落天走东海"的外在形态,还刻意挖掘其挠之不浊、澄之不清,浩浩落落、不争盈虚的内在气质:"挠之不浊澄不清,那从川壑争虚盈。狂飙怒飓憾不惊,浩浩落落气流行。涵之愈浑百灵集,颓洞泱泱莫可挹。"不仅肖其形,更能道其神,确是此诗高妙之处。方贞观称此诗"神似太白",丘庸谨形容此诗"浩气排空,伟大胸抱如是。"《山市歌》以夸张浪漫之笔写出塞外察罕乌苏北边山峦岚气中的幻景,并有意与东海的海市蜃楼相比衬,这又是别人未曾见过的奇景,非亲历者莫能道。

古风中还有一首《胡奴采薪谣》,为我们留下极为珍贵的民族史料,也使我们了解夏诗的另一种风格。诗的题材就别具一格:反映一个沦为蒙古牧场主奴隶的汉人苦难生活。全诗五段,采用第一人称独白的方式:"歌胡奴,泪欲落。胡奴不可为,胡儿狰狞悭且恶"。接下来四段集中写这位汉族胡奴在风雪中捡牛羊粪回来生火的经过和内心感受,尾端采用对比的方式尤令人伤感:"急走归,免挞怒。焰腾腾,恣铛釜。此时但知烧粪乐,不知拾粪苦。拾粪成堆不得烘,抱膝忍寒面如土。"全诗朴素、哀苦、真切,与夏诗豪放乐观的基调迥然不同,是作者刻意向乐府民歌学习的结果。非身处少数民族之中且有切身的体会,是写不出如此真切诗篇的。

二、马曰琯

马曰琯(1688—1755),清代中叶藏书家、诗人,安徽祁门人。字秋玉,号嶰谷,与其弟马曰璐俱以诗名,号"扬州二马"。平生藏书十万余卷,其藏书楼"小山玲珑馆"有"甲大江南北"之称。又好接待宾客,诗酒往还,"四方人士闻名造庐,授餐经年,无倦色"。著名学者全祖望、厉鹗、金农、姚世钰等都曾在他家常住,并结为"邗江吟社",著有《沙河逸老集》十卷,《嶰谷词》一卷,并与厉鹗合撰《清诗纪事》一百卷。《清史·文苑传》有传。

马曰琯的诗作多为与友聚散往还、唱和赠别之类,以近体律句为多,诗风"缠绵清婉"、想象丰富,沈德潜称其诗"峭刻得山之峻,明净得水之澄"(《沙河逸老集》序),如《霍家桥道中和竹町韵》:

> 车鸣十五里,南郭且闲寻。冷翠风前乱,古香云外侵。人因吟秀句,天为写寒林。更待来朝雪,平田一尺深。

"冷翠风前乱,古香云外侵"二句写出冬日野外风中翠竹的形态,也挖掘出内在的神韵和气质,清冷之中有清婉之节,接下来的"人因吟秀句,天为写寒林"是分别承接前两句,但在次序上则刻意颠倒,用"天为"承接"冷翠",以"人因"承接"古香",平实之中亦见精心的建构。结句"更待来朝雪,平田一尺深"是进一步的期待,但为何要求雪深一尺,而且落于田亩之中?诗人望岁之心并未点破,因为这是常识,也给诗歌留一点余韵。另外像《追凉示四弟半查》中的"覆局每当疏雨后,论书多在晚风前";《拟复竹西亭和泮江太史》中"细雨斜廊还有井,夕阳秋寺欲无僧";《挽许卯君》中的"空余秋卷搜行箧,那复春卿解拾才"也均是佳句。或是写出手足之间的情谊,而且是棋局、论文之类雅事;或是描出江南典型的秋色,且在"细雨斜廊"、夕阳古寺的细部选取之中,自然流露了诗人疏朗淡泊的情怀;或是春秋对举,写出物在人亡之悲,表达诗人注重友情的秉性。

三、李葂

李葂,字啸村,生卒年不详,怀宁人。据《怀宁县志》,李生而颖悟,总角应童子试,辄冠一时。诗又手立就,似不经意,而新警隽拔。督学俞公曾试之《春江》诗,笔不停挥,成七言律三十首,俞大惊,有国士之目。但成年后屡困于场屋,终生为诸生。迫于生计,客游维扬、金陵数十年,当道重其才,争礼之,然卒落魄无所遇。李葂一生坎坷,潦倒场屋,但交友甚多,不少是当时文坛著名人物。乾隆南巡时,李被诏试,赐宫缎归。《瓜州志》记录了李葂晚年的苦况:"晚年落魄,寄食瓜州,郁郁以没,闻其女为丐。"这部方志对此感叹道:"甚矣!诗文穷人,一至于此!"李葂有《啸村近体诗选》三卷。其中七律四十五首,五律四十五首,七绝七十三首,今藏于北京国家图书馆。沈德潜《清诗别裁》录其三首。

李葂为人文采风流又重情谊,卢见曾称他"笃于友谊",他和卢见曾、吴檠、吴敬梓、郑板桥、袁枚、金兆燕、商盘等均有交往。吴敬梓在文集中有给李葂诗数首,如《寄李啸村四首》,又有《沁园春·送别李啸村》《庆清朝·李啸村留饮园亭》等,其《儒林外史》中的风流才子季苇萧即以李葂为原型,李葂的风流浪漫也颇似年轻时代的吴敬梓。李葂有两首怀人诗,可见其风流行止:

浪走天涯少定踪,寺楼何处叩霜钟。神藏秋水微嫌冷,眉写春山未

觉浓。锦字一函封豆蔻,金针并蒂绣芙蓉。也知后会非无日,盼断重关重复重。——其一

不复深宵踏月来,丽谯凤鼓动轻雷。魂销客舍歌三叠,肠逐江流曲九回。栀子同心空有结,桃花薄命本多才。凌晨不分听檐鼓,闷拨金炉未烬灰。——其二

李葂在南京秦淮河曾恋上两个妓女,后来思念不已。他的好友商盘有诗《怀李啸村》,诗中说"何日饮桃叶,秦淮夜夜心"即指此事。但这大概也像小杜扬州一样,是壮志难伸之际不得已借儿女之情以消磨。因为他在登南京燕子矶时,曾写了一首绝句以抒有志难酬之愤:"燕子何从化作矶,苔深片石羽毛肥。年年高卧非关懒,许大江南没处飞。"

李葂工近体,亦善丹青,但不为古诗,他对自己诗作的评价是"本无泣鬼惊天句,差比编年纪月书"(《拙草散佚,诸同人广为搜罗,拟合钱付梓未果》)。并说自己最喜爱李贺和白居易的诗作:"背上奚囊李长吉,袖中新本白香山。"李葂写诗注意刻苦锻炼字句,这一点颇似李长吉,但无长吉的浪漫想象和奇诡幽冷。李葂落魄江湖,为谋生四处奔走,诗集中写旅况的诗作较多。这类诗作多写渡头、村落、小镇寻常之景,并无高山大河的飞动气势和异域奇特风光,写得细密而具体。这些细小寻常之景经过诗人的锻炼,往往能在平淡中创造出新的意境,有时一个字带动全诗,给人清新的感觉,如《泊瓜州》写夜泊之景:"几树红灯船入市,一滩沙白月穿城。"红灯、白沙、夜月、树影,色彩和景物两两相映,寻常的渡口给了人们不一样的感觉;一个"穿"字,将月夜旅人久望之情也暗中流露出来;《夜泊华阳镇》:"出谷泉分灯影细,入林风合磬声园。"灯影如何能"细",磬声又如何更"园"?但细细一想,这又是何等真实准确的羁旅之中的生活感受,因为客中孤寂,夜不能寐,注视着近处的灯影,谛听风中传来的磬声,才会有这种感受。客中的思念、孤独与周围的环境融为一体,给人一种独特的感受。类似的还有"一杵疏钟烟寺晚,半棚新月豆花秋"(《赴姑孰感事》);"一线淡黄露初月,几家新绿隔重帘"(《上巳郊行》);"买花市散香沿路,踏月人归影过桥"(《迟黄未亭不至》)等。商盘称

李葂诗"长于近体,有晚唐风致","独写性灵,自然清绝",《瓜州志》上说李诗"娟秀宜人",确如诸家所评。

四、曹文埴

曹文埴(1736—1798),字荠原,一字近薇,号竹虚,歙县雄村人,出生于一个盐商家庭。乾隆二十五年(1760)进士,选庶吉士,授编修。屡迁翰林院侍读学士,授左副都御使,刑、兵、工、户诸部侍郎,兼管顺天府府尹。时大学士阿桂、纪昀包庇军机章京海升杀妻罪,他据实揭发,受到乾隆赞赏,擢为户部尚书。曾多次主持省试,视学江西、浙江等省,是《四库全书》总裁之一。后因和珅擅权,他不愿逢迎,乾隆五十二年(1787)以母老乞归。其母八十、九十寿辰,乾隆都亲撰匾额、诗文赐赠。嘉庆三年(1798)卒,享年六十三岁。赠太子太保。谥文敏。曹文埴工诗文,擅书法,著有《石鼓研斋文抄》二十卷、《石鼓研斋诗抄》三十二卷、《直庐集》八卷,以及《安徽纪游诗》《庐山纪游诗》等。《清史稿》有传。

曹文埴一生身居要职,圣眷恩隆,也许由于地位和经历的关系,诗风雍容典雅,很少有不平慷慨之声。即使是反映农村生活,也是和平悠闲的田园风光和自己对此的艳羡,并无对民生疾苦的关注,更无对时弊的抨击和揭露,很像明初三杨的"台阁体",只是没有杨荣等人颂圣之类的粉饰之词而有归隐之意,并偶露戒惧之心,如《题讲梅兄躬耕养亲图》三首:

讲梅山中仙,曾逐岫云出。云归人未归,望之心纡郁。邗沟足冶游,毋乃远亲膝。驾彼青骢驰,何如黄犊叱。吁嗟少年场,轻薄狎邪侠。竹西吹琼箫,蜀冈挟瑶瑟。座中歌舞欢,堂上甘旨缺。往往朱门家,不及五亩室。

春雨飞绿亩,春风生翠微。密林匝浓阴,载及扶梨时。胼胝事耕作,筋力逞云疲。破晓荷锄去,薄暮驱牛归。归来未停足,沽酒佐晚炊。陶然得新酿,欢笑娱亲闱。老人问田事,告以春水肥。温颜顾之喜,一倾鲍子卮。

农人苦无田,未尽芟作力。我独胡为者,有田耕不得。白日易驰西,红尘欲行北。强饰游子颜,仰慰两亲色。每闻布谷鸣,欹枕常恻恻。抱此一寸心,恨无千里翼。披图顾柳阴,连塍绿如织。搔首几踟蹰,还君三太息。

这是三首题画诗,诗人由画中的"躬耕养亲"生发感慨。第一首的题旨有二:一是抒发亲情,二是表达归趣。其方法是对比,是用亲人在家悬望"云归人未归,望之心纡郁",与自己"座中歌舞欢,堂上甘旨缺"形成对比,再通过官场之人与农家儿女对亲情的不同态度"往往朱门家,不及五亩室"来自责,最后用"邛沟足冶游,毋乃远亲膝",来表达自己的归隐养亲之志。第二首叙归隐之志,诗中的基调和情感都颇类陶渊明的《归园田居》,有的甚至是直接化用陶诗的成句,如"破晓荷锄去,薄暮驱牛归","老人问田事,告以春水肥"等,只是缺少陶渊明"晨兴理荒秽,带月荷锄归"亲身参加劳动的体会,只是一位旁观的艳羡者,当然更缺少陶诗内在的丰腴和骨力。第三首叙归隐之趣,公开表露自己对官场的厌倦和归隐之意,这是否与和珅擅权他不愿逢迎有关,不得而知,但他在乾隆五十二年(1787)以母老乞归,则是事实。由此看来,诗中所云"强饰游子颜,仰慰两亲色。每闻布谷鸣,欹枕常恻恻。抱此一寸心,恨无千里翼"等思亲盼归之意,应当不是矫情。诗中一开头就通过自己与农人的对比"农人苦无田,未尽芟作力。我独胡为者,有田耕不得",不仅加深了这种愧疚焦灼之情,起句"农人苦无田"也在有意无意之间,让我们看到了当时的社会现实。

曹文埴性爱山水,集中有许多纪游之作,甚至有专辑《安徽纪游诗》《庐山纪游诗》。他的山水诗虽有具体的描绘,状物有时也很生动,但多主观感慨的抒发,这一点也颇似陶渊明的《饮酒》诸诗,缺少的还是陶诗深蕴的哲理和感悟,如《观音岩》:

神工不沿袭,生面开峥嵘。弹子矶已险,狡狯斯有加。巨石插江表,屹立凌云霞。寒光偶一闪,凛凛悬镆铘。猿猱所不及,半壁苍穹遮。

像"巨石插江表,屹立凌云霞""蟠虬露首尾,渴虎张爪牙"等句状物还是较为生动的,但往往是上句状物,下句即是感慨,如"神工不沿袭,生面开峤岈""弹子矶已险,狡狯斯有加""幻作倒垂势,弥望何槎桠"等,甚至一句之中也是描摹与感受交叠,如"凛凛悬镇铘""黯淡临江涯"等。而且描摹、感慨完了,诗也就结束,没有余韵和弦外之音,尽管刻意学陶,却找不到诸如《饮酒》中"其中有真意,欲辩已忘言"这种深刻的意蕴。类似的诗篇还有《望麻姑山》等。但是纪游诗作中有的篇目虽直抒感慨,倒是别开生面,给人一种独特的感受,如这首《张湾登车偶成》:

南人爱舟畏乘马,匪惟畏马兼畏车。车轮触石声辘轳,震耳奚啻晴雷驱。不如一叶任掀簸,银涛雪浪冲江湖。繄予北行四千里,今日舣棹登车初。平生经历所未惯,童仆蹙缩吾洒如。物情世态看烂熟,遭际随分足以娱。红尘茫茫陆亦海,风波欲作何地无。心空不涉分别想,九折之坂皆坦途。试观舴艋日随海鸥泛,薄笨亦驾吴牛趋。扣舷执靮各有适,燕歌越唱互答安有殊。

曹文埴生于江南,出行皆由新安江乘船,此诗描写北行途中第一次乘车的感觉:不但怕马也怕车,车碾过路面石块,诗人感觉像打雷一样。诗人还与乘船作一对比:"不如一叶任掀簸,银涛雪浪冲江湖。"如果诗写到这里就结束,还仅是一种生活感受。诗人意图并不在此,而是要借此引出其中哲理和人生感受。为达此目的,诗人又安排第二个对比:自己和童仆乘车时不同的情态和心情——"童仆蹙缩吾洒如"。接着便解释自己为何能"洒如"的原因:"红尘茫茫陆亦海,风波欲作何地无",人生处世,要"遭际随分",只要能"心空不涉分别想",那么"九折之坂皆坦途"。诗人的人生结论是:"扣舷执靮各有适,燕歌越唱互答安有殊"。此诗虽同样多议论和感慨,但是从现实生活的感受中得到启迪,在诸多纪游诗中显得很醒目。

第三章 桐城派

第一节 桐城派的流变及其对后世的影响

桐城派即桐城文派,因其主要代表人物方苞、刘大櫆、姚鼐均系安徽桐城人,故得名。桐城文派是清代文坛影响最大、延续时间最长的一个文学流派,时间长达二百余年,从康熙时代一直绵延至清末;其间有作家一千两百余位,遍及中国内地主要省份,产生著作两千多种,字数以亿计。其作家之多、流播地域之广、绵延时间之长为中国文学史所罕见,以至当时学者有"天下文章,其出于桐城"之感叹(姚鼐《刘海峰先生八十寿序》引程晋芳、周永年语)。

为什么"天下文章出于桐城"?姚鼐对此的解释是地灵人杰:"舒黄之间,天下之奇山水也。"山水虽美,却是山多田少,桐城一带又无徽州地区出外经商的传统,因此只能走读书—科举—仕宦这条道路。此道在明代已大见成效,出现宰相何如宠、名臣左光斗以及方以智、姚范等名家,这在乡里自然会产生效仿和带动作用,影响所向,即使到今天,桐城的读书风气也是安徽其他地区所不及。另一方面,科第不中的读书人毕竟是多数,在那个时代,大量落第秀才或罢官辞归的举人、进士主要谋生之路就是入幕或开馆。作为塾师或幕僚,自然要作文、讲究文法,尤其是塾师,更要指导作文,这自然推动了桐城文论的发达。再者,清代的桐城包括今日的桐城市和被称为东乡的枞阳县。枞阳濒临大江,与长江中游各口岸交通方便,其中与南京关系尤为密切,方苞一家就迁居南京,戴名世、姚鼐亦久居南京,方以智、钱澄之、方文等桐城籍的复社领袖亦皆以南京为活动中心,他们接触广泛、视野开阔,这为桐城派理论上的普适性和在全国获得广泛认同提供了地域之便。当然,桐城派的发展和壮大更为重要的因素还是时代的因素和官方的认同,这是桐城派进入主流话语和获得文坛主导地位的主要原因。清朝尤其是前清的文化政策有其残暴性的一面,亦有其融合性、实用性和包容性的一面。从康熙开始便极力推崇程朱理学,用此作为统治思想的基础和吸引汉族士人的手段,其结果便是"汉化"——汉族文化融入满族文化并最终取代了满族文化成为主流文化。康熙、乾隆等帝虽提倡程朱理学,却反对空谈性命,讲究实用,"凡所贵道学者,必在身体力行,见诸实事,非徒托空言"(《大清圣仁祖实录》)。桐城派的文道观和创作主张与清廷的要求几乎不谋而合:文道观上,以孔孟程朱的"道统"取代韩柳欧苏的"文统",认为"文章变,至八大家齐出而极盛;文章之道,至八大家齐出而衰"(刘开《与阮芸台宫保论文书》)。方苞提出"义法"就是要以程朱为"经",以"言有物""言有序"为"纬"。桐城派之集大成者姚鼐更是主张义理、考据、辞章三者兼长相济,融宋学、汉学与文章于一体,使"义理"不至于成为空洞的说教,又不是语录般的不文,这自然会得到清廷的扶持和鼓励,成为主流话语,也得到宋学、汉学等不同学派的默认,从而使桐城派人才辈出、文祚绵长达二百多年。

桐城派的文论,以方苞提出的"义法"为中心,即所谓"义以为经,而法纬之,然后为成体之文"(《又书货殖传后》),要求文章"言有物""言有序",内容和形式相统一,力求"清真雅正"。以后逐步丰富发展,成为一个体系。嗣后的刘大櫆着重发展了方苞关于"法"的理论,强调为文须"必贵于温深而徐婉"(《海愚诗钞·序》),并提出了"因声求气"说。姚鼐是桐城派的集大成者,一方面强调"义理、考证、辞章"三者合一,"以能兼者为贵"(《惜抱轩文集·述庵文钞序》);另一方面,又发展"神气"说,把众多不同的文章风格,归纳为"阳刚""阴柔"两大类,进一步探求散文的艺术个性。

桐城派的文章,内容多是宣传儒家思想,尤其是程朱理学;语言则力求简明达意,条理清晰,"清真雅正"。他们的许多散文都体现了这一特点。其政论文论点鲜明,逻辑性强,辞句精练;记叙文写景传神,抓住特征,细节盎然,寄世感叹;传状之文,刻画生动,纪叙扼要,流畅清晰。而平易清新,则是该流派的整体特征。桐城派的一些代表之作,如方苞的《狱中杂记》《左忠毅公逸事》,姚鼐的《登泰山记》等篇什至今都几乎家喻户晓。姚鼐编选《古文辞类纂》,流传亦广。

在学术源流上:桐城人方以智、钱澄之、戴名世在古文理论和创作实践等方面初步体现桐城派的某些特征,是桐城派前驱;桐城派文论体系和古文运动的形成,始于方苞,经刘大櫆、姚鼐而发展成为一个声势显赫的文学流派,故方苞、刘大櫆、姚鼐被尊为"桐城三祖"。三祖之外,还有方苞门人雷鋐、沈彤、王又朴、沈庭芳、王兆符、陈大受、李学裕等;刘大櫆门人钱伯坰、王灼、吴定、程晋芳等;姚鼐门人管同、梅曾亮、方东树、姚莹等。追随梅曾亮的还有朱琦、龙启瑞、陈学受、吴嘉宾、邓显鹤、孙鼎臣、鲁一同、邵懿辰等。晚清时代,由于梅曾亮等人的努力,桐城古文又呈新的活跃趋势,其影响范围已遍及全国。其中著名的旁支有阳湖派和湘乡派。嘉庆年间,江苏阳湖派代表人物恽敬、张惠言等受刘大櫆弟子钱伯坰、王悔生的直接影响改治桐城古文。阳湖派与桐城派的理论主张基本相同,皆强调为文要阐明"圣人之道","其体至正","理实气充",但又有所修正,认为道统不限于程朱,可以"择善而从";文统也不限于韩欧,而应包括诸子百家。作为"阳湖三家"之一、姚鼐的私淑李兆洛更是发展姚鼐之说,主张骈散合一,与桐城派偏重散体古文有别。道光、咸丰年间,湘乡派的代表人物曾国藩鼓吹中兴桐城派,但又以"桐城诸老,气清体洁","雄奇瑰玮之境尚少",欲兼以"汉赋之气运之"(吴汝纶《与姚仲实》),承其源而稍异其流,别称"湘乡派"。"曾门四弟子"张裕钊、吴汝纶、薛福成、黎庶昌等竭力打造声势,造成桐城"中兴"局面。此后又有林纾、姚永朴、姚永概等卓立文坛,形成长河最后一道波澜。但到后期,桐城派先天导致的弱点随着时间的推移暴露得也越来越多,非几位杰出人物所能力挽狂澜。一是其文道观以孔孟程朱的"道统"取代韩柳欧苏的"文统",尽管姚鼐、刘大櫆、梅曾亮等强调文学性,在这方面作了不少补救,但"道统""文统"一立,也就为其门户之限确立了"帮规"和"家规"。门派的形成很容易造成门内学风的迂腐和痼结,以至后学者千篇一律,万口同声。二是桐城文派又有严格的师徒授受关系,很容易衍变为师道尊严,宗派师门林立,"海内靡然从风,其后诸子各诩师承,不无缪附"(王先谦《续古文辞类纂例略》)。于是后学者目光越来越狭窄,涉猎的范围越来越局促,学问也就越来越肤浅。其状正如钱基博所言:"桐城之说既盛,而学者渐流为庸肤,但习为控抑纵送之貌而亡其实,又或弱不能振"(《中国文学史》,中华书局,1993年版)。桐城派的衰落已在所难免 。20世纪初兴起的新文化运动则是对桐城派最后也是致命的一击。新文化运动思潮的崛起,文学不仅从文体、语体上进行革命,更从思想意识领域力扫传统古文"郁之久、积之厚"的价值观念。为涤荡桐城散文所维护的儒家思想体系和"国文正统"的地位,一些激进的民主主义者在当时特定的社会背景下,对桐城古文发起猛烈的攻击,其中也不乏偏激之辞。陈独秀称,"归、方、姚、刘之文,或希荣慕誉,或无病而呻,满纸之乎者也矣焉哉。每有长篇大作,摇头摆尾,说来说去,不知道说些什么"(胡明编选:《陈独秀选集》,天津人民出版社,1990年版);钱玄同则直詈桐城派为"选学妖孽","桐城谬种"(《寄陈独秀》)。桐城派终于让位于白话新文学,寿终正寝。

所谓桐城派在文坛的终结,其主要标志是文言文让位于白话文,这当然只是形式上的终结,只是一种表象,桐城派的文脉内核对后世的影响,不可能因为有微弱而寥落的贬低、反对的声音而被割断,这种影响在新中国成立之后,仍很深远。学者们经过不断考证研究后认为,新中国开国领袖毛泽东青少年时期在思想、文艺观念、审美情趣和诗词创作等方面,都深受桐城派的熏陶。毛泽东的新中国领袖地位确立之后,仍然不忘桐城之学,反复阅读桐城派的典籍。因此,他的讲话、文章、诗词,也都时常可见桐城派的遗韵。借助毛泽东的崇高领袖地位和豪放非凡的文彩,桐城之学的生命力,在文学界,在思想意识形态等各方面,也都可见它顽强存续的踪影。

毛泽东与桐城派之间的渊源关系,可追溯至他青少年的学生时代。1912年毛泽东19岁,就在这个如饥似渴地探求知识和人生哲理的时期,他读到了英国学者赫胥黎的《天演论》,该书由严复据赫胥黎的《进化论与伦理学》原著译述,共35篇,附有序言和严复表达他自己见解的按语,1898年正式在中国出版,这是中国近代较早的一部介绍西方哲学的社会科学著作,对当时中国国内鼓吹变法图强和提倡维新运动起过积极作用。值得一提的是,严复在翻译《天演论》的过程中,与桐城派的代表人物吴汝纶关系密切。严复不仅与吴汝纶私交很好,也很景仰他的学识,所以不断将翻译《天演论》中遇到的疑难,向吴汝纶请教,吴汝纶也竭尽所能讲述自己的意见并得到严复的采纳,还欣然应严复之请为《天演论》作序。他在《天演论》序中说:"天演者,西国格物家言也。其学以天择物竞二义,综万汇之本源,考动植之蕃耗,言治者取焉,因物变递嬗,深研乎质力聚散之几,推极乎古今万国盛衰兴坏之由,而大归以任天为治。赫胥氏起而尽变故说,以为天不可独任,要贵以人持天。以人持天,必究极乎天赋之能。使人治日即乎新,而后其国永存,而种族赖以不坠,是之谓与天争胜。而人之争天而胜天者,又皆天事之所苞。是故天行人治,同归天演。凡赫胥氏之道具如此,斯以信美矣(《吴汝纶全集》卷一)"!他在日记中写道:"物竞,物各争存也;天择,存其最宜也(《吴汝纶全集》卷四)。"吴汝纶之子吴闿生在阅读其父日记《西学下》后写的按语中,复述了吴汝纶在给严复书信中的一段话:"得惠书并大著《天演论》,虽刘先主得荆州不足为喻,比经自录副本,秘之枕中。盖自中土翻译西书以来,无此闳制,匪直天演之学,在中国为初凿鸿濛,亦缘自来译乎无似此高文雄笔也。钦佩何极(《吴汝纶全集》卷四)!"表达了他的难以抑制的高兴心情。从吴汝纶为《天演论》写的序言、日记和给严复的书信中可以看出,对于严复翻译《天演论》,吴汝纶是极其赞成并倾其全力给予帮助的,《天演论》在中国的翻译出版传播,其中包含着吴汝纶这位桐城派"末代宗师"的许多心血。所以鲁迅先生在《关于翻译的通信》一文中说《天演论》"桐城气息十足,连字的平仄也都留心,摇头晃脑地读起来,真是音调铿锵"。毛泽东在阅读过这部书以后,不仅接受了物竞天择、适者生存的进化论思想,还间接地受到桐城派文风的强烈感染。

在长沙读书时,毛泽东的国文老师袁仲谦、伦理学老师杨昌济、历史老师严昌峣等,都是以曾国藩为代表的桐城派在湖南的旁支湘乡派的著名学者,他们都极力向毛泽东推荐桐城派的文章学术,斯诺的《西行漫记》写到,袁仲谦曾要求毛泽东不要学梁启超,而要学桐城派,要以韩愈为师,因为有一段时间,毛泽东深受梁启超主编的《新民丛报》的影响,叹服梁启超思想的敏锐和文笔的犀利,但梁启超不赞成桐城派,对此,毛泽东的老师袁仲谦很不以为然,所以要毛泽东不要学梁启超。袁仲谦虽然有点偏激,但也说明他是真正崇敬桐城派的。《西行漫记》里也写到了毛泽东对这位恩师的念念不忘:"我钻研韩愈的文章,学会了古文文体。所以,多亏袁大胡子,今天我在必要时仍然能够写得出一篇过得去的文言文。"袁大胡子指的是国文老师袁仲谦,他要求毛泽东以韩愈为师,正是桐城派的文脉所系。毛泽东按老师的要求,对桐城派标志性人物的著作,都悉心研读并写有心得笔记,方苞的《与翁止园书》是讽劝友人翁荃行为不检的一篇文章,毛泽东读后写道:"《与翁止园书》,戒淫也。淫为万恶之首,而意淫之为害,比实事尤甚。当懔懔然如在深渊,若履薄冰。"在读过姚鼐的《范蠡论》之后,毛泽东对该文"君子重修身而贵择交"的结论深表赞同,写道:"作史论当认定一字一句为主"(见《毛泽东早期文稿·讲堂录》,湖南人民出版社,2008年版)。对于姚鼐编纂的《古文辞类纂》,毛泽东更是爱不释手,这部书早在1915年他就读过,1949年又"从北京图书馆借来看后还了回去,过不几天又要看。就这样借了还,还了借,他不知看了多少遍"(忻中:《毛主席读书生活纪实》,见《社会科学战线》1984年第4期)。文以载道,是桐城派的核心理论,从韩愈到姚鼐、曾国藩等都主张文以载道,毛泽东是赞成这个理论的。1942年5月,他的《在延安文艺座谈会上的讲话》强调"以政治标准放在第一位,以艺术标准放在第二位",是他对文以载道的重新阐述。在艺术审美方面,毛泽东推崇刚柔相济而以阳刚之美为主的审美情趣,这与他主张文以载道是相辅相成的。他的审美主张在1957年8月1日读宋人范仲淹的两首词《苏幕遮·碧云天》《渔家傲·塞下秋来风景异》后,所写的《读范仲淹两首词的批语》中,表述得很清楚。他在这个批语中写道:"词有婉约、豪放两派,各有兴会,应当兼读。读婉约派久了,厌倦了,要改读豪放派。读豪放派久了,又厌倦了,应当改读婉约派。我的兴趣偏于豪放,不废婉约。婉约派中有许多意境苍凉而又优美的词。范仲淹的上两首,介于婉约与豪放两派之间,可算中间派吧;但基本上仍属婉约,既苍凉又优美,使人不厌读。婉约派中的一味儿女情长,豪放派中的一味铜琶铁板,读久了都是令人厌倦的。人的心情是复杂的,有所偏但仍是复杂的。所谓复杂,就是对立统一。人的心情,经常有对立的成分,不是单一的,是可以分析的。词的婉约、豪放两派,在一个人读起来,有时喜欢前者,有时喜欢后者,就是一例。睡不着,哼范词,写了这些,江青看后,给李讷看一看"(载《毛泽东书信集》,中央文献出版社,1996年版)。毛泽东在批语中所讲的豪放派,公认的是以宋代的苏东坡、辛弃疾、陆游、张孝祥等人为代表的,婉约派则是以李清照、晏殊、柳永、姜夔等人为代表的。豪放指的是阳刚之美,婉约指的是阴柔之美。桐城派的代表人物姚鼐,早就在他的《海愚诗钞序》一文中指出:"苟有得乎阴阳刚柔之精,皆可以为文章之美。"在《复鲁絜非书》中,则对阳刚之美和阴柔之美作了具体的描述和阐释,他说:"其得之阳与刚之美者,则其文如霆如电,如长风之出谷,如崇山峻崖,如决大川,如奔骐骥,其光也,如杲日如火,如金如镠铁。其于人也,如凭高视远,如君而朝万众,如鼓万勇士而战之。其得于阴与柔之美者,则其文如升初日,如清风,如云,如霞,如烟,如幽林曲涧,如沦,如漾,如珠玉之辉,而鸿鹄之鸣而入寥廓。其于人也,漻乎其如叹,邈乎其如有思,暖乎其如喜,愀乎其如悲。"从以上论述中,可以看出姚鼐对文学的阳刚之美和阴柔之美的推崇,是倾注了极大的热情的,然而,在热情中又极具冷静,在指出凡具阳刚之美和阴柔之美的文章都是好文章的同时,表明自己是侧重于阳刚之美的,并提出了两者兼济"会而弗偏"(《复鲁絜非书》)的理论主张。从毛泽东对范仲淹两词的批语中不难看出,他几乎全都赞成并接受了姚鼐的这些审美主张,并且在诗词创作中身体力行,付诸文学实践。他的具有阳刚之美的诗词很多,如《西江月·井冈山》《忆秦娥·娄山关》《十六字令三首》《七律·长征》《七律·人民解放军占领南京》《七绝·为女民兵题照》《满江红·和郭沫若同志》等,具有阴柔之美的则有《虞美人·枕上》《贺新郎·别友》《蝶恋花·答李淑一》《七律·登庐山》,阳刚、阴柔相济的则有《沁园春·雪》《水调歌头·游泳》《念奴娇·鸟儿问答》等。总体来看,在毛泽东诗词中,具有阳刚之美的作品,占主导地位,这也印证了他"偏于豪放"的审美情趣。毛泽东具有中国作风、中国气派的审美情趣,体现了中华民族五千年文明史一以贯之的人文情怀。

第二节 方苞

一、生平及文学主张

方苞(1668—1749),字凤九,一字灵皋,晚年号望溪。祖籍今枞阳牛集乡方皋庄,生于江苏六合之留稼村,排行老二,桐城三祖之一。方苞自幼聪明,四岁能作对联,五岁能背诵经文章句,六岁随家由六合迁到江宁旧居。十六岁随父回安庆参加科举考试。二十四岁至京城,入国子监,以文会友,名声大振,被称为"江南第一"。大学士李光地称赞方苞文章是"韩欧复出,北宋后无此作也"。三十二岁考取江南乡试第一名,康熙四十五年(1706)考取进士第四名。因母病回乡,未应殿试。康熙五十年(1711),"《南山集》案"发,方苞因给《南山集》作序,被株连下江宁县监狱。因重臣李光地极力营救出狱,以平民身份入南书房做皇帝的文学侍从。康熙六十一年(1722),充武英殿修书总裁。雍正九年(1731)授詹事府左春坊左中允,次年迁翰林院侍讲学士。雍正十一年(1733),提升为内阁学士,任礼部右侍郎,充《一统志》总裁。雍正十三年(1735),充《皇清文颖》副总裁。清乾隆元年(1736),再次入南书房,充《三礼书》副总裁。乾隆四年(1739),被谴革职,仍留三礼馆修书。乾隆七年(1742),因病告老还乡,赐翰林院侍讲衔。从此,他在家闭门谢客著书,乾隆十四年(1749)病逝。年八十二岁,葬于江苏六合。著有《周官集注》十三卷、《周官析疑》三十六卷、《考工记析疑》四卷、《周官辩》一卷、《仪礼析疑》十七卷、《礼记析疑》四十六卷、《丧礼或问》一卷、《春秋比事目录》四卷、《诗义补正》八卷、《左传义法举要》《史记注补正》《离骚正义》各一卷、《奏议》二卷。文学创作方面有《文集》十八卷、《集外文》十卷、《补遗》十四卷。

方苞治学,以儒家经典为基础,尊奉程朱理学,日常生活都遵循古礼。为人"品高而行卓",刚直憨厚,品评人物不知避讳,如评价清初文坛领袖降清的钱谦益"其文秽恶藏于骨髓,一如其人"(《方苞集·汪武曹墓表》)。其政治思想早年、中年、晚年有所发展变化:早年受明代遗民钱澄之等影响,痛惜明亡,公开谴责"在位之小人",立志当一个古文家;中年一改早年政治态度,颂扬康熙的文治武功,勉力为国效劳,这可能与他《南山集》被牵连入狱以及被赦免的感恩戴德有关,更可能与康熙赦其死罪的同时,又命其全家包括老母迁入京城,当了十年实际上的人质使其有所戒惧有关;晚年"惟期分国之忧,除民之患"。继康熙后,雍正、乾隆对方眷顾日深,官价日隆,这使他更热望为清廷效力,也更有可能为民做些兴利除弊之事。

方苞在文学理论上首创"义法"说,倡"道""文"统一。在《又书货殖传后》中解释为:"义即《易》之所谓言有物也,法即《易》之所谓言有序也。以义为经,而法纬之,然后为成体之文。"为桐城派散文理论奠定了基础。后来桐城派文章的理论,即以方苞所提倡的"义法"为纲领,继续发展完善。

在诗歌理论方面主要是阐发儒家的诗教观,主张"诗之用,主于吟咏性情,而其效足以厚人伦、美教化",批评"魏晋以降,其作者穷极工丽,清扬幽眇,而昌黎韩子以为杂乱而无章,盖非发性情之正,导欲增悲,而不足以感动人之善心故也"(《徐司空诗集序》)。批评王士祯神韵派和沈德潜格调派的门户之见,强调诗歌风格的多样性,认为诗"本于性情,别于遭遇",应该"门户可别",有其独有的一面,不能"此人之诗,可以为彼,以遍于人人"(《鬋青山人诗序》)。

二、诗文创作

1. 散文

方苞的古文有六百八十篇左右,在内容上可分为政论、纪游和传记三大类。其中政论类比较集中地反映了作者的政治观点和思想主张,也体现出时代特色。方苞有"经世济民"、关心"国计民瘼"的理想抱负,加上"《南山集》案"的政治遭遇,所以他对时弊的了解比较透彻,在他的政论文中对当时的政治、经济、军事、边防、水利、漕运、吏治、选才、科举等皆提出自己的见解,并向皇帝、宰相提出建议,对同僚、居官的师友和后辈施加影响。其中如《狱中杂记》《送冯之文序》《与顾方用尺牍》等皆是对吏治的腐败、官场的黑暗进行揭露和抨击,并提出改革吏弊的设想和方案;《杨千木文稿序》《辕马说》《与来学画书》等则批判科举时文,提出用人选才的主张。方苞共有游记二十二篇,其特点不在模山范水,也不在游兴游踪,而着重抒发作者从中感受到的哲理,其代表之作《游雁荡山记》《游潭柘记》皆有这个特点。传记文与作者的身世交游更有密切关系。方苞生于清初,方氏一家与明末东林、复社关系密切,方苞早年交往的师友如钱澄之、姜宸英、梅文鼎等亦多是民族志士。所以作者的传记之文如《左忠毅公逸事》《高阳孙文正公逸事》《石斋黄公逸事》等皆是缅怀东林党人与宦官斗争的壮烈行为,或是刻意寻访的志士仁人事迹。这是方苞传记文内容上的一大特色,也是刘大櫆、姚鼐等桐城作家所缺少的。

方苞散文艺术上最大的特色是清真雅洁。所谓清真是指笔触清丽,坚持写实求真;所谓雅洁是指语言雅驯简洁。这是方苞"义法"论的重要内容,也是他创作的准则。如《题舒文节探梅图说》,以屈原托橘自颂引出舒文节托梅自喻,显其清雅;中间用"托根僻壤、含华结实,得自全其臭味"数语,不言图而尽括一图之神韵。最后以图论人,揭出主旨。全文仅六十七字,可谓简洁。

其次是在人物传记等记叙类作品中,继承桐城派先驱归有光散文的传统,注意人物肖像、行为等细节描写,通过人物个性化的语言来表现人物性格。《左忠毅公逸事》史可法探监一段,通过左光斗雕塑般的造型、个性化的语言以及酷刑后艰难却刚毅的肢体动作,将左光斗的坚贞不屈、刚毅慷慨,史可法的崇敬无畏表现得淋漓尽致,非常感人。

> (左公)则席地倚墙而坐,面额焦烂不可辨,左膝以下筋骨尽脱矣。前跪,抱公膝而呜咽。公辨其声,而目不可开,乃奋臂以指拨眦,目光如炬,怒曰:"庸奴!此何地也,而汝前来!国家之事糜烂至此,老夫已矣,汝复轻身而昧大义,天下事谁可支柱者?不速去,无俟奸人构陷,吾今即扑杀汝。"因摸地上刑械,作投击势。史噤不敢发声,趋而出。

不过方苞散文也有不足之处,除少数人物传记外,大多过于滞重平直,缺乏生动丰满的形象性和雄奇变化的新鲜感,这与他为文重在阐发义理的"义法"论有关。另外由于提倡雅洁,反对在古文中使用口语,也使其散文不够活泼生动。

2. 诗歌

方苞多次表白"决意不为诗",这只是表白自己不爱作诗,并不代表他没有诗作,目前可知他至少有十五首诗作,题材涉及怀古、悼亡、赠别、山水等方面。其中怀古诗作主要是借古言志,虽多议论,道学气很重,语言也较滞涩,算不得什么好诗,但眼光独特,气质凝重,如《拟子卿寄李都尉》:

汎汧委惊湍,隈隈任所触。大冶自融金,焉能顺其欲。羁鸿隐朔漠,飞翔冀常缩。独鹤栖瑶林,长鸣念溪谷。不闻鸾凤音,时恐鹰鹯伏。百年会有尽,沉忧日夜续。寸心遥相望,万里见幽独。

该诗模拟苏武(字子卿)与李陵的对话,写给一位李姓都尉。苏武、李陵故事自《汉书·苏武传》后,代有咏歌,但多表苏武归国之荣,李陵留胡之悔,所谓"子归受荣,我留受辱"。此诗却别具只眼,认为无论是归是留,都是处境艰难、前路莫测。诗中极力表达苏、李两人心境和遭遇的共通,让他俩同忆相思,同悲相别,共同承受命运之悲苦与身世之不堪。诗中不仅为苏武归国后仅为典属国的待遇鸣不平,联系到诗人因"《南山集》案"入狱的遭遇和在官场遭受的排挤打击,也不排除是借古人之酒杯,浇自己胸中之块垒。这种别具只眼,在《严子陵》《裴晋公》等咏古诗中亦有表现:严光与刘秀是好友,刘秀称帝,严光却拒绝封赏归隐富春江。历来诗歌皆咏叹严光的高洁,视荣华富贵如粪土。方苞在诗中一方面羡慕严子陵得遇明主,一方面又批评严子陵错失展露宏图的良机。《裴晋公》中对中唐名相裴度遭遇的感叹,可能也与自己在"《南山集》案"前后的遭遇有关。方苞的赠别、悼亡之作,如《送杨黄在北归》《将之燕别弟攒室三首》《挽李余三方伯三首》等与上述怀古诗呈现别样风格,往往情真意切,能于平淡中见自然,语言也平易流畅,但少见怀古诗那种思想深度。

第三节 刘大櫆

一、生平及文学主张

刘大櫆(1698—1779),字才甫,一字耕南,号海峰。出生于桐城汤沟(今属枞阳)一个塾师人家,父亲刘柱是一名秀才。刘大櫆自幼便受到家庭的熏陶,苦读儒学,并小有建树。但屡试不中,在第十次乡试中得秀才。后游学京城,拜方苞门下,受到方苞的赏识,称为"国士"。乾隆时曾应博学鸿词科和经学科的荐举,均落选。后为黟县教谕,数年告归。刘大櫆是桐城派三祖之一,为人美风姿、擅文辞,性格豪爽,喜饮酒赋诗,著作颇丰,有《海峰先生文集》十卷、《海峰先生诗集》六卷、《论文偶记》一卷、《古文约选》四十八卷、《历朝诗约选》九十三卷等,并纂修了《歙县志》二十卷。刘大櫆为桐城文派承前启后的中坚人物,其创作成就和理论主张,对桐城派的形成和发展,起了十分重要的桥梁作用。吴定在《海峰先生墓志铭》中认为古文亡于南宋,到归有光和方苞手中开始"重起其衰,至先生大振","元、明以来,辞章之盛,未有盛于先生者也"。姚鼐亦有诗称赞说:"文笔人间刘海峰,牢笼百代一时穷。"

刘大櫆的文学主张主要见于《论文偶记》。它补充发展了方苞的"义法"论并进一步探求散文的艺术性,并提出了"因声求气"说。指出文字"无一定之律,而有一定之妙",重在艺术体现。解释"神气"中的"气"是指语言气势,"神"则是"气之精处",是最本质独特的风格、性格特征的艺术体现。又将我国诗歌理论中的韵律学说用到散文领域,形成"音节""字句"理论,所谓"积字成句,积句成章,积章成篇,合而读之,音节见矣;歌而咏之,神气出矣"。以上理论世称"因声求气"说,被认为是桐城古文的创作秘诀。

二、诗文创作内容及特色

1. 散文

刘大櫆的文章内容并非如有的文学史所说的那样,"极力提倡封建正统观念",而是具有早期的启蒙思想,刘师培认为在桐城诸家中,"惟海峰较有思想"(《论文杂记》)。他在文章中虽不否定"阐道翼教",却不像方苞那样谈理言道;他有政治抱负,只因未涉足官场,所以也绝少写方苞那类经世济民的文章。他的启蒙观念,主要表现在继承荀子、柳宗元等人进步思想,在天道观、伦理观、历史观和人才观等方面发表过许多有见解的言论,还吸取老庄敢于愤世嫉俗、大胆怀疑的思想,如在《天道》中强调是统治者的"无道"造成了"衰乱之世",而"天"是"浑然无知"的;在《汪烈女传》中反对"臣死其君",认为君臣之间是"共事之义",而不是"受君之恩"的主从依附关系;在《答周君书》《乡饮大宾金君传》中则持"世异则事变,时去则道殊"的社会发展变化观,斥责当前仍采取"重农抑商"传统做法的不合时宜;在《方节母传》中批判上智下愚、男尊女卑的封建道德观念;在《答周君书》《见吾轩诗序》中又谴责科举制度误世害人,扼杀人才。所有这些,都闪烁着理性的光辉。刘大櫆的社会地位和生活状况使他能更多地与下层民众沟通,了解他们的思想、生活和愿望。他的传记文有许多是为村野郎中、乞丐立传,表彰他们的品德,反映他们的心声,这是其他桐城作家很少为的。如《乞人张氏传》中将"穷饿行乞"的女子与富贵利达的士大夫作一尖锐对比:明亡之际,"穷饿行乞"的女子可以为国投水而死,而富贵利达的士大夫却不能,作者就此向读者提出一个发人深省的问题:"近世以来,天地之气不钟于士大夫,而钟于行乞之人",这究竟是为什么?这是明知故问,是非褒贬,其义自明。

刘大櫆散文中还有一些山水游记,它不像方苞纪游散文那样重在阐发从其中领悟的哲理,而是细述游历路线、所见所闻、极尽形容,而且融入个人生活遭遇,借景抒情,颇似柳宗元的山水游记。

刘大櫆散文风格雄奇恣肆,正如阮元所云:"其气肆,其才雄,其波澜壮阔"(《国史苑传》)。这一特征表现在以下三个方面:一是文章一气呵成,气脉宏大,词丰意雄,充分体现刘文"才雄气盛"特征。如《黄山记》全文长达五千多字,作者按游山路线描绘了黄山峰、谷、泉、瀑、石、云、松的奇姿异态,可谓穷形尽相,特别是对黄山云海的刻画更觉笔力矫健:"顷之山半出云,如冒絮,如白龙,瀚勃晃荡,奔逐四合,弥漫芜野,平佈匴匝,一白无涯,渺极天地。日光射之,如积雪之环周。而诸峰错出其间,仅见其顶如螺髻,如乘槎而浮海上。已而轻风聚卷,云气迸驳,石出山高,岛屿耸崎,向之所见,如幻如泡,一瞥欬之间,不知其消归何有,此所谓铺海之云也。"而且叙事、议论之中都喷涌着不可遏止的激情,与方、姚之文相比,其情感表达方式要强烈、直率得多。如《游晋祠记》,全文五百多字,有三分之一是作者因此而生的感慨,特别是结尾处:

> 太原之去吾乡三千里,久立祠下,又茫然不知身之在何境。山川常在,而昔之人皆已泯灭其无存。浮生之飘转无定,而余之幸游于此,无异鸟迹之在太空。然则士之生于斯世,虽能立振俗之殊勋,赫然惊人,与今日之游一视焉可也,其孰能判其忧喜于其间哉!

此番议论,并非发思古之幽情,而是着意将事功与山川之游作一比较,认为徜徉于山水之间并不比振俗殊勋差。这当然与作者的经历、处境、人生追求有关。

二是注重散文的章法布局、转折开阖。刘氏论文,主"贵奇",反对平铺直叙,重视行文的"起灭转接","于一气行走之中时时提起",使文章"忽起忽落,其来无端,其去无迹"。他的许多文章如《天道》(上)、《焚书辩》等皆单刀直入,一下切入主题,先声夺人,给全文奠定雄劲的基调,如《天道》(上)开篇:"天道盖浑然无知者也";《焚书辩》开头:"六经之亡,非秦亡也,汉亡之也"。皆高屋建瓴、振聋发聩。

三是善于运用声音的高低、节奏的缓促来增加文章的气势。他特别喜用长句来造成文章雄劲之气,如《书荆轲传后》"天下之变"一段,每句长达十五字以上,有的达二十多字,汩汩滔滔,形成一泻千里之势。他还善于运用大量排比、对偶句式来使文势贯通、节奏强烈,如《答吴殿麟书》就是如此:

> 目无不欲色,而色之美者未必爱;耳无不欲声,而声之希者未必听;口无不欲味,而味之和者未必嗜;鼻无不欲臭,而臭之芳者未必佩。故有以无盐而滥厕于深宫;以下里而和者数千人;以创痏之秽污,而嗜之流

血;以大臭之无能与居,而随之不能去。好恶者,存于己者也;诽誉者,存乎人者也。彼物之自外至者,岂我之能为谋乎?

其中,先是"目、耳、口、鼻"四个排比句式;继而又用"无盐有德""下里巴人""嗜痂成癖""大臭随之"四个历史典故组成排比且与"目、耳、口、鼻"构成对句式长短波澜起伏。最后用"存于己者"与"存乎人者"对举,结构整饬,又形成强烈节奏感。

2. 诗歌

刘大櫆不仅专于古文,亦擅长诗歌,袁枚甚至说刘"诗胜于文"(《随园诗话》)。姚鼐也说刘"文与诗并极其力","晚居枞阳,以诗教后进,桐城为诗者大半称海峰弟子"(《刘海峰先生传》)。刘大櫆的诗歌内容上可分为四类:一类是感叹身世遭遇,如《述旧三十六韵送张闲中之任迦河》《杂诗》《感秋》等,或是描绘苦于衣食、惶惶奔走的艰辛,或是倾吐淹留仕途的矛盾心理和狼狈处境,皆以朴实的笔调尽行展露,也是研究刘氏生平的宝贵资料,如"我复迫饥寒,衣食于奔走。颠倒跋胡狼,愁恨丧家狗""袅袅游空绝,飘扬不自恃。少年客幽燕,老大犹孤羁"(《述旧三十六韵送张闲中之任迦河》);第二类是抒写自己的用世之志,多是诗人壮年时代的作品,表示要"生当为国干,死当为国殇"(《感怀》),向往从军靖边、为国立功,"万里向沙漠,横戈扫妖氛"(《秋夜独坐寄沈惟涓》),这类诗歌格调昂扬、辞气悲壮,在刘集中很另类;第三类是愤世嫉俗的悲歌,如《杂感》《天马》《晚行遇雨乘谢六车不及》《燕台行》等,对当时社会压抑人才表达愤懑,也是在抒发自己遭遇的不平;第四类是田园山水,多为晚年归乡后的作品,像《江乡》《夏日田间》等描绘沿江、江淮一代田园风光,平和而自然,颇有陶渊明诗意,如"湖水际天白,匝岸我垂杨。浓荫自成幄,中有杭权香"(《江乡》);"繁明落茂树,疏烟霭遥村。落日檐下坐,清无车马尘"(《夏日田间》)。

刘大櫆的诗歌风格也根据题材分为两类:前三类诗作,多为五、七言古体,感于哀乐,缘事而发,颇有乐府诗之意味,辞婉而旨深。晚年田园诗作,其特征是"清绝"。此时作者已倦于仕途奔波,在家乡潜心授徒讲学,常常流连于沿江、江南山灵水秀之地，诗风也变得恬淡自然、清新超迈。姚鼐曾称赞说："（刘大櫆）入黟后所作，如鲲化为鹏，超然万里"（《海峰先生诗集序》）。

第四节 姚鼐

一、生平及文学主张

姚鼐（1731—1815），字姬传，一字梦谷，室名惜抱轩，世称惜抱先生，安徽桐城人。鼐幼嗜学，伯父姚范授以经文，又从刘大櫆学习古文，表现出非凡的天资。乾隆二十八年（1763）中进士，授庶吉士。三年后改兵部主事，旋又补礼部仪制司主事。后历任山东、湖南乡试副考官，会试同考官和刑部广东司郎中等职。乾隆三十八年（1773），清廷开四库全书馆，姚鼐破格充纂修官。后乞归乡里，大学士于敏中、梁国治先后动以高官厚禄劝留，均被辞却，时年四十四岁。自乾隆四十二年（1777）起，姚鼐先后主讲于扬州梅花书院、安庆敬敷书院、歙县紫阳书院、南京钟山书院，其弟子遍及南方各省，其中最著名的有本邑的方东树、刘开、李宗传、方绩、姚莹，上元梅宗亮、管同，宜兴吴德旋，阳湖李兆洛，娄县姚椿，新城鲁九皋和他的外甥陈用光等，对桐城派的流播作用甚大，以至历城周书昌说："天下文章其在桐城乎。"嘉庆二十年（1815）卒于南京钟山书院，时年八十五岁。嘉庆二十四年（1819），与元配夫人张氏合葬于桐城牛集乡阮贩村铁门口，其墓今为省级文物保护单位。姚鼐著有《九经说》十九卷、《三传补注》三卷、《老子章义》一卷、《庄子章义》十卷、《法帖题跋》一卷、《书录》四卷、《尺牍》十卷、《古文辞类纂》七十五卷、《五七言今体诗钞》十八卷。文学创作有《惜抱轩文集》十六卷、《文后集》十二卷、《诗集》十卷、《笔记》十卷。

姚鼐与方苞、刘大櫆并称"桐城三祖"。他在方苞"义法"的基础上，进一步倡导"义理""考据""辞章"三者相互为用，将程朱理学、古代文献、文义、字句考订和文章辞采融而为一。在学术思想上，姚鼐以宋儒之学为治学之本，指斥主考据之说的汉学家为舍本逐末，但他也不废弃汉儒治经之长，做到综合吸收。在文学风格上,提出"阳刚""阴柔"之说,用"阳刚""阴柔"这对哲学概念来解释文章风格的来源和特征,指出两大风格相互配合、相互调剂,产生出多样的文学风格。他又发展了刘大櫆的"拟古"主张,提出"神、理、气、味、格、律、声、色"为文章八要。学习古人,初步是掌握形式(格、律、声、色),进而是重视精神(神、理、气、味),才能达到高的境界。可以说,桐城派古文到了姚鼐手中,方形成完整的理论体系,姚鼐是桐城文派中集大成者。另外,姚鼐的书法造诣很深,包世臣推邓石如、刘石庵及姚鼐为清代书法之冠,将姚鼐的行草书列为妙品。姚鼐著有《惜抱轩全集》,所编《古文辞类纂》将文章体裁分为十三类,即论辩、序跋、奏议、书说、赠序、诏令、传状、碑志、杂记、箴铭、辞赋、哀祭等,分类系统简明,对文体理论是一个贡献,因而风行一时,有力地扩大了桐城派的影响。

二、诗文创作

1. 散文

姚鼐散文的思想内容十分丰富,主要有三个方面:第一,关注国计民生,世风民俗,作者声称他的写作"非关天下利益,兹不著"(《博山知县武君墓表》)。在《〈南园诗存〉序》中揭露和珅等奸臣当道,乾隆却听任其"自张威服",迫害御史钱沣等贤良,使其不能"得国尽其才用";在《复曹云路书》中又指斥那些"衣冠之徒"使"风俗日颓,欣耻益非其所,而放僻靡不为";另一方面又颂扬"勤思国事,愍念民瘼","活民而得罪,吾所甘也"的官吏,如《周梅圃君家传》;或赞美一些不愿与贪官污吏"共处",愤而辞官的"清介严冷"之士,如《方染露传》。姚鼐有些思想在当时来说还是较为先进的,如《旌表贞节大姊之十寿序》中,作者贬斥门第等级、男尊女卑的封建传统观念,宣扬"贵贱盛衰不足论,唯贤者为尊,其于男女一也";在《陈谨斋家传》中,歌颂"以行贾往来江上"的徽商,做生意能"明智绝人"等。在《〈河渠纪闻〉序》《〈医方捷诀〉序》《书〈考工记图〉》中,对农田水利、医药卫生和工艺技术也表达关切之情。第二,谴责科举考试中的八股时文贻误人才,要以古文改造时文。在《方侍庐先生墓志铭并序》中,指责八股时文呆板凝滞,扼杀士人的才华;在《鲍君墓志铭并序》中叙说一位"为人敦行义、重然诺,作诗歌古文辞皆有法"的才士却"久困于乡试,不见知",结果与科举制度决绝,"年四十余,遂决不就试"。但是姚鼐与吴敬梓不同,他并不反对科举制度本身,相反却认为"用科举之体制,达经学之本源,士必有因是而兴者,余窃乐而望焉",他反对的是时文八股,以"流俗号为选录文字者",主张应"以古文法推而用之"(《乡党文择雅序》)。第三,山水游记。姚鼐自称"生平亦好乐山水",早年即立志要游遍祖国名山大川(《左仲郛浮渡诗序》),只是因为官身所拘,无法成行。所以四十四岁辞官归里途中,就迫不及待登上泰山,写下著名的《登泰山记》,后又接连写下《游灵岩记》《游双溪记》《观披雪瀑记》等,静观山水、抒发怀抱,乐在其中。

姚鼐散文有一种迂徐深婉,一唱三叹,又耐人寻味,意蕴无穷的艺术风格。刘师培说其以"丰韵"见长(《论近世文学之变迁》),方宗诚说其"以神韵为宗"(《〈桐城文录〉序》)。所谓"丰韵"或"神韵",皆指其文富于韵味、言简意丰,非一眼即能看穿,必须用心仔细地去体会其言外之意,韵外之味。具体体现为以下几点:

一、旁敲侧击,指桑骂槐;正反对比,意在言外。作者把抨击官僚政治、关切国计民生的浓郁之情,通过旁敲侧击、指桑骂槐的艺术手法,寄寓在冷静说理和平淡论述之中,如他的《翰林论》,名为论述翰林的职责,实则谴责"天子""取其忠而议其言为出位","夫以尽职为出位,世孰肯为尽职者?"在《李斯论》中,通过批评李斯的"趋时"所造成的危害,透露出作者针砭时弊的隐衷,使文章显得神韵丰厚,耐人寻味。《袁随园君墓志铭并序》则通过袁枚的才华和遭遇的反差对比,道出言外之意:"君本以文章入翰林有声,而忽摈外;及为知县,著才矣,而仕卒不进"。既然"以文章入翰林有声",为什么却被"忽摈外"?既然"为知县,著才矣",为什么又"仕卒不进"?执政当局对贤才的糟蹋和遗弃,不识贤、不重贤、不用贤自在言外!

二、文字简洁而内涵丰厚,寓阳刚于阴柔,寓工巧于自然。姚鼐的散文,不是锋芒毕露,慷慨陈词,滔滔不绝,而是以"温深而徐婉"之笔,写出"雄伟而劲直"之文,这正是姚鼐散文的风格特色。脍炙人口的名作《登泰山记》,从表面上看,纯属写登泰山经过及所见景色的游记,向来以令人"服其状物之妙"(黎应昌《续古文辞类纂》评语)著称。然而,联系该文的写作背景,即不难发现,其在对景物的写实之中,还寄寓着作者辞官归里的万千感慨,其中既有对摆脱官场羁绊、回归大自然后的愉悦之情,又有以对大自然如诗如画一般美景的热烈赞赏,来反衬其对官场丑恶的愤绝和鄙弃。对此,刘大櫆《朱子颖诗序》即指出:看似简洁写实的游记,实则寓有作者的"隐君子之高风"和"幽怀远韵"等丰富的底蕴。在《郑大纯墓表》中,作者没有正面描写和赞美郑大纯如何不畏艰难,只以"君意顾充然"一句,即把他那豁达非凡的气质简括明要地托出,接着写他在自身极其困难的情况下,却非常乐于助人,寥寥几笔不仅写出郑大纯柔情似水,充满慈悲心肠,而且表现出他那内在的侠义胸怀和刚烈气质。姚莹曾称赞其师之文说:"平平说来,断制处只一笔两笔,是非得失之理自了,而感慨咏叹,旨味无穷。此盖文章深老之境,非精于议论者不能,东坡所谓绚烂之极也"(《识小录·惜抱轩诗文》)。

三、工于修辞,精于炼句,使文章抑扬顿挫,富于气势和美感。姚鼐之文善于运用铺叙、排比和博喻等修辞手法,增强文章的气势和美感,如著名的《登泰山记》中描绘日出的一段,就极富气势,极有美感,极有特色:

  极天云一线异色,须臾成五彩。日上,正赤如丹,下有红光动摇承之。或曰:此东海也。回视日观以西峰,或得日或否,绛皓驳色,而皆若偻。

又精于炼句,以整散结合、长短错落相间的句法使文章富有抑扬顿挫的旋律美。如在著名的《复鲁洁非书》中,讨论文章有"阳刚"和"阴柔"两种美学形态时,作者先使用一系列的比喻:先以自然界的雷霆、闪电、长风、峻崖、大川为喻,来形容"阳刚"的风格,并进一步以物体的光亮和人的行为来比附阳刚之美;然后以初日、清风、云霞、烟雾、幽林、曲涧、波纹、珠玉为喻,来形容"阴柔"的风格,亦用人的叹息、沉思、喜悦、悲哀等情感表现来比附阴柔之美,以此把抽象的美学形态具体化,其文章本身就体现了阳刚和阴柔之美的和谐统一,历来为文章家所乐用。

姚鼐是桐城散文集大成者,其门生陈用光曾把姚鼐之文与方苞和刘大櫆作一比较:"望溪理胜于辞,海峰辞胜于理",而姚鼐之文则"文理兼胜"(《太乙舟文集·姚姬传先生七十寿辰序》)。其弟子管同亦认为:"其'文格'则受之刘学博,而'学'得之于方侍郎。然先生才高而学识深远,所独得者,方、刘不能逮也"(《因寄轩文集》)。究其原因,一是善于从中国历代散文大家,尤其是富有理学习气的宋代散文大家欧阳修、曾巩等散文中吸取营养,《清史稿·文苑传·姚鼐传》曾明确指出这一点:"为文高简深古,尤近欧阳修、曾巩,其论文根极于道德,而探源于经训,至其浅深之际,有古人所未尝言,鼐独抉其微,发其蕴,论者以为词近于方,理深于刘。"第二是继桐城诸家之后,享年又高、勤学好思,故能集其大成。其弟子方东树就这么认为:"先生后出,尤以识胜,知有以取其长,济其偏,止其弊,之所以配为三家,如鼎足不可废"(《书惜抱轩先生墓后》)。吴德旋也言:"姚惜抱享年之高,略如海峰,而好学不倦,远出海峰之上,故当代罕有伦比"(《古文绪论》)。

2. 诗歌

《惜抱轩全集》有"诗集""诗后集"和"诗外集"三部分,占全集五分之一略强。计有古体、近体诗七百三十首,试帖诗四十首,词七阕。可是姚鼐的诗作并没有受到应有的重视。有的论者认为"他的诗作与散文一样,不少封建说教,缺乏社会内容。他把古文义法用之于诗,故形式呆板,可取者甚少,惟某些写景小诗如《山行》《天门》《江上竹枝词》等清秀雅致,较为可读"(《中国历代作家小传》)。

其实,姚鼐诗作无论是思想内容和艺术价值均不可忽视。在思想内容上,姚鼐诗作关注国计民生,亦如其文"非关天下利益,兹不著",有的诗作甚至说出文章中所不敢说的话,如《述怀》:"自是百年来,法家常继轨","尚足禁暴虐,用威非得已。所虑稍深刻,轻重有失理",抨击清兵入关以后峻法绳世的残酷不仁;在《漫咏》中写道:"秦法本商鞅,日以劳使民。竟能一四海,诗书厝为薪。发难以铲除,籍始项与陈。""焉知百世后,不有甚于秦。天道且日变,民生弥苦辛。"将当今的清朝比作酷秦,甚至提出会有项梁和陈涉铲除暴秦类似事件发生。借古指今,语意甚为激烈大胆。在《咏古》一诗中,借汉武帝"巡游既已疲,神仙不可遇"的求仙虚妄,来讽刺清帝"下江南"靡费民财以图一时之逞! 在《漫咏》中他甚至指斥:人君取士"抑扬恣其胸","宜于朝廷士,进者多容容。所以歌《五噫》,邈然逝梁鸿",更是直接把矛头对准当朝统治者,连借古讽今的手法也不用了。

姚鼐诗中有关赠答、送行的诗篇,数量不少,多能做到情深意隽、诚挚动人,《赠郭昆甫助教》《送子之淮南》和《赠戴东原》等篇,均能抒诗人胸中之真情,颇为感人。如《送友人往邺》:"九月燕郊草尚青,君今且为住邮亭。明朝月落漳河晓,无限飞鸿不可听。"诗人送别友人,先不写自己的依依难舍,而写友人的依依难别:邮亭暂住,不忍遽别;然后写自己的思念,时间的跨度则是今晚到明朝一夜之间。燕郊春草仍会青青,邮亭、漳河也会依旧,只是友人离去、物在人去,诗人伤感之中甚至不忍听到传信使者飞鸿的哀鸣,确是一首抒写离别的好诗,与"海内存知己,天涯若比邻"等阳刚之句相比,则得阴柔之长。《送子颖之淮南》称赞友人"君爱朋友重圭璧,不惜家空徒四壁",又对其不幸遭遇深表同情:"壮士论心天地间,往往狂歌伤落魄。"类似带着诚挚深情的赠答、送行名句还很多。

关于姚鼐诗歌的艺术成就,其弟子姚莹认为其师古近体皆擅:五古"高处直是盛唐诸公三昧,非肤袭貌取者可比";七律亦"工力甚深,兼盛唐、苏公之胜";七绝"神骏高远,真是天人说法"。姚莹肯定惜抱之诗古近体兼擅,唐宋之盛兼备并非空泛之论,如五古《送演论归里》中的"君有江上宅,青山绕如环。朝望江云起,暮入江云间。云开江路尽,山月照君还"等句,《邳州黄山》中的"一身尚为石,功名何足骄。我来秋草歇,南渡黄河潮。大风起泗上,白云莽萧萧"等,确如姚莹所评:"俊逸神到,居然太白",很有李白古风的神韵。他的七古则"沉壮苍老",如《万寿寺松歌》和《沈石田鱼松歌》等作,沉郁顿挫,十分老辣。如《赠钱鲁思》的前一部分:

少日怀贤甘执御,既老犹思身一遇。竭来三载皖中居,惟对龙山如可语。城外拍空江水流,云中引首时登楼。东风忽有天涯客,青草生时吹泊舟。裁诗作字皆非俗,意中正继开元躅。

诗中称赞钱鲁思诗歌一反时下媚俗之风,有开元盛世风貌。其中亦反映自己的诗歌主张和理想,至于自己从"少日"到"既老"的求贤若渴,也不仅是咏歌友谊,亦是自己对诗歌"风骨""盛唐气象"的追求。其中叙事、感慨,皆有杜甫夔州风物诗的特征,姚莹说其已"入少陵之室",实不为过。他的近体七绝《黄河曲》二首:

负羽千营臂角端,平明卷幕北风寒。青天西挂黄河水,立马长榆塞外看。——其一

黄河缭绕漠南山,秋尽蒲昌雁尽还。万里白云飞不去,朝朝长结玉门关。——其二

前一首"青天西挂黄河水",是对黄河夸张的描绘;"负羽千营"和"立马长榆"表现飞动气势和透露出的阳刚英豪之气。后一首黄河缭绕漠南山的缠绵,塞外归来的秋雁和郁结于玉门关上的白云,暗中又含蓄着征人难归的哀怨,显得缠绵深婉,深得阴柔之长,与上一首的阳刚之气形成明显的对照,亦显出姚鼐具有多种艺术禀性。姚莹认为此诗堪称王之涣"黄河远上白云间"之亚,其实比起王之涣《凉州词》的深婉哀怨,更多了豪宕的底色。姚鼐的七律中《出塞》《南朝》《金陵晓发》《河上杂诗》《彰德怀古》和《临江寺塔》等诗,"沉雄高浑,调响气劲",置入唐人诗中,亦为上乘之作。

第五节 桐城派其他重要作家

一、管同

管同(1780—1831),字异之,江宁上元(今南京)人,出身于一个下层知识分子家庭。道光五年(1825)中举,六年(1826)赴京参加会试未中,后入安徽巡抚邓廷桢幕,深受邓的器重并代邓作了许多重要文章,如《包孝肃公像

记》《重刻〈荒政辑要〉序》《徽州府汪氏祖墓祠碑》等。道光十一年（1831），管同在陪同邓廷桢的儿子赴京途中，卒于宿迁，终年五十二岁。管同去世后两年，邓廷桢将他的作品汇集为《因寄轩文集》刊刻传世，包括初集十卷，二集六卷，补遗一卷。另有《因寄轩诗集》《皖水词存》等，俱未刊行。其诗仅零星见于徐世昌《晚晴簃诗汇》等总集之中。

　　管同与梅曾亮、方东树、刘开并称为姚鼐的"四大弟子"。论学为文一遵姚氏轨辙，史称"鼐门下著籍者众，惟同传法最早"（《清史稿》），梅曾亮即是受管同影响才改习古文。在学术思想上他亦推崇程朱理学，尊程、朱为"父师"，认为"道学之尊，犹天地日月也"（《书苏明允辨奸论后》）。但是管同并不迷信程、朱，对程、朱的许多观点提出了批评和质疑，例如他并不全盘否定汉学，认为"大抵汉儒之言，虽或附会而有本者亦多矣，未易卒弃之也"（《哀公问社》），他的《孟子年谱》《文中子考》《战国地理考》等学术著作，也很明显地运用了汉学的研究方法。张舜徽称赞他"虑周思密，发昔人所未发。疑古之识，殆欲度越其师"（《清人文集别录》）。

　　管同在诗文理论上首先推崇阳刚之美，认为"骏桀廉悍称雄才而足号为刚者，千百年而后一遇焉"（《答花学博书》），这与桐城派前期代表作家方苞、刘大櫆、姚鼐等人追求平淡自然的阴柔风格有所不同。其次主张向古人学习，从古代优秀的文学作品中汲取营养，所谓"诗文之道，气以主之，学以辅之"（《姚庚甫集序》）。至于学习的对象，管同认为可以先熟读"《公羊》《国策》、贾谊、太史公"之文，体会其雄奇恢阔之境（《与友人论文书》）。在创作时应该与古人"神合之"，而不能仅仅"貌肖之"，如果仅仅"贩其辞"，那就与剽窃无二（《答侯念勤书》）。再次，要注意文章表达的技巧，注意文气的贯通、结构的严密和转换的自然，所谓"体不直不可以为杰，势不曲不可以为妍，如长江大山，千里万仞而峰峦岛屿层见叠起，望之茫然而即之竦然"。要注意文势的委婉曲折、含蓄蕴藉，而不能平铺直叙、毫无韵致，让人"按文之首而可测其尾，读文之上而便知其下"（《又答念勤书》）。这皆可视为桐城文论和文风的发展和改造。

管同二十多岁时即已显示非凡的创作才华,姚鼐称赞他"诗文俱佳,乃少年异才"(《姚惜抱先生尺牍》)。其散文风格也实践了他的理论主张,"特贵宏毅,偏重阳刚之美,师姚先生之文而不袭其派"(邓廷桢《因寄轩集序》)。其内容主要可分为政论、游记两大类:

管同的政论文长于议论,往往析理透彻、语言犀利且时有卓见,如《拟言风俗书》《拟筹积贮书》《禁用洋货议》等,纵论天下大计,指陈弊端,颇中肯綮,逆料事态发展,亦时具远识,被传诵一时。如《拟筹积贮书》中建议朝廷裁减宫廷匠人,以减少"虚縻之赐"。又建议将宗室后代的"恩米"减去一半,以增国库。这都直接触及了皇室权贵,乃至皇帝的自身利益,不仅仅是一般的时忌。在《上方制军论平贼事宜书》中,管同认为天理教起义之所以能够"旬日之间连破数县,既乃入京邑、犯宫城",主要是因为当时吏治腐败,如果朝廷能以民为本,"利民者行之,害民者去之,其官吏之殃民者急罪而罢之",然后实行坚壁清野之法,即可迅速将其剿灭。在《拟言风俗书》中指出当前社会风气败坏的主要原因是统治者的"好谀而嗜利",而且上行下效,只有皇上痛下决心,"兴教化","闭言利之门","开谏争之路",才能从根本上、制度上扭转此弊。应该说,管同的见解既大胆又切中肯綮。

管同著名的散文作品多为游记,如《登扫叶楼记》《游龙兴寺记》《游西坡记》《宝山纪游》等,皆是在游历山川中写成的。这类散文不但意境优美,充满了诗情画意,而且骈散相间,音韵和谐,具有音乐美,还善于将自己的身世之感、人生之思融入作品之中,如《登扫叶楼记》描绘此楼位置与登楼所见之景:

> 是楼起于岑山之巅,士石秀洁,而旁多大树,山风西来,落桥下,堆黄叠青,艳若绮绣。及其登上,则近接城市,远把江岛,烟村云舍,沙鸟风帆,幽旷瑰奇,毕呈于几席。

句式以四字为主,简省、清丽、雅洁,且散中有骈。"旁多大树"几句,暗中交代"扫叶楼"得名之因;"起于岑山之巅","及其登上"等句,不仅为描景,亦为下文抒"差远俗流"的感慨作了铺垫。亦见关合之密,结构之巧。因此时人争为传诵,当时就广为流传,"见者辄持去"。姚鼐对他的作品赞不绝口;邓廷桢认为他的文章似苏明允"峻厉严切";陈仰韩称赞他的文章"叙述廉而洁,议论赛以闳,气肖四时,体包万有";张士晰说他的文章"劲气峻骨,亦绝出流辈";刘声木评价他的文章"雄深宏达,简严精邃,曲当法度""理精词洁,奇气盘郁而深稳"。对拓展桐城派的廊庑、丰富桐城派的创作技法和矫正桐城派的枯弱文风都起了重要的作用。

管同亦能为诗词,方宗诚称其诗"缔情隶事,创意造言,论者以为得苏黄之朗峻"(《管异之先生传》)。

二、梅曾亮

梅曾亮(1786—1856),字伯言,江苏上元(今南京)人,姚鼐的得意门生之一。梅与同邑管同交好,尤喜骈俪文。姚鼐于南京主讲钟山书院时,二人就学其门,受管同多次劝说,梅由骈文转为桐城古文,深得姚鼐赞许。道光二年(1822)中进士,授知县分贵州不就,受例为户部郎中。道光二十九年(1849)梅辞官归乡,主讲扬州书院。咸丰三年(1853),太平军克南京,传说梅曾亮适在城中,曾受礼遇,尊为"三老五更"。后梅避居兴化,又移居淮安,馆于江南河道总署杨以增署,咸丰六年(1856)去世。存有《柏枧山房文集》十六卷、《柏枧山房文续集》一卷、《柏枧山房骈体文》二卷、《柏枧山房诗集》十卷、《柏枧山房诗续集》二卷。

"姚门四弟子"中,古文成就最高的属梅曾亮。梅在文学思想上既严守桐城"家法",同时又吸收柳宗元、归有光古文的长处。梅曾亮居京师二十余年,承姚鼐余势,文名颇盛,道光中后期俨然成为古文的宗师,曾国藩曾多次前往问学,以桐城正宗目之。治古文者亦多从之问义法,成为继姚鼐之后桐城派的领袖。梅曾亮主张作诗要"不务声色,不奴主于门户流派",而应强调"真"。首先要符合文章所描写的客观环境的真,做到"各符其名,肖其物","适乎境";二是要做到主观的"情真""称乎情",有个人的独特风格(《蒋玉峰诗序》)。他还明确提出文学创作首先要关心兴亡治乱,"文章之事,莫大乎因时"(《答朱丹木书》),反对"无益之文",以"言有用"为"文章至极之境"(《与姚柏山书》);认为诗人不可无学问,但不要为学问所累,反对宋诗派一味的征引考证:"学者日靡刃于离析破碎之域,而忘其为兴亡治乱之要最"(《复姚春木书》),对清初崇唐的王士禛、施闰章以及以学问繁富见长的朱彝尊的诗亦均表示不满,这对桐城派文论是一个改造和发展。梅曾亮还认为文章应该注重形式美,要"乐乎心",满足人们的审美需求,否则文章就与公文没有区别了(《复邹松友书》)。梅曾亮也不同意桐城派单一的古文观,认为骈散可以结合,关键在于是否有助于叙事的明达:"文贵者辞达耳,苟叙事明,述意畅,则单行与排偶一也。"(《复陈伯游书》)他的一些古文,确实也采用了不少骈俪句式,做到骈散结合。这也同管同一样,"师姚先生之文而不袭其派"(邓廷桢《因寄轩集序》),有所改造和发展。

梅曾亮的古文在当时受到高度评价,朱庆元曾云:"我朝之文,得方而正,得姚而精,得先生而大。"(《柏枧山房文集跋》)但实际上,梅的创作并未真正实践他"因时立言"的文学主张,大多为缺乏社会现实内容的书序、赠序、寿序之类的文字,往往选声炼色,姿韵安雅,笔力微弱。当然,梅曾亮也有反映现实政治的篇章,像《与陆立夫书》《上某公书》等反映鸦片战争的佳作,亦与经世派遥相呼应。他也关心民生疾苦和世事变化,早在鸦片战争之前的嘉庆十八年(1813),一般士大夫还在认为天下太平之时,梅曾亮已作《民论》数百言,"穷极奸民之害,左道乱政之烈,而以汉之黄巾米贼为喻"。他也有一些客观记事的因时之作,如《记棚民事》,反映了一定的社会问题,但对这些问题又束手无策,只好"记之以俟夫习民事者"。他的一些描绘自然风景的小品文,如《游小盘谷记》《钵山余霞阁记》等,文字洗练传神,无一长语浮词,又富有文采,极为自然清新,如《钵山余霞阁记》中一段绘景:

俯视,花木皆环拱升降,草径曲折可念,行人若飞鸟度柯叶上。西面城,淮水萦之。江自西而东,青黄分明,界画天地。又若大圆镜,平置林表,莫愁湖也。其东南万屋沉沉,炊烟如人立,各有所企,微风绕之,左引右抱,绵绵缙缙,上浮市声,近寂而远闻。

这段文字不仅脉络分明、笔触细腻,摹拟状物生动而形象,而且寓情于景,内中蕴含作者淡泊又绵长的情思,颇有柳宗元山水散文的笔意,林纾曾称赞说:"得桐城之嫡传者,惟上元梅曾亮,顾其山水游记,则微肖柳州"(《慎宣轩文集序》)。梅曾亮为文有两大特点:一是有年轻时擅长的骈文功底,所以在散文中常常插入四句四字的十六字整饬文句,文气似断而续,有时深渊以蓄,有时又如大江河流奔啸而下,上述引文就有这个特点;二是精深词粹,简练隽永,显得十分精致、瘦硬有力。梅曾亮古文无论是早期的《观渔》《士说》《〈淮南子〉书后》《惜字纸说》,还是后期的《正气阁记》《黄个园家传》《耻躬堂文集书后》《侯子有先生墓志铭》,都体现了上述特点。

梅曾亮的诗歌充斥大量应酬之作,如《六月十二山谷生日邵蕙西舍人招吴子叙编修张石舟大令朱伯韩侍御赵伯厚赞善曾涤生学士冯鲁川主政龙翰臣修撰刘蕉云学正及曾亮凡十人集于寓斋舍人有诗属和》《东坡定惠院月夜偶出叠韵诗汪均之得其手稿墨迹二首共一纸,纸残一角,虞山钱宗伯补以细字叠东坡原韵》《和座主汤敦甫先生游龙杖歌》《澄斋来访久不出因作此并呈石生明叔》等,但其中亦不乏灼见和真情,如:

  君竟翩然返故居,题桥应笑拟高车。宁编《荆楚岁时记》,不读司空城旦书。词赋飞腾聊自喜,江山辽落兴何如。怀人若问吴门卒,尚有诗狂未扫除。——《监利王子寿去刑部主政归作诗寄之》

  当年豪士客扶风,曾以乡兵占首功。谈笑尚惊黄鹄子,行藏欲问白兔翁。雨中裹饭勤深友,日下繙经折钜公。莫讶元文难索解,应知并世有扬雄。——《赠潘谘少伯》

前者谈及为人处世原则,宁可作为一介布衣,甘老牖下,去编《荆楚岁时记》,也不愿为官作宦,虚与委蛇。后者借以喻己,对一生坎坷权当一笑,对己才能亦充满自信。一些应酬文字,如"六月十二"和"东坡定惠院",这两首诗皆有冗长的诗题。前者说明是汪均之舍人招作者与曾国藩、张石舟等十人在寓所雅集唱和,后者是记汪均之得到苏轼定惠院叠韵手稿的经过以及与钱宗伯的步韵唱和,但其中亦有可取之句,如"我亦低首涪翁诗,最怜作吏折腰时。

只今更谪人间否,安得停杯一问之""眼前清景过始知,身后高名生可怕"等,皆富有灼见真情。梅曾亮还有一些抒情诗,格律精当,语言流畅之中亦见精警,如《读东坡集有感》:

> 七载黄州已似家,又从儋耳度年华。东坡有地聊栽竹,南海无人且看花。白发瞿塘悲剑器,青衫溢浦泣琵琶。飘零词客多哀怨,学道如公信有涯。

梅曾亮是继姚鼐之后桐城派领袖人物,既得姚氏真传,又高寿,身居京师二十余年,晚年又主讲扬州书院,时号大师,所以当时治古文者无不从问义法。这对扩大桐城派在全国的影响起了很大的作用:其门下朱琦、龙启瑞、彭昱尧、王锡振等是广西人,桐城古文借助于他们传入广西;江西新城(今黎川县)陈学受、陈溥及南丰吴嘉宾,亦深受陈用光、梅曾亮的影响,于是桐城古文传入江西;梅曾亮的朋友与弟子中,邓显鹤、杨彝珍、郭嵩焘、孙鼎臣、曾国藩、欧阳勋等为湖南人;张岳骏、秦湘业、鲁一同等为江苏人;邵懿辰、孙衣言、余坤等人为浙江人;冯志沂、张穆等为山西人,皆从梅问法。可见在梅曾亮的影响下,桐城派的影响范围已遍及全国。在姚鼐之后,由于梅曾亮的努力,桐城古文又呈新的活跃趋势。

三、刘开

刘开(1784—1824),字东明,号孟涂,安徽枞阳陈州乡人。降生数月而孤,小时家境贫寒,当牧牛童,喜欢偷听塾师朗诵文章,听了能背诵。塾师发现后,邀他到书塾里学习,后来还把女儿许配给他。年十四,上书姚鼐,颇为所重,因从之学,成为姚门四大门生之一。因多年应试不第,终生只是县学生员,家贫不能养,曾两入两广总督幕府,但以士节自持。为人落脱不羁,喜交游,又秉性直率,与人谈,辄罄肺腑。与桐城朋辈姚莹相交最深,与广东著名诗人张维屏也有诗酒唱和。道光元年(1821),亳州聘修邑乘,寓佛寺中。四年(1824)闰七月十四日陡得疾卒,终年四十一岁。刘开天才闳肆,工诗及骈体文,有大量诗文存世,计有后集二十二卷,文集十卷,骈体文两卷,均收入姚元之主持刊刻的《孟涂诗文集》。另有《大学正旨》两卷,《中庸本义》两卷,《孟子拾遗》两卷和《广烈女传》二十卷。

作为姚门弟子,刘开虽深尊其师姚鼐,然而论学、论文与创作都有稍异桐城之处,是姚门弟子中最有独自见解的一位。例如,桐城派的文统尊崇唐宋八大家,刘开则主张应扩大文统向上"远溯",纵览古文发展的源头与流程。他指出,唐宋八大家所以能够取得人所共誉的成就,就在于他们都是远绍前代之文。刘开虽与桐城诸子一样尊师程朱之学,但对当时宋学的弊端也不维护,认为"言宋者流为空虚固陋之习","治义理者则近于鄙俚"。对汉学虽多批判,但也不排斥,主张汉宋兼取,因为"道无不在,汉宋儒者之言,皆各有所宜,不可偏废也"。对骈文,他很强调骈文在散文创作上的意义,主张骈散融合、交相为用。在实际创作中,他既能为古文,也善于骈文。正由于上述主张,后来有人说他有违师道,姚永概更明确说"其文固未肖桐城也";曾国藩撰《欧阳生文集序》历叙桐城源流,亦不及刘开。实际上他同管同一样,在桐城派门户之见日益严重、文风日益狭隘枯弱的情况下,其新见都起着振衰起敝的重要作用。

在文学主张方面,刘开论诗首重儒家的诗教说,看重诗歌的教化作用,故最推崇"三百篇":"孔子之教有四,以文为先。文莫大乎六经,经之垂为恒教者有三,以《诗》为冠。"他认为诗歌必须表达真情,追求自然。他说自己写诗的原因是"数年来,身遭困厄,百端万绪郁于中,人情物态触于外,无以发其愤,始假诗以自鸣。然水遇石则激,鹤戒露有声,此皆动于自然,非有意于世人之知,而人卓然以诗名者,余亦未之识也"。又主张为文必须倾其所能,以形成自己的特色,成其一家之言:"能夺其才力,倾其蕴藉,出其陆离光怪,泄其悲愤忧郁,以自成一家之言。"

刘开的文学创作基本实践了他的文学主张,为文气积势盛、言之有物,主要特色是有股清刚之气。阳湖派的陆继辂说刘文有"清刚疏朴之气"(《合肥学舍记》),管同称赞其"文辞飘忽而多奇","辩博驰骋,光气发露,不可掩遏",都意在强调这一点。

刘开文章以散文为主，但骈文也很有成就，文集中就收有骈文两卷。陆继辂曾称赞说："桐城刘开孟涂，姬传先生古文弟子也，然其文不尽守师法，故余犹爱其俪体"，认为"拾其片语，皆焦氏之奥词；检其数联，成联珠之妙制。而作者才思喷涌，用之如泥沙，非虚誉也"。清人张寿荣刊印的《后八家四六文钞》中，刘开也作为一家入选，与骈文名家李兆洛等并列。

刘开的诗歌也很有特色，在他的四十四卷文集中，诗歌占了三十二卷。刘开的诗歌能面对现实，揭露官吏的腐败，民生的疾苦。如反映嘉庆十六年（1811）和十九年（1814）间旱灾不断，诗人陆续写出《喜雨歌》《悲哉甲戌行》《食蕨叹》《催科吏》《关下曲》等诗作，一方面反映旱灾给百姓造成的灾难，如"禾焦土裂沙尘色，可怜白昼无片云"（《喜雨歌》），"父老相见但流涕，悲哉今又逢恶岁。昔年疮痍未全复，如何旱魃更为厉？……禾苗枯死衣典尽，十户九户无朝餐。野藕锄罢汗流颊，更剥榆皮作生业"（《悲哉甲戌行》），"昔闻力田能免饥，今见老农愁不死。出门四望面如灰，十户七闭三半开。亲里相见各无语，但问何处多野菜"（《食蕨叹》）；另一方面则谴责官吏不顾民众死活，大灾之年仍在催租逼债：

> 妇女惊藏老稚走，望见旌旗逃恐后。借问逃者意云何？官领百人亲催科。追迫株连及比户，小民有口难言苦。非敢避官如避寇，自来畏役胜畏虎。官严役怒势莫当，生断人命如牛羊。忍将血肉换上考，鞭挞何碍称循良。如此用心尚何极，火煎日夜怜不得。但嗟旧岁禾为尘，人家所余唯一身。今春绝炊已累日，纵有枯髓锻不出。不出岂能使终止，官令如山违必死，明日街头鬻妻子。——《催科吏》

与这种悲惨场面构成强烈对比的是官吏们骄奢淫逸的生活："百金之费人所难，此辈掷同瓦砾看。梁肉腐臭浪弃地，路旁见者心为酸。"（《关下曲》）另外，像《力役谣》等篇，则描写了服劳役者的悲凄情景。刘开还有一些诗篇则是抒发自己有志难伸的抑郁和"不屈志以徇俗"的高洁之志，如《杂感》：

> 穷居观物变，霜露零庭槐。抗言思在昔，长叹余悲哀。悲哀亦何补？梁木久已摧。空谷无赏音，凋此廊庙才。贤圣不再兴，灵气郁钧台。青

牛函谷出，白马汉京来。运会自天启，人力奚为哉!

在诗人的感慨浩叹之中，我们感受到了清帝国在内外交困、大厦将倾之际，一批头脑清醒、不愿随波逐流的才士的伤感和无奈!

第四章　近代的安徽文学

第一节　李鸿章　刘铭传

一、李鸿章

李鸿章(1823—1901),本名章桐,字渐甫,一字子黻,号少荃,晚年自号仪叟、省心,谥文忠,安徽合肥人。父李文安,进士,有六子:瀚章、鸿章、鹤章、蕴章、凤章、昭庆。李鸿章排行老二,二十四岁考中进士,授翰林院编修。咸丰初年(1851),他在原籍办团练,抵抗太平军,并投靠兴办湘军的曾国藩,奉其命回乡编练淮军。因平定太平军有功,同治元年(1862)被委任为江苏巡抚,三年后又署两江总督率淮军镇压捻军。光绪二十五年(1899)任两广总督,义和团运动爆发后,又回任直隶总督兼北洋通商事务大臣,授文华殿大学士,实际掌管清廷外交、军事、经济大权。甲午战败后签《马关条约》,朝野一片责难之声,最后死于内外交困之中。著作有戴逸主编《李鸿章全集》,由安徽人民出版社于2007年出版。

李鸿章是清末重臣,当时最重要的政治家、外交家,洋务运动的主要倡导者之一,淮军创始人和统帅,中国第一支现代化海军北洋水师的创建者,派遣中国第一批学生留美的决策者。李鸿章也是中国近代史上最有争议的人物之一,有人指责他主持外交事务丧权辱国,是镇压太平军、捻军的刽子手,毫无是非标准的"糊裱匠";也有人将他比作东方俾士麦,洋务运动的先驱者,回天乏术的末世孤臣,为中国经济和外交的现代化做出了不可磨灭的贡献。在日本首相伊藤博文的眼中,他是大清帝国中唯一有能耐可和世界列强一争长短之人。

李鸿章的精力主要用在政治军事和外交上,诗文是其余事,也无多少特色。

散文方面主要有《李鸿章家书》《李文忠公奏稿》《李文忠公朋僚函

稿》等。

《家书》有禀父母的、有致弟兄的、有谕侄辈的,内容丰富,涉及言战事、叙人伦、嘱读书、论修身诸多方面。所秉亦桐城"义法",讲究实用,文笔朴实而流畅,对世道人情自有许多真情流露,如《寄四弟——论学识精进之理》中云:"果能日日留心,则一日有一日之长进。事事留心,则一事有一事之长进。由此日积月累,何患学业才识之不能及人也!作官能称职,颇不容易,做一件好事,亦须几番盘根错节,而后有成。"其中既有自己的人生体会,也有社会经验的积累。李鸿章实际执掌枢要,参与并处理大量国家、地方政务机要,《李鸿章手札》中的奏议为我们保留了许多晚清政治、社会、经济、军事、文化、教育的第一手资料。如《筹议海防折》,使人们对这位末日孤臣在大厦将倾之际依然竭力挣扎、力图维持的那种无奈与悲凉有更深的了解体察,对那个内外交困、百孔千疮的时代认识也更加深刻。另外李鸿章本人的通权达变、审时度势、精于权谋的禀性与"写折子"的本事,在其奏折中也反映得淋漓尽致,如代曾国藩写的《参翁同书片》,列举安徽巡抚翁同书在与捻军及苗沛霖之战中弃城而逃、谎报军情等数条罪状,要求朝廷严惩。此折一上,朝野震动。因为翁家位高权重:翁同书的父亲翁心存历任工部、吏部尚书,特别是入值上书房达二十余年,咸丰皇帝、恭亲王等皆是他的学生。翁同书的两个弟弟翁同爵、翁同龢也都大名鼎鼎。此折仅六百余字,但言简意赅,铁证如山且字字见血,迫使本来有心回护翁同书的朝廷只得将其收监,判了个"斩监候"。所以连精于文札的曾国藩也不绝赞叹:"少荃天资于公牍,最近所拟奏咨函批,皆大过人处,将来建树非凡,或竟青出于蓝,亦未可知。"

李鸿章诗约百首,其中七律最多,达六十九首,内容涉及言志、唱酬、亲情、感怀、悼亡等各个方面。李于诗歌用力不深,与晚清大家不能同日而语,但可见其性情气质,对全面了解这一历史人物的内心世界和当时社会,还是有帮助的。

李鸿章的诗作可分为三个时期,每个时期的创作内容和风格都有所不同。

三十三岁从军之前的读书应试为第一时期。这个时段的诗作以赴京准备参加应天府乡试的十首《入都》诗为代表，主要透露自己立志封侯的人生抱负以及实现其抱负的紧迫感，如：

丈夫只手把吴钩，意气高于百尺楼；一万年来谁著史？八千里外觅封侯。——其一

频年伏枥困红尘，悔煞驹光二十春；马足出群休恋栈，燕辞故垒更图新。——其二

陆机入洛才名振，苏轼来游壮志坚；多谢唔唔穷达士，残年兀坐守遗编。——其三

一个豪气十足、自命不凡、跃跃欲试、发愤自强的李鸿章跃然于纸上。特征是多议论，多直抒胸臆，显得过于直露、少余味，但其超人的气魄得到淋漓尽致的表现，自有一种不同流俗、卓然独立的风调。

第二阶段是三十三岁投笔从戎、转战东南时期。诗作有十首左右。此时父亲猝死，家庭迭遭变故，仕途维艰，处于人生低谷时期。以《山东旅社题壁》二首和《丙辰夏明光镇旅店题壁》二首为代表。李鸿章在诗中将对时局形势的焦虑，壮志难遂的身世之悲以及乡国之思融为一体，显得悲凉而无奈："四年走马起风尘，浩劫茫茫剩此身。杯酒藉浇胸垒块，枕戈试放胆轮囷。愁谈短铗成何事，力挽狂澜定有人。绿鬓渐凋旄节落，关河徙倚独伤神"(《丙辰夏明光镇旅店题壁》之一)，"黄河东抱乱山流，迢递征途又暮秋。愧我年华同邓禹，飘零书剑未封侯"(《山东旅社题壁》之一)。

此时所作的十首诗题旨相似，早期直抒胸臆风格虽未改，但已讲究与景色环境的描摹相契合："伤神""踟蹰""飘零""哀怨"等抒情语汇与"愁云"、"落木""秋风""路隅""夜啼乌""山河破碎"等衰瑟意象交互叠合。不仅情感上与前期的自负粗豪反差很大，诗风也转为悲凉厚重。

第三阶段从三十七岁投奔曾国藩幕府至晚年，这段时期是他的诗作高峰。百首存诗中有六十二首写于这段时期。主要有以下内容：一是感怀时事，如《感事述怀呈涤生师》十六首，其中感怀战争给国家民生带来的灾难，

自己老大无成的伤感,沉痛悼念阵亡友人,回忆曾、李二人的师生情谊并赞美曾的文治武功等。诗风上更有余味,更趋成熟而且呈现多种风格,如《抚州晚霞楼谦集涤生诗即席命作效何太守将进酒体六章》,这组诗以七言为主,杂以五言、九言,发挥歌行体的自由跳脱、恣肆雄放的特点,充分展示了李鸿章粗犷的个性。风格颇近曾国藩"雄奇之态"的诗风。但其中第二、三两首又低回深沉,呈现多样风格。二是一些赠答亲人和悼念妻妾的作品,如《万年道中寄敬蓉琼枝儿女并示静芳侄女》《追悼侍妾冬梅八绝句》等则显露其感情细腻缠绵的一面。三是一些行旅之作,如《舟夜苦雨》《乍晴望小姑山》《江州阻雪》《晚江即事》等,或表现羁旅在外的凄凉,或借用神话暗含乡国之情。语言自然流畅、融情入景,在李诗中别有一番风味。

还流传一首据说是李鸿章的临终诗,对我们了解这位近代史上争议最多的末世孤臣的内心世界或许有助:

> 劳劳戎马据征鞍,临死方知一死难。三百年来伤国乱,八千里内吊民残。秋风宝剑孤臣泪,落日旌旗大将坛。海上干戈犹未息,请君且莫等闲看。

二、刘铭传

1. 生平思想

刘铭传(1836—1896),字省三,号大潜山人,肥西县刘老圩人。自幼务农,生活窘困。为人刚毅任侠,曾杀土豪、劫富户,成为官府追捕的要犯。清咸丰四年(1854),接受官府招安,在家乡兴办团练,后编入李鸿章的淮军,因战功显赫,很快由千总、都司、参将、副将提升为记名总兵,成为李鸿章麾下的一员大将。1865年因在山东镇压捻军有功提升为直隶总督。1883年,中法战争爆发,刘铭传被任命为督办台湾事务大臣,筹备抗法,不久又授福建巡抚,加兵部尚书衔。刘铭传于1884年7月16日抵达基隆,领导台湾军民顽强坚持战斗,苦战数月,为中法战争最终取得胜利做出了极大贡献。1885年为首任台湾巡抚。刘是清末洋务运动中比较具有时代眼光、革新思想和实干精神的杰出代表人物。在他任台湾巡抚的六年(1885—1890)中,对台湾的国防、行政、财政、生产、交通、教育,进行了广泛而大胆的改革,全面推进台湾的近代化进程,使台湾的面貌焕然一新。并冀望"以一岛基国之富强",以台湾"一隅之设施为全国之范",推动全国的革新与富强。刘铭传在台新政是清朝统治台湾两百年中最重要,也是最后的一次革新。有人说刘铭传"倡淮旅,练洋操,议铁路,建台省,实创中国未有之奇"。然而,此时的清政府已大厦将倾,刘铭传的改革也遇到来自各方面的种种阻力,迫使他不得不于1891年告病辞官而去。1896年,刘铭传在家病逝,清追封其为太子太保,谥壮肃,准建专祠,《清史稿》有传。

2. 诗文创作

刘铭传有文集《刘壮肃公奏议》和《盘亭小录》,诗集《大潜山房诗钞》。

《刘壮肃公奏议》起自1870年"奉诏督师关中",至1891年告病辞官二十二年间给朝廷的奏折,共二十二卷。桐城人陈澹然将其分为"出处、谟议、保台、抚番、设防、建省、清赋、理财、奖贤、惩暴"十类,其中以台湾军政要务为多。刘铭传为人刚毅,加上身为闽帅,一生戎马生涯,所以奏折往往直抒己见、无所顾忌,行文浅白率直而少文饰。如为了加强台北防务,他请求调遣和购买舰船,巩固海防,奏折劈头就直书台湾地理位置的重要和海防形势的严峻:

窃惟台湾孤悬海外,为南北洋关键,矿产实多,外族因而环伺。综计全台防务,南以澎湖为锁钥,台北以基隆为咽喉。澎湖一岛,独屿孤悬,皆非兵船不能扼守。①

随后分析在基隆重建炮台的重要性,但建炮台所需材料要从厦门运来,"现无轮船过海,望洋束手,万难迅速告成"。全台防务,孰轻孰重,皆一目了然;关键所在,均一一点出,言简意赅而语气峻切。

---

① 《恭报到台日期并筹办台北防务折》,《刘铭传文集》,合肥:黄山书社,1997年版,第90页。

在对台湾少数民族的抚慰上,刘铭传在台文告文风有两类:严禁官吏凌虐番民、汉人夺占番地的这类文告,呈现一种严行峻刻风格;在对台湾少数民族抚慰时,无论是消除少数民族的疑惧、停止劫杀居民等对抗行为,或是大兴文教,诱导少数民族讲求起居礼仪,这类文章则是循循善诱、反复申说,晓之以理、动之以情,呈现一种委婉纡徐的行文风格。

《盘亭小录》中的盘亭,是刘铭传用来存放国宝虢季子白盘所建的亭名①。刘铭传在《盘亭小录》跋中描摹其盘:"其状碨磊而铦,大数围,重不可举,黝然泽如元玉,扣之清越以幽。"语言简括精到,可见状物之功力。文章最后的感慨是:"寂寂青山,悠悠白眼;一重阙案,百尺孤亭。世有识奇好事如杨子云者,览而补订之,则更幸甚。"完全是文人清慨,与前面奏议那种浅白率直而少文饰的风格大相径庭。

刘铭传的诗歌也富有特色。他虽以武功名世,亦爱诗文,时人谓其"少耽吟事","才兼文武",曾任其幕僚的著名诗人、诗论家陈衍称其诗"偶对甚整","体近乐天"。其实由于自幼务农、戎马一生,其诗歌上并无师承,往往独出蹊径、抒其襟抱。加上为人刚毅任侠,百战百胜,"所向有功,未遭挫折。故蔑视此虏之意多,临事而惧之念少"(曾国藩《大潜山人诗钞》序),所以诗中有种驰骋纵横、一往无前的气势,尽展这位一代名将的豪情和襟抱。如在任职"中丞"之时写的这首五律:

  半壁皆烽火,江南不见春。离家才三月,航海八千人。才系苍生望,身承宠命新。英雄有抱负,举止自天真。——《上海军次中丞接篆日》

曾国藩认为刘铭传的七律,非常像杜牧,"皆豪士而有侠客之风","往往有单行之气"(《大潜山人诗钞》序)。这种豪气,不仅吐纳在戎马倥偬的军旅之作和封疆守土的谋划吟咏之中,即使是穷愁困顿之际,亦见坦荡昂扬之

---

① "虢李子白盘"为现存西周三大铜器之一(另两件为毛公鼎、散氏盘,现存台北故宫博物院)。咸丰元年(1851),刘铭传率淮军攻破太平军据守的常州,得之于护王陈坤书府。后携至故乡刘老圩建亭存放此盘。1950年,刘铭传子孙将此国宝献与国家,现藏北京故宫博物院。

气,如:

> 自从家破苦奔波,懒向人前唤奈何。名士无妨茅屋小,英雄总是布衣多。为嫌仕宦无肝胆,不惯逢迎受折磨。饥有糇粮寒有帛,草庐安卧且高歌。——《遣怀》

> 午夜冲寒唤渡河,满天风雨怅如何。一身落落谁知己,四顾茫茫且放歌。岂是芦中人未识,恐教髀里肉生多。画工似有规侬意,不写逍遥写折磨。——《题〈风雨穷途图〉》

《大潜山房诗钞》刻于同治五年(1866),多刘氏壮岁之作,晚期诗作皆未收录。据铭传之孙刘朝叙云,刘氏解甲归田后,"以吟咏自适",遗诗有"数百首"之多,但今多不见,王揖唐的《今传是楼诗话》存有两则,可见一斑:

> 得遂归田志,君恩肯放还。解兵渡渭水,策马出秦关。不历风波境,焉知世事艰。此行无建树,羞对二华山。——其一

> 秦兵不渡陇,界限总分明。我抱虚縻耻,谁将寇难平。徒忧回纥马,未解世人情。努力期来者,朝廷务远征。——其二

第二节 姚莹

一、生活道路与边疆地域政治论著

姚莹(1785—1853),字石甫,号明叔,晚号展和,桐城派代表人物姚鼐之侄孙,有着深厚的家学渊源,但其学又不受所囿,自小有志于经世。嘉庆十三年(1808)中进士,自1816年起,先后出任福建平和令、龙溪令,兼理海防同知,又摄噶玛兰(今宜兰)通判。在台五年(1819—1823)"所至士民好之"(连横:《台湾通史》),有良好的声誉。1831年后,历任江苏武进、元和知县,为督抚陶澍、林则徐所器重,力荐于朝,遂擢淮南监盐同知、护理两淮盐运使,办理盐政很有成就,曾得到上司林则徐的赞许。1837年,升台湾兵备道,次年到任,诚心团结台湾总兵达洪阿,一致对外,加强防务。时值鸦片战争爆发,他在台湾积极抵御,击退英军五次进犯,战后却被权贵耆英等诬为"冒功欺

冈",竟被逮捕入狱,一时舆论哗然,朝野论救。不久赦出,贬官四川以知州用,任藏差,写下著名的《康輶纪行》,归来后补四川彭州知州,任内以病假告归。1851年起用为湖北武昌盐法道,旋擢广西按察使,参加在永安围攻太平军之役。围攻失败后随军至湖南,官终湖南按察使。姚莹一生为官清廉,勤于思考,不仅是政治家、军事家,而且勤于著述,涉猎广泛,留下著作颇多,计有《东溟文集》《东溟外集》《东溟文后集》《东溟奏稿》《后湘诗集》《东槎纪略》《识小录》《寸阴丛录》《康輶纪行》等十数种,合为《中复堂全集》。安徽学者施立业的《姚莹年谱》,是目前所知对其生平排比编年、资料最为翔实的一种。

姚莹与桐城派的前贤一样,皆提倡"经世之学",但他的"经世之学"有着前所未有的反对帝国主义侵略的内容。他是中国最早关注和反对西方资本主义入侵的学者之一,也是最早研究边疆地域政治的学者,这方面的代表作有《康輶纪行》《识小录》《东槎纪略》等。《康輶纪行》是近代史上第一部介绍西藏历史文化民俗的专著。书中对西藏的宗教民俗、地理交通、物产气候、民族文化等皆有记录,也记录了英、俄两国对西藏的觊觎之心和相互之间的矛盾。《东槎纪略》是研究台湾历史地理的早期著作之一。书中记述了台湾与大陆政治经济上的密切关系,强调台湾是大陆东南海防的重要屏障,并一再希望此书能作为"后之君子"治理和保卫台湾的重要依据,至今仍有重要的参考价值。《识小录》是姚莹研读中外史地著作所作的札记。书中对蒙古、新疆、西藏的历史地理、民族分布和宗教信仰等作了概述,对中俄边界的地理沿革、驻军情况甚至边防哨卡位置一一作了记述,对我国西南、西北相邻诸国乃至中亚、西欧一些国家的历史地理也有所介绍。如在《廓尔喀》(尼泊尔)一文中,介绍了尼泊尔的历史、地理和民俗,中尼关系以及西藏到尼泊尔的通道和行走日程,表达了他对西藏和西南边陲安全的高度重视和政治远见。姚莹的上述著作以及其中体现的积极了解外域和边陲,警惕外国对西藏、新疆和台湾侵略野心,并前瞻性地提出对策与建议,时至今日仍闪烁着不可磨灭的思想光芒。

二、文学主张与诗文创作成就

文学思想 姚莹的文学思想主要体现在《论诗绝句六十首》和一些诗文集的序言之中。《论诗绝句六十首》的内容十分丰富,对诗经、楚辞、汉魏乐府及唐、宋、元、明、清的历代诗歌皆有评述,对历代主要诗人的创作成就及其存在的问题,提出了自己独到的见解。在《论诗绝句六十首》中,姚莹重视《诗经》《楚辞》《乐府》对后世的影响,对建安之后诗风转向追求语言的新巧华丽,文风绮靡则持批评态度。他极力称道朱熹对陈子昂《感遇诗》的赞许,也十分推崇李白和杜甫。宋代诗人中首推梅尧臣,认为他能反映社会现实、揭示民生疾苦。另外姚莹很强调诗歌的情志表达,对宋儒把"情"与"理"相对立的观点持否定态度。他把思想感情比作"风",把辞藻格律比作"箫",认为诗歌创作是"风之过箫"。没有因物起兴的"情"便没有诗作。在创作思想上,姚莹强调为文要"于斯世有益"。为此他特别重视作家的思想修养,认为欲求"所以为文",必须先求"所以为人"。苟能如此,再加上广博的学识和丰富的生活经历,方可写出沉郁顿挫之文。他举《楚辞》《史记》,李白、杜甫、韩愈为例,认为"此数公者,非有其仁孝忠义之怀,浩然充塞两间之气,上下古今穷情尽态之识,博览考究山川人物典章之学,而又身历困穷险阻惊奇之境,其文章乌能如是哉"(《康輶纪行·文贵沉郁顿挫》)。至于文字,不一定要新奇,普通的熟字熟句,照样可写出好诗来。他还认为盛世之音不一定要"华靡和缓",也可以讥刺,如"虞廷之歌""文王之什"就是如此。

文学创作方面姚莹诗文俱佳,才华横溢,其文收录于《东溟文集》《东溟外集》和《东溟文后集》之中。另有《后湘诗集》,存诗二十卷。

散文 大抵可分为记叙文、论说文和传记三类。其论说文主要是奏章和涉及政务的书信,收在《东溟文集》卷一和《东溟奏稿》之中。这类文章语言通俗简洁,条理畅达,举证要而不繁,反映出作者料事的前瞻目光和判断的迅速准确,主要是表现作为政治家、军事家的见解和胸怀,文学性并不强,如1840年七月初八《复福州史太守书》,信中驳斥在战争中畏敌如虎的福州太守"抗敌致报复"之说,指出英军炮舰万里来华,"来则不善,惟有交锋,岂能惧其报复"?言简意赅,既深明大势又毫不畏惧。八月七日,英酋璞鼎查率军到达台湾附近洋面,姚莹给当时主持军国大计的怡良、刘鸿翱、曾望颜等分别上书,敦促这些大员摒除歧见和观望犹豫,表达不惜一死抗敌报国的决心,在《再复怡制军言夷事书》中写道:"镇江失守、江宁失守,无怪其然。闻当事诸公有暂事羁縻、请圣明速决大计之奏,虽云急迫万分,何遂至此。"书中指斥时政,毫不避讳,乃至指陈上司,也是直言其非。忠于王命、急于国难的侠肝义胆、情急之态,可见一斑。论说文中也有一些篇目呈现另一种风格,即在雅洁、平实的叙事中曲折见情,显得沉郁而委婉,如《与光律原书》,书中详叙了他在台抗击英军却遭诬陷的经过和缘由,抒发了无奈但绝不妥协的坚定信念,其中揭示缘由,仅用数字:"闽帅以台湾功不己出,久有嫌言,又恨前索夷囚不予,及奉查办之令,遂胁迫无知,取状具结,以实夷言",叙事简洁又明晰,其情势之无奈和态度之坚定,字里行间,尽情流露。这类颇富情志的论说文,在姚文中也并非仅见于此。其记叙文多见于《康輶纪行》《东溟文集》卷三,以游记和与友人的书信居多。姚莹驻守过台湾、任过藏差,见过许多当时士大夫没有见过的异域风光,况且他又关注外域和边陲并有过专门研究,所以他的游记不仅让人耳目一新,而且重视原始资料,对此原委渊源详加探考,并分析其得失利害,具有珍贵的史料价值和深邃的学术价值。如《康輶纪行》中记邛州一带所谓"泥客"和"棒客"的产生缘由就具有上述特征:"棒客作俑,始于邛州某刺史。当时烟禁初严,洋烟不至,建昌一带所产烟泥盛行,奸贩如云,号为泥客。官虑兵役之不胜捕也,则大张晓谕,谓泥客本犯法,民能逐捕者听。于是所在游民蜂起,截劫泥客以为利,自称棒客。泥客不畏官而畏棒客,则亦结党持械以自卫。相遇则死斗,斗必有一败,败则无食,则扰及居民行旅",遂成"蜀中大患"。在《达赖喇嘛掣金瓶》《西藏大番僧》和《西藏外部落》等记述中,对西藏政教合一制度、神王的产生过程以及政治版块等情况的介绍,有着极高的史料价值,并可作为施政参考。在著名的《与汤海秋书》中,作者详尽地介绍了台湾的政情和民俗,自己莅任后平乱经过和施政策略,最后又对确保台湾的长治久安提出设想,既可视作自己治台经过的回顾,又可视为自己的施政纲领。这类记叙文还有《游榄山记》《葛玛兰台异记》等。传记文则多在《东溟文后集》卷十一、十二中,以《陈忠愍小传》《张亨甫传》《汤海秋传》和《祭兄伯符文》等为代表,皆感情真挚、文笔生动,颇有其叔祖姚鼐的文风。如《祭兄伯符文》将其兄为人的诚笃、早熟、厚道、慈爱、可敬可亲的形象,描述得十分真挚感人。而其中的"惟兄是活""惟兄是依"、"惟兄是恤"三个排比句,把作者对其兄的眷恋、感激之心以及祭兄时的痛惜之情,表现得更加浓烈和沉郁。姚莹散文中还有一些序跋,如《郑云麓诗序》《潘四农诗序》《忠毅公家书真迹书后》等,从中可见作者的文学主张和为人品格,如在《郑云麓诗序》中,作者又一次强调"欲为文"必先求"所以为人"的文学主张:"士大夫固有所当务者,诗歌似非所先。然以持正人心、讽颂得失,实有切于陈告训诫之辞者。"在《忠毅公家书真迹书后》中,作者极力称赞桐城先贤左光斗的"杀身成仁",其中也流露自己的旨归。姚莹一生最讲"气节",他在扬州出资修葺史可法墓,又嘱刻《左忠毅集》,并准备筹资刻"上起《离骚》,下至国初历代忠义诸公遗集",从中亦可看出姚莹为弘扬民族气节、挽救颓风败俗的政治使命感。方东树曾用多方比喻来盛赞姚莹的散文风格:"观其义理之创获,如云霾过而耀星辰也;其议论之豪宕,若快马逸而脱衔羁也;其辩证之浩博,如眺溟海而睹涛澜也。至其铺陈治术,晓畅民俗,洞极人情白黑,如衡之陈鉴之设,幽室昏夜而悬烛照也。而其明秀英伟之气,又实能使其心胸、面目、声音、笑貌、精神、意气、家世、交游,与夫仁孝恺悌之效于施行者,毕见于简端,使人读其文,如立石甫于前,而与之俯仰抵掌也"(《东溟文集序》)。

诗歌 姚莹诗歌内容主要可分为诗论、登临怀古、赠友和山水四大类,均见《后湘诗集》。诗论以《论诗绝句六十首》为代表,前面已作叙述。但其他诗篇中亦有谈论文学主张的,如五古《修辞》,仍是在强调作诗必先持正人心:"文章本心声,希世绝近习。质重人则存,浮杂岂容入。镂琢浠情貌,当非贤所急。"赠友诗更能看出作者海涵地负的艺术才华和雄放诗情,这类诗歌往往是鸿篇巨制,多侧面、多手法地加以拓展和表达,如《观梅舞剑行赠梅庄士》长达六十八句,四百七十六字,《张阮林自京师寄诗慷慨慰勉情溢乎辞因伤久别辄赋怀六十韵奉答兼示徐六襄光律原》更长达一百二十句,六百字,连诗题也长达三十六字。其中以寄刘开的两首更见情愫,在《寄刘孟涂》中,诗人以夸张的笔调描画出刘开的疏朗风神和出众才华:"吾党有刘生,矫矫非常俦。崛起榛莽中,顾盼邈九州。其精走雷电,其气腾螭虬。化为九苞凤,文彩鸣周周。声华赫然起,倒屣倾诸侯。手握青蛇珠,口倒黄河流。大人辟英风,小儒惊不侔。"诗中虽也叙述刘开不遇于时并表达自己的同情,但并不是诗的重点所在,在稍加叙述后,着重写二人登览罗浮山的情形,完全是类似游仙诗的浪漫笔法:

遂乃逾梅关,南去登罗浮。兹山实仙窟,羽客时来游。青蜺与白凤,仙盖何悠悠。虎豹扼九关,白日崦嵫收。顾召许飞琼,为我弹箜篌。声惨不可终,涕泗望十洲。灵符既未佩,仙梦难为酬。君今在何许,胡乃不我谋。浩浩大江滨,遥遥南海头。精魂傥飞去,千里还相求。

但在另一首《寄孟涂》中,又一反浪漫高亢的风调,写得低沉而委婉:"自尔春天去,江南又早秋。海云双泪满,边月一人愁。不分依南斗,偏迟买北舟。无情惟画角,夜夜近危楼。"诗人在江南秋夜,面对皓月江水,倾吐着悠悠不尽的思念,一改阳刚为阴柔,显示诗人多种艺术才华。《夜饮方竹吾北园偕左匡叔徐六襄方履周光律原张阮林诸君》风格和手法则和第一首《寄刘孟涂》相类。

登临怀古类往往别具只眼,或是蕴有极深的历史感慨,或是意在言外有现实针对性,如《凤阳怀古》:

汉家丰沛郁相望,虎跃龙飞又凤阳。五百里中占地气,一千年后再兴王。天资自是殊宽急,国祚终教有短长。谁道韩彭更冯李,后先鸟尽叹弓藏。

如果说其中的鸟尽弓藏之叹还是读史者所共有,那么"天资自是殊宽急,国祚终教有短长"就意味深长了,它已带有历史规律的总结。至于"一千年后再兴王",就已不是继汉后再兴起"大明"的单纯历史纪事,还含蕴着某种期待和探索。这种深长的意味,在《崖门怀古》中终于明朗地表现出来:

崖山风雨昼冥冥,犹是当时战水腥。仓卒纪年同外丙,艰难立国下零丁。人间草木无王土,海底鱼龙识帝庭。一代君臣波浪尽,杜鹃何处叫冬青。

诗人登上崖山,回忆南宋与元兵在这里殊死相搏:陆秀夫抱着幼帝投海和文天祥的零丁洋之叹,这与他在散文《忠毅公家书真迹书后》中极力弘扬民族气节,甚至不畏触犯时忌是一脉相承的。另外《登何氏楼》中的感慨:"百年竞逐原头鹿,终古浮沉水上鸥。北望更须凌绝顶,黄河如带是中州";《登徐州城楼》中的"凭临楚汉千年地,惆怅风尘九日杯。秋草已无人戏马,暮鸿犹送我登台"等皆有类似的特征。

姚莹的山水诗特征是善写凄迷景物,语言质朴清新而情感低回,如下面这两首诗:

彭城遥望青山转,泗水微流绕沛县。北来不见石中鱼,南飞正有沙边雁。昨夜扁舟雨气凉,河干日出弄晴光。秋草几人迷故国,侵晨独立烟苍茫。——《彭口晓望》

江燕飞飞暮雨时,吴娘打桨惜春迟。可怜无数长桥柳,都为东风踠地垂——《吴桥暮雨》

另外,像《从平山堂归饮方氏余庐》:"九月寒江闻玉笛,几人歌吹在迷楼";《湖口送客》:"旅雁一江彭蠡渡,神鸦千树小姑祠","谁为行人写秋色,芦花两岸雨如丝"也都以清新凄迷见长。

姚莹还有词集《疏影楼词》。姚莹词因经兵火锻炼,力纠软媚之风,刻意更新词境,对当时词坛有振衰起敝之功。富寿荪认为"姚词精劲如干将跃冶,恒于最平凡处,忽开异境,极花明柳暗之妙"(《清词菁华》),如《水调歌头·太湖晓渡》:

三万六千顷,七十二芙蓉。晓烟浩浩不尽,晓水更蒙蒙。帆影芦蒲深处,人影玻璃明处,雁影界长空。山色互萦绕,一百里东风。迷离树,是岭橘,是江枫? 晴云摇旭其上,黄色乱青葱。坐我舵楼横笛,不见芜塘走马,哀响激蛟龙。破浪羡伊稳,四扇侧罘棚蓬。

词境廓大,充满动态感,处处写景,又处处是人的感受,尤其是"迷离树,是岭橘,是江枫? 晴云摇旭其上,黄色乱青葱"几句,波俏之中更显状物之妙。另外像《壶中天·乌篷船》描绘曹娥江上风光;《夜行船·登白湖金仙寺阁》描绘湖光山色:"今宵尊酒重开,听落叶西风满崖。地远云横,天高星动,月上潮来";《柳梢青·登大观台》写屏山临江的大观台:"万壑西蟠,一江东折,中有危台",皆能在当时镂红刻翠、衰惫绵软的词坛上,一发清新浏亮之声,确有振衰起敝之功。

第三节　吴汝纶　许承尧

一、吴汝纶

1. 生平、主张与文学思想

吴汝纶(1840—1903),字挚甫,桐城南乡(今安徽枞阳)人。晚清著名学者、杰出的教育家,也是桐城派的最后一位大师。吴汝纶自幼学习刻苦,早有文名。同治三年(1864)中举,次年中进士,时年二十五岁,授内阁中书。曾师事曾国藩,与张裕钊、黎庶昌、薛福成并称"曾门四弟子"。又与李鸿章关系密切,先后在曾、李幕府参与机要。曾、李奏议,亦多出自他的手笔。曾出任深州(今河北深县)、冀州(今河北冀县)知州,在任上以教育为先,锐意兴学,开办书院并亲自讲学,后辞官出任保定莲池书院山长。吴汝纶思想开放,力主废科举、办学堂、研习西学。曾在学校特聘外籍日文、英文教师,并为严复译《天演论》《原富》和西方、日本学者多种著作作序,倡导启蒙。光绪二十八年(1902)正月,因吏部尚书兼学部大臣张百熙的保荐,他被清廷任命为京师大学堂总教习,加五品京卿衔。吴坚辞不就,因张氏跪请方勉强答应,但并未到职视事。五月,吴氏访问日本,调查日本学制,同年秋回国,在家乡筹建桐城学堂,自任堂长并聘请一名日本教师在其中任教。桐城学堂成立后,他准备北上复命时突然发病,在安徽桐城刘庄老家去世。

吴汝纶曾是洋务派的中坚人物,他热烈赞扬严复的《天演论》《原富》等西学译著。在序中将严译《天演论》称为可"与晚周诸子相上下之书",读其书,"不惟传其文而已",更可"使读者怵焉知变,于国论殆有助乎"。他还主张废除科举,改革学制。他虽不是维新派阵营中的人物,但他的部分主张与维新派相契合,但他并非要"全盘西化",像有的学者指责的那样"一概排斥传统搞民族虚无主义"(敏泽《中国文学理论批评史》),而是主张"新旧二学当并存具列,声称对姚鼐所选的《古文辞类纂》,"即西学堂中亦不能弃去不习,不习则中学绝矣"(《答严几道书》)。吴汝纶对中国现代教育制度的建立也有筚路蓝缕肇基之功:他为我国近代学制建设设计了初步的蓝图,直到现代,中小学体制和大学分科,仍有吴汝纶设计的印迹;他提出的汉语拼音、设国语课和国民教育课等仍在实行;他率团前往日本考察学制所汇成的报告《东游丛录》,后来成了我国近代教育改革的指南,对20世纪初中国近代师范教育的形成也产生了很大影响。在学术研究上,吴汝纶论学由训诂以通文辞,晚年尤着力于解经,与经史子集、小学音韵皆颇有研究。著有《吴挚甫文集》《吴挚甫尺牍》《吴挚甫先生函稿》《桐城吴先生日记》《桐城吴先生全书》《桐城吴先生遗书》。《李文忠公事略》等。黄山书社2002年出版有《吴汝纶全集》,为安徽学者施培毅、徐寿凯点校。《清史稿·文苑传》有传。

吴汝纶在文学思想上主要是坚持复归桐城派的古文传统。以曾国藩为代表的湘乡派,认为桐城文风过于讲究平易雅洁,"雄奇瑰玮之境尚少",因而欲以"汉赋之气运之",使之"珠圆玉润、声调铿锵",从而使桐城派古文由原来平易雅洁的风格向阳刚雄奇、骈散相间方面转化。作为曾门弟子的吴汝纶,则严守桐城"义法",尽力将风靡一时的湘乡之文扭回到方、刘、姚正统的桐城之文轨道上来。曾国藩去世后,湘乡派的文风发生了微妙的变化,开始向桐城派古文传统回归,吴汝纶则是其中坚人物。陈柱认为:吴汝纶以"保护桐城家法,力求其雅洁古朴,不使横出旁溢为职志"(《中国散文史》)。这种"复归"主要表现为崇淳厚而诎闳肆;反对在文学创作中说道说经;行文应重剪裁,求雅洁等方面。亦是从维护桐城文统出发,吴汝纶不满当时梁启超等人的新文体,强调要反俚求雅,认为"如梁启超等欲改经史为白话,是谓化雅为俗,中文何由通哉"(《与薛南溟书》)。吴汝纶是一位主张学习西方的具有维新思想的知识分子,因此他的文论还带有若干新的因素,具体表现为他看到了桐城派古文理论中"道"与"文"的矛盾,明确提出了"说道说经,不易成佳文",强调义理与文章不能合而为一:"道贵正,而文者比以奇胜,经则义疏之流畅,训诂之繁琐,考证之该博,皆与文体有妨。故善文者,尤慎于此。"(《答姚叔节》)在他看来,"义理"与文章是"两事"而非"一途",这不仅是对姚鼐文论的超越,也说明他更加重视古文的文学特性。因此,桐城派文统发展到吴汝纶,已经在文学特性的认识和对于程朱义理动摇的基础上,明显地产生了否定桐城传统的因素。

2. 文学创作

吴汝纶为桐城派后期代表作家,长于文学,工于经史,尤精于评点校勘,其诗文创作在晚清皆有一定的地位。其散文沿袭桐城派正宗,既得其整饬雅洁之长,又不全落其窠臼。风格精练典雅、气雄意厚,其论及时政之作亦颇注意洋务。陈柱认为:"清代之散文家足以卓然特立者,亦不过数人而已,曰方苞、曰刘大魁、曰姚鼐、张惠言、曰恽敬、曰梅曾亮、曰曾国藩、曰张裕钊、曰吴汝纶。"(《中国散文史》)有的研究者也认为:"吴氏以古文大家,桐城传脉盛名于世,在中国旧派知识分子中名望较高。"(关爱和《古典主义的终结——桐城派与"五四"文学》)吴汝纶的散文以书信和文章序最为著名,他的政治思想、学术主张、人生态度在其中尽得以展露,而且感情真挚朴实、文笔清新自然、说理平实老练。如上面提到的严译《天演论》序,用"赫胥氏以人持天,以人治之日新,为其种族之说,其义当,其词危"几句,将赫胥黎物竞天择学说加以高度概括。其中用"以人持天,以人治之日新"的人为论与中国传统的"天命论"暗暗相对,再用"其义当,其词危"表明其学术价值,然后再用可"使读者怵焉知变,于国论殆有助乎","不惟传其文而已",道出译者和作序的目的所在。文字雅洁简练,清新而警策。其他一些书序也有类似的特征,如替日本学者写的《矢津昌永世界地理序》,表现了作者奋发图强、抵御外辱的反帝爱国思想;《答严幼陵》则表明自己变法图新又要中西兼顾的政治主张,文中句式多变,鸿博而闳肆,其中说到学习西方是为了"参彼己,审强弱",而非徒作"清议";对传统文化则要广采博收,"吾土载籍旧闻,先圣之大经大法,下逮九流之书,百家之异说",兼收并蓄,文笔驰骋之中表现了作者恢弘的气度。还有一些书信,辩解陈情,言词委婉但态度坚定,很像王安石的《与司马谏议书》,表现出作者多种文学风格,如《答姚叔节》:

通白与执事皆讲宋儒之学,此皆吾县前辈家法,我岂敢不心折气夺,但必欲以义理之法施之文章,则其事至难。不善为文,但堕理障。程、朱之文尚不能尽餍众心,况余人乎?方侍郎学行程、朱,文章韩、欧,此两事也,欲并入文章一途,志虽高而力不易赴。此不佞所亲闻之达人者,今以贡之左右,俾定为文之归趣,冀不入歧途也。

吴汝纶重视文章的文学特性,强调义理与文章不能合而为一。面对好友的误解,他先是表白自己对程朱理学"心折气夺",并未背离桐城家法,澄清对方的误解;然后坦陈自己的看法:义理之法不能取代文学自身的技巧和规律,不然会陷入"理障";最后据宋儒的代表程、朱之文和桐城家法的代表方苞之文,证明义理和文章实二:程、朱理过其辞,结果"不能尽餍众心";方苞学术上秉承程、朱,文章却师法韩、欧,结果桐城之文风行天下,短短百字,分为四层:辩白、立论、举证,最后表白其用心。所举例证又一正一反,以增强其说服力。思路清晰又入情入理,目标明确又娓娓道来,阳刚与阴柔并蓄其中。

吴汝纶编撰的《深州风土记》也是清末众多志书中的名品。《深州风土记》分为疆域、河渠、赋役、学校、兵事、官制、职官、名宦、艺文等二十二类,其中以疆域、兵事、物产等卷文词尤为精美。其《名人谱》卷记述州里古今望族大姓之演进,追溯源流,寻其变迁,不仅堪为创例,且为研究北方民族文化保存了有关史料,《赋役》卷在保存史料、利用史料方面也有独到的价值。

二、许承尧

1. 生活道路和文学主张

许承尧(1874—1946),字际唐,号疑庵,晚号苶叟,歙县唐模村人。近代著名诗人、方志学家、书法家。二十一岁中举后,从汪宗沂治学。光绪二十年(1894)中举,三十年(1904)中进士,钦点翰林院庶吉士,其弟许承宣、许承家皆考中进士,成为近代闻名的"同胞翰林",这也是中国历史上最后一代翰林。承尧于第二年返回家乡歙县,创办新安中学堂、紫阳师范学堂,任监督;又佐祖父在唐模创办敬宗小学、端则女学,开徽州歙县新教育之先河。并与同盟会志士陈去病及汪律本、黄宾虹等一起组织"黄社","遵梨洲(黄宗羲)之旨,取新学以明理,忧国家而为之",以研究学问为名,开展反清活动。光绪三十三年(1907),因在黄宾虹家中为黄社私铸铜元事发,幸安徽巡抚恩铭被徐锡麟刺死,承尧才化险为夷。当年秋复入京,授翰林院编修,兼国史馆协修。辛亥革命后返歙,旋受皖督柏文蔚聘为筹建芜屯铁路总办。1913年,受甘肃督军张广建(安徽人)之聘,先后任甘肃省秘书长,补甘凉道尹,代理兰州道尹,调署省政务厅长。1921年,随张返北京。1923年再赴甘肃,任渭州道尹,翌年辞返北京闲居。1925年南归故乡,仍关心国事。日军侵华时感慨赋诗:"吾国终亡定不然,曙光一线在均田。"新四军到达徽州时,他亲往劳军;对皖南事变他满腔悲愤,写下"野老负暄忧外患,客来垂涕说萧墙"。晚年挂名安徽省府顾问。许承尧工隶书,善诗文,一生著作不辍。诗集印行的有《疑庵诗》《疑庵游黄山诗》,编有《歙县志》十六卷、《西干志》七卷。遗稿有《歙事闲谈》《疑庵文集》《里乘》等。

许承尧主张文学创作要符合时代要求,古与今不同调,不能一味拟古。诗歌要表达自己的真实感受,否则就是优孟衣冠。他指出:"时代迁则言必异,今古不相肖,要能自写其情者为佳。否则,假衣冠而饰言笑,命之曰'优孟'"(《汪冶亭诗序》)。道光、咸丰以后,外辱日盛,1840年鸦片战争以后,中国进入半殖民地、半封建的近代社会,有识之士,奔走革新。思想上,有包世臣、龚自珍、魏源为先驱;诗歌上则龚自珍的成就最高。龚之后的黄遵宪更是高举起"诗界革命"的旗帜。许承尧的诗歌理论深受龚自珍、黄遵宪的影响,他早年的诗歌,正是在龚、黄的影响下走上革新之路的。

2. 诗文创作

许承尧的文有《歙事闲谈》《疑庵文集》《里乘》等,皆是手稿,尚未整理出版。出版的只有诗集《疑庵诗》,最早出版于民国初年,有甲卷和乙卷两种;香港则出版过许的《疑庵游黄山诗》。1990 年,汪聪、徐步云将《疑庵诗》重新整理并加点注,由黄山书社出版。

许承尧一生横跨近、现两代,亲历了鸦片战争、八国联军攻入北京、中日甲午战争、辛亥革命、军阀混战、抗日战争、皖南事变等近现代史上许多重大事件。他是中国历史上最后一代翰林,又是反清的革命党人,抗日开明士绅。丰富的经历、多重的身份,使他的诗作宛如一部浓缩的近现代交替的历史,许多重大事件在他的诗歌中都有所反映。如:记述"八国联军"在北京的杀戮:"匝地风云暗,凭城虎豹嗥。苍生泣高俎,碧血满欧刀"(《匝地》四首之一);斥责张勋复辟:"先机昔已征曹鬼,妖梦今应恕杞愚。一姓再兴原不许,万方多难更谁纡"(《彼黍》四首之一);斥责伪满洲国:"少康非所论,伪豫岂堪辱"(《屋舍》);鼓励民众奋起抗日:"吾国终亡定不然,曙光一线在均田";对国民党制造的皖南事变他则满腔悲愤:"野老负暄忧外患,客来垂涕说萧墙","拥兵昌言除奸党,奸党何人殊悃恍"(《官拥兵》)。另外,像《县长来》《老估叹》《乡长寿》等篇,则揭露国民党官吏横征暴敛造成的民生凋敝、百姓苦难;《眼前享受佳》等篇则表达对民生疾苦的深切同情。

咏歌祖国山川之美,也是《疑庵诗》的主要内容。诗中描绘的山川风物主要有三处:一是故乡黄山,许氏专门有《疑庵游黄山诗》一卷,刘堪称赞许氏游黄山诗曰:"自有黄山以来,游者不绝于代,而无此奇妙。"游黄山诗一个很大的特点就是将黄山写活,充满动态感,如《游黄山发容溪》:

> 抠衣觌初祖,先睹诸儿孙。儿孙敬肃客,头角近可扪。秀顽慧愿悍,倚立踞跃蹲。殊意即殊象,万态诡以繁。森森不可纪,愈觉初祖尊。

黄山容溪据说是黄山初祖容成子修炼之所，诗人游山，将众峰、山石比拟为容成子的子孙，以孩子们各种顽皮的动作来形容山石的各种形态，这种拟人手法所造成的动态感，更突出黄山飞动的气势。另外像《紫云庵》《水杨村》《观瀑》《光明顶》《重过冶社》诸篇，则具描黄山的细部，分别突出黄山松奇、石怪、瀑布、云海等奇观。至于写西北诸山与江南风物，皆能突出其地域特征，或长河落日、气象开阔，或桃花春雨，明净秀丽，前者如《陇坂》《河套中遇大风》《秦岭》等；后者如《富春江》《春末游公园》《归舟过深渡夜泊》等。

许承尧一生横跨近、现两代，他的诗歌也体现了剧变时代的变革之风。他曾自称早年诗"学长吉、义山，后学昌黎"（《疑庵诗》自序），但吴孟复先生认为，其诗并非"唐宋之成规，乾嘉之别调"，而"更近于龚（自珍）黄（遵宪）与陈三立。本来，他们所处的时代相同，从革新政治到革新诗歌，其志趣抱负，大体亦相近似"（《疑庵诗·代前言》）。从《疑庵诗》的文学风格来看确也如此。

首先，他的诗歌因时代的忧愤充满激情，如：

我有肝与胆，棱棱持示君。醉歌消日月，谈笑起风云。热血向谁洒？微躯何足论！——《我有之》

剑光照胆不照心，清然抱剑空哀吟。欲沁泪痕作新锈，比较血痕谁浅深？——《剑》

其激愤之情，悲壮之志，以及难以伸发的抑郁，都非常像同时代龚自珍和陈三立的诗作。

其次，他的诗歌也突破了清代的"神韵""格律""肌理""性灵"诸派藩篱，自成新体新声，与变革求新的时代相呼应。他的诗歌语言引用了许多科学素材、科学术语乃至翻译名词与传统文言杂糅，颇似黄遵宪和梁启超的"诗界革命"和"新文体"。今天看来虽然不伦不类，但在当时毕竟是一种可贵的尝试，如对宇宙的解释："茫茫大宇宙，脑电纵横飞。云何得比例，光线无差池"（《言天》）；否认宇宙间有自然神："言天言上帝，非鹿亦非马。空空洞洞中，何处有主者"（《读书杂志》）。有时还使用和追求散文句式，如《读书杂

志》中的"我族新依据,帕米尔之山"。又如《三十放歌》:

> 回忆三十以前之岁月,如梦如影,如泡如露,如云如电,如风复如雪。脑花开,香未歇,就中日日更,嗟我一身新,故不同已分。

诗中刻意使用一些科学术语,如"原质""日日更新""新故不同"等,但又杂糅一些传统文辞,如"香未歇""秦与越"等,至于句式更是有意散文化。必须指出的是,这种创新多是早年诗作。中年以后,许承尧思想转趋消沉,诗作上也无早期创新之锐气,学韩、学宋之作渐多;晚年以卖文为生,应酬之作更多,有些竟带遗老口吻。

第五章　吴敬梓与清代安徽小说

第一节　吴敬梓

　　吴敬梓(1701—1754),字敏轩,号粒民,晚年自号文木老人,又因移家南京秦淮河畔,故又称"秦淮寓客",安徽全椒人。他出生于一个世代为官的科举世家,"五十年中,家门鼎盛","绿野堂开,青云路近"。幼即颖异,善记诵,尤精《文选》,赋援笔立成。十八岁考取秀才,补官学弟子员。但这个家族从他父亲吴霖起就开始衰落,加上吴敬梓又性格豪迈,不善治生,遇贫即施,不数年家产挥霍俱尽,时或至于绝粮。吴敬梓二十二岁时,父亲去世,家族内部因为财产和权力而展开了激烈的争斗,使吴敬梓对虚伪的人际关系深感厌恶。二十九岁参加科试(乡试前的预试),文章虽做得很好,却因行为狂放而被黜落,因此对科举制度又大为失望。三十五岁时推荐参加博学鸿词科的省试,顺利通过。第二年安徽巡抚赵国霖推荐他去北京廷试,却被吴托病拒绝。后移家金陵,为文坛盟主。又集同志建先贤祠于雨花山麓,祀泰伯以下二百三十人。资不足,售所居屋以成之,家因益贫。乾隆十六年(1751)乾隆首次南巡,在南京诏试诗赋文士和"明经行修"学者,许多文人迎銮献诗,吴敬梓却"企足高卧",与当局采取不合作态度。客扬州,尤落拓纵酒。后卒于客中。著有著名的长篇讽刺小说《儒林外史》五十五回,又有《诗说》七卷,《文木山房诗文集》十二卷,今存四卷。人们为了纪念这位伟大的讽刺作家,1986年底在他的家乡全椒建立了"吴敬梓纪念馆",为三进仿古建筑,馆里收藏有各种吴敬梓研究资料。他的移居地南京秦淮河畔桃叶渡也建有"吴敬梓故居"。

一、文学主张

　　吴敬梓的思想是比较复杂的,他出生于屡代业儒的世家,自幼接受了儒家正统思想的教育,吴檠曾称赞他"涉猎群经诸史函"。成年以后,程廷祚则称许他"抱义怀仁,被服名教"。但早年他又醉心在魏晋六朝的文史著作中,全身心都受其浸润;中年又接受了时代思潮中顾炎武、黄宗羲、王夫之,尤其是颜、李学派的思想影响。颜、李学派倡导务实的学风,反对理学空谈,反对空言无益的八股文,主张以礼乐兵农强国富民,以儒家"六艺"作为教育内容,都对吴敬梓产生深刻的思想影响并在《儒林外史》中有所反映。同时,吴敬梓的友人中又颇多擅长于科技研究的文士,因而又受自然科学之风的熏染;更由于晚年生活日趋困穷,厕身于市井小民之间,感受到劳苦群众的优秀品德,从而更促成了他的世界观中进步成分的滋长。

吴敬梓的文学思想主要反映在《文木山房诗说》之中,这部学术专著在晚清失传,20世纪末由周兴陆、金宰民发现于上海图书馆,但并非全书,仅四十三则。据发现者推断,其写作时间应该在写作《儒林外史》之前,即乾隆十四、十五年(1749—1750),约四十九至五十岁时纂成。《诗说》的内容再一次证明了吴敬梓敝屣功名富贵、安贫乐道的品性,也体现了他说诗不拘汉宋、特标异说的学术倾向。《诗说》的发现,对研究《儒林外史》的主题意旨,对于"诗经学"都有极大的意义。其主旨大致有以下几个方面:

(一)否定了自汉代《诗大序》以来"四始""六义"说的合理性,对说《诗》的传统信条提出质疑。吴敬梓认为,风、雅、颂之分,在于音乐而不在于文辞,也反对泥定赋、比、兴之说而分章断句。认为拘泥于赋、比、兴之义,必将误解诗旨,也限制读者去用思领会。(二)摒弃传统经师解《诗》之法,大量引用《韩诗外传》的故事来说《诗》,甚至运用史书中记载的用《诗》之例乃至文人的创作来解释《诗》义,体现他嶔崎不倚的性格和别样眼光。(三)正如在《儒林外史》中强调要恢复儒家的古礼古乐一样,在《诗说》里,吴敬梓也很重视古礼的考辨,表现出以"礼"说《诗》的特点。(四)对"变风变雅不入乐"的观点持反对意见,指出前人论诗之正变,依据的都是诗而不是音,古人聆音,必有得其兴亡的原因于语言文字之外的地方,现在已失其所传,就只能从其所陈之美刺而求之了。我们应当根据具体的某一首诗而定其孰为正,孰为变,不应当以国次、世次来限定。可美者为正,可刺者为变,美之者诗之正,刺之者诗之变。

二、《儒林外史》

《儒林外史》是我国文学史上一部杰出的现实主义的长篇讽刺小说。吴敬梓大约用了近二十年的时间,直到四十九岁时才完成这部小说。作者死后十多年,方由友人金兆燕刊刻面世,但这个刻本今已失传。《儒林外史》原本为五十五回,现在通行的五十六回本,最末一回乃后人伪作。《儒林外史》故事情节没有一个主干,全书五十五章由许多个生动的故事串联而成,这些故事多取自现实生活。关于小说的主旨,自五四以来有多种说法,如胡适的"反对八股科举说",鲁迅的"指摘时弊士风说",李汉秋的"反对功名富贵说",陈美林认为是一部"反映知识分子生活全貌的长篇小说",王平认为是对中国的古老文化进行了深刻反思,陈新、王祖献等人则强调了《儒林外史》是"匡世之作"而非"骂世之作"。近来比较通行的说法是:全书以科举和功名富贵为中心,通过一系列儒林及市民各阶层人物的描绘,揭露和鞭挞了封建科举考试制度的弊害,嘲讽了醉心功名富贵的庸人,赞扬了讲究"文行出处"的真儒,并在暴露和批判封建官僚社会各种败德恶行的同时,表达了作者要求个性解放和民主的理想。

这一主题的确立与吴敬梓生活的时代和本人的经历、思想变化关系极大:吴敬梓一生经历了康熙、雍正、乾隆三代,清初统治者在残酷镇压汉民族反抗的同时,思想上也采取两手:一方面大兴文字狱,镇压异己;另一方面提倡理学、设立博学鸿词科,以八股开科取士等来牢笼士人,使许多知识分子堕入追求利禄的圈套,成为愚昧无知、卑鄙无耻的市侩之人。吴敬梓生长在累代科甲的家族中,一生大半时间都消磨在南京、扬州等繁华都市,官僚的徇私舞弊、豪绅的武断乡曲、膏粱子弟的平庸昏聩、举业中人的利欲熏心、名士的附庸风雅和清客的招摇撞骗他见得太多,加上他个人生活由富而贫,对那批"上层人士"翻云覆雨的嘴脸体会更深。吴敬梓看透了这种黑暗的政治和腐朽的社会风气,所以他反对八股文,反对科举制度,不愿参加博学鸿词科的考试,憎恶士子们醉心制艺、热衷功名利禄的习尚。他把这些观点塑造成生动的人物形象,编织成感人的艺术情节,反映在《儒林外史》之中。

作为一部伟大的讽刺作品,它的艺术成就首先是绝妙的讽刺艺术。鲁迅称此书"戚而能谐,婉而多讽",甚至认为在它之前,说部中没有"足称讽刺之书"(《中国小说史略》),而在它之后,如此"旨微而语婉"的小说"就可以谓之绝响"(鲁迅《中国小说的历史变迁》)。《儒林外史》的讽刺艺术有三大特点:一是与其他古典小说相比较,它有独特的刻画人物形象的手法,就是通过精确的白描,写出"常见""公然""不以为奇"的人事矛盾、不和谐,显示其蕴含的意义。二是对比的运用,从全书来看,有不同类型的对比,有不同性质事件的对比,有含意不同的场面的对比,有人物本身前后的对比等等。在这种种对比当中,真、善、美与假、丑、恶也就自然显现出来。对比是《儒林外史》具有强烈艺术感染力的一个重要原因。三是讽刺描写的世态化。它没有停留在掉话柄或说笑话的层面,而是深入历史潜流和人性的底蕴,以艺术的深度来换取人间涵盖面的广度。其讽刺谋略有两种,一是对流行文化的戏拟,一是揭破人间面具从而散发着一种智性美;四是《儒林外史》的讽刺对象并非个别或一群人物、事件,而是整个黑暗政治和腐朽的社会风气,足以证明支撑这座封建大厦的道德基础和上层建筑均已坍塌和朽坏,它所达到的讽刺效果自然也就非一般的讽刺作品可比。在《儒林外史》中,不但被否定的人物身上有种种恶德,就是一些正面人物也有许多缺点,他们确是一群"不可收拾"的"没落者",作者对他们并不抱有幻想,而是寄希望于"市井""奇人"。这样的讽刺自然已超出传统的讽刺范畴。

《儒林外史》的第二个显著艺术特征是它的结构艺术。如前所述,《儒林外史》故事情节没有一个主干,全书五十五章由许多个生动的故事串联而成。对这种独特的结构艺术,胡适等人曾有一些非议,认为它是短篇杂凑,缺少布局。鲁迅也认为它是"片断的叙述,没有线索"(《中国小说的历史变迁》)。其实,它的结构极富独创性。从纵向看,小说一个个情节的发展贯穿如下几条线索:一是士大夫中的大多数受牢笼和毒害,个别人物受迫害,还有一些正直的士大夫在实现自己理想的过程中逐渐幻灭;二是对官场和社会的解剖:科举出身的官吏,昏聩无能、利欲熏心,使吏治越发腐败黑暗;受礼教毒害的士人,口是心非,使社会风气更加败坏;三是表彰一些作者肯定的人物,希望他们能挽救世风,然而他们都先后使作者失望,不得不舍弃他们而寻求于市井奇士。这三条线索忽隐忽显,时起时伏贯穿于整部小说之中。从横向看,整部小说除《楔子》和《幽榜》外可分为三大部分:第一部分从第二回至三十回,主要描绘为科举所牢笼、毒害的士人;第二部分从三十一回至四十六回,除继续描绘前一种人外,重点移至正面人物的理想及破灭;第三部分从四十七回至五十五回,正面人物已成为过去,但影响仍在;否定人物依然四处活动,但更其不堪。在第五十五回,作者"思往述来",对既往的理想作检讨,对未来的希望作探索。由此可见,其艺术结构不像一般长篇小说那样以一两个主角为中心,以其思想和生活的发展为线索去结构全篇,而是以作者对现实生活的认识发展为轨迹,直接引导读者在《儒林外史》中去观察现实黑暗和探索社会理想,这样的结构方式是有创新意义的。

《儒林外史》的语言也很有特色。它已基本洗去说话人套数的口语,显得异常明净。有的学者将其概括为四个方面:"遣词造句上的特点是简括——一个词就足以创造一个形象;感情色彩上的特点是冷峻——社会解剖学的风格;语言意趣上的特点是讽刺意味——合乎语法的不协调;形象描写上的特点是气韵生动——精神颜色无一不像,只多着一张纸"(傅继馥《论〈儒林外史〉语言的艺术风格》)。

《儒林外史》是我国古代讽刺文学的典范,吴敬梓对生活在封建末世和科举制度下的封建文人群像的成功塑造,以及对吃人的科举、礼教和腐败的生动描绘,使它成为我国文学史上批判现实主义的杰作之一。《儒林外史》不仅直接影响了近代谴责小说,而且对现代讽刺文学也有深刻的启发。现在,《儒林外史》已被译成英、法、德、俄、日等多种文字,成为一部世界性的文学名著。有的外国学者认为:这是一部讽刺迂腐与卖弄的作品,然而却可称为世界上一部最不引经据典、最饶诗意的散文叙述体之典范。它可与意大利薄伽丘、西班牙塞万提斯、法国巴尔扎克等人的作品相颉颃。

三、吴敬梓的其他诗文创作

吴敬梓除创作有《儒林外史》外,还有《文木山房诗文集》十二卷,但今仅存四卷,包括诗文和词作。其中诗一百六十六首、词四十七首。从这些作品中,我们可窥探作者的生活思想状况及其变化情况,他的为人、社会理想和性格特征,对我们了解作者的生活道路、《儒林外史》的创作思想和人物形象内涵,皆有裨益。一般说来,吴敬梓的生活道路以三十三岁移家金陵为界,可分为前后两个时期。前期思想还是以儒家为主,这在他的诗文中皆有体现,如在《遗园》中,作者夫子自道自己的志向是:"治生儒者事,谋道古人心","辛苦青箱业,传家只赐书","每念授书志,其如罔极何"。在《移家赋》中更是以自己的家世自豪,称其高祖吴沛是"绍绝学于关闽,问心源于邹鲁","五十年中,家门鼎盛;陆氏则机云同居,苏家则轼辙并进;子弟则人有凤毛,门巷则家夸马粪;绿野堂开,青云路近"。吴敬梓十四岁时曾写有一首《观海》,诗中描绘了海潮涌动时铺天盖地的气势,最后表达自己的感受是:"少年多意气,高阁坐衔杯"。少年诗人有着海一样的胸怀和海一样的气势。但这种豪气在后期已荡然无存,特别是对科举应试、青箱之业,作者已从追求到鄙弃,从夸耀到批判,这在他移家南京后的诗文中多有表现,如在乾隆元年(1736)写的《伤李秀才》赋并序以及词《高阳台·柘月初亏》等篇什中,就反映了他对应博学鸿词试的态度。这年秋,吴敬梓在应"博学鸿儒"乡试之后,又被安徽巡抚赵国麟推荐去北京廷试,吴托病加以拒绝。实际上这次"鸿博"之试,原为粉饰太平之举,先后被荐应试者多达267人,但连次年补试在内仅录取19人,名流沈德潜、厉鹗等人均告落选。吴敬梓的亲友吴檠、程廷祚等人皆未被录取,特别是宁国李希稷抱病赴京竟卒于都下。吴敬梓在《伤李秀才》赋并序中伤悼李为名而亡,且为自己"以病辞"而自慰。在词《高阳台·柘月初亏》中更是自责不该参加博学鸿儒的乡试:"怪兼旬,为踏槐黄,误了鸥盟",责怪自己为参加"鸿博"乡试考试耗费时间和精力,竟未能如期践真州老友今年之约,感到愧疚不已。他在扬州期间还为友人江显的《尚书私学》写过一篇《序》。序文中公开表达对八股举业的鄙弃:"敬梓俗学于经生制举业外,未尝窝目,独好窃虚谈性命之言,以自便其固陋。"展示吴敬梓叛逆思想的发展和向释道偏离的又一标志,是他在乾隆四年(1739)于扬州写的《题白沙翠竹江村》组诗。在这九首绝句中,诗人通过见山楼、香叶山堂等九个景点美景的咏歌,从中流露的不仅是对山水名区的赞美和向往,也有儒家思想向释道的偏离和转化,如"疑是仙人居,蓬莱水清浅"(《见山楼》),"连薨架飞栋,即此是仙家"(《仙壶》),"东溪人已去,白云自往来"(《东溪白云亭》),"何如航海客,亲至落伽还"(《因是庵》),"凭栏一御风,不觉泠然善"(《寸草亭》)等,均见释道思想对诗人潜在而微妙的影响。

  与思想变化相埒的是生活状况和行为的变化。作者前期是世家公子,过着依红偎翠、裘马清狂的生活,但家产荡尽又加上科考连连失利,在告贷无门、饱受族人白眼后移家金陵,不仅在艰难度日中深感世情浇薄,也对科举仕途鄙薄而绝望,这种生活和行为的变化,在《移家赋》和《减字木兰花》八首中表现最为充分。《移家赋》是一篇鸿篇巨制,作于他三十三岁由安徽全椒移居南京之时。赋中作者叙述了自己显赫的家世,自己十三岁丧母,二十三岁丧父,三十岁前丧妻,期间又曾遭宗族夺产、科考失利的种种不幸经历,移家金陵的原因和此间思想的变化,对研究吴敬梓的家世、生平、学养、思想、个性,提供了极为可贵的第一手资料。《减字木兰花》八首则作于《移家赋》之前的雍正八年(1731)作者三十岁游历金陵之时。词中回顾了三十年来的坎坷人生,或言家世,或慨功名,或悼亡妻,或悔游冶,或悲父母之未葬,或耻居乡之见辱,或感世路之艰:"今年除夕,风雪漫天人作客。三十年来,那得双眉时暂开"(其一),"田庐尽卖,乡里传为子弟戒。年少何人,肥马轻裘笑我贫。买山而隐,魂梦不随溪谷稳。又到江南,客况穷愁两不堪"(其三),"哀哀吾父,九载乘箕天上去""劬劳慈母,野屋荒棺抛露久"(其五),"闺中人逝,取冷中庭伤往事"(其六),"奴逃仆散,孤影尚存瞌睡汉。明日明年,踪迹浮萍剧可怜"(其八)。词人用朴实无华的语言,真实地叙述了他一生惨痛的遭遇和所思所感,简直是一篇小型的《移家赋》,可见作者移家金陵并非一时心血来潮或权宜之计。

吴敬梓诗文中另一个重要内容就是对亲情和友情的真挚讴歌。乾隆五年(1740)除夕,吴敬梓移家金陵已七年,正在创作《儒林外史》。此时家业散尽、生活窘迫,不仅自己客居异乡,最喜爱的小儿子吴烺也迫于生计在他乡觅食,当此除夕之夜,想想自己一生坎坷遭遇,又想起旅食他乡的小儿子,如山虚名于己于儿何补? 伤怀之中写下这首质朴又真挚的《除夕旅店忆儿烺》:

旅店宵无寐,思儿在异乡。高斋绵雨雪,歧路饱风霜。莫诧时名著,应知客思伤。屠苏今夜酒,谁付汝先尝?

吴敬梓三十丧妻,继室是苏州医生叶草窗的女儿。叶翁去世吴作长诗哀挽,其中有客居他乡未能尽半子之劳的愧疚和自责:"嗟余辞乡久,终岁不一至";也有对岳父一生儒雅勤学又淡泊名利的称许和仰慕:"前年悬弧日,留余十日醉。示我平生业,周易蝇头字。旁及老庄言,逍遥无物累。自言岁龙蛇,逝将谢人世。绩学翁所勤,近名翁所忌。"叶翁是一位儒医,很器重吴敬梓,就在吴家道中落、功名不就之时,不顾时议,将爱女嫁给吴敬梓作继室,吴对此更是感激不已,所以挽诗中称:"爱女适狂生,时人叹高义。"吴敬梓的交游极为广泛,也多反映在他所赋诗词中。其中有族兄吴檠,好友方靖民、杨巨源,真州友人杨凯、吴荭林,扬州友人江昱、杨东木,怀宁诗人李葂(字啸村),芜湖诗人朱卉,两淮盐运使卢知见等。这些诗作不像一般的文人之间酬酢唱和,多是感情真挚、语言朴实,甚至是穷愁窘迫之中的感激和感慨,如《访杨东木敷五》,就真切记载了诗人于雍正十三年(1735)作客真州时,受到故人杨东木的热情款待。友人在风雪之夜诗人无处存身之际,用美酒佳茗招待他,在寒雨连绵的日子里两人弈棋为欢、联床夜话:"连床细雨酒频酤","回廊自署汤提点,长夜唯消木野狐"。诗人由衷地感慨:"不是故人施榻待,扁舟风雪又菰芦"。这些赠别或怀念的对象也有大吏,但却是遭遣受罚的官吏,诗人为他们送行,为他们题诗,是诗人刚正不阿的傲岸性格的另一种表现,如古风

《奉题雅雨大公祖出塞图》。这首长诗作于乾隆五年(1740)五月,为负谤获谴戍台的两淮盐运使卢知见而作。诗人送别的对象虽是获罪遭谴的官吏,但诗中并无伤感衰飒之气,相反却异常壮阔昂扬,显示出"男儿有泪不轻弹""举大白,听金缕"的豪壮气概:全诗以丰富的想象描绘了"玉门关外狼烽直,毳帐穹庐犄角立""鸣镝声中欲断魂,健儿何处吹羌笛"等奇特的塞外风光,为卢知见被谴赴台设置了一个悲壮、肃杀的典型环境,其后摹写富有特征的历史遗迹"李陵台"和"明妃冢",来暗示被谴赴边的委屈和无奈,最后设想和预祝卢知见期满荣归的英姿勃发的精神状态:"他日携从塞外归,图中宜带风沙态。披图指点到穷发,转使精神同发越。"为送别留下一个昂扬奋发的结尾。全诗慷慨豪宕,可以与夏之璜的《庚申秋从卢雅雨先生留别同学诸子》对读。在吴敬梓的交友诗中,他对家乡诗人如怀宁诗人李葂(字啸村)、芜湖诗人朱卉的感情特别深厚,文集中有给李葂诗数首,如《寄李啸村四首》,又有《沁园春·送别李啸村》《庆清朝·李啸村留饮园亭》等。给芜湖诗人朱卉(字草衣)的诗有《寒夜坐月示草衣二首》,词《金缕曲》一首,《燕山亭》一首等。

吴敬梓的诗中还有不少是描绘山水风物,这类诗作往往与自己的感受遭遇结合在一起,景中现情,寓情于景,颇类柳宗元的山水散文,而且语言清丽简洁,不同于其他几类诗文,如诗人在乾隆五年(1740)春暮夏初所赋《题白沙翠竹江村》组诗绝句九首,展露了爱美、赏美、颂美的纯真性情。《真州客舍》的颔联"细雨僧庐晚,寒花江岸秋",《高阳台》词中"柘月初亏,盲风渐紧,扁舟又别江","雀室潜听,蒲帆趱就秋声"等皆是描景状物的名句。下面这首《望真州》作于雍正十三年(1735)秋冬之际:

> 波光骀荡绿杨湾,渔市人家晒网还。日暮危樯依曲港,寒云遮断小帆山。

连日阴雨之后,日色终于放晴;港湾波光骀荡,渔家抓紧晒网。但毕竟日暮了,况且还是寒云笼罩,这颇有点像诗人移家金陵的心态。此时诗人三十三岁,是移家金陵之后第三年。离开了频遭白眼,甚至戒子弟与之来往的族人和故乡环境,对诗人是个解脱,也舒了口气。但仍旧是生计窘迫,也还是漂泊异乡,这都颇似诗中描写的景物和环境。五律《雨夜杨江亭斋中看菊》,古风《雨》,词《水龙吟·木犀香满精庐》《高阳台》等也表达了类似的情感和采用了类似的手法:《雨夜杨江亭斋中看菊》写诗人应真州朋友杨凯之邀,至其斋中看菊、饮酒、品诗、论文,以此暂解孤旅中的怀寂,诗人用"秋雨羁慈室"与"谁解旅怀孤"情景对照,首尾呼应。《高阳台》写词人在"柘月初亏,盲风渐紧"之际,"扁舟又别江城",用"蒲帆趣就秋声""关情只有辞巢燕,怕看他鸠化为鹰"等景物来传达思乡怀亲之情。古风《雨》极写连日不止的倾盆大雨使身处异乡的诗人情怀更恶,接着用"呼童邻家赊美酒,箕踞一醉气疏顽"的不同寻常举止,来平息对仍在秦淮水亭中的妻儿的担心和思念,诗末"明晨冲泥问杨子,妻儿待米何时还"二句,体现了另一种方式的思亲情感。另外,诗人的一些怀古词也有类似的风格和手法,如乾隆元年(1736)秋,词人客游真州时作的《踏莎行·镜芗亭》怀念诗人郝经就是一例。郝经是元朝重臣,也是著名的经学家和诗人,曾充任元世祖特使去南宋议和,被软禁真州长达十五年,词的上片所写"穷海累臣,上林天子""镜芗亭畔伤心事"等皆是咏其人其事。词人由此联想到南宋高宗使臣洪皓奉命出使金朝,也曾被金人拘留十三年始得还宋,又为奸相秦桧忌恨而病死于贬居。词下片"只缘身未到边关,不知洪皓含悲地"即咏歌此事。词人由眼前所见镜芗亭及其周边景致,追忆此亭畔发生的悲情往事,吊古伤今,词中也夹杂着对自己"穷海累臣"、坎坷不遇的身世命运的喟叹和恋乡思亲情怀,甚至还有对"上林天子"不详下情的怨嗟,内涵十分丰富。

第二节　清代安徽其他小说作家

一、吴肃公《明语林》

吴肃公(1626—1699),字雨若,号晴岩,亦号逸鸿,别号街南,安徽宣城人,清初小说家。生于明天启六年(1626),明诸生,明亡时肃公年届弱冠。曾师事以贞洁名世的邑人沈寿民和重视史鉴的叔父吴坰,又与黄宗羲、王猷定、徐枋、魏禧等明遗民相往还。入清后不事进取,以卖字行医及授徒以自给,坚守民族气节,曾编辑宋代遗民诗集,声称"宋之天下亡于蒙古,而人心不与之俱亡"(《宋遗民四先生诗序》)。又与叔父吴坰一起,仿司马光的《资治通鉴》,用了三十年时间,编写明代《通鉴》的长编《皇明通识》,共一百零二卷。

《明语林》约成于康熙元年(1662)。作者生前似有康熙二十年(1681)的序刻本,早佚,现存有清末《碧琳琅馆丛书》本和民国年间《芋园丛书》本。在《明语林》之前有明嘉靖年间何良俊的《何氏语林》,何氏模仿东晋裴启的《语林》,又承袭南朝刘义庆《世说新语》体制门类,新增"言志""博识"两门,共三十八门。吴氏《明语林》即模仿何氏的《语林》,亦分为三十八门,其中不少条目是直接从《何氏语林》移植过来的。

《明语林》主要记载和品评明代人物的风采和功过,属于轶事小说。小说以大量篇幅记载了明代一些刚正不阿、关心民瘼又清廉自守的名臣良将,如于谦、况钟、海瑞、顾宪成、周顺昌等历史上杰出人物的言行和风采,从各个侧面表彰他们的志向、气节,描绘他们的人品、气度,对他们遭受的枉曲不幸充满同情和尊敬。对于那些误国权奸和阿谀逢迎之徒,则极尽鞭挞嘲讽之能事。吴肃公生活在明清易代之际,如上所述,他与黄宗羲等明遗民多有往还,本人又极富民族气节,他通过《明语林》来回顾历史,品评明代人物的功过得失,张扬正气,贬斥邪佞,显然是有所寄托的。邓之诚称其"文不苟作,同时惟顾炎武能之"(《清诗纪事初编》),可谓知言。

《明语林》中还记录了一些名臣义士的治国修身的格言,论断精辟、寓意深远,直至今日仍可视为处世箴言,如句容令尹徐九经说蔬菜:"民不可无此色,官不可无此味"(《徐九经尹句容》);睿县令陆光祖论断狱:"当论其枉直,不当论其贫富。果不枉,夷齐无生理;果枉,陶朱无死法"(《陆太宰光祖初令睿》)。论修身方面的语言如"原宪虽贫,于道则富;猗顿虽富,于道则贫"(《杨鼎在太学》);"给事薛畏斋自言'生平受益者三:一曰贫,二曰病,三曰患难。贫故知节用,病故知保身,患难故知处世"(《德行上》)。关于治学方面的格言如费文宪云:"观书当如酷吏断狱,用意深刻,而后能日知其所无;记书当如勇将决胜,焚舟沉爨而后能月无忘其所能"(《言语》);陶文僖曾云:"学有根,室有基,不实则欹"(《言语》)。

《明语林》还保存了许多珍贵的史料,具有相当的历史价值。作者曾声称:"是编实史籍余珍"(《明语林》凡例)。这些珍贵史料除摘自史籍外,有的录自"名集碑版",有的则直接采自耳闻目睹,足可补正史之不足。如《杨继宗斥妻纳贿》《董三泉不置棺木》《浙江按察使微行入狱》《给事周彧刚正敢言》《四铁御史冯恩》《黄孔昭在人选留意人才》等记录了一代名臣的风范,至今仍有教育和借鉴意义。有的条目则反映了当时的社会风尚和荣辱观,可补正史之不足,如《言志》篇云:"国朝仕进,以翰林为极选,竟进恐后,戴庄简独避不往,曰'愿就部曹,习民事,为国立勋业'"。另外,在《文学》《识鉴》《企羡》等门类中,还涉及明代文人的创作活动和哲学流派间的争斗,亦可供研究明代文学史和思想史者参考。

《明语林》描写人物善于抓住典型细节,往往三言两语,人物神态心理毕现,如描绘周顺昌被捕前的从容:

> 熹宗时,逮者至吴县,令持牒见周顺昌吏部。吏部慨然曰:"吾等此久矣。"顾谓左右曰:"一僧求庵额未应。"因命笔书"小云栖"三字,掷笔笑曰:"了此别无余事矣。"

周顺昌,吴县人,万历年间进士,东林党人,因斥责阉党魏忠贤被捕,从而激起苏州民变。事后,朝廷追究,义士颜佩韦等遇害,明代散文家张溥为此写下著名的《五人墓碑记》。《明语林》记载的这个细节:周顺昌在缇骑至门时从容地为寺庙补写匾额,既可看出周为人重然诺信守,亦表现其将生死置之度外的气节,足见东林党人之风采,可补《明史·周顺昌传》之不足。与此相对的还有一个细节,将阿附魏忠贤的大臣献媚丑态点睛画出:

> 魏忠贤因食时偶曰:"吾最不喜粥。"尚书周应秋误以为"竹"也,令园丁一日斩之至尽。——《纰陋》

《明语林》还保留"世说体"的传统特征,语言精当简洁,以韵味见长,如

《排调》篇：

> 吴中一布衣诣沈一贯给事，钱梦皋在座，戏之曰："昔之山人为山内闲人，今之山人为山外游人。"布衣对曰："昔之给事给黄门事，今之给事给相门事。"

《明语林》的缺陷也是明显的，由于作者是以事物类别划分，因而一人数事往往割裂在几个门类之中；而且又沿袭明人著书习惯，不载出处，又往往只称爵里谥号，或仅录名氏，虽称是"史籍余珍"，读者却无从核实搜证。至于道德说教过多亦过于陈腐，亦是清代文言小说通病。

二、张潮《虞初新志》

张潮（1650—?），字山来，一字心斋，安徽歙县人，小说家。康熙初岁贡，入赀授翰林院孔目。编有《虞初新志》二十卷，《心斋诗抄》四卷，另著有《花鸟春秋》《花影词》《幽梦影》《友声集》等。其中影响较大的是小说《虞初新志》。小说以"虞初"命名，始见于班固《汉书·艺文志》所载《虞初周说》，旧说将"虞初"解释为人名。后人即以此作为"小说"的代称：明人搜集《续齐谐记》和唐人小说八篇刻为一集，命名为《虞初志》，继而有汤显祖的《续虞初志》四卷，邓乔林《广虞初志》四卷。张潮在《虞初新志》序中说，自己打算继《虞初志》和汤显祖的《续虞初志》，编写《虞初后志》，现将已搜集的一部分刻印出来，定名为《虞初新志》。搜集的是明末清初的文章，"其事多近代也，其文多时贤也。事奇而覈，文隽而工，写照传神，摹仿毕肖"（《虞初新志》序）。

《虞初新志》的内容异常丰富，相当一部分是真人真事，而且是名家名篇，如魏禧《姜贞毅先生传》《大铁椎传》，吴伟业的《柳敬亭传》，王思任的《徐霞客传》，侯方域《郭老仆墓志铭》等，反映明末社会动荡和士大夫操守，很有史料价值。如魏禧的《大铁椎传》，记一明末奇人，"夹一大铁椎，重四五十斤，来去无踪，击杀贼人无数"。魏禧在文中感叹张良曾用锥击秦始皇而误中副车，当时要有大铁椎就好了。魏禧在明亡之际记其人、论其事，其意图是非常明显的。吴伟业的《柳敬亭传》通过一江湖奇人柳敬亭的经历，再现了南明王朝一段史实，其中江山易代的感慨亦很明显。《虞初新志》另一个重要内容、也是此书最有特色的部分，是用小品文的笔调写传奇故事，如侯方域《马伶传》，王士禛《剑侠传》，彭士望《九牛坝观觝戏记》，张明弼《冒姬董小宛传》，王猷定《义虎记》等。《九牛坝观觝戏记》描绘一个杂技之家在坝上的精彩演出，作者以传奇之笔写出顶竿、蹬方桌、走软索等绝技。然后交代这些绝技如何练就，以及艺人四海为家的漂泊生活："男女五六岁即授技，老而休焉。皆有以自给，以道路为家，以戏为田，传授为世业。"侯方域的《马伶传》写艺人为了演好《鸣凤记》中奸相严嵩，化名到当朝权相家中当了三年仆人，在生活中感受权相的为人、举止言行，从而一举击败原来胜过他一筹的李伶。这个传奇故事不仅阐明了艺术来源于生活，要想有杰出的艺术表演就必须深入生活这个文学艺术原理，而且在当朝权相家中当了三年仆人就演活了严嵩，其中的讽刺也是相当辛辣的。

《虞初新志》在艺术表达上也有许多可取之处：

首先，作者选取的一些篇目往往有深刻的内涵和弦外之音，或是表彰一种民族气节，如《柳敬亭传》《大铁椎传》；或是内蕴治学、为人之道，如《马伶传》《剑侠传》《冒姬董小宛传》；从中还有旁敲侧击的弦外之音，如上面提及的《马伶传》，还有《义虎记》。《义虎记》写一只老虎为报猎人喂养虎子之恩，应猎人之邀现身于闹市。这个故事看似荒诞，实际上作者是在告诉我们：一些背约忘恩之人，还不如吃人的老虎。

其次，本书的一些人物传记和传奇故事，其场面描写和人物描写非常动人，而这又往往是通过一些典型细节来完成的。如《柳敬亭传》中表演家莫后光教导柳敬亭说书艺术有三种境界：

柳生廼退，就舍养气，定词、审音、辨物以为揣摩，期月而后请莫君。莫君曰："予之说未也闻。子说者，谨哈嗢噱，是得子之易也。"又期月，曰："子之说，几矣！闻子说者，危坐变色，毛发尽悚，舌挢然不能下。"又期月，莫君望见，惊起曰："子得之矣。目之所视，手之所倚，足之所跻，言未发而哀乐具乎其前，此说全矣！"

柳敬亭说书技艺的三种境界,完全通过观众莫后光的语言和表情,从侧面加以表现:先是批评柳,"予之说未也闻",因为"子说者,讙哈嗢噱,是得子之易也";柳又努力揣摩一个月,莫的评价是"子之说,几矣";再过一个月,莫见柳的表情是"惊起",评价是"子得之矣"!这三种境界,从"讙哈嗢噱"到"危坐变色,毛发尽悚,舌矫然不能下",再到"目之所视,手之所倚,足之所跻,言未发而哀乐具乎其前",可谓神奇又形象。其中叙述语言大量省去,如第二个、第三个月的学习过程以及见莫后光时情形,皆略去,完全通过对方的语言和表情的描绘来突现。又如《剑侠传》描绘崔慭在旅店前遇一女侠,作者以极其夸张和浪漫的笔意来极写其神奇:

（崔慭）新店遇一夫人,可三十余,高髻如宫妆,髻上加毡笠,锦衣弓鞋,结束为急装,腰剑,骑黑卫,极神骏。妇人神采四射,其行甚驰。试问何人？停骑漫应曰"不知何许人"；"何往"？又漫应曰"去处去"。顷刻东逝,疾若飞隼。

肖像行为描述,尤其是对话,写得扑朔迷离,更增添一种神秘色彩。清代文康的小说《儿女英雄传》中对侠女十三妹的描写,也许正受此启发。

三、潘纶恩《道听途说》

潘纶恩(1797—1856),字炜玉,又字苇渔,号箨园,室号箨园山房,泾县人。"少时负才隽",但久试不第,直到道光六年(1826)二十九岁时才考中秀才,此后虽屡应乡试,皆不售,以生员终。大约在考中秀才的第二年,潘纶恩离开家乡,开始长达十余年的出游。其中在道光六年至八年(1826—1828),堂兄潘锡恩以三品顶戴任江南河道副总督,纶恩在署中参办政务；道光十八年(1838)在安庆曾入知府陈煦幕,掌刑名狱案。大江南北长达十余年的漫游生涯,极大地丰富了他的生活阅历,也品尝了人生百味,为后来的小说创作奠定了坚实的生活基础。返乡后,潘纶恩"寄情于山水之间",也在田野村头访谈老农。人问其用意,答曰"将籍是以有成",终于在咸丰三年(1853)前后完成了小说《道听途说》的创作。

《道听途说》的创作时段为清代道光中后期至咸丰初,收录文言短篇小说一百一十多篇,大多为情节曲折的传奇体作品。这个时期,正是清帝国滑向末世的转捩点。国家百病重生,积弊并发,内忧外患,上下交困。作为一位敏感正直的小说家,目睹行将就木的老大清帝国,自然会产生末世之叹,并深刻揭示官场腐败、政治黑暗等主要病因。全书的首篇《屠铃》,就通过一位秀才梦中所见来抒写作为诸生不遇之痛,作者在最后的品评中感慨道:"读书之以秀才终,犹闺人之以处女终……况作衰世之秀才乎?"在《祈兰娘》中作者又发感慨:"近日事势衰坏"。可见"衰世""近日事势衰坏"是他对道光中后期至咸丰初国运的总体评价。至于造成衰世的主要原因,他认为是官场昏暗、吏治腐败,因此在小说中他以大量篇幅来揭露官员们贪赃枉法、酷虐残暴、颟顸愚昧和荒淫好色。更有价值的是,他揭露的矛头不只指向一般的州县官吏(这是清代文言小说的普遍倾向),更是指向声名显赫的封疆大吏,如《董琳》揭露两江总督陈大文为保乌纱强兴大狱、草菅人命;《扶路傒童》揭露江西巡抚阮元镇压异教、滥杀贪功:"人无老幼,聚族俱歼,投缳者难以数计,村落间凡一池一沼,无不填尸横溢";《江本直》中那位既愚且狠的"臬使周公"即为安徽巡抚的周天爵。这些大员如阮元,在《清史》乃至世人口碑中皆功勋卓著或清誉颇佳,《道听途说》却揭露了其为人的另一面,至少可备一说。

《道听途说》在揭露批判吏治腐败的同时,还针对世风的浇薄进行广泛的描写。在各种利益的驱使下,淳朴守信的民风为尔虞我诈所代替,整个社会道德沦丧,尼姑变成媒婆,寺庙成为淫窟,而且骗钱、骗色的手法也越来越狡诈、越来越离奇,如用洋制的蜡人冒充新妇骗钱。整个社会价值观颠倒,由崇尚友爱被逼为崇拜暴力,良民张百顺父子被强盗洗劫一空后竟羡慕强盗生涯:"以人面取财,积之十年而不足;以鬼面(强盗)取富,收之一旦而有余。"更为可怕的是这种颠倒的价值观已祸及孩童,犯罪越来越低龄化:《赌骗》中一个"七龄小竖"伙同一个十二岁的丫头合伙行骗,而且配合默契,天衣无缝;《季鸦头》中的学徒"乳臭子"设计骗师傅,临走又将铺物席卷一空,投宿人家又偷人家藏金，被发现后还讹人家赖己；《玩城头》写一个十五岁少年为贪口腹之欲，将邻居一个五岁的幼童杀死，还脔割其体，毁尸灭迹，手段之残忍令人发指。《道听途说》还特别揭露了这个社会最基本的细胞——家庭伦理的沦丧：传统的父慈子孝、夫敬妻贤、兄友弟恭已不复存在，整个社会道德的基础已彻底崩溃，其中有孙子逼奸庶祖母不成，竟连杀祖母和庶祖母，还伪作盗杀之状（《杨小幺儿》）；女儿因奸情受阻，居然"破颅毙父"（《孙巧儿》）；丈夫为贪男色，允许美妻与娈童当面同床（《江昌奇》）；兄弟三人因家产反目成仇，互相残杀，终至家族灭亡（《干季青》）；兄与亡父之妾通奸，两人合谋，将知晓其事的妹妹谋杀（《李德姑》），等等。

《道听途说》在艺术上也颇有特色，有人将其概括为"善塑众生之相""善构曲折之文""善描细腻之笔"和"善写悲惨之状"四个方面（陆林《道听途说》前言）。另外，它在清代小说发展史上也有一定的地位，是清代小说题材转向的一个标志。众所周知，自蒲松龄的《聊斋志异》问世，借花妖狐鬼来讽喻世事的浪漫倾向，一时间成为小说创作的主潮，如《夜谈随录》《谐铎》《萤窗异草》《小豆棚》等皆仿效《聊斋》笔法。但这部创作于道光中后期的《道听途说》却与《聊斋志异》等"类皆狐鬼，可意凭造"的创作倾向有所不同，不再假托异类，旁搜鬼神，而是强调"多系实事"，从自己幕僚生活中选取丰富素材，朝着更加生活化和世俗化的方向发展。这在《聊斋》之外开辟了另一条创作道路，稍后的《墨余录》，安徽文言小说家许奉恩的《兰苕馆外史》和宣鼎的《夜雨秋灯录》等，都沿着这条道路去发展开辟。许奉恩甚至把"野狐拜月""山魈吟风"这种"离奇变怪"的创作方法称为"诞"，作为清代小说的"四弊"之一来摒除，开启其说的就是潘纶恩的这部《道听途说》。

四、许奉恩《兰苕馆外史》

许奉恩（1816—1878），字叔平，室名兰苕馆，安徽桐城人。其父许丙椿，岁贡生，有《易萃》《敦园诗文集》《敦园诗谈》等著作问世。奉恩少年聪颖，为学政沈维矫、知府卞士云等器重。成年后，诗文愈佳，曾得到包世臣、姚莹等前辈名士的称赏。汤雨生称其诗"求之当代,居然与船山、仲则抗衡"。然而多次应试不第,"偃蹇半生",只得辗转南北,为人作幕。许氏一生"博览群书",极富眼光和胸怀,"论政治得失,多精创不敷",为人又"真率无饰",曾先后被徽州知府、浙江学政、安徽巡抚、江苏布政使聘为幕僚,参与大政。其生平著作宏富,刊刻传世的有《兰苕馆诗抄》十一卷、《兰苕馆外史》十卷、《桐城许叔平文评论诗合钞》两卷等。其中《论诗绝句》九十九首,用诗歌的形式品评了自汉至唐百余名诗人,很有一些独特的见解。

《兰苕馆外史》作于道光二十二年(1842)秋试落第时,成于同治十三年(1874),前后历三十余年。全书十卷,收录文言笔记小说一百九十篇。许奉恩年轻时代曾以天下为己任,与人"辩论古今,商榷得失",往往"词锋霅霅,英光逼人"。但作者生活在一个走向半殖民地、半封建的时代,鸦片战争和太平天国起义使清帝国内外交困,几近崩溃。"一生科举不达,以幕僚以终"的生活境遇,又使他对社会腐败、官场黑暗和民间疾苦有了更为深刻的了解。他无法在政治上有所作为,只好运用小说作武器来批判现实,力图挽回世道人心。《兰苕馆外史》的创作宗旨并非如他夫子自道"以著书立说消磨岁月",而是被他友人所戳破的:"慈悲说法,寓草野之褒讥;穷愁著书,操稗官之笔削"(许星翼《兰苕馆外史》序)。

《兰苕馆外史》为我们描绘了一幅清末社会的世相百态图:民俗民风、官场科场、家族矛盾、邻里纠纷、痴男怨女、淫僧妖尼、神鬼精怪、侠客大盗尽纳其中。内容上,首先是揭露的这个末代社会的种种弊端和官场丑陋现象:有诬良为盗、滥杀无辜的县令(《某令》);有公然杀人越货、淫辱妇女的总兵(《雷击某总戎》);有白天为官长,夜晚为盗首的按察使(《褚祚典》);有贪污赈灾款项,置灾民于水火而不顾的"父母官"(《当涂令》);有借办团练勒捐敛财、鱼肉乡民的宦绅(《小喜子》);有以官仗势逼迫少女裸体蒙羞、饮恨自尽的宦门恶少(《柯寿鞠》);有道貌岸然、骗财骗色的府学教授(《柯寿鞠》);有为五十万金,将国家机密出卖外邦的礼部书吏(《礼部书吏》)。在作者看来,上层社会的道德崩溃,是导致整个社会礼崩乐坏的主要原因,所以作者"祖麟经之义严","效狐史之直笔",首先以此作为批判针砭对象。

如果说作者选择贪官污吏作为抨击对象来"惩恶",另一面,作者又选择一些忠臣孝子、义士节妇从正面来"劝善",以达到"为劝惩而作"(《兰苕馆外史》卷首"说例")的创作目的。书中大量叙写并讴歌了先人后己、扶贫赈困、孝顺父母、重义守信的人物、事件:有急人之难又不彰不显、善始善终的某书生(《叶孝廉》);有全人性命又隐人之过,有成人之美的老人(《姑苏老翁》);有行侠仗义、善解人意又光明磊落的大盗(《金钱李二》);有不慕富贵、机智才情胜过罗敷的柿姑(《蒋柿姑》)。在篇目安排上,作者刻意将这些故事安排在前两卷,来突出正面教化作用,突出"余福余殃,降祥降殃,皆由于善与不善"这个创作宗旨。

《兰苕馆外史》还有一个明显的特点,就是收集了大量的狱案。晚清社会吏治腐败、法纪虚设为作者提供了大量素材,作者将其集中编为一卷。其中虽有正面形象,如能明察秋毫,断明类似《十五贯》冤狱的某按察公(《小卫玠》),但大都是贪赃受贿、草菅人命的官长和幕僚,如精刻自负严刑逼供,造成青年男女枉死的浙江明府某公;草菅人命终遭报应的某巡抚署幕僚(《某氏子》);贪赃枉法,将一对师生枉加刑辟的邑令等。作者一方面揭露当时吏治的黑暗和罪犯的狡诈凶残,更借此来表达自己的刑法思想:勘案要重证据、重调查,执法要公正,要尽心折狱,万不可主观臆断、以刑求罪,更不能贪赃枉法、草菅人命。作者还通过每篇结尾处的品评"里乘子曰",反复告诫官员听讼时,一不可忽,二不可动气,三不可固执己见。

作者认为清代的文言小说创作存四种弊端:"东墙窥臣,西厢背母","狂荡鲜耻",这是"亵";"把臂伏莽,吹唇揭竿","狷悍藐法",这是"横";"野狐拜月","山魈吟风","离奇变怪",这是"诞";"采药求仙","金丹换骨","渺茫恍惚",这是"荒"(《兰苕馆外史》序)。所以他在《兰苕馆外史》中刻意求真,强调题材"多系实事",与同时代的"类皆狐鬼,可意凭造"的其他笔记小说有所不同,许星翼在序中也称赞它是"实事求是","修辞立诚",呈现一种平实、敦厚和雅洁的文学风格。如在《柯寿鞠》中作者完全用白描式的对话,将一个不断与命运抗争又不断受到致命打击的少女与一个骗钱骗色、无耻之极的"名士"对比着交相展示，达到感人的艺术效果。但是，想象和夸张是文学的基本特征之一，《兰苕馆外史》作为文言小说，也不可能例外。在求真求实的创作思想和平实、敦厚的总体风格下，《兰苕馆外史》中亦不乏亦真亦幻的巧妙构思，如《林妃雪》《俞寿霍》中波澜起伏的生动情节；如《仙露》《袁姬》中，栩栩如生的形象塑造；如《姑苏某翁》《金钱李二》中夸张的语言和多彩想象等，有的甚至背离了作者自己立下的创作宗旨，加入虚构的鬼神情节，如《某太史鬼求代》《某氏子》等。实际上，《兰苕馆外史》受《聊斋志异》和《阅微草堂笔记》影响非常之大，其中的长篇如《小卫珏》《韩文懿公逸事》其题材和手法多仿效《聊斋志异》，一些短篇的语言结构亦以《阅微草堂笔记》为范本。至于每篇结尾处作者的品评"里乘子曰"，也是模仿《聊斋志异》中的"异史氏曰"。可见他所说的四弊着力点在前两点即思想内容方面，即意在用封建伦理来规范世道人心，并不意味作者排斥荒诞和想象，也不意味作者反对用狐鬼山魈来针砭现实。

《兰苕馆外史》的弊端在于道德说教过多亦过于陈腐，例如提倡守节，欣赏多妻制，完全站在反对太平军起义的立场等，对与己有关联的士绅也有刻意美化之嫌。另外，一百九十篇也参差不齐，有的短篇强调真实过于单薄和粗糙，这都是《兰苕馆外史》的不足之处。

五、宣鼎《夜雨秋灯录》

宣鼎(1832—1880)，晚清小说家、戏剧家、画家。字子九，号瘦梅、素梅、香雪道人、金石书画之丐，安徽天长人。少时过继于人，家境丰裕。弱冠后，痴迷于读书、绘画、书法，不理生计，家境遂破落，以教书糊口。咸丰五年(1855)饥荒几近饿死。咸丰七年(1857)与表妹成亲入赘外家。第二年太平军攻天长，避乱高邮湖，以卖画入幕为生。同治五年(1866)在盐城教书度日。九年(1870)至山东，被聘为县署书记，创作传奇《返魂香传奇》，第二年创作文言小说《夜雨秋灯录》，历时三年而成。后返回高邮，游苏南，继作《夜雨秋灯续录》。光绪六年(1880)书成,未及刊行而卒。

《夜雨秋灯录》和《夜雨秋灯续录》均一百一十五篇,由上海申报馆分别于光绪三年(1877)和光绪六年(1880)出版,它是晚清文言小说的压卷之作,"传播颇广远"(鲁迅《中国小说史略》),也是作者"少膺屠弱、壮值乱离"颠沛一生的发奋之作。由于作者"奔疲蹇涩、金鱼托钵"(《夜雨秋灯录》自序),穷困抑郁于下层,与蒲松龄的生活、思想颇多近似之处,因此无论在选材、体例、笔法上都刻意"追步《聊斋志异》"。

《夜雨秋灯录》及其续集的价值,首先在于它广泛地反映了作者所处时代的现实生活,为读者展现出一幅廓大的晚清社会生活长卷。根据粗略的统计,书中出现的人、鬼、狐、妖等形象有八九百个。宣鼎长期蹭蹬颠踬,从军、充当幕僚、街头卖画等生活经历,使他广泛地接触下层社会,熟悉在作品中描绘的各色人物、各色人生。在《夜雨秋灯录》及其续集中,这些人物形象不仅鲜活真实,而且朝着更加生活化和世俗化的方向发展。其中大人物少,市井细民多;富贵气少,生活气息浓。其职业涵盖了士兵、小吏、贫儒、画士、江湖郎中、商人、和尚、巫师、算命先生、强盗、牧童、乞丐、丫鬟、妓女各个社会下层。另外像《珊珊》《铁簪子》《痴兰院主》《蚌珠》《公道娘子》等则通过狐鬼神道来折射社会问题,揭露贫富对立,嘲讽世俗偏见,针砭丑陋现象。可以说,在清代文言小说中,除了蒲松龄的《聊斋志异》,宣鼎的《夜雨秋灯录》和《续录》,是罕有其匹的。

《夜雨秋灯录》及其续集的思想价值,更在于反映了当时要求变法图强的社会思潮乃至反清复国的革命倾向。鸦片战争的失败和继起的太平天国运动,使宣鼎的乡贤姚莹、包世臣等人产生变法图强的改良观念。1884年中法战争的失败和1898年戊戌变法的失败,使孙中山有了反清思想,此后便与陈少白、陆皓东等人组成兴中会,开始"驱逐鞑虏,恢复中华"的革命活动。《夜雨秋灯录》及其续集先后出版于19世纪七八十年代,从书中虚构的一些情节来看,上述改良或革命思想已有了一定的社会基础,也反映了这位身处下层却去各处闯荡、阅历丰富的作者的思想倾向:作品尖锐地揭露了中国在沦为半殖民地半封建的过程中的种种矛盾和冲突，如《长人》写洋商将中国穷人关进玻璃柜送到外国去展览，《父子神枪》写营卒毒打小贩，《蛇膈》写豪强抢夺民田，《卖高帽子》《天魔禅院》《桑儿》《红玉册》等则集中揭露官场腐败，卖官鬻爵，敲诈民脂民膏，如《迦陵配》，通过迦陵子的仙妻来批判八股科举制度，表达了与蒲松龄类似的观点：

（迦陵）生间习制艺，女却阻扰曰："俗极矣！"生曰："我亦知其俗，然读书人非借文章吐气，何以报知己？"女曰："是诚如茧之自缚，蛾之自投，幸俗障不深，急需解脱。"

至于反清复国的思想倾向，《义仆琴轸》中特意设计三位代君主而死的鬼神——纪信、宋国兴和韩城：纪信是在抗击匈奴的白登之围中代汉高祖而死，宋国兴和韩城则是代明太祖朱元璋而死。作者让这三位不同时代的鬼神聚会在一起高谈阔论，实际上是借历史人物来暗示反抗异族和家国之难。《千秋冥吏》中描写一位意气风发的新科城隍在扬州平山堂看花时的题诗：其一"天涯芳草伤离绪，竹西自古繁华误"，其二"凭高指遍南朝路，隔江点点春无数。有限春光，无端泪雨，山僧那得知其故"，亦皆意在言外。

小说中作者也饱含热情，以相当的篇幅讴歌了忠诚、孝顺、友谊、博爱等价值观，如《刑房吏》赞颂了一位廉洁的刑房老吏秦愚，虽穷得无钱过年，但却拒收讼棍行贿的一千两白银，坚持不肯出卖旧案卷宗，罗织无辜者灭门之罪。其妻亦鼓励他坚守节操、不去贪财害义，宁愿贫贱相守。作者将刑房老吏取名秦愚，也带有极大的讽世意味。这类故事，直至今日也还有很大的借鉴意义。

《夜雨秋灯录》及其续集的价值不仅仅体现在其丰富的思想内容方面，还体现在其独特的艺术成就上。宣鼎才华横溢，极富艺术家的气质，在文言小说的艺术手法上，他不仅博采众长，成功借鉴了唐人小说结构完整曲折、形象鲜明饱满、语言通俗生动的特长，而且还有意识地追摹《聊斋志异》的表现手法，延续《聊斋志异》设幻造奇、写鬼画狐的浪漫风采。更重要的是他还自觉不自觉地将自己戏曲、诗词、书法、绘画等方面的很多技巧和审美体验渗透到了《夜雨秋灯录》及其续集的创作中,使两书整体上呈现出清丽典雅、情韵绵密的独特风格。

首先,两书善于通过人物的言行刻画人物性格和微妙心理,如《刑房吏》中的秦妻,面对案上一千两银票,"惊曰:'此何物事,奈何以铜臭丧人?是阿堵必卷值无疑也!夫子不决,妾为决之。'即取香炉余烬,拉杂摧烧,灰飞焰起"。通过这一系列的言行,将一个深明大义、不贪财害义的小吏贤妻形象刻画得颇为感人。其次是宣鼎很善于编织故事,《夜雨秋灯录》有三分之二左右的篇目都在两千字左右,其故事情节大都生动而富有戏剧性,如《雅赚》《俞翠燕完贞》《盈盈》《珍珠襦》《铁锁记》《玉牌殉葬》《秦二官》《返生香草》等皆脍炙人口。他有时又用大故事中套小故事,或者把两个前后完全可以独立的故事天衣无缝地撮合为一个故事。情节离奇、波澜起伏、险象环生。三是宣鼎具有诗人的才情、书法家和画家的艺术气质,极富艺术想象力。这种艺术想象力一方面体现在形象的塑造上,如书中的鳄公子、楠将军、棒头神、槐相公、唐玉环等等许多非人的形象,都超出凡想,极为新颖;另外对天上仙境、冥府、外域等环境的想象描绘更彰显了他这方面的才能,如《琼琼紫霞贞姑》中写阴生被巨型风筝带上九霄,在云端俯视茫茫人寰的情景:

尘海茫茫,团团纯作白色。若江,若河,若山岳,均无从辨认。少顷日暮,飞鸟投林,夜无银蟾,愈形漆黑。惟触身拂面如芦絮,如柳花,纷纷屑屑然……途中见有伟丈夫骑独角兽者,美女子跨九尾凤者,老叟策蹇者,稚子跨鹤者,或甲杖前驱,或旌旆后拥。

这段描写,既结合了神话传说,又有宣鼎的主观臆想,描绘生动,让人感觉如临仙境,如梦如幻。

宣鼎是一位下层文人,大半生的时间都辗转于社会下层,接触最多的是活生生的世俗语言,其小说语言也自然会呈现出以质朴见长的风貌,没有文人的酸腐气,充满了浓郁的生活气息。而且作品中也很少炫耀知识和堆砌典故。如《南郭秀才》中用农家常见物事巧妙组合搭配,语言极为浅俗又巧妙风趣:

伏以咬文嚼字，秀才当行；拙口笨腮，农人本色。冠既带夫平顶，礼休重乎尖酸。恭维亲家老哥，耕耨事业，朴实人家。筑蜗牛之庐，黄坯当甓；铺牡蛎之路，绿柳成行。陈谷烂芝麻，真是小囤尖而大囤满；肥葱嫩韭菜，不减南国枣而北国桑。槽头喂板角之青，力能耕地；门前拴粉嘴之白，喊可惊天。

最后需要指出的是，尽管《夜雨秋灯录》在艺术上取得了较高的成就，但也存在着明显的不足之处。比如在小说结尾的处理上几乎都是"善有善报、恶有恶报"，而且善恶报应的结果往往也都雷同，虽然这与宣鼎劝善的用意分不开，但这种类型化的叙述却使其小说的艺术成就大打折扣。至于肯定从一而终的节妇和欣赏一夫多妻制，这类时代局限在两书中也频频出现。再则全书的230篇作品在艺术水平上也是不均衡的，少数作品篇幅短小，文字粗鄙，有的甚至格调低下，如《秃尾龙阳》《插金花》《洞房花烛问东西》等。

第六章 清代安徽诗评

第一节 黄生与他的诗评

　　黄生(1622—1696),原名琯,又名起溟,字扶孟,号白山,歙县人。明诸生,入清后无心仕进,专务治学。黄生为人多才多艺,工书画、善诗赋,著有《一本堂诗稿》十二卷,《一本堂文稿》十八卷。他在小学方面用力也颇深,著有《字诂》一卷、《义府》二卷。《四库提要》认为其价值不在方以智《通雅》之下。文学贡献主要在诗歌理论和批评方面,其论著有《唐诗评》《杜诗说》《手写并评选同时人近体诗》《诗麈》和《载酒园诗话评》等。

　　《唐诗评》 六卷,原名《唐诗摘抄》,是一部品评唐诗的文学鉴赏和研究的专著。脱稿于康熙二十四年(1685),但作者生前未能刊行,直至康熙六十一年(1722),始由徽州学人程志淳镌刻问世。据作者在序中介绍,此书主要是应学诗友人的请求而作,其宗旨是通过对名篇的选评,探讨怎样学习唐诗,其中包括对题材、构思、结构、布局等诗歌创作基本规律的探讨。在内容上包括"选"和"评"两个方面。在选诗上,作者认为学诗应先从近体开始。此书选取了唐代一百二十多位诗人五百多篇近体诗。选者注意题材广泛和多种风格,既重视传统名篇又独具慧眼,如杜甫《江南逢李龟年》,别的选家多所忽略,黄生却大加激赏,认为"无限深情俱藏裹于数虚字之内,见风情于行间,寓感慨于字里",并感慨"杜有此七绝,而选者多忽之,信识真者之少也。"(《唐诗评序》)缺憾是选取对象仅限于律诗和绝句,唐代盛行的试帖诗、排律以及古体、杂体均被排除在外。又多为中晚唐作品,初、盛唐相对较少,这也与作者诗论中重视诗歌思想内容和诗人人格修养有悖。另外对书法家似乎有所偏爱,如张旭仅存诗六首,《唐诗评》中就选了三首。

　　与"选"相比,"评"更有价值,具体说来,表现在以下三个方面:

　　第一,能从时代和文学史的高度,由小见大、即木见林,从整体来把握一首诗歌的价值,所谓"置身空中,以目下视"。例如,他评李益《江南曲》,不仅从这首诗自身出发,称之为"情真语直,痛快淋漓",而且指出其文学源流和历史地位:"乃郑卫遗音,前接《国风》,后为山歌《桂枝》之祖。"评刘长卿的《松江独宿》"调轻而语细""乃变盛唐为中唐之始"。他称赞王昌龄的《出塞》结句"但使龙城飞将在,不教胡马度阴山",并就此将盛唐与中晚唐绝句加以比较:"中晚绝句,涉议论便不佳,此诗亦涉议论,而未尝不佳,何以故?风度胜故,气味胜故",这就带有创作经验的探讨了。他还注意用唐人的创作经验来指导今人的创作,他曾举沈佺期的《和上巳连寒食有怀京洛》为例,指出:"古人和诗,必答其意","今人只知和韵,而不知和意。务搜隐语僻事,为广押韵之助。彼此惟以斗韵相矜,于诗不复问矣"。

第二,遵循创作规律,从解析结构层次入手,揣摩构思意旨,从而得出独特的新解,如分析张继的《枫桥夜泊》,认为是倒叙手法:"首句是清晓之景,次句即转入昨夜,先是枫火静中打搅,再是寺钟闹中打搅。一夜打搅,天将明矣。起视之,'月落乌啼霜满天'矣";如果作顺叙看,首句破晓,结句则半夜,这就互相矛盾,这样解诗颇有新意。作者还指出,要想把握诗人构思之巧,关键在于评论者对诗人诗作的熟悉和涵泳默会,要"知人论世"和"以意逆志",深入了解诗人所处的社会环境和生活经历,与诗人默契神交,才能得其神髓。

第三,在重视诗歌思想内容和诗人人格修养的前提下,也强调艺术表达技巧,认为"主之者心也",而"运之者手也"。思想内容要靠文字技巧来表达,行文中必须"生动之致",方可传"渊永之味"。

《唐诗评》自清初一问世,就受到诗坛的重视和好评。程志淳称其选诗"其思精,其旨切,实可以开示学者";刘葆真赞其诗评能"以意逆志,体味乎当日立言之旨。其中诗眼及章句字法,皆出吾心所独得","不拾人牙慧,不傍人墙壁"[①]。《唐诗评》面世后,乡人吴修坞、吴智临又分别编写《唐诗续评》和《唐诗增评》,作为该书的续补,足见其在家乡的影响。

《杜诗说》 十二卷,刻于康熙三十五年(1696)。黄生研究杜诗三十余

[①] 何庆善点校:《唐诗评三种》,合肥:黄山书社1995年版,第4、6页。

年,深感前人之注杜、评杜,"非求之太深,则失之过浅","支离错连,不中穿会"(《杜诗说·杜诗概说》),于是选录杜甫各体诗七百余篇,对有特殊体会和感想的作品进行重点诠释。此书与《唐诗评说》堪为姐妹篇。其诗学观主要是"以意逆志、知人论世",以品评艺术、阐发诗意为主。其主要特色是:重近体诗;以字、词、句、章法论为骨架进行诠释;以小学、考据学为研究方法。但是他论杜的重点不在杜甫"作诗之本",而在于杜甫"作诗之法"。批评中能通贯全集,融汇古今,既博采众长,又不囿于成见,其疏通证明,往往出前贤寻味之外。如七绝《赠花卿》,杨慎认定是讽刺成都君崔光远的部将花敬定潜用天子礼乐。黄生考察史实,细味诗意,又引杜甫自注和他人诗句来申发《赠花卿》诗旨,认为此诗只是赞美歌曲之妙。谈到绝句,历来大多数诗评家都主张以风神高远,悠然有言外意为正宗,黄生却特别看重老杜绝句和巴渝民歌的渊源关系,将《江南逢李龟年》选为绝句压卷之作。《杜诗说》还有一个显著特色,即能从杜甫之生平思想、性情襟抱、立身处事的态度出发,结合杜甫所处的时代环境与历史事实,来阐明杜诗的思想内容,如《咏怀古迹》之二,杜甫咏宋玉宅而缅怀其人。黄氏却从中感受到杜甫不仅把宋玉看成是一个文采风流的文士,而且是一个在政治上有抱负的志士,并以自己身世与之略同而生无限感概。并对此诗命意不为人知、选家并不见录而发出感叹。在评说方法上,全书以夹注、圈点、诗后总评为主,间有眉批,熔笔记、语录、答问、评点等多种形式于一炉。其缺憾是对句法字法之分析,有时失之琐细,有时甚至因拘泥句法而削足适履,也偶有解说失当,穿凿臆会处。

《诗麈》 共两卷,附于嘉庆年间浣月斋刊印的《增订唐诗摘抄》之后。"上为《诗家浅说》,为初学者说也;下为《诗学手谈》,答学诗者之问也。"此书的旨归是继承儒家的诗旨,具体是"比兴深微,寄托高远,有得于性情,有裨于世教"四个方面:"诗之为道,不论古今诸体,但能比兴深微,寄托高远,有得于性情,有裨于世教,即是《风》《雅》遗音。"这是黄生诗论的纲领。所谓"比兴深微,寄托高远"就是要做到含蓄、婉润,这样诗歌才能"言止而意不尽","使人遇之言词之外,而不得索解于文字之中";所谓"有得性情"就是把诗歌看作是诗人性情的外化,认为只有这样,古人的诗作才能感发后世的读者,引起后人的共鸣。所谓"有裨世教"的"世教"并不是"说教","非以鼓吹经史",而是要"裨补风化为理"。既不是用宋明理学的性理之学进行说教,也不像竟陵派那样,将诗歌创作变成表现自我的手段。其现实针对性是很明显的。

《载酒园诗话评》 两卷,是黄生对贺裳所著《载酒园诗话》一书所作的评论。对一部诗话作出评论并形成一部专著,这在中国诗学批评中别具一格。褚宗元在该书的《序》中对该书评价极高:"其论诗不囿于竟陵一派,或于贺氏论次有所纠正,亦皆辨析异同,一洗其时书尾批评之习,以视近今之号称学者,稗贩旧说讠为新知,肆加诋诃,妄相甲乙,其亦足以箴膏肓而起废疾焉。"褚氏之论切近事实。黄生此书,有很强的现实针对性:既赞同竟陵派诗学主张,又不囿于竟陵一派;既服膺之论,又于贺氏论次有所纠正。例如在如何处理"情"与"理"的关系上,宋代诗论家严羽批评江西诗派"以才学为诗,以议论为诗"的倾向,主张"缘情",指出:"诗有别材,非关书也;诗有别趣,非关理也;然非多读书、多穷理,则不能极其至。所谓不涉理路,不落言筌者上也。"认为诗歌创作主要依靠性情,而与理路无关。贺裳在《载酒园诗话》对其表示异议,他说:"诗有别趣,非关理也。"黄生面对"情"与"理"的矛盾,没有采取否定其中一方的非此即彼态度,而是通过对"理"的界定来化解这个矛盾。他反对在诗歌创作中过于看重"理",认为诗歌作品中的"理"不过只是"实事"罢了。诗歌作品不能不讲性情,不能没有情趣;但中国有所谓"诗教"的传统,诗歌创作有所谓"言志"的要求,这又无法排斥"理"。

第二节　方东树《昭昧詹言》

方东树(1772—1851),字植之,别号副墨子,晚年慕卫武公耄而好学,以"仪卫"名轩,自号"仪卫老人"。东树幼承家学,及长,学古文于姚鼐,与梅曾亮、管同、刘开并称"姚门四弟子"。二十二岁为诸生,屡试不第,遂弃举业,专意讲学著书。年四十后,不欲以诗文名世,专研义理,一宗朱子,著《汉学商兑》,以攻考据家之失。1840年前后游粤东,正值林则徐在广东禁烟,方著《匡民正俗对》,陈禁烟之道。鸦片战争开始后又著《病榻罪言》,论御敌之策,惜皆不用。一生客游在外凡五十年,晚岁家居,终卒于祁门东山书院。著有《仪卫轩诗文集》十二卷,诗学批评《昭昧詹言》等。另有《待定录》《未能录》《一得拳膺录》等十余种汇成《方植之全集》。

《清史》本传中说方东树为学"凡三变":"始好文事,专精治之,有独到之识;中岁为义理学;晚耽禅悦"。他学古文于姚鼐,学诗于姚范,是桐城派后期代表人物之一。他宗主宋学,批评汉学,但又倡导宋学、汉学并用;他宗儒学,又好禅宗,主张儒、乘双修。他中年转向"义理学","晚耽禅悦",但其主要成就并不在理学和禅宗,而在诗歌批评。其专著《昭昧詹言》是清中叶少见的学者论诗专著,使其声名远播。这是方氏晚年之作,成书于道光己亥(1839)年间,共二十一卷。以卷一《通论五古》,卷一一《通论七古》,卷一四《通论七律》为总纲,其他各卷按诗体分类。所评的诗人和作品,主要依据王士祯《古诗选》和姚鼐《今体诗选》所收作品,侧重艺术技巧方面评述,将"总论""通论"的理论纲领具体化。如在评论黄庭坚诗作时,着重于其语言和句式上的求新求变,指出其句式上或逆接、或起结无端,有意拉开语句形式或意义上的距离,突破时空次序,极大拓展了诗歌的审美空间,增大了诗歌的容量和情感尺度,取得出人意表的审美效果。如评黄诗《答龙门潘秀才见寄》是"起突兀,一气涌出,三四顿挫,五六略衍,收出场";评《寄黄复几》是"山谷兀傲纵横,一气涌现。然专学之,恐流入空滑";评《戏呈孔毅父》是"起雄整,接跌宕,俱入妙"。

《昭昧詹言》论诗既坚持儒家传统,又加以充实发挥,如把"诗教"原则置于首位,但在强调政治教化作用外,又要求"言之有物",以取得诗之"为用"的目的,还要求注意艺术感染力,收到"闻之足感,味之弥旨,传之愈久而常新"的效果。至于如何做到"言之有物",《昭昧詹言》提出一个"满"字,要求"意满、情满、景满",再辅之一个"诚"字,因为"不精不诚,不能动人"。这实际上是发挥桐城派理论,以文法论诗法。在"求真"的精神、"深思"的功夫指

引下,借助于桐城派基本美学主张和古文批评方法,如《总论七古》:

> 诗莫难于七古……杜公、太白,天地元气,直与《史记》相埒。两千年来,只此二人。其次,则须解古文者,而后能为之。观韩、欧、苏三家,章法剪裁,纯以古文之法行之,所以独步千古。南宋以后,古文绝传,七言古诗遂无大宗。

《昭昧詹言》的另一个成就是改造了古典诗学长期以来的"诗话"批评范式,注重研究诗歌的表达技巧。受魏晋玄学的影响,中国古典诗学批评较为重"神"轻"形"、重"意"轻"象"、重"道"轻"技"。在"虚实相生"面前,批评家们更多的是去追虚捕微,追求形而上的神韵、意境。《昭昧詹言》则更注意一些形而下的诸种表达技巧,运用"桐城文法"去深入挖掘诗歌的结构规律,如"诗题"一类,就总结出"序题""点题""还题""收题""顾题""入题""叙题""倒点题柄""作势拍题""不略题字,不出题外""著笔题外,正得题中"等二十多种表达技巧。

第三节 张燮承、方廷楷、李家孚的诗话

一、张燮承《小沧浪诗话》

《小沧浪诗话》四卷,作者张燮承,字师箔,安徽含山县人,生平事迹不详。著有《小沧浪诗话》《写心偶存》《杜诗百篇》等。《小沧浪诗话》是一部历代诗话集,存于《张师箔著述》中。其撰写动机,正如张氏在集中所述:咸丰元年(1851)春,他应人之聘,从南京到苏州,"权课小沧浪馆中,课余检架上书,得说诗百数十种,有先得我心者,随读随录,遂亦斐然成轶,不忍弃去,编而存之,即题曰《小沧浪诗话》"。此体例与魏庆之《诗人玉屑》前十一卷大致相似,沿袭影响,历历可见。均着眼于诗教、诗体、诗艺、诗格和诗学宗旨、诗体渊源等各种诗学原理。全书分类辑录,上自欧阳修《六一诗话》,下迄洪亮吉《北江诗话》,共计五十多种历代诗话之作中的有关内容,分成"诗教""性情""辨体""古诗""律诗""绝句"(以上卷一),"乐府""咏物""论古"

(以上卷二),"取法""用功""商改""章法""用韵""用事""下字""辞意"(以上卷三),"指疵""发微"(以上卷四)等十九目,不考本事,不标佳句,"溯源穷流,分门别类,严其去取,多所发明"。旨在"述而不作""寓作于述",其中稍加评议,亦切中要旨,故人们曾誉称其为"《诗人玉屑》之亚"。其诗学主张,主要是王士祯"神韵"说一派,恪守诗主"性情"的观点,以儒家"诗教"为核心,并贯穿于整部著作之中。如开头的"诗教"中,首先选录白居易《与元九书》中有关"诗者,根情、苗言、华声、实义"的论点,称赞白居易"公之为诗,自有事在,非徒嘲风雪,弄花草已也"。对于白居易后期的闲适诗之类,又依据"诗教",指责其"惟其近体入颓唐,不可轻学耳"。并据此指出白居易理论与创作之间的矛盾,推崇"辞淳气平"的古淡风格,提倡婉而深,反对直而浅。诗话据此批评韩愈搜求故事,排比对偶,出于勉强,直而浅;王维诗则委婉含蓄、诗意浑厚、婉而深。并以白居易的《长恨歌》和元稹《行宫》为例,指出长短皆宜,以深厚为最佳境界。追求"离形得似,象外传神"的意象构造论,张燮承正是以此为诗歌鉴赏的审美导向,有一段很耐人寻味的论述:

> 李义山《李花》云:"自明无月夜,谈笑欲风天。"《蝉》云:"五更疏欲断,一树碧无情。"僧齐己《早梅》:"前村深雪里,昨夜一枝开。"潘逍遥《落叶》云:"几番经风雨,一半是秋霜。"高季迪《归鸦》云:"荒村流水远,古戍淡烟微。"是皆能离形得似,象外传神。赋物之作若此,方可免俗。

二、方廷楷《习近斋诗话》

方廷楷,字瘦坡,安徽太平仙源(今黄山市黄山区)人。光绪二十五年(1899)、二十七年(1909)两入县试。曾加入南社,与柳亚子、孙斋、冯春航、胡寄尘、陈梦坡等著名文人均有交往或唱和。方氏家族在太平很有名望,叔祖方云槎"明经之焕,通经史,工诗","族伯蕴山,品学兼优,咸丰元年(1851),诏征贤良方正……生平最喜吟咏,著有《黄山纪游》一卷。"方参加辛丑岁试,受知于县令张焕桢。著有《香痕奁影录》《习静斋诗话》《习静斋词话》《论诗绝句百首》等。

《习静斋诗话》八卷,续编二卷,为评点式,并无系统的理论体系。清代诗坛,诗作流派纷呈,诗论也流派纷呈,如王士禛标举"神韵说",沈德潜标榜"格调说",袁枚倡"性灵说",方廷楷于《习静斋诗话》中,兼采各家诗说,又有自己的重心。他重视诗歌的社会作用,开篇即以"于世教有裨"作为宣言,以"人不得目诗篇为小道"作为强调。《习静斋诗话》针对晚清诗坛拟古主义与形式主义的颓风炽盛,提出"作诗一道,宜多读古人诗,而又不可拘泥于古人诗",但对谭嗣同、黄遵宪、夏曾佑等人所发动的"诗界革命",也持有不同看法。在诗话第二首中他批评梁启超作诗,动辄引用西方地名和新词语以示其新:"故今日不作诗则已,作诗必为诗界之哥伦布、玛赛郎然后可,犹欧洲之地力已尽,生产过度,不能不求新地于阿米利加及太平洋沿岸也。"他认为诗有无新意,在于对古人"拘泥"与"不拘泥",而不在于"词语"的新旧。方廷楷论诗的一个重要标准是"有寄慨"。他在《诗话》里直接提倡和间接评述"有寄慨""有寄托"的不下数十则。在"贵有寄慨"的论诗标准下,他非常看重那些"忧时""爱国"之篇。陈玉澍写了感事诗二十八章,方廷楷读后,不惜篇幅,将这洋洋二十八章悉数录入《习静斋诗话》,并满含感情地评论:

> 盐城陈惕庵孝廉玉澍,王可庄先生所拔士也。博学工诗,热诚爱国。怀一肚皮忠愤,往往发之于诗。尝作《甲午乙未感事》诗二十八章,可泣可歌,不愧诗史,亟录入诗话。

三、李家孚《合肥诗话》

李家孚(1909—1928),字子渊,清宣统元年(1909)生于合肥。其家族系著名的合肥李氏,伯曾祖为李鸿章。祖父李经钰,光绪十九年(1893)举人,官河南候补道。自道光以后近百年的时间里,李氏家族显赫一时,官运、财运亨通。清亡以后,李家显赫的声势随之式微。李家孚自幼随父李伯琦颠簸天津、合肥、苏州之间。李家孚自幼聪颖笃学,"诗文词斐然可观"。少年时代,即开始搜集乡邦诗歌。1924年,合肥初创报社,李家孚撰《庐阳诗话》,刊于报端。后因一郡辽广,不易征选,改著《合肥诗话》。又撰其族人诗话,名《李氏诗话》。1927 年,李家孚大约因性格内向,忧患自缚,加上体弱多病,长年郁郁,不堪承受仰药而亡,时年方十九岁,葬肥东三十埠乡。著有《一粟楼遗稿》二卷、《合肥诗话》三卷。

《合肥诗话》是作者去世后,其父李伯琦于 1928 年编辑刊印,其中包括《合肥诗话》二卷,《李氏诗话》一卷,统称《合肥诗话》。该诗话收录了自龚鼎孳、李天馥之后,合肥诗人的诗作、生平逸事和诗歌涉及的相关背景材料,介乎孟棨《本事诗》和计有功《唐诗纪事》之间,不仅为研究和了解明清以来合肥诗人的生平创作以及相关风物,提供了第一手资料,而且对研究李鸿章家族以及相关的中国近代人物史料也极为珍贵。如谈到清人周琅咏歌"庐阳八景"之一镇淮楼的一首七律时,就对镇淮楼的修建时间作了准确的记录:"该楼为宋乾道五年(1169)淮西路帅郭振驻肥时建"。然后对楼的建制,楼前风景以及得名原因作了交代:"郭振建楼时,征得十对新婚夫妻所献铜器九斤九两,于楼顶建一铜号角架,每日清晨,号手站于其上,吹号报时。号角之声清雅悠扬,故有'镇淮角韵'之称。"在谈到清人徐汉苍咏"庐阳八景"另一景色"巢湖夜月"时也是如此。在谈到曾官湖北候补道、安徽司法司长李鄂楼的诗集时,征引了他咏苏州寓居"蘧庐"的诗作,并介绍了"蘧庐"的景致:"园居高门大户,园中多竹及典籍书画。联云:门对沧浪水,桥通扫叶庄"。"蘧庐"现为苏州著名园林之一。《合肥诗话》也为苏州园林提供了园主的信史。

《合肥诗话》中的《李氏诗话》专门记载李氏家族的诗作、诗人轶事和相关背景,为了解和研究李鸿章家族及相关人物的思想经历,乃至中国近代政治、军事、洋务运动、北洋水师等提供若干史料。如诗话中详细介绍了洋务运动的重要人物之一——张士珩。张是李鸿章的外甥,光绪十四年(1888)举人,官候选道,晋四品卿衔。其父张绍堂系清季淮军重要人物。李鸿章对这个外甥看得很重,留在自己的幕内,"总办军械局武备学堂,倚畀极深"。因甲午战败追查责任,被两江总督张之洞下狱,"终年冤始白"。后主持上海制造局。辛亥革命后,被袁世凯"强起任造币总厂监督,旋谢病去,终未一入都觐见也,时论高之"。后又主政北洋武备学堂,成为北洋系的创始人物。诗话中还评介了张士珩退休后所作的两部著作《斅楼文集》和《竹居小牍》,为研究甲午战争、洋务运动和北洋系留下珍贵的资料。太平天国运动中,李鸿章兄弟组织招募淮军赴上海。为了使家人免遭劫难,他们把全族上下人等分别疏散到太平军踪迹未到之处,暂避烽烟。其母由李鹤章陪侍,直接护送到"自古昭阳好避兵"的兴化。李鹤章在兴化期间,与兴化大族同宗李晋荀过从甚密。李晋荀先祖李春芳为明嘉靖丁未科状元,著有《贻安堂集》。晋荀之女李韵琴则编有《李氏一家集》。诗话中记载了李鹤章与李晋荀互相赠答的两首七律,并记载了相关背景,使我们对李鸿章兄弟在镇压太平军中的一段经历,李氏家族在兴化的活动和思想状况有了更多的了解。

《合肥诗话》不仅有史料价值,文笔也很清丽,如描绘"庐阳八景"之一的"巢湖夜月"一段:

> 巢湖去郡城东南六十里,约略可万余顷。当其月夕,微风不生,流光接天,静影沉碧,羁人当此而神开,劳者对此而机息,恍乎置身于广寒世界也。……湖南数峰青插云表,焦姥一拳,仿佛君山,但少湘灵鼓瑟耳,何至无狂士买酒云边之事?于今弥望烟波,但有渔灯数处,估客数艘,点缀苍凉而已。虽然江山不改,明月常来,安知千古而下不有如东坡老子、青莲居士者重来,击空明,赊月色,一开此湖生面也。

第四节 捻军歌谣

19世纪中叶,中国北方淮北平原上出现了一支声势浩大的反清起义队伍,那就是"捻军"。他们以安徽境内的涡阳、蒙城、亳州为根据地,转战于河南、江苏、山东、湖北、陕西等十余省,斗争持续十八年之久。当时的涡阳民谣形容雉河集一带捻军的军威:

> 雉河集,小南京,老乐城里练大兵。
> 九月重阳立国号,十月一日就发兵。

要知人马有多少,可着大路往西拥。

前营到了河南地,后哨还在雒河集。①

捻军不仅是中国近代史上极其悲壮的一页,在文学上也留下一些珍贵民谣,成为中国民间文学极其重要的一个组成部分。起义前后,安徽的涡阳、亳州、蒙城一带流传着许多关于捻军及其领袖人物张乐行等人的传说、民间故事和歌谣。它们多是当年捻军及其乡群众的口头创作,经民间艺人用歌舞、说唱等文艺形式,以及当地民众口口相传而流传下来,从一个侧面记录了捻军起义这段历史,再现了捻军及其领袖人物的英勇斗争和民众对他们的爱戴与追随,更有官逼民反、逼上梁山这个封建时代农民起义的普遍真理。20世纪五六十年代,安徽境内的一些学术机构和文化部门,如中国科学院安徽分院历史研究室、安徽省文化局、安徽省文联、阜阳师专中文系、涡阳县文联等单位开始搜集和整理这些传说故事和歌谣,并首先出版其中的民间歌谣部分,如阜阳师专蒐集、安徽人民出版社1961年3月出版的《捻军歌谣》,中国科学院安徽分院历史研究室李东山等搜集、上海文艺出版社1960年3月出版的《捻军歌谣》,阜阳专区文联编、安徽人民出版社1961年3月出版的《捻军歌谣》,上述出版物中的捻军歌谣共有320多首,内容上可以分为下面五大类:

一、官逼民反、造反有理

咸丰年,街头看,穷人的儿女排成线。三串皮钱摆摆手,五串皮钱争着愿。

(涡阳、蒙城民谣《等死不如起来反》)

咸丰坐殿二年半,涡河两岸草吃完。地丁银子逼着要,等死不如去

---

① 此歌及以下歌谣均摘自中国科学院安徽分院历史研究室李东山等搜集、上海文艺出版社1960年3月出版《捻军歌谣》;阜阳师专中文系蒐集、安徽人民出版社1961年3月出版《捻军歌谣》;阜阳专区文联编、安徽人民出版社1961年3月出版《捻军歌谣》。不一一注出。

造反。

（涡阳民谣《等死不如去造反》）

六班衙役赛虎狼，锁链提牌手中扬，国课银粮短分毫，定要叫你见阎王。孩他娘，不反咱还等什么！

（山东莒县民谣，王兴亚口述《不反咱还等什么》）

今年旱，明年淹。树皮草根都啃完。印子钱，翻一番，一石变成两石三。不在捻，咋能沾？跟着老乐闯江山。

（蒙城民谣，宋学文口述《跟着老乐闯江山》）

以雉河集为中心的涡阳、蒙城一带是历史上的黄泛区，地势低洼，易旱易涝。淮河的支流涡河也经常泛滥成灾：旱日三尺黄土，雨天一片泽国。周围民众生活极苦，每遇荒年，卖儿卖女，背乡离井，逃荒要饭。咸丰二年（1852），皖北一带大旱。涡阳一带颗粒无收，草根树皮都被吃光，涡河两岸五吊钱就能买到一个女孩。民谣中说的"咸丰坐殿二年半，涡河两岸草吃完"，"穷人的儿女排成线。三串皮钱摆摆手，五串皮钱争着愿"，诉说的就是这段真实历史。民生如此艰难，县太爷和地主们不恤民情，照样要捐要租，甚至巧取豪夺，"印子钱，翻一番，一石变成两石三"，涡阳民谣中说的"等死不如起来反"，这是导致捻军起义的直接原因，也是中国历代农民起义的主要原因。

中国历代王朝大多对食盐实行官营，盐价高，质量又差，因此"贩运私盐"就成为一部分穷人赖以为生的主要手段。捻军领袖张乐行也是如此。据《涡阳县志》记载，张乐行由于好接济贫苦人，涌来的穷苦人极多，他便把年轻力壮的人组织起来，到河南、山东等地贩运私盐。这也就是初期的捻党组织。下面这首《穷爷们结成捻》更是具体描述了蒙城一带穷人"结捻"，从贩运"私盐"到武装抗清的具体过程：

贩私盐，贩私盐，家中无地又无钱。交了好运发了财，花花好戏唱几台。老也笑，少也笑，三春日子饿不着。　贩私盐，贩私盐，生活逼迫作了难。走了孬运碰官兵，人亡财散望谁喊。老也哭，少也喊，一家从此完了蛋。　贩私盐，贩私盐，穷爷们结成捻。官兵再要把咱斩，去他娘的个大瓢碗。白刀子进,红刀子出,祖宗从此要造反。

(蒙城民谣《穷爷们结成捻》)

二、对捻军领袖人物张乐行等的讴歌和怀念

捻军在长达十六年的战斗中产生了一批群众领袖,如前期的领袖张乐行,后期的领袖张宗禹,以及龚德树、苏天福、孙葵心、侯士维、李蕴泰、张禹爵、任化邦等捻军名将。他们正直、勇敢、关心百姓、富于牺牲精神,且经过实际斗争的考验,因而深得民众的爱戴。老百姓赞扬他们、信任他们,愿意参加他们的队伍,跟随他们打天下。其中最杰出的当然是前期捻军盟主张乐行。张乐行有胆有识、智勇过人,往往面对大于他数倍的敌人也镇静自若。他虚怀若谷、有气度,对于捻军事业,他立场坚定,信仰如铁,曾直接拒绝河南巡抚周天爵的亲自劝降。尤其是他关心穷苦百姓,愿意为穷朋友两肋插刀。他的起义导因就是为了救穷人。据涡阳县志:一天,有个讨饭的到宋牌坊姓宋的人地里去拾红芋,被地主打了,乐行闻知,带人把姓宋的地主打死。亳州官府差人捉拿他,他就直接与官府对抗。咸丰二年(1852)初,听说农民杨曾等十八人在河南永城被官府捉拿下狱,他和龚德树率万余捻党正式举事,去永城劫杨曾等十八人出狱。张乐行也富有人格魅力,他虽接受太平天国封号,但并没学洪秀全的皇权享乐思想,他俭朴节约,只有一位后娶的妻子杜金蝉,两人并肩战斗,也一同被捕遇害。这种人格的力量,使他具有更大的号召力,得到捻军上下和广大百姓的拥戴。关于他的歌谣也最多,如:

想老乐,盼老乐,老乐来了有吃喝。他打仗,咱跟着,一齐同把清妖捉。

(涡阳民谣《想老乐》)

太阳出来红扑扑,老乐是个好旗主。穷人见他心里喜,财主见他骨吓酥。

(涡阳民谣《老乐是个好旗主》)

葛花树,弯又弯,拧成劲,能上天。老乐结起穷光蛋,还怕搬不掉皇

家的官!

(蒙城民谣,汪新一口述《老乐结起穷光蛋》)

张老乐,下淮南。一去七载未回还。南蛮子封他为沃王,穷人找他心不烦。

(蒙城民谣,李心镜口述《穷人找他心不烦》)

同治二年(1863)三月二十三日,张乐行在西阳集被捻军叛徒李家英出卖,在涡阳义门集周家营被害。淮河平原的百万民众同放悲声,民谣中记录了他们的悲痛,也记录了如何将悲痛化为力量。有首民歌《想起沃王泪汪汪》,一共四段,反复倾诉百姓们心中的悲伤,首段唱道:"看着义门好心伤,想起沃王泪汪汪。看看地在人不在,太阳从此失了光。"下面这两首则是表达悲痛之后复仇的怒火:

天鼓响,落将星,老乐被害在周家营!一年半载不把仇恨报,对不住自己对不住人!

(涡阳民谣《天鼓响,落将星》)

李四一,坏东西,老乐的命坏在他手里。有朝一日落在咱的手,抽他的筋,剥他的皮!

(涡阳民谣《抽他的筋,剥他的皮》)

张宗禹是捻军后期的领袖,是一位年轻小将,投捻军时只有十九岁,很快便以作战勇猛机智在捻军中崭露头角。捻军歌谣中,也有一些是咏歌他的:

出了张老乐,家家吃大馍。出了小阎王,搭台把戏唱。

(亳州民谣《出了小阎王》)

小阎王,兵法强。曹州府,打胜仗!砍了僧狗头,妖兵西瓜填平沟。缴的洋枪扛不了,拾的顶子上兜兜。

(亳州民谣《小阎王》)

雉河集,东西长,河北出了小阎王;小阎王,本姓张,领着黄旗赛闯王;旗开得胜是好将,打得大清江山直晃荡;要不是天上起黑雾,当今的皇上是他当。

（涡阳民谣《领着黄旗赛阎王》）

小阎王是张宗禹的外号。为何叫"小阎王"？有两个原因：一是他父亲外号叫"老阎王"，他自然就是"小阎王"。另一个是因为他对敌作战英勇顽强且百战百胜，对清军来说，他就是个掌握其生死的阎王。张宗禹最著名的战功就是击败僧格林沁并将他杀死。僧格林沁是晚清名将，曾受命对英法联军作战，也曾参与剿灭太平天国，在朝廷军功卓著。同治三年（1865），僧格林沁又率部征伐捻军。西捻军统帅张宗禹采取"打围战术"，忽南忽北，忽东忽西，日夜兼程百余公里。僧格林沁性格暴躁，率军数十日不离马鞍，对捻军穷追不舍。同治四年（1865年）五月，僧格林沁被捻军诱至山东曹州（今山东菏泽市）高楼寨，随后陷入重围。五月十九日晚，僧格林沁率少数随从冒死突围，当逃至曹州西北的吴家店时，中伤坠马，潜伏在麦田里，想趁夜逃出一劫。张宗禹手下的十六岁少年张皮绠发现，手起刀落，斩杀僧格林沁在麦田。当时，涡阳的说唱艺人有篇《杀僧王歌》，其中一段就说到僧格林沁从出兵剿捻到被斩杀的过程：

同治就问众大臣，谁能平捻出朝阁。僧王说："赐我多带人和马，平捻大事我担着。"

同治问："叔王出京怕哪个？"僧王说："我就怕要命的活阎罗。"话不虚传真不假，捻子里就有个活阎罗。僧王带兵路过曹州府，顶头就遇见活阎罗。四月二十开的仗，遍地多深小麦棵。打了三天并三夜，僧王打败躲麦棵。那边阎王开言道：皮绠、皮绠你听着，为何不将僧王来逮住？皮绠应声让我仔细找。麦棵里将他来拿住，手举大刀将头割。老百姓听说僧王死，没提心里多快活。

（李东山：《捻军歌谣》）

除了二张外，捻军歌谣中提到较多的则数龚德树。龚得树（？—1861），又名龚得。安徽亳州雉河集人，捻军白旗营主帅。这是个传奇性人物，眼睛几乎失明，人称龚瞎子，但据说他白天看不清，夜晚眼睛却很亮。此人足智多谋,是捻军的军师、白旗总营主。咸丰三年(1853)与张乐行在雉河集起义后,他是最早与太平军陈玉成、李秀成等联合作战的捻军将领。1861年春,与陈玉成联军十余万人,自桐城经霍山,进入湖北境内,攻击湖广总督官文、湖北巡抚胡林翼部之后,三月十四日,联军五万多人在罗田松子关与清军成大吉部大战,龚德树纵马直冲,被成大吉部参将王名滔从左侧横截,后中炮牺牲,被追封为勇王。涡阳、蒙城一带流传关于他的民歌,多是称赞他的智慧和勇敢,战无不胜:

龚瞎子,眼不瞎,偷营摸寨数着他。

(涡阳民谣《龚瞎子》)

龚瞎子,是好汉,能爬城墙能妙算。

(蒙城民谣,丁老太太口述《龚瞎子,是好汉》)

驴踢的,鳖爬的,鬼都被他杀得怕怕的。

(涡阳民谣《龚瞎子》)

下面这首民谣,则是记述他不幸战死后全军上下的追悼:

龚旗主,阳寿短,可怜送命松子关。大小三军齐下泪,哭了三天泪不干。

(涡阳民谣)

另一位名将任柱的民谣也较多,有《鲁王的蓝旗没有边》《鲁王是条草龙转》《遵王与鲁王》《四王赞》《登基带来丰收年》等。任柱(?—1867),字化邦,安徽蒙城人,捻军后期代表人物之一,东捻军副帅,太平天国赖文光封任为鲁王。1865年参加曹州高楼寨之战,歼灭僧格林沁王爷军七千劲骑,京师震动。后又至湖北,于1867年正月十五日安陆(今湖北京山)尹隆河战役大败淮军。1867年十一月十九日在赣榆与清军打遭遇战,就在清军将领周盛波重伤、淮军名将刘铭传也战败即将被俘房,胜利在望之时,任化邦却被部下潘贵升杀害。据说李鸿章在战场上,持望远镜瞭望任化邦战技说:"此人可统帅十万马兵之战将!若肯为我所统帅,是大清鸿福也。"

除上述几位外,还有歌颂"山猫"(刘金鼎)、"饿狼"(刘永敬)、"小白龙"(刘天台)、"胡椒大王"(王万金)、韩老万(韩奇峰)、苏天福等人的,如蒙城民歌《数数有名英雄将》则是一篇歌颂捻军前赴后继的英雄谱：

> 涡河水,弯又弯,英雄奇将出两边:头名就数张老乐,二名就数韩老万。神机妙算龚瞎子,能文能武比诸葛全。山猫、饿狼、小白龙,大雷、二雷带三闪。苏天福生来像虎豹,一杆梭镖镇徽山。尖头大脚侯士伟,穿山跳涧数他沾!刘老洪、姜老台,官兵见他顺屁股偎①。东坡还有李大喜,任干、李成扛半个天。大肚子李允泰凭着口才说江山……头一朴梭②还不算,后一朴梭又冒了尖:三孩、五孩武艺好,任定、任虎威名传。小闯王,张宗禹,关公还要向他学三年。鲁莽英雄名任柱,马上马下会得全。曾、李③二妖碰着他,只恨前生未修缘。这是有名英雄将,还有无名的十万三。

（李东山《捻军歌谣》）

需要特别指出的是,同近代史上太平天国洪宣娇的"女营"、上海小刀会的"红灯照"一样,捻军队伍中也有许多出色的女战士和女领袖。张乐行的妻子杜金蝉就是其中的一位。她是张乐行的好战友也是好帮手。1857年6月,张乐行率捻军由霍丘出击,被围在凤关。当时情况是四面是水、粮尽弹绝,再加上多人患病,有人主张解散捻军。在这困难重重、人心混乱的情况下,杜金蝉挺身而出,力排众议,稳住军心,扭转了战局。同治二年(1863)三月雉河集失守后,她和张乐行一起被叛徒李家英出卖被捕,被处以"骑木驴"极刑,英勇就义。遗憾的是,在现存的三百多首捻军歌谣中并无讴歌她的歌谣。倒是有一首歌颂另一位女英雄刘三娘的:

> 刘三娘,赛过孙二娘。三尺钢刀手中扬。站墙子,打着号,十八年圩子没破过墙。

（蒙城民谣,李登仙口述《刘三娘歌》）

---

① 沾:皖北土话,管用、行;顺屁股偎:皖北土话,指吓得站不起来,只能坐在地上移动。
② 朴梭:皖北土语。头一朴梭即前一辈、头一拨。
③ 指曾国藩、李鸿章。

孙二娘是《水浒》中一位女英雄,这首歌谣称赞刘三娘同传说中的女英雄孙二娘一样机智勇敢。"站墙子,打着号"即站岗放哨。是称赞这位女英雄同男战士一样站岗放哨,而且她驻守的圩寨从没有被敌人攻破过。从捻军举事到覆灭前后不过十六年,诗中说"十八年",也许这位刘三娘在举事之前就已加入武装抗清,至少也是一位捻军元老级人物。据有关史料,她曾率四个儿子和一个养子一同参加捻军。这个养子,就是前面《数数有名英雄将》中那位"扛半个天"的李成。捻军歌谣中还有首咏歌女战士的,题目叫《哪个捻子不夸她》,歌中夸奖这位"李家大姐"不爱红装爱武装:"俊俏的脸不戴花。不穿针,不引线,练罢了钢刀练马叉。"这位李大姐武艺高强,精于骑射,能"骑红马,不备鞍,扎起杆子赛金花"。

三、描述皖北大地民众拥护捻军

星星草,遍地长,年年割了年年长。捻子就像星星草,年年代代割不了。

星星草,遍地生,杆细根深锄不清。捻子就像星星草,春风一吹又发青。

星星草,撮连撮,大风大雨倒不了。捻子就像星星草,九州八府少不了。

星星草,赛牛毛,它与长工两相好。捻子就像星星草,穷人离它要饿倒。

(蒙城民谣,袁家骥口述《捻子就像星星草》)

也正因为如此,中原大地尤其是皖北民众,殷切盼望捻军,热烈欢迎捻军的到来,如下面这几首民歌:

梁上燕子唧唧啾,秋去春来换单衣。寒来暑往你知晓,捻子何日到湖西?

(寿县民谣《捻子何日到湖西》)

捻子走,官兵来,集上走出土老财,穷人背弯把泪掉,不知旗主啥时来? 啥时来,啥时来。来时杀完土老财。看他出来不出来,穷人辈辈把头抬。

(亳州民谣《不知旗主啥时来》)

捻子进了庄,穷人把门敞。挑担茶水去迎接,破褂换身新衣裳。

(亳州民谣《捻子进了庄》)

长毛捻,心良善。打来金银四处散。见了富人就拉刀,见了穷人让袋烟。

(蒙城民谣《见了穷人让袋烟》)

割麦镰刀响,捻子进了庄。不封银子不完课,百姓蒸馍杀猪羊。

(亳州民谣《百姓蒸馍杀猪羊》)

盼望捻军,欢迎捻军,捻军一来,百姓自然会踊跃参加这支造反的队伍。涡阳民歌《要想活命快入捻》反映的就是淮北穷苦大众这种急切入伍的心情:"要想活命快入捻,穷汉子跟着老乐干。你拿刀,我拿铲,非得搬掉皇家官。"类似的还有:

吃青草,拉青屎。不造反,也是死。不愿死在锅门前,拿起钢刀跟老乐站一起!

(涡阳民谣《拿刀跟老乐》)

双牛并轭好耕田,拉大杆子好造反。谁个不跟老乐干,天下的孬种他头里站!

(涡阳民谣《拉起杆子好造反》)

听说捻子到,穷人哈哈笑。听说捻子来,穷人喜心怀。捻子来,跟他干;捻子走,跟他走,跟着捻子有奔头!

(凤台民谣《跟着捻子有奔头》)

石榴开花赛火红,捻子大哥披大红,头上扎的包头红,背插钢刀穗子红,长长的杆标缨子红飘飘的大旗满天红,见了清妖眼就红,杀得清妖遍地红。

(涡阳民谣《捻子大哥披大红》)

还有篇说书艺人的长篇唱词《说捻军》，从一月到十二月，分别歌唱捻军受到百姓的欢迎，穷苦百姓踊跃参军，跟随张老乐打天下的情形，如开篇唱道："正月里来正月正，日子过得穷叮当，聚义跟着老乐干，专打楼主和清兵"。"八月里来是中秋，老乐领俺闯九州，鄢陵、扶沟都溜过，青江、曹州又登州"。

四、描述捻军敢于斗争、敢于胜利的战斗经历

捻军民谣中有站岗放哨的军中生活记录，战斗胜利的欢庆，也有失利时的互相勉励，更有拒降斥叛、革命气节的表白。当然，也有对捻军失败原因的总结和探讨，这方面的内容异常丰富，简直就是一部捻军战斗诗史和军事教科书。

《吃盐的兄弟》可能是捻军史上最早的民歌：

> 吃盐的兄弟，打渔的哥佬。六块板上插过火，紫花布袍扎板带，鹰鼻子靸鞋三道毛。

（蒙城民谣，郭大海口述）

打渔的哥佬并非是近代史上四川的帮会组织"哥佬会"，而是指在淮河及其支流涡河上打渔的渔民。"哥佬"即"哥儿们"，包含着一种亲切、戏谑、亲近的意味。"六块板上插过火"是说在一起混饭吃，"六块板"是指淮河码头，"插过火"即在一起开火做饭，"紫花布袍扎板带"是"捻子"活动初期的标准装束，"板带"是土法织成的宽腰带，"鹰鼻子靸鞋三道毛"是在靸鞋的鞋口留出三处，不用针线缝起来，作为捻子之间的联络暗号。

《逮住财主不客气》《粮食按着人头分》等则是表现捻军站在穷苦百姓这一边，打土豪、分财产，赢得穷苦百姓的一片欢呼声。《砸开监牢救兄弟》是攻破县衙后，解放被关押的穷苦兄弟，这些都是穷苦人拥护捻军、欢迎捻军，积极加入捻军的主要原因。

> 大花旗、小花旗，逮住财主不客气。打开粮仓分东西，穷人老少心中喜。

（亳州民谣《逮住财主不客气》）

铜锣响,海螺吹。打梢的粮食堆成堆。你一升,我一升,按着人头分均匀。

(蒙城民谣,王景春口述《粮食按着人头分》)

三月三,四月半,打梢得来粮和盐。朋友拿,亲戚搬,三天三夜未分完。

(蒙城民谣《三天三夜未分完》)

亳州南,亳州东,捻主就叫张乐行。打开州来打开县,砸开监牢救兄弟。

(亳州民歌《砸开监牢救兄弟》)

住草房,睡草房,几十辈子没有床。去年清江溜一趟,虎皮褥子弄几床。

(蒙城民谣,殷老五口述《虎皮褥子弄几床》)

歌中说的"清江"即京杭大运河畔的商业重镇清江浦,清王朝的户部粮仓和造船厂所在地。咸丰十年(1860),张乐行等快速攻占清江浦,击毙淮海道关葆晋,焚毁户部"皇仓"以及属于工部的四大船厂。这首《虎皮褥子弄几床》即是胜利后军民共分胜利果实的咏歌。

还有一些民歌表现捻军将士的英雄气概、战斗豪情及捻军的壮阔军威,如下面几首:

争天下,打天下,天不怕来地不怕。杀到天津卫,朝廷快让位。杀到杨柳青,皇上吓得发了昏。

(涡阳民歌《天不怕来地不怕》)

出了亳州向南看,五色旗子一大片,竹竿点,齐头镰,杀得妖兵直打颤。

(亳州民歌《五色旗子一大片》)

黄旗一举,人马平地起;黄旗一插,要灭大清家;黄旗一横,地摇山动;黄旗一摇,妖兵就逃。

(涡阳民歌《黄旗一摇妖兵逃》)

土号响,上沙场。褂子一脱光脊梁。三尺大刀手中扬,杀得清妖叫爹娘。

(蒙城民歌《褂子一脱光脊梁》)

捻军战斗史上打得最漂亮的一仗是同治四年(1865)五月,在山东曹庄全歼僧格林沁的蒙古铁骑。除《杀僧王歌》外,这类歌颂敢于挑战大清王朝的王牌——僧格林沁的蒙古马队并取得胜利的歌谣还有不少,如《僧王是个纸糊将》:"说僧王,道僧王,僧王是个纸糊将。遇到捻子吓破胆,遇到梁王狗命丧"(涡阳民谣);再如《僧王要上吊》:"西瓜炮,僧王造。打不响,胡乱闹。僧王气得直冷笑,拿根麻绳要上吊"(蒙城民谣)。后者用调侃的手法,诙谐的语调,更能表现出捻军将士的乐观主义精神和大无畏气概。还有一首反映太平军与捻军汇合的《蛮子侉子打成片》:"青天蓝天大晴天,天京来了洪秀全;洪秀全,称天王,咸丰年登基做皇上;老乐派人往相见,蛮子侉子打成片"。这是咸丰年间南北两支造反队伍队联合作战在民歌中的记录,在中国近代史和民间文学史上都有着重要意义。

这类战斗歌谣中还有表现捻军战士站岗、放哨、休息、军事训练等日常战斗生活。如《防守歌》《放哨歌》《睡觉莫睡着》《钢刀头下枕》《学会开炮和踩水》等,不再一一列举。

这类民歌中还有不少表现革命气节,拒降斥叛的诗篇,如:

老女人,坐朝堂,恶心毒计招沃王。狗嘴吐不出象牙来,王八才受你招降!

(蒙城民谣《王八才受你招降》)

胜保老儿真刁滑,拿着皇堂把俺耍。许金子,许银子,老子不像张龙这个饿皮子!

(蒙城民谣《金银不动心》)

你墙上钉,你城楼挂,你捻子祖宗就不怕!

(蒙城民谣《不怕》)

刘天福、魏小辫,去你妈的蛋! 早年看他像个人,领着家小跟他串。

真混蛋，真混蛋，没想他把旗杆换！

（涡阳民谣《真混蛋》）

　　歌中说的张龙原是捻军领袖之一。清咸丰八年（1858），捻军头目李昭寿在清流关叛变投降胜保，由此形成捻军中的投敌逆潮。年底，凤阳守将张龙和临淮关守将李蕴泰与清吏勾结，随即在临淮、凤阳召开投降会议，公开插上清军旗帜。此时张龙虽不接受张乐行的指挥，却也没有向清廷献出城池。但到淮南之役的危急时刻，张龙还是动摇，结果被袁甲三诱杀。

　　有些民谣则是对捻军失败原因的总结和探讨。有的学者指出：小农意识、留恋故乡，不愿建立有战略意义的根据地，尤其是内讧相互残杀，是导致捻军失败的两大原因。在捻军歌谣中，也有这方面痛心的记录和批判，如这首《红旗、黄旗闹了僵》：

　　　红旗红，黄旗黄，穷爷们命苦要相帮。哪知翅膀未长硬，红旗、黄旗闹了僵。侯旗主，把命丧，红旗人人喊冤枉。兄弟不和邻家欺，捣家窝子搞不出好名堂！

（涡阳民谣《红旗、黄旗闹了僵》）

　　侯旗主即侯士伟，又名士维、世维、世伟，亳州涡阳县张老家东北侯老营人。祖上殷富，传至侯士伟渐贫。侯士伟为人耿直，不阿权贵，也是淮北一带著名的私盐贩子。咸丰五年（1855）雉河集会盟后，成为捻军红旗营总旗主。红旗是捻军五旗中人数最少的一旗，常与张乐行黄旗营共同行动，联合作战，故有"黄、红不分家"之说。咸丰七年（1857），张乐行率捻军赴淮南与太平军联合抗清，留下胞兄张敏行为黄旗营旗主。侯士伟在雉河集与黄旗营张敏行部联合行动，亦曾协助过张敏行。红旗与黄旗关系的恶化，是因为侯士伟与堂兄侯士忠矛盾激化，加之早有前仇，侯士伟设计将侯士忠杀死，随后又杀死侯士忠三弟侯士端之妻。侯士忠则是张敏行的内兄，得知此事后张派人找侯士伟询问原委。侯士伟拒不相告。张敏行遂起杀心。于是邀侯士伟至张寨议事，结果被侯士忠之子侯布标一枪刺死。不久，侯士伟之子侯山也被杀于瓜地。

张、侯两家的仇杀,使红旗内部严重不和,遂分裂成两部分,倾向侯士伟的将士投在黄旗旗主张正江部,另一部分由侯布标率领并入张敏行部。侯士伟事件,使张乐行本部亲军的战斗力大为削弱,以致后来不能单独御敌,而被清军击破。

咸丰七年(1857)张乐行与军师龚德率领大部捻军乘胜猛攻蒙城、亳州后挥师南下,攻占淮南要冲三河尖。与攻占了六安的太平天国陈玉成、李秀成部在霍丘、六安交界处会师。正当"捻、太会师"准备进一步扩大战果时,囿于家乡观念的蓝旗主刘永敬(外号"饿狼")、刘天才(外号"小白龙")叔侄,却要求散伙,把自己的蓝旗捻军拉回雉河集。张乐行说服不成,便默许龚德诛杀刘永敬、刘天才,这同洪秀全诛杀杨秀清如出一辙。蓝旗营是捻军中最大,也是战斗力最强的一个方面军。此举引起了蓝旗捻军的骚动,大家有的散伙北归,有的甚至投敌,从而大大地削弱了淮南捻军的战斗力。同治二年(1863)淮南、淮北捻军战争严重失败,张乐行率捻军在雉河集展开最后殊死一战。可是,长期积蓄的私仇旧恨一齐发泄出来,以刘天福、刘天祥、杨瑞英、李四一为主的蓝旗捻首一齐叛变,造成雉河集陷落,张乐行被捕,前期捻军运动彻底失败。对此,捻军中也有首蒙城民谣《蓝旗走光不上前》记录此事:

　　千条杆子万条船,老乐带兵下淮南。黄旗、白旗平地拥,蓝旗走光不上前。

(卢海山口述)

捻军内耗,当然与张乐行本人的领导水平有关,同时,张本人也缺乏战略眼光:咸丰六年(1856)三月,张乐行率领捻军进攻怀远,以迅雷不及掩耳之势击毙清军参将福坤,游击柏云章、都司冉广兴、守备朱介福。从战略着眼,张乐行消灭了怀远清军之后,完全可以将怀远作为捻军的根据地,然后再向外拓展。但张乐行却在大胜之后又返回蒙城,放弃已到手的怀远。

反映捻军战斗经历的歌谣,内容异常丰富,简直就是一部捻军战斗诗史和有鉴于未来的军事教科书。

五、妇女、儿童的拥军歌谣

捻军歌谣中自然也少不了女性,除了一些对女性军事领袖和女英雄的颂歌外,还有一些是出自女性之口,诉说她们送郎当捻军以及对当捻子的丈夫和情郎的思念和鼓励,对捻子哥哥的爱慕,做军鞋、烙煎饼、做窝窝头送给捻军的劳军具体行动:

问声捻哥多嗜来?煎饼窝窝留起来。逮上鱼,捉上虾,还有茄子和地瓜。

(山东莒南民谣,冯宝印口述《煎饼窝窝留起来》)

王家大姐年十八,长得活像一枝花。亲也夸,邻也夸,爹爹要给她订亲家。大户人家咱不攀,吃糠咽菜咱不嫌。门对门,户对户,大姐要嫁捻子汉!

(蒙城民谣《大姐要嫁捻子汉》)

黑漆柜,垒灯台,柜上放着捻哥的鞋。青青帮子白布底,千针万线扎起来。灯油熬尽千万盏,只等哥哥来穿鞋。

(蒙城民谣,陆天富口述《只等捻哥来穿鞋》)

捻子哥哥下清江,三年五载不回乡。捎来绫罗有啥用,无人种地妹心伤。

(蒙城民谣,陆天富口述《捻子哥哥下清江》)

火棍头,黑又黑,灶头上面画格格。他走那天画一下,他走两天画两格、三二两,两二三,格格上面叠格格。火棍画了千千万,格格、格格又格格。咬咬牙,狠狠心。爹爹的苗刀藏在身。没有大马骑毛驴,淮南去找奴知心。

(蒙城民谣,潘广路口述《淮南去找奴知》)

捻军歌谣中还有一些儿歌,从孩子们的眼中来表现捻军战士的英雄形象和这场战争的正义性,同样也表现了战争带来的灾难:

捻子大哥高又高,骑白马,带腰刀。腰刀翻翻眼,官兵头乱点!

(蒙城民谣,陆天富口述《捻子大哥高又高》)

海螺吹,土号响,家家户户上战场。男的扎,女的砍,老头老妈助威喊!小孩拣个粪锄子,专把清妖的马腿砍!

(蒙城民谣《海螺吹,土号响》)

爹娘把俺撇在家,俺爹去打捎,俺娘顶木枷。拿起红缨枪,俺把清妖杀!

(蒙城民谣《爹娘把俺撇在家》)

扯啦啦,捞啦啦,你爹清江把捎打。家中撇下咱娘俩,又少吃,又短喝,盼着姥娘送粑粑!

(蒙城民谣《盼着姥娘送粑粑》)

捻军歌谣是淮北民歌中的一颗明珠,也是对中国现实主义文学传统的继承!